BASTEI
LÜBBE

WOLFGANG HOHLBEIN

Die Sonnenbombe

Drei CHARITY-Romane in einem Band

BASTEI LÜBBE

BASTEI LÜBBE TASCHENBUCH
Band 23248

Erste Auflage: Mai 2002

Vollständige Taschenbuchausgabe

Bastei Lübbe Taschenbücher ist ein Imprint
der Verlagsgruppe Lübbe

Titelillustration: Luis Royo/Norma Agency, Barcelona
Umschlaggestaltung: QuadroGrafik, Bensberg
Satz: KCS GmbH, Buchholz/Hamburg
Druck und Verarbeitung:
AIT Trondheim, Norwegen
Printed in Norway
ISBN 3-404-23248-8

Inhalt

Erstes Buch

In den Ruinen von Paris

1

Auf den ersten Blick erschien die Welt dort draußen vollkommen fremdartig. Der Himmel war von einer dunklen, türkisgrünen Farbe, auf dem eine Sonne wie ein faustgroßer, giftiggrüner Fleck mit verschwommenen Rändern prangte, die sich in beständiger Bewegung zu befinden schienen. Die Luft war sonderbar klar, so daß man meilenweit sehen konnte. Unter ihnen erstreckte sich eine bizarre Alptraumlandschaft aus zerstörten Gebäuden, zusammengestürzten Straßenzügen und gewaltigen Kratern, die sich im Laufe zweier Generationen mit Wasser und Pflanzen von sonderbar schmieriger, grünvioletter Farbe gefüllt hatten.

Es war eine der größten und schönsten Städte der Erde gewesen. Doch daran erinnerte nun nichts mehr. So weit Charity sehen konnte, erblickte sie nicht ein einziges unzerstörtes Haus, nicht ein einziges Fenster, das nicht zerborsten, nicht ein einziges Dach, das nicht eingestürzt war.

Und wahrscheinlich, dachte sie matt, waren die schlimmsten Spuren der Zerstörung gar nicht mehr zu sehen. Die Stadt war die Beute eines Pflanzenmonsters geworden, das die Häuser und Straßen im Verlauf der letzten fünf Jahrzehnte geduldig, aber unaufhaltsam verschlungen hatte, wie ein lebendiges Leichentuch, das die Invasoren von den Sternen über die Stadt ausgebreitet hatten.

Wo der Fluß gewesen war, zerschnitt ein breiter, schlammig brauner Graben dieses Leichentuch. Auf seinem Grund schimmerte es weiß und rostrot: die Wracks der Ausflugsschiffe und Lastkähne, die einst darauf gefahren waren. Aber er führte kein Wasser mehr, sah man von einem trüben Rinnsal ab, das in seiner Mitte mäanderte.

Einige der Brücken waren noch vorhanden: zerborstene, zum Teil wie geschmolzen aussehende Stahlkonstruktionen, die sich in kühnem Bogen über etwas schwangen, das gar nicht mehr da war. Und wie um die Sinnlosigkeit aller menschlichen Anstrengungen deutlich zu machen, waren auch sie frei von der grünen Pest. Das ausgetrocknete Flußbett war wie eine Barriere, hinter der die fremdartige Flora nicht hatte Fuß fassen können.

Das Erschreckendste aber war der Turm; eine gigantische, schwarze Stahlkonstruktion, deren durchbrochene Flanken sich in sanften Bögen aufeinander zubewegten und sich hoch über der zerstörten Stadt zu einer nadeldünnen Spitze vereinten. Er war so weit entfernt, daß Charity ihn als Schatten wahrnehmen konnte. Und das unheimliche, grünviolette Licht ließ die Konstruktion unwirklich und fast schwerelos erscheinen. Aber sie erkannte den Turm trotzdem.

Niemand, der diese Konstruktion auch nur einmal im Leben zu Gesicht bekommen hatte, vergaß sie je wieder.

Der Anblick erfüllte sie für einen Moment mit Zorn. Seit sie aus dem Schlaftank gestiegen und an die Oberfläche dieser geschändeten Erde zurückgekehrt war, hatte sie so viel Zerstörung, so viel Tod und Leid gesehen, daß sie manchmal schon glaubte, es gäbe nichts mehr, was sie noch erschüttern konnte. Aber das stimmte nicht.

Das Entsetzen kannte keine Grenzen.

Sie hatte Städte gesehen, die dem Erdboden gleichgemacht worden waren. Ganze Landstriche, die verödet waren, fruchtbare Täler und Felder, auf denen nie wieder etwas wachsen würde, Orte, deren Bewohner bis auf das letzte Kind getötet worden waren – und doch erfüllte sie der Anblick dieser von wucherndem Pflanzenleben überrannten Stadt mit einer tieferen Verbitterung, als sie sie je zuvor empfunden hatte.

Die Legionen Morons hatten ihre Welt überfallen und unterworfen, und irgendwie hatte Charity sich damit abgefunden, so entsetzlich der Gedanke auch war. Aber sie mußte plötzlich wieder an das denken, was ihr Niles in der unterirdischen Festung erzählt hatte: daß es ganze Landstriche, ja vielleicht Kontinente gab, auf denen sie begonnen hatten, sich die Erde nicht nur untertan zu machen, sondern sie nach ihren Wünschen und Vorstellungen umzugestalten. Sie hatte damals gar nicht wirklich begriffen, was er gemeint hatte, als er sagte, sie begännen die Erde zu verändern.

Jetzt verstand sie es, weil sie es *sah.*

Vielleicht hatten sie dieses Leichentuch nicht nur über diese Stadt ausgebreitet, sondern über den ganzen Planeten, und vielleicht war die Welt, in der sie erwacht war, die Welt der Wastelander und Rebellen bereits die Ausnahme; Mottenlöcher in dem neuen Gewand, in das die Invasoren die Erde hüllten. Und sie nichts weiter als die Motten, die sie hineingefressen hatten.

Und die man mit einer nachlässigen Bewegung davonschnippen würde, sobald sie begannen, zu viel Schaden anzurichten …

Sie verscheuchte den Gedanken und konzentrierte sich wieder auf das bizarre Bild, das sich ihr auf der anderen Seite der Tür bot.

Das hier war es, was sie aus der Erde machen würden.

Kein Planet mehr, auf dem Menschen leben konnten oder auch nur *geduldet* waren, sondern eine völlig andere Welt voller fremdartiger Tiere und Pflanzen, voller fremder Gerüche, voller falscher Laute und unter einem falschen Himmel. Großer Gott – was hatten sie mit der *Sonne* gemacht?

Tränen liefen über ihre Wangen, aber sie merkte es erst, als sie ihre Lippen berührten und sie den salzigen Geschmack spürte. Hastig wischte sie sie fort und drehte sich mit einem Ruck um.

Skudder stand noch immer wie gelähmt da, obwohl Minuten vergangen waren, seit Charity und die anderen durch seinen Schrei aufgeschreckt aufgesprungen und zu ihm geeilt waren. Er hatte sich in dieser Zeit nicht ein einziges Mal gerührt; ja, Charity war fast sicher, daß er nicht einmal geatmet hatte; er stand reglos da, die rechte Hand erhoben und mit weit aufgerissenen, ungläubigen Augen auf die bizarre, fremdartige Landschaft draußen starrend. Der Ausdruck auf seinem Gesicht verriet sein Entsetzen. Auch Net starrte erstaunt auf die beinahe surrealistische Landschaft, wenngleich ihr Blick eine eher kindliche Neugier spiegelte. Einzig Gurks Gesicht blieb unbewegt wie immer, sah Charity von dem leicht abfälligen Schwung ab, zu dem sich seine greisen Lippen verzogen hatten, als versuche er auf diese Weise, der ganzen Welt seine Verachtung auszudrücken.

Aber zumindest in seiner Physiognomie konnte sie sich täuschen. Seit einigen Stunden war Charity überhaupt nicht mehr sicher, sich nicht in *allem* getäuscht zu haben, was Gurk anging.

Sie schüttelte den Gedanken ab. Mit Gurk und allem, was er ihr erzählt hatte, würde sie sich später beschäftigen. Daß sie überhaupt noch am Leben und sogar in Freiheit waren, erschien Charity wie ein kleines Wunder. Seit Skudders Schrei waren zwei, vielleicht drei Minuten vergangen, und noch einmal die gleiche Zeit mußte davor verstrichen sein, seit sie aus dem Transmitter getaumelt und sich in dieser neuen, völlig unbekannten Welt wiedergefunden hatten. Fünf oder sechs Minuten – nicht besonders viel Zeit, aber mehr als genug für Daniel, ihnen ein paar Kohorten seiner Insektenkrieger hinterherzuhetzen. Charity erinnerte sich voller Entsetzen, wie viele der schwarzen, vierarmigen *Ameisen*kreaturen in der Transmitterhalle des Shai-Taan gewesen waren.

Sicher, sie selbst und vor allem der Megakrieger hatten die meisten von ihnen erledigt; aber eben längst nicht alle. Und in dem erbärmlichen Zustand, in dem sich ihre kleine Privatarmee im Moment befand, reichte wahrscheinlich schon eine einzige *Ameise*, um ihnen den Garaus zu machen.

Sie warf einen unsicheren Blick auf den drei Meter durchmessenden Transmitter-Ring zurück. Das Gerät war noch immer eingeschaltet. Im Inneren des schmalen Kreises aus silberfarbenem Metall, der schwerelos eine Handbreit über dem Boden der Kammer schwebte, waberte ein wesenloses Schwarz. Vermutlich war der menschliche Geist überhaupt nicht in der Lage, das Wesen dieses bizarren Transportsystems überhaupt zu verstehen. Aber es hatte Substanz. Es existierte, und es war schrecklich; was Charity in den wenigen und doch endlosen Augenblicken, die sie im Inneren des Transmitters gewesen war, erlebt hatte, das war wie ein Hauch der Hölle gewesen.

Sie spürte plötzlich, daß jemand sie ansah. Es war Gurk. Net und Skudder blickten noch immer auf die bizarre, türkisgraue Landschaft draußen, aber der Zwerg hatte den Kopf gedreht und sah sie aus seinen dunklen, nichtmenschlichen Augen durchdringend an.

»Sie werden uns nicht verfolgen«, sagte er. Charity fragte sich für einen Augenblick, ob er ihre Gedanken las, verneinte diese Frage dann aber. Er hatte oft genug bewiesen, daß er es *nicht* konnte. Wahrscheinlich war es nicht besonders schwer zu erraten, was hinter ihrer Stirn vorging, während sie das lichtlose Tor ins Nichts anstarrte.

»Wieso bist du da so sicher?« fragte sie.

»Sie tun es nicht«, beharrte Gurk. »Dieser Ort ist tabu. Sie würden sich eher töten lassen, ehe sie ihn betreten.«

»Du kennst diesen Ort?«

Gurk zuckte mit den Achseln, so daß sein übergroßer Kopf heftig hin- und herzuwackeln begann. »Ich habe davon gehört«, sagte er ausweichend. Die Lüge war so dünn, daß sie wahrscheinlich nicht einmal in seinen eigenen Ohren überzeugend klang.

Charitys Gesicht verfinsterte sich ein wenig. »Du hast schon eine Menge Dinge gehört, nicht wahr?« fragte sie scharf. »Schon eine ganze Menge Dinge mehr, als du bisher gesagt hast.«

Gurk grinste. »Du hast nicht gefragt, oder?«

Charity setzte zu einer wütenden Antwort an, beherrschte sich dann aber im letzten Moment. »Das stimmt«, sagte sie gepreßt. »Aber ich werde es. Verlaß dich darauf. Wir werden uns unterhalten müssen, kleiner Mann. Sehr lange und über sehr, sehr viele Dinge.«

Gurk zuckte abermals mit den Schultern und gab ein unanständiges Geräusch von sich. »Meinetwegen«, antwortete er, ganz plötzlich wieder mit seiner gewohnten, krächzenden Altmännerstimme. »Aber nicht hier und nicht jetzt.« Er deutete mit einem dürren Zeigefinger auf den Transmitter. »Daniel kann zwar auf einem Bein herumhüpfen und sich das andere dabei ausreißen, ohne daß eine seiner Kreaturen auch nur einen Fuß in den Transmitter setzen würde, aber das heißt nicht, daß wir hier in Sicherheit sind. Es gibt eine Menge anderer, übler Zeitgenossen hier. Und einigen davon möchte ich lieber nicht begegnen.«

Er wiederholte seine wedelnde Handbewegung auf den Transmitter. »Daß das Ding da benutzt wurde, ist garantiert nicht unbemerkt geblieben. Ich bin sicher, in ein paar Minuten wimmelt es hier von uneingeladenem Besuch.« Er sah Charity fragend an und zog eine Grimasse. »Willst du ihnen Kaffee kochen? Oder machen wir, daß wir wegkommen?«

Gegen ihren Willen mußte Charity lächeln. Gurk mußte ganz genau wissen, daß sie ihn durchschaut hatte, aber er versuchte noch immer, den Clown zu spielen; und irgendwie gelang es ihm sogar. Er gehörte zu jener Art von Menschen *(Menschen?!)*, deren Intelligenz und Gefahr man sich noch so sehr bewußt sein konnte und die man doch niemals völlig ernst zu nehmen imstande war. Vielleicht, dachte sie, lag das daran, daß er eben *kein* Mensch war. Sie warf einen letzten Blick auf den Transmitter zurück und trat dann neben Skudder. Aber sie zögerte noch einen Moment, ihn anzusprechen, sondern ließ ihren Blick noch einmal für Momente über die zerklüftete, fremdartige Landschaft unter sich schweifen, die sie ebenso überrascht und verwirrt hatte wie Skudder und die Wasteländerin. Aber im Gegensatz zu diesen beiden wußte sie, wo sie waren.

Sie sah nur für wenige Sekunden nach draußen, ehe sie mit einem Ruck abermals zurücktrat und sich umwandte.

Die Bewegung schien auch Net aus dem Bann des morbiden Anblicks zu lösen, denn die junge Wasteländerin blinzelte plötzlich, als erwachte sie aus einem tiefen, traumlosen Schlaf und sah Charity verstört an. Und ein paar Sekunden später drehte sich auch Skudder zu ihr herum.

Sein Gesicht war bleich, und im unheimlichen Licht des grünen Himmels sah es aus wie das eines Toten. »Mein Gott«, murmelte er. »Wir ... wir sind nicht mehr zu Hause, Charity. Das ist nicht mehr die Erde!«

Charity biß sich auf die Lippen. Sie hätte viel darum gegeben, wenn Skudder recht gehabt hätte. Sie wäre lieber auf einem fremden Planeten am anderen Ende der Galaxis gewesen als an diesem Ort, der sich auf so fürchterliche Weise verändert hatte. Aber sie war es. Und es hatte keinen Zweck, sich selbst länger zu belügen.

»Doch, Skudder«, sagte sie traurig, »das sind wir.«

Der Hopi-Indianer starrte sie ungläubig an. »Aber das ist ...«

»Wir sind immer noch auf der Erde«, sagte Charity fast sanft, aber mit großem Nachdruck. »Ich war schon einmal hier. Ich kenne diese Stadt, Skudder. Siehst du diesen Turm dort?« Sie hob die Hand und deutete auf das filigrane, von fast flüssigem, grünem Licht durchdrungene Gespinst des Eiffelturmes, der sich über dem wogenden Auf und Ab der Ruinenstadt erhob. »Ich war sogar schon einmal dort oben.«

Skudder sah sie zweifelnd an, und Charity nickte mit einem bitteren Lächeln, ehe sie fortfuhr: »Damals war das eine der größten und schönsten Städte der Erde, Skudder. Millionen Menschen lebten hier. Und du konntest auf die Spitze dieses Turmes hinaufgehen und bei klarem Wetter bis zum Meer blicken.«

»Aber das ist unmöglich«, protestierte Skudder. Er deutete mit einer Geste, die beinahe verzweifelt wirkte, zum Himmel und der falschen, stechendgrünen Sonne hinauf. »Das ist nicht die Erde!«

Charity seufzte. »Ich weiß nicht, was mit dem Himmel passiert ist«, sagte sie, »oder der Sonne. Aber das hier ist Paris, Skudder. Jedenfalls war es das einmal.«

»Unterhaltet euch ruhig in aller Ruhe weiter«, mischte sich Gurk ein. »Es gibt überhaupt keinen Grund, sich zu beeilen, wißt ihr? Im Gegenteil – ich bin sicher, wenn ihr noch lange genug quatscht, dann kommt bald ein freundlicher Abgesandter der Stadtverwaltung und lädt uns zu einer Sight-Seeing-Tour ein.«

Skudder blickte den Gnom nur verständnislos an, aber Charity wußte, daß Gurk recht hatte. Jede Sekunde, die sie weiter in diesem Raum verbrachten, war eine Sekunde zuviel. Es grenzte ohnehin schon an ein Wunder, daß bisher noch niemand aufgetaucht war, um nachzusehen, wer den Transmitter benutzt hatte.

Aber selbst Wunder dauern nicht ewig. Und das, das sie im Moment erlebten, war genau in diesem Augenblick vorbei.

Es ging zu schnell, als daß Charity hinterher hätte sagen können, was zuerst geschah: Ein tiefes, unheimliches Summen erklang und steigerte sich zu einem schmerzhaften Vibrieren, das jede einzelne Zelle ihres Körpers ergriff und in Schwingungen versetzte, und die so massiv erscheinende Seitenwand der Kammer teilte sich entlang eines senkrechten Spaltes, aus dem Augenblicke später eine rechteckige Tür wurde, hinter der ein staubiger Korridor sichtbar war, von dem zahlreiche, hell erleuchtete Türen abzweigten. Direkt unter dieser Tür stand eine grauhaarige, alte Frau in der bunten Zeremonienkleidung, wie sie auch Angela und die anderen Shai-Priesterinnen getragen hatten, und hinter ihr wuchsen die zwei Meter hohen, dürren Gestalten zweier *Ameisen* empor.

Und im gleichen Moment gerann das wabernde Schwarz im Inneren des Transmitterkreises zu einem Körper, und der Megamann stürzte hervor!

Es war wie immer, und wie immer fragte sich Jean, ob das Ergebnis den Aufwand überhaupt rechtfertigte. Und er kam wie immer zu dem Schluß, daß es das ganz und gar nicht tat. Er hatte zwar nur gute fünfzehn Minuten gebraucht, durch das Gewirr von Tunneln hierherzufinden, aber zuvor fast zwei Stunden, um die Wachen zu überlisten und sein Pibike ächzend fast eine Meile lang den Tunnel hinabzuschieben, ehe er es wagte, den Motor zu starten.

Und dann fast noch einmal dieselbe Zeit für die letzten fünfzig Meter.

Er hatte das Fahrzeug direkt unter der Insel abgestellt und war über das Gewirr von Leitern, rostigem Metall, Treppen und Schutthalden nach oben geklettert, aber er war unterwegs auf Ratten gestoßen und hatte sich mehr als eine Stunde lang verstecken müssen.

Jean schauderte noch jetzt vor Angst, als er daran dachte, wie dicht die Meute an seinem Versteck – einer schmalen Nische in der Wand, die früher einmal einen Schaltkasten enthalten hatte – vorübergezogen war. Es waren nicht einmal besonders viele Tiere gewesen; ein Dutzend, schätzte Jean, aber schon eine einzige dieser fast schäferhundgroßen Bestien reichte aus, einen Mann zu zerreißen, wenn sie hungrig und verzweifelt genug war.

Und die Tiere, die er dort unten gesehen hatte, schienen verdammt hungrig zu sein. Trotz ihrer Klauen und Zähne hatten sie einen beinahe jämmerlichen Anblick geboten – wenn sie nicht so groß gewesen wären. Das Fell der meisten war struppig und begann in großen, häßlichen Löchern auszufallen. Viele hatten entzündete, nässende Geschwüre, und fast alle waren auf die eine oder andere Art verletzt gewesen. Offensichtlich kam das Rudel von der Jagd; allerdings war ihm dabei die Rolle der Beute zugedacht gewesen.

Die kreischende Meute war in großer Hast an seinem Versteck vorübergelaufen und rasch in dem Labyrinth unterirdischer Gänge und Hallen verschwunden, aber Jean hatte es lange Zeit nicht gewagt, seine Deckung zu verlassen. Ratten griffen normalerweise keine Menschen an, das wußte er, aber die Tiere waren halb wahnsinnig vor Angst und Hunger gewesen, und ein paar der Wunden, die er gesehen hatte, bluteten noch; die Schlacht, aus der der jämmerliche Haufen zurückkam, konnte noch nicht allzu lange vorüber sein. Wahrscheinlich gingen sie im Moment auf alles los, was sich bewegte. Außerdem gab es kaum etwas auf der Welt, das Jean mehr haßte als *Ameisen* oder Ratten. Ihr bloßer Anblick bereitete ihm Übelkeit. Und schon die Vorstellung, von einer dieser widerlichen, struppigen Kreaturen berührt zu werden, ihren heißen, nach Aas stinkenden Atem zu spüren und das Kratzen ihrer hornigen Pfoten auf der Haut, trieb ihn fast in den Wahnsinn. Also hatte er abgewartet, bis er völlig sicher war, daß sie nicht mehr zurückkommen würden, ehe er aus dem rostigen Metallschrank ohne Türen herauskroch und sich vollends zur Oberfläche hinaufarbeitete.

Nein, dachte er ironisch, während er sich gewohnheitsmäßig nach rechts und links umsah, ehe er das letzte, deckungslose Stück Weg zur Festung hinüberzulaufen begann, es lohnte sich wirklich nicht, immer wieder hierherzukommen.

Was aber ganz und gar nichts daran änderte, daß er es immer wieder tat und auch immer wieder tun würde.

Jean konnte selbst nicht sagen, was ihn so an diesem Ort faszinierte. Sicherlich – da war die Festung mit ihrem summenden, blitzenden Innenleben, ein Ort voller flackernder, bunter Lichter, voller fremdartiger Geräusche und voller faszinierender Dinge, von denen er nur die allerwenigsten wirklich verstand. Sie war ein Teil einer fremden, untergegangenen Welt, ein Stück Vergangenheit, jene Vergangenheit, von der seine Eltern manchmal erzählten und die seine Altersgenossen nur noch von Bildern und Büchern her kannten. Manchmal fragte sich Jean, ob er von allen Bewohnern der Freien Zone vielleicht der einzige war, der einen Teil dieser Vergangenheit jemals wirklich zu Gesicht bekommen hatte. Und manchmal wünschte er sich nichts mehr, als einen der anderen mit hierherzunehmen und sein Geheimnis mit ihm zu teilen.

Aber natürlich würde er das nicht tun.

Die Gefahr war einfach zu groß. Wenn man in der Freien Zone erfuhr, was er bei seinen regelmäßigen Ausflügen hierher entdeckt hatte – Ausflüge, die zwar verboten, aber von Barler und den anderen stillschweigend geduldet wurden –, dann würden sie ihn nicht mehr gehen lassen. Und das konnte er nicht riskieren.

Er hatte das deckungslose Stück überwunden und duckte sich hinter den verkohlten Rest einer Mauer. Mit klopfendem Herzen sah er sich um. Die Insel gehörte zwar noch nicht zum Dschungel, aber sie gehörte auch nicht mehr zur Freien Zone, sondern war eine Art Niemandsland, das von keinem beansprucht, sehr wohl aber von Bewohnern *beider* Flußufer betreten werden konnte. Mehrmals in den vergangenen Jahren war er auf irgendwelche Monster gestoßen, die das ausgetrocknete Flußbett überwunden hatten, und einmal hatte er sogar eine *Ameise* gesehen. Die Gefahr aus der Luft war nicht zu unterschätzen. In unregelmäßigen Abständen patrouillierten Gleiter über dem Flußbett, die auf alles schossen, was sich bewegte.

Im Moment jedoch schien alles ruhig zu sein. Zwischen den verkohlten Ruinen regte sich nichts, und auch der Himmel über der Stadt und dem Dschungel blieb leer. Trotzdem verharrte Jean eine ganze Weile und spähte aufmerksam in die Runde, ehe er es wagte, sich zu erheben und die letzten zwanzig Schritte zur Festung hinüberzulaufen.

Selbst ihm, der ganz genau wußte, wonach er zu suchen hatte, fiel es schwer, sie zu erkennen. Als er sie gefunden hatte, vor nunmehr gut vier Jahren, war sie unter Schutt und Trümmern begraben und von wucherndem Unkraut bedeckt gewesen. Die Trümmer hatte er nach und nach beiseite geschafft, denn er hatte rasch begriffen, daß die meisten der empfindlichen Ortungs- und Suchgeräte nicht zerstört, sondern nur von den Schuttmassen geblendet waren. Das Unkraut hatte er gelassen, wo es war, und später sogar begonnen, in der näheren Umgebung junge, kräftige Pflanzen zu sammeln, die er rings um die Festung eingepflanzt hatte, so daß sie mittlerweile unter dünnen, zähen Ranken verborgen war.

Wie immer, wenn er sich ihr näherte, betrachtete er sein Werk kritisch und hielt aufmerksam nach einer Lücke, nach einem verräterischen Funkeln von Metall oder Glas Ausschau, entdeckte aber nichts. Er konnte zufrieden sein. Selbst wenn die *Ameisen* hierherkamen, mußten sie an ihr vorüberlaufen, ohne sie auch nur zu sehen.

Jean bückte sich, bog vorsichtig das Gewirr aus dornigen Zweigen beiseite, das den Eingang verbarg, und zerrte mit den Zähnen den schweren Lederhandschuh von der rechten Hand, während er mit der linken die Ranken zurückhielt. Sorgfältig plazierte er die gespreizten Finger der rechten auf den von einem dünnen, roten Ring eingerahmten Kreis neben der Tür und hörte das vertraute Klicken, als die Festung seine Handabdrücke identifizierte und ihm den Zutritt freigab. Jean hatte fast ein Jahr gebraucht, um die Funktionsweise dieser Tür zu ergründen und sie so umzuprogrammieren, daß sie nur noch ihm den Zutritt gestattete.

In der in dunkelgrüner Tarnfarbe gestrichenen Flanke der Festung erschien ein dünner, haarfeiner Spalt, der sich rasch zu einer knapp eineinhalb Meter hohen Tür weitete, und Jean trat gebückt hindurch. Die Tür schloß sich hinter ihm so lautlos, wie sie sich geöffnet hatte, und fast im gleichen Moment glomm unter der Decke ein gelbes, mildes Licht auf, das den kleinen Raum in eine sonderbare Art von Helligkeit tauchte. Wie immer, wenn Jean hierherkam, blieb er einen Moment lang stehen und genoß einen Luxus, den die anderen Bewohner der Freien Zone sich wahrscheinlich nicht einmal vorstellen konnten – so wenig wie er es gekonnt hatte, ehe er das erste Mal hierherkam: Er stand einfach da und *sah*. Dieses Licht war völlig anders als der türkisgrüne Schein des Himmels, unter dem Jean geboren und aufgewachsen war. Und bei seinem ersten Besuch hatte es ihn erschreckt, ja, fast in Panik versetzt. Aber dieses Gefühl war rasch vergangen und hatte dem einer sonderbaren Vertrautheit Platz gemacht. Heute war es so, daß er diesen gelben Schein als angenehmer empfand als das Licht des Tages.

Sein Blick tastete über das Durcheinander von Skalen und Zeigern, von verschiedenfarbigen Lichtern, von winzigen Bildschirmen – und verharrte auf einer kleinen, roten Lampe, die in hektischem Rhythmus flackerte.

Jean runzelte die Stirn. Er kannte die Bedeutung dieses Lichtes. Jemand hatte versucht, sich Zutritt zu verschaffen.

Er setzte sich in einen der drei gepolsterten Schalensitze hinter dem Kommandopult, streckte die Hand aus und drückte rasch hintereinander drei Tasten. Das Licht unter der Decke wurde schwächer, ohne völlig zu verlöschen, und dicht neben seiner linken Hand glomm ein rechteckiger, kaum handgroßer Monitor auf. Jean hörte ein helles Summen, als das Videoband zurückfuhr, dann machten die flimmernden Streifen auf dem Bildschirm einer dreidimensionalen, farbigen Abbildung des Bereiches vor der Festungstür Platz.

Er atmete erleichtert auf, als er sah, daß nur ein Tier versucht hatte einzudringen: ein grüngraues, fast mannsgroßes Etwas, das wie eine mißlungene Kreuzung zwischen einer Krabbe und einer Kakerlake aussah und dessen schimmernder, schwarzer Hornpanzer es unzweifelhaft als eine Kreatur von Moron auswies. Seine riesigen Augen schienen Jean über den Monitor hinweg haßerfüllt anzustarren.

Jean lächelte nervös. Was er sah, war nur eine Aufzeichnung, Tage, vielleicht sogar Wochen alt, und trotzdem mußte er sich beherrschen, um nicht instinktiv den Blick zur Tür zu wenden und sich davon zu überzeugen, daß das Ding den handstarken Stahl nicht einschlug und hereingekrochen kam.

Die Aufzeichnung endete, als die Krabberlake ihre sinnlosen Bemühungen, den Panzerstahl einzuschlagen, endlich aufgab und sich umwandte, um mit grotesken, hopsenden Schritten davonzuschleichen. Jean wollte den Bildschirm schon wieder abschalten, aber in diesem Moment stabilisierten sich die grauweißen Streifen darauf erneut zu einem Bild. Und er sah aufmerksamer wieder hin.

Die Kamera mußte sich wenige Augenblicke nach dem Ende der ersten Aufzeichnung automatisch wieder eingeschaltet haben, und als er den kleinen Bildschirm genauer betrachtete, begriff er auch, warum: Das Insektenwesen hatte sich gute dreißig oder vierzig Schritte von der Festung entfernt und kroch jetzt mit grotesken Bewegungen über die Ebene, die sie vom Rand der Insel trennte. Aber auf dem Bildschirm war plötzlich noch eine zweite Bewegung – ein flüchtiges, silbernes Blitzen am Himmel, fast am Rande des Aufnahmebereiches der Kamera. Es kam rasend schnell näher, verschwand für einen Moment und kehrte dann etwas langsamer zurück – und dann stach ein dünner, unerträglich greller Lichtblitz aus dem Himmel und spießte die riesige Insektenkreatur auf. Jean schloß geblendet die Augen, als der Bildschirm für einen Moment in strahlender Weißglut aufzulodern schien. Als er die Lider wieder hob, war die Kreatur verschwunden. Dort, wo sie eine Sekunde zuvor noch gehockt hatte, glühte der Boden in einem dumpf-dunklen, düsteren Rot.

Zwei, drei Sekunden lang blieb das Bild statisch, dann erlosch der Monitor endgültig, und er hörte ein leises Klicken. Der Gleiter mußte weitergeflogen sein, und seither war nichts mehr geschehen, was eine Aufnahme wert gewesen wäre.

Aber Jean blickte noch eine ganze Weile versonnen auf den kleinen, wieder grau gewordenen Bildschirm. Der Zwischenfall hatte ihm wieder einmal deutlich gezeigt, wie dünn das Eis war, auf dem er sich bewegte. Niemand wußte von der Existenz dieser Festung, weder in der Freien Zone noch drüben, auf der anderen Seite – aber er hatte keine Garantie, daß das für alle Zeiten so blieb. Ein simpler Zufall wie die Neugier einer gehirnlosen Kreatur konnte alles verderben. Er wagte gar nicht daran zu denken, was geschehen wäre, hätte der Gleiter das Geschöpf auch nur einige Minuten früher geortet und es angegriffen, während es sich unmittelbar vor der Festung befand. Jean wußte, daß die Festung über Waffen verfügte, die vermutlich ausreichten, einen Gleiter wie eine lästige Fliege vom Himmel zu schnippen. Und er war ziemlich sicher, daß das Gehirn der Festung einen Laserschuß, der auf sie abgegeben wurde, nicht unbedingt als freundlichen Akt betrachten würde. Als er selbst das erste Mal hierhergekommen war, hatte er seine Neugier beinahe mit dem Leben bezahlt. Er würde sich etwas einfallen lassen müssen.

Aber deshalb war er schließlich auch hier.

Im ersten Jahr, nachdem Jean die Festung entdeckt und sich Zutritt verschafft hatte, hatte er sie einfach nur als Versteck benutzt. Er hatte manchmal ganze Nächte hier verbracht, in denen er nichts anderes tat, als einfach dazusitzen und zu träumen. Er war damals fast noch ein Kind gewesen.

Aber in den letzten beiden Jahren hatte Jean vorsichtig damit begonnen, die Geheimnisse dieser Festung Stück für Stück zu erforschen. Verglichen mit dem, was er noch nicht wußte, hatte er wahrscheinlich kaum etwas herausgefunden. Aber mit jedem Geheimnis, das er löste, mit jedem Gerät, dessen Funktion er begriff, mit jedem Apparat, den er zu bedienen lernte, ging es ein wenig schneller. Jean zweifelte nicht daran, daß er in weiteren zwei, allerhöchstens drei Jahren diese Festung vollkommen beherrschen würde. Und dann ... Ein dünnes Lächeln spielte um seine Lippen, als er an den gewaltigen, schlanken Zylinder aus Glas und schimmerndem, grünem Kristall dachte, den er in dem halbrunden, drehbaren Turm über seinem Kopf entdeckt hatte. Er war sehr sicher, daß es sich dabei um eine Laserwaffe handelte. Er wußte noch nicht, wie sie funktionierte, aber er würde es herausfinden, und dann ...

Nun, dachte er, dann würde der nächste Jäger, der kam, um ein bißchen Spaß mit ein paar Bewohnern der Freien Zone zu haben, eine gewaltige Überraschung erleben.

Jean verscheuchte diesen Gedanken und konzentrierte sich auf den eigentlichen Grund seines Besuches. Beim letzten Mal hatte er durch Zufall herausgefunden, wie er den Hauptrechner einschalten konnte. Das Gerät gab zwar bisher nur sinnlose Buchstaben- und Zahlenkombinationen von sich und beantwortete all seine in die Tastatur gehämmerten Fragen und Befehle mit einem sturen:

A> BAD OR MISSING PASSWORD. ACCESS DENIED

aber er hatte sich im Laufe der letzten Monate mit der Funktionsweise einiger kleinerer Computer vertraut gemacht und war ziemlich sicher, auch mit diesem größeren Gerät fertig zu werden, wenn er nur ein wenig Zeit hatte. Und Zeit hatte er im Überfluß.

Er schaltete das Gerät ein, tippte wahllos einige Ziffern und Buchstaben in die Tastatur und blickte verärgert auf die ewig gleiche, stereotype Antwort. Jean verfluchte die Welt, sich selbst und die schwarzen Götter Morons dafür, nicht mehr von Computern zu verstehen. Sie hatten einige kleine Rechner in der Freien Zone, aber die waren allenfalls gut genug, einige leichtere Rechenaufgaben zu lösen. Mit diesem Gerät hatten sie ungefähr so viel zu tun, wie sein aufgemotztes Pibike mit den aus Holz geschnitzten Rollschuhen, mit denen er als Kind herumgefahren war.

Jean schloß die Augen, versuchte für einen Moment an gar nichts zu denken und beugte sich dann erneut über die Tastatur. Er hatte vor, mit simplen, dreistelligen Zahlen zu beginnen, die er eintippte. Er war bei 117 angekommen, als ein heller, dreifacher Glockenton erklang und ihn abrupt aus seiner Tätigkeit riß. Jean sah alarmiert und für einen Moment erschrocken auf, blickte sich wild um – und fuhr nun wirklich erschrocken zusammen, als er sah, daß sich einer der drei großen Hauptmonitore von selbst eingeschaltet hatte. Er drehte den Sitz herum, beugte sich vor und blickte aufmerksam auf den Schirm. Es war eines der Geräte, dessen Funktionsweise er zumindest in Ansätzen begriffen hatte. Einmal, vor einem guten Jahr, war er während einer Jagd hier draußen gewesen. Und auch damals hatte sich das Gerät ohne sein Zutun eingeschaltet. Es hatte eine Weile gedauert, bis er den Sinn der winzigen, flackernden Leuchtpunkte und der Zahlen- und Buchstabenkombinationen überhaupt begriffen hatte – aber dann war ihm schlagartig klar geworden, daß das Gerät die Energieemission von Laserschüssen registrierte. Das auf den ersten Blick scheinbar sinnlose Durcheinander von Strichen, Linien, Quadraten, Kreisen und Kreuzen auf dem Monitor entpuppte sich bei genauerem Hinsehen als Computer-Graphik der näheren Umgebung der Festung, wobei sie selbst den Mittelpunkt darstellte und das abgebildete Gebiet in Wirklichkeit einen Kreis von gut fünf Meilen Durchmesser.

Kein Zweifel, dachte Jean verblüfft, irgendwo, nicht einmal ganz drei Meilen entfernt, wurde in diesem Moment ein Laser abgefeuert. Und nicht nur einer. Der kleine, rote Lichtpunkt flackerte immer wieder, und das winzige Bildschirmfenster in der rechten unteren Ecke füllte sich immer hektischer mit Zahlen und Buchstaben, deren Bedeutung ihm nach wie vor verborgen blieb.

Jean war verwirrt. Die letzte Jagd war erst drei Tage her, und wenn es auch keine wirkliche Regel gab, so hatte er doch noch nie erlebt, daß der Abstand zwischen ihnen kürzer als zwei Wochen gewesen war; letztendlich war selbst den Jägern nicht daran gelegen, die Freie Zone auszubluten.

Was zum Teufel hatte das zu bedeuten?

Jean sah dem Flackern und Blitzen des kleinen roten Punktes eine ganze Weile gebannt zu. Es dauerte Minuten, bis das hektische Blinzeln des kleinen Lichtfleckes ein wenig nachließ und schließlich ganz aufhörte. Er überlegte angestrengt. Was auch immer dort draußen vorging, es war keine gewöhnliche Jagd.

Und es dauerte noch einmal Minuten, bis Jean zögernd die

Hand ausstreckte und eine Taste unter dem Monitor berührte. Ein leises, ratterndes Summen erklang, und aus einem Schlitz unter dem Bildschirm quoll ein Blatt Papier, auf dem sich eine verkleinerte Abbildung der Computer-Graphik befand. Die genauen Koordinaten der angemessenen Energieschüsse waren durch eine Art Fadenkreuz mit Entfernungs- und Richtungsangaben darauf eingetragen.

Jean riß das Blatt ab, faltete es sorgsam zusammen und steckte es in die Brusttasche seiner Jacke. Dann zog er seine Waffe, überzeugte sich pedantisch davon, daß sie geladen war, kontrollierte die beiden Reservemagazine, die sich in seinem Gürtel befanden und verließ die Festung.

2

Im ersten Moment vermochte Charity nicht zu sagen, wer überraschter war – sie, die Shai-Priesterin, die unter der aufgleitenden Tür erschienen war, oder die beiden *Ameisen,* die die alte Frau begleiteten.

Aber zumindest überwanden die beiden riesigen Insektengeschöpfe ihre Überraschung schneller als sie. Eine der beiden *Ameisen* stieß die Shai-Priesterin zu Boden und griff gleichzeitig mit ihren beiden übrigen Händen zu dem einzigen Kleidungsstück, das sie trug: einem schmalen Metallgürtel, aus dem die Kolben von gleich vier fremdartig geformten Waffen herausragten. Die andere stieß einen schrillen Pfiff aus und stürzte sich unverzüglich auf den ersten Gegner, den sie fand: Gurk.

Für eine Sekunde schien die Zeit stillzustehen. Charity sah und hörte alles gleichzeitig. Aber so absurd schnell und präzise ihre Sinneswahrnehmungen funktionierten, so absurd langsam reagierte ihr Körper auf ihre Befehle. Sie versuchte, sich zur Seite zu werfen und gleichzeitig Net und Skudder mit sich von den Füßen zu reißen, aber ihre Bewegungen kamen ihr so träge vor, als sei die Luft plötzlich zu einem zähen, unsichtbaren Sirup geronnen. Charity sah, wie die *Ameise* ihre beiden Waffen mit einer unglaublich schnellen Bewegung aus dem Gürtel riß und auf Skudder und sie anlegte, und sie wußte, daß sie abdrücken würde, ehe sie sich auch nur einen Zentimeter von der Stelle bewegt hatte. Großer Gott – sie hatte gewußt, daß diese Bestien schnell waren, aber nicht so schnell!

Was Skudder und ihr das Leben rettete, das war nicht ihre Reaktion. Es war der Megamann.

Er taumelte mit einem Schrei aus dem Transmitterkreis, scheinbar noch ehe sich sein Körper völlig stabilisiert hatte, eine geschwärzte, blutüberströmte, zerfetzte Gestalt mit verkohlten Stümpfen statt Händen, und stürzte sich unverzüglich auf Skudder.

Und im gleichen Augenblick, in dem die *Ameise* die Gestalt in dem zerfetzten, schwarzen Kampfanzug bemerkte, erstarrte sie mitten in der Bewegung.

Charity prallte gegen Net und riß sie mit sich von den Füßen; ihr ausgestreckter Arm streifte auch noch Skudders Schulter und wirbelte ihn herum. Aber nicht weit genug. Der Megamann packte ihn an Gürtel und Schulter, zerrte ihn wie eine Puppe in die Höhe, um ihn gegen die Wand zu schmettern. Skudder schrie und schlug mit beiden Fäusten um sich, aber der tobende Gigant schien die Hiebe nicht einmal zu spüren. Mit einer zornigen Bewegung hob er den Zwei-Meter-Riesen ohne sichtliche Anstrengung hoch über den Kopf – und erstarrte ebenfalls.

Für einen Moment trafen sich die Blicke des Megamannes und der *Ameise,* und Charity glaubte, in beiden das gleiche fassungslose Erstaunen, ja beinahe Entsetzen zu erkennen. Dann zischelte die *Ameise* wütend, schwenkte die beiden Waffen in ihren Händen herum und griff gleichzeitig mit den zwei verbliebenen Händen nach den beiden anderen Strahlern – und der Megamann schleuderte den brüllenden Hopi wie ein lebendes Geschoß auf die Insektenkreatur.

Das Geräusch, mit dem sie zusammenprallten, ließ Charity aufstöhnen. Skudders Anprall schleuderte die *Ameise* zurück in den Gang, aus dem sie hervorgekommen war. Zwei der vier Strahlenpistolen wurden ihr aus den Händen geschlagen, die dritte gab einen dünnen, giftgrünen Lichtblitz von sich, der zischend in die Decke fuhr und dort ein faustgroßes Loch hinterließ.

Skudder rollte hilflos über den Boden, prallte gegen die Wand und blieb stöhnend liegen, während der Megamann mit einem gewaltigen Sprung hinter der gestürzten *Ameise* hersetzte. Das Rieseninsekt versuchte, mit einer wirbelnden, verwirrenden sechsgliedrigen Bewegung auf die Füße zu kommen, aber so schnell es auch war, es hatte gegen diese unglaubliche, lebende Kampfmaschine nicht die Spur einer Chance.

Der Megamann erreichte sie, fegte den Arm, der den dritten Strahler hielt, mit einem Fußtritt beiseite und drehte blitzschnell den Oberkörper, als die Ameise mit der vierten verbliebenen Waffe auf ihn zielte. Der Laserstrahl brannte eine sengende Spur in seine Jacke, aber im gleichen Moment packte der Megamann zu, ergriff ihren Arm – und brach ihn in zwei Teile. Das stahlharte Chitin zersplitterte wie Glas in seinen Händen.

Die *Ameise* stieß ein hohes, schmerzerfülltes Pfeifen aus, versuchte sich taumelnd zu erheben und schlug blind vor Schmerz und Zorn um sich. Eine ihrer Krallen bohrte sich wie eine dreizinkige, hörnerne Gabel tief in die Schulter des Gegners. Der Megamann keuchte vor Schmerz, packte den dürren Arm und riß ihn ab.

Das war selbst für diese ungeheuerliche Kreatur zuviel. Die *Ameise* sackte zusammen und verendete lautlos. Der ganze Kampf hatte weniger als zwei, allerhöchstens drei Sekunden gedauert.

Charity plagte sich auf die Füße. Verzweifelt blickte sie sich um, als der Megamann den Kopf drehte und wieder zu ihr zurücksah. Sie brauchte eine Waffe, irgend etwas, womit sie diesen lebenden Kampfroboter aufhalten konnte!

Ein helles Kreischen ließ sie herumfahren.

Am anderen Ende des Raumes war Gurk damit beschäftigt, sich mit fast grotesken Sprüngen vor den zupackenden Armen der zweiten *Ameise* in Sicherheit zu bringen, die noch gar nicht bemerkt zu haben schien, was mit ihrem Kameraden passiert war. Der Zwerg legte eine erstaunliche Geschicklichkeit dabei an den Tag und entwischte der *Ameise* immer wieder. Aber das Rieseninsekt verfügte nicht nur über ein zusätzliches Armpaar, und damit gleich vier Hände, mit denen es nach Gurk greifen konnte, sondern auch über schier unerschöpfliche Kraftreserven. Das Monster trieb den Gnom langsam, aber unaufhaltsam vor sich her in eine Ecke des Raumes, wo es ihn in wenigen Sekunden packen mußte; wahrscheinlich, um ihn auf der Stelle in Stücke zu reißen!

Charity sprang mit einem verzweifelten Satz vor, packte das Monster dort, wo bei einem menschlichen Gegner die Schulter gewesen wäre, und warf sich mit aller Gewalt zurück. Ihre Körperkräfte reichten bei weitem nicht aus, es mit denen der gigantischen Insektenkreatur aufzunehmen, aber der Angriff kam völlig überraschend. Sie stürzte und verlor an der glatten Chitinhaut der *Ameise* fast den Halt, aber der Ruck reichte aus, auch das Ungeheuer zurückzureißen und taumeln zu lassen. Gurk stieß ein helles Quieken aus und tauchte unter den wirbelnden Klauen des Monsters hinweg, um mit ein paar überraschend behenden Sätzen das Weite zu suchen, während Charity hilflos zu Boden stürzte und sah, wie die riesige Bestie herumfuhr und alle vier Arme nach ihr ausstreckte. Instinktiv rollte sie sich zur Seite und riß schützend die Hände über das Gesicht, bevor stahlharte Insektenklauen tiefe Furchen genau dort in den Boden rissen, wo gerade noch ihr Kopf gelegen hatte. Sie sah einen zweiten Schlag des Ungeheuers aus den Augenwinkeln und blockte ihn mit dem Unterarm ab. Die dreifingrige Klaue mit den fast fünf Zentimeter langen, messerscharfen Krallen wurde eine knappe Handbreit vor ihrem Gesicht gestoppt; aber der Schlag war so heftig, daß er alles Gefühl und Leben aus ihrem rechten Arm herausprügelte. Charity keuchte vor Schmerz, trat instinktiv mit beiden Beinen zu und fühlte, wie ihr Schlag vom gepanzerten Körper der *Ameise* abprallte wie von einem Felsen. Das Monster zischelte triumphierend, war mit einem einzigen, ruckhaften Insektenschritt über ihr und holte zum letzten entscheidenden Hieb aus.

Doch plötzlich war ein riesiger Schatten hinter ihm. Ein verstümmelter, blutiger Arm legte sich von hinten um den Hals der *Ameise* und riß sie mit einer Gewalt zurück, der selbst diese ungeheuerliche Kreatur nichts entgegenzusetzen hatte. Charity hörte ein trockenes Knacken, als der Chitinpanzer des Rieseninsektes barst, und das triumphierende Zischeln des Ungeheuers verwandelte sich in ein schmerzhaftes Kreischen und Pfeifen.

Der Megamann verpaßte der *Ameise* drei blitzartige Fausthiebe, die sie hilflos zurück und gegen die Wand torkeln ließen. Mit einer kraftvollen Bewegung setzte er ihr nach, ließ seine stahlharten Fäuste auf ihren Schädel niedersausen. Das Ungeheuer gab einen letzten, fast wehleidigen Pfiff von sich, dann erschlafften seine Glieder, und es sackte zusammen wie eine Marionette mit zu vielen Armen und Beinen, deren Fäden alle auf einmal durchgeschnitten worden waren.

Eine Sekunde lang stand der Megamann reglos da. Er wankte, seine Arme und Beine begannen zu zittern, dann machte er einen einzelnen, mühevollen Schritt, prallte gegen die Wand und begann, daran zu Boden zu sinken, während er sich langsam herumdrehte. Sein Gesicht war eine verzerrte Maske aus Schmerz und Panik, und er blutete aus mindestens einem halben Dutzend tiefer Wunden, von denen jede einzelne einen normalen Menschen getötet hätte. Sein Blick flackerte, als kämpfe das Leben darin mit aller Macht darum, nicht zu erlöschen.

Und eine Sekunde lang sah Charity in seine Augen.

Dieser Mann war ihr Feind, dachte sie fast hysterisch. Der gefährlichste Gegner, mit dem sie es je zu tun gehabt hatte, ein lebender Roboter, den Stone auf sie und ihre Begleiter angesetzt hatte und der sie wahrscheinlich bis ans andere Ende der Galaxis verfolgen würde, wenn es nötig wäre. Kein Mensch, sondern eine Maschine, deren einzige Aufgabe darin bestand zu töten.

Und trotzdem las sie in seinem Blick weder Feindschaft noch Zorn, nicht einmal die kalte, fast maschinenhafte Entschlossenheit, die er bisher an den Tag gelegt hatte, sondern nur einen Schmerz, der viel tiefer ging, als körperliche Pein es vermochte. Dieser Mann war ein Verlorener, dem etwas gestohlen worden war, etwas ungeheuer Wichtiges, vielleicht das einzige, woran er je geglaubt hatte. Als er aus dem Transmitter herausgetaumelt war, da hatte sie nichts als Angst gespürt, wenn er auch keinen Moment gezögert hatte, sich sofort auf Skudder zu stürzen und ihn mühelos überrannt hatte. Aber Charity war plötzlich nicht mehr sicher, ob sie Angst vor diesem Mann haben mußte. Trotz seines entsetzlichen Zustandes war er noch immer in der Lage, aufzustehen und sie zu töten, mit der gleichen Leichtigkeit, mit der er die beiden Rieseninsekten überwunden hatte.

Aber irgend etwas hielt ihn zurück. Irgend etwas, das …

Ein dünner, grellweißer Lichtblitz traf die Brust des Megamannes. Der Megakrieger bäumte sich auf und kippte mit einem keuchenden Schrei nach vorne, als der Laserstrahl seinen Körper durchbohrte und seine gesamte Energie schlagartig in die hinter ihm befindliche Wand abgab. Der Stein begann dunkelrot zu glühen, und aus dem Rücken der zerfetzten schwarzen Jacke des Megamannes schlugen Flammen. Er stürzte vornüber, wälzte sich stöhnend auf den Rücken, um die Flammen zu ersticken – und bäumte sich erneut auf, als ein zweiter Laserblitz seinen Körper traf.

Charity war mit einer einzigen Bewegung auf den Beinen. Abn El Gurk stand nur zwei Meter hinter ihr. Er hatte eine der Strahlenwaffen aufgehoben, die der Megamann den *Ameisen* aus den Händen geschlagen hatte, und richtete sie gerade auf den Gestürzten, um einen dritten Schuß abzugeben.

»Nein!«

Der Gnom beachtete sie nicht einmal. Er spreizte die Beine und packte den Laser mit beiden Händen, um besser zielen zu können; eine Haltung, die er wahrscheinlich an ihr beobachtet hatte. Der Ausdruck auf seinem faltigen Zwergengesicht verriet puren Haß. Und während er die Waffe hob und gleichzeitig einen Schritt beiseite trat, um sie selbst nicht zu gefährden und freies Schußfeld auf den Megamann zu haben, ging eine lautlose, erschreckende Veränderung mit ihm vor: Er war noch immer ein Zwerg mit einem viel zu großen Kopf, dürren Händen und einem Gesicht, das direkt aus einem Comic hätte stammen können. Aber aus dem gutmütigen, stets zu Scherzen aufgelegten Gnom war plötzlich ein häßlicher Troll geworden, der nur einen Wunsch hatte: zu töten.

Charity trat mit einem blitzartigen Schritt zwischen ihn und den gestürzten Megakrieger.

Gurk riß mit einem Fluch die Waffe hoch und funkelte sie an. »Was soll das?« schnappte er. »Bist du verrückt geworden?«

Statt zu antworten, entriß ihm Charity kurzerhand die Waffe. Gurks Augen weiteten sich, und für einen winzigen Moment loderte dieser böse, durch nichts zu besänftigende Haß noch einmal in seinem Blick auf; diesmal galt er niemand anderem als ihr.

»Was soll das?« wiederholte er krächzend. »Wir müssen ihn töten! Wenn er wieder zu sich kommt, wird er uns alle umbringen!«

Charity sah über die Schulter zu dem gestürzten Megamann zurück. Er regte sich nicht mehr, aber unter seinem Körper bildete sich allmählich eine dunkle, größer werdende Lache. Und trotzdem wirkte er noch gefährlich.

Gurk hob fast flehend die Hände. »Töte ihn!« sagte er verzweifelt. »Oder gib mir die Waffe und laß mich es tun, wenn du es nicht kannst! Bring ihn um, Charity, oder er wird uns umbringen!«

Charity sah den Zwerg eine Sekunde lang kopfschüttelnd an, dann drehte sie sich herum, tauschte einen raschen Blick mit Net, die sich auf die Knie und einen Arm erhoben hatte, und warf ihr die Waffe zu. Wahrscheinlich begriff Net in diesem Moment nicht einmal, was sie damit sollte; aber sie fing den Strahler ganz instinktiv auf und richtete ihn auf den reglos daliegenden Körper des Verfolgers.

»Paß auf ihn auf«, sagte Charity. »Wenn er Dummheiten macht, dann erschieß ihn.«

Net nickte verwirrt, und in Gurks Augen erschien ein fragender, fast lauernder Ausdruck, als wäre er nicht ganz sicher, wen Charity mit diesem Befehl gemeint hatte.

Charity lief zur Tür. Mit einem einzigen raschen Blick überzeugte sie sich davon, daß die Shai-Priesterin, die die *Ameise* zu Boden gestoßen hatte, im Moment keine Gefahr darstellte: Sie lag gegen die Wand gelehnt und war bei Bewußtsein, aber ihr Gesicht war erstarrt und der Blick ihrer weit aufgerissenen, glasigen Augen leer. Charity bezweifelte, daß sie überhaupt begriffen hatte, was hier vorging.

Sie gab Net mit einem Blick zu verstehen, auch auf sie zu achten, und ging zu Skudder hinüber.

Der Hopi-Indianer erwachte stöhnend, als Charity sich über ihn beugte. Er hatte keine sichtbaren Verletzungen davongetragen; nur aus einer dünnen Platzwunde über seinem linken Auge sickerte ein wenig Blut. Aber Charity hatte den fürchterlichen Laut nicht vergessen, mit dem er gegen die *Ameise* geprallt war.

Hastig ließ sie sich auf die Knie herabsinken, drückte Skudder mit sanfter Gewalt zurück auf den Boden und tastete seinen Körper ab. Skudder verzog ein paarmal schmerzhaft das Gesicht, aber sie fühlte keine Brüche oder schwerere Verletzungen unter dem zerschrammten Leder seiner Shark-Montur.

»Kannst du die Beine bewegen?« fragte sie.

Skudder nickte, zog die Knie ein wenig an den Körper und streckte die Beine rasch wieder aus. Sein Gesicht verzerrte sich. »Ja«, stöhnte er, »aber es tut verdammt weh.«

Charity lächelte. »Ich dachte immer, ein Indianer spürt keinen Schmerz?« fragte sie.

Skudder stöhnte auf, wälzte sich mühsam auf die Seite und versuchte, sich taumelnd auf die Knie und einen Arm hochzustemmen. »Das ist mir neu«, preßte er zwischen zusammengebissenen Zähnen hervor. »Aber ich werde es mir für das nächste Mal merken.«

Charity half Skudder dabei, sich mühsam zu erheben, und

trat einen halben Schritt zurück, wobei sie ihn aber aufmerksam im Auge behielt.

Skudder schloß noch einmal die Augen. Aber sie konnte direkt sehen, wie er sich erholte. Abgesehen von dem Megamann, der vermutlich kein Mensch war, war Skudder der stärkste Mann, dem sie jemals begegnet war.

»Alles okay?« fragte sie noch einmal.

Skudder öffnete die Augen, blickte sie einen Moment forschend an und sah dann mit einem schmerzerfüllten Lächeln auf seine Hände herab. »Nein«, antwortete er. »Ich glaube, ich habe mir einen Fingernagel abgebrochen.«

Charity lachte erleichtert, drehte sich herum und ging wieder zu der Shai-Priesterin zurück.

Die alte Frau saß in der gleichen, erstarrten Haltung da, in der sie sie zurückgelassen hatte. Ihr Gesicht war bleich, und ihre Lippen zitterten, als versuche sie vergeblich, zu sprechen. Charity berührte sie an der Schulter, bewegte die andere Hand vor ihrem Gesicht hin und her und registrierte ohne sonderliche Überraschung, daß ihr Blick der Bewegung nicht folgte. Dabei war sie sicher, daß sie nicht verletzt war. Mit dieser Frau war etwas geschehen, das Charity erschreckte, obwohl oder vielleicht gerade weil sie es nicht verstand. Sie hatte einen Schock erlitten, von dem sie sich vielleicht nie wieder erholen würde, und das war nicht allein mit ihrem plötzlichen Auftauchen oder dem Kampf zu erklären, der zwischen ihnen und den beiden *Ameisen* entbrannt war.

Sie stand wieder auf und deutete mit einer befehlenden Geste auf Gurk. »Kümmere dich um sie«, sagte sie. »Versuche, sie irgendwie wach zu bekommen. Wir müssen mit ihr reden.«

Der Zwerg starrte sie einen Moment lang fast trotzig an, dann murmelte er ein einzelnes, abgehacktes Wort in einer Sprache, die Charity nie zuvor gehört hatte, und bewegte sich mit provozierender Langsamkeit auf die alte Frau zu. Charity schluckte die ärgerliche Bewegung auf Gurks unverständliche Antwort herunter und ging zu Net und dem Megamann zurück.

Die junge Wasteländerin war neben dem gestürzten Megakrieger niedergekniet. Ihr Gesicht verriet das Entsetzen, mit dem sie der Anblick des verstümmelten, blutenden Körpers erfüllte. Aber sie hielt die Waffe, die Charity ihr zugeworfen hatte, noch immer auf die Stirn des Bewußtlosen gerichtet.

Vorsichtig beugte sich Charity über den Megakrieger. Er lebte noch. Aller Logik zum Trotz bewegte sich die Brust unter der verkohlten, schwarzen Jacke in langsamen, schweren Stößen. Die meisten seiner Wunden hatten aufgehört zu bluten, einige wirkten schon nicht mehr so gefährlich wie noch vor Augenblicken.

Sie sah auf, als Skudder ihr eine Waffe reichte. Offensichtlich hatte er die Strahler der *Ameisen* eingesammelt, denn er trug eine zweite der kleinen, bizarr geformten Pistolen in der rechten Hand. Charity nahm die Waffe entgegen, wollte sie instinktiv in die Tasche schieben und entschied sich dann, sie in der Hand zu behalten, obwohl sie wußte, daß ihr dieser Strahler herzlich wenig nützen würde, wenn das Geschöpf zu ihren Füßen die Augen aufschlug und sich entschloß, weiterzuleben.

»Ist er tot?« fragte Skudder.

Charity schüttelte den Kopf. »Nein«, antwortete sie. »Ich verstehe das nicht, aber er ... er lebt.«

»Und das wird er auch weiterhin, wenn du noch lange genug herumtrödelst«, mischte sich Gurk heftig ein. »Verdammt noch mal, töte ihn! Versuche es wenigstens – ich weiß nicht einmal, ob es jetzt noch geht.«

Charity beachtete ihn nicht. Gurk hatte vermutlich recht. Es war vielleicht ihre letzte Chance. Sie hatte gesehen, wozu dieses Geschöpf imstande war. Der scheinbar tödlich verwundete Mann vor ihr war kein Mann, sondern eine Ein-Mann-Armee, die Skudder, Net, Gurk und sie im Bruchteil eines Augenblicks überwältigen konnte, wenn sie erst wieder erwachte. Sie war nicht einmal sicher, ob man dieses Geschöpf überhaupt töten konnte.

Und sie wollte es auch gar nicht.

Skudder sah sie fragend an und hob die Hand mit der Waffe. Charity schüttelte den Kopf. »Nein«, sagte sie leise.

Skudder antwortete nicht, sondern zuckte nur unmerklich mit den Achseln und senkte den Arm wieder. Auch Net blickte sie verblüfft an, schwieg aber.

Nur Gurk fuhr fort zu lamentieren: »Ich habe gleich gewußt, daß es Wahnsinn ist, sich mit euch einzulassen! Ihr seid ja verrückt!«

»Bitte, Gurk, halt den Mund«, sagte Charity. Ihre Stimme klang ruhig, fast müde, aber vielleicht war es gerade dieser Ausdruck, den Gurk zum Verstummen brachte. Der Zwerg blickte sie weiter vorwurfsvoll an, aber er sagte nichts mehr, sondern drehte sich schließlich wie ein trotziges Kind herum und wandte sich der Shai-Priesterin zu.

»Was tun wir jetzt mit ihm?« fragte Skudder nach einer Weile. Er deutete fragend auf den Megamann herab, dann in der gleichen Bewegung auf die offenstehende Tür am anderen Ende des Raumes. »Wir müssen von hier verschwinden, bevor noch mehr von ihnen kommen.«

»Nur noch einen Augenblick«, sagte Charity. »Ich ... muß überlegen.« Sie wußte, daß Skudder nur zu recht hatte. Wahrscheinlich wimmelte dieses Gebäude geradezu von *Ameisen.*

»Wir könnten ihn einfach liegen lassen«, sagte Skudder. »Ich weiß nicht, wieso er noch lebt. Aber selbst wenn sie es schaffen, ihn irgendwie zusammenzuflicken, werden sie eine ganze Weile dafür brauchen.«

»Pah!« machte Gurk. »Gib ihm eine Stunde, und er spielt Fußball mit dir, Skudder. Allerdings nur mit deinem Kopf – als Ball!«

Skudder warf dem Gnom einen giftigen Blick zu und wandte sich dann wieder an Charity. »Worauf wartest du?«

»Vielleicht will sie ihn fragen, ob er eine Schmerztablette braucht«, giftete Gurk.

Charity setzte zu einer wütenden Antwort an, aber in diesem Moment stieß Net ein erstauntes Keuchen aus und deutete auf die rechte Hand des Bewußtlosen. »Seht doch!«

Charity hatte fast damit gerechnet – und trotzdem spürte sie einen eisigen Schrecken, als sie sah, was Net meinte: Die Hände des Megakriegers waren nur noch blutige, verstümmelte Stümpfe gewesen, als er aus dem Transmitter getaumelt war. Aber jetzt sah sie, wie sich sein verkohltes Fleisch zu regenerieren begann: mit unglaublicher Geschwindigkeit, als wäre jede einzelne Zelle seines Körpers plötzlich zu eigenem, zitterndem Leben erwacht. Es war ein erschreckender und gleichzeitig faszinierender Anblick. Das verbrannte Fleisch erneuerte sich, begann zu wachsen und eine rosige Farbe anzunehmen,die Haut bildete sich neu, und schließlich wuchsen sogar die Fingernägel nach.

Charity blickte erschrocken auf die linke Hand des Megakriegers. Der unheimliche Heilungsprozeß hatte auch dort begonnen, und es war nicht nur seine Haut, die heilte! Als gehörte es zu seinem Körper, begann sich auch das enganliegende schwarze Kleidungsstück des Megakriegers zu regenerieren; aus dem verkohlten Stoff wurde wieder ein schimmerndes, unversehrtes Gewebe von nur scheinbar schwarzer Farbe, das in Wahrheit überhaupt keine Farbe hatte, sondern sich wie die Haut eines Chamäleons der Tönung des Untergrundes anpaßte, auf dem der Mann lag.

»Bei den schwarzen Göttern von Moron!« keuchte Net fassungslos. »Das ist doch nicht möglich!«

»Ha!« sagte Gurk fast triumphierend. »Es sind seine Hände, nicht wahr? Es beginnt immer mit den Händen. Das sind seine schlimmsten Waffen, müßt ihr wissen. Aber das werdet ihr ohnehin bald am eigenen Leib erfahren.«

»Halt endlich den Mund!« rief Charity zornig.

Gurk grummelte eine Antwort, aber Charity blickte nicht einmal zu ihm zurück, sondern sah mit einer Mischung aus Faszination und Schrecken zu, wie sich der Körper des Megamannes vor ihren Augen regenerierte. Die tödlichen Wunden schlossen sich. Und allmählich begannen sich auch seine verzerrten Züge zu glätten. Sein Atem wurde ruhiger.

Es vergingen nicht einmal fünf Minuten, bis der Körper des Megamannes keine sichtbaren Verletzungen mehr aufwies. Und danach noch einmal knapp dreißig Sekunden, ehe er mit einem tiefen, seufzenden Atemzug die Augen aufschlug.

Das erste, was sie in seinem Blick las, war ein mildes Erschrecken; und dann etwas wie wissenschaftliche Neugier, mit der er die winzigen Abstrahlkristalle der drei Laserwaffen betrachtete, die Net, Skudder und Charity direkt auf sein Gesicht richteten.

»Verstehen Sie mich?« fragte Charity.

Der Megamann deutete mit den Augen ein Nicken an.

»Das ist gut«, fuhr Charity ernst fort, »denn ich werde das, was ich Ihnen jetzt sage, nicht wiederholen. Ich weiß nicht, wer oder was Sie sind. Und ich weiß erst recht nicht, wie Sie es geschafft haben, das alles zu überleben. Aber ich bin ziemlich sicher, daß Sie es nicht überleben werden, wenn wir Ihnen das Gehirn aus dem Schädel herausbrennen – und ganz genau das werden wir tun, wenn Sie auch nur einen Finger rühren – klar?«

Wieder schloß der Megamann die Augen und öffnete sie. Er hatte verstanden. Und er mußte wissen, wie ernst Charity diese Worte meinte. Trotzdem lag in seinem Blick nicht die mindeste Spur von Furcht, sondern lediglich ein mildes, spöttisches Glitzern. Charity fragte sich, ob Gurk nicht vielleicht recht gehabt hatte. Sie war sehr sicher, daß nicht einmal dieser Megamann es überleben würde, wenn sie alle drei aus allernächster Entfernung auf ihn schossen – aber sie war plötzlich ganz und gar nicht mehr sicher, daß sie es konnten, wenn er sich entschloß, etwas dagegen zu unternehmen. Sie hatte mit eigenen Augen gesehen, wie unglaublich schnell dieser Mann war.

»Okay«, sagte Charity nach kurzem Überlegen. »Können Sie aufstehen?«

»Ja«, antwortete der Megamann. Seine Stimme überraschte Charity. Sie klang sanft, fast wie die eines Kindes oder einer jungen Frau, aber trotz seines beeindruckenden Äußeren und der mächtigen Muskelstränge, die sich jetzt wieder unter seiner schwarzen Jacke wölbten, paßte sie auf sonderbare Weise zu ihm; zumindest zu seinen Augen. Ihr Blick irritierte Charity. Das waren nicht die Augen eines Killers …

»Gut«, sagte Charity. »Dann hören Sie zu. Wir hätten Sie töten können, das wissen Sie.«

»Ja.«

»Ich habe es nicht getan«, fuhr Charity fort. »Ich weiß selbst nicht so genau, warum, aber ich glaube, daß es richtig war. Sie haben die Wahl: Wir können Sie auf der Stelle erledigen, oder Sie versprechen uns, keine Dummheiten zu machen, und begleiten uns.«

Diesmal antwortete der Megamann nicht. Aber in den Spott in seinem Blick mischte sich eine leise Verwunderung.

»Ich verlange nicht, daß Sie sich auf unsere Seite schlagen«, fuhr Charity fort. »Alles, was ich will, ist, mit Ihnen zu reden. Wenn Sie mit uns kommen und mir versprechen, uns eine Stunde Vorsprung zu geben, dann lassen wir Sie am Leben.«

Gurk kreischte vor Entsetzen und begann wieder, in seiner fremden, fast lächerlich klingenden Sprache zu lamentieren. Aber Charity beachtete ihn gar nicht. Aufmerksam sah sie den Megamann an, der ihren Blick einige Sekunden lang ruhig erwiderte und anscheinend über ihren Vorschlag nachdachte. Dann nickte er. »Ich bin einverstanden.«

»Glaubt ihm nicht«, kreischte Gurk. »Der Kerl lügt! Der ganze Kerl ist eine einzige, lebende Lüge!«

Charity schenkte ihm einen Blick, der den Gnom abrupt verstummen ließ, und wandte sich noch einmal an den Megamann.

»Wie ist Ihr Name?« fragte sie.

»Kyle«, antwortete der Megakrieger. »Man nennt mich Kyle.«

»Also gut, Kyle«, sagte Charity. »Ich habe Ihr Ehrenwort. Eine Stunde – sobald wir hier heraus sind.«

Sie richtete sich auf und wich rasch zwei Schritte zurück, und auch Skudder und die Wasteländerin brachten fast hastig dieselbe Entfernung zwischen sich und den Megamann, als der Krieger aufzustehen begann.

Er bewegte sich sehr langsam und unsicher. Der Regenerierungsprozeß seines Körpers schien zwar abgeschlossen zu sein, aber seine Kräfte waren noch lange nicht wiederhergestellt. Charity registrierte dies mit einem Gefühl absurder Erleichterung. Offensichtlich waren selbst diesem unglaublichen Lebewesen Grenzen gesetzt.

Sie sah den Megamann noch einen Moment lang prüfend an, dann senkte sie die Hand, die die Waffe hielt, und steckte den Strahler schließlich unter ihren Gürtel. Skudder riß verblüfft die Augen auf, und auch Net starrte sie ungläubig an. Aber Charity schüttelte nur den Kopf. »Steckt die Dinger ein«, sagte sie. »Er wird sein Wort halten.«

»Das werde ich«, fügte Kyle hinzu. »Davon abgesehen – sie würden euch ohnehin nichts nützen.«

Er sprach ganz ruhig, ohne eine Spur von Herablassung in seiner Stimme.

»Sie müssen sie sichern«, sagte Kyle plötzlich.

Charity blickte ihn verständnislos an, und der Megamann hob die Hand und deutete auf den Strahler in ihrem Gürtel. »Der blaue Schalter unter dem Griff. Schieben Sie ihn nach hinten. Es sei denn, Sie wollen sich das Bein abschießen, wenn Sie aus Versehen an den Abzug geraten.«

Charity zog fast hastig die Waffe wieder aus ihrem Gürtel hervor, drehte sie herum und entdeckte den winzigen blauen Schieberegler unter dem Griff; an einer Stelle, an der er für eine menschliche Hand fast unerreichbar war, wenn sie diese Waffe normal hielt. Rasch schob sie ihn zurück und steckte den Strahler wieder ein. Und auch Net und Skudder taten es ihr nach kurzem Zögern gleich.

»Was machen wir mit ihr?« fragte Skudder mit einer Geste auf die Shai-Priesterin.

Charity überlegte einen Moment. Sie konnten die alte Frau unmöglich hier zurücklassen; sie hatte jedes Wort gehört, und Charity war ziemlich sicher, daß die Moroni Mittel und Wege kannten, Informationen aus einem Menschen herauszuholen, ganz gleich, in welchem Zustand er sich im Moment befand. Aber sie konnten sie auch nicht mitnehmen.

»Ich kann ihr Gedächtnis blockieren«, sagte Gurk. »Allerdings nicht für lange.«

Charity blickte den Zwerg überrascht an und fügte der langen Liste von Fragen, die sie ihm stellen wollte, einige weitere hinzu. Aber sie sagte nichts, sondern nickte nur, und Gurk beugte sich über die Shai-Priesterin und streckte die Hände nach ihren Schläfen aus.

»Laß das!«

Gurk erstarrte mitten in der Bewegung, und auch Skudder und Charity sahen überrascht auf. Der Megamann drehte sich mit mühsamen, kleinen Bewegungen herum und hob die Hand. »Rühr sie nicht an!« sagte er scharf.

Gurk starrte ihn haßerfüllt an, wagte es aber nicht, die Bewegung zu Ende zu führen, und der Megamann trat mit schleppenden Schritten auf Gurk und die alte Frau zu. Abn El Gurk blickte ihm wütend entgegen, als Kyle näher kam und sich schließlich neben der Priesterin herabsinken ließ. »Rühr sie nicht an«, sagte er noch einmal. »Sie wird uns nicht verraten.«

Beim Klang seiner Stimme geschah etwas Sonderbares. Ein Zucken lief über das Gesicht der Shai-Priesterin. Ihre Augen verloren den glasigen Ausdruck, den sie die ganze Zeit über gehabt hatten, und sie hob langsam den Kopf und sah Kyle an.

Charity begriff, was geschah, bevor es *wirklich* passierte. Aber sie war viel zu verblüfft, um zu reagieren. Und vermutlich hätte es auch gar nichts gegeben, was sie hätte tun können.

Die Verblüffung im Blick der alten Frau machte einem jähen Entsetzen Platz. Ihre Augen weiteten sich, und plötzlich stieß sie einen gellenden Schrei aus und schlug Kyles Hände beiseite. Noch immer schreiend sprang sie auf, schlug in blinder Panik nach Kyle und taumelte an ihm vorbei. Der Megamann versuchte, sie zurückzuhalten, aber er bekam nur einen Ärmel ihres Gewandes zu fassen, der unter seinen Händen zerriß, als die Priesterin schreiend weitertaumelte.

Kyle versuchte, ihr nachzusetzen, aber seine Kräfte versagten. Er verlor die Balance und stürzte zu Boden. Auch Charity und Net versuchten, der alten Frau den Weg zu verstellen. Die Priesterin wich Net mit einem blitzschnellen Schritt zur Seite aus, und als Charity sie an den Schultern packen und herumreißen wollte, verpaßte sie ihr einen überraschend harten Schlag, der sie taumeln ließ.

Skudder stieß einen Fluch aus und rannte los. Und die Shai-Priesterin blieb abrupt stehen. Sie schrie noch immer, aber ihre Stimme hatte jetzt eine fast unmenschliche Tonlage erreicht. Speichel lief aus ihrem Mund, und ihr Gesicht war verzerrt. Sie sah wie eine Wahnsinnige aus. Gehetzt blickte sie sich um, begriff, daß ihr kein Ausweg mehr blieb – und stürzte in die einzige Richtung, aus der sich niemand auf sie zubewegte: zum Transmitter!

Kyle stieß einen erschrockenen Ausruf aus und versuchte, sich aufzurichten. Aber selbst wenn er die Kraft dazu gehabt hätte, wäre seine Bewegung zu spät gekommen. Die alte Frau erreichte den schimmernden Metallring und warf sich mit weit ausgebreiteten Armen hinein. Für einen Augenblick schien ihr Körper schwerelos im Nichts zu hängen, dann verlor er Farbe und Tiefe, wurde transparent – und verschwand.

Kyles Schreckensschrei wurde zu einem entsetzten Keuchen. Er sackte zurück, schlug die Hände vor das Gesicht und stöhnte leise.

»Verdammt!« sagte Skudder. »Das hätte nicht passieren dürfen!«

Er fuhr herum und blickte wütend auf den Megamann herab. »Wohin führt dieser Transmitter?« herrschte er ihn an.

Kyle sah zu dem Hopi auf. Sein Gesicht verriet kein Gefühl. Aber plötzlich glaubte Charity, wieder dieses tiefe, grenzenlose Entsetzen in seinen Augen zu lesen.

»Nirgendwohin«, antwortete er leise.

Skudder machte eine ärgerliche Handbewegung. »Was soll das heißen – nirgendwohin?«

»Es ist nur ein Empfänger«, murmelte Kyle. »Das hier ist Shai. Ein Ort, in den nur Wege hineinführen. Keine hinaus.«

Der Hopi blickte Kyle weiter verständnislos an, während Charity abermals ein eisiges Entsetzen fühlte, als sie begriff, was die Worte des Megamannes bedeuteten.

»Du meinst, es ... gibt keinen ... keinen zweiten Empfänger?« vergewisserte sie sich.

Kyle schüttelte den Kopf. »Nein«, murmelte er. »Der Transmitter führt ... nirgendwohin.«

»Soll das heißen, daß sie tot ist?« fragte Skudder.

Kyle nickte, ohne ihn anzusehen.

»Er lügt!« quengelte Gurk. »Glaubt ihm kein Wort!«

»Wenn du so sicher bist, Knirps«, sagte Net freundlich, »dann sollten wir dich vielleicht hinterherwerfen, damit du nachsiehst, was auf der anderen Seite wirklich ist.« Was natürlich nicht ernst gemeint war – aber es reichte, Gurk endgültig zum Verstummen zu bringen. Er zog eine Grimasse, streckte der Wasteländerin die Zunge heraus und verschränkte trotzig die Arme vor der Brust.

»Also los«, sagte Skudder, »verschwinden wir von hier.«

Sie halfen Kyle dabei, aufzustehen. Seine Haut fühlte sich sehr weich an, fast schwammig. Gleichzeitig war sie so heiß, daß ihre Berührung beinahe schon weh tat. Offensichtlich war der unheimliche Heilungsprozeß seines Metabolismus nur äußerlich abgeschlossen. Charity fragte sich flüchtig, was ein Biologe des 20. Jahrhunderts wohl dafür gegeben hätte, *diesen* Mann auch nur für eine Stunde unter seine Röntgengeräte und Scanner zu bekommen. Wahrscheinlich hätte er schlichtweg den Verstand verloren, wäre es ihm gelungen.

Sie warf einen nachdenklichen Blick auf die Tür, durch die die *Ameisen* und die Priesterin hereingekommen waren. Der Gang war noch immer leer. Sie hätte eine Menge darum gegeben, einen Blick hinter eine der zahllosen anderen Türen zu werfen, die von dem schlecht beleuchteten Korridor abzweigten. Dieses war aber ganz eindeutig ein von Menschen erbautes Gebäude und doch ... Sie fühlte wieder dieses unheimliche Schaudern, das sie jedesmal überkam, wenn sie sich den Wesen oder Maschinen von Moron näherte. Sie wandte sich rasch ab.

»Also los.« Sie deutete auf Kyle. »Du gehst voraus.«

Der Megamann nickte. Die kränkliche Blässe seiner Haut schien noch zuzunehmen, als er durch die niedrige Tür ging und in das unheimliche, türkisfarbene Licht dieses falschen Himmels geriet. Charity sah, wie Gurk hinter den Megamann treten wollte, und verstellte ihm mit einem raschen Schritt den Weg. Ungeachtet der Tatsache, daß sie sich fast ununterbrochen stritten, genoß der Zwerg ihr uneingeschränktes Vertrauen. Aber im Augenblick hätte es sie nicht sehr überrascht, hätte er ihren Befehl schlichtweg mißachtet und Kyle bei der ersten sich bietenden Gelegenheit in die Tiefe gestoßen.

Die Tür führte auf die Überreste eines kleinen Balkons hinaus, der vor Urzeiten einmal ein Geländer gehabt haben mochte, jetzt aber an drei Seiten von nichts anderem als grün leuchtender Luft eingerahmt wurde. Eine schmale, rostige Metalltreppe führte in die Tiefe. Als dieses Haus noch ein Haus und keine Ruine gewesen war, mußte es sich wohl um eine Feuertreppe gehandelt haben. Die altersschwache Konstruktion ächzte und wankte bedrohlich unter ihrem Gewicht, und mehr als einmal mußten sie haarsträubende Klettereien über ein Gewirr aus zerborstenen, halb zerschmolzenen und halb durchgerosteten Stahltrümmern hinter sich bringen. Sie kamen an mehreren Balkonen vorbei, deren Türen offenstanden oder gar nicht mehr vorhanden waren. Charity warf neugierige

Blicke ins Innere des Hauses. Die meisten Räume waren leer, voller Staub und Unrat. Aber hinter einigen gewahrte sie auch fremdartige Konstruktionen, Errungenschaften einer Technik, die ihr vollkommen fremd waren und deren bloßer Anblick sie mit Unbehagen und Furcht erfüllte.

Endlich hatten sie die Straße erreicht und blieben keuchend stehen, um wieder Atem und Kraft zu schöpfen. Selbst Skudder wankte vor Müdigkeit, und Kyle taumelte kraftlos gegen eine Wand und sackte langsam zu Boden.

Charity blickte sich schaudernd um. Das Licht war hier am Grunde der grün-violett überwucherten Straßenschlucht merklich dunkler, und die falschen Farben und die Düsternis füllten die Ruinen und den fremdartigen Dschungel mit Bewegungen, die nicht wirklich existierten. Selbst aus der Nähe betrachtet, waren die Häuser zum Teil kaum noch als das zu erkennen, was sie einmal gewesen waren. Überall bedeckten Pflanzen als dünne, aber fast lückenlose Decke den Boden. Es gehörte nicht sehr viel Phantasie dazu, sich vorzustellen, daß sie sich wirklich in einer fremden Welt befanden. Und im Grunde war es auch so. Dieser Planet hatte kaum mehr Ähnlichkeit mit der alten, vertrauten Erde. Welcher Natur die Veränderung auch immer war, die die Moroni mit diesem Stück der Welt vorgenommen hatten, sie war schrecklicher und grundlegender als alle Zerstörungen, die ihr erster Überfall hinterlassen hatte.

»Wohin jetzt?« fragte Skudder.

Charity sah sich noch einmal unschlüssig um. Verdammt! Sie hatte keine Ahnung, wo sie waren, geschweige denn, wohin sie gehen sollten. Schließlich zuckte sie mit den Achseln und deutete mit einer wenig entschlossenen Geste auf die Silhouette des Eiffelturmes. »Dorthin!« Es gab keinen bestimmten Grund für diese Entscheidung, es war nur der Versuch, irgend etwas zu unternehmen.

»Nein!«

Aller Blicke wandten sich überrascht Kyle zu. Der Megamann hatte sich wieder aufgerichtet, lehnte aber noch immer an der Wand. Sein Gesicht glänzte vor Schweiß. »Nicht dort hin. Ihr würdet ihnen … direkt in die Arme laufen.« Er hob den Arm und deutete nach Westen. »Die Freie Zone liegt dort.«

»Freie Zone? Was soll das sein?«

Kyle antwortete nicht auf Skudders Frage. Und Gurk nutzte die Gelegenheit, wieder zu einer seiner Tiraden anzusetzen:

»Der Kerl lügt doch! Wahrscheinlich ist das die einzige Richtung, in denen wir seinen Freunden direkt entgegengehen.«

»Möglich«, antwortete Charity achselzuckend. »Aber weißt du was, Gurk? Es gibt eine todsichere Methode, das herauszufinden – wir probieren es aus.«

3

Der Dschungel war im Laufe der letzten beiden Stunden immer dichter geworden. Jean hatte sich noch nie so weit von der Freien Zone entfernt. Er hätte vermutlich schon auf der halben Strecke hoffnungslos die Orientierung verloren, hätte er nicht den kleinen Kompaß gehabt, den er aus der Festung mitgenommen hatte. Aber trotz dieses Gerätes blieb er immer öfter stehen und sah sich unschlüssig um.

Einerseits war er völlig sicher, sich nicht verirrt zu haben. Andererseits war da diese Stimme in seinem Inneren, die ihm erklärte, daß er ein kompletter Idiot sei und den Rückweg niemals finden würde. Es gab eine Menge Gründe, dieser Stimme zu glauben. Viele, die in den Dschungel gegangen waren, kehrten nie wieder zurück.

Zu allem Überfluß war er in der letzten halben Stunde fünfmal angegriffen worden – das letzte Mal von einer Kreatur, die er niemals zuvor zu Gesicht bekommen hatte und der er nur entkommen war, weil sie offensichtlich genauso blöd wie stark sein mußte. Als der chitingepanzerte Koloß auf seinen vielen Beinen herangewirbelt kam, war Jean zurückgetaumelt und über eine Wurzel gestolpert. Er war gestürzt und einen Moment benommen liegengeblieben, und offensichtlich hatte schon diese Reglosigkeit ausgereicht, das Riesenvieh jegliches Interesse an der Zwischenmahlzeit verlieren zu lassen, die der kleine Zweibeiner für sie darstellte.

Aber er konnte kaum damit rechnen, jedesmal so viel Glück zu haben. Der Wald wimmelte von Spinnen, Springwanzen und Hundertfüßlern; er hatte auch die Spuren von Ratten gesehen. Dazu gab es zahllose andere Kreaturen, die nicht groß genug waren, einen Menschen zu töten, aber durchaus gefräßig genug, sich ein Stück aus ihm herauszubeißen.

Jean blieb wieder stehen, um einen Blick auf das kleine

Kompaßgerät zu werfen, das er sich um das linke Handgelenk geschnallt hatte, und stellte fest, daß er fast einen Kilometer von seinem Kurs abgekommen war – weniger, als er befürchtet hatte, aber mehr, als ihm lieb war. Ein Kilometer bedeutete in diesem Gelände eine Stunde – wenn er Glück hatte.

Er wandte sich nach links und kletterte über einen kniehohen, verkohlten Mauerrest hinweg. Er setzte gerade dazu an, sich auf der anderen Seite mit einem Sprung hinabzuschwingen, als ihm klar wurde, daß es hinter der Mauer keinen Boden gab. Was wie massives Erdreich aussah, das entpuppte sich bei genauerem Hinsehen als ein Gespinst aus grauem Pflanzengewebe, fast wie ein Spinnennetz. Jean prallte entsetzt zurück, beugte sich dann noch einmal vor und bog mit einem Stock einige der elastischen Ranken zurück.

Er blickte in ein Kellergeschoß hinab, das sich unter dieser Ruine befand. Der Boden war von einer wimmelnden, schwarzen, glitzernden Schicht bedeckt, die sich in einer unablässigen Bewegung befand und aus der ein unheimlicher Chor rasselnder Laute zu ihm heraufdrang.

Hundertfüßler! dachte Jean angeekelt. Tausende von Hundertfüßlern!

Diese Biester kannten zwar normalerweise kein größeres Vergnügen, als sich gegenseitig aufzufressen, aber sie würden auch einen Menschen nicht verschmähen, der ihnen wie ein Geschenk des Himmels auf die Köpfe fiel. Hätte er die Gefahr auch nur eine halbe Sekunde später bemerkt, dann bräuchte er sich jetzt keine Gedanken mehr um den Rückweg zu machen.

Sehr vorsichtig kletterte er wieder über die Mauer zurück und zwang sich, ein paar Sekunden reglos stehenzubleiben. Er mußte sich konzentrieren. Er begann, unaufmerksam zu werden – der sicherste Weg ins Verderben. Er umging die tückische Fallgrube, als er plötzlich ein Geräusch hörte.

Ein Geräusch, das nicht hierher gehörte – Stimmen.

Menschliche Stimmen!

Jean erstarrte. Sein Herz begann wild zu klopfen. Für einen

Moment drohte er in Panik zu geraten. Fast verzweifelt sah er sich nach einer Deckung um und huschte schließlich hinter einen gewaltigen, grünweiß gefleckten Busch. Er bemerkte beinahe zu spät, daß die weißen Flecken keine toten Blätter oder Pilze waren, sondern die Nester von Spinnen.

Fünf, sechs der häßlichen kleinen Biester krochen bereits über seine Hände und zwickten ihn nach Kräften, ehe er mitten in der Bewegung herumfuhr und ein paar Schritte davonlief. Angeekelt fegte er die abscheulichen Kreaturen herunter, zerquetschte ein besonders hartnäckiges Exemplar, das sich in seine rechte Wange verbissen hatte, zwischen Daumen und Zeigefinger und dankte im stillen den Schwarzen Göttern Morons dafür, daß er bei seinen zahlreichen Ausflügen in den Dschungel schon oft genug gebissen worden war, um eine gewisse Resistenz gegen das Gift dieser kleinen Plagegeister entwickelt zu haben. Möglicherweise würde er in ein oder zwei Tagen ein wenig Fieber bekommen, aber das war nichts gegen das, was ihm passiert wäre, hätte er seinen Fehler auch nur eine Sekunde später bemerkt und wäre dem Busch so nahe gekommen, daß die kleinen Biester ihre Brut bedroht gefühlt und sich zu Hunderten auf ihn gestürzt hätten.

Er verscheuchte den Gedanken, sah sich nach einem anderen Versteck um und schlich schließlich hinter einen mannsdicken Baum, dessen dunkel-violett schimmernder Stamm direkt aus dem Straßenasphalt wuchs.

Sein eigenes Herz schlug so laut in seinen Ohren, daß es für einen Moment das Geräusch der Stimmen fast übertönte. Er zwang sich, so ruhig wie möglich zu atmen, und lauschte angestrengt; gleichzeitig kroch seine Hand zum Gürtel und zog die Waffe. Zumindest war er nicht vollkommen wehrlos.

Trotzdem gestand er sich ein, daß seine Lage alles andere als rosig war. Er hörte *mehrere* Stimmen. Wenn es sich bei den Leuten um Jäger handelte …

Nein, Jean zog es vor, diesen Gedanken nicht zu Ende zu verfolgen. Gegen eine *Ameise* mochte ihm die Waffe ein wenig

Schutz bieten; zumindest, wenn sie ihm den Gefallen tat, so lange stehenzubleiben, daß er in Ruhe zielen konnte. Gegen einen Jäger ...

Er versuchte, sich auf die näher kommenden Stimmen zu konzentrieren. Sie unterhielten sich in einer Sprache, die er nicht kannte. Und was wichtiger war – zumindest eine Stimme davon gehörte einer Frau! Und er hatte niemals von einem weiblichen Jäger gehört.

Aber wenn es keine *Ameisen* waren und keine Jäger, dann ...

Dann mußte es sich um Fremde handeln! Kein Bewohner der Freien Zone außer ihm wäre so verrückt, so tief in den Dschungel vorzudringen.

Jeans Angst machte einer immer stärker werdenden Erregung Platz. Fremde, das bedeutete, daß jemand von außen in den Dschungel eingedrungen war, jemand, der aus der Welt jenseits der *Mauer* stammte!

Vielleicht, dachte Jean, würde sich sein lebensgefährliches Abenteuer am Ende als doch nicht ganz so sinnlos herausstellen, wie es bisher den Anschein gehabt hatte. Denn wenn es jemanden gab, der es fertiggebracht hatte, von außen in den Dschungel einzudringen, dann bedeutete das nichts anderes, als daß die alten Legenden wahr waren und es einen Weg durch die *Mauer* gab!

Jean lauschte noch einen Augenblick angestrengt, um die genaue Richtung auszumachen, aus der die Stimmen drangen, dann nahm er all seinen Mut zusammen, trat aus seiner Deckung hervor und schlich geduckt weiter. Er sprang von Versteck zu Versteck, und er wendete seine ganze Geschicklichkeit auf, um dabei nicht einen einzigen überflüssigen Laut zu verursachen. *Fremde* bedeutete auf dieser Seite des Flusses fast automatisch *Feinde.* Selbst wenn diese Leute nicht auf der Seite der Jäger und *Ameisen* standen, dann war anzunehmen, daß sie die eherne Grundregel des Überlebens hier im Dschungel bereits gelernt hatten: nämlich zuerst zu schießen und dann nachzusehen, was man getroffen hatte.

Die Stimmen waren jetzt so nah, daß Jean die Worte verstanden hätte, hätten sie sich nicht in einer ihm unverständlichen Sprache unterhalten. Trotzdem kam sie ihm irgendwie bekannt vor.

Und nach einigen Augenblicken identifizierte er sie auch. Es war Englisch. Eine Sprache, die einige der älteren Bewohner der Freien Zone beherrschten und in der die Instrumente der Festung beschriftet waren, auch der Hauptrechner sprach Englisch. Jean wagte nicht zu hoffen, daß die Leute die wahren Erbauer der Festung wären. Aber vielleicht konnten sie ihm dabei helfen, ihre Geheimnisse etwas schneller zu ergründen!

Die Vorstellung beflügelte ihn, aber sie ließ ihn nicht unvorsichtiger werden. Er näherte sich den Stimmen, die ihrerseits auch auf ihn zukamen, aber er blieb immer wieder stehen und lauschte oder duckte sich hinter einem Busch oder einem Mauerrest. Und als er die fünf Personen dann sah, war er sehr froh, sich so vorsichtig verhalten zu haben.

Jean hatte schon die verrücktesten Typen zu Gesicht bekommen, aber diese Gruppe war mehr als sonderbar. Es waren fünf – zwei Männer, zwei Frauen und ein ... ein ...

Jean war nicht sicher, was es war. Sie bewegten sich langsam zwischen den dichtstehenden Bäumen und Büschen vor ihm entlang, so daß sie seinen Blicken hinter dem wuchernden Grün immer wieder entzogen wurden und er die absurde Gestalt mit dem viel zu großen Kopf nicht richtig sehen konnte. Er vermochte nicht zu sagen, ob es ein Kind war, ein Krüppel oder ein Zwerg.

Aber auch die anderen Mitglieder der Gruppe wirkten höchst merkwürdig: Eine der beiden Frauen war noch sehr jung. Sie hatte dunkles, kurzgeschnittenes Haar und trug ein sonderbares Kleidungsstück, das an einen Kampfanzug erinnerte.

Die zweite war ein wenig größer und älter und hatte ebenfalls kurzgeschnittenes, aber sehr helles Haar. Bekleidet war sie mit einem dunkelblauen, enganliegenden einteiligen Anzug, an dem ein breiter, sehr klobiger Gürtel auffiel, in dem sich neben einer Unzahl Taschen und Reißverschlüssen auch etwas befand, das Jean an die Tastatur eines jener Miniaturcomputer erinnerte, die er in der Festung gesehen hatte. Ihr Gesicht wirkte offen und sympathisch, aber Jean täuschte sich keine Sekunde lang über die Entschlossenheit und Stärke, die diese Frau ausstrahlte.

Die beiden Männer schließlich waren so gegensätzlich, wie sie nur sein konnten: Der größere von ihnen mochte etwa dreißig Jahre zählen, trug als einziger der Gruppe das Haar schulterlang und von einem dünnen, ledernen Stirnband zusammengehalten. Jean schätzte ihn auf deutlich mehr als zwei Meter, und das bedeutete, daß seine scheinbar normal proportionierten Schultern fast doppelt so breit sein mußten wie seine eigenen. Seine Haut war dunkel und sonnenverbrannt. Er hatte ein schmales, fast asketisches Gesicht mit einer deutlichen Hakennase und einem kantigen Kinn. Und über seinem Auge befand sich eine frische Platzwunde. Der Kratzer konnte nicht seine einzige Verletzung sein, die er erlitten hatte, denn er bewegte sich mühsam und humpelte.

Und dann fiel Jeans Blick voller Entsetzen auf das fünfte und letzte Mitglied der Gruppe.

Es war ein Jäger!

Es gab gar keinen Zweifel. Der Mann war eine gute Handspanne kleiner als alle anderen Jäger, die er je zu Gesicht bekommen hatte. Sein Gesicht war bleich, und er stolperte immer wieder und mußte sich ein paarmal an Baumstämmen oder Zweigen festhalten, um nicht zu stürzen. Aber er war unzweifelhaft ein Jäger. Die nachtschwarze Montur mit dem blutroten Flammenemblem Morons auf Brust und Rücken war nicht zu verkennen.

Jean zog sich hastig ein kleines Stück zurück und erstarrte zu vollkommener Reglosigkeit. Er wagte kaum noch zu atmen, ja, nicht einmal mehr, den Kopf zu drehen, als die Gruppe sich allmählich von ihm entfernte. Er wußte, wie unvorstellbar fein die Sinne eines Jägers waren. Daß er ihn bisher nicht entdeckt hatte, war einzig seinem schlechten Zustand zuzuschreiben. Aber das würde sich bald ändern. Es gab keine Verletzungen, von denen sich ein Jäger nicht erholte.

Die freudige Erregung, mit der ihn der Gedanke erfüllt hatte, auf Menschen aus der Welt jenseits der *Mauer* zu treffen, schlug urplötzlich in Enttäuschung und hilflosen Zorn um. Obwohl er es mit eigenen Augen gesehen hatte, erschien ihm der Gedanke, daß sich *Menschen* mit einem Jäger zusammengetan haben sollten, im ersten Moment einfach absurd.

Aber dann fiel ihm etwas ein: Die beiden Frauen, der Mann mit dem Stirnband und selbst der Zwerg waren bewaffnet gewesen – der Jäger nicht.

Ein fast wahnsinniger Gedanke schoß Jean durch den Kopf. War es möglich, daß diese vier einen Jäger … *gefangen* hatten!?

Natürlich war schon die bloße Vorstellung verrückt. Niemand konnte einen Jäger fangen. Man konnte ihn töten oder ihn zumindest so schwer verletzen, daß einem Zeit blieb, die Flucht zu ergreifen, aber ihn überwältigen und gefangennehmen …

Wahnsinn oder nicht; die Vorstellung ließ Jean nicht mehr los. Außerdem waren da noch die Energieschüsse, die die Ortungsinstrumente der Festung aufgefangen hatten: ein kurzes, aber heftiges Feuergefecht, das er sich nicht hatte erklären können.

Vielleicht, dachte Jean erregt, kamen diese vier tatsächlich von *draußen,* und vielleicht waren sie gekommen, um den Bewohnern der Freien Zone zu beweisen, daß auch die Legende von der Unüberwindlichkeit der Jäger nicht stimmte. Er mußte es herausfinden. Die Chancen, daß ihn dieser Versuch das Leben kostete, standen nicht schlecht. Aber wenn ihm diese vier Fremden den Weg zeigen konnten, wie sie mit den Jägern fertig wurden, dann war der Einsatz das Risiko wert.

Er zögerte noch ein paar Sekunden, dann schob er seine Waffe in den Gürtel zurück und schlich hinter ihnen her.

4

Die Stadt war zu einem Alptraum geworden. Während der ersten zehn Minuten waren sie durch die engen Straßenschluchten eines der ehemaligen Altbauviertel von Paris gegangen. Und obwohl sie auf Schritt und Tritt Anzeichen unvorstellbarer Verwüstung gesehen hatten, hatten die Häuser trotz ihres bizarren Panzers aus grün-violetter Vegetation irgendwie vertraut gewirkt.

Doch dann hatten sie dieses Viertel allmählich hinter sich gelassen, und die Zerstörung war immer größer geworden. Kaum ein Gebäude war noch unversehrt, kaum ein Straßenzug nicht von tiefen, wassergefüllten Kratern zerrissen. Und die meisten Häuser, an denen sie vorüberkamen, waren nur noch ausgebrannte, leere Ruinen. Rings um sie herum erhoben sich die fremdartig geformten Bäume und Pflanzen eines unheimlichen Dschungels, der die Stadt verschlungen hatte, als wären seit ihrer Vernichtung nicht fünfzig, sondern fünf*hundert* Jahre vergangen. Manche der Bäume mußten einen Durchmesser von zehn oder mehr Metern haben, und ihre Kronen erhoben sich so hoch in den Himmel, daß Charity ihre Größe nicht einmal zu schätzen wagte. Sie hatte Büsche gesehen, deren Äste so biegsam wie junge Weidenzweige waren, trotzdem aber jeder einzelne für sich so dick wie ein normaler Baum, und Farngewächse, wie sie auf der Erde in dieser Größe vielleicht zur Zeit der Dinosaurier gewachsen waren.

Überhaupt wirkte alles hier ungeheuer groß. Sie waren bisher auf keinen lebenden Bewohner dieses Alptraumdschungels gestoßen, aber einmal waren sie an einem Spinnennetz vorübergekommen, in dessen Fäden sich eine Vielzahl ausgewachsener Ratten verfangen hatten. Und es hätte Kyles warnender Geste nicht bedurft, Charity und die anderen zu einem respektvollen Bogen um das weiße Gespinst zu veranlassen.

Net und sie hatten sich in der Führung der kleinen Gruppe abgewechselt. Und obwohl Charity ein schlechtes Gewissen dabei hatte, dem Mädchen, das schließlich noch ein halbes Kind war, die undankbare Aufgabe zu übertragen, bei jedem einzelnen Schritt zu überlegen, ob es vielleicht der letzte sein würde, war sie doch gleichzeitig dankbar dafür. Sie fühlte sich verwirrt und hilflos wie niemals zuvor im Leben. Alles erschien ihr so sinnlos, daß sie sich in den letzten Minuten mehr als einmal dabei ertappt hatte, sich allen Ernstes zu fragen, warum sie überhaupt noch weitermachten. Daß sie aus Daniels Falle entkommen waren, bedeutete überhaupt nichts. Sie hatte das Gespräch, das Daniel und sie in seinem Privatmuseum unter dem höchsten Turm des Shai-Taan geführt hatten, nicht vergessen. Trotz aller Verachtung, die sie diesem Verräter gegenüber empfand, war sie doch gleichzeitig sicher, daß er die Wahrheit gesagt hatte. Aber wenn das so war, dachte sie niedergeschlagen, dann war alles, was sie getan hatten und jetzt noch taten, vollkommen sinnlos, ebenso sinnlos wie alles, was sie noch tun *konnten*. Dann kämpften sie gegen einen Gegner, der nicht besiegt werden konnte, weil ein Sieg über ihn gleichzeitig den Tod bedeutete. Nicht nur für sie, sondern für diesen ganzen Planeten.

Charitys Blick heftete sich auf den Rücken Gurks, der wenige Schritte vor ihr herging. Gurk sah vielleicht ein wenig komisch aus, aber er war nichtsdestoweniger ein humanoides Wesen. Und was seiner Gestalt an Menschlichkeit abging, das machte der Charakter des Gnoms hundertfach wett. Ob er nun in Colorado oder auf dem vierundachtzigsten Planeten der Sonne Itzelplunk in der neunten Galaxis geboren war, dachte Charity spöttisch, Abn El Gurk Ben Amar Ibn Lot Fuddel der Vierte war hundertmal mehr Mensch als so manches sogenannte menschliche Wesen, dem sie in ihrem Leben begegnet war.

»Paßt auf da vorne!«

Charity fuhr erschrocken aus ihren Gedanken hoch und

griff automatisch zur Waffe, aber nicht ihr hatte Kyles warnender Ruf gegolten, sondern Net.

Die junge Wasteländerin reagierte so rasch und kaltblütig, wie Charity erwartet hatte: Auch sie zog ihre Waffe und rührte sich aber nicht von der Stelle, beobachtete aber mit größter Aufmerksamkeit ihre Umgebung.

Doch sie entdeckte genausowenig wie Charity, die nach kurzem Zögern neben sie trat und ihre Blicke über die wuchernde, grüne Mauer schweifen ließ, die sie an drei Seiten umgab.

Ein wenig verärgert drehte sie sich zu Kyle herum. Der Megamann vergewisserte sich mit einem raschen Blick davon, daß Skudder nichts dagegen hatte, wenn er sich von seinem Platz in der kleinen Gruppe löste, und eilte dann zu ihnen. Er sagte kein Wort, sondern deutete nur schweigend auf einen knapp mannshohen, kugelförmigen Busch.

Charity konnte auch jetzt nichts Auffälliges an dem Busch erkennen – abgesehen von den großen, unregelmäßig verteilten Flecken einer weißen, durchscheinenden Substanz, die an den dornigen Zweigen klebte. »Was soll das?« fragte sie stirnrunzelnd.

Statt zu antworten ging Kyle weiter, blieb einen knappen Meter vor dem Busch stehen und streckte den Arm aus. Seine Finger berührten flüchtig einen der weißen Zuckerwatte-Bäusche, worauf die Substanz die Farbe wechselte und zu brodelndem Leben erwachte. Aus dem flockigen Weiß wurde ein stumpfgrauer, zuckender Ball, der eine Sekunde später in einer lautlosen Explosion auseinanderbarst und sich über Kyles Hand ergoß.

Der Megamann wich mit einem hastigen Schritt ein Stück von dem Busch zurück und drehte sich herum. Seine Hand war noch immer grau, aber als er näher kam, erkannten sie, daß es nicht seine Haut war, die sich verändert hatte. Kyles Hand war bis über das Gelenk hinauf mit einer Schicht winzigkleiner, kribbelnder, stumpfgrauer Körper bedeckt; winzige Insekten mit erbsengroßen, pelzigen Leibern und acht vielfach gegliederten Beinen, die sich in rasendem Takt bewegten. Charity verzog angeekelt das Gesicht, als sie begriff, daß es Spinnen waren.

Trotzdem trat sie einen Schritt auf ihn zu und wollte sich neugierig vorbeugen, aber der Megamann hob rasch die andere Hand und machte eine abwehrende Bewegung.

»Vorsicht«, sagte er. »Sie sind sehr giftig.«

Er blickte Net an. »Ein oder zwei Bisse, und du wärest gestorben.«

Net wurde bleich, sagte aber nichts, während auch Skudder und der Zwerg näher kamen. Skudder betrachtete Kyles Hand wie Charity mit einer Mischung aus Neugier und Abscheu, während Gurks Miene Langeweile ausdrücken sollte.

»Wieso macht es Ihnen nichts aus?« fragte Charity.

»Ich bin immun gegen ihr Gift«, antwortete Kyle. Plötzlich lächelte er, ballte die Hand zur Faust – und die Armee winziger Spinnentiere zuckte wie unter einem elektrischen Schlag zusammen und starb. Die Tiere krümmten sich, zogen die Beine an den Körper und fielen wie grauer Staub von Kyles Hand herab.

»Aber sie nicht gegen Ihres«, murmelte Charity betroffen.

Net fuhr sich nervös mit der Hand über den Mund, blickte den grün-weiß gefleckten Busch vor sich an und machte ganz instinktiv einen Schritt zurück, obwohl sie sich in sicherer Entfernung befand. Verwirrt sah sie zu Kyle auf. »Danke«, murmelte sie. »Ich schätze, du hast mir das Leben gerettet.«

Kyle antwortete nicht darauf, aber Gurk ergriff die Gelegenheit, wieder eine seiner spitzen Bemerkungen loszuwerden. »Ja«, schnappte er. »Ich frage mich nur, warum.«

Charity setzte zu einer scharfen Entgegnung an – aber dann überlegte sie es sich doch anders und wandte sich statt dessen mit einem fragenden Blick wieder an Kyle. »Wissen Sie, Kyle«, begann sie, »es kommt ja selten vor, daß Gurk und ich einer Meinung sind. Aber dieses Mal pflichte ich ihm bei. Warum tun Sie das?« Sie runzelte die Stirn und deutete auf den Busch. »Ich meine, Sie hätten in aller Ruhe abwarten können, bis Net oder ich von diesen Biestern aufgefressen worden wären. Keiner von uns wäre auch nur auf den Gedanken gekommen, Ihnen einen Vorwurf zu machen.«

»Eine interessante Idee«, antwortete Kyle. Er lächelte flüchtig. »Ich schlage vor, daß wir das nächste Mal zuerst darüber diskutieren, ob ich Sie vor einer Gefahr warnen soll oder nicht.« Diesmal gab er sich nicht einmal die Mühe, den spöttischen Klang aus seiner Stimme zu verbannen.

Aber Charity blieb ernst. »Ich meine es ernst, Kyle«, sagte sie. »Warum tun Sie das? Hat Gurk recht, und es ist nur ein neuer Trick, um uns in eine Falle zu locken?«

Kyle sah sie einen Moment lang durchdringend an, dann schüttelte er wortlos den Kopf.

»Warum dann?« beharrte Charity. »Vorhin, im Transmitter-Raum, Kyle ... die beiden Biester hätten uns erledigt, wenn Sie sie nicht angegriffen hätten. Haben Sie bei Daniel gekündigt und suchen jetzt einen neuen Job? Oder mögen Sie einfach nichts, das mehr als vier Beine hat?«

Wenn Kyle der sarkastische Unterton in ihrer Stimme überhaupt auffiel, so beachtete er ihn jedenfalls nicht. »Ich ... brauche Zeit«, sagte er leise. »Ich muß nachdenken.«

»Worüber?« fragte Charity.

»Vielleicht hat er begriffen, daß er auf der falschen Seite steht«, sagte Net.

Charity bedeutete Net zu schweigen. Der Megamann stand völlig reglos vor ihr. Sein Gesicht verriet nichts von seinen Gefühlen, aber sie glaubte zu bemerken, wie es hinter seiner Stirn arbeitete. Und plötzlich erinnerte sie sich wieder an den Ausdruck fassungslosen Entsetzens in seinen Augen, Sekunden nachdem er aus dem Transmitter getaumelt war. Irgend etwas ging in diesem Mann vor.

»Daniel hat Sie verraten, nicht wahr?« fragte sie leise. »Ich meine – es war kein Zufall oder eine Verwechslung, daß der Moroni *Sie* angegriffen hat und nicht uns. Das ist doch so, oder?«

»Ich ...« Kyles Lippen begannen zu zittern. Fast hilflos blickte er sich um. Seine Selbstsicherheit war mit einem Schlag wie weggeblasen. »Ich ... weiß es nicht«, sagte er stockend. »Alles ist ... falsch. Das hier ist Shai. Ich darf nicht hierher zurück. Sie werden mich töten, wenn sie mich stellen.«

Es dauerte einen Moment, bis Charity überhaupt begriff, wovon der Megamann sprach. »Shai?« wiederholte sie. »Shai ... Shai-Taan ...«

»Das hier ist der Ort, zu dem die Kinder gebracht werden«, vermutete Skudder. »Die Kinder, die Angela und die anderen Priesterinnen geholt haben, um sie Shai zu weihen. Sie ... sie werden hierher gebracht, an diesen Ort, nicht wahr?«

Kyle sah ihn unsicher an und nickte. Er sagte nichts.

»Was tut ihr mit ihnen?« fragte Skudder. Sein Gesicht verzerrte sich vor Zorn, und seine Stimme wurde schrill. Plötzlich trat er auf Kyle zu und hob die Hände, wie um ihn zu packen und zu schütteln, berührte ihn aber nicht, sondern starrte ihn nur haßerfüllt an. »Was geschieht mit ihnen? Warum bringt ihr all diese Kinder in diese Hölle? Was tut ihr ihnen an?!«

»Nichts«, antwortete Kyle ruhig.

»Wo sind sie?« brüllte Skudder. »Habt ihr sie umgebracht? Habt ihr sie an ... an diese Bestien hier verfüttert?«

»Red keinen Unsinn, Skudder«, sagte Charity, doch der Shark beachtete sie gar nicht.

Kyle schüttelte den Kopf. Skudder stand mit drohend erhobenen Fäusten vor ihm, aber Kyles Blick zeigte nicht die kleinste Spur von Furcht. Wenn Charity überhaupt ein Gefühl in seinen Augen las, dann allerhöchstens eine milde, sonderbar ziellose Trauer.

»Natürlich nicht«, sagte er. »Sie sind in der Basis.«

»Hat Stone das gewußt?« fragte Charity, um die gefährliche Situation irgendwie zu entspannen. Sie wußte, daß Skudder die Kontrolle über sich zu verlieren drohte. Natürlich wußte der Hopi so gut wie sie, daß Kyle keine Schuld traf. Wenn überhaupt, dann gehörte er zu den Opfern, nicht zu den Tätern.

Aber der Indianer suchte einfach ein Objekt, an dem er seine Wut auslassen konnte.

Mit einem raschen Schritt trat sie zwischen Kyle und Skudder. »Hat er gewußt, wohin dieser Transmitter führt?« fragte sie noch einmal.

Wieder nickte Kyle wortlos.

»Aber er hat Sie trotzdem gezwungen, uns zu folgen«, fuhr Charity mit einem nervösen Blick in Skudders Richtung fort. »Ich meine, er hat genau gewußt, daß es Ihren Tod bedeutet, wenn Sie durch diesen Transmitter gehen. Aber er hat trotzdem darauf bestanden.«

»Er hat mich hineingestoßen«, sagte Kyle.

»Anscheinend muß er wirklich *großen* Wert darauf legen, dich wieder in die Finger zu bekommen«, sagte Skudder und starrte Kyle weiter haßerfüllt an.

»Oder jemand anderen loszuwerden«, fügte Charity sehr ernst hinzu. Der Megamann reagierte auch auf diese Bemerkung nicht, aber das kurze Flackern in seinem Blick verriet Charity, daß sie der Wahrheit ziemlich nahe gekommen sein mußte.

»Es ist Ihnen verboten, diesen Ort zu betreten«, fuhr sie fort. »Was passiert, wenn wir es trotzdem tun, Kyle?«

»Sie eliminieren mich«, antwortete Kyle. »Jede Dienerkreatur wird sofort das Feuer eröffnen.«

»Dienerkreatur?«

Kyle lächelte flüchtig.

»Sie nennen sie *Ameisen*«, sagte er. »Und nicht nur sie. Auch die anderen werden mich jagen.«

»Welche anderen?« fragte Skudder alarmiert.

»Andere wie ich«, antwortete Kyle.

Skudder wurde bleich und riß ungläubig die Augen auf. »Soll das heißen, es ... es gibt hier noch ... noch mehr wie dich?« ächzte er.

Kyle sah ihn ernst an und nickte. »Dies hier ist der Planet, auf dem wir aufwachsen und ausgebildet werden«, sagte er. »Shai.«

»Was soll das heißen?« mischte sich Net ein. »Dieser Planet.«

Charity brachte sie mit einer raschen Geste zum Verstummen. Dann wandte sie sich wieder an Kyle. »Sie meinen, Sie sind hier aufgewachsen? Hier in diesem Dschungel?«

»Nicht im Dschungel.« Kyle machte eine vage Handbewegung nach Norden. »In der Basis. Aber sie ist nicht sehr weit entfernt.«

»Und wie viele von ... von euch gibt es?« fragte Skudder stockend.

Kyle zuckte mit den Schultern. »Ich weiß es nicht. Hier sind es nicht sehr viele. Aber es gibt mehr als dieses eine Shai-Taan. Es ist lange her, seit ich hier war. Damals waren wir fünfzig oder sechzig. Ich erinnere mich nicht mehr genau.«

»Oh«, entfuhr es Skudder. Er schluckte ein paarmal und versuchte zu lächeln, aber er brachte nur eine häßliche Grimasse zustande.

Auch Charity spürte einen eisigen Schauer. »Fünfzig oder sechzig ...« Sie hatten gesehen, was ein *einziger* dieser Männer anrichten konnte; fünfzig von ihnen waren genug, es mit einem ganzen Planeten aufzunehmen. »Ich schätze«, sagte sie, »damit haben Sie ein paar neue Partner gewonnen, Kyle. Ob es Ihnen gefällt oder nicht.«

Kyle schüttelte langsam den Kopf. Seine Stimme klang fast traurig. »So einfach ist das nicht, Captain Laird«, sagte er. »Ich kann nicht bei Ihnen bleiben.«

»Warum nicht?« fragte Charity. »Was sind Sie Daniel noch schuldig?«

»Es geht nicht um ihn«, antwortete Kyle. »Stone hat versucht, mich zu töten. Warum, weiß ich nicht. Aber es hat auch keinerlei Einfluß auf Ihre und meine momentane Situation. Ich kann nicht bei Ihnen und Ihren Freunden bleiben, ganz egal, ob ich will oder nicht. Ich wäre nur eine Gefahr für Sie. Und ich ... kann hier nicht leben.«

»Bisher tun Sie es«, antwortete Charity.

»Die erste und einzige Regel ist verletzt worden«, antwortete

Kyle mit großem Ernst. »Kein Megakrieger darf nach seiner Ausbildung nach Shai zurückkehren. Unter gar keinen Umständen. Ich bin verpflichtet, mich selbst zu töten. Und vielleicht werde ich es noch tun.«

»Das ist der erste vernünftige Satz, den ich heute von dir höre«, sagte Gurk giftig. »Gib Bescheid, wenn du irgendwelche Hilfe brauchst, mein Freund.«

Seltsamerweise lächelte Kyle einen Moment lang. Dann wandte er sich wieder Charity zu. »Ich kann nicht bei Ihnen bleiben«, sagte er. »Lassen Sie mich gehen. Ich gebe Ihnen mein Wort, Sie und Ihre Freunde nicht zu verraten.«

»Und dann?«

Kyle hob hilflos die Schultern. »Ich weiß es nicht«, gestand er. »Es ist ...« Er stockte, suchte einen Moment lang sichtlich nach Worten und blickte nacheinander Skudder, Net und dann Charity beinahe flehend an.

»Ich verstehe das nicht«, flüsterte er. »Ich müßte Sie gefangennehmen. Ich müßte die ... die anderen töten und Sie zu Stone zurückbringen. Und ich müßte mich ... mich selbst ... eliminieren. Die erste und einzige Regel ist gebrochen worden, und ich ...« Wieder brach er ab, und wieder machte sich eine Mischung aus Hilflosigkeit und Verzweiflung auf seinem Gesicht breit.

Es war ein beinahe erschütternder Anblick. Charity hatte mit eigenen Augen gesehen, wie dieser äußerlich so ganz normal erscheinende junge Mann mit dem Kindergesicht und den sanften Augen eine ganze Armee von Monstern besiegt hatte. Sie hatte am eigenen Leib gespürt, was es hieß, von einem Wesen wie ihm gejagt zu werden, einem Geschöpf, das ihre Spur mit der Unerbittlichkeit einer Maschine verfolgte und dabei seinerseits eine Spur aus Tod und Vernichtung hinterließ. Aber im Moment verspürte sie nichts als Mitleid mit Kyle. Der kalte Zorn war noch in ihr, aber sie begriff erst jetzt, daß er gar nicht Kyle galt, daß er ihm niemals gegolten hatte. Er hatte immer nur denen gegolten, die diesen Mann auf sie angesetzt hatten; Geschöpfe, die Menschen wie Schachfiguren behandelten, die sie nach Belieben hin- und herschoben und opferten.

»In Ordnung«, sagte sie.

Skudder blickte sie leicht verwirrt an, während Gurk wie unter einem Schlag zusammenfuhr und nach Luft japste. »Was soll das heißen – in Ordnung?!« kreischte er.

Charity achtete nicht auf sein Geschrei. »Gehen Sie, Kyle«, sagte sie. »Sie haben Ihr Wort gehalten. Die Frist, die ich von Ihnen verlangt habe, ist längst vorüber.«

»Bist du wahnsinnig geworden?« brüllte Gurk. »Er wird uns verraten! Er wird uns sofort an seine Brüder ausliefern!«

»Halt endlich den Mund, du Giftzwerg«, sagte Skudder. »Wenn er das wirklich gewollt hätte, hätte er uns längst erledigen können.«

Charity war ein wenig überrascht, denn sie hatte eher damit gerechnet, daß Skudder sich ihr widersetzte. »Sie können gehen, Kyle«, sagte sie noch einmal. »Aber Sie können auch bei uns bleiben. Ich vertraue Ihnen. Zusammen haben wir vielleicht eine größere Chance, hier herauszukommen.«

Kyle schüttelte traurig den Kopf. »Es gibt nur einen Ort, an dem Sie sicher sind«, sagte er. »Die Freie Zone. Es ist nicht mehr sehr weit bis dorthin. Mit ein wenig Glück schaffen Sie es.«

»Dann begleite uns«, sagte Net. »Zusammen schaffen wir es bestimmt!«

Kyle schüttelte abermals den Kopf. »Das kann ich nicht«, sagte er. »Ich kann ebensowenig dorthin, wie ihr dorthin könntet, wo ich hingehe.«

»Und wo ist das?« fragte Skudder.

Wieder deutete Kyle hinter sich. »Zur Basis«, antwortete er.

»Aber das bedeutet deinen Tod!« sagte Net erschrocken. »Du hast selbst gesagt, daß sie dich umbringen werden.«

Charity brachte sie mit einem raschen Blick zum Schweigen. »Genau das will er, Net.«

Kyle blickte sie fast verzweifelt an. Und Charity fuhr leise fort: »Ich habe doch recht, Kyle? Sie wollen zurück, um dort zu sterben. Nicht hier, in unserer Nähe, wo Sie uns gefährden würden, sondern möglichst weit entfernt von uns. Und wissen Sie auch, warum Sie das wollen, Kyle?«

»Die Regel«, murmelte Kyle. »Die erste und einzige Regel. Kein Megamann darf je wieder nach Shai zurückkehren.«

»Unsinn!« antwortete Charity. »Ich will Ihnen sagen, warum Sie wirklich den Tod suchen, Kyle. Sie haben begriffen, daß Sie Ihr Leben lang auf der falschen Seite gestanden haben. Sie gehören nicht zu diesen Bestien. Ich weiß nicht, was sie mit Ihnen getan haben, und ich will es auch gar nicht wissen. Aber eines weiß ich jetzt ziemlich genau: Sie sind weder ein Roboter noch irgendein geklontes Monster. Sie sind ein Mensch, genau wie wir.«

»Das ... das stimmt nicht«, antwortete Kyle. Aber seine Stimme zitterte, und in seinem Blick flackerte etwas, das Charity an den Ausdruck in den Augen eines Wahnsinnigen erinnerte. Für einen winzigen Moment hatte sie wieder Angst vor ihm. »Das ... das ist nicht wahr! Ich ...«

»Sie sind ein Mensch«, beharrte Charity. »Sie sind ein Mensch und Sie werden es auch immer bleiben. Ganz gleich was sie mit Ihnen gemacht haben, und ganz gleich, wie sehr Sie sich auch dagegen sträuben. Daniel hat das erkannt. Deshalb hat er auch versucht, Sie umzubringen.«

»Nein!« stöhnte Kyle. »Das ist nicht wahr!«

»Natürlich ist es wahr«, sagte Charity, »und Sie wissen es auch ganz genau, Kyle.« Sie machte eine zornige Geste in die gleiche Richtung, in die der Megamann gedeutet hatte. »Ihre erste und einzige Regel, nie wieder zu diesem Ort zurückzukehren – soll ich Ihnen sagen, warum es sie gibt? Weil das hier kein fremder Planet ist! Das hier ist die Erde. Der Planet, auf dem Sie geboren wurden und ich und Skudder und Net und all die anderen. Und vermutlich auch Ihre Brüder, Kyle. Sie stammen nicht von irgendeinem fremden Planeten. Ich weiß nicht, was sie mit Ihnen und den anderen machen, damit Sie so werden, wie Sie sind. Sie ändern Ihren Metabolismus, und vermutlich haben sie auch Ihren Geist manipuliert. Sie haben Ihnen jede Erinnerung an Ihre Vergangenheit genommen, nicht wahr?«

Kyle starrte sie hilflos an, und Charity nickte grimmig. »Sie wissen nicht, wer Sie wirklich sind, Kyle«, sagte sie. »Sie erinnern sich an nichts, was vor dem Zeitpunkt lag, an dem Sie diese Basis erreichten. Man hat Ihnen gesagt, daß Sie ausgewählt wurden, um auf einem fremden Planeten eingesetzt zu werden. Sie haben Ihnen jede Erinnerung an Ihr wirkliches Ich genommen, und das mußten sie auch – sonst hätten Sie irgend eines Tages begriffen, daß Sie gegen Ihr eigenes Volk kämpfen, Kyle!«

»Und wenn es so wäre!« mischte sich Gurk aufgebracht ein. »Was ändert das? Er wird uns verraten! Er kann gar nicht anders, selbst wenn er wollte!«

»Das stimmt nicht.« Charity schüttelte den Kopf. »Das wird er nicht tun. Jetzt nicht mehr.« Ihre Stimme wurde leiser und gewann gleichzeitig an Eindringlichkeit. »Sie haben die Welt gesehen, auf der wir leben, Kyle. Sie haben das Volk kennengelernt, zu dem Sie gehören. Bleiben Sie bei uns! Helfen Sie uns, und wir helfen Ihnen! Gemeinsam können wir die Feinde besiegen! Wir können so viel von Ihnen lernen – und Sie von uns.«

Kyle stöhnte. Er wollte etwas sagen, brachte aber nur einen wimmernden Laut heraus. Hilflos hob er die Hände, schlug sie vor das Gesicht und stand sekundenlang zitternd da.

Und dann fuhr er so schnell herum, daß weder Charity noch einer der anderen etwas tun konnte, um sich ihm in den Weg zu stellen, und verschwand mit gewaltigen, weit ausgreifenden Schritten im Dschungel.

Charity blickte ihm enttäuscht und traurig nach und winkte ab, als Skudder seine Waffe hob und dazu ansetzte, den Megamann zu verfolgen. »Laß ihn«, sagte sie. »Du würdest ihn sowieso nicht einholen.«

»Du hast recht«, sagte Skudder, nachdem er mit einem Achselzucken seine Waffe wieder eingesteckt hatte. »Und wenn ich ehrlich sein soll – ich bin froh, daß er weg ist.«

Charity schwieg. Zu ihrer Überraschung sagte auch Gurk nichts, sondern bedachte nur abwechselnd sie und den Hopi mit zornigen Blicken. Im Grunde hätte auch sie froh sein sollen, daß Kyle nicht mehr bei ihnen war, denn selbst wenn er ihnen freundlich gesonnen war, so bedeutete allein seine bloße Anwesenheit Gefahr. Doch sie verspürte nur eine Mischung aus Verbitterung und Zorn. Sie war wütend auf sich selbst, daß es ihr nicht gelungen war, Kyle zum Bleiben zu überreden. Und sie spürte nichts als Verbitterung, als sie an die Wesen dachte, die ihre Welt zu dem gemacht hatten, was sie war; eine Welt, in der es Männer wie Kyle gab, und Städte, in denen jeder Schritt zum Verhängnis werden konnte. Es hatte ihnen nicht gereicht, die Erde zu zerstören. Nein – die Invasoren hatten sie völlig *verändern* müssen.

Nach einer Weile drehte sie sich mit einer müden Bewegung wieder herum und deutete in die Richtung, die Kyle ihnen gewiesen hatte. »Kommt«, sagte sie matt. »Versuchen wir, die Freie Zone zu erreichen.« Was Jean in den letzten zehn Minuten beobachtet hatte, hatte ihn mehr verstört als alles in den achtzehn Jahren seines Lebens zuvor. Was er gesehen hatte, das war ... einfach wahnsinnig! Nicht nur, daß der Jäger die junge Frau an der Spitze der Gruppe vor den Spinnen gewarnt und ihr damit das Leben gerettet hatte. Die anderen – allen voran die junge Frau mit dem hellen Haar – hatten daraufhin eine Weile mit ihm diskutiert und ihn schließlich gehen lassen! Es war ihr sicheres Todesurteil. Der Jäger würde keine Stunde brauchen, um zum *Turm* zurückzukehren und zu berichten, was geschehen war. Und keine fünf Minuten später würde es hier von Gleitern und *Ameisen* nur so wimmeln. Was um alles in der Welt ging hier vor? Wer waren diese Fremden, und was wollten sie hier?

Jean fand keine Antwort auf die Fragen, aber er begriff, daß er sich am besten weiterhin versteckt hielt. Er wußte nicht, auf welcher Seite diese Fremden wirklich standen. Vielleicht war es ganz anders, dachte er. Vielleicht sahen sie nur aus wie Menschen. Vielleicht waren sie nicht Opfer, sondern die *Herren* der Jäger!

Der Gedanke erfüllte Jean mit Zorn und Angst. Er hatte immer vermutet, daß es außer den *Ameisen* und den Jägern noch eine dritte, befehlende Macht in der verbotenen Stadt unter dem *Turm* geben mußte. Und warum sollten sie nicht aussehen wie ganz normale Menschen? Auch ein Jäger war auf den ersten Blick nicht von einem x-beliebigen Bewohner der Freien Zone zu unterscheiden. Wenn es schon diesen Geschöpfen möglich war, ihr Aussehen fast nach Belieben zu verändern, über welche unvorstellbaren Kräfte mußten dann ihre Herren verfügen?

Sein Herz begann vor Aufregung wild zu schlagen, als er beobachtete, wie die Fremden nach einer Weile weitergingen, wobei sie einen respektvollen Bogen um den Busch mit den Spinnennestern schlugen. Wenn sie die Richtung beibehielten, dann kamen sie geradewegs zum Fluß – und damit zur Freien Zone.

Jean wartete gebannt, bis der riesige Mann mit der roten Haut, der den Abschluß der kleinen Gruppe bildete, im Unterholz verschwunden war. Dann erhob auch er sich hinter seiner Deckung und folgte ihnen; nicht auf direktem Weg, sondern ein gutes Stück weiter westlich, dafür aber schneller als sie, so daß er sie überholen und sich vor sie setzen konnte.

Er war so aufgeregt, daß er Fehler machte. Einmal stolperte er beinahe in ein kleineres Spinnennest, und nur einen Moment darauf trat er auf die Fallgrube einer Fangschrecke. Es war pures Glück, daß er nicht nur in die knietiefe Fallgrube, sondern auch gleich auf den gepanzerten Rücken der Schrecke trat und sie zerquetschte.

Jean befreite sich mit einem Fluch aus der heimtückischen Fallgrube, säuberte seinen Stiefel angeekelt an einem Grasbüschel und rief sich in Gedanken zur Ordnung. Er mußte besser auf sich aufpassen. Es war jetzt wichtiger denn je, daß er unversehrt zum Fluß und seinem Pibike gelangte, um die Bewohner der Freien Zone vor der Gefahr zu warnen.

Er blieb einem Moment stehen, um zu lauschen – er hörte nichts außer den vielfältigen Geräuschen des Waldes –, und lief dann noch schneller weiter. Der Busch wurde immer dichter, so daß es immer schwerer war, überhaupt voranzukommen; geschweige denn, die einmal eingeschlagene Richtung beizubehalten. Wo ihm nicht dichtes Unterholz den Durchgang verwehrte, da erhoben sich die Reste von verkohlten Gebäuden oder auch massive, fast unversehrte Mauern. Und mehr als einmal mußte er große Umwege in Kauf nehmen oder gar den mühsam zurückgelegten Weg ein gutes Stück wieder zurückgehen, um überhaupt von der Stelle zu kommen. Jeans einziger Trost war, daß die vier anderen wahrscheinlich mit den gleichen Schwierigkeiten zu kämpfen hatten. Der Zwischenfall mit den Spinnen hatte ihm gezeigt, daß sie sich hier im Dschungel nicht besonders gut auskannten. Vielleicht hatte er ja Glück, dachte er, und sie taten ihm den Gefallen, sich auffressen zu lassen oder auf eine giftige Pflanze zu treten.

Obwohl er sein Tempo immer mehr erhöhte und damit Gefahr lief, irgendein Raubtier oder eine heimtückische Falle zu übersehen, brauchte Jean über eineinhalb Stunden, um den Fluß wieder zu erreichen. Und als sich das Unterholz schließlich vor ihm lichtete und er den gewaltigen, schlammigen Graben vor sich sah, stellte er enttäuscht fest, daß er weiter vom Kurs abgekommen war, als er angenommen hatte: Die Insel befand sich gute zwei Kilometer zu seiner Rechten.

Jean seufzte enttäuscht. Er mußte sich fast im rechten Winkel vom richtigen Kurs entfernt haben, ohne es zu merken. Aber vielleicht konnte er noch von Glück sagen, daß er den Fluß überhaupt wiedergefunden hatte. Er warf einen Blick in den Himmel hinauf – im Augenblick war kein Gleiter zu sehen – und ging los.

Auf dem ersten Drittel der Strecke kam er besser voran, als er zu hoffen gewagt hatte. Dann stieß er auf die Überreste einer alten Asphaltstraße, die unmittelbar am Ufer entlangführte. Sie war von Unkraut und Moos bedeckt, aber er brauchte wenigstens nicht auf Fallgruben und giftige Pilze zu achten. Eine gute halbe Stunde lang marschierte er in scharfem Tempo auf die Insel zu, wobei er aber immer wieder stehenblieb und sich nach allen Seiten hin umsah. Ein paarmal hörte er ein verräterisches Geräusch aus dem Dschungel und huschte blitzschnell hinter die erstbeste Deckung, die er fand.

Trotzdem mußte er einen Fehler begangen haben, denn plötzlich hörte er genau das Geräusch, vor dem er wie vor nichts anderem auf der Welt Angst hatte: das Heulen eines Gleiters!

Jean fuhr mit einem Aufschrei herum, über dem Fluß war ein winziges, silbernes Funkeln zu sehen, das sich mit irrsinniger Geschwindigkeit näherte und allmählich die Gestalt einer flachen, kreisrunden Scheibe gewann. Der Gleiter bewegte sich direkt auf ihn zu!

Jean wußte im Grunde sehr gut, wie sinnlos alles war, was er jetzt noch tun konnte. Was immer einmal von den Ortungsgeräten der Gleiter erfaßt worden war, das hatte keine Chance mehr, ihnen wieder zu entkommen. Und die Feuerkraft dieser fliegenden Killer reichte aus, es zu vernichten, gleichgültig, wo es sich versteckte. Trotzdem fuhr er herum, rannte zwei, drei Schritte auf den Waldrand zu und warf sich mit einem gewaltigen Sprung hinter einen Baum, als der Gleiter heulend heranraste. Er schlug schmerzhaft auf dem Boden auf, der sich unter der dünnen Decke aus Luftwurzeln und kriechenden Gewächsen verbarg, rollte herum und riß instinktiv die Arme über das Gesicht, als könne er den tödlichen Laserblitz auf diese Weise abwehren.

Der Gleiter raste heran, verwandelte sich zu einem gigantischen, dreißig Meter durchmessenden Ungetüm, das eine Woge kochendheißer, brüllender Luft vor sich herschob – und jagte über Jeans Versteck hinweg!

Im ersten Moment war er so verblüfft, daß er nicht einmal begriff, was überhaupt geschah. Er wußte nur, daß er noch am Leben war – aber er verstand nicht, warum. Dann traf die kochendheiße Druckwelle, die der Gleiter wie eine unsichtbare Schleppe hinter sich herzog, den Dschungel und das Flußufer. Jean fühlte sich gepackt und hochgerissen und wie ein welkes Blatt durch die Luft gewirbelt. Er schrie auf, griff ebenso verzweifelt wie sinnlos nach irgend etwas, woran er sich festhalten konnte, und sah das Flußufer und den fünfzehn Meter tiefen Abgrund dahinter auf sich zuspringen. Ein paarmal überschlug er sich in der Luft, ehe er mit furchtbarer Wucht aufprallte. Ein gräßlicher Ruck schien jedes einzelne Gelenk in seinen Händen, Armen und Schultern zerreißen zu wollen, und für einen Moment hatte er das furchtbare Gefühl, daß unsichtbare, ungeheuer starke Hände an seinen Füßen zerrten und ihn endgültig in den Abgrund hinabzureißen versuchten. Dann kam er mit einem letzten, noch schrecklicheren Ruck zur Ruhe und blieb stöhnend vor Schmerz und Angst liegen.

Das Heulen des Gleiters erfüllte noch immer die Luft. Aber es entfernte sich. Jean hob mühsam den Kopf, versuchte die Tränen wegzublinzeln, die seinen Blick verschleierten, und starrte verständnislos auf die gigantische Silberscheibe, die sich in den wenigen Sekunden bereits einen guten Kilometer entfernt hatte. Er begriff nur ganz allmählich, warum er überhaupt noch am Leben war: Der Angriff hatte nicht ihm gegolten. Der Computer des Gleiters mußte eine lohnendere Beute erspäht haben.

Das riesige Fluggefährt wurde plötzlich langsamer, kippte über die linke Seite ab und begann, einen rasend schnellen Kreis über den Fluß zu drehen. Für einen Moment glaubte Jean, daß seine Besatzung endlich ihren Fehler bemerkt hatte und umkehrte, aber dann verharrte der Gleiter völlig reglos über der Flußmitte – und begann langsam und fast lautlos dem Ufer entgegenzusinken.

Jean begriff, daß ihm vielleicht doch noch eine letzte Chance blieb. Hastig, aber trotzdem sehr vorsichtig begann er wieder auf den Waldrand zuzukriechen. Die Entfernung betrug kaum fünf Meter. Aber Jean starb tausend Tode in den wenigen Sekunden, die er brauchte, um sie zurückzulegen. Er wagte es nicht einmal, den Kopf zu drehen, um wieder zum Gleiter hinüberzusehen.

Unbehelligt erreichte er den Waldrand und ließ sich mit einem erleichterten Seufzer hinter einen Busch sinken, den die Druckwelle des vorüberrasenden Gleiters halb aus der Erde gerissen hatte. Fast eine Minute lang blieb er einfach so liegen, atmete keuchend ein und aus und dachte an nichts anderes als daran, daß er noch einmal davongekommen war.

Nach einer Weile stemmte er sich auf Hände und Knie und kroch noch ein gutes Stück tiefer in den Wald hinein. Erst dann wagte er es, sich vorsichtig aufzurichten und wieder zum Gleiter hinüberzusehen.

Die riesige Flugscheibe schwebte reglos gute fünf Meter über dem Boden. Jean konnte eine Anzahl gelber und roter Lichter erkennen, die in unregelmäßigem Rhythmus auf ihrer Unterseite flackerten. Aber das grelle Laserfeuer, auf das er wartete, kam auch jetzt nicht.

Irgend etwas stimmt hier nicht, dachte Jean verblüfft. Noch während er verwirrt überlegte, entstand an der Unterseite der Flugscheibe ein schmaler Spalt, der sich lautlos zu einer hell erleuchteten, rechteckigen Öffnung weitete. Eine dünne Metallrampe schob sich heraus und berührte den Boden, und Augenblicke später marschierte ein Dutzend *Ameisen* aus dem Gleiter.

Jean duckte sich instinktiv tiefer hinter seiner Deckung, obwohl der Gleiter viel zu weit entfernt war, als daß die *Ameisen* ihn durch einen zufälligen Blick entdecken konnten. Die gigantischen Geschöpfe versammelten sich zu einem weit auseinandergezogenen Halbkreis am Ufer, während sich die Rampe wieder in den Gleiter zurückzog und die Tür geschlossen wurde. Augenblicke später begann das scheibenförmige

Fluggerät wieder zu steigen. Verwirrt beobachtete Jean, wie der Gleiter langsam auf den Fluß hinaustrieb, sich langsam und völlig geräuschlos der Insel näherte – und hinter ihr verschwand!

Jean wartete fast eine Minute lang mit angehaltenem Atem darauf, daß er wieder auftauchte, ehe er begriff, daß das nicht geschehen würde. Der Gleiter hatte auf der Rückseite der Insel Stellung bezogen, um auf irgend jemanden zu warten.

Sie legen einen Hinterhalt, dachte Jean verblüfft. Aber wem? Was um alles in der Welt ging hier vor? In all den Jahren, die er jetzt heimlich hierherkam, hatte er niemals so etwas erlebt.

Galten diese Vorbereitungen den Fremden, die er beobachtet hatte?

Es schien Jean die einzig logische Erklärung, und trotzdem ergab sie einfach keinen Sinn, denn wenn es sich bei ihnen wirklich um die Herren der Jäger handelte – warum sollten die *Ameisen* ihnen dann eine Falle stellen?

Der Gedanke gefiel Jean nicht. Alles in ihm sträubte sich dagegen, aber es gab nur eine einzige Möglichkeit, die Antwort auf diese Frage zu finden. Zitternd vor Furcht löste er sich aus seiner Deckung und schlich auf die Stelle am Waldrand zu, an der die *Ameisen* verschwunden waren.

5

Vor einer halben Stunde hatten sie ein hohes, pfeifendes Geräusch gehört, das rasend schnell näher gekommen war und dann plötzlich abbrach. Davor waren sie bereits eineinhalb Stunden lang durch den Dschungel marschiert. Die Vegetation wurde immer dichter, und mit der wuchernden, grünvioletten Pflanzenpest nahm auch die Anzahl bizarrer Geschöpfe zu, auf die sie stießen und von denen sie sofort attackiert wurden.

Charity hatte längst aufgehört zu zählen, wie oft sie angegriffen worden waren; meistens von Geschöpfen, die zu klein waren, um es gleich mit vier ausgewachsenen Menschen aufzunehmen, aber zweimal auch von Kreaturen, die sie nur mit den erbeuteten Laserwaffen hatten abwehren können. Charity hatte den anderen eingeschärft, die Strahler nur im allerhöchsten Notfall zu benutzen. Es mußte für die Moroni ein leichtes sein, die Energieschüsse der Waffen zu messen. Aber sie hatte rasch einsehen müssen, daß dieser Vorsatz nicht durchzuführen war, ganz einfach, weil schon ihre bloße Anwesenheit in diesem Dschungel eine Art permanenten Notfall darstellte.

Selbst ohne Ortungsgeräte würde es den *Ameisen* nicht besonders schwerfallen, sie aufzuspüren. Sie brauchten nur der Spur aus verbrannten, rauchenden Kadavern zu folgen, die sie hinterlassen hatten, dachte Charity besorgt. Der Gedanke führte ihr noch einmal vor Augen, auf welch entsetzliche Weise sich diese Stadt verändert hatte. Die wuchernde grüne Pest barst vor Leben. Aber es war eine vollkommen fremde, aggressive Ökologie, die die Invasoren von den Sternen hierhergebracht hatten. Und wenn es sich dabei wirklich um eine Kopie ihrer Heimatwelt handelte, dann mußte diese Welt eine wahre Hölle sein.

Anders als auf der Erde schienen auf Moron die Insekten zur

herrschenden Spezies geworden zu sein. Im Laufe der letzten beiden Stunden hatte sie Geschöpfe gesehen, die sie sich vorher nicht einmal in ihren schlimmsten Alpträumen hätte vorstellen können; gepanzerte, glitzernde, kriechende Kreaturen mit schnappenden Fangzähnen und schimmernden Giftstacheln, die meisten davon absurd groß und häßlich – und so angriffslustig wie ein tollwütiger Straßenköter. Dieser Dschungel war eine einzige, gigantische Falle, in der jeder über jeden herfiel und jeder jeden auffraß, selbst wenn er im gleichen Moment selber aufgefressen wurde.

Obwohl sie ihre Waffen am Schluß immer rücksichtsloser eingesetzt hatten, war keiner von ihnen ohne mindestens ein halbes Dutzend blutiger Schrammen davongekommen. Die Bewohner dieser grünvioletten Hölle waren auch wahre Meister der Mimikry. Es gab nicht wenige darunter, die man erst in dem Moment als lebende Wesen erkannte, in dem sie anfingen, einen aufzufressen.

Charity schrak aus ihren Gedanken, als Skudder, der die Führung übernommen hatte, plötzlich stehenblieb und alarmiert zu ihr zurücksah. Sie wollte eine Frage stellen, aber Skudder hob hastig die Hand. Also holte sie mit einigen raschen Schritten auf und blieb dicht neben ihm stehen.

»Was ist?« fragte sie leise.

Skudder lauschte einen Moment mit schräggehaltenem Kopf und zuckte dann mit den Achseln. »Ich dachte, ich hätte etwas gehört«, sagte er. »Aber ich muß mich wohl getäuscht haben.«

Auch Charity lauschte. Sie hörte nichts – aber es dauerte nur einen Moment, bis sie begriff, daß Skudder wahrscheinlich genau das aufgefallen war: Es war *zu* still. Der Chor zischelnder, kreischender, pfeifender Tierstimmen, der sie auf Schritt und Tritt begleitet hatte, war verstummt.

»Was ist los?« fragte Net, die nun zu ihnen aufgeschlossen hatte.

Charity zuckte mit den Achseln und machte eine vage

Handbewegung in den Dschungel vor sich. »Es ist zu still«, antwortete sie. »Irgend etwas ... stimmt nicht.«

Charity wollte weitergehen, aber Skudder hielt sie mit einer raschen Handbewegung zurück und trat wortlos an ihr vorbei, wobei er wieder seine Waffe zog. Charity sah ihm stirnrunzelnd nach, verkniff sich aber jede Bemerkung. Sie hatte es niemals gemocht, wenn man sie als eine schwache Frau behandelte, die beschützt werden mußte, aber Skudder hatte schon häufiger bewiesen, daß er über äußerst scharfe Sinne verfügte.

Sie sah sich noch einmal sichernd um, ehe auch sie ihre Waffe zog und weiterging. Net und Gurk schlossen sich ihr an. Auch die junge Wasteländerin wirkte angespannt, und selbst auf Gurks Gesicht hatte sich ein alarmierter Ausdruck breitgemacht. Skudder war ein paar Schritte vorausgegangen und blieb plötzlich stehen. Einen Moment lang stand er reglos in einer fast erschrockenen Haltung da, dann drehte er sich herum und winkte Charity und den anderen, näher zu kommen.

»Also?« fragte Charity, als sie ihn erreicht hatte.

Statt zu antworten, bog Skudder die Büsche ein wenig mehr zu Seite. Sie hatten den Rand des Waldes erreicht. Vor ihnen befand sich nur noch ein vielleicht fünf oder sechs Schritte messender Streifen, auf dem außer Moos, Pilzen, einem Gewirr graubrauner Luftwurzeln und einiger dürrer Büsche nichts mehr wuchs. Dahinter lag ein sicherlich fünfhundert Meter breiter Graben, auf dessen Boden sich brauner Morast befand: das ausgetrocknete Flußbett. Das jenseitige Ufer schien ein gutes Stück höher zu liegen. Auch dort hatte die wuchernde Vegetation fast alle Spuren menschlicher Zivilisation verschlungen.

Trotzdem hatte Charity das Gefühl, daß sich der Wald dort irgendwie von ihrem unterschied.

»Und was jetzt?« drang Nets Stimme in ihre Gedanken.

Charity zögerte noch einen Moment, dann zuckte sie unschlüssig mit den Achseln und deutete mit einer Kopfbewegung auf das jenseitige Ufer. »Dort hinüber.«

Net blickte unwillig auf den morastigen Graben, schwieg aber.

»Gibt es irgendeinen Grund dafür?« fragte statt dessen Gurk.

Charity überhörte den ärgerlichen Unterton in seiner Stimme geflissentlich und antwortete so ruhig wie es ihr möglich war. »Das ist die Richtung, die uns Kyle geraten hat.«

»Kyle!« Gurk fuchtelte wütend mit den Händen in der Luft herum. »Du scheinst ja regelrecht in diesen widerlichen Kerl verschossen zu sein.«

»Ich traue ihm«, antwortete Charity ruhig.

»Ich auch«, fügte Net hinzu.

Gurk blickte die beiden jungen Frauen böse an. »Na wunderbar«, sagte er giftig, »dann seid ihr ja schon zwei.«

»Drei«, sagte Skudder ruhig. Er lächelte beinahe verlegen, als er Charitys überraschten Blick bemerkte. »Er hatte keinen Grund uns zu belügen«, fuhr er fort. »Er hätte uns jederzeit umbringen können, wenn er gewollt hätte.«

»Vielleicht will er es ja nicht«, sagte Gurk. »Vielleicht hatte er ja andere Pläne mit uns.«

Charity setzte zu einer scharfen Antwort an, besann sich dann aber und schritt voran, um aus dem Wald herauszutreten.

Ein warmer Wind schlug ihnen entgegen, der den Gestank des morastigen Flußgrunds mit sich trug. Schaudernd sah Charity sich um. Sie fühlte sich schutzlos. Trotz aller Gefahren, die er beherbergte, hatte ihnen der Dschungel auch gleichzeitig Deckung geboten. Hier draußen aber bewegten sie sich wie auf dem Präsentierteller. Sie blickte in das leere Flußbett hinab und fragte sich, wieso die Vegetation Morons nicht auch dort wucherte. Der faulige Morast mußte einen geradezu idealen Nährboden für Sporen und Sämlinge bieten, die der Wind herantrug. Aber so weit sie blicken konnte, durchbrach nicht der winzigste grüne oder violette Fleck das monotone Braun des Flusses.

Net trat neben sie und beugte sich behutsam vor, um in die

Tiefe zu blicken. »Nicht gerade einfach, dort hinunterzusteigen«, sagte sie. Charity nickte stumm. Das Flußbett war zwar nicht sehr tief, aber das Ufer bestand zum größten Teil aus Mauerwerk, Beton oder Felsen. Es würde ausgesprochen gefährlich werden, dort hinabzusteigen – und auf der anderen Seite wieder hinauf.

»Warum gehen wir nicht über die Brücke?« fragte Gurk. Er hob die Hand und deutete auf eine der halb zerschmolzenen Stahlkonstruktionen, die das ausgetrocknete Bett der Seine in fast regelmäßigen Abständen überspannten.

Charity überlegte nur einige Sekunden, ehe sie den Kopf schüttelte. Es waren mindestens drei Meilen bis zur nächsten Brücke. Und irgend etwas sagte ihr, daß sie sie sowieso nicht benutzen konnten. Es mußte einen Grund haben, daß sich dort wie auf dem Flußgrund nicht die mindeste Spur von Leben zeigte. Mehr denn je kam ihr der tote Fluß wie eine Barriere vor, der sie sich vielleicht schon zu sehr genähert hatten.

Ihr Blick glitt wieder über das Flußbett. Unweit der Stelle, wo sie aus dem Wald getreten waren, ragte ein zwanzig Meter hoher Pfeiler aus Granit aus dem Grund; früher einmal mußte es eine Insel gewesen sein. Jetzt sah das flache Plateau mit dem wuchernden, grünen Bewuchs und den wenigen, zum größten Teil zerstörten Häusern beinahe absurd aus. Es …

Grüner Bewuchs?

Charity sah noch einmal hin. Die Insel und alles, was auf ihr stand, war von wucherndem Unkraut bedeckt. Hier und da hatten sogar Bäume Wurzeln geschlagen, und an einer Stelle hing ein Geflecht aus grünbraunen Ranken fast bis zum Flußgrund herab.

»Was hast du?« fragte Skudder, dem ihr Erschrecken nicht entgangen war.

Charity deutete nachdenklich auf die kleine Insel. »Die Insel dort.«

Skudder runzelte die Stirn und sah ebenfalls hinüber, aber

ihm schien nichts Außergewöhnliches aufzufallen, denn nach einer Weile sah er sie erneut fragend an.

»Sie ist bewachsen«, sagte Charity. »Als einziges weit und breit.«

»Und?«

Charity hob die Schultern. »Es ist seltsam. Ich frage mich, ob es etwas zu bedeuten hat.«

»Vielleicht«, sagte Skudder. »Aber ich werde ganz bestimmt nicht hinaufklettern, um es herauszufinden.«

Sie begannen mit dem Abstieg, der sich als weitaus weniger schwierig erwies, als Charity befürchtet hatte. Die Uferbefestigung bestand an dieser Stelle aus porösem Sandstein, den fünfzig Jahre Wind und Regen rissig hatten werden lassen, so daß ihre Finger und Zehenspitzen bequem Halt fanden. Skudder mit Net bildete auch jetzt die Spitze, während Charity Gurk folgte, der mit seinen viel zu kurzen Armen und Beinen alle Mühe hatte, Schritt zu halten. Zudem gehörte das Klettern nicht unbedingt zu den herausragenden Fähigkeiten des Gnoms. Ein paarmal streckte Charity erschrocken die Hand aus, als es so aussah, als würde er den Halt verlieren und in die Tiefe stürzen, und einmal mußte sie wirklich zugreifen und ihn am Kragen packen, als der brüchige Stein unter seinen Fingerspitzen plötzlich zerbröckelte. Gurks Dank bestand aus einem giftigen Blick, und Charity nahm sich vor, ihre Hilfe auf den letzten zwei Metern ihres Abstiegs einzustellen.

Und tatsächlich verlor Gurk abermals den Halt, als er sich noch einen guten Meter über dem Boden befand. Der Gnom stürzte rücklings in den Morast. Der Schlamm war tief genug, ihn völlig untertauchen zu lassen. Aber nur für einen Moment. Dann sprang Gurk wieder auf, fuhr sich mit beiden Händen durch das Gesicht, um sich den Schlamm aus Mund, Nase und Augen zu wischen, und begann nach Leibeskräften zu fluchen. Er schien festen Boden unter den Füßen zu haben, aber er war bis zum Gürtel in dem braunen, übelriechenden Matsch versunken.

Charity sah Gurk einige Augenblicke lang mit unverhohlener Schadenfreude zu, dann kletterte sie vorsichtig weiter und verzog ebenfalls angeekelt das Gesicht, als sie bis über die Knie im Schlamm versank. Er war auf eine unangenehme Weise warm und klebrig. Vielleicht, dachte sie schaudernd, waren sie der Antwort auf die Frage, warum hier unten nichts lebte, näher als sie ahnen mochten.

Sie gönnte sich noch eine weitere halbe Minute lang den Luxus, dem schimpfenden Zwerg zuzusehen, ehe sie sich wieder den anderen zuwandte. Net und Skudder waren ein paar Schritte weitergegangen und wieder stehengeblieben, um aufmerksam zum gegenüberliegenden Ufer hinüberzuspähen.

Auf der anderen Seite rührte sich nichts. Trotzdem empfand Charity ein Gefühl der Beunruhigung, das mit jedem Augenblick stärker wurde. Sie machte einen Schritt und spürte erneut, daß der Schlamm, durch den sie wateten, kein gewöhnlicher Schlamm war, sondern eine braune Substanz, die ziemlich träge dahinfloß. Und wenn sie sich konzentrierte, dann glaubte Charity, ein Vibrieren oder Pochen zu verspüren, etwas wie das kaum wahrnehmbare, unendlich langsame Schlagen eines weit entfernten, gigantischen Herzens.

Im ersten Moment wollte sie den Gedanken als völlig abwegig abtun, aber dann begriff sie, daß es nicht das erste Mal war, daß sie ein solches Gefühl überkam: sich an etwas zu erinnern, woran sie sich gar nicht erinnern konnte, weil sie es nie erlebt hatte. Es begann mit der Sprache: Manche Worte und Begriffe der Moroni rührten etwas in ihr an, als läge tief, tief in ihr ein uraltes Wissen, das nicht erlernt, sondern *ererbt* war.

Sie verjagte den Gedanken endgültig und ging weiter, blieb aber auch jetzt bereits nach zwei Schritten wieder stehen. Und auch Skudder und Net erstarrten plötzlich.

Der graubraune Schlamm bewegte sich. Eine träge, mühsame Wellenbewegung kräuselte seine Oberfläche; das langsame Herangleiten einer glitzernden Woge, als kröche etwas dicht unter der Oberfläche heran.

Und dann, von einer Sekunde auf die andere, explodierte der Fluß.

Wo bisher nichts als trügerische Ruhe gewesen war, da schoß plötzlich ein halbes Dutzend kochender Schlammgeysire in die Höhe, spritzende Eruptionen aus graubraunem Schleim, die sie mit widerlicher, nasser Wärme überschütteten und sie zurücktaumeln ließen. Und inmitten dieser brodelnden Schlammvulkane erschienen plötzlich dunkle, vielgliedrige Körper!

Charity schrie auf, als die dürren Arme einer *Ameise* wie stählerne Fangzähne nach ihr schnappten und sie festhielten. Sie versuchte, sich loszureißen, aber ihre Kräfte reichten nicht. Das Ungeheuer riß sie ohne sichtbare Anstrengung in die Höhe, preßte mit zwei Händen ihre Arme an den Körper und bog mit einer dritten ihre rechte Hand beiseite, als sie die Waffe auf die *Ameise* richten wollte. Es gelang ihr, den Abzug zu erreichen, aber der giftgrüne Laserstrahl fuhr harmlos an dem Ungeheuer vorbei und verwandelte den Schlamm hinter ihr in kochenden Dampf.

Charity bäumte sich auf, trat mit verzweifelter Kraft um sich und erntete als einzige Reaktion einen stechenden Schmerz, der durch ihren rechten Fußknöchel schoß. Ihre Hände glitten hilflos über den Gürtel, versuchten vergeblich, die zweite Waffe zu ziehen, die sie bei sich trug – aber sie fanden etwas anderes.

Die *Ameise* stieß einen gellenden Pfiff aus, als Charitys Linke den Körperschild einschaltete und mehr als fünfzigtausend Volt auf das Ungeheuer übersprangen. Ihr Griff lockerte sich. Es stank nach verbranntem Horn.

Charity riß sich mit einer verzweifelten Anstrengung los, stürzte ungeschickt in den Morast und fing sich im letzten Moment wieder. Eine zweite *Ameise* sprang sie an und wurde wie die erste zurückgeschleudert. Aber der blaue, knisternde Lichtbogen war bereits schwächer geworden, und dieses Ungeheuer blieb nicht liegen wie sein Vorgänger, sondern plagte sich nach einer halben Sekunde umständlich wieder auf. Es griff nicht wieder an, sondern stand einfach da, schüttelte in einer bedrückend menschlich anmutenden Geste den Kopf und sank dann erneut zu Boden.

Charity zog hastig ihre zweite Waffe, entsicherte sie und feuerte blindlings, als sie eine Bewegung aus den Augenwinkeln wahrnahm. Der Laserstrahl durchschlug den Brustpanzer der *Ameise* und entlud seine gesamte Energie schlagartig in ihr Inneres. Das Monster explodierte förmlich, aber hinter ihm stürmte bereits eine weitere *Ameise* heran. Charity erschoß auch sie und fuhr herum.

Hinter ihr waren Net und Skudder damit beschäftigt, die beiden letzten Moroni niederzustrecken, die den mißglückten Überraschungsangriff bisher überlebt hatten. Aber es war nur eine kurze Atempause, die ihnen blieb. Im Augenblick waren keine weiteren *Ameisen* zu sehen, aber der Fluß schien überall zu brodeln. Wenn jede Spur im Schlamm eine *Ameise* bedeutete, dachte sie entsetzt, dann mußten sich Tausende dieser Ungeheuer unter dem Morast verborgen halten!

Ihr Blick streifte den Kadaver einer Insektenkreatur. Er war schon wieder halb im Morast versunken, aber sie erkannte trotzdem, daß sich diese *Ameise* irgendwie von den anderen unterschied. Sie wirkte kleiner und zerbrechlicher.

Sie sah sich nach Gurk um. Der Zwerg war gestürzt und saß nun fast bis zum Kinn in der schmierigen, braunen Brühe. Mit einem Schritt war sie bei ihm, riß ihn in die Höhe und zerrte ihn mit sich zu Skudder und Net hinüber.

»Das ist eine Falle!« sagte Skudder. »Sie haben auf uns gewartet!«

Charity antwortete nicht, sondern hob ihren Laser und gab einen Schuß auf eine der träge dahinkriechenden Schlammwogen ab. Irgend etwas unter der Oberfläche explodierte. Sie sah einen grellen Blitz, in dem sich eine *Ameise* aufbäumte, ehe sie pfeifend verendete. Aber auch dieses Insekt kam Charity zu klein vor; es maß bestenfalls einen Meter, und ihre Glieder waren dünn wie Streichhölzer. Doch was den Ungeheuern an Größe fehlte, das machten sie durch ihre Zahl wieder wett. Überall bewegte es sich; träge Wellen, die langsam, aber unerbittlich auf sie zukrochen. Gehetzt sah sie sich um. Sie befanden sich noch keine zehn Meter vom Flußufer entfernt, aber sie wußte, daß sie hilflos waren, wenn sie versuchten, an der fast lotrechten Wand hinaufzuklettern. Sie hatte oft genug erlebt, daß diese Kreaturen eine senkrechte Wand hinauflaufen konnten wie eine Fliege.

Und trotzdem hatten sie keine Wahl. Wenn sie den Wald erreichten, hatten sie vielleicht eine Chance.

Sie gab Skudder und Net mit einer Geste zu verstehen, was sie vorhatte, faßte Gurk wortlos am Arm und schleifte ihn hinter sich her den Weg zurück, den sie gekommen waren. Ohne auf seine wütenden Proteste zu achten, hob sie ihn einfach in die Höhe und zwang ihn, sich in einem der zahllosen Risse in der Mauer festzukrallen, ehe sie selbst mit dem Aufstieg begann.

»Non! C'est un piège!«

Charity sah überrascht auf. Fünfzehn Meter über ihr war eine Gestalt erschienen; gegen das grelle Licht der bereits tiefstehenden Sonne ebenfalls nur ein schwarzer, dürrer Schatten, der sie im ersten Moment erschreckte. Aber dann sah sie, daß er nur zwei statt vier Arme hatte.

»Zurück«, schrie die Gestalt. »Sie warten hier auf euch!«

Charity war für eine Sekunde abgelenkt – und genau diese Sekunde hätte sie beinahe das Leben gekostet!

Sie bemerkte eine zuckende Wellenbewegung im Schlamm, und dann verwandelte sich der graue Morast neben ihr in einen aufspritzenden Geysir, aus dem ein chitingepanzertes, schwarzes Ungeheuer hervorbrach und mit allen vier Armen nach ihr grapschte. Charity fuhr herum und versuchte, ihre Waffe zu heben, aber sie wußte bereits, während sie es tat, daß sie zu langsam war. Die *Ameise* schlug ihre Hand mit einer fast spielerischen Bewegung herunter und ergriff sie mit gleich drei unmenschlich starken, stahlharten Pranken. Ein helles, elektrisches Knistern erklang, dann spannte sich ein blauer Überschlagsblitz zwischen Charitys Anzug und dem Körper der *Ameise*. Der Moroni kreischte vor Schmerz. Aber der Schild war nicht mehr stark genug, ihn zu töten oder auch nur ernsthaft zu verletzen. Und der Schock schien die *Ameise* nur noch wütender zu machen, denn sie schleuderte Charity mit solcher Wucht gegen die Wand, daß ihr die Luft aus den Lungen getrieben wurde. Sie sah, wie Skudder herumfuhr, die Waffe hob und im letzten Moment zögerte. Er war zwanzig Meter entfernt; zu weit, um nicht versehentlich sie statt die *Ameise* zu treffen.

Der Griff des Ungeheuers schnürte ihr die Luft ab. Vor ihren Augen begannen bunte Kreise zu tanzen. Charity spürte, wie ihr Bewußtsein zu schwinden begann. Langsam erschlaffte sie im Griff des Rieseninsekts.

Plötzlich summte irgend etwas mit einem widerwärtigen Laut so dicht an Charitys Gesicht vorbei, daß sie einen heißen Luftzug verspürte. Im gleichen Moment zersplitterte der Brustpanzer der *Ameise*, und das Ungeheuer wurde wie von einem Faustschlag zurückgetrieben.

Charity kämpfte mit aller Macht gegen die drohende Bewußtlosigkeit. Sie atmete keuchend ein und aus, lehnte sich erschöpft gegen die Wand und ballte so heftig die Fäuste, daß sich die Fingernägel in ihre Handflächen gruben. Der Schmerz half. Die dunklen Schleier vor ihrem Blick lichteten sich, und allmählich kehrte das Gefühl in ihre tauben Beine zurück. Gleichzeitig schien sich die Luft in ihren Lungen in flüssiges Feuer zu verwandeln.

Stöhnend blickte sie sich um. Es war keine weitere *Ameise* zu sehen, aber es war noch lange nicht vorbei – ganz im Gegenteil. Aus allen Richtungen näherten sich die Wellen im Schlamm, und auch über ihr erklang plötzlich das helle Zirpen der verhaßten Insektenkrieger. Sie sah auf und bemerkte, daß die Gestalt, die sie gewarnt – und auch gerettet – hatte, sich nicht mehr auf der Mauerkrone befand, sondern geschickt wie ein Affe zu ihr in die Tiefe zu klettern begonnen hatte. Am Ufer waren die schwarzen, spinnengliedrigen Schatten von einem Dutzend *Ameisen* aufgetaucht, die sich sogleich an die Verfolgung machten.

Skudder gab einen Schuß ab und tötete eines der Ungeheuer, das lautlos in die Tiefe stürzte und im Schlamm verschwand. Aber die anderen setzten ihren Weg unbeirrt fort.

Charity wartete mit klopfendem Herzen, bis der Fremde zu ihr hinabgestiegen war – wobei er die letzten zwei Meter mit einem wagemutigen Satz überwand –, dann fuhr sie herum und bedeutete ihm mit einer Geste, ihr zu folgen. Der andere schüttelte den Kopf und deutete heftig gestikulierend auf den Schlamm, wobei er immer wieder ein einzelnes Wort in seiner Muttersprache schrie, das Charity nicht verstand. Schließlich fuhr sie einfach herum, packte Gurk grob bei der Hand und lief los, und der Franzose hörte auf zu schreien und schloß sich ihnen an.

Er war noch recht jung, vielleicht achtzehn oder neunzehn Jahre alt, von schlankem Wuchs und mit dunklem Haar. Er hatte ein sehr sympathisches Gesicht, das im Moment allerdings vor Anstrengung und Furcht verzerrt war, und trug ein sonderbares einteiliges Kleidungsstück, das an einen selbstgefertigten Tarnanzug erinnerte.

»Danke«, sagte Charity schwer atmend, als sie neben Net und Skudder angekommen waren. Der Junge legte den Kopf auf die Seite und sah sie fragend an. Und erst jetzt wurde Charity klar, daß er sie nicht verstand.

»Und jetzt?« fragte Skudder. Der junge Mann sah auch ihn verständnislos an, und der Hopi machte eine erklärende Geste auf die *Ameisen,* die die Felswand fast überwunden hatten. Er hob seine Waffe und zielte, aber der Junge schüttelte hastig den Kopf und deutete auf den Granitpfeiler der Insel vor ihnen. Und obwohl Charity seinen fürchterlichen Slang nicht verstand, begriff sie doch die Bedeutung der Geste. Sie bezweifelte, daß sie es bis dorthin schaffen würden; die *Ameisen* konnten sich in diesem klebrigen Morast sehr viel schneller bewegen als sie.

Skudder sah den Jungen zweifelnd an, dann zuckte er mit den Achseln, drehte sich herum und blieb abrupt wieder stehen, kaum daß er die ersten zwei Schritte gemacht hatte. Der Laser in seiner Hand spie einen grünen Blitz aus, der in dreißig Meter Entfernung in den Morast fuhr. Eine dumpfe Explosion erklang, und eine kochende Säule aus Schlamm und Chitinsplittern brach aus dem Fluß.

Skudder schürzte grimmig die Lippen und visierte eine weitere Woge an, aber der junge Franzose drückte plötzlich seinen Arm herunter und schüttelte den Kopf. Wieder sagte er etwas, das Charity nicht verstand.

Skudder riß seinen Arm mit einer ärgerlichen Bewegung los, aber er schoß nicht mehr, sondern sah verwirrt zu, wie der Junge in eine der zahllosen Taschen seiner Montur griff und eine Handvoll eines weißen, körnigen Pulvers hervorholte. Sorgfältig verteilte er das Pulver auf eine Fläche von gut einem Quadratmeter und watete dann mit kleinen, erzwungen langsamen Schritten hindurch. Dann bedeutete er Charity und den anderen mit aufgeregten Gesten, es ihm nachzumachen.

»Was ist das?« fragte Charity mißtrauisch.

»Krell-Samen«, antwortete der Franzose. »Sie hassen den Geschmack. Sie werden uns nicht mehr angreifen. Schnell!«

Hastig gehorchte sie und zerrte Gurk mit sich, dann warf sie einen nervösen Blick zu den *Ameisen* zurück. Auf diese Monster jedenfalls schien das Pulver keinerlei Wirkung zu haben. Sie rückten unbeeindruckt und sehr schnell näher, aber sie verzichteten aus einem unerfindlichen Grund noch immer darauf, ihre Waffen einzusetzen.

Trotzdem blieben ihnen allenfalls noch Sekunden.

Sie rannten los. Aber sie waren erst wenige Schritte weit gekommen, als Skudder abermals stehenblieb und erschrocken die Hand hob. Und plötzlich vernahm auch Charity ein höchst eigenartiges Geräusch: ein helles Summen, das sich allmählich zu einem an den Nerven zerrenden Heulen steigerte und Charity und die anderen vor Schmerz aufstöhnen ließ. Dann wurde es zu einem ohrenbetäubenden Brüllen und Kreischen – und über der Insel tauchte eine gigantische, silberfarbene Scheibe auf!

»Ein Gleiter!« brüllte Skudder entsetzt. Er hob seine Waffe und gab zwei, drei Schüsse auf die Flugscheibe ab, die wirkungslos an ihrem gepanzerten Rumpf abprallten. Der Gleiter raste heulend fünfzig, hundert Meter weit senkrecht in die Höhe, kippte dann über die Seite ab und kam in einem Halbkreis auf sie herabgeschossen. Charity und die anderen standen wie gelähmt da, nur Skudder feuerte, was seine Strahlenpistolen hergaben. Fast jeder der nadeldünnen, grünen Blitze traf, doch die kleinen Waffen reichten nicht aus, um den Gleiter zu gefährden. Das Fahrzeug stürzte mit einem ohrenbetäubenden Heulen auf sie herab, hielt plötzlich an und gewann wieder ein Stück an Höhe, gerade als Charity schon zu glauben begann, sein Pilot wolle sich wie in einem Kamikazeangriff auf sie stürzen.

Ein halbes Dutzend greller Energiestrahlen brach aus seiner Flanke und verwandelte den Schlamm rings um sie herum in brodelnden Dampf. Feuer und kochender Morast regneten auf sie herab.

Charity wartete, bis sich ihre Augen von dem gleißenden Lichtüberfall erholt hatten, dann hob sie vorsichtig die Lider und sah sich um. Sie befanden sich genau im Zentrum eines gut fünfzig Meter durchmessenden Kreises, dessen Ränder aus kochendem Schlamm gebildet wurden. Die Salve hatte nicht den Zweck gehabt, sie zu töten. Aber die Botschaft, die sie beinhaltete, war eindeutig.

»Sie wollen uns lebend«, sagte Net.

Charity antwortete nicht darauf, sondern nickte nur müde. Es war ihr von Anfang an klar gewesen, daß der Überfall nicht den Zweck hatte, sie umzubringen, sondern gefangenzunehmen. Hätten die *Ameisen* sie töten wollen, hätten sie nicht einmal den ersten Angriff überlebt.

Der Gleiter sank tiefer, wie ein schimmernder, stählerner Mond, der langsam vom Himmel stürzte, und gleichzeitig näherte sich ihnen das Dutzend *Ameisen* vom Ufer her.

Charitys Gedanken überschlugen sich. Die *Ameisen* hatten ganz eindeutig den Befehl, sie lebend und unverletzt einzufangen – und vielleicht hatten sie dadurch noch eine Chance.

»Lauft!« sagte sie. »Jeder in eine andere Richtung! Der Gleiter kann uns nicht alle zugleich verfolgen!«

Fast gleichzeitig stürmten sie los – Net und der junge Franzose direkt auf die Insel zu, Skudder beinahe in die Richtung zurück, aus der sie gekommen waren, und Charity zum jenseitigen Ufer, wobei sie Gurk mit sich zerrte. Der Gleiter schien unschlüssig in der Luft über ihnen zu verharren. Dann heulten seine Motoren auf, er sprang mit einem Satz wieder zwanzig, dreißig Meter weit in die Höhe, und seine Bordgeschütze feuerten erneut. Ein grellweißer Hitzestrahl fauchte so dicht an Charity vorüber, daß sie die tödliche Glut wie die Berührung einer unsichtbaren weißglühenden Hand spürte und vor Schmerz aufstöhnte, doch sie rannte im Zickzack weiter. Verzweifelt hob sie im Laufen den Kopf und sah zu dem Gleiter empor.

Etwas Unerwartetes geschah: Der Gleiter hörte auf zu feuern. Plötzlich flammte auf der Insel ein unheimliches, rubinrotes Licht auf, und dann tastete ein leuchtender Stab des gleichen, dunkelroten Laserlichts nach der silbernen Flugscheibe und durchbohrte sie.

Es ging unglaublich schnell; und trotzdem sah Charity genau, was geschah: Der Laserstrahl durchstieß den armdicken Panzerstahl des Gleiters wie Papier, brannte ein sauberes, kreisrundes Loch diagonal durch seinen Rumpf und entlud dann schlagartig seine gesamte Energie im Inneren des Schiffes.

Für einen Sekundenbruchteil erstrahlte der Gleiter in

einem grellen, flackernden Rot. Sein Rumpf schien sich wie ein Luftballon aufzublähen – und Charity konnte gerade noch den Kopf wegdrehen und schützend die Hände vor das Gesicht reißen, um nicht geblendet zu werden, als sich der Gleiter in eine blauweiße, lodernde Miniatursonne verwandelte!

Die Druckwelle riß Charity von den Füßen und schleuderte sie in den Schlamm. Und eine Woge kochendheißer Luft heulte über sie hinweg. Sie krümmte sich zusammen und wartete mit angehaltenem Atem, bis der Feuersturm vorüber war. Dann hob sie vorsichtig den Kopf aus dem Morast, wischte sich mit dem Unterarm den Schlamm aus dem Gesicht und sah sich um.

Ihre Umgebung hatte sich vollkommen verändert. Die Druckwelle hatte nicht nur sie und die anderen, sondern auch die *Ameisen* von den Füßen gerissen und meterweit davongeschleudert. Überall in dem grauen Morast loderten kleine Feuernester, wo brennende Trümmer und Feuer vom Himmel gestürzt waren. Auch ein Teil der Insel brannte, und aus dem Wald stieg eine gewaltige schwarze Rauchwolke empor. Der Gleiter hatte sich nicht mehr unmittelbar über dem Fluß befunden, als ihn der Laserstrahl traf. Was von ihm übriggeblieben war, mußte brennend in den Dschungel gestürzt sein.

Sie hörte ein würgendes Husten neben sich und fuhr abrupt herum. Auch Gurk war wie alle anderen von den Füßen gerissen worden und kämpfte sich nun keuchend aus dem Morast. Sie überzeugte sich mit einem raschen Blick davon, daß er nicht ernsthaft verletzt war, dann stand sie vollends auf und hielt nach den anderen Ausschau. Skudder hockte zwanzig oder dreißig Meter von ihr entfernt auf den Knien und hielt sich stöhnend den linken Arm, und Net und der junge Franzose plagten sich mühsam auf, waren aber offenbar nicht ernsthaft verletzt.

Auch ein Dutzend *Ameisen* lebte noch, doch wirkten die Insekten seltsam verwirrt, als hätten sie von einer Sekunde auf die andere vergessen, warum sie überhaupt hier waren. Nur eine einzige von ihnen machte einen zögernden Schritt in Skudders Richtung, dann stieß sie einen fast kläglichen Pfiff aus, drehte sich herum und stolzierte zu ihren Kameraden zurück.

Charity bedeutete Gurk mit einer Geste, zu Net und dem Fremden hinüberzugehen, und wartete selbst auf Skudder, den das sonderbare Verhalten der *Ameisen* ebenso überraschte wie sie, denn er blickte fassungslos zu den schwarzen Kreaturen hinüber, die keinerlei Anstalten mehr machten, sich auf ihre wehrlosen Opfer zu stürzen. Erst dann machte er zögernd kehrt.

»Ich verstehe das nicht«, murmelte er. »Was ...«

»Ich auch nicht«, unterbrach ihn Charity. »Aber wir sollten machen, daß wir wegkommen.«

Skudder warf einen letzten Blick auf die *Ameisen* zurück, dann nickte er hastig und beeilte sich, zusammen mit ihr zu Net und den beiden anderen zu gelangen. Als sie sie erreichten, hatten sie sich der Insel bereits bis auf knapp zwanzig Schritte genähert. Und Charity begriff, warum der junge Franzose sie hierher geführt hatte. Die Granitpfeiler waren glatt wie poliertes Glas, aber sie befanden sich jetzt unmittelbar unter der Stelle, an der sich ein Gewirr von Ranken über ihren Rand schob. Charity bemerkte zwischen den Pflanzen ein starkes Tau, das fast bis zum Flußgrund hinabreichte. Seine Farbe war so perfekt auf den Untergrund abgestimmt, daß man schon sehr genau hinsehen mußte, um es zu entdecken.

Sie kramte ihre halbvergessenen Französischkenntnisse zusammen und fragte den jungen Mann: »Dort hinauf?«

Der Junge sah sie überrascht an. Dann huschte ein flüchtiges Lächeln über seine Züge. »Ja«, antwortete er. »Wir müssen zur Festung, ehe sie wiederkommen.«

Charity nickte; überraschenderweise verstand sie ihn, wenn er langsam sprach. Sie machte sich nichts vor. Die *Ameisen* würden wiederkommen, und diesmal wahrscheinlich nicht mit einem, sondern gleich mit einem Dutzend bewaffneter Schiffe.

Sie erreichten den Fuß der Insel, und der junge Franzose begann sehr geschickt an dem Tau emporzuklettern. Net folgte ihm auf der Stelle, während Skudder Charity und Gurk zweifelnd ansah. »Schafft ihr das?« fragte er.

Charity nickte nur, aber Gurk widersprach energisch. »Ausgeschlossen!« ächzte er. »Da komm ich nie rauf.«

Skudder seufzte ergeben – und setzte sich den Gnom wie ein Kind einfach auf die Schultern. »Halt dich fest«, befahl er.

Gurk kreischte vor Entsetzen, aber Skudder begann bereits, an dem Tau emporzuklettern, so daß dem Zwerg gar nichts anderes übrigblieb, als sich mit aller Kraft festzuhalten. Charity lächelte flüchtig und warf einen letzten Blick zu den *Ameisen* zurück. Die Moroni hatten sich wieder am jenseitigen Flußufer gesammelt, aber sie machten weder Anstalten, hinaufzuklettern noch kehrtzumachen und ihnen vielleicht doch noch zu folgen. Sie wirkten völlig hilflos, wie Maschinen, deren Programmierung durcheinandergeraten war.

Sie verscheuchte den Gedanken, griff nach dem Tau und begann, in die Höhe zu klettern. Die Leichtigkeit, mit der der junge Franzose und Skudder diesen Weg genommen hatten, täuschte. Charity mußte ihre letzten Kraftreserven mobilisieren, um sich die fünfzehn oder zwanzig Meter hinaufzuquälen. Sie hätte das letzte Stück wahrscheinlich nicht geschafft, hätte Skudder sie nicht einfach zu sich heraufgezogen.

Charity fiel keuchend auf die Knie herab, rang mühsam nach Atem und preßte die Handflächen gegen den Leib. Ihre Hände brannten wie Feuer; das grobe Tau hatte ihre Haut aufgeschürft.

»Kannst du gehen?« fragte Skudder besorgt.

Sie zwang sich zu einem Lächeln und nickte; was nichts daran änderte, daß Skudder ihr helfen mußte, auf die Füße zu kommen.

»Wir können nicht hierbleiben«, sagte der Hopi besorgt. Er sah ihren Retter an und machte eine fragende Geste. »Und wohin jetzt, du Schlaumeier?«

Natürlich verstand der junge Franzose die Worte nicht. Aber er lächelte trotzdem und deutete auf einen mannshohen Schutthügel. Aus irgendeinem Grund schien er der einzige von ihnen zu sein, der keinerlei Angst hatte. Ganz im Gegenteil – er wirkte fast fröhlich. »Ich bringe euch zur Festung«, sagte er.

Charity sah sich suchend um. Sie erblickte nichts, was einer Festung auch nur entfernt ähnlich sah. Sie beantwortete Skudders fragenden Blick mit einem Achselzucken und trat wortlos hinter den Jungen.

Hinter dem Schutthügel erhoben sich die ausgebrannten Reste einiger kleinerer Häuser. Charity nahm unwillkürlich an, daß ihr Ziel irgendwo dort lag, aber der junge Franzose steuerte zielsicher auf den unkrautüberwucherten Schutthügel zu – und als sie näher kamen, sah Charity, daß es gar keine Schutthalde war. Unter dem wuchernden Grün und Violett schimmerte Stahl.

Überrascht sah sie zu, wie ihr Führer den Vorhang aus Gestrüpp und herabhängenden Ästen teilte. Dahinter kam Panzerstahl zum Vorschein. Der Junge legte die Hand auf einen roten Kreis, der in das Metall eingeätzt war, und in der Metallfläche öffnete sich eine mannshohe Tür, hinter der mildes, gelbes Licht schimmerte.

»Was ist das?« fragte Skudder mißtrauisch, während der Franzose gebückt durch die Tür trat, sich herumdrehte und ihnen aufgeregt zuwinkte, ihm nachzukommen.

»Ich bin nicht sicher«, antwortete Charity, »aber ich glaube, ich weiß es.«

Sie war die erste, die hinter dem Franzosen durch die Tür trat. Der Raum war winzig und ziemlich niedrig und vollgestopft mit Computern, Monitoren und drei wuchtigen Schalensitzen, die fast den gesamten vorhandenen Innenraum einnahmen. Ein kaum hörbares, beruhigendes Summen erfüllte die Luft: Ein Großteil der Anzeigetafeln und Monitore war in Betrieb.

Sie trat ein Stück zur Seite, um Skudder, Net und Gurk Platz zu machen, die sich hinter ihr durch die niedrige Tür zwängten. Der Junge berührte eine Taste an der Wand, und das Panzerschott schloß sich wieder. Dann drehte er sich mit einem triumphierenden Lächeln zu Charity um und machte eine dramatische, auf Wirkung bedachte Geste.

»Willkommen in meiner Festung«, sagte er.

»Festung?« Charity lächelte flüchtig, sagte aber sonst nichts, sondern sah sich gründlicher um. Sie wußte, wo sie waren. Sie hatte ein solches Fahrzeug niemals betreten, aber sie hatte genug Bilder davon gesehen. Was sie überraschte war, daß es noch existierte – und ganz offensichtlich noch *funktionierte.*

»Was zum Teufel ist das?« fragte Skudder noch einmal.

»Ein Leopard 2000«, antwortete Charity.

Skudders Gesichtsausdruck wurde noch fragender.

»Ein Panzer«, fügte sie rasch hinzu. »Die neueste Entwicklung der deutschen Wehrtechnik. Exklusiv für die NATO und den Export in die USA gebaut.« Charity spürte einen raschen, unangenehmen Schauer. Der Anblick dieses Panzers hätte sie mit Befriedigung erfüllen sollen, aber das genaue Gegenteil war der Fall. Dieses unversehrte Relikt aus einer fernen Vergangenheit erinnerte sie daran, auf welch fürchterliche Weise sich ihre Heimatwelt verändert hatte.

»Ein Panzer?« vergewisserte sich Skudder. »Du meinst, so etwas wie die Tanks, die wir drüben hatten?«

»Nicht im entferntesten«, antwortete Charity. »Das hier ist das Nonplusultra irdischer Technik. Das Ding kann es mit einer ganzen Ameisenarmee aufnehmen.«

Skudder war noch immer verwirrt. »Du … du meinst, dieser Panzer hat den Gleiter abgeschossen?«

Charity nickte. »Das Ding ist mit einem Hundert-Megawatt Rubin-Laser bestückt«, antwortete sie. »Wenn du willst, dann kannst du den Eiffelturm damit absägen.«

»Dann sind wir hier sicher?« fragte Net zögernd.

Charity überlegte einen Moment. »Ich fürchte, nein«, sagte

sie dann. »Ich habe keine Ahnung, wieso er nach all dieser Zeit noch funktioniert, aber ich möchte lieber nicht hier sein, wenn unsere Freunde begreifen, womit sie es zu tun haben.«

Sie sah wieder den Jungen an. »Gibt es noch weitere Tanks?« fragte sie mit einer Geste, die den ganzen Innenraum einschloß.

Ganz offensichtlich verstand der junge Franzose ihre Frage nicht, denn er runzelte nur die Stirn.

»Ich meine«, erklärte Charity, »ist das der einzige Panzer, den ihr habt? Oder ...«

»Das ist die Festung«, unterbrach der Junge. »Ich verstehe nicht, was Sie meinen.«

Charity unterdrückte ein enttäuschtes Seufzen. »Ich fürchte, ich muß Sie enttäuschen«, sagte sie in gebrochenem Französisch. »Das hier ist keine Festung. Wo leben Sie? In der Freien Zone?«

Der Junge nickte, und für einen ganz kurzen Moment glaubte sie, ein mißtrauisches Flackern in seinem Blick wahrzunehmen.

»Was ist das für eine Sprache?« erkundigte sich Skudder.

»Französisch«, antwortete Charity. »Das hier ist Paris. Die Hauptstadt von Frankreich.«

»Ich wußte gar nicht, daß du Französisch sprichst«, sagte Gurk mit einem anzüglichen Grinsen. Charity schenkte ihm einen giftigen Blick und wandte sich wieder an den jungen Mann.

»Wie ist Ihr Name?« fragte sie.

»Jean.«

»Gut, Jean«, sagte Charity. »Ich danke Ihnen, daß Sie uns das Leben gerettet haben. Aber ...«

»Das war ich nicht.«

Charity sah ihn verdutzt an. »Wie?«

»Ich war es nicht«, wiederholte Jean. »Ich war draußen bei Ihnen, um Sie zu warnen. Die Festung muß von sich aus das Feuer eröffnet haben.«

Plötzlich leuchteten seine Augen voller jugendlicher Begeisterung auf. »Ich wußte immer, daß sie bewaffnet ist«, sagte er. »Aber ich wußte nicht, wie stark sie ist. Jetzt können wir mit den *Ameisen* aufräumen. Und mit den Jägern.«

Bei diesem letzten Wort veränderte sich seine Stimme. Sie bebte plötzlich vor Haß.

»Ich fürchte beinahe, daß wir noch ein wenig warten müssen«, sagte Charity vorsichtig. Sie sprach jetzt langsam, in sehr geduldigem Tonfall. »Sie werden wiederkommen, Jean. Und dann sind wir hier nicht mehr sicher.«

»Unsinn!« widersprach Jean heftig. »Sie haben doch selbst gesehen, was ...«

»Ich weiß, was dieses Fahrzeug kann«, unterbrach ihn Charity sanft. »Ich weiß das wahrscheinlich besser als Sie. Aber ich kenne auch seine Grenzen. Glauben Sie mir, wir müssen hier weg.«

»Die Festung ist unbesiegbar«, beharrte Jean. »Selbst wenn sie mit hundert Schiffen kommen!«

»Das mag schon sein«, sagte Charity ernst, »aber Sie dürfen die Moroni nie unterschätzen. Sie verfügen über Waffen, die Sie sich nicht einmal vorstellen können, Jean. Möchten Sie vielleicht in diesem Tank stecken, wenn sie einen Nuklear-Sprengsatz auf die Insel werfen?«

Jeans Gesichtsausdruck nach zu schließen schien er nicht einmal zu wissen, was eine Nuklearwaffe war. Aber er schien zumindest zu begreifen, wie ernst Charitys Worte gemeint waren, denn er widersprach nicht mehr.

»Die Freie Zone«, fuhr Charity fort. »Können Sie uns dort hinbringen?«

Der junge Mann zögerte. Einen Moment lang tastete sein Blick unsicher über Net, Skudder und Gurk. Dann nickte er zögernd. »Sie können uns trauen, Jean«, sagte Charity lächelnd.

»Wer sind Sie?« fragte Jean. »Und wer sind die da?« Er deutete auf Gurk und die beiden anderen.

»Wir werden Ihnen alles erklären«, antwortete Charity, »aber jetzt müssen wir gehen. Und sei es nur«, fügte sie einer plötzlichen Eingebung folgend hinzu, »um diesen Panzer zu retten. Wenn sie zurückkommen und wir nicht mehr hier sind, dann finden sie ihn vielleicht nicht.«

Der junge Franzose zögerte noch immer. »Sie waren nicht allein«, sagte er. »Sie hatten einen Jäger bei sich. Warum?«

»Einen Jäger?«

»Kyle«, sagte Gurk. »Er hat den Megamann gesehen.«

»Sie meinen den Mann in der schwarzen Montur, der uns eine Weile begleitet hat?« vergewisserte sich Charity.

Jean nickte. »Den Jäger«, sagte er. »Was haben Sie mit ihm zu schaffen? Wieso war er bei Ihnen? Und wieso hat er Sie nicht angegriffen?«

»Auch das erkläre ich Ihnen – später«, sagte Charity. Sie machte eine Handbewegung auf die summenden, flackernden Kontrollinstrumente des Panzers.

»Bitte, Jean. Dieses Fahrzeug reagiert vollautomatisch, wie Sie selbst gesehen haben. Wenn sein Elektronenhirn zu dem Schluß kommt, daß wir in Gefahr sind, dann wird es das Feuer auf die *Ameisen* eröffnen. Und dann verlieren Sie es.«

Ihre Rechnung ging auf. Jean überlegte noch einen kurzen Moment, aber dann schien er einzusehen, daß Charity recht hatte. »Also gut«, sagte er schweren Herzens, »dann kommt mit.«

Sein Blick glitt fast wehmütig über die flackernden Kontrollinstrumente. Charity wartete darauf, daß er sie ausschalten würde. Aber er tat nichts dergleichen, sondern drehte sich schließlich mit einem Seufzen um und ging zur Tür.

»Schalten Sie ihn nicht ab?« Charity sah ihn verwirrt an.

»Abschalten?«

Charity deutete auf das Kontrollpult. »Der Motor läuft noch«, sagte sie.

»Welcher Motor?« erkundigte sich Jean verwirrt.

Charity sah ihn erstaunt an. Offensichtlich hatte er nicht nur keine Ahnung, was er gefunden hatte, sondern auch alles völlig unverändert gelassen. So unglaublich ihr der Gedanke im ersten Moment selbst vorkam: Der Motor dieses Leopard mußte seit Jahren laufen, seit mehr als fünfzig Jahren.

Also war es besser, wenn sie nichts anrührten. Gott allein mochte wissen, was geschah, wenn man einen Nuklear-Motor ausschaltete, der seit fünfzig Jahren lief …

Sie wandte sich zur Tür und prallte fast gegen Net, die mit angeekelter Miene versuchte, ihre Kleider von dem grauen Morast zu reinigen. »Was zum Teufel ist das für ein Zeug?« schimpfte die junge Wasteländerin. »Es ist schlimmer als Kleister!«

Jean sah sie fragend an, und Charity übersetzte sinngemäß.

»Manna«, sagte Jean.

Gurk sah ihn verwirrt an.

»Wir nennen es nur so«, sagte er. »Ich würde Ihnen nicht raten, etwas davon zu essen. Aber der Ameisenbrut schmeckt es ausgezeichnet.«

»Ameisenbrut?«

»Junge *Ameisen*«, erklärte Jean. »Die Eier, die die Königin legt, werden in den Fluß gebracht, wo sie ausschlüpfen. Die Jungen leben ausschließlich vom Manna, bis sie ausgewachsen sind und an Land kriechen. Aber sie verschmähen auch eine kleine Zwischenmahlzeit nicht, wenn sie sie kriegen können.«

»Das haben wir gemerkt«, erklärte Charity.

6

Er war verwirrt. Er hatte ein Gefühl kennengelernt, das er bis zu diesem Moment nicht gekannt, ja, nicht einmal für möglich gehalten hatte: das Gefühl, hilflos zu sein, nicht zu wissen, was er als nächstes tun sollte. Zum ersten Mal im Leben stand Kyle vor einer Situation, die er nicht einschätzen konnte. Alles war so anders gewesen; die Dinge hatten sich auf eine Art entwickelt, die ihn nicht nur überrascht, sondern ihn zutiefst erschüttert hatte. Er fühlte sich aus der Bahn geworfen. Sein Leben, das bisher nur aus Gehorchen bestanden hatte, war vollkommen durcheinandergeraten. Er wußte nicht, wieso er hier war. Er wußte nicht, warum Stone ihn in den Transmitter gestoßen hatte. Und er wußte noch viel weniger, wieso er Captain Laird nicht gefangengenommen und die anderen getötet hatte, wie es seine Pflicht gewesen wäre. Alles war so verwirrend, so scheinbar völlig sinnlos. Er spürte eine neue Art von Schmerz; eine tiefe, dunkle Leere, die sich in seinem Inneren ausbreitete.

Er wußte nicht, wieso er überhaupt noch lebte.

Von allen Rätseln war dies vielleicht das größte. Die genetische Umprogrammierung, die mit dem Zellcode seiner DNS vorgenommen worden war, machte ihn nicht nur vom Menschen zum Übermenschen, sondern hätte auf der Stelle seinen Tod herbeiführen müssen; im gleichen Moment, in dem er aus dem Transmitter trat und begriff, daß es tatsächlich Shai war, wo die Verbindung endete.

Aber er lebte, und er hatte etwas Unvorstellbares getan: Er hatte die *Herren* verraten. Er hatte Captain Laird nicht nur nicht gefangengenommen, wie es sein Auftrag gewesen war, er hatte ihr und den anderen darüber hinaus zur Flucht verholfen und dabei zwei Dienerkreaturen getötet. Außerdem trug er die Schuld am Tod der Priesterin. Die alte Frau mußte den Verstand verloren haben, als sie ihn erblickte.

Was immer sein Erscheinen für sie bedeuten mochte, es mußte so schlimm gewesen sein, daß sie es vorgezogen hatte, lieber zu sterben als sich von ihm berühren zu lassen.

Vielleicht, dachte er, lag es an seinen Verletzungen. Er war schwerer verwundet worden als jemals ein Megakrieger zuvor. Captain Lairds Angriff in der Wüste hatte ihn fast umgebracht. Er war auch längst nicht wieder völlig hergestellt gewesen, als er in das Shai-Taan eingedrungen war und sich plötzlich von Dutzenden von Stones eigenen *Ameisen* attackiert sah. Vielleicht war etwas in seinem Gehirn in Unordnung geraten.

Kyle wußte, wie anfällig dieses Organ trotz aller Veränderungen war, die man daran vorgenommen hatte. Das war eine Gefahr, auf die ihn seine Lehrer immer wieder hingewiesen hatten: Gleichgültig, was man ihm antat, es gab kein Organ in seinem Körper, das sich nicht in kürzester Zeit selbst zu reparieren imstande war. Die einzige Ausnahme bildete das Gehirn.

Es war zu komplex, als daß sich seine Zellen beliebig reproduzieren konnten.

Natürlich hatte man auch für diesen Punkt vorgesorgt. Kyle wußte, daß es in seinem Gehirn eine biologische Schaltung gab, die nichts anderes tat, als ununterbrochen die Funktionen der übrigen Gehirnzellen zu überprüfen; wie ein ständig ablaufendes Computerprogramm in einem hochkomplizierten Rechner. Und daß diese Zellgruppe augenblicklich zu seinem Tod führen würde, wenn sie feststellte, daß seine Fähigkeit zu logischem Denken und Handeln über ein gewisses Maß hinaus eingeschränkt war. Aber was, dachte er, wenn ausgerechnet *dieser* Teil seines Gehirns ausgeschaltet war?

Er verfolgte den Gedanken nicht zu Ende. Nein, was mit ihm geschehen war, hatte nichts mit irgendeiner organischen Fehlfunktion zu tun oder einem Fehler in seiner Grundprogrammierung.

Er mußte an das denken, was Captain Laird ihm gesagt hatte. Die Worte hätten ihn nicht beeindrucken dürfen, aber sie hatten es getan und etwas in ihm angerührt. Es war, als erwache etwas in ihm, ein völlig anderer Kyle, der nichts mit dem Megakrieger zu tun hatte, der er fünfundzwanzig Jahre seines Lebens gewesen war. Er wußte noch nicht, was er von diesem neuen Kyle halten sollte – aber er machte ihm angst.

Einer seiner hypersensibilisierten Sinne meldete sich, und Kyle reagierte instinktiv. Blitzschnell warf er sich zur Seite, rollte mit einer katzenhaften Bewegung hinter den Stamm eines mächtigen Baumes und nahm sich erst dann die Zeit zu lauschen.

Die Gerüche und optischen Eindrücke des Waldes schlugen wie eine Woge über ihm zusammen und verwirrten ihn für einen Moment total. Er begriff, daß er für eine Zeit, die er nicht einmal zu schätzen imstande war, fast blind durch den Dschungel gelaufen sein mußte. Er hatte kaum etwas in seiner Umgebung wahrgenommen, sondern war nur mit seinen eigenen Gedanken und Gefühlen beschäftigt gewesen. Und das erschreckte ihn erneut. Hatte er nicht gelernt, seine ganze Aufmerksamkeit seiner Umgebung zu schenken, ganz egal, wo er war oder welche Probleme ihn beschäftigten? *Was um alles in der Welt geschah mit ihm?*

Kyle begriff, daß er schon wieder dabei war, sich mehr auf seine eigenen Gedanken als auf seine Umgebung zu konzentrieren, und zwang sich, die Augen zu schließen und auf das Geräusch zu lauschen, das ihn gewarnt hatte.

Im ersten Moment gelang es ihm kaum; im Dschungel erklangen die verschiedensten Laute – das Rascheln des Windes in den Baumwipfeln, das Kreischen und Schreien von Tieren, die Schritte winziger harter Insektenfüße auf Blättern und Boden …

Zum ersten Mal im Leben verfluchte Kyle die unnatürliche Schärfe seines Gehörs, denn es ermöglichte ihm nicht nur, die Atemzüge eines Menschen auf fünfzig Meter Entfernung zu registrieren, sondern ließ ihn auch die zahllosen anderen Laute hören, die immer und überall da waren, selbst wenn ein gewöhnliches menschliches Ohr nur Stille vernahm. Normalerweise war er in der Lage, all diese störenden Geräusche einfach herauszufiltern, aber das fiel jetzt plötzlich schwer. Er brauchte endlos lange, bis er den Laut wiederfand, und dann noch einmal Sekunden, bis ihm klar wurde, was er da hörte.

Es waren Schritte. Die Schritte von zwei Männern und vier oder fünf Dienerkreaturen, die sich seinem Versteck rasch näherten. Und die sich auch keine besondere Mühe gaben, leise zu sein. Sie schienen sich sehr sicher zu fühlen – und warum auch nicht? Schließlich war das hier ihr Revier, der Ort, an dem sie zu Hause waren.

Kyle lauschte noch einen Moment, dann richtete er sich auf und schlich ein paar Schritte nach links hinter den Stamm eines umgestürzten Baumes. Der durchdringende Fäulnisgestank würde seinen eigenen Geruch überdecken.

Kyle wartete. Es vergingen nur wenige Augenblicke, bis die Schritte auch einem normalen menschlichen Beobachter aufgefallen wären, und schließlich sah er sie. Das Unterholz begann zu zittern, als eine der vorauseilenden Dienerkreaturen mit ihren kräftigen Armen einen Weg für die beiden Männer bahnte. Kyle hörte auf zu atmen, und für eine knappe Minute hielt er sogar seinen Herzschlag an.

Die beiden Männer waren Megamänner wie er. Sie waren noch sehr jung, aber sie verhielten sich selbst für Schüler beinahe sträflich leichtsinnig. Die Tarnvorrichtung ihrer Chamäleon-Anzüge war nicht eingeschaltet, so daß sich das lichtschluckende Schwarz des Gewebes deutlich vom Grün und Violett des Dschungels abhob. Und statt auf ihre Umgebung zu achten, schienen sie sich vollkommen auf die Aufmerksamkeit der Dienerkreaturen zu verlassen, denn sie waren in ein intensives Gespräch vertieft. Kyle achtete nicht auf die Worte, aber er konnte ihr Lachen hören, und einer der beiden deutete immer wieder auf den Busch vor sich.

Narren, dachte Kyle voller Verachtung. Selbst dem riesenhaften Eingeborenen mit der roten Haut, der Captain

Laird begleitete, wäre es wahrscheinlich leichtgefallen, die beiden zu überraschen. Er würde die beiden töten können, ehe sie auch nur begriffen, daß sie in Gefahr waren, und ...

Kyle spürte einen neuerlichen eisigen Schrecken, als ihm klar wurde, was er tat. Er betrachtete diese beiden Megamänner mit den Augen eines Feindes. Er schätzte seine Chancen ab, sie zu überwinden; die Killermaschine, die er war, lief bereits auf Hochtouren – aber das dort vorne waren seine Brüder! *Was um alles in der Welt geschah mit ihm?!*

Mit einem plötzlichen Ruck stand er auf und hob beide Arme. Wenn schon nicht diese beiden Narren, so registrierten doch zumindest die Dienerkreaturen diese Bewegung, denn zwei von ihnen fuhren blitzartig herum und zogen ihre Waffen. Aber sie feuerten nicht, als sie erkannten, wen sie vor sich hatten.

Auch die beiden jungen Krieger unterbrachen endlich ihre Unterhaltung. Einer von ihnen war immerhin geistesgegenwärtig genug, die Farbe seines Anzuges dem Hintergrund anzugleichen. Der andere starrte Kyle nur aus weit aufgerissenen Augen an. Kyle verspürte für einen Moment nichts anderes als den intensiven Wunsch, diesem jungen Narren eine Lektion zu erteilen. Aber natürlich tat er es nicht. Er blieb reglos stehen, dann trat er mit einem großen Schritt über den umgestürzten Baum hinweg und näherte sich den beiden Kriegern. Die Dienerkreaturen folgten seiner Bewegung aufmerksam mit ihren Waffen, unternahmen aber nichts, sondern ließen ihre Blicke nur unschlüssig zwischen ihm und den beiden jungen Kriegern hin- und herschweifen.

Kyle näherte sich den beiden bis auf drei Meter.

»Wer bist du?« fragte der, dessen Tarnanzug aktiv war.

»Mein Name ist Kyle«, antwortete Kyle. »Megakrieger erster Klasse.«

Er wartete vergeblich auf irgendeine Reaktion. Er registrierte eine erhöhte Herztätigkeit bei beiden. Aber diese Erregung war einzig auf sein plötzliches Auftauchen und nicht auf den Klang seines Namens zurückzuführen. Sie schienen nicht einmal zu wissen, wer er war.

»Kyle? Diesen Namen habe ich noch nie gehört.«

»Ich war ... eine Weile fort«, sagte Kyle ausweichend. »Bitte deaktiviere den Chamäleon-Anzug. Es irritiert mich, mit einem Blatt zu sprechen«, fügte er hinzu.

Der Krieger zögerte einen Moment, aber dann senkte er die Hand zum Gürtel, und aus dem verschwommenen Fleck vor dem Wald wurde wieder ein schlanker Körper in einem nachtschwarzen Anzug; ein weiterer Fehler, der Kyle niemals unterlaufen wäre. Er begriff endgültig, daß diese beiden keine Gefahr darstellten. Hätte er es gewollt, dann wären sie gestorben, ohne auch nur zu begreifen, was überhaupt geschah.

»Du bist ...« Plötzlich huschte ein Ausdruck des Erschreckens über das Gesicht eines der beiden jungen Männer. Seine Hand zuckte zum Gürtel und griff nach seiner Waffe. Endlich schien auch sein stumpfsinniger Begleiter zu begreifen, daß es sich bei Kyle um alles andere als einen harmlosen Spaziergänger handelte, denn auch er zog seine Waffe und wich blitzschnell drei, vier Schritte zurück. Kyle hatte alle Mühe, ein verächtliches Lachen zu unterdrücken.

»Ich bin der, den ihr sucht«, sagte er ruhig. »Ich nehme doch an, ihr sucht mich?«

»Rühr dich nicht von der Stelle!« sagte der jüngere der beiden. »Eine falsche Bewegung, und du bist tot.«

Kyle lächelte milde. »Ich werde mich nicht wehren«, sagte er. »Tötet mich.«

Während die Waffen der beiden jungen Krieger weiterhin drohend auf seinen Kopf gerichtet blieben, kamen zwei der Dienerkreaturen näher und griffen nach seinen Armen. Seine Hände wurden grob auf den Rücken gedreht und gefesselt. Zwei stählerne Ringe wurden um seine Fußknöchel gelegt, so daß er nur noch kleine, ungeschickte Schritte machen konnte. Dann zogen sich die beiden *Ameisen* hastig wieder zurück. Im Gegensatz zu den beiden Narren schienen sie sehr wohl zu wissen, daß Kyle auch gefesselt noch eine tödliche Gefahr darstellte.

»Müssen wir dich betäuben, oder folgst du uns freiwillig?« fragte der jüngere der beiden Krieger.

Kyle begriff. »Ihr sollt mich lebend einfangen?« fragte er überrascht.

Der Megamann nickte. »Wenn es möglich ist. Aber ich töte dich, wenn du auch nur versuchst, zu fliehen.«

Kyle machte sich nicht einmal die Mühe, darauf zu antworten.

Nach dem Aufstieg erschien ihr der Weg zurück fast wie eine Erholung; zumindest während der ersten Minuten. Jean hatte sie über ein Stück des fast deckungslosen Geländes zu einer Ruine geführt. Sie waren ins Kellergeschoß hinabgestiegen. Von dort aus hatte der Weg in einen verrotteten Kanalisationsschacht geführt, in dem zwar seit fünfzig Jahren keine Abwässer mehr flossen, der aber trotzdem erbärmlich stank. Dann waren sie dem Kanal ein Stück gefolgt, bis Jean abermals stehenblieb und sich an einer Klappe im Boden zu schaffen machte; alles in totaler Finsternis, aber mit solcher Selbstverständlichkeit, als könnte er in der Dunkelheit sehen.

Auf ein Zeichen hin waren sie eine Leiter hinuntergeklettert. Obwohl Charity nicht die Hand vor Augen sah, spürte sie doch, daß der Abgrund sehr tief sein mußte. Sie mußten sich längst unter dem Boden des ausgetrockneten Flusses befinden und stiegen immer weiter in die Tiefe. Jean führte sie durch ein wahres Labyrinth von Gängen, die manchmal so eng waren, daß sie auf Händen und Füßen kriechen mußten. Doch sie waren beileibe nicht allein hier unten. Mehrmals hörte Charity Geräusche, die weder sie noch einer der anderen verursachten, und einmal blieb Jean abrupt stehen und gebot ihnen flüsternd, still zu sein. Sie gehorchten, und obwohl Charity nicht den geringsten Laut hörte, hatte sie das Empfinden, angestarrt und gemustert zu werden – von Augen, die in der absoluten Dunkelheit hier unten so gut sehen konnten wie sie am hellen Tage.

Nach einer Weile atmete Jean erleichtert auf und erklärte ihnen, daß sie weitergehen konnten. Charity fragte ihn nach dem Grund seiner Unruhe.

»Ratten«, sagte er nur.

Charity verspürte einen neuen eisigen Schauer. Sie haßte Ratten. Wenn diese angriffslustigen Nager in dieser Welt überlebt hatten, bedeutete das mit ziemlicher Sicherheit, daß sie sich ihr *angepaßt* hatten. Und Charity wollte einer Ratte, die in diesem Alptraumdschungel hauste, lieber nicht begegnen.

»Wie weit ist es noch?« knurrte Skudder nach einer Weile. Seine Stimme klang unheimlich und verzerrt in dem hohen, runden Tunnel, durch den sie gingen. Es dauerte lange, bis das Echo seiner Worte zurückkam, und wie ihre Schritte klang es dumpf und metallisch.

Jean antwortete nicht auf die Frage, und Charity begriff erst nach einigen Sekunden, daß er sie gar nicht verstanden hatte. Hastig übersetzte sie, und der Franzose antwortete: »Wir sind gleich da. Nur noch einen Augenblick.«

Tatsächlich verging kaum eine Minute, bis er sie mit wenigen Worten aufforderte, einen Moment zu warten. Er entfernte sich in der Dunkelheit, aber nicht besonders weit. Dann hörten sie ihn an irgend etwas hantieren, und plötzlich flammte vor ihnen ein grelles, weißes Licht auf.

Charity hob geblendet die Hand über die Augen. Auch Skudder und Net preßten erschrocken die Lider zusammen, während Gurk völlig unberührt dastand und in den grellen Lichtkegel starrte. Seinen Augen schien das grelle Licht nichts auszumachen. Charity fragte sich, ob er vielleicht während der letzten Minuten so schweigsam gewesen war, weil er der einzige war, der in dieser Dunkelheit etwas hatte sehen können.

»Kommt her!«

Heftig blinzelnd trat Charity auf ihn zu. Ihre Augen gewöhnten sich allmählich an das grelle Licht. Immerhin erkannte sie jetzt, daß sie sich tatsächlich in einem Rohr befanden, dessen Wände fleckig und von großen, rostigen Stellen wie von Ausschlag übersät waren. Ein intensiver, dumpfer Geruch hing in der Luft und machte das Atmen schwer. Im ersten Moment konnte Charity ihn nicht einordnen, aber dann fiel ihr Blick auf die fast knöcheltiefe Schicht aus schwarzem, klebrigem Schlamm, die den Boden des Rohres bedeckte, und sie wußte, wo sie waren. Das Rohr war Teil einer alten Pipeline; eine der zahllosen stählernen Adern, die die Weltmetropole mit dem schwarzen Blut versorgt hatte, das ihr Herz schlagen ließ: Öl.

Zwei Schritte vor Jean blieb sie stehen und blickte mit einer Mischung aus Überraschung und Neugier zu ihm auf. Der junge Franzose stand nicht mehr auf dem Boden, sondern hockte auf einer sonderbaren Konstruktion, die Charity im ersten Moment an ein Motorrad erinnerte, aber das Gefährt hatte nicht zwei, sondern sechs Räder. Vier davon waren an einer Art Ausleger angebracht, die in einem Winkel von vielleicht dreißig Grad von dem Fahrzeug wegführten, so daß die Reifen an den aufwärts gekrümmten Innenwänden des Rohres entlangliefen.

Das Fahrzeug wirkte nur auf den wirklich ersten Blick lächerlich, dann begriff Charity, wie sinnvoll eine solche Konstruktion in einem Rohr sein konnte. Es wäre ein halsbrecherisches Unternehmen, in einem drei Meter durchmessenden Stahlrohr Motorrad fahren zu wollen. Mit diesem Gefährt war es wahrscheinlich ein Kinderspiel. Wenn der Motor, der unter der zersplitterten Kunststoffverkleidung hervorlugte, hielt, was seine Größe versprach, dann mußte Jean mit dem Ding an der Decke entlangfahren können.

Dem jungen Franzosen waren die bewundernden Blicke nicht entgangen, die Charity auf sein merkwürdiges Gefährt warf. Sein Gesicht leuchtete vor Stolz. »Gefällt Ihnen mein Pibike?« fragte er.

»Es ist ... eine interessante Konstruktion«, sagte Charity ausweichend. »Haben Sie es selbst gebaut?«

Jean nickte eifrig. »Sie hätten es sehen sollen, als ich es bekam. Der reinste Schrotthaufen. Ich habe zwei Jahre gebraucht, um es zu bauen. Aber jetzt ist es das schnellste, das es in der ganzen Zone gibt.«

»Sie meinen, Sie sind nicht der einzige, der so etwas hat?« unterbrach ihn Charity.

Jean blickte sie an, als hätte sie ihn gefragt, ob die Sonne morgens aufging. »Natürlich nicht«, antwortete er. »Die meisten haben ein Pibike. Wie sollte man sonst von einem Ort zum anderen kommen?«

»Natürlich«, antwortete Charity mit einem unsicheren Lächeln. »Was für eine dumme Frage.« Sie deutete mit einer Kopfbewegung in die Dunkelheit hinter Jean. »Es gibt also noch mehr von diesen Tunnelverbindungen?«

»Jede Menge. Ich kenne allein zwei Dutzend Tunnel. Einige sind eingestürzt, und zwei oder drei wurden gesperrt, nachdem ein paar Männer nicht zurückkamen, die sie erforschen wollten. Aber im allgemeinen sind sie sicher«, fügte er fast hastig hinzu, als er sah, daß Charity leicht zusammenfuhr. »Die *Ameisen* kommen nie hier herunter, und die Jäger auch nicht. Ich glaube, sie wissen gar nicht, daß es diese Gänge gibt.« Er schwieg einen Moment. »Da ist allerdings ein kleines Problem«, sagte er.

»Ja?«

»Ich kann nur einen von euch mitnehmen, allenfalls noch den Zwerg. Aber die beiden anderen müssen hier warten, bis ich zurückkomme.«

»Wir können laufen«, sagte Charity. »Fahren Sie einfach voraus und zeigen uns den Weg.«

»Laufen?!« Jean lachte, als hätte sie einen guten Witz gemacht. »Es sind fast zehn Kilometer. Ich brauche nur ein paar Minuten mit dem Pibike. Aber ich muß eben dreimal fahren.«

Charity übersetzte den anderen, was er gesagt hatte. Skudder verzog verärgert das Gesicht. »Eher krieche ich den ganzen Weg auf Händen und Füßen, als daß ich mich auf dieses *Ding* setze«, erklärte er. Net runzelte nur die Stirn, aber Gurk beeilte sich, Skudder mit einem heftigen Nicken beizupflichten.

»Unsinn!« entgegnete Charity. »Wir haben weder die Zeit noch die Kraft, sechs oder sieben Meilen durch eine leere Pipeline zu laufen. Der Junge hat recht – einer von uns sollte mitfahren und mit seinen Leuten sprechen, und die anderen warten hier.« Sie deutete auf die Wunde in Skudders Oberarm, wo ihn der glühende Metallsplitter getroffen hatte. »Das beste wird sein, du begleitest ihn. Du brauchst einen Arzt.«

Skudder machte eine wegwerfende Handbewegung. »Du fährst«, sagte er in einem Ton, der keinen Widerspruch mehr duldete.

»Er hat recht«, fügte Net hinzu. »Schon, weil du die einzige von uns bist, die seine Sprache spricht. Skudder und mir würde es schwerfallen, irgendwelche Fragen zu beantworten.«

»Und sie sind vielleicht nicht alle so freundlich wie dieser Kindskopf da«, fügte Gurk hinzu.

Charity sah den Zwerg ärgerlich an, aber sie widersprach nicht mehr. Der Gedanke, die drei anderen hier allein zurückzulassen, behagte ihr nicht, aber ihr blieb keine andere Wahl. Schweren Herzens nickte sie. »Also gut. Ich schicke ihn so schnell wie nur möglich zurück.«

Sie drehte sich um, ging zu Jean zurück und wollte zu ihm in den Sattel des Pibikes klettern, aber der Junge schüttelte den Kopf und bedeutete ihr mit einer Geste, noch einen Moment zu warten. Verblüfft sah sie zu, wie er sich über den Lenker beugte, sich einen Moment daran zu schaffen machte – und ihn dann mit einem Ruck abzog. Er drehte sich geschickt im Sattel des Motorrades herum, rutschte an sein hinteres Ende und befestigte ihn dort. Einen Augenblick später erlosch der Scheinwerfer, der Charity und die anderen bisher geblendet hatte, und dafür flammte auf der anderen Seite des Pibikes ein weißes Licht auf. Wahrscheinlich hat das Ding sogar zwei Motoren, dachte Charity verblüfft, oder der Junge hatte die Maschine so umgebaut, daß sie genauso schnell rückwärts wie vorwärts fuhr.

Sie warf Skudder einen letzten Blick zu, auf den sie ein fast schadenfrohes Grinsen des Hopis erntete, dann stieg sie hinter Jean in den Sattel des umgebauten Motorrads. »Halten Sie sich fest«, sagte Jean. »Es könnte ein bißchen holpern.«

Er startete den Motor. In dem engen, leeren Eisenrohr klang das Dröhnen der Maschine noch lauter, als es eigentlich war, und Charity mußte sich im ersten Moment beherrschen, um nicht erschrocken die Hände vor die Ohren zu schlagen.

»Fertig?« schrie Jean über das Brüllen des Motors hinweg, wobei er nervös am Gasgriff spielte und die Maschine immer wieder aufheulen ließ, als ob das Ding nicht schon genug Lärm machte.

»Fertig«, antwortete Charity. In der nächsten Sekunde klammerte sie sich mit aller Kraft um seine Hüfte und kämpfte verzweifelt darum, nicht einfach rücklings von der Maschine heruntergeschleudert zu werden, denn der junge Franzose gab rücksichtslos Gas: Die Maschine machte einen gewaltigen Satz nach vorn und raste wie ein Geschoß durch die Pipeline.

»Nicht so schnell!« brüllte Charity über das Kreischen des überdrehten Motors hinweg.

Tatsächlich nahm Jean ein wenig Gas weg und schaltete in einen höheren Gang, so daß das Dröhnen der Maschine nicht mehr ganz so ohrenbetäubend war.

»Fahren Sie nicht so schnell, Jean«, schrie Charity noch einmal. »Ich bitte Sie! Ich möchte lebend bei Ihren Leuten ankommen.«

Jean grinste sie über die Schulter hinweg voll jugendlicher Fröhlichkeit an. »Wir müssen so schnell fahren!« schrie er zurück.

»Aber warum denn?« brüllte Charity. »Es spielt doch gar keine Rolle, ob wir eine Minute eher oder später ...«

Ein großer grauer Schatten huschte an ihnen vorüber, so

schnell, daß Charity nicht einmal erkennen konnte, was es war, aber dem ersten Schemen folgte ein zweiter, dritter, und schließlich eine ganze Horde grauer, zottiger Körper.

Instinktiv klammerte sie sich fester an Jean und sagte nichts mehr, als er erneut Gas gab und das Pibike noch mehr beschleunigte. Das Muster aus schwarzen und roten Flecken an den Wänden der Pipeline wurde zu einem Mahlstrom aus Farben und Bewegung, der an ihnen vorüberjagte wie Sturmwolken in einem zu schnell ablaufenden Film.

Und immer wieder huschten diese grauen Körper vorbei: große, zottige Wesen mit glitzernden Augen und Krallen, die wie kleine Messer über den Stahl kratzten und manchmal nach ihnen zu schlagen versuchten, sie aber nicht erreichten, denn Jean entwickelte eine erstaunliche Geschicklichkeit darin, ihnen auszuweichen.

Charity fragte sich, wie er die Tiere bei dieser Geschwindigkeit rechtzeitig erkennen konnte – sie selbst nahm nichts als verschwommene Farben und Formen wahr.

Schließlich wurde das Fahrzeug langsamer. Sie rasten noch immer mit sicherlich sechzig oder siebzig Meilen durch den Tunnel, aber nach dem, was sie gerade erlebt hatte, kam Charity diese Geschwindigkeit fast wie eine Erholung vor.

»Was war das?« fragte sie.

»Ratten«, antwortete Jean, ohne sich zu ihr herumzudrehen.

Charity schauderte. Wenn das Ratten gewesen waren ... einige der Bestien mußten so groß wie ausgewachsene Schäferhunde gewesen sein!

Allmählich konnte Charity ihre Umgebung erkennen. Die Pipeline war nicht überall so unbeschädigt wie auf dem Stück, das sie bis jetzt zurückgelegt hatten. Zwei- oder dreimal passierten sie gewaltige Löcher, die offenbar gewaltsam in den Tunnel hineingeschlagen worden waren. Und einmal sahen sie eine Stelle, an der die Decke eingebrochen war, so daß sie sich tief über den Sattel der Maschine beugen mußten, um überhaupt hindurchzukommen.

Und schließlich bemerkten sie Licht.

Zuerst war es nur ein Funke in der Finsternis vor ihnen, der aber rasch zu einem Kreis von rötlicher Helligkeit wurde. Jean verlangsamte das Tempo nochmals, und Charity sah, wie er den Scheinwerfer mehrmals aufblendete; vermutlich, um irgend jemandem ein Zeichen zu geben.

Plötzlich endete der Eisentunnel, und das sonderbare Gefährt rollte in einen gewaltigen, kreisrunden Dom aus rostigem Stahl. Es begann zu wanken und kippte schließlich träge zur rechten Seite, vom Gewicht der riesigen Ausleger aus der Balance gebracht. Charity klammerte sich instinktiv fester an Jean.

Trotzdem wurde sie fast aus dem Sattel geschleudert, als die beiden rechten seitlichen Räder mit einem harten Ruck auf dem Boden aufsetzten.

Jean trat hart auf die Bremse, schaltete den Motor aus und drehte sich grinsend zu ihr um. »Alles in Ordnung?« fragte er fröhlich.

Charity zog eine Grimasse. »Ja«, knurrte sie. »Aber wo zum Teufel haben Sie fahren gelernt?«

Mit einer eleganten Bewegung schwang sich der Franzose von der Maschine, trat einen Schritt zurück und streckte die Hand aus, um Charity aus dem Sattel zu helfen. Einen Moment lang war sie versucht, seinen Arm zu ignorieren, aber dann griff sie nach seiner Hand, kletterte umständlich vom Sattel der Maschine, die wie ein gestrandetes Schiff schräg zum Stehen gekommen war, und sah sich zum ersten Mal gründlich um.

Überall in der gewaltigen stählernen Halle standen Pibikes, wie Jean eines besaß, und keines ähnelte dem anderen. Es gab die absonderlichsten Konstruktionen, von denen einige nicht unbedingt so aussahen, als würden sie wirklich fahren. Ein Fahrzeug sah aus wie ein stählernes Spinnennetz, in dessen Zentrum ein Sitz angebracht war. Nun ja, dachte Charity spöttisch, warum auch nicht? Die Zeiten der industriellen Massenproduktion waren wohl endgültig vorüber. Was heutzutage hergestellt wurde, war Stück für Stück erlesene Handarbeit.

Sie löste ihren Blick von den Pibikes und drehte sich einmal im Kreis. Die Halle, in der sie sich befanden, war nichts anderes als ein riesiger, leerer Tank. Außer dem Tunnel, durch den sie selbst hereingekommen waren, mündete noch ein gutes Dutzend weiterer Pipelines in den rostigen Wänden. Auf der gegenüberliegenden Seite entdeckte sie ein mächtiges, aus schweren Eisenplatten zusammengeschweißtes Tor, das nachträglich eingebaut worden war. Wände und Decke zeigten auch hier ein wirres Fleckenmuster aus Rost und Teerschlamm, aber der Boden war überraschend sauber. Offensichtlich wurde diese Halle sehr oft benutzt.

Das Geräusch schwerer Schritte ließ sie herumfahren. Zwischen den willkürlich abgestellten Pibikes waren zwei Gestalten erschienen, die sich ihnen hastig näherten.

»Jean! Wo zum Teufel ...«

Der Mann – er war ein paar Jahre älter als Jean, trug aber die gleiche Art von Kleidung und hatte ein Gewehr bei sich – verstummte überrascht, als er Charity bemerkte. Für eine Sekunde schien er einfach nur verwirrt zu sein, dann nahm er sein Gewehr mit einer lächerlich langsamen Bewegung von der Schulter und richtete es auf Charity.

»Wer sind Sie?« fragte er.

Charity wollte antworten, aber Jean kam ihr zuvor. »Nimm das Ding runter, Henry«, sagte er. »Sie ist in Ordnung.«

Doch Henry senkte seine Waffe nicht. Charity registrierte besorgt, wie stark seine Hände zitterten. Sie hoffte inständig, daß der Abzug dieser offenbar selbstgebastelten Waffe nicht zu empfindlich war.

»Wer sind Sie?« wiederholte Henry. In seiner Stimme klang Angst mit.

»Bitte, Henry«, sagte Jean. Er trat mit einem raschen Schritt zwischen Charity und den anderen und begann mit den Händen zu fuchteln. »Laß den Quatsch! Ich erkläre dir ja alles!«

Henry antwortete nicht, aber sein Begleiter trat mit zwei, drei schnellen Schritten zur Seite und richtete eine zweite, gleichartige Waffe auf Charity. Im Gegensatz zu Henry zeigte sein Gesicht nicht die mindeste Spur von Nervosität.

»Geh zur Seite, Jean«, sagte Henry noch einmal.

Diesmal gehorchte Jean. Er warf Charity einen raschen, fast beschwörenden Blick zu und setzte erneut an: »Wenn du mir einfach zwei Minuten zuhörst, dann wirst du begreifen, daß du auf dem besten Wege bist, dich lächerlich zu machen.«

Henry sah ihn einen Moment lang unsicher an und senkte das Gewehr ein Stück. »Wer ist sie?« fragte er. »Wo kommt sie her?«

»Ich habe sie draußen getroffen«, antwortete Jean. »Im Dschungel, und ...«

»Im Dschungel?!« Henrys Augen weiteten sich vor Erstaunen. »Auf der *anderen* Seite?« Blitzartig hob er das Gewehr wieder. Er fuhr sich nervös mit der Zungenspitze über die Lippen.

Jean seufzte. »Ich würde es gern erklären«, entgegnete er, »wenn du mich ausreden lassen würdest.« Er machte eine erklärende Geste auf Charity, dann auf sein Pibike und schließlich auf den Tunnel, aus dem sie herausgekommen waren. »Ich war drüben. Irgendwas geht auf der anderen Seite des Flusses vor.«

»Es gab eine Explosion«, sagte Henry. »Die ganze Zone ist in Aufregung. Da draußen muß irgend etwas in die Luft geflogen sein.«

»Ich weiß«, sagte Jean. »Es war ein Gleiter.«

Henry blickte ihn voller unverhohlener Zweifel an. »Ein Gleiter?«

»Er hat uns angegriffen«, bestätigte Jean. »Mich und sie und die anderen. Wir haben praktisch danebengestanden, als er hochging.«

»Welche anderen?« mischte sich der zweite Mann ein.

Diesmal kam Charity Jean zuvor, als er antworten wollte. Mit einem schnellen Schritt trat sie neben ihn und wandte sich an den Mann, der noch immer sein Gewehr auf sie gerichtet hielt.

Obwohl er nur einen einzigen Satz von sich gegeben hatte, hatte sie das sichere Gefühl, daß er derjenige der beiden war, mit dem sie reden mußte.

»Meine Begleiter und ich«, sagte sie auf französisch.

»Da draußen sind noch mehr?«

»Es sind noch drei«, sagte Jean. »Sie warten darauf, daß ich zurückkomme und sie abhole.«

»Du wirst überhaupt nichts tun«, fuhr ihn der Mann an. Er gab Henry einen Wink, ohne Charity auch nur eine Sekunde aus den Augen zu lassen. »Geh und sage Barler Bescheid, daß wir Besuch bekommen haben. Ich passe auf sie auf.«

Henry zögerte einen Moment, bevor er im Laufschritt verschwand.

»Jetzt mach doch keinen Blödsinn«, begehrte Jean auf. »Die drei anderen warten auf mich. Ich habe versprochen, sie abzuholen. Willst du, daß die Ratten sie fressen?«

»Du bleibst hier«, beharrte der Mann. »Ihnen wird nichts passieren. Wir kümmern uns schon um sie, keine Angst. Und Sie ...« Er machte eine knappe, aber befehlende Geste mit seinem Gewehr. »... legen bitte ganz vorsichtig Ihre Waffen auf den Boden.«

Charity schwieg und zog mit spitzen Fingern die Laserpistole aus dem Gürtel. Behutsam legte sie die Waffe vor sich auf den Boden und schob sie mit dem Fuß auf den Mann zu. Der Dunkelhaarige runzelte die Stirn, als er sah, daß es sich um einen der kleinen Strahler handelte, mit dem die *Ameisen* bewaffnet waren, sagte aber nichts.

Charity war plötzlich nicht mehr so sicher, daß sie sich mit Jeans Freunden wirklich die richtigen Verbündeten ausgesucht hatten. Sie warf Jean einen halb fragenden, halb zornigen Blick zu, den der Franzose mit einem verlegenen Achselzucken beantwortete.

»Das tut mir leid«, sagte er. »Ich verstehe auch nicht, was ...«

»Schon gut«, unterbrach ihn Charity. »Im Grunde haben sie ja recht. Sie wären keine besonders guten Wachposten, wenn sie mir *nicht* mißtrauen würden.«

»Blödsinn!« Jeans Gesicht verfinsterte sich, während er den Mann mit dem Gewehr anstarrte. Der andere erwiderte seinen Blick gelassen, und nach einer Weile wandte sich Jean wieder um und schlenderte scheinbar gelangweilt auf Charity zu.

»Hören Sie«, flüsterte er. »Sie ... wissen nichts von der Festung. Und es wäre mir lieb, wenn das so bliebe.«

Charity sah den Jungen überrascht an. Im ersten Moment erschien es ihr fast unglaublich, daß Jean seinen Fund all die Jahre hindurch für sich behalten hatte – aber ein zweiter Blick in sein Gesicht bewies ihr, daß es ganz genau so war.

»Ich will es versuchen«, antwortete sie leise.

»Was habt ihr beiden da zu flüstern?« fragte der Mann mit dem Gewehr scharf.

»Nichts!« Jean funkelte ihn an. »Ich versuche nur, sie davon zu überzeugen, daß wir hier in der Freien Zone nicht alle solche Hornochsen sind wie ihr beide!«

Charity unterdrückte mit Mühe ein Lachen. Aber sie sagte nichts mehr.

7

Sein Zeitgefühl war durcheinandergeraten. Er wußte nicht, ob eine Stunde oder ein Tag vergangen war, seit man ihn hiergebracht hatte. In seinem Inneren tobte ein Sturm von Gefühlen, die ihm fremd waren, obwohl sie doch aus ihm selbst stammten. Aber sie kamen aus einem Bereich seiner Seele, von dessen Existenz er bisher nichts geahnt hatte, als wäre da eine Mauer in seinen Gedanken gewesen, eine unsichtbare Wand, die er bisher nie hatte überschreiten können und die nun Risse bekommen hatte. Was dahinter lag, wußte er nicht. Aber es erschreckte ihn. Es war, als verfüge er plötzlich über zusätzliche Sinne; Sinne, die nicht den äußeren, sondern vielmehr den inneren Kosmos erforschten. All seine anderen, fast ins Unvorstellbare gesteigerten Sinne und Instinkte arbeiteten nach wie vor mit der gewohnten Präzision. Aber daneben begann er zu *fühlen;* was er fühlte, das war vornehmlich Schmerz; ein Schmerz, dessen wahren Grund er noch gar nicht kannte.

Kyle hörte die Schritte, die sich seiner Zelle näherten, Augenblicke, bevor sie die Tür erreichten. Langsam setzte er sich auf der schmalen, ungepolsterten Liege auf. Die dünnen, silberfarbenen Ketten bestanden aus einem Material, das selbst seinen Kräften standhielt. Er hatte ihnen gesagt, daß es nicht nötig war, ihn zu fesseln, aber natürlich hatten sie es trotzdem getan. Sie hatten ihn in diesen kleinen Raum mit Wänden und einer Tür aus Panzerstahl gebracht, der zudem von vier kleinen Kameras beobachtet wurde, die unter der Decke angebracht waren. Auch diese Kammer verwirrte Kyle. Er war nie zuvor in seinem Leben in einem solchen Raum gewesen, aber es war zweifelsfrei ein Gefängnis, das ganz speziell für jemanden wie ihn ausgelegt war. Kyle fragte sich verwirrt, warum es hier ein Gefängnis für Megakrieger gab. War er nicht der erste, dessen Konditionierung durcheinandergeriet?

Die Tür öffnete sich vollends, und ein Megakrieger betrat den Raum. Rasch löste er Kyles Fesseln und trat einen Schritt zurück. Dann verließ er die Zelle und wandte sich nach rechts. Auf dem Gang wartete ein zweiter Megakrieger auf ihn. Es waren ältere, erfahrene Männer, keine halben Kinder wie die beiden, denen er im Wald begegnet war. Schweigend nahmen sie ihn in die Mitte und eskortierten ihn zu einer Liftkabine am Ende des Korridors.

Als die Türen wieder aufglitten, blendete helles, türkisgrünes Sonnenlicht Kyles Augen. Verwirrt registrierte er, daß er fast eine Sekunde brauchte, um sich auf die veränderten Lichtverhältnisse einzustellen. Er schien mehr und mehr seiner Anpassungsfähigkeit einzubüßen. Zumindest wußte er jetzt wieder, wo er sich befand. Vorbei an den drei riesigen, silber schimmernden Kuppeln des Trainingskomplexes bewegten sie sich auf den Turm zu, und nicht zum ersten Mal fragte er sich, welchen Zweck diese sonderbare Konstruktion ursprünglich gehabt haben mochte. Der Turm war über dreihundert Meter hoch; selbst neben den titanischen Halbkugeln der Trainingshalle wirkte er noch beeindruckend – zumal er eine Schöpfung der primitiven Eingeborenenrasse war, die diesen Planeten vor der Kolonisation beherrscht hatte.

Kyle hob unwillkürlich den Blick und versuchte, den massigen Körper der Königin unter seiner Spitze zu erkennen. Aber er sah nichts als ein dunkles Glitzern, von dem er nicht ganz sicher war, ob es von riesigen, kalten Insektenaugen stammte, die ihn voller Haß und Mißtrauen musterten.

Doch selbst wenn die Königin ihn sah, würde sie kaum wissen, wer er war. Außerdem würde es sie auch kaum interessieren. Sie hatte andere Dinge zu tun, als sich um einen einzelnen Megakrieger zu kümmern, dessen Konditionierung durcheinandergeraten war.

Trotzdem ließ ihn der Gedanke nicht los, während er zwischen seinen Bewachern den langgestreckten Glaskomplex des Hauptquartiers ansteuerte. Er wußte, daß die Königin mehr war als die stumpfsinnige, riesige Gebärmaschine, als die sie einem Außenstehenden erscheinen mochte. Aber er hatte sich nie Gedanken darüber gemacht, was sie wirklich war.

Sie betraten das Glaslabyrinth des Hauptquartiers und fuhren in einem Aufzug, dessen Wände ebenfalls aus Glas bestanden, zwei Etagen hinauf. Dann wurde er in einen weitläufigen, mit weißen und roten Kunststoffmöbeln ausgestatteten Raum geführt.

Kyle erstarrte, als er sah, wer dort auf ihn wartete. Vor dem Fenster an der gegenüberliegenden Wand standen drei Gestalten. Zwei davon ähnelten den Dienerkreaturen, die Captain Laird und ihre Freunde als *Ameisen* bezeichneten, nur daß ihr Panzer von einem harten, fast schon unangenehm anzuschauenden Weiß war. Nur ein einziges Mal hatte er einen der Inspektoren zu Gesicht bekommen; und zwar vor Jahren, als es einen Unfall in einer der Trainingskuppeln gegeben hatte und fast dreißig Novizen ums Leben gekommen waren.

Der Anblick der dritten Gestalt versetzte ihm einen Schock.

Es war Stone.

Der Planeten-Governor stand völlig reglos unter dem Fenster und sah Kyle an. Auf seinem Gesicht rührte sich nichts, aber Kyle spürte den Sturm von Gefühlen, der plötzlich in Stone losbrach. Dessen Puls- und Atemfrequenz verdoppelte sich fast. Hätte der Megamann nicht gewußt, daß es im Grunde unmöglich war, dann hätte er in diesem Moment geschworen, daß Stone kurz davor stand, vor lauter Angst den Verstand zu verlieren.

Und Kyle selbst ...

... spürte Haß.

Es war ein Gefühl, das ihm vollkommen fremd war.

Zorn, Ärger, Enttäuschung, ja sogar Wut – all das kannte er, wenn auch zumeist aus der Zeit, bevor er seine Ausbildung beendet hatte, aber er hatte niemals gewußt, was es hieß, einen Menschen zu hassen.

Jetzt spürte er es.

Der Mann auf der anderen Seite des Zimmers hatte versucht, ihn zu töten; er hatte ihn verraten und ihn schließlich gezwungen, den größten Frevel zu begehen, den ein Megakrieger begehen konnte.

Für einen winzigen Moment, nicht lange genug, als daß er wirklich die Beherrschung über sich verlieren konnte, aber entschieden zu lange, als daß er das Gefühl nicht in seiner ganzen, schrecklichen Tiefe auskostete, wünschte Kyle sich, Stone zu packen und umzubringen.

Die beiden Megakrieger mußten spüren, was in ihm vorging, denn sie hoben kampfbereit die Hände. Aber dann hatte sich Kyle wieder in der Gewalt und lächelte müde. »Es ist gut«, sagte er. »Ich werde ... nichts tun.«

Die beiden Megamänner entspannten sich ein wenig. Sie wußten, daß er die Wahrheit sagte, denn mehr als seine Worte verrieten ihnen die Reaktionen seines Körpers. Trotzdem blieben sie weiter aufmerksam, bereit, jederzeit einzugreifen, falls er doch die Kontrolle über sich verlieren sollte.

»Bringt ihn raus!« verlangte Stone.

»Das ist nicht nötig«, sagte Kyle ruhig. »Ich habe mich wieder in der Gewalt.«

»Ich traue ihm nicht«, beharrte Stone. »Er wird mich angreifen. Er hat sich meinen Befehlen schon einmal widersetzt.«

Kyle blickte Stone einen Moment lang durchdringend an, dann wandte er sich mit einem fragenden Blick an den Inspektor, der rechts neben Governor Stone stand; die winzige dunkelrote Tätowierung über seinem rechten Auge wies ihn als den ranghöheren der beiden Inspektoren aus.

»Ihr sollt ihn fortschaffen!« verlangte Stone erregt. »Ich ...«

»Schweigen Sie!«

Die Stimme des Inspektors klang kalt und metallisch. Es war nicht wirklich seine Stimme, sondern das synthetische Produkt eines winzigen Übersetzungscomputers, der in seinen Kehlkopf implantiert worden war.

»Es besteht keine Gefahr«, fuhr der Inspektor fort. »Seine Konditionierung macht es ihm unmöglich, Sie anzugreifen. Solange ihm dies nicht ausdrücklich befohlen wird.«

Stone sah die weiße Riesenameise einen Moment lang unsicher an. Aber dann nickte er und trat mit ärgerlichem Gesichtsausdruck ein Stück zurück.

Der Inspektor wandte sich an Kyle. Seine kalten Insektenaugen musterten ihn auf eine Art und Weise, die ihm sonderbar unangenehm war. Er hatte niemals Angst vor diesen Geschöpfen gehabt, aber jetzt begann er, in ihrer bloßen Nähe ein Unbehagen zu verspüren. Er veränderte sich. Etwas in ihm war dabei, sich zu verwandeln.

»Du kennst die erste und einzige Regel deiner Klasse?« begann der Inspektor.

Kyle nickte. »Keinem Megakrieger ist es erlaubt, nach Abschluß seiner Ausbildung jemals wieder nach Shai zurückzukehren.«

»Warum bist du dann hier?« fragte der Inspektor kalt.

»Es geschah nicht freiwillig.«

»Du willst damit sagen, daß es ein Unfall war?«

Kyle zögerte einen Moment. »Nein«, sagte er schließlich.

»Wie kam es dann dazu?«

Kyle war ein wenig verwirrt. Die Inspektoren mußten den Grund wissen. Zweifellos hatten sie mit Stone gesprochen. Konnte es sein, daß er ihnen die Unwahrheit gesagt hatte? Der Gedanke erschien Kyle fast lächerlich, und doch war er im Moment die einzige Erklärung für die sonderbaren Fragen.

»Warum antwortest du nicht?« fragte der Inspektor.

»Wahrscheinlich, weil er sich gerade eine plausible Erklärung zurechtlegt«, sagte Stone. Er deutete anklagend mit der Hand auf Kyle. »Warum redet ihr überhaupt mit ihm? Allein die Tatsache, daß er hier ist, beweist doch, daß er nicht mehr ordnungsgemäß funktioniert! Vernichtet ihn, bevor er noch mehr Schaden anrichtet!«

»Schweigen Sie, Governor Stone!« Die Stimme des Inspektors klang immer noch kalt und sachlich. Trotzdem glaubte Kyle plötzlich, einen drohenden Unterton zu vernehmen.

Einen Moment lang blickte die weiße Riesenameise Stone ausdruckslos an, dann drehte sie sich mit einem Ruck wieder zu Kyle herum und machte eine auffordernde Geste mit zwei ihrer vier Arme. »Also?«

»Ich wurde von Governor Stone in den Transmitter hineingestoßen«, antwortete Kyle.

»Das ist nicht wahr!« schrie Stone. »Er lügt!«

Der Inspektor beachtete seine Worte gar nicht. »Warum sollte Governor Stone so etwas tun?« fragte er den Megamann.

»Das weiß ich nicht«, antwortete Kyle. »Möglicherweise, um mich auf diese Art loszuwerden.«

Stone wollte abermals auffahren, aber diesmal brachte ihn der Inspektor mit einer herrischen Geste zum Verstummen, noch ehe er ein einziges Wort sagen konnte. »Erklären Sie, wie Sie zu dieser Vermutung gelangen«, sagte er.

»Mir sind gewisse Unregelmäßigkeiten aufgefallen«, begann Kyle. »Governor Stone verhält sich nicht so, wie man es von einem Mann in seiner Position erwartet. Ich glaube, daß er seine Macht ausnützt, um persönliche Vorteile zu erlangen; zum Nachteil seiner eigentlichen Aufgabe.«

»Das ist lächerlich«, sagte Stone.

Auch diesmal ignorierte der Inspektor Stones Einwurf und gab Kyle mit einer Handbewegung zu verstehen, daß er fortfahren sollte.

»Mein Auftrag war, Captain Charity Laird und ihre Begleiter einzufangen oder zu eliminieren, falls dies nicht möglich sein sollte. Ich stieß auf unerwartete Schwierigkeiten. Die mit dem Namen Charity Laird bezeichnete Planetengeborene erwies sich als sehr viel gefährlicher, als Governor Stone behauptet hatte.«

»Dieser Teil der Geschichte ist uns bekannt«, sagte der Inspektor. »Was wir nicht wissen ist, was im Inneren des Shai-Taan geschah.«

»Governor Stones Truppen eröffneten das Feuer auf mich«, antwortete Kyle.

»Sie hielten ihn für einen Eindringling«, verteidigte sich Stone. »Ihr Befehl lautete, jeden zu töten, der nicht ausdrücklich zum Betreten des Shai-Taan autorisiert ist. Es war nicht meine Schuld.«

Kyle sah Stone einen Herzschlag lang beinahe überrascht an. Er war jetzt vollkommen sicher, daß Stone log. War es bisher nur eine Vermutung gewesen, so wußte er jetzt, daß die Soldaten im Shai-Taan nicht zufällig, sondern auf Stones *ausdrücklichen* Befehl hin das Feuer auf ihn eröffnet hatten.

»Es gelang mir trotzdem, Captain Laird zu stellen«, fuhr er fort. »Aber da ich gleichzeitig gegen Stones Krieger kämpfen mußte, gelang es ihr und ihren Begleitern im letzten Moment, die Flucht zu ergreifen. Sie benutzten die gleiche Transmitterverbindung, über die ich hierhergekommen bin. Ich wollte ihnen folgen, erkannte aber im letzten Moment, auf welches Ziel der Transmitter justiert war.«

»Wieso haben die Soldaten Kyle angegriffen?« Der Inspektor wandte sich an Stone.

Der Governor zuckte trotzig mit den Achseln. »Wie ich schon sagte: Sie müssen ihn für einen Eindringling gehalten haben.«

»Sein Anzug sendet ein Erkennungssignal aus«, erklärte der zweite Inspektor.

Stone starrte ihn einen Moment lang fast haßerfüllt an. »Vielleicht war er beschädigt«, erwiderte er. »Kyle war mehr tot als lebendig, als er das Shai-Taan erreichte. Sein Anzug hing in Fetzen. Vielleicht wurde das Signal nicht ausgestrahlt.«

»Sein Anzug sieht nicht sehr beschädigt aus«, antwortete der Inspektor.

»Verdammt! Sie wissen so gut wie ich, daß sich diese Dinger genauso regenerieren wie diese … diese Ungeheuer«, antwortete Stone aufgebracht und deutete auf Kyle. »Ich weiß nicht, was passiert ist. Als er in die Halle stürmte, schoß er jedenfalls wie ein Wilder um sich. Ich fühlte mich selbst von ihm bedroht.«

Diesmal blickte der Inspektor Stone eine ganze Weile lang an. Und obwohl sein starres Chitingesicht gar nicht in der Lage war, irgendwelche Gefühle zu zeigen, glaubte Kyle zu spüren, wie wenig Glauben er Stones Worten schenkte. Aber er sagte nichts, sondern wandte sich schließlich wieder an Kyle und wiederholte seine auffordernde Geste.

»Als ich sah, auf welche Empfangsstation der Transmitter geschaltet war«, fuhr Kyle fort, »brach ich die Verfolgung ab. Governor Stone kam zu mir und forderte mich auf, Captain Laird zu folgen, aber ich erklärte ihm, daß das unmöglich sei.«

»Und dann?«

»Er stieß mich in den Transmitter«, sagte Kyle. »Ich war schwer verletzt und wurde von seinem Vorgehen völlig überrascht. Ich konnte nichts dagegen tun.«

»Aber das ist nicht wahr«, verteidigte sich Stone aufgebracht. »Ich wollte ihm aufhelfen, dabei muß er gestolpert sein.«

»Nach Ihrer Ankunft hier haben Sie zwei Soldaten und eine Priesterin getötet, Kyle«, fuhr der Inspektor fort, ohne Stones Einwand auch nur Beachtung zu schenken.

»Warum?«

»Die Soldaten griffen mich an«, erklärte Kyle. »Ich mußte mein Leben verteidigen. Am Tod der Priesterin trifft mich nur indirekt die Schuld. Als sie erkannte, wer ich war, setzte sie ihrem Leben freiwillig ein Ende.«

»Und danach ließen Sie Charity Laird und ihre Begleiter entkommen«, sagte der Inspektor.

Kyle nickte. »Das stimmt«, antwortete er zögernd. »Ich ... war verwirrt. Ich wußte nicht mehr, was ich tun sollte. Die erste und einzige Regel war durchbrochen, und ich ... ich ...«

Er stockte, sah Stone und die beiden riesigen, weißen Ameisengeschöpfe fast verzweifelt an und wiederholte: »Ich war verwirrt.«

»Er lügt!« sagte Stone noch einmal. »Verdammt – begreift Ihr denn nicht? Der Kerl lügt mit jedem Wort! Er ist völlig außer Kontrolle geraten. Er steht auf ihrer Seite, nicht mehr auf unserer. Vernichtet ihn, ehe er uns alle umbringt!«

Die beiden Inspektoren antworteten nicht darauf, aber Kyle spürte ein neues, heftiges Aufwallen von Zorn. Erst jetzt fiel ihm auf, welche Worte Stone benutzte. Er sprach über ihn wie über eine Maschine, ein Ding ohne Seele und Bewußtsein, nicht wie über einen Menschen. *Aber das sind Sie,* Kyle, hatte Captain Laird gesagt. *Sie sind ein Mensch, und Sie werden es immer bleiben, ganz egal, was sie mit Ihnen gemacht haben.*

»Du weißt, was du getan hast, Kyle?« fuhr der Inspektor nach einer sehr langen Pause fort.

Kyle nickte.

»Du dürftest nicht mehr am Leben sein. Es ist denkbar, daß deine Überlebensinstinkte alles andere unterdrückt haben, als du gegen die beiden Soldaten kämpfen mußtest. Aber danach hättest du dich selbst töten müssen. Warum hast du es nicht getan?«

»Ich weiß es nicht«, sagte Kyle. Seine Stimme zitterte. »Ich … ich weiß nicht … was … was mit mir geschieht«, murmelte er gequält.

»Deine Konditionierung wurde durchbrochen«, antwortete der Inspektor. »Das ist erstaunlich. Ein bisher einmaliger Vorgang. Wir werden ihn untersuchen müssen.«

»Ihr wollt ihn doch nicht etwa am Leben lassen?« ächzte Stone. »Ihr müßt verrückt sein! Ihr … ihr wißt genau, wozu er in der Lage ist!«

»Etwas, das nicht geschehen kann, ist geschehen«, antwortete der Inspektor sachlich. »Seine Konditionierung wurde durchbrochen. Wir müssen herausfinden, wie das geschehen konnte.«

»Ja, falls er euch Zeit dazu läßt«, sagte Stone zornig.

Der Inspektor befahl ihm mit einer Geste zu schweigen und deutete dann wieder auf Kyle. »Wir werden dich untersuchen, Kyle. Deine Programmierung wird überprüft und wenn nötig erneuert. Über das, was vorher im Shai-Taan von Colorado geschah, wird später entschieden werden. Ebenso, wie über dein weiteres Schicksal.«

Es dauerte gute zwanzig Minuten, bis Barler kam. Charity und Jean versuchten in dieser Zeit mehrmals, ihren Bewachern zu erklären, wer sie war, aber die Männer hatten sie nicht verstehen wollen und lediglich drei weitere Pibikes losgeschickt, um Skudder und die beiden anderen abzuholen. Kurz bevor der Führer der Freien Zone in dem umgebauten Öltank erschien, kehrten sie zurück.

Weder Skudder noch Net sagten auch nur ein einziges Wort, als sie von den Rädern gezerrt und zu Charity gebracht wurden, nur Gurk schimpfte ununterbrochen in seiner unverständlichen Muttersprache vor sich hin und warf Charity einen bitterbösen Blick zu. Als Barler schließlich erschien, erkannte ihn Charity sofort, noch bevor Jean ihr seinen Namen zugeflüstert hatte. Der Franzose mochte ungefähr vierzig sein, er war fast so groß wie Skudder, aber weniger muskulös. Er hatte dunkles, kurzgeschnittenes Haar, nur auf der linken Seite des Kopfes prangte die unverwechselbare Narbe einer alten Laserverletzung. Außerdem zog er das linke Bein ein wenig nach.

Aber trotz dieser Behinderung strahlte er eine ungeheure Selbstsicherheit und Stärke aus. Als Barler sah, daß Charity und die drei anderen von fast zwei Dutzend schwerbewaffneten Männern bewacht waren, schürzte er rasch und abfällig die Lippen. Aber er sagte nichts, sondern trat auf Charity zu, maß sie mit einem langen, nicht unbedingt unfreundlichen Blick und fragte in beinahe akzentfreiem Englisch: »Wer zum Teufel sind Sie?«

Skudder wollte antworten, aber Charity trat rasch einen halben Schritt auf Barler zu. Sofort hob der Mann hinter ihm drohend sein Gewehr. Barler wandte den Kopf und schenkte ihm einen ärgerlichen Blick, worauf der Mann mit einer fast verlegenen Geste seine Waffe wieder senkte.

»Also?« wiederholte Barler. »Wer seid ihr? Und wo kommt ihr her?«

»Mein Name ist Laird«, antwortete Charity. »Captain Charity Laird, US Space Force.« Sie lächelte flüchtig, als sie Barlers Stirnrunzeln bemerkte. »Aber das wird Ihnen wohl kaum etwas sagen.«

»Was bringt Sie auf diesen Gedanken, Miss Laird?« antwortete Barler. Er seufzte und sah für einen ganz kurzen Moment fast bekümmert aus. »Ich weiß nicht, welchen Eindruck Sie bisher von uns bekommen haben«, sagte er, »aber ich fürchte, er ist nicht ganz richtig. Wir sind weder Trottel noch Wilde. Ich weiß sehr wohl, was die US Space Force ist. Und ich weiß auch«, fügte er nach einer kurzen, aber bedeutungsschweren Pause hinzu, »daß sie seit fast sechzig Jahren nicht mehr existiert.«

»Das stimmt«, antwortete Charity vorsichtig. »Ich bin irgendwie übriggeblieben, wissen Sie?«

In Barlers Augen blitzte es ärgerlich auf. »Hören Sie auf, Unsinn zu reden, Captain Laird«, sagte er scharf. »Wer sind Sie? Und was ist das für eine Geschichte, daß Jean Sie drüben im Dschungel getroffen hat?«

»Das ist die Wahrheit«, antwortete Charity. »Aber es läßt sich nicht so einfach erklären. Es ist eine ...« Sie zögerte. »... eine ziemlich lange Geschichte.«

Barler lächelte gequält. »Wir haben sehr viel Zeit«, antwortete er. »Und ich bin ein geduldiger Zuhörer.«

Charity seufzte. Sie hatte gewußt, daß es nicht leicht sein würde, die Bewohner der Freien Zone davon zu überzeugen, daß sie wirklich die waren, für die sie sich ausgaben. Und trotzdem war sie im Moment verwirrt. Barler war so ganz anders, als sie erwartet hatte. Sie spürte, wie zerbrechlich das Eis war, auf dem sie sich bewegte. Barler war zweifellos ein Mann von großer Intelligenz – aber er würde keine Sekunde zögern, sie erschießen zu lassen, wenn sie auch nur eine falsche Antwort gab.

»Also gut«, begann sie. »Mein Name ist Charity Laird, und ich stamme aus ...«

8

Er hatte Angst. Er sehnte sich nach der Wärme seiner Mutter zurück, nach ihrer sanften Stimme und ihrem Geruch, aber statt dessen hatte er sich in einem Universum aus schimmerndem Chrom und kalten, funkelnden Geräten wiedergefunden, die er nicht verstand. In einer Welt voller riesiger Wesen, die ihn aus glitzernden Augen anstarrten und ihn manchmal mit ihren harten Krallen schmerzhaft berührten. Eine Zeitlang hatte er geschrien, aber niemand hatte darauf reagiert, und irgendwann war sein Schreien zu einem Wimmern geworden und schließlich ganz verstummt. Seither lag er hier, in einem Bett, das viel weicher war, als er es kannte. Er war zwei Jahre alt.

Als es Abend wurde, begann er wieder zu weinen, und diesmal reagierte jemand darauf: Er hörte schwere, sonderbar klickende Schritte, und dann beugte sich eines der sonderbaren Wesen über sein Bett und starrte aus Augen auf ihn herab, die aus Millionen winziger geschliffener Glasflächen zu bestehen schienen.

Der Anblick dieses Wesens erschreckte ihn. Es war groß und hart, und es hatte zu viele Arme, dafür aber kein Gesicht. Er begann mit den Beinen zu strampeln und nach den dünnen, schwarzen Armen zu schlagen, die ihn aus seiner Wiege nahmen, aber natürlich erreichte er nichts. Das böse, schwarze Ding trug ihn zu einem Tisch, legte ihn darauf und hielt ihn mit zwei seiner schrecklichen Hände fest, während die beiden anderen sich an seinem Körper zu schaffen machten und ihm große Schmerzen zufügten. Sein Hals tat bald weh vom Schreien, und seine Kräfte erlahmten; trotzdem hörte er nicht auf, sich nach Leibeskräften zu wehren.

Das schwarze Ungeheuer zwang ihn, den Mund zu öffnen und zu trinken. Was in seine Kehle hinunterrann, schmeckte bitter. Er hustete, würgte das meiste wieder hervor und wäre fast an seinem eigenen Erbrochenen erstickt. Augenblicke später geschah etwas Seltsames: Eine wohlige Ruhe begann sich in seinen Gliedern breitzumachen, ein Gefühl von Wärme und Stärke, wie er es zuvor noch nie erlebt hatte, und gleichzeitig griff eine sonderbare Willenlosigkeit nach seinen Gedanken. Er wußte noch immer, wo er war, er wußte noch immer, daß man ihm seine Mutter genommen und ihm statt dessen dieses furchtbare, schwarze Ungeheuer gegeben hatte, und doch hatte er plötzlich nicht mehr die Kraft, sich zu wehren. Er hörte auf zu schreien, und nach einer Weile schloß er die Augen und schlief ein.

In dieser Nacht begannen die Träume.

Kyle wimmerte vor Schmerzen, als er die Augen öffnete. Es war keine körperliche Qual, sondern eine Pein, die tief aus seiner Seele emporstieg und die keine Droge, keine Konditionierung zu mildern vermochte. Es war die Qual der Erinnerung daran, wer er wirklich war und was sie mit ihm getan hatten.

»Er erwacht.«

Kyle fühlte, wie harte, kalte Insektenhände nach seinem Arm griffen und eine dünne Nadel in seinen Arm stachen. Augenblicke später lief eine heiß brennende Flüssigkeit in seinen Arm. Instinktiv versuchte er, seine veränderte Körperchemie dazu einzusetzen, das Medikament zu analysieren und zu neutralisieren. Aber es gelang ihm nicht. Was immer es war, es war stärker als er; eine Droge, die die Abwehrmechanismen seines Körpers überrannte und schon nach Sekunden seinen Kreislauf überschwemmte und sein Gehirn erreichte. Seine Umgebung begann wieder vor seinen Augen zu verschwimmen. Er sah die beiden weißen Gestalten der Inspektoren wie diffuse Gespenster vor sich, zwischen denen ein dritter, kleinerer Schatten tanzte.

»Warum tut ihr das?«

Er kannte diese Stimme. Sie gehörte Stone. Und er spürte,

daß dieser Name etwas Besonderes für ihn war; etwas, das wichtig war und das er haßte wie sonst nichts auf dieser Welt.

»Er muß sich erinnern.« Diese Stimme klang anders, sie war kalt, als spräche eine Maschine und kein lebendes Wesen.

»Wir müssen den Moment finden, an dem sich ein Fehler in seine Konditionierung eingeschlichen hat. Nur so können wir sie erneuern. Und verhindern, daß er sich bei anderen wiederholt.«

Kyle war plötzlich nicht mehr in der Lage, sich zu konzentrieren. Die ungleichen Schatten begannen vor seinen Augen zu verschwimmen, und alles wurde unwirklich und unwichtig.

Er schloß die Augen und war wieder zwei Jahre alt.

»Und diese Geschichte soll ich jetzt glauben?« Barler lächelte kopfschüttelnd und fuhr sich mit einer unbewußten Geste über die verbrannte Haut an seiner linken Schläfe. Er stand in lässiger Haltung gegen eines der Pibikes gelehnt. Sein sympathisches Gesicht und die sanftmütigen Augen täuschten Charity keine Sekunde darüber hinweg, wie gefährlich Barler in Wahrheit war.

»Sie behaupten also, die Invasion der Marine miterlebt zu haben? Sie haben die letzten fünfundfünfzig Jahre in einer Tiefkühlkammer zugebracht, und nachdem Sie aufgewacht sind, haben Sie natürlich sofort damit begonnen, die Erde von der Tyrannei der Invasoren zu befreien. Und nicht genug damit – es ist Ihnen sogar gelungen, das Vertrauen eines Jägers zu erringen.«

»Das weiß ich nicht«, erklärte Charity. »Aber immerhin hat er uns laufen lassen.«

Barler schüttelte abermals den Kopf. »Angenommen, Sie sagen die Wahrheit, Captain Laird. Dann versuchen Sie doch bitte, sich in meine Lage zu versetzen und mir zu sagen, ob Sie all das glauben würden, was Sie mir erzählt haben.«

Charity seufzte tief. Sie hatte diese Frage befürchtet, ohne darauf eine befriedigende Antwort zu wissen.

»Was zum Teufel erwarten Sie von uns«, fragte Skudder schlechtgelaunt. »Einen Persilschein der Moroni, von Stone gegengezeichnet?«

Barlers Fingerspitzen begannen, einen schnellen, leisen Rhythmus auf den Tank des Pibikes zu trommeln, an dem er lehnte, während er abwechselnd Charity und den Hopi ansah. »Ich weiß nicht, wer Stone ist«, sagte er. »Aber ich weiß, daß das, was Sie da erzählen, ziemlich unglaublich klingt.«

»Aber es ist die Wahrheit«, sagte Net. »Fragen Sie doch Jean. Er war bei uns. Immerhin haben uns die *Ameisen* um ein Haar umgebracht.«

»Ich bezweifle nicht, daß sie Ihre Feinde sind«, antwortete Barler geduldig, »aber Ihre Feinde müssen nicht unbedingt unsere Freunde sein. Außerdem«, fuhr er mit leicht erhobener Stimme fort, »stimmt mich vielleicht gerade die Tatsache Ihres Entkommens nachdenklich.«

»Wäre es Ihnen lieber, sie hätten uns erschossen?« fragte Net giftig.

»Ich lebe jetzt seit über vierzig Jahren hier«, erwiderte Barler, »und ich habe selbst ein paar von diesen Biestern erledigt. Aber ich habe noch nie gehört, daß es jemandem gelungen sein soll, einem Gleiter zu entkommen, geschweige denn, ihn zu vernichten.«

»Das waren wir nicht«, sagte Charity zum wiederholten Mal. »Es war dieser Panzer.«

Statt etwas zu entgegnen, warf Barler Jean einen langen, fast vorwurfsvollen Blick zu. Charity hatte erst nach einer Weile begriffen, daß tatsächlich niemand hier in der Freien Zone von der Existenz des Leopards wußte. Jean hatte seine Entdeckung wirklich jahrelang für sich behalten. Barler hatte bisher kein Wort darüber verloren, wohl aber zwei Männer zur Insel geschickt, damit sie sich Jeans Festung ansahen.

»Selbst wenn es diesen Panzer gibt«, sagte Barler nach einer

Weile, »dann erklären Sie mir eines: Die Gleiter patrouillieren fast ununterbrochen über dem Fluß, und Sie sind nicht die ersten Menschen, die von ihnen angegriffen werden. Wenn dieses Ding dort steht, und wenn es automatisch reagiert, sobald ein menschliches Leben bedroht wird, wieso hat es dann nicht schon vor fünfzig Jahren zugeschlagen?«

Charity zögerte einen Moment, zu antworten. Sie hatte sich diese Frage schon vor Stunden gestellt, als sie zusammen mit Jean im Inneren des Leopards gewesen war. Und sie glaubte die Antwort zumindest zu ahnen.

»Ich glaube, er hat nicht *uns* verteidigt«, sagte sie zögernd, »sondern *mich.*«

Barler zog die Augenbrauen zusammen. »Ich verstehe«, sagte er spöttisch. »Sein Elektronengehirn ist darauf programmiert, fünfundachtzigjährige Astronautinnen zu retten. Zumindest, wenn sie so gut erhalten sind wie Sie.«

»Nein«, antwortete Charity ernst. »Aber dieses Ding.« Sie öffnete die beiden oberen Knöpfe ihrer Uniformjacke, streifte die dünne, unzerreißbare Kette über den Kopf und hielt Barler ihre ID-Plakette entgegen, zog sie aber mit einem bedauernden Achselzucken wieder zurück, als der Franzose danach greifen wollte.

»Er würde Ihnen nichts nützen«, sagte sie erklärend. »Fragen Sie mich bitte nicht, wie es funktioniert, aber diese Ausweise sind auf ihre Träger abgestimmt. Sie funktionieren nur, solange sie sich in der Hand ihres rechtmäßigen Besitzers befinden.«

»Ein Class-A-Ausweis.« Barler verzog anerkennend die Lippen.

»Sie wissen, was das ist?«

»Natürlich«, antwortete Barler ruhig. »Ich sagte es doch schon einmal, Captain Laird – ich bin über einiges im Bilde.« Er lehnte sich wieder gegen die Maschine, starrte einen Moment lang an Charity vorbei ins Leere und wandte sich schließlich an Jean. »Du hast dieses Fahrzeug also vor fünf Jahren entdeckt«, sagte er.

Jean nickte. »Ja«, gestand er kleinlaut.

»Es ist dir nie gelungen, irgend etwas damit anzufangen?« fragte Barler. »Ich meine, außer darin herumzusitzen und unser aller Leben aufs Spiel zu setzen?«

Jean wich seinem Blick aus, während er verlegen den Kopf schüttelte. »Nicht viel. Ich ... habe entdeckt, wie man den Hauptcomputer einschaltet. Er ist irgendwie verschlüsselt, aber ich bin sicher, daß ich den Code herausfinden kann. Ich hatte schon angefangen, alle Möglichkeiten durchzuprobieren.«

»Oh«, Barler lächelte amüsiert. »Du meinst, du wolltest einfach wild herumprobieren, bis du den richtigen Code gefunden hast?«

Jean nickte. »Wie sonst?«

»Ja, wie sonst«, erwiderte Barler. Er sah Jean fast mitleidig an und schüttelte den Kopf, als könne er seine Naivität einfach nicht begreifen. »Ich fürchte, du hättest ziemlich lange herumprobieren können. Was meinen Sie, Captain Laird – wie lange hätte er gebraucht?«

Charity zuckte mit den Achseln. »Ich bin nicht sicher«, sagte sie, »aber wenn er jeden Tag zehn Stunden daran gearbeitet hätte ... hundert, vielleicht auch hundertfünfzigtausend Jahre.«

Jean erbleichte, und Barler lächelte einen Moment amüsiert und deutete dann auf die kleine ID-Plakette, die Charity noch immer in der Hand hielt. »Sie glauben also, daß der Panzer darauf reagiert hat?«

»Ich weiß es nicht«, gestand Charity, »aber wenn all seine Systeme noch einwandfrei funktionieren, dann muß er das Signal aufgefangen und ausgewertet haben. Und wenn sein Elektronenrechner zu dem Schluß kam, daß dieser Angriff mein Leben bedroht ...« Sie machte eine vage Geste mit beiden Händen. »Nun, dann hat er so reagiert, wie es seine Programmierung für einen solchen Fall vorsieht.«

»Nur Nato-Generäle und hochrangige Regierungsbeamte bekommen einen Class-A-Ausweis«, sagte Barler.

»Ich weiß.«

Er sah Charity fragend an. »Sind Sie eines von beidem?« fragte er.

»Nein«, antwortete sie. »Aber ich habe trotzdem einen – wie Sie sehen.«

»Wenn dieses Ding echt ist«, sagte Barler.

»Das ist es«, antwortete Charity verärgert. »Aber ich habe leider nicht die geringste Ahnung, wie ich es Ihnen beweisen soll.« Sie streifte die Kette wieder über den Kopf, verbarg den Anhänger unter ihrer Jacke und schloß die Knöpfe wieder.

»Ich kann ja verstehen, daß Sie uns nicht trauen, Barler«, fuhr sie fort, »aber die Geschichte, die ich Ihnen erzählt habe, ist wahr. Und wir haben einfach nicht genug Zeit, darauf zu warten, bis Sie sich entschlossen haben, uns zu glauben oder nicht. Früher oder später werden Kyles Brüder hier auftauchen, um nach uns zu suchen. Und es wäre besser für Sie, wenn wir dann nicht mehr hier sind.«

»Sie kommen nicht hierher«, antwortete Barler in so überzeugtem Ton, daß Charity ihm nicht mehr widersprach. »Und was die Frage angeht, ob ich Ihnen glaube oder nicht ...« Er sah Charity einen Moment lang nachdenklich an, stand plötzlich auf und machte eine auffordernde Handbewegung. »Folgen Sie mir!«

Barler winkte ab, als auch Skudder, Net und Gurk aufstehen wollten, um ihm zu folgen. »Nur Sie«, sagte er.

Skudder runzelte die Stirn, und Charity warf ihm einen raschen, besänftigenden Blick zu. »Es ist schon gut«, sagte sie. »Ich traue ihm.«

»Ich nicht«, sagte Skudder. »Wenn Sie ihr etwas antun, bringe ich Sie um«, rief er Barler nach.

Der Franzose lächelte und ging mit raschen Schritten um das Pibike herum auf das riesige Stahltor zu, wo er noch einmal stehenblieb und darauf wartete, daß Charity ihm folgte. Henry und ein zweiter Mann wollten sich ihm anschließen, aber Barler schüttelte den Kopf.

»Wir gehen allein«, sagte er. »Gebt inzwischen gut auf unsere Gäste acht.« Er deutete auf Skudder. »Und jemand soll sich um seinen Arm kümmern. Die Wunde sieht nicht gut aus.« Sie verließen den Raum und wandten sich nach links. Barler führte sie durch einen schmalen, niedrigen Korridor aus rostigem Metall, der am Fuße einer ebenfalls verrosteten Treppe endete. Charity war ein wenig überrascht, daß hier draußen nirgendwo Männer auf sie warteten. Barler schien wirklich allein mit ihr bleiben zu wollen. Das war ziemlich ungewöhnlich. Wenn er tatsächlich wußte, was die Space Force gewesen war, dann mußte er auch wissen, daß zu ihrer Schulung auch eine Nahkampfausbildung gehörte.

Die Treppe endete auf einem Korridor, an dessen gegenüberliegender Seite eine zweite, breitere Metalltreppe nach oben führte. Barler wandte sich in die entgegengesetzte Richtung und machte eine auffordernde Handbewegung, als sie zögerte, ihm zu folgen.

»Wohin gehen wir?«

»Das werden Sie schon sehen«, antwortete Barler grob.

Fast eine Viertelstunde lang folgte Charity dem Franzosen durch gleichförmige, leere Gänge aus rostigen Eisenplatten, die ein regelrechtes Labyrinth unter der Erde bildeten, dann erreichten sie eine niedrige Metalltür.

Charity hielt überrascht mitten im Schritt inne, als Barler die rostige Stahltür öffnete, und sie sah, wo sie sich befanden.

Vor ihnen lag eine gewaltige, weiß gekachelte Halle, deren ganze Größe im flackernden Schein der wenigen Fackeln, die an den Wänden angebracht waren, nur zu ahnen war. Nur ein kleines Stück von der Tür entfernt begannen die unteren Stufen einer breiten, völlig verrotteten Rolltreppe. Auf der anderen Seite erstreckte sich fast ein halbes Dutzend schimmernder Schienenstränge, die am Ende der Halle zusammenliefen und in zwei riesigen, halbrunden Tunneln endeten. Charity registrierte beiläufig, daß sich auf diesen Schienen keine Spur von Rost zeigte.

»Das ist die Metro!« sagte Charity verblüfft.

Barler blieb stehen und blickte mit einem flüchtigen Lächeln zu ihr zurück. »Natürlich ist sie das«, sagte er. »Was haben Sie erwartet?«

Charity starrte fassungslos auf den gelbgestrichenen U-Bahn-Zug, der nur wenige Schritte entfernt stand. Er hatte nur einen Wagen, aber seine Türen standen offen und die Innenbeleuchtung brannte – zumindest soweit die Leuchtstoffröhren noch intakt waren. Charity hörte ein leises, vertrautes Summen; ein Geräusch, das ihr früher so selbstverständlich gewesen war, daß sie es gar nicht mehr wahrgenommen hatte.

»Sie ... funktioniert noch?« fragte sie ungläubig.

»Sie funktioniert *wieder*«, verbesserte sie Barler. Wieder lächelte er dieses seltsame, fast traurige Lächeln. »Nicht mehr ganz so zuverlässig und pünktlich wie früher, und die Züge fahren auch nicht mehr so oft. Aber dafür kann man jetzt getrost hier herunterkommen und braucht keine Angst zu haben, überfallen und ausgeraubt zu werden.«

Charity blickte abwechselnd ihn und den U-Bahn-Zug an. Der Anblick dieses zwar heruntergekommenen, aber völlig intakten Metro-Zuges erschütterte sie mehr, als sie selbst verstand.

»Wir benutzen sie nur sehr selten«, sagte Barler, dem ihr Erstaunen natürlich nicht entgangen war. »Sie verbrauchen eine Menge Strom, und die Ersatzteile für die Wagen werden allmählich knapp.« Er schien auf eine Antwort zu warten und machte dann eine einladende Geste auf den Wagen. »Kommen Sie!«

Charity war viel zu verblüfft, um zu widersprechen. Gehorsam folgte sie Barler und betrat das U-Bahn-Abteil. Sie fuhr erschrocken zusammen, als sich die Türen hinter ihnen selbsttätig schlossen, und griff hastig nach einem Halt, denn der Wagen setzte sich mühsam und mit kleinen, harten Rucken in Bewegung. Die Metrostation huschte an den Fenstern vorüber, dann tauchte der Wagen in einen der Tunnel ein, und Dunkelheit umgab sie.

»Setzen Sie sich, Captain Laird«, sagte Barler freundlich. »Es wird eine Weile dauern.«

Charity gehorchte, während Barler nach vorn ging, um mit dem Fahrer zu sprechen.

Das sanfte Rütteln des Wagens und das monotone, auf so erschreckende Weise fast vertraute Geräusch der eisernen Räder auf den Schienen begannen eine sonderbare Wirkung auf Charity auszuüben. Sie ließ sich in den zerschlissenen Kunststoffpolstern zurücksinken und bettete die Schläfe an der Scheibe, schloß die Augen und genoß das Gefühl des kühlen Glases auf der Haut, wie sie es so oft getan hatte, früher, in einem anderen, verlorenen Leben.

Aber vielleicht, dachte sie, hatten sie eine zweite Chance. Vielleicht war es ihnen – nicht ihr oder Skudder, sondern den Generationen, die nach ihnen kamen, möglich, eine neue und vielleicht sogar bessere Welt aufzubauen. Möglicherweise hatten die Moroni nichts anderes getan, als eben den natürlichen Lauf der Dinge zu beschleunigen. Die Kultur des 20. Jahrhunderts war nicht die erste Zivilisation, die fast spurlos vom Antlitz dieser Welt verschwunden war.

Aber vielleicht war es die letzte. Wenn es ihnen nicht gelang, die Moroni zurückzuschlagen, dann würde es keine neue Zivilisation mehr geben, die sich wie Phönix aus der Asche aus den Trümmern der Welt erhob.

Es war so … unfair, dachte sie. Fünfzig Jahre später, dachte sie bitter, und sie hätten diese Bestien dorthin zurückgejagt, wo sie hergekommen waren. Lächerliche fünfzig Jahre, bei einer Welt, deren Geschichte mehr als zehn Jahrtausende zurückreichte!

Das Gefühl, nicht mehr allein zu sein, ließ sie die Augen öffnen. Barler stand vor ihr, den linken Arm leicht angewinkelt, den Daumen unter den Gürtel gehakt, und blickte auf sie herab. Ein sonderbarer Ausdruck lag auf seinem Gesicht: eine

Mischung aus Bewunderung und Mißtrauen, in der keine Spur von Feindschaft zu liegen schien.

»Woran denken Sie?« fragte der Franzose.

»An … nichts«, sagte Charity ausweichend. »Warum?«

Barler deutete ein Achselzucken an und lächelte ganz leicht. »Da war so ein sonderbarer Ausdruck auf Ihrem Gesicht«, antwortete er. »Irgendwie traurig.«

Charity zwang sich zu einem Lächeln und schüttelte abermals den Kopf. »Es ist nichts«, sagte sie noch einmal. Nur um das Thema zu wechseln, richtete sie sich ein wenig im Sitz auf und deutete aus dem Fenster. Jenseits der blind gewordenen Scheiben herrschte absolute Finsternis. Die Fahrt durch diesen unterirdischen, leeren Tunnel, in dem seit einem halben Jahrhundert kein Licht mehr gebrannt hatte, wurde unwirklich, fast bedrückend, wie eine Szene aus einem Alptraum.

»Wie lange dauert die Fahrt noch?«

Barler setzte sich und blickte ebenfalls aus dem Fenster. »Noch eine ganze Weile«, antwortete er. »Wir müssen fast ans andere Ende der Stadt.«

Charity hatte irgendwie gehofft, daß er ihr sagen würde, wohin sie fuhren, aber diesen Gefallen tat er ihr nicht. Eine Weile sah sie ihn wortlos an, dann ließ sie sich wieder zurücksinken und legte erneut den Kopf gegen die Scheibe, aber diesmal ohne die Augen zu schließen. »Sie sind ein sonderbarer Mann, Barler«, sagte sie.

Ihr Gegenüber sah auf. »So?«

»Als ich das letzte Mal auf jemanden wie Sie getroffen bin«, sagte Charity, »wäre ich beinahe umgebracht worden. Und Skudder und die anderen auch. Sie haben uns nicht geglaubt, daß wir die sind, für die wir uns ausgeben.«

»Wer sagt Ihnen, daß ich Ihnen glaube?«

»Wir sind hier, oder?« antwortete Charity. »Ich meine, wenn Sie glauben würden, daß wir Spione der Moroni sind, dann wäre es ziemlich leichtsinnig von Ihnen, ganz allein mit mir in diesen Zug zu steigen. Oder halten Sie mich für harmlos, weil ich eine Frau bin?«

Zu ihrer Überraschung lachte Barler leise. Charity sah ihn verwundert an, und der Führer der Freien Zone antwortete mit einer erklärenden Geste: »Diese Frage allein beweist schon fast, daß Sie kein *Spion* sind, Captain Laird.«

»Wieso?« Die Art, auf die er das Wort Spion betont hatte, ließ sie aufhorchen.

»Wenn Sie die sind, für die Sie sich ausgeben«, antwortete Barler lächelnd, »dann habe ich nichts zu befürchten, oder? Und wenn nicht ...« Er zuckte mit den Schultern. »Wenn Sie und Ihre Freunde wirklich Jäger sind, die gekommen sind, um mich umzubringen ... Nun, dann können Sie das genauso gut hier wie an jedem anderen Ort tun. Es gibt so oder so nichts, was ich dagegen unternehmen könnte.«

Charity schwieg eine Weile. Die Antwort verblüffte sie. »Was sind Sie, Barler?« fragte sie schließlich. »Ein Fatalist oder Zyniker?«

»Vielleicht von beidem etwas.«

»Wird man so, wenn man vierzig Jahre lang auf der Flucht lebt?« fragte Charity ernst.

»Auf der Flucht?« Barler runzelte verblüfft die Stirn. Dann lächelte er wieder und schüttelte den Kopf. »Sie täuschen sich, Captain Laird. Wir sind keine Flüchtlinge oder Gefangenen.«

»Aber Sie sind ...«

»Später«, unterbrach sie Barler. »Lassen Sie uns später darüber reden, Captain Laird. Ich bitte Sie darum.«

Charity respektierte seinen Wunsch. Für den Rest der Fahrt, die tatsächlich noch eine gute halbe Stunde dauerte, schwieg sie. Nach einer halben Ewigkeit wurde der Zug langsamer und kam schließlich in einer weiteren Metro-Station zum Stehen. Anders als die, aus der sie abgefahren waren, war diese unterirdische Halle nicht erleuchtet. Aus den Fenstern des Wagens fiel ein wenig Licht auf den Bahnsteig.

Barler stand auf, ging in den hinteren Teil des Wagens und

kam mit einem großen Handscheinwerfer und zwei Pechfackeln zurück. Er hängte sich den Scheinwerfer an den Gürtel, reichte Charity eine der Fackeln und trat wortlos auf den Bahnsteig hinaus. Dann entzündete er beide Fackeln. Das rote Licht schuf einen Kreis unsicherer Helligkeit rings um sie herum, aber es reichte längst nicht aus, die gewaltige, mit geborstenen, weißen Fliesen gekachelte Halle zu erhellen. Außerdem stanken die Fackeln erbärmlich, und von ihrem pechgetränkten Ende fielen immer wieder kleine Funken auf Charitys Hand herab.

Sie deutete auf den Scheinwerfer an Barlers Gürtel. »Funktioniert das Ding nicht?«

»Doch.« Barler nickte. »Aber wir benutzen sie nur, wenn es gar nicht anders geht. Die Batterien werden allmählich knapp, und es werden schon lange keine neuen mehr produziert.«

Charity entschuldigte sich in Gedanken bei Barler für diese dumme Frage. Das wenige, das sie bisher von der Freien Zone gesehen hatte – Jeans Pibike, diese Metro, die aus unerfindlichen Gründen noch funktionierte –, begann sie bereits vergessen zu lassen, wo sie sich befand. Die Welt hatte sich grundlegend verändert. Es gab nicht einmal mehr so selbstverständliche Dinge wie eine Batterie, die man achtlos wegwarf und gegen eine neue austauschte, wenn sie verbraucht war. Die Menschen des 21. Jahrhunderts lebten ausschließlich von den Resten, die ihnen die untergegangene Zivilisation übriggelassen hatte.

Sie durchquerten die Halle und benutzten die kaputte Rolltreppe, um nach oben zu gelangen. An ihrem Ende befand sich ein Netz aus breiten dunklen Flächen und schmalen Lichtstreifen, und als sie näher kamen, erkannte Charity, daß der Zugang mit einer provisorischen Bretterwand verschlossen war. Sie wollte Barler dabei helfen, die kleine Tür darin zu öffnen, aber er forderte sie mit einer Geste auf, seine Fackel zu halten, während er sich mit den quietschenden Scharnieren abmühte. Charity sah sich schaudernd um. Das Licht der beiden Fackeln reichte nicht besonders weit, aber was sie sah, ließ in ihr nicht den Wunsch aufkommen, mehr zu sehen. Am Rande des flackernden roten Kreises erkannte sie einen schattenhaften Körper, der ausgestreckt auf den Stufen der gegenüberliegenden Rolltreppe lag.

Draußen herrschte noch immer heller Tag. Nach dem Halbdunkel unter der Erde kam Charity selbst das milde grüne Licht dieser falschen Sonne fast unangenehm intensiv vor. Sie blinzelte, fuhr sich mit dem Handrücken über die Augen und brauchte einen Moment, um sich wieder an die veränderte Helligkeit zu gewöhnen.

Barler löschte seine Fackel, legte sie aber nicht aus der Hand, und Charity folgte seinem Beispiel. Sie entfernten sich in nördlicher Richtung vom U-Bahn-Schacht und bogen an der ersten Kreuzung ab. Charity sah sich aufmerksam um, während sie Barler folgte. Die Stadt war auch hier ein Opfer des Dschungels geworden; und doch unterschied sie sich völlig von dem, was sie auf der anderen Seite des Flusses gesehen hatte. Die Pflanzen wuchsen längst nicht so ungezügelt wie dort. Das Unterholz war weniger undurchdringlich, und es war sehr still.

Es dauerte einen Moment, bis Charity den Grund dieser Stille begriff: Das Gekreische der Tiere, das sie auf der anderen Seite des Flusses so erschreckt hatte, fehlte hier vollkommen. Sehr weit entfernt hörte sie lediglich das wehklagende Schreien eines Vogels, und einmal glaubte sie einen dunklen Schatten durch das Geäst brechen zu sehen. Die Menschen schienen hier die Tiere zurückgedrängt zu haben.

Auf ihre Fragen gab Barler bereitwillig Auskunft. »Wir haben von Anfang an darauf geachtet, daß die Biester nicht überhandnehmen«, sagte er. »Natürlich ist es uns nicht gelungen, sie völlig auszurotten. Ich würde Ihnen nicht unbedingt raten, allein und waffenlos in diesem Wald spazierenzugehen. Aber solange Sie auf den Straßen bleiben und ein wenig die Augen offenhalten, kann Ihnen kaum etwas passieren.«

Charity sah ihn überrascht an. »Sie haben die ganze Freie Zone gesäubert?«

Barler zuckte mit den Achseln und blieb stehen. »Oh, sie ist nicht so groß, wie Sie glauben«, antwortete er. »Nicht ganz elf Kilometer am Fluß entlang und knapp fünf in diese Richtung.« Er deutete nach Westen bis zur *Mauer.*

»Und dahinter?«

Barler maß sie mit einem undeutbaren Blick. »Das sollten Sie besser wissen als ich.«

»Diese Mauer«, fuhr Charity fort, »was genau ist sie?«

»Wenn wir das wüßten, hätten wir sie wahrscheinlich schon beseitigt«, erwiderte Barler ernst. »Es ist jedenfalls keine richtige Mauer. Ich werde sie Ihnen zeigen. Es ist nicht mehr weit von hier.«

Er ging weiter, so daß Charity keine Gelegenheit fand, eine weitere Frage zu stellen, sondern sich beeilen mußte, nicht den Anschluß zu verlieren.

Barler blieb plötzlich stehen und deutete auf einen gut zwei Meter hohen, schmiedeeisernen Zaun, der von Ranken und wuchernden Blättern fast zu einer undurchdringlichen Hecke gemacht worden war. Dahinter befand sich ein zweigeschossiges Gebäude aus weißem Marmor, das früher einmal ein wahrer Prachtbau gewesen sein mußte. Charity hatte das Gefühl, dieses Haus schon einmal gesehen zu haben. Dann fiel ihr Blick auf eine blind gewordene Messingtafel neben dem Tor, und nach einem Moment entzifferte sie die kaum noch leserliche Aufschrift:

EMBASSY OF THE UNITED STATES OF AMERICA

Überrascht sah sie Barler an. »Die Botschaft?«

Barler drehte sich zu ihr herum und nickte. Er lächelte flüchtig. »Warum nicht? Ich bin sicher, Ihr Botschafter kann Sie identifizieren.«

Er sagte das mit solchem Ernst, daß es einen Moment dauerte, bis Charity überhaupt begriff, daß er einen Scherz gemacht hatte. Sie lachte gezwungen, ging weiter und ließ den Blick dabei neugierig über die Fassade des weitläufigen Prachtbaus schweifen.

Die Zerstörung, der ganz Paris anheimgefallen war, war auch an dem Botschaftsgebäude nicht spurlos vorübergegangen: Die meisten Fensterscheiben waren zerborsten, das Dach und ein Teil des darunterliegenden Stockwerkes waren zerstört; nur ein paar geschwärzte Balken ragten noch heraus. Die leeren Fensterhöhlen waren brandgeschwärzt. Charity fragte sich flüchtig, was hier geschehen war. Anders als New York, dessen Untergang sie mit eigenen Augen mitangesehen hatte, schien Paris nicht schnell und lautlos besiegt gestorben zu sein. Die Ruinen, die verkohlten Häuser und die gewaltigen Krater, denen sie auf Schritt und Tritt begegnet waren, sprachen ihre eigene Sprache.

Sie blieb vor der breiten Marmortreppe stehen, die zum Eingang hinaufführte. »Was wollen wir hier?«

Barler deutete zur Tür: »Gehen Sie weiter, Captain Laird. Dort drinnen finden wir die Antwort auf die Frage, wer Sie wirklich sind.«

Im Innern des Gebäudes war es so dunkel, wie sie erwartet hatte. Als sie die Tür hinter sich schloß und einen Moment stehenblieb, um sich an das Dämmerlicht zu gewöhnen, hörte sie ein leises, monotones Summen. Sie fuhr überrascht zusammen, als sie begriff, was es war. »Die Air Condition ...« murmelte sie überrascht.

Barler sah sie wortlos an.

»Sie funktioniert noch«, sagte Charity fassungslos. »Nach all dieser Zeit.«

Der Franzose nickte. »Hier drinnen funktioniert noch eine ganze Menge«, sagte er. Er hob die Hand und wies auf eine offenstehende Tür. »Sehen Sie.«

Charity erkannte einen Schreibtisch, in dessen Sessel ein vornübergesunkenes Skelett vergeblich versuchte, die schwarze Paradeuniform eines Marineinfanteristen auszufüllen. Vor dem fünfzig Jahre alten Leichnam stand ein staubbedecktes Computerterminal, auf dessen Bildschirm grüne Leuchtbuchstaben flimmerten.

»Unglaublich!« murmelte Charity.

Barler lächelte leicht. »Tja«, sagte er achselzuckend, »Vorkriegsware. Damals wurde eben noch Qualität hergestellt.«

Charity sah ihn verwirrt an. Sie war nicht sicher, ob in Barlers Stimme wirklich Spott mitschwang. »Was wollen wir hier?« fragte sie. »Sie haben mich doch nicht hierhergebracht, um mir das zu zeigen?«

»Natürlich nicht«, antwortete Barler. »Ich dachte nur, es interessiert Sie.« Er gab ihr mit einer Geste zu verstehen, ihm zu folgen.

Sie durchquerten das Erdgeschoß des Botschaftsgebäudes. Der tote Soldat draußen im Vorzimmer war nicht der einzige, auf den sie stießen. Charity hörte irgendwann auf, die halbzerfallenen Skelette zu zählen. Die meisten trugen die gleiche schwarze Marineinfanterieuniform wie der Mann draußen, und fast alle waren bewaffnet. Sie waren mit den Waffen in den Händen gestorben.

»Was ist hier passiert?« fragte Charity, als Barler vor einer schmalen Tür am Ende des Korridors stehenblieb und sich an ihrem Schloß zu schaffen begann.

»Sie haben versucht, sie aufzuhalten – aber Sie sehen ja, mit welchem Erfolg.«

Charity schüttelte den Kopf. »Wieso ist die Stadt so zerstört?«

Barler hörte für einen Moment auf, an der Tür zu hantieren, und warf ihr einen sonderbaren Blick über die Schulter hinweg zu. »Ich dachte«, sagte er, zwar lächelnd, aber plötzlich in wieder lauerndem, beinahe mißtrauischem Tonfall, *»Sie* waren dabei – nicht ich.«

Charity nickte. »Ich habe gesehen, wie New York unterging«,

bestätigte sie. »Es geschah in wenigen Minuten, und sie setzten eine Waffe ein, die nur organisches Leben zerstörte. Doch Paris sieht aus, als hätten sie die Stadt Haus für Haus erobern müssen.«

Barler zuckte mit den Achseln und wandte sich wieder dem Schloß zu. »So ungefähr muß es auch gewesen sein«, antwortete er. »Ich war zwar nicht dabei, aber nach allem, was ich gehört habe, müssen die Kämpfe fast ein halbes Jahr gedauert haben.«

»Aber warum?« wunderte sich Charity. »Wenn sie ...«

»Warum fragen Sie sie nicht selbst?« unterbrach sie Barler ärgerlich. Er sah wieder auf und lächelte entschuldigend. »Verzeihung«, sagte er, »das war wohl nicht besonders taktvoll.«

»Das macht nichts«, antwortete Charity. Plötzlich erscholl ein metallisches Klicken, und die Tür schwang einen Spaltbreit auf.

Barler trat zurück, um sie ganz zu öffnen, entzündete seine Fackel wieder und verschwand ohne ein weiteres Wort auf der schmalen Treppe, die hinter der Tür begann. Charity folgte ihm. Der Weg führte steil in die Tiefe. Die Wände bestanden aus nichts als nacktem Beton. Sie durchquerten einen Kellerraum, der mit allerlei Gerümpel vollgestopft war, bückten sich unter einer niedrigen Tür hindurch und gingen eine weitere Treppe hinab. Barlers Schritte wurden langsamer, und im unsicheren Licht der Fackel erkannte sie eine weitere, diesmal aus massivem Metall bestehende Tür.

Es dauerte auch jetzt eine Weile, bis er dieses weitere Hindernis geöffnet hatte, und dann löste er den Handscheinwerfer von seinem Gürtel, schaltete ihn ein und löschte sorgsam seine Fackel.

Charity sah ihn fragend an. Barler ließ den bleichen Strahl des Handscheinwerfers durch den Raum hinter der Tür gleiten; er enthüllte nichts als Staub und Beton. Dann richtete er den Strahl des Scheinwerfers gegen die Decke, und sie erkannte die winzigen, in konzentrischen Kreisen angeordneten Löcher in der Kunststoffverkleidung. Eine Sprinkler-Anlage. Und Barlers Verhalten nach zu urteilen schien sie sogar noch zu funktionieren.

Der Franzose betrat den Raum, machte ein paar Schritte und blieb wieder stehen. Charity blinzelte, als er den Handscheinwerfer hob und ihr direkt ins Gesicht leuchtete. »Kommen Sie, Captain Laird«, sagte er. »Jetzt wird sich zeigen, ob Ihr Ausweis echt ist.«

Ein sehr ungutes Gefühl beschlich Charity, während sie dem Franzosen folgte. Barler nahm die Lampe wieder herunter, aber ihre Augen tränten von dem grellen Licht, und im ersten Moment hatte sie Schwierigkeiten, überhaupt etwas zu sehen. Als sich ihre Augen wieder umgestellt hatten, erkannte sie, daß sie sich nur in einer weiteren leeren Betonkammer befanden. Auf dem Boden lag der Staub von fünf Jahrzehnten. Fragend schaute sie Barler an.

Der Franzose trat einen Schritt zur Seite und schwenkte seinen Scheinwerferstrahl wie einen Zeigestab herum – und dann erkannte Charity schlagartig, wo sie sich befand!

Sie war so überrascht, daß sie im ersten Moment nur die von einem zerschrammten Aluminiumrahmen eingefaßte Tür anstarrte. Der Gang dahinter lag in völliger Dunkelheit, aber wenn man aufmerksam hinsah, dann konnte man das schwache Glimmen grüner und orangefarbener Lichter erkennen, die irgendwo sehr weit entfernt leuchteten.

Barler ließ ihr ausreichend Zeit, ihre Überraschung zu überwinden. Dann trat er näher an die Tür heran und ließ seinen Scheinwerferstrahl in den Gang dahinter fallen – und Charity zuckte ein zweites Mal zusammen.

Auf dem nackten Beton hinter der Tür lagen vier Tote. Zwei davon waren Menschen, die beiden anderen *Ameisen.* Sowohl die Menschen als auch die Insektenkreaturen waren auf fürchterliche Weise entstellt: Die beiden Toten mußten schon sehr lange hier liegen, denn die Körper waren mumifiziert, aber

Charity konnte trotzdem erkennen, wie verzerrt die Gesichter waren, als hätten sie unvorstellbare Qualen erlitten, ehe sie starben.

Sie schlug sich erschrocken die Hand vor den Mund und prallte einen halben Schritt zurück. Barler schwieg, dann trat er einen weiteren Schritt auf die Tür zu und hob die Hand.

Die Bewegung schien einen verborgenen Mechanismus auszulösen, denn plötzlich wich die Dunkelheit auf der anderen Seite der Tür einem milden, sanft gelben Licht, und im Türrahmen selbst erschien ein schmales, rotes Leuchtband. Ein elektrisches Summen erklang, und irgendwo schaltete sich ein Tonband ein und leierte eine Warnung herunter. Die Worte waren nicht mehr zu verstehen; das Band mußte so oft abgelaufen sein, daß es unbrauchbar geworden war.

»Also?« Barler legte den Kopf auf die Seite und sah sie prüfend an. *»Was ist das?«*

Charity glaubte die Antwort zu wissen, doch instinktiv hob sie die Hand und tastete mit den Fingerspitzen über das kühle Metall der Ausweisplakette. Sie hatte Angst davor, diese Tür zu durchschreiten. Sie wußte sehr genau, was auf der anderen Seite war, und sie wußte auch, daß sie es im Grunde nicht zu fürchten brauchte – aber das Ding an ihrem Hals war fast sechzig Jahre alt. Sie hatte keine Garantie, daß es nach all dieser Zeit ebenso verläßlich funktionierte wie die Todesmaschinerie, die in die Decke des Ganges eingelassen war. Doch ihr blieb keine andere Wahl. So raffte sie all ihren Mut zusammen, schloß die Augen – und machte einen entschlossenen Schritt.

Nichts geschah.

Das Tonband schaltete sich mit einem hörbaren Klicken ab, und das Licht im Türrahmen flackerte. Charity machte einen weiteren Schritt, sah sich suchend um und entdeckte den kleinen Schaltkasten an der Wand, vier, vielleicht fünf Schritte vor ihr; allerhöchstens noch einen Meter von der ausgestreckten Hand eines der toten Insektenkrieger entfernt, der noch sterbend versucht hatte, ihn zu erreichen.

Sie überwand ihren Widerwillen, ging mit klopfendem Herzen weiter und schlug dabei einen respektvollen Bogen um die beiden toten Menschen und die Kadaver der beiden *Ameisen*. Mit zitternden Händen löste sie die ID-Plakette von der Kette an ihrem Hals, schob sie in den schmalen Schlitz des Gerätes und lauschte mit angehaltenem Atem.

Eine, zwei, drei entsetzliche, endlose Sekunden hindurch geschah nichts. Dann hörte das Summen auf, und das Licht im Schaltkasten wechselte von Rot auf Grün. Mit einem leisen Summen glitt die Plakette wieder aus dem Schlitz des Minicomputers, und Charity griff danach und befestigte sie hastig wieder an der Kette. Dann drehte sie sich zu Barler herum und winkte.

»Es besteht keine Gefahr mehr. Sie können hereinkommen.«

Barler zögerte. Einen Augenblick lang verweilte sein Blick auf den beiden Toten, dann überwand er sich, machte einen Schritt durch die Tür und blieb abermals stehen. Er sah sich unsicher um, aber nach einigen weiteren Sekunden schien er zu begreifen, daß, was immer die beiden Menschen und die beiden *Ameisen* umgebracht hatte, zumindest im Augenblick keine Gefahr mehr darstellte.

Aufatmend ging er weiter und blieb vor Charity wieder stehen. »Sie gehören also tatsächlich zur Space Force«, sagte er. »Und Sie scheinen mehr als ein kleiner Captain gewesen zu sein.«

Charity schüttelte den Kopf. »Sie täuschen sich«, sagte sie. »Meine Kameraden und ich hatten den Auftrag, den Präsidenten und andere Regierungsmitglieder in Sicherheit zu bringen. Aus diesem Grund erhielten wir diese Ausweise.«

Barler zuckte mit den Schultern und lächelte. »Es spielt ja auch keine Rolle, warum Sie ihn haben. Hauptsache, Sie haben ihn. Was ist das hier?«

Charity zögerte einige Sekunden, bis ihr bewußt wurde, wie albern ihr Zögern war. Die Zeiten, in denen diese unterirdische

Anlage der höchsten Geheimhaltungsstufe unterlegen war, gehörten längst der Vergangenheit an.

»Eine geheime Anlage«, antwortete sie. »Ich glaube, es handelt sich um einen geheimen NATO-Stützpunkt. Es gab eine Reihe solcher Stationen damals, aber ich wußte nicht, daß eine direkt unter der Botschaft lag.«

»Auf jeden Fall arbeitet sie noch«, sagte Barler. »Nicht einmal diesen verdammten *Ameisen* ist es gelungen, sich Zugang zu verschaffen.« Zum ersten Mal, seit Charity ihn getroffen hatte, verlor er die Beherrschung: Er versetzte einem der toten Insektenwesen einen zornigen Fußtritt. Der Chitinpanzer barst auseinander und flog durch den Korridor. Charity sah, daß das verwundbare Fleisch des Geschöpfes zu grauem Staub verfallen war.

»Eine Mikrowellen-Sperre«, sagte sie leise. Ein neuerlicher eisiger Schauer fuhr über ihren Rücken, als sie daran dachte, daß sie jetzt ebenso tot sein könnte wie die zwei unglücklichen Männer, hätte der winzige Ausweis seinen Dienst nicht getan. »Wer immer hier hereinkommt und nicht dazu berechtigt ist«, fuhr sie auf Barlers fragenden Blick hin fort, »der hat keine Chance. Die Strahlung ist absolut tödlich.«

»Ich weiß«, antwortete Barler ruhig. »Sie tötet sogar Jäger.«

Charity sah ihn überrascht an, aber Barler nickte. »Sie haben vor ein paar Jahren versucht, einen dieser lebenden Roboter hier hereinzuschicken«, sagte er. »Irgendwie ist er wieder herausgekommen, aber er hat es nicht lange überlebt.«

»Und ich dachte, es gäbe nichts, was ihnen schaden könnte«, sagte Charity.

»Das hier schon«, antwortete Barler grimmig. »Es war das erste und letzte Mal, daß einer von ihnen starb.« Er überlegte einen Moment. »Jetzt, wo wir uns hier frei bewegen können, können wir es vielleicht als Waffe benutzen.«

»Kaum«, antwortete Charity. Allein bei der Vorstellung, diese entsetzliche Waffe gegen ein lebendes Wesen einzusetzen, krampfte sich etwas in ihr zusammen. »Es sei denn, Sie wollen den ganzen Gang ausbauen und versuchen, sie eine nach dem anderen hereinzulocken.«

Barler sah sie einen Moment lang verstört an. »Also«, sagte er, »dann schauen wir uns ein wenig um.«

Charity versuchte sich einzureden, daß ihr Mißtrauen völlig unbegründet war, aber es gelang ihr nicht. Daß diese Anlage nach all der vergangenen Zeit noch funktionierte, bewies deutlich genug, welchen Wert ihre Konstrukteure darauf gelegt hatten, sie vor unbefugtem Zutritt zu schützen. Es mochte sein, daß hier Dinge lagen, die besser für immer vergessen blieben.

»Ich verstehe nicht, daß sie sich nicht einfach gewaltsam Zutritt verschafft haben«, sagte sie, während sie Barler durch den schmalen Korridor folgte. »Die Macht dazu haben sie.«

Barler nickte. »Sicher«, sagte er, »aber ich glaube, was immer hier unten ist, war ihnen so wichtig, daß sie es nicht zerstören wollten.« Er sah sie fragend an. »Und ich nehme doch an, daß es eine entsprechende Vorrichtung gibt?«

Erneut war Charity überrascht. Es gab tatsächlich eine Selbstzerstörungsanlage, die den ganzen Komplex in die Luft jagen würde, sobald der Sicherheitscomputer zu dem Schluß kam, daß er Feinden in die Hand zu fallen drohte. Aber sie war überrascht, wieviel Barler wußte.

»Wenn ich eine solche Anlage konstruieren würde, dann würde ich dafür sorgen, daß sie niemand unbeschadet in die Hände fällt, der es schafft, sich gewaltsam Zutritt zu verschaffen«, erklärte Barler, als hätte er ihre Gedanken gelesen.

Sie hatten das Ende des Ganges erreicht, an dem sich eine einzelne schmale Metalltür befand. Barler drückte die Klinke herunter, blieb einen Moment stehen und öffnete sie dann mit einem Ruck.

Sofort flammte in dem dahinterliegenden Raum weißes Neonlicht auf. Charity trat mit einem Schritt neben ihn. Sie wußte nicht, was sie erwartet hatte – aber das hier ganz bestimmt nicht. Hinter der Panzertür erstreckte sich ein gewaltiger, halbrunder Saal, der mit Computerbänken vollgestopft war. Die gesamte gegenüberliegende gerade Wand wurde von einem riesigen Bildschirm eingenommen, der aus zahlreichen, parallel geschalteten kleineren Monitoren bestand. Einige davon waren ausgefallen, die meisten aber noch intakt. Sie zeigten eine farbige, dreidimensionale Weltkarte, auf der zahllose rote und grüne Lichter glommen. Auch die meisten anderen Computermonitore waren noch in Betrieb; ihr grünes Flackern erfüllte den Raum mit einer unheimlichen Helligkeit, die Charity an das falsche Licht der türkisfarbenen Sonne erinnerte. Und überall lagen Tote: Männer in dunkelblauen Marine- und Army-Uniformen, aber auch Zivilisten, die wie schlafend auf den Pulten zusammengesunken waren oder vor den einfachen Kunststoffstühlen lagen. Keiner von ihnen war gewaltsam gestorben, das erkannte Charity sofort. Und keiner dieser Toten war jünger als fünfzig Jahre.

»Großer Gott«, flüsterte Barler. »Was ist hier passiert?«

Charity antwortete nicht. Aber es war nicht besonders schwer, sich vorzustellen, was hier geschehen sein mußte: Die Invasoren hatten die Botschaft gestürmt, aber es war ihnen trotz ihrer Überlegenheit nicht gelungen, in diesen unterirdischen Komplex vorzudringen. Aber die Botschaftsangehörigen waren im Keller gefangen. Vielleicht hatten sie Monate ausgehalten, bis die Lebensmittel allmählich knapp wurden und sie einsahen, daß es keine Rettung mehr gab.

Charity drängte sich neben Barler durch die Tür und trat zögernd an eines der Computerpulte heran. Ihr Herz begann zu klopfen, als ihr Blick auf den flimmernden Monitor fiel. Sie verstand wenig von dem, was sie dort las, aber das, was sie bisher befürchtet hatte, wurde mehr und mehr zu Gewißheit. Unsicher streckte sie die Hand aus, tippte einige Worte in die dazugehörige Tastatur und wartete darauf, daß etwas geschah.

Auf dem Monitor erschienen grüne Leuchtbuchstaben, dann zischte etwas, und ein blauer Funkenregen quoll aus dem Gerät. Eine Sekunde später wurde der Bildschirm schwarz.

»Nun?« fragte Barler von der Tür aus. »Was ist das?«

Charity beachtete ihn gar nicht, sondern trat an eines der anderen Pulte. Mit klopfendem Herzen wiederholte sie die Eingabe, und diesmal gab das Gerät ihr bereitwillig Auskunft. Auf dem Monitor begannen grüne und weiße Zahlenkolonnen zu flackern.

Es dauerte fast eine Viertelstunde. Barler trat nach einer Weile neben sie und sah ihr neugierig über die Schulter hinweg zu, unterbrach sie aber nicht mehr, während sich Charity behutsam tiefer in die Geheimnisse des Computersystems hineinarbeitete. Es fiel ihr sehr schwer. Nichts von dem, was sie hier sah, gehörte zu ihren eigentlichen Aufgaben, aber sie wußte, wonach sie zu suchen hatte.

Schließlich richtete sie sich wieder auf und sah zuerst Barler, dann den riesigen Wandmonitor betroffen an. »Ich glaube, ich weiß jetzt, warum sie so scharf darauf waren, das hier unbeschädigt in die Hand zu bekommen«, sagte sie leise.

Barler sah sie fragend an und schwieg.

»Es muß so etwas wie das Gegenstück des nordamerikanischen NORAD sein«, murmelte Charity.

Barler sah sie wieder fragend an, und Charity erklärte: »Ich kann mich täuschen, aber ich bin fast sicher, daß hier unten beinahe die gesamte NATO-Logistik abgespeichert ist.« Sie machte eine Handbewegung auf den Bildschirm. »Jedes Waffenlager, jeder Flugplatz, jeder geheime Stützpunkt ... Einfach alles.«

»Ich fürchte, ich verstehe nicht«, sagte Barler.

Charity deutete erregt auf den Bildschirm. »Sie haben uns geschlagen, Barler«, sagte sie erregt. »Und wir haben ihnen auch noch dabei geholfen, indem wir ihnen die Tür aufgemacht haben. Sie haben unsere gesamte Verteidigung mit einem Schlag lahmgelegt, aber sie *existiert* noch. Begreifen Sie? Es ging alles viel zu schnell, als daß wir uns wirklich hätten wehren können, aber das meiste von dem, was wir hatten, ist immer noch da.«

»Sie meinen ... Waffen?« fragte Barler.

»Waffen, Flugzeuge, Schiffe, Vorratsdepots, Treibstofflager … Was immer Sie wollen. Es gab eine Menge geheimer Lager damals, und ich schätze, als die Militärs begriffen, daß sie den Kampf verloren haben, haben sie noch eine ganze Menge mehr versteckt.«

Barlers Augen weiteten sich, als begreife er erst jetzt, was ihr Fund wirklich bedeutete. »Und hier ist …«

»Alles aufgezeichnet«, bestätigte Charity. »In diesen Computern dürfte die exakte Position jeder geheimen Basis und jedes Depots verzeichnet sein, die es in Westeuropa gab.«

»Aber dann …« Barlers Stimme überschlug sich fast vor Aufregung. »Dann könnte man eine Armee ausrüsten.«

»Theoretisch – ja«, sagte Charity leise.

»Was soll das heißen?«

»Ich weiß nicht, wie wir an diese Informationen herankommen.« Charity machte eine Handbewegung, die den ganzen Raum einschloß. »Das meiste von dem Zeug funktioniert wahrscheinlich nicht mehr. Und die meisten Daten dürften verschlüsselt sein.«

»Könnten Sie es schaffen?« fragte Barler.

Charity lächelte humorlos. »Wenn ich ein bißchen mehr von Computern verstehen würde und wenn ich genug Zeit hätte …«

»Wieviel Zeit?« wollte Barler wissen.

»Erinnern Sie sich an meine Antwort an Jean, als er fragte, wie lange er wahrscheinlich gebraucht hätte, den Panzer zu knacken?« fragte Charity statt einer direkten Antwort.

»Sie meinen …«

»Ich meine, daß es auf jeden Fall sehr schwierig sein dürfte, mit dem, was wir hier gefunden haben, wirklich etwas anzufangen.« Sie seufzte. »Es tut mir leid, wenn ich Sie jetzt enttäusche, aber das alles hier …« Sie zuckte mit den Achseln. »Vielleicht ist es besser so.«

»Wir haben ein paar Leute, die sich mit Computern auskennen«, bemerkte Barler nachdenklich.

»Und wenn?« Charity zuckte erneut mit den Achseln und

wandte sich von dem Pult ab. »Glauben Sie mir, Barler, es würde Ihnen nicht sehr viel nutzen. Sie kommen ja nicht einmal aus dieser Stadt heraus.«

»Das stimmt«, antwortete Barler. Plötzlich verdunkelte sich sein Gesicht vor Zorn. »Weil wir wehrlos sind. Weil wir nur leben, solange sie es uns gestatten. Sollen wir damit gegen sie kämpfen?« Er schlug ärgerlich mit der flachen Hand auf die Pistolentasche an seinem Gürtel. »Wenn wir mehr von diesen Panzern hätten, den Jean auf der Insel gefunden hat, oder ein paar vernünftige Geschütze …«

Charity verbiß sich die Antwort, die ihr auf der Zunge lag. Sie verstand Barlers Reaktion; aber sie stimmte sie eigentlich nur traurig. Mit Waffen war der Krieg gegen die Invasoren nicht zu gewinnen.

»Und es geht nicht nur darum«, fuhr Barler fort. »Ich weiß, was die NATO war. Die Militärs haben nicht nur Waffen hinterlassen. Es gibt so viel, was wir brauchen, so viel, was wir lernen könnten – und alles ist hier.«

»Ja«, seufzte Charity. »Ich weiß nur nicht, was wir damit anfangen sollen.«

»Wir haben Zeit«, widersprach Barler. »Sie und Ihre Freunde können bei uns bleiben. Sie können uns helfen.«

»Ich fürchte, genau das können wir nicht«, antwortete Charity matt. »Wir wären nur eine Gefahr für Sie. Früher oder später werden sie herausbekommen, wo wir sind, und dann werden sie kommen und nach uns suchen.«

»Früher oder später vielleicht«, antwortete Barler, »aber bis es soweit ist, können Sie uns helfen. Und wir Ihnen.« Er zögerte einen Moment, dann fragte er: »Können Sie diese Mikrowellen-Barriere abschalten?«

Charity nickte.

»Dann tun Sie es bitte«, sagte Barler. »Ich werde ein paar Leute hierherschicken, die sich mit diesen Geräten auskennen. Wenn Sie wollen«, fügte er hinzu, »warte ich damit auch, bis Sie die Stadt verlassen haben.«

»Warum nicht?«

Charity war nicht sehr wohl bei dem Gedanken. Ohne einen Grund dafür nennen zu können, hatte sie das Gefühl, daß es ein Fehler gewesen war, diese Station aus ihrem Dornröschenschlaf zu wecken. Plötzlich wollte sie gehen. Sie hatte das Gefühl, ersticken zu müssen, wenn sie auch nur noch eine einzige Minute in diesem Saal blieb. Mit einem Ruck wandte sie sich gänzlich um und schritt wieder zum Ausgang, blieb dann aber noch einmal stehen, als ihr Blick den mumifizierten Leichnam eines Marinesoldaten streifte. Sie zögerte und bückte sich dann, um die Waffe des Toten an sich zu nehmen.

Es war ein schwerer Gamma-Laser. Sie überprüfte seine Ladung, blickte aufmerksam durch die Zieloptik und hängte sich die Waffe dann über die Schulter.

Barler sah sie fragend an. »Wollen Sie den *Ameisen* jetzt ganz allein den Krieg erklären?«

Charity schwieg. Sie wußte die Antwort nicht. »Sie wollten mir die *Mauer* zeigen«, sagte sie knapp.

9

Kyle war fünf Jahre alt gewesen, als er die Trainingskuppel das erste Mal betrat. Vieles hatte sich verändert seit jener schrecklichen Nacht, in der man ihm seine Mutter und seine Welt weggenommen hatte. Manchmal erinnerte er sich noch, daß es eine Zeit gegeben hatte, in der der Himmel über ihm blau statt grün gewesen war und in der sich nicht die starre Chitinmaske einer Riesenameise, sondern ein weiches Gesicht über ihn beugte, wenn er vor Hunger oder Müdigkeit schrie.

Aber die Erinnerungen – und die Träume, die ihn anfangs geplagt hatten – kamen immer seltener. Er begann zu vergessen, seine Erinnerungen wurden ausgelöscht. Und es geschah jetzt nur noch ganz selten, daß er plötzlich das Gefühl hatte, nicht hierher zu gehören.

Dafür begann er so schnell und spielerisch zu lernen, wie nur Kinder lernen konnten. Er begriff nicht wirklich, was er lernte, aber das Wissen wurde in seinem Gedächtnis abgespeichert, bereit für den Tag, an dem er es brauchen würde. Man lehrte ihn, schwierige Entscheidungen und komplizierte Denkvorgänge auf jener Ebene seines Geistes ablaufen zu lassen, die normalerweise nur unbewußtem Denken vorbehalten war. Außerdem lernte er seinen Körper perfekt zu beherrschen und seine Gefühle perfekt zu beherrschen.

Bald wußte er auch, daß die harten, schwarzen Geschöpfe, die ihn in den ersten Tagen und Wochen so erschreckt hatten, nicht seine Feinde waren. Sie waren auch nicht seine Freunde, denn manchmal fügten sie ihm Schmerz zu, aber wenn sie nicht kamen, um ihn in einen jener schrecklichen Räume zu bringen, in denen es scharfe Messer und dünne, lange Nadeln gab, die in sein Fleisch bissen, dann waren sie seine gehorsamen Diener, die fast jeden seiner Wünsche erfüllten. Im Alter von zweieinhalb Jahren hatte er gelernt, zusammenhängende

Sätze zu sprechen, und für eine Weile hatte es ihm große Freude bereitet, dem Tyrannen, der in jedem Kind verborgen war, freien Lauf zu lassen und die schwarzen, großen Wesen alles tun zu lassen, was ihm gerade einfiel. Einige hatte er gegeneinander kämpfen lassen, bis eines tot und blutend am Boden lag, und für eine Weile hatte er große Freude an diesem Spiel gefunden. Später hatten sie ihm dann Waffen gegeben und ihn gegen die schwarzen Kolosse antreten lassen. Und obwohl sie sich wehrten, hatte er sie erschlagen. Dann hatten sie ihn eines Tages wieder in jenen schrecklichen Schmerzraum gebracht, und als er aus der Bewußtlosigkeit, die jedem dieser Besuche unweigerlich folgte, erwachte, da hatte er schlagartig begriffen, daß diese Geschöpfe weder seine Spielzeuge noch seine Sklaven, sondern seine *Diener* waren. Wesen, die kaum mehr wert waren als Maschinen, und doch war es schlecht, sie aus einer puren Laune heraus zu zerstören, und er hatte damit aufgehört.

Als er fünf Jahre alt war, spürte er zum ersten Mal die Berührung des Todes.

Niemand hatte ihm je gesagt, wie lange er hier war oder wie lange er hier noch bleiben würde.

Niemand hatte ihm je gesagt, was ein Jahr war oder ein Monat oder ein Tag.

Er hatte einen Freund. Sein Name war Mark. Eigentlich waren sie Einzelgänger, Einzelkämpfer, die keinerlei Gefühle kennen durften. Aber Mark und er waren oft zusammen, wenn es ihre Trainingsstunden erlaubten, und er fühlte sich auf eine schwer verständliche Weise zu dem dunkelhaarigen Jungen hingezogen, der etwas größer und kräftiger war als er. In seinem Inneren spürte Kyle, daß dieses Gefühl verwerflich war, gleichzeitig bewahrte er es aber in seinem Herzen auf wie einen Schatz, sein großes Geheimnis, von dem niemand etwas wußte, nicht einmal die Diener. So oft es ihre Zeit zuließ, trafen sich die beiden; ein Verhalten, das von den Dienern zwar nicht gern gesehen, aber akzeptiert wurde.

Da sie jung waren, durften sie nur in der ersten der drei riesigen Silberkuppeln üben; einem gewaltigen, künstlich geschaffenen Gelände voller wechselnder Temperaturen, wechselnder Lichtverhältnisse und wechselnder Schwerkraft, in dem mannigfaltige Gefahren lauerten. Obwohl die Dienerkreaturen, die für seine Ausbildung verantwortlich waren, es niemals unterlassen hatten, ihn auf die Gefahren hinzuweisen, die in dieser künstlichen Welt lauerten, hatte Kyle doch die Zeit, die er bisher hier verbracht hatte, als eine Art großes Abenteuer betrachtet, ein gefährliches, aber aufregendes Spiel, das ihm immer wieder neue Herausforderungen bescherte. Kyle und Mark unterschätzten es keinen Augenblick. Der Tod gehörte zu ihrem Tagesablauf wie die morgendlichen Meditationsübungen und die Stunden im Schlaftrainer. Sie hatten mehr als einen ihrer Gefährten in der Kuppel sterben sehen. Auch Kyle war mehrmals verletzt worden, aber nie so schwer, daß sein bereits erstaunlich regenerationsfähiger Körper nicht damit fertig geworden wäre. Die Dienerkreaturen betraten diese Kuppeln fast nie; und wenn dann nur, um einen Toten fortzuschaffen oder einzugreifen, wenn sich einer der Schüler regelwidrig verhielt.

Der Weg, den sie jedesmal zurücklegen mußten, führte zwischen niedrigen Sanddünen entlang, die beständig ihre Form wechselten und nicht immer nur aus Sand bestanden. Einmal hatte Marks hypersensibilisiertes Gehör ihn gewarnt, sich einem harmlos aussehenden Hügel zu nähern. Aus sicherer Entfernung hatten sie dann in die Düne einen Stein geworfen, worauf der Sand explodierte und eine Armee kleiner, aber tödlicher Insektenwesen zum Vorschein gekommen war.

Sie hatten den Parcours fast hinter sich gebracht, als der *Schneider* auftauchte. Mark und er hatten das zweieinhalb Meter hohe Maschinenwesen, dem sie schon mehrmals begegnet waren, in stiller Übereinkunft so getauft, denn es hatte zwar einen glitzernden Eisenkörper, der entfernt an den der Dienerkreaturen erinnerte, bestand aber zum größten Teil aus rasiermesserscharfen Klingen und Schneiden, die in allen nur denkbaren Winkeln rotierten und zuckten. Das Geschöpf war nicht besonders schnell, aber es hatte wenig Sinn, vor ihm davonzulaufen, denn es kannte weder Müdigkeit noch Erschöpfung und verfolgte sein Opfer unerbittlich. Die kleinen, handlichen Strahlenpistolen, mit denen Kyle und seine Gefährten ausgerüstet waren, waren gegen dieses Maschinengeschöpf nutzlos. Dennoch besaß es eine verwundbare Stelle: An seinem Hinterkopf gab es einen kleinen, gelben Schalter, den es zu erreichen oder mit einem geschickten Steinwurf niederzudrücken galt, um es sofort zur Salzsäule erstarren zu lassen.

Als Mark und Kyle das charakteristische Rasseln und Klirren des *Schneiders* hörten, wichen sie automatisch auseinander, damit das Geschöpf sie nicht beide gleichzeitig angreifen konnte und zumindest einer die Gelegenheit fand, ihn außer Gefecht zu setzen. Sie hatten viel gelernt, aber sie hatten noch nicht ganz begriffen, daß es nichts gab, was vorhersehbar war. Als der *Schneider* zwischen den beiden Dünen vor ihnen erschien, da warteten Mark und Kyle darauf, daß er einen Herzschlag lang zögern und sich dann auf einen von ihnen stürzen würde.

Aber statt dessen erstarrte er für Momente, blickte sie aus seinen kalten, elektronischen Augen an – und zerfiel in zwei Teile. Aus dem plumpen, zwei Meter hohen Stahlkoloß wurden zwei hüpfende, metallene Ellipsoide, die von einem Kranz schwirrender Klingen und rotierender Messer umgeben waren.

Kyle registrierte die Gefahr instinktiv. Blitzschnell ließ er sich zur Seite fallen, sah aus den Augenwinkeln, daß das heranrasende Maschinenungetüm die Bewegung nachvollzog und warf sich noch im Sprung herum. Die stählernen Klingen des *Schneiders* wischten an ihm vorüber. Sofort war Kyle wieder auf den Beinen. Noch während sich der halbierte *Schneider* auf der abschüssigen Ebene aus Sand herumzudrehen versuchte, überwand Kyle die Entfernung zu ihm mit einem gewaltigen

Sprung und packte zwei der rasiermesserscharfen, gebogenen Klingen. Mit aller Macht warf er sich zurück, zog die Knie an den Körper und stieß die Beine fast im gleichen Sekundenbruchteil wieder vor. Ein scharfer Schmerz schoß durch seinen linken Fuß, als sich ein Metalldorn tief hineinbohrte, aber der plötzliche Ruck brachte den *Schneider* aus dem Gleichgewicht. Für eine schreckliche halbe Sekunde hatte Kyle das Gefühl, daß es ihm nicht gelingen würde, den Koloß anzuheben, aber dann rollte er über die gekrümmten Schultern ab, und der *Schneider* verlor plötzlich den Boden unter den Füßen und segelte im hohen Bogen über Kyle hinweg. Er flog drei, vier Meter weit durch die Luft und prallte mit einem dumpfen Geräusch auf.

Ohne auf den Schmerz in seinem Fuß und seine blutenden Hände zu achten, sprang Kyle auf und fuhr herum. Der Roboter versuchte ebenfalls, auf die Füße zu kommen, aber es gelang ihm nicht. Seine dürren Stelzbeine knickten immer wieder ein, während die tödlichen Klingen wie in sinnloser Wut meterhohe Sandfontänen aus dem Boden rissen. Kyle betrachtete das mechanische Toben des künstlichen Ungeheuers noch eine Sekunde lang, ehe er sicher war, daß sich der *Schneider* nicht plötzlich erhob und sich wieder auf ihn stürzte, dann drehte er sich herum und hielt nach Mark und dessen Gegner Ausschau.

Sein Freund hatte weniger Glück gehabt als er. Er mußte zwar auch versucht haben, dem *Schneider* auszuweichen, aber der Roboter hatte ihn eingeholt und niedergeworfen. Kyle konnte lediglich ein Oval aus verchromtem Eisen sehen und Marks Beine, die unter dem Leib des mechanischen Killers hervorragten und heftig strampelten. Dann hörte er einen Schrei. Die Sandfontänen, die die Schwerter des *Schneiders* aufwirbelten, färbten sich plötzlich rot, und Marks Beine hörten auf, sich zu bewegen.

Kyle rannte schreiend los. Der *Schneider* ließ von seinem Opfer ab und wirbelte herum, die plötzlich blutbesudelten

Schwertklingen hoben sich, um sich dem neu aufgetauchten Gegner entgegenzustellen. Kyle hatte alles vergessen, was man ihm gesagt hatte, alles, was er über ein Verhalten in einer solch gefährlichen Situation gelernt hatte. Er wußte nur, daß Mark in Lebensgefahr war und daß er ihm helfen mußte. Mit einem Schrei stürzte er sich auf den *Schneider,* packte eine der rotierenden Sicheln und riß das Maschinenwesen daran herum. Diese Bewegung kostete ihn zwei Finger, aber er vermochte den Robot-Killer ein paar Meter davonzuschleudern. Mit einem gellenden Schrei setzte er der Maschine nach und trat mit beiden Beinen nach den dünnen, eisernen Füßen des Geschöpfes.

Der *Schneider* verlor das Gleichgewicht und krachte weniger als einen Meter neben ihm zu Boden. Eine dünne, rasiermesserscharfe Klinge zuckte nach Kyles Gesicht und riß seine Wange auf, aber gleichzeitig krachte seine eigene Faust auf den Schalter im Hinterkopf des Maschinenwesens und deaktivierte es.

Der *Schneider* erstarrte, plötzlich nichts weiter als ein totes Stück Metall.

Kyle stöhnte. Er hatte noch nicht gelernt, körperliche Schmerzen völlig abzuschalten, wohl aber, sie zu unterdrücken und zu beherrschen. Zitternd plagte er sich auf. Alles drehte sich um ihn, und sein Herz schlug wie rasend. Er blutete aus mehreren Wunden, und er spürte, wie seine Kräfte nachließen. Trotzdem wankte er zu Mark hinüber.

Mark war noch bei Bewußtsein. Er blutete aus einem Dutzend verschiedener Wunden, und der feine Sand, auf dem er lag, sog das dunkle Rot wie ein gewaltiger Schwamm auf. Er bewegte die Lippen, als Kyle neben ihm auf die Knie fiel und sich über ihn beugte, brachte aber keinen Ton heraus. Dann sah Kyle, warum: Eine der Klingen hatte seine Kehle durchschnitten. Die Wunde schien ihn wie ein klaffender, roter Clownsmund anzugrinsen. In Marks Augen trat ein Ausdruck unsagbarer Qual.

Er starb.

Verzweifelt beugte Kyle sich über seinen Freund und preßte die Hand auf die furchtbare Wunde in seinem Hals. »Mark!« schrie er. »Nicht atmen! Versuche, nicht zu atmen! Konzentriere dich!«

Kyle sah die Panik in Marks Blick, und er begriff, daß die schiere Todesangst seinen Freund alles vergessen ließ, was sie ihnen beigebracht hatten. Für einen Moment drohte auch ihn die Panik zu übermannen. Er wußte plötzlich, daß Mark sterben würde, aber das *durfte* nicht geschehen! Nicht Mark! Nicht das einzige Geschöpf auf der ganzen Welt, das ihm noch irgend etwas bedeutete!

»Stirb nicht!« rief er verzweifelt. »Konzentriere dich! Du weißt, wie es geht! Reiß dich zusammen, du Idiot!«

Irgend etwas geschah mit dem Licht. Es wurde heller, als hätte sich plötzlich der Lichtkegel eines gewaltigen Scheinwerfers auf Kyle und seinen sterbenden Freund gerichtet. Und plötzlich erscholl eine dröhnende, nach Eisen klingende Stimme direkt vom Himmel herab:

»Kyle! Was tust du da?«

Kyles Kopf schoß mit einem Ruck in die Höhe. Mit Tränen in den Augen starrte er den Himmel über sich an, der plötzlich nicht mehr blau war, sondern die silberne Farbe des Metalls zeigte, aus dem er in Wahrheit bestand. Ein dunkler Schatten bewegte sich rasend schnell auf ihn zu.

»Mark!« schrie Kyle und fuhr fort, den Jungen zu schütteln. »Konzentriere dich! Versuche, nicht zu atmen! Der Sauerstoff in deinem Blut reicht. Du kannst damit leben, lange genug, um die Wunde zu schließen. *Tu es! Tu es endlich!«*

Er schüttelte Mark wie besessen, aber der Junge reagierte nicht mehr. Er konnte es nicht mehr.

Mark war tot. Die Erkenntnis brachte Kyle fast um den Verstand. Er schrie auf, begann, Mark noch heftiger zu schütteln, und schlug ihn schließlich mit der flachen Hand ins Gesicht, als könne er das Leben in ihn zurückprügeln.

Das dunkle Ding am Himmel wurde größer, setzte mit einem heulenden Laut auf dem Kamm des künstlichen Sandhügels hinter ihm auf und teilte sich, und die spinnengliedrigen Gestalten von zwei Dienerkreaturen eilten auf ihn zu.

Kyle fuhr herum. Plötzlich schlug sein verzweifelter Zorn in Haß um, eine ziellose, brodelnde Wut, die durch nichts zu besänftigen war. Mit einem gellenden Schrei riß er seine Waffe hoch, gab einen Schuß auf eine der beiden Dienerkreaturen ab und warf sich zur Seite, als sie mit einem Schmerzlaut zusammenbrach und die andere eine plumpe Waffe hob und auf ihn richtete.

Die gewaltige *Ameise* hatte keine Chance. Der Schmerz gab Kyle übermenschliche Kräfte. Er rollte sich über die Schulter ab, feuerte noch aus der Bewegung heraus auf die Dienerkreatur und registrierte mit grimmiger Befriedigung, wie sie ihre Waffe fallenließ und mit einem schmerzerfüllten Pfeifen zurücksprang. Blitzartig schwenkte er die kleine Strahlenpistole wieder herum und feuerte auf die andere *Ameise,* die auf die Füße zu kommen versuchte. Er traf auch diesmal, und wenn die Leistung des kleinen Strahlers auch längst nicht groß genug war, das gepanzerte Geschöpf zu verletzen, so fügte sie ihm doch großen Schmerz zu. Die *Ameise* stürzte zum zweitenmal, schlug alle vier Hände gegen das Gesicht und begann, hoch und schrill zu zischeln.

Als Kyle sich herumdrehte, um auch die zweite Dienerkreatur endgültig niederzustrecken, traf ihn ein weißblauer Blitz, der direkt aus dem Himmel herabfuhr und sein Bewußtsein im Bruchteil einer Sekunde auslöschte.

»Die Mauer.« Barler deutete auf den Waldrand: »Sie wollten sie doch sehen, oder?«

Sie waren nicht wieder zur U-Bahn-Station zurückgekehrt, nachdem sie das zerstörte Botschaftsgebäude verlassen hatten, sondern eine gute Viertelstunde in die entgegengesetzte

Richtung marschiert. Der Dschungel war beständig dichter geworden, und Charity war klar geworden, daß sie sich der Grenze der Freien Zone nähern mußten. Jetzt lag sie vor ihnen.

Der Dschungel endete nach weiteren zwei oder drei Schritten abrupt, und dahinter begann ... ja, was eigentlich?

Ein Energieschirm? Eine Kuppel aus flimmernder Moroni-Magie?

Unsinn.

Vor ihr war ... nichts. Nichts und vielleicht das Erstaunlichste, das sie je zu Gesicht bekommen hatte.

Obwohl sie jetzt nur noch einen guten Meter von der unsichtbaren Grenze entfernt war, konnte sie sie nicht sehen. Es gab keine Linie verbrannter Pflanzen, keinen unsichtbaren Widerstand, der das wuchernde Grün zurückhielt – nichts. Unmittelbar vor ihr war der Boden mit einem Teppich aus Flechten, Wurzeln und Moos bedeckt, und einen Meter dahinter erstreckte sich nichts als der Beginn einer öden, leicht ansteigenden Gras- und Trümmerlandschaft, die irgendwo in schwer zu schätzender Entfernung mit dem Himmel verschmolz. Einen Moment lang fragte sich Charity, welchen Anblick die Energiekuppel wohl von außen bieten mochte, hätte es jemanden gegeben, der sie beobachtete. Die Welt außerhalb sah allerdings eher so aus, als wäre das am höchsten entwickelte Leben ein Grashalm. Wo einmal die Vororte von Paris gewesen waren, breitete sich nur noch eine einzige riesige Trümmerlandschaft aus. Nach kurzem Suchen fand Barler einen Ast, den er abbrach und im hohen Bogen auf die Trümmerlandschaft hinauswarf.

Er erreichte sie nie.

Als er die unsichtbare Grenze berührte, in der der Dschungel in dieses graue, triste Land überging, verschwand der Ast.

Es geschah auf sonderbare Weise völlig undramatisch. Kein Funkenregen entstand, keine rauchenden Trümmer oder rieselnder Staub – gar nichts. Das Stück Holz war schlicht und einfach verschwunden. Charity blickte den Franzosen betroffen an. »Funktioniert das ... umgekehrt genau so?« fragte sie.

Barler nickte. »Nichts kommt hinaus und nichts hinein.«

Statt direkt darauf zu antworten, nahm sie den Gamma-Laser von der Schulter, den sie aus der Botschaft mitgenommen hatte, entsicherte ihn und richtete den Lauf der Waffe auf die verkohlte Ruine eines zweistöckigen Hauses, keine fünfzig Schritte von ihr entfernt. Barler sah ihr stirnrunzelnd zu, sagte aber auch dann nichts, als Charity abdrückte und der dünne, blauweiße Energiestrahl in die Wand des Gebäudes einschlug und ein fast metergroßes Loch hineinbrannte.

Charity senkte die Waffe, zögerte einen Moment und hängte sie sich dann wieder über die Schulter, nachdem sie sie gesichert hatte.

»Und was beweist das jetzt?« fragte Barler.

»Nichts«, gestand Charity nach kurzem Zögern. »Außer vielleicht, daß diese Mauer nicht ganz so undurchdringlich ist.«

Barler lachte humorlos. »Das ist ein Laser, nicht wahr?« fragte er mit einer Geste auf das Gewehr. Er hatte eine gleichartige Waffe über der Schulter hängen, die er wie sie aus der Botschaft mitgebracht hatte, hatte ihr aber bisher nur einen flüchtigen Blick geschenkt.

Charity nickte.

»Im Grunde nichts anderes als konzentriertes Licht«, fuhr Barler fort. »Daß die Mauer Licht durchläßt, habe ich nie bestritten. Dummerweise nutzt uns das überhaupt nichts.«

»Ich weiß«, gestand Charity niedergeschlagen. Sie blickte auf die unsichtbare, tödliche Trennlinie, die die verwüstete Stadt vom Rest einer vielleicht ebenso verwüsteten Welt trennte. »Wie weit reicht diese Mauer?« fragte sie.

Barler zuckte mit den Achseln. »Keiner von uns war je auf der anderen Seite des Flusses«, antwortete er. »Aber es muß eine Halbkugel sein. Ich schätze, daß sie einen Durchmesser von vielleicht hundert Kilometern hat.«

Charity überlegte einen Moment. »Das bedeutet ...«

»Daß ihr Zentrum ungefähr unter dem Eiffelturm liegen muß«, bestätigte Barler.

Charity sah ihn verwirrt an. »Manchmal«, sagte sie, »frage ich mich allen Ernstes, ob Sie Gedanken lesen können.«

Barler lächelte flüchtig. »Es ist nicht besonders schwer. Vor allem nicht, wenn es die gleichen Gedanken sind, die ich auch schon hundertmal hatte.«

»Niemand hat jemals diese Wand durchbrochen?« fragte Charity.

Barler schüttelte den Kopf. »Niemals.«

»Und Sie und all die anderen, die in der Freien Zone leben? Wie sind Sie hierhergekommen?«

Barler schwieg einen Moment. »Ich?« Er lächelte schmerzlich. »Ich weiß es nicht. Ich erinnere mich, an einem anderen Ort geboren zu sein. Aber es ist zu lange her, als daß ich sicher wäre, ob es wirklich so war oder ob ich es mir nur einbilde. Solange ich mich wirklich erinnern kann, lebe ich hier. Und die anderen auch.« Er winkte ab, als sie ihn unterbrechen wollte. »Es ist einfacher, wenn ich Ihnen den Rest *zeige,* Miss Laird.«

Wieder blickte Charity auf die unsichtbare Mauer. Irgend etwas an Barlers Geschichte stimmte nicht. Sie wollte eine weitere Frage stellen, aber Barler deutete in die Richtung, aus der sie gekommen waren. »Lassen Sie uns gehen«, sagte er. »Der Rückweg ist weit, und ich möchte nicht, daß Ihre Freunde anfangen, sich Sorgen um Sie zu machen.«

10

»War das der Moment?«

Die weiße Ameisengestalt des Inspektors wandte den Kopf und blickte fragend auf Stone herab, und er fügte mit einer erklärenden Geste auf die reglose, nackte Gestalt auf dem chromschimmernden Untersuchungstisch hinzu: »Der Fehler in seiner Konditionierung?«

Der Inspektor zögerte einen Moment, als wäre er sich nicht ganz schlüssig, was er antworten sollte. Dann machte er eine Bewegung, die wohl seine Entsprechung zu einem menschlichen Kopfschütteln war.

»Nein. So etwas kommt vor. Nicht sehr oft, aber es kommt vor. Er war noch sehr jung damals, und es war noch zu viel von einem Menschen in ihm. Es muß später noch etwas anderes geschehen sein, etwas, von dem wir nichts wissen. Dieser Vorfall war uns bekannt.«

Stone wandte sich nachdenklich ab und sah wieder den bewußtlosen Megamann an. Obwohl Kyles Wille so sicher ausgeschaltet war wie eine Maschine, deren Stecker man herausgezogen hatte, spürte er immer noch Furcht vor der schlanken Gestalt. Waren es seine eigenen Schuldgefühle Kyle gegenüber – oder beruhte seine Beunruhigung auf dem sicheren Wissen, daß Kyle auch jetzt noch gefährlich war?

Sein Blick löste sich vom Gesicht des Megamannes, das im Schlaf sonderbar friedlich und entspannt wirkte, und suchte den großen Schirm über dem Bett, auf dem Kyles Gedanken umgesetzt in Bilder und Worte zu sehen waren. Im Moment erkannte er nichts als ein sinnloses Durcheinander von Bewegung, Farben und Formen. Er fragte sich, ob diese furchteinflößende Gedankenmaschine bei jedem Menschen funktionierte.

Vielleicht war es auch gar nicht Kyle, sondern diese Umgebung, die ihm Angst machte. Alles hier war so ... anders. So völlig verschieden von dem, was er in den letzten Jahren gesehen hatte. Selbst er, der vielleicht mächtigste Mensch auf diesem Planeten, hatte bisher nur wenig von der übermächtigen Technologie der Invasoren zu Gesicht bekommen. Und das wenige, was er gesehen hatte, war eher verwirrend als beeindruckend gewesen. Eine Technologie, die der der Erde des 20. Jahrhunderts in manchen Punkten überlegen, in anderen unterlegen war, die aber auf dem rücksichtslosen Einsatz von Material und Energie beruhte.

Was Stone in dieser Basis im Schatten des Eiffelturms gesehen hatte, das überstieg alles, was er sich in seinen kühnsten Träumen hatte vorstellen können. Es schien hier nichts zu geben, das nicht möglich war, nichts, das nicht von Maschinen und lautlos arbeitenden Computern erledigt wurde. Nicht zum ersten Mal, seit er aus den Schlaftanks der unterirdischen Bunkerstation gestiegen war und sich den Invasoren angeschlossen hatte, fragte er sich, wer sie *wirklich* waren, ohne aber eine Antwort zu finden.

»Wie lange wird die Untersuchung noch dauern?« fragte er.

»Bis wir gefunden haben, wonach wir suchen«, antwortete der Inspektor ruhig. »Es muß einen Fehler gegeben haben. Irgendein Vorfall, der übersehen wurde. Wir müssen wissen, was es war.«

»Das kann Wochen dauern«, sagte Stone ernst.

»Das stimmt«, antwortete der Inspektor.

»Und bis dahin ist Captain Laird wahrscheinlich schon tausend Meilen entfernt«, sagte Stone. »Oder auf einem anderen Kontinent.«

Der Inspektor wandte langsam den riesigen, dreieckigen Schädel und starrte ihn aus seinen kalten Facettenaugen an. »Der Aufenthaltsort von Captain Laird und ihren Begleitern ist uns bekannt«, sagte er.

Stone riß erstaunt die Augen auf. »Ihr wißt, wo ...«

»Die Gesuchten befinden sich in der Freien Zone.«

»Warum stehen wir dann noch hier herum?« fragte Stone erregt. »Wieso schickt ihr niemanden hin, um sie zu holen?«

»Dazu besteht im Augenblick keine Notwendigkeit«, antwortete der Inspektor.

Sie benutzten wieder die Metro, um zurückzufahren, aber sie stiegen an einer anderen Station aus. Auch an ihr waren die vergangenen fünfeinhalb Jahrzehnte nicht spurlos vorübergegangen, und trotzdem machte alles einen sauberen, ja fast gepflegten Eindruck. Die elektrische Beleuchtung brannte, zu ihrer großen Überraschung funktionierte sogar die Rolltreppe noch.

Es war fast dunkel, als sie ins Freie traten. Die Sonne war bereits hinter dem Horizont verschwunden, und das Licht war so dunkelgrün geworden, daß es beinahe schwarz wirkte; ein bizarrer Anblick, der Charity mehr als alles andere die absolute Fremdartigkeit dieser Welt verdeutlichte.

Um so erstaunlicher wirkte das, was sich rings um den alten Metroschacht erstreckte: eine fast völlig intakte Stadt. Wäre dieses unheimliche, schwarzgrüne Licht nicht gewesen, dann hätte sie meinen können, sich in einer Stadt des 20. Jahrhunderts zu befinden. Die Straße war breit und leer. Das einzige Grün, das sie sah, waren Pflanzen in liebevoll aufgestellten Kübeln. Doch als Charity sich aufmerksamer umblickte, merkte sie, daß einige Fenster geschwärzt und einige Dächer eingestürzt waren.

Erstaunt sah sie Barler an, und diesmal gelang es dem Franzosen nicht mehr ganz, den Ausdruck von Stolz von seinen Zügen zu vertreiben. »Das ist also die Freie Zone?«

Barler nickte. »Was haben Sie erwartet? Ein paar verdreckte Steinzeitmenschen, die in Ruinen ohne Dächer hausen?«

»Natürlich nicht«, antwortete Charity hastig. »Ich bin nur ein wenig überrascht. Ich habe drüben in Amerika andere Städte gesehen.«

»So?«

»Kommen sie niemals hierher?«

»Die *Ameisen*?« Barler schüttelte den Kopf. »Niemals. Jedenfalls nicht freiwillig.« Ein Schatten huschte bei diesen Worten über sein Gesicht. »Warum sollten sie auch?« fuhr Barler fort. »Wir tun ihnen nichts, und sie uns nichts. Das hier ist die Freie Zone.«

»Und Sie haben niemals versucht auszubrechen?«

Barler schürzte abfällig die Lippen. »Sie haben die Mauer gesehen, oder?«

Charity antwortete nicht mehr, sondern folgte dem Franzosen über die breite Straße auf ein mehrstöckiges weißes Gebäude zu. Obwohl es ebenfalls alt war und die Spuren schwerer Beschädigungen zeigte, die nur unzureichend beseitigt worden waren, machte es irgendwie einen offiziellen Eindruck. Eine geborstene Marmortreppe führte zu seinem Eingang hinauf. Die Halle lag im Schein einer doppelten Reihe Neonröhren. Charity begriff, daß sie sich in einem ehemaligen Hotel aufhielt. Die ehemalige Rezeption war noch erhalten, aber dahinter erhoben sich ein paar kleine Monitore.

»Das ist unsere Verwaltung«, erklärte Barler, dem ihr erstaunter Blick nicht entgangen war.

Charity sah noch einmal auf die Monitore. Sie war zu weit davon entfernt, um Einzelheiten erkennen zu können, aber es war unschwer zu sehen, daß die Kameras eine Anzahl großer Plätze zeigten, die sich kaum von der Straße unterschieden, die sie gerade überquert hatten.

»Was ist das?« fragte sie spöttisch. »Ein Verkehrsleitsystem?«

Barler sah sie verständnislos an. »Es gibt auch hier ein paar Orte, die wir besser ständig im Auge behalten«, antwortete er. »Aber das erkläre ich Ihnen alles morgen. Jetzt bringe ich Sie zu Ihren Freunden.«

Charity wollte weitergehen, als eine Bewegung auf einem der Monitore ihre Aufmerksamkeit erweckte. Es war ein winziger, zweidimensionaler Schirm mit einem ziemlich miserablen

Bild. Aber trotz aller Störungen und Streifen konnte sie die schwarzen Chitingestalten erkennen, die sich zwischen den Häusern bewegten …

»Sagen Sie, Barler«, sagte Charity. »Habe ich Sie falsch verstanden, oder haben Sie vor kaum zehn Minuten behauptet, sie kämen niemals hierher?«

Barler blickte sie einen Moment lang betroffen an, und dann weiteten sich seine Augen überrascht, als sein Blick auf den Monitor fiel. Ein erschrockener Ausdruck huschte über seine Züge, aber er sagte nichts, sondern war mit zwei Schritten bei dem betreffenden Bildschirm und löste einen altertümlichen Telefonhörer von der Gabel des Apparates, der darunter angebracht war. Charity versuchte vergeblich, die Worte zu verstehen, die er mit dem Teilnehmer am anderen Ende der Verbindung wechselte, nachdem er hastig eine Nummer gewählt hatte, aber Barler sprach so schnell, daß sie nichts von dem mitbekam, was er sagte.

Aber er wirkte deutlich verärgert, als er einhängte und sich wieder herumdrehte.

»Probleme?« fragte Charity spöttisch.

»Nein«, antwortete Barler gereizt. »Ich hatte lediglich befohlen, daß man diese Kamera abschaltet. Irgendein Narr hat es nicht getan.«

»Warum?« fragte Charity.

»Damit Sie es nicht sehen«, antwortete Barler geradeheraus.

Die Offenheit dieser Antwort überraschte Charity. »Damit wir was nicht sehen?«

»Die Moroni«, sagte Barler. »Bitte, verstehen Sie das jetzt nicht falsch. Ich war einfach der Meinung, daß es besser ist, wenn ich Ihnen und Ihren Freunden alles der Reihe nach zeige. Manches von dem, was Sie hier bei uns sehen, wird Sie verwirren.«

»Das stimmt«, bestätigte Charity. »Es … verwirrt mich in der Tat, Wesen hier zu sehen, von denen Sie behauptet haben, daß sie niemals über den Fluß kämen.«

»Das tun sie auch nicht«, sagte Barler. »Was sie gebracht haben, was ...« Er brach ab, sah sie einen Moment nachdenklich an und schien nach den richtigen Worten zu suchen. »Sie haben mich vorhin gefragt, woher wir kommen«, sagte er schließlich. »All diese Menschen hier.« Er lächelte matt und deutete auf den Monitor, dessen Bild in der gleichen Sekunde erlosch, als wäre seine Bewegung der Auslöser gewesen. »Von dort.«

Charity verstand nicht.

»Manchmal kommen sie hierher«, fuhr Barler fort. »Sie ... bringen Kinder. Jungen, Mädchen ... meistens Säuglinge. Wir wissen nicht, wo sie herkommen oder warum sie das tun. Sie bringen sie einfach. Viele sind krank, viele sterben – aber die meisten bekommen wir durch.« Er seufzte. »Ich hätte es Ihnen gerne auf eine andere Art und Weise gezeigt, aber das Geheimnis der Freien Zone ist, daß sie uns hierher bringen, ohne daß einer weiß, warum.«

»Aber ich«, murmelte Charity. »Jedenfalls ... glaube ich es.«

Diesmal war es Barler, der *sie* fragend ansah.

»Die Kinder, von denen Kyle erzählt hat«, murmelte Charity, mehr zu sich selbst als an Barler gewandt. »Wir ... haben uns gefragt, was sie mit all den Kindern machen, die die Priesterinnen in das *Shai-Taan* bringen.«

»Was für Kinder?« fragte Barler. »Und was für Priesterinnen?«

Charity überhörte die Frage. »Die wenigsten werden zu Megakriegern gemacht«, fuhr sie fort. »Natürlich ... sie ... sie testen sie. Und die, die nicht geeignet sind, kommen hierher.«

Offensichtlich verstand Barler keine Silbe von dem, was Charity gesagt hatte. Aber er ging auch nicht darauf ein, sondern wandte sich um. Sie hatte erwartet, daß sie die breite Treppe ansteuern würden, aber Barler begab sich nach rechts und schritt auf einen der drei Aufzüge zu. Erstaunt registrierte Charity, daß sich die Türen selbsttätig öffneten, als er sich ihnen näherte, und die Kabine dahinter hell erleuchtet war.

»Sie überraschen mich immer mehr, Barler«, sagte sie, während sie hinter ihm in den Lift trat. Der Franzose lächelte, drückte den Knopf für die dritte Etage und drehte sich um, als die Türen zuglitten. »Für Sie mag das alles erstaunlich sein«, antwortete er. »Für mich ist es eher erbärmlich – wenn ich daran denke, wie es hier einmal aussah.«

Einen Moment lang schwieg Charity nachdenklich, dann fragte sie: »Woher wissen Sie, wie es war? Ich meine, einmal ganz abgesehen von dem Material, das Sie brauchen, um hier alles weiter funktionieren zu lassen – woher haben Sie das *Wissen*?«

Barler bedachte sie mit einem sonderbaren Blick. »Captain Laird, Sie sind ein sehr ungeduldiger Mensch, bitte warten Sie bis morgen. Ich werde dann alle Ihre Fragen beantworten.«

Die Kabine hatte die dritte Etage erreicht und hielt an. Auch hier oben brannte nur jede vierte oder fünfte Lampe, aber die Helligkeit reichte aus, um Charity erkennen zu lassen, daß sich das Gebäude in einem ausgezeichneten Zustand befand. Entweder hatte es hier im Inneren keine Kämpfe gegeben, oder man hatte sich alle Mühe gemacht, ihre Spuren zu tilgen. Einige der vielen Türen standen offen, und Charity konnte erkennen, daß man die früheren Hotelzimmer offenbar zu Lagerräumen umfunktioniert hatte. In manchen standen Schreibtische und große, gefüllte Aktenregale, andere waren mit Kisten und Kartons fast bis unter die Decke vollgestopft.

»Beute«, erklärte Barler spöttisch. »Diese Stadt muß einmal sehr reich gewesen sein. Wir sind ziemlich viele, und wir leben jetzt seit vierzig Jahren hier, und trotzdem finden wir immer noch genug, um zu leben.«

»Wie groß ist Ihre Bevölkerung?« erkundigte sich Charity.

Barler zuckte mit den Achseln. »Wir haben uns nie gezählt«, antwortete er, »aber wir müssen ungefähr zehntausend Menschen sein.«

Zehntausend, dachte Charity. Das war viel – und doch entsetzlich wenig, wenn sie bedachte, daß die *Shai*-Priesterinnen seit vierzig Jahren Kinder in das *Shai-Taan* brachten, die ihren Familien fortgenommen worden waren. Was um alles in der Welt geschah mit den anderen? Hatten sie sie wirklich bei ihren Bemühungen getötet, sie in Wesen wie Kyle zu verwandeln? Oder hatte Kyle sie belogen, als er behauptete, es gäbe nur sehr wenige wie ihn? Charity weigerte sich, an eine dieser Möglichkeiten zu glauben. Es mußte noch eine dritte Erklärung geben.

Barler blieb vor einer Tür am Ende des Korridors stehen. »Kommen Sie, Captain Laird«, sagte er. »Ihre Freunde warten sicherlich schon.« Er öffnete die Tür, und Charity trat an ihm vorbei in den dahinterliegenden Raum.

Skudder, Net und Gurk saßen an einem kleinen Tisch unter dem Fenster und diskutierten offensichtlich erregt mit Jean und einer dunkelhaarigen jungen Frau, die nur wenig älter als Net war und Jeans Worte in ein fast akzentfreies Englisch übersetzte. Sie unterbrachen ihr Gespräch, und Skudder und Net sprangen auf und kamen ihnen entgegen, während Gurk sitzen blieb und sie mit finsteren Blicken musterte.

»Charity!« sagte Skudder mit offenkundiger Erleichterung. »Wie geht es dir?«

Charity wollte antworten, aber Barler trat neben sie und legte ihr die Hand auf die Schulter. »Ich werde Sie jetzt allein lassen. Captain Laird kann Sie ja über alles informieren. Sie werden verstehen, daß ich noch eine Menge zu tun habe. Morgen früh stehe ich Ihnen dann zur Verfügung. Bis dahin werden sich Jean und Helen ...« Er deutete auf das dunkelhaarige Mädchen am Tisch. »... um Sie kümmern.«

Charity maß die junge Französin mit einem kurzen Blick. Sie sah freundlich aus und hatte ein offenes, sympathisches Gesicht.

»Helen ist meine Tochter«, fügte Barler hinzu und verabschiedete sich mit einem flüchtigen Lächeln.

Charity ging zum Tisch und setzte sich. Plötzlich spürte sie, wie erschöpft sie war.

»Sie dürfen es meinem Vater nicht übelnehmen, wenn er mißtrauisch ist«, sagte Helen. »Immerhin hat er die Verantwortung für uns alle hier.« Das Mädchen hatte keinerlei Ähnlichkeit mit Barler. Nur in ihren Augen glomm das gleiche energische Funkeln.

»Ihr Vater hat ja recht«, entgegnete Charity. »Ich an seiner Stelle wäre wahrscheinlich genauso mißtrauisch. Vor allem jetzt, nachdem ich diese Mauer gesehen habe.« Net sah sie fragend an, und Charity fuhr erklärend fort: »Es ist irgendeine Art von Energiefeld, durchlässig lediglich für Luft und Licht.«

»Wo wart ihr genau?« erkundigte sich Skudder. »Ich habe schon begonnen mir Sorgen zu machen. Ihr wart stundenlang weg.«

Charity zögerte einen Moment. Selbst die kleine Anstrengung, Skudder und den anderen von dem zu erzählen, was sie gefunden hatten, schien über ihre Kräfte zu gehen. Eine bleierne Müdigkeit hatte sich auf ihre Glieder gelegt.

Es wurde sehr still im Zimmer, während Charity von ihren Erlebnissen sprach. Skudder und Net sahen sehr nachdenklich aus, und Gurk starrte stumm aus dem Fenster, vor dem der letzte Rest des grünen Tages verblaßte.

»Ich fürchte, ich ... verstehe nicht ganz«, brach Net schließlich das Schweigen, nachdem Charity geendet hatte. »Wenn dieser Bunker so wichtige Informationen enthält – warum haben sie ihn dann nicht schon längst gewaltsam geöffnet?«

»Weil diese Informationen zu wichtig sind«, antwortete Charity. »Sie wollen sie haben, aber nicht zerstören.«

Net sah sie fragend an. »Warum?«

»Weil sie Plünderer sind!«

Alle Blicke wandten sich erstaunt Gurk zu. Er hatte bisher kein Wort gesprochen, aber erstaunlicher noch als seine Worte, war die Art, *wie* er sie aussprach. Seine Stimme zitterte vor Haß.

»Was meinst du damit?«

Gurk blickte Charity einen Moment lang wortlos an, und sie

begriff, daß er seine Worte schon wieder bedauerte. Trotzdem antwortete er: »Habt ihr euch nie gefragt, woher sie all ihre Waffen und Maschinen, Computer und Raumschiffe haben?«

Charity schüttelte den Kopf. Die Frage schien ihr so verrückt, daß sie ihr niemals wirklich in den Sinn gekommen war.

»Jedenfalls haben sie sie nicht selbst gebaut«, sagte der Zwerg. »Sie stehlen und rauben sich alles zusammen, was sie brauchen.«

»Das dürfte ein bißchen übertrieben sein«, sagte Skudder.

Gurk starrte ihn an. In seinen Augen funkelte es böse, und für einen Moment schien sich sein Zorn nun auf den Hopi richten zu wollen. »Das ist es nicht!« behauptete er. »Sie stellen nichts selber her. Sie haben sich nie die Mühe gemacht, irgend etwas wirklich selbst zu tun, als zu rauben und zu brandschatzen.«

»Das ist doch Unsinn!« erwiderte Charity matt. »Du sprichst von einem Volk, das wahrscheinlich schon Dutzende von Planeten versklavt hat.«

»Dutzende?« Gurk lachte gequält. »Ja ... aber es ist trotzdem so, ob du es nun glaubst oder nicht. Warum sollte man sich die Mühe machen, irgend etwas selbst zu tun, wenn man es stehlen kann? Die Galaxis ist groß genug, und es gibt verdammt viele Planeten, die auszurauben sich lohnt.«

»Wie viele?« fragte Charity.

Gurk zuckte nur mit den Achseln. »Auf jeden Fall sehr viel mehr, als du dir auch nur vorstellen kannst«, antwortete er gereizt.

»Das würde auf jeden Fall erklären«, mischte sich Jean ein, dem Helen alles übersetzt hatte, »warum sie diese Basis ebenso zerstört haben wie die Bunkerstation, aus der Sie gekommen sind, Charity.«

Charity sah Jean überrascht an. Er lächelte. »Wir haben uns unterhalten, während Sie fort waren.«

Tatsächlich mußte Charity zugeben, daß seine Worte einer gewissen Logik nicht entbehrten. Die Moroni hatten SS01 überrannt und zu großen Teilen zerstört, aber sie hatten die Anlage nicht völlig vernichtet, was ihnen durchaus möglich gewesen wäre. Das war auch der einzige Grund, weshalb sie noch lebte.

»Wenn sich dort unten tatsächlich die genaue Position aller ...« Er sah sie fragend an. »Wie haben Sie es genannt? Nato?«

Charity nickte. »... aller Natodepots befindet«, fuhr Jean plötzlich aufgeregt fort, »dann bedeutet das, daß irgendwo dort draußen genug Waffen und Ausrüstung lagern, um eine ganze Armee auszurüsten.«

»Warum sollte das eine Rolle spielen?« fragte Charity leise.

»Weil wir uns dann vielleicht endlich wehren können!« antwortete der junge Franzose erregt. »Ich meine – wenn es uns gelingt, irgendwie durch diese verdammte Mauer zu kommen, oder wenn es sogar einen dieser Stützpunkte in unserer Stadt gibt ...«

»Wenn es ihn gäbe«, sagte Helen ruhig, »hätten wir ihn längst gefunden.«

Jean machte eine ärgerliche Geste. »Ihr habt ja auch die Festung nicht gefunden«, erwiderte er.

»Weil du uns nicht verraten hast, wo sie ist«, entgegnete Helen fast freundlich.

Charity sah das ärgerliche Aufblitzen in Jeans Augen und hob besänftigend die Hand. »Bitte«, sagte sie. »Keiner hat etwas davon, wenn ihr euch jetzt streitet. Ganz davon abgesehen, daß Helen wahrscheinlich recht hat. Und wenn wir an die Daten herankämen – es ist nicht gesagt, daß noch irgend etwas von all diesem Material existiert. Außerdem gibt es immer noch die Mauer.«

Jean runzelte verärgert die Stirn. »Sie haben gesehen, über welche Waffen die Festung verfügt«, sagte er.

»Und jetzt willst du hingehen und damit den ganzen Dschungel niederbrennen«, sagte Helen spöttisch. »Oder am besten gleich die Basis.«

»Warum nicht?« fragte Jean trotzig.

Das dunkelhaarige Mädchen seufzte. »Wirst du eigentlich nie erwachsen, Jean?« fragte es. »Du und diese anderen Narren, ihr begreift nie, daß wir hier nur leben, weil sie es uns gestatten.«

»Leben!« Jean lachte höhnisch. »Ein jämmerliches Leben, bis sie dich zur Jagd einladen!«

»Oder bis irgendein Trottel sie zu einem Angriff provoziert«, versetzte Helen.

»Hast du schon vergessen, was dir passiert ist?« fragte Jean. Seine Stimme zitterte. »Sie haben deine Eltern umgebracht. Sie hätten fast dich umgebracht – was muß noch passieren, damit du begreifst, daß wir nicht mehr als Spielzeug für sie sind?«

»Ihre Eltern?« fragte Charity.

Helen nickte. »Barler ist nicht mein richtiger Vater. Er hat mich zu sich genommen, nachdem meine Eltern auf einer Jagd umgekommen sind.«

Es war nicht das erste Mal, daß Charity diesen Begriff hörte, und diesmal erkundigte sie sich nach seiner Bedeutung.

»Ein kleiner Zeitvertreib von Barlers Freunden«, sagte Jean, ehe Helen ihre Frage beantworten konnte. »Ab und zu holen sie ein paar von uns über den Fluß und setzen sie im Dschungel aus. Wenn er es zurück bis zum Fluß schafft, dann überlebt er. Aber bisher *hat* es noch keiner geschafft.« Er deutete mit einer Kopfbewegung auf Helen. »Außer ihr. Aber ihre Eltern kamen dabei ums Leben. Eines von diesen Ungeheuern hat sie umgebracht – vor ihren Augen.«

»Ist das wahr?« erkundigte sich Charity mitfühlend.

»Ja.« Zu ihrer Überraschung lächelte Helen. »Aber es macht mir nichts mehr aus, darüber zu reden. Es ist mehr als zwanzig Jahre her. Ich erinnere mich kaum noch, was wirklich passiert ist.«

Jean antwortete ärgerlich, aber Charity hörte gar nicht mehr hin. Mit einemmal glaubte sie jede Stunde, die sie jetzt ununterbrochen auf den Beinen waren, wie eine Zentnerlast auf sich zu fühlen. Sie war einfach nur müde.

Mit einem kaum unterdrückten Gähnen stand sie auf und wandte sich um. »Wißt ihr was?« fragte sie. »Ihr könnt meinetwegen weiter streiten, aber ich suche mir jetzt irgendeine Ecke, in die ich mich verkriechen kann.«

»Warten Sie«, sagte Helen und stand ebenfalls auf. »Ich zeige Ihnen Ihr Zimmer.«

Charity nickte dankbar und folgte dem Mädchen. Sie verließen das Zimmer, überquerten den Korridor und betraten einen weiteren, kleineren Raum. Helen deutete auf ein breites, frisch bezogenes Bett und lächelte flüchtig, als Charity sich mit einem erleichterten Aufatmen darauf fallen ließ, ohne sich auch nur die Mühe zu machen, Jacke oder Stiefel auszuziehen.

»Morgen früh zeige ich Ihnen die Stadt«, sagte sie, »wenn Sie das wollen.«

»Gern«, murmelte Charity mit geschlossenen Augen. Dann hob sie die Lider doch noch einmal und sah Helen an. »Tun Sie mir einen Gefallen, und legen Sie bei Ihrem Vater ein gutes Wort für Jean ein«, bat sie. »Immerhin wären wir ohne ihn nicht mehr am Leben.«

Helen machte eine vage Handbewegung. »Ihm passiert schon nichts«, antwortete sie. »Mein Vater wirkt oft strenger, als er ist. Er wird Jean schon nicht den Kopf abreißen.«

Charity wollte darauf antworten, aber noch bevor sie es tun konnte, war sie bereits eingeschlafen.

11

Es war nach langer Zeit die erste Nacht gewesen, in der sie das Gefühl hatte, in Sicherheit zu sein, und nicht von Alpträumen geplagt wurde. Sie erwachte durch das Gefühl von Sonnenlicht auf dem Gesicht, und obwohl es zu grell war, blieb sie minutenlang einfach mit geschlossenen Augen liegen und genoß die Wärme. Und für die gleiche Zeitspanne gönnte sie sich einen Luxus, den sie sich in all den Wochen, die seit ihrem Erwachen im Schlaftank verstrichen waren, niemals erlaubt hatte: sich der Illusion hinzugeben, daß alles nur ein böser Traum war, daß sie gleich die Augen öffnen und sich in ihrem Bett in dem kleinen weißen Haus in einem New Yorker Vorort wiederfinden würde.

Aber es blieb eine Illusion, und sie zerplatzte, als sie die Augen aufschlug und sah, daß sie nicht allein war.

Auf einem Stuhl neben ihrem Bett saß eine ausgemergelte Gestalt mit dem Körper eines zwölfjährigen Kindes und dem Schädel eines kahlköpfigen, hundertjährigen Riesen. Gurk war offensichtlich eingeschlafen; sein Kopf, der tatsächlich zu schwer für seinen Hals zu sein schien, war zur Seite gesunken. Er bewegte sich unruhig im Schlaf, und seine Lippen formten lautlose Worte in einer fremden, unverständlichen Sprache.

Charity setzte sich lautlos auf und betrachtete den Zwerg aufmerksam. Gurk trug fast unentwegt einen weiten Mantel, der seine Gestalt bis zu den Knöcheln verhüllte. Seinen Kopf verbarg er fast immer unter einer gewaltigen Kapuze. Jetzt aber war er nur mit einer knielangen Hose und einem dünnen Hemd bekleidet. Die sonderbare Diskrepanz zwischen seinem Kopf und seinem Leib stach so noch stärker ins Auge. Während Charity den Zwerg schweigend betrachtete, fragte sie sich mit einem leisen Gefühl der Verwunderung, wieso weder ihr noch irgendeinem der anderen jemals aufgefallen war, *wie* fremdartig Gurk wirklich aussah. Er war ein humanoides Wesen, aber er war eindeutig kein Mensch. Und nicht zum ersten Mal war sie plötzlich fast sicher, daß der einzige Grund, aus dem sie sich nie diese Frage gestellt hatte, der war, daß Gurk nicht *wollte,* daß sie es tat.

Plötzlich erwachte Gurk. Er bewegte sich nicht, sondern hob nur die Lider, aber in seinem Blick lag keine Müdigkeit, sondern nur der Ausdruck einer sonderbar tiefen, fast väterlichen Zuneigung.

»Wer bist du?« fragte sie.

Statt zu antworten, lächelte Gurk flüchtig, setzte sich in seinem Stuhl auf und blickte an sich herab. Ein betroffener Ausdruck huschte über sein Gesicht. Er bückte sich, hob den Mantel auf, der neben ihm auf dem Boden lag und deckte sich damit bis zum Hals zu. Er sah plötzlich aus wie ein Kind, das sich mit dem Kleidungsstück eines Erwachsenen zugedeckt hatte, weil ihm kalt war.

»Ich hoffe, ich habe dich nicht geweckt«, erklärte Gurk.

Charity schüttelte den Kopf. »Was tust du hier?« fragte sie.

»Ich habe darauf gewartet, daß du aufwachst«, antwortete Gurk. »Ich hatte das Gefühl, wir beide müssen miteinander reden. Allein.«

Charity fragte sich, ob es wirklich Zufall war, daß Gurk ihr wieder einmal zuvorgekommen war. Seit ihrer Flucht aus dem *Shai-Taan* hatte sie keine Zeit und keine Gelegenheit gehabt, mit ihm zu sprechen. Aber ein Gespräch war wichtig, denn von seinem Ausgang hing möglicherweise alles ab, was sie in Zukunft tun würden. Voller plötzlichem Schrecken wurde ihr bewußt, daß das Wissen dieses mißgestalteten Zwerges über die Zukunft dieses ganzen Planeten entscheiden konnte.

»Ja«, sagte sie. »Ich glaube, es gibt da ein paar Dinge, die wir klären müssen.«

»Stone hat mit dir gesprochen«, sagte Gurk bekümmert. »Ich dachte mir, daß dieses alte Waschweib die Klappe nicht halten kann.«

Charity lächelte flüchtig. Gurk hatte bisher mit Erfolg den Narren gespielt, aber er war in Wahrheit alles andere als ein Narr.

»Also?« fragte Charity. »Wer fängt an? Du oder ich?«

Gurk seufzte. »Ich habe leider keine Zigaretten, die ich dir anbieten könnte.«

Charity blickte ihn fragend an.

»Du könntest mir die Asche aufs Haupt streuen, und ich könnte dazu laut *mea culpa* schreien und mir auf die Brust schlagen«, sagte Gurk erklärend.

Gegen ihren Willen mußte Charity lachen. »Du gibst nie auf, den Clown zu spielen, was?«

»Vielleicht bin ich es«, erwiderte Gurk ernst.

»Ich glaube eher, daß du gefährlich bist, kleiner Mann.«

Gurk grinste weiter, aber in seinen Augen glomm ein mißtrauisches Funkeln. »Gefährlich?« fragte er.

Charity nickte. »Gefährlich dumm oder gefährlich heimtückisch – ich bin noch nicht ganz sicher.«

»Heimtückisch vielleicht«, antwortete Gurk beleidigt. »Aber dumm bin ich nun wirklich nicht.«

»Du hast in aller Ruhe zugesehen, wie Skudder und ich mit vereinten Kräften angefangen haben, das Grab für diesen ganzen Planeten zu schaufeln«, sagte Charity.

»Jetzt überschätzt du dich, Cherry«, antwortete Gurk lächelnd. »So tief könnt ihr gar nicht graben.«

»Hör auf, den Idioten zu spielen«, bat Charity müde, »du weißt genau, was ich meine. Stone hat mir erzählt, was mit deinem Heimatplaneten passiert ist.«

Sie behielt den Zwerg bei diesen Worten genau im Auge. Sie hatte damit gerechnet, daß er erschrak oder in Zorn geriet, aber Gurk grinste unerschüttert weiter.

»Hat er die Wahrheit gesagt?« fragte sie.

»Wer?« fragte Gurk.

»Stone«, antwortete Charity geduldig, obwohl ihr Gurks Blick verriet, daß er sehr genau wußte, was sie von ihm wollte.

»Kurz, bevor sie kamen, entdeckten unsere Sternwarten das Licht einer neuen Supernova, Gurk. Wir tauften sie auf den Namen PRO-ALPHA-7. Ich nehme an, du hattest einen anderen Namen dafür.«

»So?«

»Stone behauptet, es wäre die Sonne deiner Heimat gewesen.«

»Er ist zweifellos ein helles Köpfchen.«

»Sie ist nicht von sich aus explodiert«, fuhr Charity fort. »Stone behauptet, die Moroni hätten sie gesprengt, als es ihnen nicht gelang, euch zu besiegen. Ist das die Wahrheit?«

»Klar«, antwortete Gurk. »Es gab einen ziemlichen Knall, kann ich dir sagen.«

Charity blieb ernst – und sie spürte auch, daß Gurk nicht so gefaßt war, wie er sich gab. »Und es macht dir gar nichts aus?«

Gurk zuckte mit den Achseln. »Es ist ziemlich lange her«, antwortete er. »Nach eurer Zeitrechnung ...« Er überlegte einen Moment. »... so ungefähr siebzigtausend Jahre, nicht wahr?« Charity nickte, und Gurk fuhr fort. »Eine Menge Zeit. Ich kann mich kaum noch erinnern, wie es dort aussah.«

Es dauerte einen Moment, bis Charity begriff, was der Zwerg da überhaupt gesagt hatte. Ungläubig riß sie die Augen auf und starrte ihn an. »Du ... du warst ... dabei?«

Gurk nickte. »Ich war einer der letzten, die wegkamen«, bestätigte er.

Charity starrte Gurk mit immer größerer Verblüffung an. Sie zweifelte keine Sekunde an seinen Worten. Sie spürte mit unerschütterlicher Sicherheit, daß der Zwerg nicht log. »Du ... du willst mir erzählen ... daß du ... *siebzigtausend* Jahre alt bist?«

»Willst du meine Geburtsurkunde sehen?« Gurk grinste und entblößte dabei eine Reihe spitzer, gelber Zähne. »Natürlich bin ich so alt. Aber natürlich bin ich es auch nicht.«

»Aha«, sagte Charity.

»Ich gehörte zu denen, die im letzten Moment herauskamen«, fuhr Gurk fort. »Wir hatten ein Sternenschiff. Einige von uns haben es geschafft, im letzten Moment wegzukommen.« Seine Stimme wurde leiser, und plötzlich trat doch ein Ausdruck von Verbitterung in seine Augen. »Aber nicht sehr viele«, fügte er hinzu.

»Und die anderen?« fragte Charity mitfühlend.

»Es war ein sehr kleines Schiff. Wir waren zweihundertsechsundachtzig. Alles, was von der Bevölkerung meines ganzen Planeten übrigblieb.«

»Ich meine die anderen Schiffe«, bemerkte Charity rasch.

Gurk schüttelte den Kopf. »Ich ... will nicht darüber reden. Ich ... war zufällig an Bord des Schiffes, als es geschah«, sagte er. »Es ging so ... unglaublich schnell. In der einen Sekunde war die Sonne noch da, und in der anderen ...«

»Was genau ist passiert?« fragte Charity.

Gurk lächelte schmerzlich. »Du kennst die Geschichte. Du hast sie auch erlebt. Sie kamen eines Tages aus dem Nichts, und wir waren ebensolche Narren wie ihr – wir haben ihnen nicht nur noch die Tür aufgehalten, wir haben ihnen den roten Teppich ausgerollt, wenn du so willst. Wie dumm waren wir! Wir haben auf die Freunde von den Sternen gewartet, die aus dem Transmitter treten – und an ihrer Stelle kamen *sie.*«

»Aber ihr habt sie zurückgeschlagen«, bemerkte Charity.

»O ja!« Gurks Stimme schnappte fast über. »Wir haben sie besiegt – immer und immer wieder. Am Ende«, fügte er leise hinzu, »haben wir uns wohl totgesiegt.«

Er hob die Hände, als wolle er sie in einer verzweifelten Geste vor das Gesicht schlagen, ließ sie dann aber wieder sinken und fuhr mit zitternder Stimme fort: »Es war nichts als ein Zufall, daß ein paar von uns überlebten. Vielen von uns war klar, daß wir ihnen nicht bis in alle Zukunft Widerstand leisten konnten. Wir wußten, daß wir früher oder später verlieren würden, und aus diesem Grund bauten wir auch das Schiff.«

»Um damit zu fliehen und irgendwo eine neue Heimat zu suchen«, vermutete Charity.

»Ja.« Gurk nickte. »Es wäre so oder so sinnlos gewesen. Sie

beherrschten damals schon fast die Hälfte der Galaxis, und sie werden auch die andere Hälfte erobern. Keine Macht des Universums kann sie jetzt noch aufhalten. Wir befanden uns auf einem Probeflug und wollten gerade nach Hause zurückkehren, als die Sonne explodierte. Daß wir davonkamen, war ein Wunder. Das Schiff war fast so schnell wie das Licht. In den ersten Wochen rechnete keiner von uns damit, daß wir es schaffen würden. Aber irgendwie haben wir es geschafft.«

»Und dann?« fragte Charity.

Gurk seufzte tief und zuckte mit den Schultern. »Wir versuchten, eine andere Heimat zu finden«, antwortete er. »Aber es war aussichtslos. Wohin wir auch kamen, sie waren entweder schon da, oder die Sonnen hatten keine bewohnbaren Planeten. Wir besuchten mehr als ein Dutzend Welten, aber es war überall dasselbe. Schließlich beschlossen wir, so lange einfach geradeaus zu fliegen, wie unsere Maschinen mitspielten. Es war so eine Art Selbstmord mit Verzögerung. Aber was hatten wir schon zu verlieren?«

»Und dann seid ihr hierhergeflogen?«

»Zum anderen Ende der Milchstraße«, bestätigte Gurk. »Nicht hierher zu dieser Welt. Die Maschinen des Raumschiffes arbeiteten mehr als ein Jahrhundert hindurch zuverlässig, aber es waren eben nur Maschinen, und jede Maschine geht irgendwann einmal kaputt. Wir mußten auf einer Welt notlanden, die schon von ihnen erobert worden war.«

»Ein Jahrhundert?« fragte Charity. Sie versuchte, scherzhaft zu klingen. »Und was habt ihr in den anderen neunundsechzig getan?«

»Ein Jahrhundert *unserer* Zeit«, antwortete Gurk. »Du weißt, was geschieht, wenn sich ein Raumschiff der Lichtgeschwindigkeit nähert.«

»Die Zeit an Bord verstreicht langsamer«, sagte Charity.

Gurk nickte. »Wir flogen annähernd mit Lichtgeschwindigkeit, so daß für uns die Zeit praktisch stehenblieb. Einige von uns hofften, ihnen auf diese Weise zu entkommen. Leider war es nur eine weitere vergebliche Hoffnung. Wir landeten auf einem Planeten ein paar Dutzend Lichtjahre von hier und versuchten uns irgendwie durchzuschlagen.« Er zuckte mit den Achseln. »Ich weiß nicht, ob es den anderen gelungen ist oder ob ich der letzte bin.«

»Und wie bist du dann hierhergekommen?«

»So wie alle anderen«, antwortete Gurk. »Kyle und seine mörderischen Brüder sind nicht ihre einzigen Sklaven.«

Er kicherte leise. »Das klingt fast komisch, wie? Sklaven, die sich Sklaven halten. Aber wenn man sich einmal daran gewöhnt hat, ist es gar nicht so schlimm. Solange man sich unauffällig verhält und tut, was sie von einem verlangen, kommt man ganz gut durch.«

Charity seufzte. »Dann ist es also sinnlos«, murmelte sie. »Wenn ... wenn das alles stimmt, Gurk, dann hat nichts von alledem Sinn gehabt, was ich bisher getan habe. Dann können wir nicht gewinnen. Und wenn doch, dann verlieren wir trotzdem.«

»Wir leben noch, oder?«

»Ja«, sagte Charity bitter. »Wir leben noch. Und wir bereiten ihnen ein bißchen Ärger. Doch wenn wir ihnen zuviel Ärger machen, dann ...« Sie spreizte ruckartig die Finger der rechten Hand, um eine Explosion zu demonstrieren.

»Willst du aufgeben?« fragte Gurk.

Charity starrte ihn an. Ihre Augen füllten sich mit Tränen, aber es war kein Schmerz, sondern eine sonderbare Mischung aus Verzweiflung und ohnmächtiger Wut, die sie verspürte. »Natürlich nicht!« sagte sie bitter. »Wir werden weiterkämpfen, und vielleicht gelingt es uns ja sogar, sie zurückzuschlagen.«

»Ich glaube, jetzt überschätzt du dich wirklich«, sagte Gurk ernst. »Ganz egal, wer du bist und was du weißt, du wirst es kaum ganz allein schaffen, sie zu schlagen.«

»Dann verrate mir, warum ich es überhaupt versuchen soll!« fragte Charity.

»Um in Freiheit zu leben, Charity. Du weißt so unendlich viel über die Vergangenheit dieses Planeten, viel mehr als irgendeiner von denen, die heute hier leben. Du kannst die Moroni nicht schlagen. Du kannst ihnen nicht einmal wirklich Schaden zufügen. Keiner kann das. Aber du kannst wenigstens einigen anderen die Freiheit zurückgeben. Willst du wissen, warum ich bei euch geblieben bin? Weil ich glaube, daß du es wirklich schaffen kannst. All diese Narren, die sich selbst Rebellen und Widerständler nennen, tun doch nichts anderes als das, was Daniel und seine Kreaturen ihnen gestatten. Aber du kannst irgendwo auf dieser Welt einen Ort finden, an dem wenigstens einige von euch in Freiheit leben können.«

Es vergingen Sekunden, bis Charity überhaupt begriff, was Gurk gesagt hatte. »Das ist doch nicht dein Ernst«, murmelte sie.

Auf Gurks Gesicht machte sich wieder dieses sonderbare, beinahe väterliche Lächeln breit. »Doch.«

»Das glaubst du wirklich?« Charity stand mit einem Ruck auf. »Sieh dich hier um, Gurk«, verlangte sie. »Schau dich in dieser sogenannten Freien Zone um, und dann wiederhole das, was du gerade gesagt hast.«

»Die Menschen hier sind glücklich«, erwiderte Gurk leise.

»Das sind sie nicht!« widersprach Charity. »Sie sind Gefangene! Sie sind ...«

»Sie sind frei«, unterbrach sie Gurk. Er beugte sich in seinem Sessel vor und blickte sie mit einem undeutbaren Gesichtsausdruck an. Zum ersten Mal spürte Charity, wie unendlich *alt* dieses Wesen war; und auf seine Art wohl auch weise. »Sie sind frei, Charity«, wiederholte Gurk. »All diese Menschen wären schon lange tot, wenn sie sie nicht hierhergebracht hätten! Du hast es doch selbst gesehen!«

»Hierhergebracht?« Charity lachte bitter. »O ja. Jene, die sie nicht gebrauchen konnten und die das Glück hatten, ihre Experimente zu überleben! Einer von hundert!«

»Sie leben«, beharrte Gurk. »Sie leben, sie können tun und lassen, was sie wollen, sie ...«

Nun war es Charity, die Gurk mit schriller Stimme unterbrach: »Das sind sie nicht! Sie sind Gefangene, und sie wissen es nicht einmal. Sie leben in dieser Stadt unter dieser verdammten Energiekuppel, und sie leben nur so lange, wie es ihnen die *Ameisen* erlauben!«

»Und?« fragte Gurk ruhig. »Ist das so ein großer Unterschied?« Er hob besänftigend die Hand, als Charity schon wieder auffahren wollte. »Ich habe die Welt, in der du geboren wurdest, niemals kennengelernt, aber eines weiß ich: Ihr wart auch früher nicht frei, auch wenn ihr es vielleicht geglaubt habt. Ihr habt euch selbst Grenzen gesetzt, und wo ihr sie überwunden habt, da seid ihr auf andere gestoßen, die die Natur für euch errichtet hatte. Ihr wart nur so lange frei, wie es das, was ihr eine höhere Gerechtigkeit genannt habt, es zuließ.«

»Aber das ist ein Unterschied«, sagte Charity.

Gurk lächelte flüchtig. »Er ist nicht so groß, wie du vielleicht glaubst.«

Charity begann unruhig im Zimmer auf und ab zu gehen, aber statt Gurk anzufahren, wie sie eigentlich gewollt hatte, blieb sie plötzlich wieder stehen und sah ihn sehr nachdenklich an. »Glaubst du an einen Gott?« fragte sie.

Die Frage schien Gurk zu überraschen – und aus irgendeinem Grund auch in Verlegenheit zu bringen. Einige Sekunden lang blickte er verwirrt zu Charity auf. »Ja«, sagte er dann. »Vielleicht auf eine etwas andere Art und Weise als du, aber ja ... die Antwort ist ja.«

»Ich auch«, antwortete sie. »Und deshalb kann ich das, was du gesagt hast, nicht akzeptieren. Wer immer sie sind – eines sind sie bestimmt *nicht:* eine gottgesandte Plage.« Sie machte eine zornige Geste zum Fenster. »Ich kann so nicht leben! Und diese Menschen hier«, fügte sie leiser hinzu, »auch nicht.«

»Worte!« sagte Gurk. »Schöne Worte, Captain Charity Laird. Ihr seid Meister der Worte, Charity. Ich habe eure Literatur studiert und eure Geschichte. Dein Volk und meines, sie sind sich ähnlicher, als du ahnst. Aber in einem unterscheiden wir uns: Wir haben schon vor langer Zeit begriffen, daß man die Dinge so nehmen muß, wie sie kommen.«

»Ja«, sagte Charity zornig. »Deshalb seid ihr auch untergegangen.«

»Weil wir nichts daraus gelernt haben«, antwortete Gurk ruhig. »Wir haben versucht, uns gegen das Unvermeidliche zu wehren. Mit dem Ergebnis, daß wir ausgelöscht wurden. Ich will nicht, daß es deinem Volk genauso ergeht.«

»Bist du deshalb bei uns?« fragte Charity. »Ist das der Grund? Du hast mich nicht begleitet, weil du glaubst, ich könnte Erfolg haben. Du bist bei mir, weil du es *fürchtest.*«

»Unsinn!« widersprach Gurk. »Ich habe dir schon einmal gesagt, du überschätzt dich. Die Moroni und ihre Helfer sind vielleicht Banditen, aber jeder wirklich gute Pirat ist auch ein Kaufmann. Es wäre nicht sehr ökonomisch, einen Planeten zu erobern und fünfzig Jahre lang zu kolonisieren, um ihn dann zu vernichten, nur weil eine einzige Person einem Ärger bereitet.«

»Na wunderbar!« versetzte Charity erbost. »Dann geben wir auf! Dann werde ich jetzt zu dieser Basis gehen und mich Kyles Brüdern stellen. Vielleicht gilt Stones Angebot ja noch, und er macht mich zu seiner Adjutantin.«

Gurk sah sie traurig an. Er wirkte enttäuscht, aber nicht zornig. »In gewissem Sinne ist sein Weg richtig«, sagte er nach einer Weile. »Er hat erkannt, daß es keine Gegenwehr gegen sie gibt. Also versucht er, aus der Situation das Beste zu machen. Für sich – und für sein Volk. Ich stimme mit dir überein, daß Stone zu viel für sich und zu wenig für seine Leute tut. Aber das Prinzip ist nicht falsch.«

Fast zu ihrer eigenen Verblüffung widersprach Charity nicht sofort. Sie mochten beide recht haben. Vielleicht gab es wirklich mehr als eine Wahrheit. Ohne ein weiteres Wort verließ sie das Zimmer.

12

Als Kyle zwölf Jahre alt war, ging er das erste Mal auf die Jagd und tötete den ersten Menschen. Und ein halbes Jahr später traf er das Mädchen.

Er hatte jetzt den Körper eines erwachsenen Mannes und die Instinkte eines Killers. Seit dem Tag, an dem er die Basis das erste Mal verlassen hatte, um in den Dschungel hinauszugehen, der sie umgab, war die Jagd zu einem festen Bestandteil seines Lebens geworden. Und bald begann er, sie zu lieben, denn sie stellte die einzige Abwechslung im täglichen Einerlei aus Training, Unterricht und jenen endlosen Stunden dar, in denen sein Körper fortwährend verändert wurde. Er hatte gelernt, den Schmerz auszuschalten, den sie ihm zufügten. Er hatte gelernt, alle Demütigungen zu ertragen. Er hatte gelernt, nicht nach dem Grund zu fragen, aus dem man ihm all dies antat.

Was er nie gelernt hatte, war, mit jenem anderen, körperlosen Schmerz fertig zu werden. Mit der unheimlichen Veränderung, die sie mit seinem Körper vornahmen, vermochte er zu leben; mit dem, was sie seiner Seele antaten, nicht. Er zerbrach nicht daran wie so viele vor ihm, die eines Tages nicht wieder aus den glitzernden Kammern herausgekommen waren oder schlichtweg den Verstand verloren hatten, aber das Menschliche in ihm begann schwächer und schwächer zu werden,

als verkröche sich seine Seele unter einem Panzer aus hartem Narbengewebe, den nichts mehr durchdringen konnte.

Die Jagden stellten die einzige Abwechslung dar. Sie waren weitaus gefährlicher als das siebenjährige Training in den Kuppeln, das er mit ein paar Gefährten überlebt hatte. Seine Reaktionen, seine Kraft und seine Regenerationsfähigkeit waren ins Unermeßliche gestiegen. Die künstlichen Feinde, mit denen die jungen Krieger in der Kuppel hatten kämpfen müssen, waren ebenso tödlich und heimtückisch wie die, die bei der Jagd auf sie warteten. Aber sie waren künstlich und nur zu dem Zweck erschaffen, *besiegt* zu werden. Die Kreaturen hier draußen aber mußten täglich um ihr Überleben ringen. Einige seiner Kameraden kehrten nicht von der Jagd zurück. Einmal hatte Kyle gesehen, wie einer von ihnen von einem gewaltigen gepanzerten Etwas angesprungen und auf der Stelle getötet wurde. Er hatte keinen Finger gerührt, um ihm zu helfen.

Dann kam der Tag, an dem er das Mädchen traf.

Die Jagd beschränkte sich nicht nur ausschließlich auf Tiere. Während der vier Stunden, die sie waffenlos und ohne Ausrüstung im Dschungel verbringen mußten, trafen sie manchmal auf Eingeborene des Planeten; humanoide Wesen, die Kyle und den anderen jungen Megakriegern ähnelten, im allgemeinen aber kleiner und von schwächlicher Konstitution waren. Kyle wußte, daß sie auf der anderen Seite des ausgetrockneten Flußbettes lebten, und dieser Fluß stellte zugleich auch die einzige Regel dar, die es in diesem ungleichen Kampf gab: Gelang es einem der Eingeborenen, ihn zu überwinden, ehe die Megamänner ihn stellten, so kam er mit dem Leben davon.

Sie waren zu sechst, Kyle, zwei weitere Megakrieger, deren Namen er nicht einmal kannte, und drei Dienerkreaturen, die aber niemals in einen der Kämpfe eingriffen, sondern nur als Beobachter fungierten, als sie die Spuren von zwei Eingeborenen fanden. Sie gingen auf die übliche Methode vor: Während einer der beiden Megamänner der Spur folgte, begannen Kyle und der zweite Megakrieger sie zu umgehen und den Flüchtlingen so den Weg abzuschneiden; jeder von ihnen wurde von einer Dienerkreatur begleitet. Kyle kam nicht besonders gut voran: Das Gelände erwies sich als weitaus schwieriger, als er erwartet hatte, außerdem wurde er mehrmals angegriffen. Einmal verwundete ihn eine Kreatur so schwer, daß er fast eine Viertelstunde brauchte, um weitermarschieren zu können. Trotzdem gelang es ihm, die Eingeborenen zu stellen.

Die drei Humanoiden waren recht geschickt vorgegangen und hatten eine falsche Fährte gelegt. Als Kyles überscharfe Sinne ihre Schritte und die geflüsterten Worte vernahmen, da befanden sie sich fast in der entgegengesetzten Richtung, in der die beiden anderen nach ihnen suchten. Er wußte, daß es drei waren. Und ihr Körpergeruch und die unterschiedliche Schwere ihrer Schritte verrieten ihm, daß es sich um ein Pärchen handelte, das ein Junges mit sich führte. Kyle schlich hinter einen mannshohen Busch, paßte die Farbe seines Chamäleonanzuges dem Hintergrund an und erstarrte zur Reglosigkeit.

Hinter ihm verschmolz die Dienerkreatur mit geradezu unheimlicher Geschicklichkeit mit den Schatten des Waldes.

Die Schritte kamen rasch näher, und er sah, daß er sich nicht getäuscht hatte. Es handelte sich um ein Eingeborenenpärchen, beide für ihre Spezies groß und ausgesprochen kräftig. Der Mann war in einen einteiligen Anzug aus zusammengenähten Flicken der unterschiedlichsten Grünschattierungen gehüllt, die ihn beinahe perfekt tarnten. Die Frau trug einen Rock aus dem gleichen Stoff. Beide waren bewaffnet, und ihre Blicke huschten aufmerksam hin und her, tasteten über jeden Schatten und verfolgten jede noch so kleine Bewegung. Sie sind sehr aufmerksam, dachte Kyle anerkennend. Er hatte noch nicht sehr viele Erfahrungen mit der Jagd auf diese Humanoiden gesammelt, aber er begann zu ahnen, daß er diese Spezies bisher unterschätzt hatte.

Das Junge mochte etwa acht oder neun Jahre alt sein, bewegte sich aber trotz seines geringen Alters schon so geschickt und fast lautlos wie seine Eltern.

Es entdeckte Kyle zuerst.

Während die beiden Alten in weniger als zehn Meter Entfernung an seinem Versteck vorübermarschierten, ohne seine Anwesenheit zu registrieren, erstarrte das Junge plötzlich und blickte ihn an. Kyle verstand den Grund nicht. Sein Chamäleonanzug arbeitete perfekt; er hatte selbst die Haut seines Gesichts den Schatten des Waldes angepaßt. Aber das Mädchen sah ihn trotzdem. Eine Sekunde lang blickte es ihn an; in ihren Augen war keine Angst, nicht einmal Schrecken, sondern nur eine unschuldige, kindliche Neugier. Dann schien es jäh zu begreifen, wen es vor sich hatte, denn mit einemmal hob es die Hand und deutete anklagend auf Kyle. Sein Mund öffnete sich, aber es brachte keinen Laut hervor.

Trotzdem reagierten die beiden Alten sofort. Während das Weibchen herumfuhr und sein Junges mit einer erschrockenen Bewegung zurückzerrte, riß der Mann seine Waffe empor und gab rasch hintereinander zwei Schüsse ab.

Kyle wich dem ersten mit einer geschickten Bewegung aus, aber der zweite traf. Das winzige Insekt durchschlug das lebende Gewebe seines Chamäleonanzugs, bohrte sich tief in seinen Körper und begann sofort, sein tödliches Nervengift abzugeben, während es sich mit rasiermesserscharfen Krallen und Fängen in sein Fleisch grub.

Kyle taumelte zurück. Sein Körper analysierte das Gift der Springmade in Sekunden und aktivierte ein kompliziertes System von Enzymen und Drüsensekreten, das die toxische Substanz rasch in eine andere, völlig harmlose umwandelte. Fast gleichzeitig verhärtete sich das Fleisch rings um die winzige Made zu einer knochenharten Kapsel, die das Tier daran hinderte, weiter in seinen Körper einzudringen. Die Schußwunde schloß sich fast ebenso schnell wie sie entstanden war. Als Kyle sich mit einem Satz auf den Eingeborenen stürzte, war von der Verletzung schon nichts mehr zu sehen.

Der Humanoide schien zu begreifen, wie sinnlos seine Waffe war, denn er versuchte nicht noch einmal, auf Kyle zu schießen, sondern machte eine Bewegung, als wolle er zur Seite ausweichen, blieb dann aber plötzlich stehen und empfing Kyle mit einem harten Kolbenhieb. Der eisenharte Schaft der Waffe traf ihn mit furchtbarer Wucht an der Schläfe. Für Momente war er benommen. Trotzdem riß er instinktiv den Arm in die Höhe, als der Eingeborene ein zweites Mal zuschlagen wollte. Das Gewehr wurde dem Humanoiden aus der Hand gedreht und fiel zu Boden.

Kyles Sinne klärten sich wieder. Er sah, wie der Humanoide ein Messer zog, und versuchte auszuweichen, aber wieder kam seine Reaktion zu spät: Die handlange Klinge fuhr tief in seinen Hals, und er spürte, wie sein eigenes Blut in seine Luftröhre strömte.

Kyle hatte den Eingeborenen hoffnungslos unterschätzt. Er hatte nicht geglaubt, wirklich gegen ihn kämpfen zu müssen, aber nun reagierten sein Unterbewußtsein und seine künstlich verstärkten Instinkte: Blitzartig umklammerte er die Hand des Eingeborenen mit solcher Wucht, daß er den Knochen brechen hören konnte, griff mit der anderen, freien Hand nach dem Messer, zog es heraus und tötete den Humanoiden mit seiner eigenen Klinge.

Als er herumfuhr, sah er, daß das Weibchen und das Junge bereits gute zehn, fünfzehn Schritt entfernt waren und in den Busch liefen. Er verschwendete eine Sekunde an den Gedanken, daß die Dienerkreatur sein Verhalten aufmerksam beobachtete und er sich für die Fehler, die er gemacht hatte, würde verantworten müssen, dann hob er das Messer des Eingeborenen, das er noch immer in der Hand hielt, und warf es.

Es traf. Aber statt das Junge zu töten, auf das er gezielt hatte, streifte es nur mit dem Griff seine Schulter. Das Mädchen schrie auf und stürzte. Kyle unterdrückte einen Fluch und rannte ihm nach.

In diesem Moment geschah etwas Unerwartetes. Statt zu fliehen und sich in Sicherheit zu bringen, blieb das Weibchen plötzlich stehen, starrte aus entsetzt aufgerissenen Augen zuerst das Mädchen und dann Kyle an – und machte mit einem spitzen Schrei kehrt!

Kyle war so verblüfft, daß er sich nicht einmal wehrte, als sie sich mit weit ausgebreiteten Armen zwischen ihn und das

Junge warf und ihn mit ihren Fäusten traktierte. Zwei, drei harte Schläge trafen ihn, und plötzlich blitzte auch in der Hand der Eingeborenen ein Dolch auf, mit dem sie nach seinen Augen zielte. Kyle drehte den Kopf und Oberkörper zur Seite, so daß der Stich ins Leere ging und die Eingeborene an ihm vorübertaumelte, streckte dann blitzschnell das Bein aus und schlug ihr die geballte Faust in den Nacken, als sie stolperte. Noch ehe das Weibchen zu Boden fiel, wirbelte er herum, um auch das Junge zu töten.

Aber er tat es nicht.

Er konnte es nicht.

Er begriff plötzlich, warum die Eingeborene zurückgekommen war. Sie mußte gewußt haben, daß sie nicht die geringste Chance hatte, einen Gegner wie ihn zu besiegen; und trotzdem hatte sie es versucht.

Langsam, als kämpfe er gegen unsichtbare stählerne Ketten, ließ Kyle seine zum tödlichen Schlag erhobenen Arme sinken und blickte das Eingeborenenjunge an. Das Mädchen lag auf dem Rücken; es rührte sich nicht, sondern starrte ihn nur aus angstvoll aufgerissenen, dunklen Augen an. Langsam ließ sich Kyle auf die Knie sinken und streckte die Hand nach dem Mädchen aus; fast ohne zu wissen, warum er es eigentlich tat, aber doch mit dem sicheren Gefühl, daß es richtig war.

Kyle spürte das Entsetzen, das dieses kleine Wesen empfand; ein Entsetzen, das nur seiner Erscheinung galt, nicht dem, was er mit ihm tun würde. Er hatte plötzlich das verrückte Gefühl, daß das Mädchen den Tod eher als Erlösung betrachtete.

Wer war er, daß dieses Mädchen den Tod weniger fürchtete als ihn?!

»Hab … hab keine Angst, Kleines«, sagte Kyle. Seine Stimme klang heiser; er war es nicht gewohnt, solche Worte zu sprechen. »Ich tue dir nichts.«

Das Gesicht des Kindes zeigte keine Regung. Kyle begriff, daß es seine Worte gar nicht gehört hatte oder daß sie ihm nichts bedeuten.

Er hörte Schritte, dann fiel der dünne, harte Schatten der

Dienerkreatur über das Gesicht des Mädchens, und endlich löste es seinen Blick von Kyle. Es sah auf, und die seltsam gestaltlose Furcht in seinem Blick machte Abscheu und Haß Platz.

Auch Kyle drehte den Kopf und blickte die Dienerkreatur an. Die gigantische *Ameise* schaute aus ihren starren Augen auf ihn und das Mädchen herab. »Warum zögerst du?« fragte die Computerstimme des Übersetzungsgerätes. »Eliminiere sie.«

Kyle sah wieder das Mädchen an. Es hatte leise zu weinen begonnen, aber er wußte, daß die Tränen, die über sein schmutziges Gesicht liefen, nicht der Angst vor seinem eigenen Tod galten, sondern dem Anblick der beiden furchterregenden Gestalten. Eine kalte, unmenschlich starke Hand schien nach seinem Herzen zu greifen und es langsam zusammenzudrücken. Er war wieder fünf Jahre alt, er hielt wieder seinen sterbenden Freund in den Armen, und zum ersten und letzten Mal in seinem Leben als Megakrieger wußte er, was es hieß, um einen Menschen zu trauern.

»Eliminiere sie!« verlangte die Dienerkreatur noch einmal.

Kyle blickte das Mädchen eine weitere Sekunde an, dann stand er ganz ruhig auf, drehte sich herum und tötete die Dienerkreatur mit einer einzigen blitzartigen Bewegung.

Vom Dach des Louvre aus bot die Stadt ein Bild, das trotz all der Verwüstung und Zerstörung, trotz der grünvioletten, wuchernden Pflanzenmasse den Betrachter noch immer faszinieren mußte. Es war, dachte Charity, als wäre die alte Würde der Stadt noch irgendwie vorhanden; sie hatten die Gebäude und Straßen zerstört, sie hatten jede Spur menschlichen Lebens und menschlichen Schaffens aus den Bereich jenseits der Seine getilgt, aber was sie nicht hatten beseitigen können, das war der Geist, der diese Stadt erschaffen hatte. Paris war noch immer ein Sinnbild für alles, wofür Menschen jemals gekämpft hatten: Freiheit, Leben, Gerechtigkeit ...

Sie setzte den Feldstecher ab und betrachtete Barler und

Skudder, die neben ihr standen. Sie fragte sich, was diese beiden beim Anblick der verwüsteten Stadt empfanden. Wahrscheinlich nichts, dachte sie niedergeschlagen. Vielleicht hatte Gurk recht. Vielleicht war Freiheit nur eine Illusion, für die sich nicht zu sterben lohnte.

Sie verscheuchte den Gedanken und sah für einige weitere Augenblicke zur Silhouette des Eiffelturms hinüber. Wieder glaubte sie für einen Moment, eine Bewegung zu erkennen; ein unscharfes, dunkles Glitzern hoch unter seiner Spitze.

»Sie haben sie gesehen?« fragte Barler, als sie den Feldstecher senkte.

Charity sah ihn verwirrt an. »Wen?«

»Die Königin.«

»Nein«, antwortete Charity automatisch. »Ich ... Wovon sprechen Sie überhaupt?«

»Von der Königin«, wiederholte Barler. Er lächelte verzeihend, als er ihren fragenden Gesichtsausdruck bemerkte. »Was glauben Sie, woher all diese kleinen Monster kommen, die Ihre Freunde und Sie fast zum Frühstück verspeist hätten?«

Im ersten Moment begriff Charity nicht einmal, wovon er überhaupt sprach. »Sie meinen, die *Ameisen* im Fluß ...«

»Es waren Junge«, sagte Barler nickend. »Ihre Brut. Der einzige Grund, aus dem Sie überhaupt noch am Leben sind.«

Charity hängte den Feldstecher an ihren Gürtel zurück. »Erklären Sie mir das, Barler«, verlangte sie.

»Gern.« Der Franzose deutete auf die Tür hinter sich. »Aber lassen Sie uns wieder nach unten gehen. Es gibt noch eine Menge, was ich Ihnen zeigen möchte.«

Sie schritten zurück ins Gebäude und betraten einen Aufzug, den Barler eigens für sie in Betrieb gesetzt hatte. Mit einem lauten Quietschen fuhr die altertümliche Kabine in die Tiefe. »Natürlich ist nichts von dem, was wir wissen, wirklich bewiesen. Wir haben uns das meiste im Laufe der Jahre selbst zusammengereimt. Aber ich glaube, daß wir der Wahrheit recht nahegekommen sind. Sie haben den Fluß gesehen. Er ist nicht nur die Grenze zwischen der Freien Zone und dem Dschungel.«

»Wo ist all das Wasser geblieben?« fragte Skudder.

»Fragen Sie Captain Laird«, entgegnete Barler. »Ich habe ihr die Mauer gezeigt. Ich habe ihr auch gezeigt, was mit fester Materie geschieht, die sie berührt.«

Skudder sah ihn mit unverhohlenem Unglauben an. »Sie meinen, es ... löst sich einfach auf?«

Barler zuckte mit den Schultern. »Es löst sich auf, verdampft, verschwindet ... ich weiß es nicht.« Er lächelte flüchtig. »Irgendwann zeige ich es Ihnen einmal. Es ist ein grandioser Anblick: eine dreißig Meter hohe Wand aus Wasser, die einfach verschwindet. Wirklich beeindruckend.«

Im Gegensatz zu Skudder bezweifelte Charity Barlers Erklärung nicht. Schließlich hatte *sie* gesehen, wozu dieses unsichtbare Kraftfeld imstande war. Und sie wußte von Jean, daß es bis tief in die Erde hineinreichte; tief genug, um auch das Netz unterirdischer Kanalisationsleitungen und Pipelines zu blokkieren, das die Bewohner der Freien Zone mit ihren Pibikes befuhren.

»Sie bringen die Eier, die die Königin legt, in den Fluß«, fuhr Barler nach einer Weile fort. »An einer Stelle, nicht weit von der Mauer entfernt. Ich zeige sie Ihnen später, wenn es Sie interessiert. Man sieht allerdings nicht sehr viel.«

»Dann ist hier so eine Art Brutstation?« erkundigte sich Skudder.

Barler nickte. »Ja, aber ich glaube nicht, daß es der einzige Grund ist, aus dem sie die Wand rings um die Stadt herum errichtet haben.«

»Aber das ist doch ... völlig verrückt«, sagte Charity verstört. Barler sah sie fragend an, und sie fuhr erklärend fort: »Ich meine, warum sollten sie ... einen solchen Aufwand treiben?«

»Vielleicht ist es für sie kein Aufwand?« antwortete Barler lächelnd. »Ich habe viel Zeit gehabt, über diese und andere Fragen nachzudenken, und bin zu der Überzeugung gekommen, daß das, was wir hier sehen, nichts als ihre natürliche Umgebung ist.«

»Die Ruinen einer niedergebrannten Stadt?« fragte Skudder spöttisch.

Barler blieb ernst. »Der Dschungel«, antwortete er. »Sie können es nicht wissen, denn Sie sind noch nicht lange genug hier. Aber ich lebe seit vierzig Jahren in dieser Zone. Glauben Sie mir, die Veränderung ist noch längst nicht abgeschlossen. Sie haben nicht nur ein paar Pflanzen und Tiere hierhergebracht; irgend etwas geschieht mit dieser Stadt. Sie verändert sich. Sehr langsam, aber ununterbrochen.«

Skudder blickte nur verwirrt drein, aber Charity glaubte zu wissen, was Barler meinte. Was unter dieser Energiekuppel geschah, das war mehr als der künstliche Umbau eines kleinen, begrenzten Gebietes. Vielleicht gab es auch schon Tausende solcher Energiekuppeln überall auf der Welt – aber sie war plötzlich völlig sicher, daß das, was sich auf der anderen Seite des Flusses erstreckte, nicht nur eine möglichst genaue Kopie des Heimatplaneten der Invasoren war. Es *war* ihre Heimat. Sie begannen, die Erde zu verändern. Und sie taten dabei mehr, als nur einige heimische Pflanzen durch andere zu ersetzen, als einige Tierarten von ihrer Heimatwelt zu importieren und sie auf die fast wehrlose Fauna der Erde loszulassen.

Barlers nächste Worte bestätigten ihre Vermutung.

»Ich glaube«, sagte der Franzose, »daß das, was wir hier sehen, das natürliche Ökosystem ihres Heimatplaneten ist. Sie haben das Manna gesehen?« Skudder nickte. »Wahrscheinlich vermuten Sie jetzt, daß sie es künstlich herstellen. Aber das tun sie nicht. Jedenfalls nicht so, wie Sie vielleicht denken.«

»O ja«, sagte Skudder spöttisch. »Wahrscheinlich fällt es vom Himmel, nicht wahr? Deswegen nennen sie es auch Manna?«

Barler nickte mit großem Ernst. »So ungefähr«, antwortete er. »Mit einem Unterschied. Es fällt nicht vom Himmel, es kommt aus dem Boden.«

Charity sah ihn an.

»Vermutlich wird es vom Wald produziert«, sagte Barler. »Wir haben etwas von dem Zeug untersucht. Es besteht fast nur aus pflanzlichen Proteinen. Für einen Menschen und jedes Tier, an dem wir es ausprobiert haben, ist es völlig ungenießbar. Auch nicht giftig, aber eben nicht verwertbar. Den *Ameisen* scheint es jedoch hervorragend zu bekommen.«

»Sie meinen, der Wald ...«

»... scheidet es aus, ja«, sagte Barler. »Vielleicht haben sie die Pflanzen genetisch verändert. Vielleicht ist es auch ein ganz natürlicher Vorgang auf der Welt, von der sie kommen. Es ist eine Art natürlicher Nährlösung, in der die Eier heranreifen und die Jungen gedeihen, bis sie groß genug sind, den Fluß zu verlassen.«

»Das ist unglaublich!« sagte Skudder.

Barler schüttelte den Kopf. »Finden Sie? Ich finde es eigentlich nur konsequent, nach allem, was wir über sie erfahren haben.«

Der Aufzug hatte das Erdgeschoß erreicht und hielt. Charity unterdrückte ein Schaudern, während sie durch die staubigen Gänge des Louvre gingen. Als sie vor zwei Stunden hierhergekommen waren, da hatte sie an das denken müssen, was ihr Stone erzählt hatte. Was einmal der größte Kunstschatz dieses ganzen Planeten gewesen war, das war nun dem Verfall preisgegeben. Niemand schien sich um diese Kunstschätze zu kümmern.

»Sehen Sie, Monsieur Skudder«, knüpfte Barler an das unterbrochene Gespräch an, als sie ins Freie gelangten, »wir wissen nicht viel über die Invasion. Aber wir wissen eine ganze Menge über die *Ameisen*. Ich glaube, daß ihre Kultur sich völlig anders entwickelt hat als unsere. Und in manchen Punkten sind sie uns sicherlich überlegen. Ihre Zivilisation ist nicht auf die Weiterentwicklung irgendwelcher Technologien ausgerichtet, sie sind nur ein Sklavenvolk, vergessen Sie das nicht.«

Skudder sah ihn verwirrt an, und wieder huschte dieses

flüchtige, überlegene Lächeln über Barlers Gesicht. »Man vergißt es leicht, nicht wahr?« fragte er. »Aber im Grunde sind sie nicht mehr als wir. Irgendein Volk, das irgendwann einmal unterworfen wurde und jetzt im Dienste Morons steht. Wir nennen sie Moroni, weil wir die wahren Herrscher noch nie zu Gesicht bekommen haben, aber eigentlich sind sie es nicht.«

Charity wußte, daß Barler recht hatte. Nach allem, was sie bisher erlebt hatte, war dies die einzige Erklärung. Irgendwann einmal mußten die Moroni auch den Heimatplaneten der *Ameisen* überrannt haben. Sie erkannten schnell, welch wertvolle Sklaven ihnen da in die Hände gefallen waren: ein Volk gigantischer, intelligenter Insekten, deren einzelne Individuen über praktisch keinen freien Willen verfügten, die aber in der Gemeinschaft einfach unbesiegbar waren. Wenn sie sich so rasch vermehrten, wie es irdische Insekten taten, dann war es schlicht und einfach unmöglich, dieses Volk aufzuhalten, wenn es einmal auf einer Welt Fuß gefaßt hatte.

»Trotzdem sollten Sie sie nicht unterschätzen«, sagte Charity.

Barler blieb stehen und sah sie an. »Wer sagt, daß ich das tue?« fragte er. »Im Gegenteil, Captain Laird. Ich glaube mittlerweile, daß ihr System unserem überlegen ist. Wozu etwa sollte man Maschinen bauen, die Nahrungsmittel produzieren, wenn man eine Pflanze dazu bringen kann, sie auszuscheiden? Ihre Technik erscheint primitiv, sie ist aber äußerst effektiv.« Er schlug mit der flachen Hand auf den Kolben der Waffe, die aus seinem Gürtel ragte. »Nehmen Sie diese Pistole hier. Sie wissen, wie sie funktioniert?«

Charity nickte wortlos. Sie hatte diese kleinen, mörderischen Insekten kurz nach ihrem Erwachen kennengelernt. Aber sie hatte bisher niemals Zeit gefunden, sich wirklich darüber Gedanken zu machen, woher sie stammten.

»Natürlich ist ein Laserstrahler effektiver«, sagte Barler. »Er ist wirkungsvoller, er reicht weiter, er hat eine größere Treffsicherheit – aber er hat einen kleinen, doch entscheidenden

Nachteil: Seine Munition vermehrt sich nicht von selbst. Sie brauchen eine ungeheure Technologie, um eine einzige dieser Waffen herzustellen. Diese Waffe wartet sich selbst. Vielleicht funktioniert die gesamte Technik auf ihrem Heimatplaneten so.« Er zuckte mit den Schultern. »Vielleicht benutzen sie keine Fahrzeuge, um von einem Ort zum anderen zu kommen, sondern große Tiere, in deren Körper sich entsprechende Höhlungen befinden. Vielleicht wohnen sie nicht in Häusern, sondern in riesigen Pflanzen, die nicht instandgehalten werden müssen, sondern sich selbst regenerieren. Vielleicht benutzen sie keine Funkgeräte, sondern telepathisch begabte Kreaturen ... Die Idee hat etwas Reizvolles, nicht wahr?«

»Sie hat etwas Entsetzliches«, murmelte Charity.

»Warum?« fragte Barler.

»Weil es entsetzlich ist, das Leben zu manipulieren«, antwortete Charity. »Es gibt gewisse Dinge, an die niemand rühren sollte.«

»Aber waren Sie denn nicht auf demselben Weg?« erkundigte sich Barler. »Nach allem, was ich gehört habe, gab es entsprechende Forschungen. Und erstaunliche Fortschritte.«

»Viele von uns waren der Meinung, daß man in dieser Richtung nicht weiter forschen sollte«, antwortete Charity.

Barler zuckte mit den Achseln. »Nun, die *Ameisen* scheinen es getan zu haben. Ich glaube, daß wir in dieser Hinsicht eine Menge von ihnen lernen können.«

»Um sie zu bekämpfen?« fragte Charity.

Barler seufzte. »Nein«, sagte er. »Ich bin froh, daß Sie das Thema ansprechen, Captain Laird. Sehen Sie, gestern abend, als wir diese Station fanden ...« Er brach ab und suchte einen Moment nach Worten. »Ich habe ein paar Dinge gesagt, die ich vielleicht besser nicht gesagt hätte.«

»Sie meinen, daß Sie sich jetzt endlich gegen sie wehren können?«

Barler nickte. »Ja. Es war falsch. Es ... tut mir leid.«

»Das heißt, Sie haben aufgegeben«, sagte Charity bitter.

Zu ihrer Überraschung lächelte Barler. »Es ist seltsam, nicht wahr?« fragte er. »Jetzt sind die Rollen vertauscht. Gestern haben Sie versucht, mich zurückzuhalten. Und Sie hatten recht. Wir können diesen Krieg nicht gewinnen. Vielleicht hätten wir es vor fünfzig Jahren gekonnt, aber jetzt nicht mehr.«

»Haben Sie mit Gurk gesprochen?« fragte Charity.

»Ja«, gestand Barler, »wir haben heute morgen miteinander geredet. Er ist ein komischer kleiner Kerl, aber in vielen Punkten hat er recht.«

»Wir sind nicht immer einer Meinung«, sagte Charity.

»Ich weiß«, antwortete Barler. »Und ich will auch nicht versuchen, Sie von irgend etwas zu überzeugen oder von irgend etwas abzubringen. Überlegen Sie sich nur sehr gut, ob Sie bei uns bleiben oder gehen wollen. Ich werde nicht versuchen, Sie irgendwie zu beeinflussen. Aber wenn Sie hierbleiben, dann akzeptieren Sie unsere Welt, so wie sie ist. Die Menschen hier sind glücklich. Und sie sollen es bleiben.« Er hob die Hand, als Charity ihn unterbrechen wollte. »Ich weiß, was Sie sagen wollen, Captain Laird. Und Sie haben mit jedem Wort recht. Aber auch ich habe recht, bitte, versuchen Sie das zu verstehen. Die meisten von uns sind hier aufgewachsen, und sie haben nie etwas anderes kennengelernt.«

»Dann werden wir sie verlassen, Barler«, entgegnete Charity ruhig. »Ich weiß noch nicht wie, aber irgendwie werden wir diese Mauer überwinden.«

»Ich glaube sogar, daß Sie es schaffen«, antwortete Barler. »Aber Sie sollten es sich gut überlegen. Dort draußen erwartet Sie nichts anderes als der Tod. Hier wären Sie in Sicherheit.«

»Aber ich kann so nicht leben«, sagte Charity. »Und die anderen auch nicht.«

»Ist es hier so schlimm?« fragte Barler.

»Nein«, antwortete Charity bitter. »Nicht, wenn es einem nichts ausmacht, als … als Spielzeug behandelt zu werden.«

»Es tut mir leid, daß Sie das so sehen.« Barler wirkte betroffen, fast traurig.

»Helen hat mir von dem erzählt, was Sie die *Jagd* nennen«, sagte Charity.

»Sie ist der Preis für unsere Freiheit.«

»Ein Preis, der zu hoch ist!« sagte Charity.

»Das ist Ihre Meinung«, erwiderte Barler ruhig. »Aber sie ist falsch. Ich glaube, eure Verkehrsunfälle damals haben mehr Menschenleben gefordert als unsere Jagden.«

»Aber wir haben diese Welt erschaffen! Vielleicht war sie nicht perfekt, vielleicht war sie nicht einmal gerecht – aber es war *unsere* Welt. Ihr seid nichts als Spielzeuge für sie! Sie bringen euch die, die sie für ihre Zwecke nicht gebrauchen können, und ihr päppelt sie hoch, damit sie …« Charitys Stimme versagte. Sie atmete ein paarmal tief ein und aus, ehe sie fortfuhr: »Ihr seid nichts als lebende Zielscheiben! Dummys, an denen sie üben können!«

Barler starrte an ihr vorbei ins Leere. Ein sonderbar melancholisches Lächeln glitt über seine Züge, aber sein Blick war von Trauer erfüllt. »Wenn Sie wirklich so denken, Captain Laird«, sagte er leise, »dann ist es vielleicht besser, wenn Sie gehen.«

13

Kälte war das erste, was er spürte. Er öffnete die Augen, ohne etwas zu sehen, und im allerersten Moment überkam ihn ein Gefühl von Panik bei dem Gedanken, vielleicht nie mehr sehen zu können. Dann wurde ihm klar, wie albern diese Vorstellung war. Der Raum hatte keine Fenster, und die Beleuchtung war nicht eingeschaltet. Er senkte die Lider, konzentrierte sich für eine Sekunde, um sein Sehvermögen auf den Infrarotbereich einzustellen, und fand sich in einer Welt aus allen nur denkbaren Schattierungen wieder. Er lag noch immer auf dem Untersuchungstisch. Der große Bildschirm über ihm war ausgeschaltet. Kyle lauschte. Draußen auf dem Gang hörte er die regelmäßigen Atemzüge einer Dienerkreatur, die offensichtlich vor der Tür postiert war, ansonsten umgab ihn nur Stille.

Er war verwirrt. Seine Hand- und Fußgelenke waren mit dünnen Eisenringen an eine Metallplatte gefesselt; aber sie mußten wissen, wie wenig Widerstand ihm diese Fesseln entgegensetzen konnten. Trotzdem hatten sie keinen Wächter zurückgelassen. Und das konnte nur bedeuten, daß sie nicht damit gerechnet hatten, daß er erwachte.

Wieso war er dann wach? Die Maschinen der *Herren* begingen keine Fehler; so wenig wie die, die sie gebaut hatten und sie bedienten. Er versuchte, den Kopf zu heben, aber auch in seiner Kopfhaut steckten zahllose, dünne Nadeln, die ihn mit den Geräten, die den Untersuchungstisch an drei Seiten umstanden, verbanden. Kyle zögerte noch einmal einen Moment, dann ballte er die rechte Hand zur Faust und spannte prüfend die Muskeln an. Die dünne Stahlfessel an seinem Gelenk knirschte, und er spürte, wie das Metall zu zerbrechen begann. Kyle wußte, daß es kein Zurück mehr für ihn gab, wenn er jetzt seine Fesseln löste und von dem Tisch aufstand. Die Wahrscheinlichkeit, daß man ihn töten würde, war groß. Und trotzdem erschien die bloße Vorstellung, sich diesem Tod zu widersetzen oder gar einen Fluchtversuch zu unternehmen, im ersten Moment absurd. Für alles, was er bisher getan hatte, ließ sich eine Begründung finden, Stones Mordversuch an ihm, seine Verwirrung und sein Schrecken, als er sich an diesem verbotenen Ort wiederfand ... Wenn er sich aber jetzt von seinen Fesseln befreite, dann gab es dafür keine Erklärung mehr. Dann wurde er endgültig zu einem Verräter.

Aber war er das nicht längst? Hatte er nicht seit fünfundzwanzig Jahren sein eigenes Volk verraten?

Ein neues Geräusch drang in seine Gedanken; die Atemzüge der Dienerkreatur draußen vor der Tür wurden nervöser. Kyle wandte den Kopf, blickte die geschlossene Tür an und lauschte. Schritte waren zu vernehmen, dann hörte er gedämpfte Stimmen, die zweifellos Stone und dem Inspektor gehörten. Als sie näher kamen, ließ sich Kyle wieder zurücksinken und schloß die Augen. Sein Atem beruhigte sich. Er zwang sein Herz, gleichmäßig und sehr langsam zu schlagen, als befände er sich noch in tiefer Bewußtlosigkeit. Einen Augenblick später glitt die Tür mit einem leisen Summen auf. Er spürte, daß vier Personen die Kammer betraten; die beiden Inspektoren, Governor Stone und ein Megakrieger.

Die Tür schloß sich wieder, und die Schritte näherten sich der stählernen Liege.

»Warum haben Sie darauf bestanden, dabeizusein?« fragte die Metallstimme eines Inspektors.

»Ich ...« Stone zögerte. »Nennen Sie es meinetwegen übertriebene Vorsicht«, fuhr der Governor schließlich fort. »Ich will mich davon überzeugen, daß er auch wirklich getötet wird.«

»Das ist unlogisch«, antwortete der Inspektor. »Unsere Versicherung muß Ihnen reichen.«

Stone lachte gezwungen. »Ich bin ein Mensch«, antwortete er. »Menschen sind nicht immer logisch. Ich könnte keine

Nacht mehr ruhig schlafen, wenn ich seinen Tod nicht selbst miterleben würde. Er hat versucht, mich umzubringen. Und ich weiß, wozu diese Geschöpfe fähig sind.«

Kyle wagte nicht, die Augen zu öffnen, denn er wußte, daß der anwesende Megakrieger jede noch so winzige Bewegung registriert hätte. Er wagte es auch nicht, die Muskeln anzuspannen oder seine übermenschlichen Kraftreserven zu mobilisieren. Dennoch waren alle seine Sinne plötzlich aktiviert. Er hörte jedes noch so winzige Geräusch, er spürte jede noch so leise Vibration, ja, selbst die Bewegung der Luft, die die Schritte Stones und des Megamannes verursachten.

»Ist das auch der Grund, aus dem Sie dabeisein wollen, wenn Captain Laird gefangengenommen wird?« fragte der Inspektor.

»Unter anderem«, antwortete Stone. »Aber ich will auch sichergehen, daß sie tatsächlich lebendig gefangengenommen wird. Tot nützt sie uns überhaupt nichts.«

»Es ist nicht mehr nötig, Captain Laird unbedingt lebend in unsere Gewalt zu bringen«, antwortete der Inspektor. »Die Informationen, die sie sich von ihr erhoffen, werden sich ohnehin binnen einer Stunde in unserem Besitz befinden.«

»Trotzdem!« widersprach Stone unwillig. »Mir wäre wohler, wenn ich dabeisein könnte. Was spricht dagegen?«

»Nichts«, antwortete der Inspektor. »Verzeihen Sie die Frage. Es war reine Neugier.«

Kyle hörte, wie die beiden *Ameisen* beiseite traten, um dem Megakrieger auszuweichen.

»Eliminiere ihn!« befahl der Inspektor.

Kyle zerriß mit einem einzigen Ruck alle vier Fesseln, die ihn an dem Tisch hielten, und warf sich herum.

Der Megakrieger begriff augenblicklich, daß der vermeintlich wehrlose Gefangene wach war und einen Fluchtversuch unternahm. Und er reagierte so schnell, wie Kyle erwartet hatte. Die plumpe Waffe, die er in seiner Hand hielt, versuchte, seiner Bewegung zu folgen, aber Kyle sprang gar nicht auf die Füße, sondern trat im Liegen mit aller Gewalt zu.

Sein Fuß traf das rechte Knie des Megamannes und zerschmetterte es. Der Tritt reichte nicht aus, ihn auszuschalten, aber der dunkelrote Blitz, der Kyle hatte treffen sollen, fuhr zischend in den Metalltisch hinter ihm. Kyle rollte blitzschnell herum, trat ein zweites Mal nach den Beinen des Megamannes und brachte ihn endlich zu Fall. Der Krieger stürzte, und Kyle sprang hinter ihn. Mit einem Arm umklammerte er seinen Hals und bog mit aller Gewalt seinen Kopf zurück, die andere Hand packte das Handgelenk des Megamannes und hielt es mit unerbitterlicher Kraft fest. Der Megamann bäumte sich auf. An Kraft war er Kyle ebenbürtig, aber seine Verletzung behinderte ihn. Ein zweiter dunkelroter Blitz fuhr aus der plumpen Waffe in der rechten Hand des Megamannes und traf einen der Inspektoren. Das weiße Ameisengeschöpf glühte wie unter einem unheimlichen, inneren Feuer auf und verwandelte sich dann in eine Staubwolke.

Kyle versuchte, den Megakrieger in die Höhe zu reißen, und spannte gleichzeitig alle Muskeln an, um ihn das Genick zu brechen. Es gelang ihm nicht. Statt sich weiter gegen Kyles Griff zu stemmen, warf sich der Megamann plötzlich nach vorn, um Kyle über sich hinwegzuschleudern. Kyle ließ es zu, daß ihm die Bewegung den Boden unter den Füßen wegriß. Als er über seinen Gegner hinweggeschleudert wurde, griff er blitzschnell nach seinem rechten Arm und entwand ihm die Waffe. Er prallte hart auf den metallenen Boden auf und feuerte den Strahler ab, noch während er sich herumdrehte. Die rote Energieflut schnitt wie eine Sense aus Licht durch den Raum und traf den Megamann, bevor er sich auf Kyle stürzen konnte. Der Megakrieger verging in einer lautlosen Explosion aus rotem Licht und wirbelndem Staub.

Fast im gleichen Moment durchschnitt ein weiterer giftgrüner Energieblitz die Luft. Kyle fuhr herum, riß seine Waffe in die Höhe und wartete auf den grauenhaften Schmerz, mit dem der Laserstrahl seinen Körper treffen und seine gesamte Energie darin entladen mußte.

Aber der Schmerz kam nicht.

Statt dessen hörte er ein prasselndes Zischen und einen spitzen, fast wehleidigen Pfiff. Überrascht wandte er den Blick – und erstarrte. Stone hatte seine eigene Waffe gezogen und gefeuert. Aber es war nicht Kyle, auf den er seinen Laser gerichtet hatte.

Völlig verständnislos bemerkte Kyle das rauchende Loch in der weißen Panzerschale des Inspektors. Die *Ameise* taumelte. Ihre vier Hände griffen ins Leere, sie fanden nichts, woran sie sich festklammern konnten. Langsam brach die *Ameise* in die Knie, blieb einen Moment lang, auf zwei Hände gestützt, reglos hocken und kippte dann zur Seite. Das Leben in ihren kalten Facettenaugen erlosch, noch bevor ihre Spinnenglieder völlig aufhörten sich zu bewegen.

Kyle stand auf und blickte Stone an. Der Governor war bis zur Tür zurückgewichen und starrte auf die tote weiße Riesenameise. Keiner von ihnen rührte sich. Stone mußte wissen, wie wenig ihm seine Waffe gegen einen Gegner wie Kyle nutzte. Doch offenbar hatte der Governor ihn gar nicht treffen wollen. Der Inspektor hatte fast am anderen Ende des Zimmers gestanden. Es gab nur eine einzige Erklärung: Stone hatte den Inspektor absichtlich getötet. Aber warum?

Kyles Finger legte sich um den Abzug seiner Waffe, und auch Stone hob die kleine Laserpistole und richtete sie auf Kyles Augen. Doch keiner von ihnen drückte ab. Sekundenlang starrten sie sich an, bis schließlich Stone seine Waffe langsam wieder senkte.

Auch Kyle schoß nicht. Er hatte diesem Mann nichts zu vergeben, und er war ihm nichts schuldig. Er glaubte jetzt zu wissen, warum Stone den Inspektor erschossen hatte. Nach ein paar weiteren Sekunden senkte auch er die Hand, drehte sich herum und ging schweigend an Stone vorbei zur Tür. Die Blicke des Governors folgten ihm, und obwohl Kyle nicht einmal zu ihm zurücksah, spürte er, wie Stone die Laserpistole wieder hob und auf seinen Hinterkopf richtete. Trotzdem ging er ruhig weiter, blieb einen halben Schritt vor der Tür noch einmal stehen und wandte sich um.

»Fünf Minuten«, sagte Stone leise.

Kyle nickte wortlos. Wahrscheinlich würde er nicht einmal mehr so lange am Leben sein, dachte er. Es gab in dieser Basis Dutzende, wenn nicht Hunderte perfekt ausgebildeter Megakrieger. Aber es war eine Chance, und während er noch dastand und Governor Stone anstarrte, spürte er abermals ein neues, völlig unbekanntes und wunderbares Gefühl: Hoffnung.

Er drehte sich wieder herum, legte die Hand auf den Türöffner und zögerte noch einmal. »Draußen vor der Tür steht eine Wache«, sagte er. »Sie wird hereinkommen, sobald ich diesen Raum verlasse. Sie sollten sich eine gute Geschichte ausdenken – oder sie eliminieren.«

Ohne Stones Antwort abzuwarten, öffnete er die Tür und trat mit einem raschen Schritt auf den Korridor hinaus. Es war leichter, als er geglaubt hatte. Die Dienerkreatur war nicht sehr aufmerksam gewesen oder hatte vielleicht sogar geschlafen, denn sie schien nichts von dem Kampf bemerkt zu haben, der sich quasi direkt hinter ihrem Rücken abgespielt hatte. Als Kyle aus der Tür trat, reagierte sie geradezu lächerlich langsam. Statt sofort die Flucht zu ergreifen und Alarm zu geben, stieß sie ein überraschtes Zischeln aus und versuchte, nach ihm zu greifen. Kyle wich ihren Händen mit einer fast spielerischen Bewegung aus, packte sie am Hals und schmetterte sie gegen die gegenüberliegende Wand. Er legte nur einen Bruchteil seiner Kraft in diese Bewegung, denn er wollte nicht mehr töten, nicht einmal dieses Geschöpf. Trotzdem war der Anprall so heftig, daß die *Ameise* mit einem schmerzerfüllten Kreischen zu Boden sank und einige Augenblicke benommen liegenblieb. Kyle trat zu ihr, zerriß ihren Waffengürtel und schleuderte den kleinen Laserstrahler so weit weg, wie er nur konnte. Das Funkgerät warf er mit aller Kraft gegen die Wand, wo es zerbrach.

Dann drehte er sich herum und lief geduckt den Gang hinab. Er hatte sich den Weg eingeprägt und wußte, daß sich hinter der nächsten Biegung eine der gläsernen Aufzugkabinen befand. Mit ein wenig Glück würde er sie erreichen und das Gebäude verlassen können, ehe die fünf Minuten verstrichen waren, die Stone ihm versprochen hatte.

Kyle hatte das Ende des Ganges noch nicht ganz erreicht, als hinter ihm plötzlich ein giftgrünes, grelles Licht aufflackerte. Er fuhr überrascht herum und hob seine Waffe im gleichen Augenblick, in dem Stone aus allernächster Nähe einen zweiten Schuß auf den Wächter abgab. Kyle spürte einen eisigen Schauer, als er sah, wie sich Stone über die tote *Ameise* beugte. Es war nicht der Anblick der toten Kreatur, der ihn frösteln ließ; Tod und Gewalt waren ein Teil seines Lebens gewesen. Es war das Gefühl, sich selbst zu sehen. Es war absurd, aber für einen Moment hatte die schlanke Gestalt in der grauen Uniform sein eigenes Gesicht. Die Gnadenlosigkeit, mit der Stone die *Ameise* ausgeschaltet hatte, war auch einer seiner wesentlichsten Charakterzüge. Die Berechnung, die das Leben einer denkenden, fühlenden Kreatur nur als mathematische Größe in eine Gleichung mit einbezog, gehörte zu seinem Denken.

Er riß sich fast gewaltsam von dem Anblick los und lief weiter. Vielleicht hätte er nicht fliehen dürfen, dachte er plötzlich. Er hatte sein Leben gerettet, aber er war plötzlich nicht mehr sicher, daß es den Preis auch wert gewesen war, den er dafür würde zahlen müssen.

Ein unsanftes Rütteln an der Schulter weckte sie. Charity öffnete müde die Augen, sah nichts als einen verwaschenen hellen Fleck über sich und drehte sich mit einem gemurmelten Fluch wieder auf die Seite.

»Verdammt, wach endlich auf!« rief Gurk.

Unwillig drehte Charity sich wieder herum, stemmte sich auf

die Ellbogen hoch und blinzelte in das verknitterte Gesicht des Gnoms.

»Was ist los?« fragte sie verschlafen. »Verfolgst du mich jetzt schon in meine Träume, oder bist du gekommen, um mir wieder irgendwelche Vorträge zu halten?«

Gurk machte eine unwillige Handbewegung. »Hör mit dem Quatsch auf!« verlangte er grob. »Irgend etwas geht hier vor.«

Charity schaute den Zwerg noch einen Moment lang verständnislos an – und erwachte schlagartig. Sie hatte Gurk noch nie so erschreckt gesehen.

Mit einem Satz war sie aus dem Bett, schlüpfte in ihre Uniformhose und ein dünnes T-Shirt und wollte sich zur Tür wenden, aber Gurk winkte sie noch einmal zurück.

»Zieh den Rest auch an«, sagte er mit einer Geste auf ihre übrige Kleidung, die unordentlich über dem Stuhl neben dem Bett lag. »Du wirst die Klamotten wahrscheinlich brauchen.«

Charity gehorchte. Rasch zog sie ihre Jacke an, schlüpfte in die Stiefel und nahm schließlich auch das Lasergewehr vom Stuhl. Als sie hinter dem Zwerg in die Hotel-Suite trat, sah sie, daß sie nicht die einzige war, die er geweckt hatte. Skudder und Net saßen in voller Montur in einem Sessel, und zu ihrer Überraschung sah sie auch Helen und Jean, die leise und sehr ernst mit Skudder redeten. Als sie eintrat, unterbrachen sie ihr Gespräch, und Jean eilte ihr aufgeregt entgegen.

»Sie sind da!« rief Jean.

»*Wer* ist da?« fragte Charity.

»Die Jäger!« Jean machte eine nervöse Handbewegung zum Fenster. »Ein Gleiter ist vor einer Stunde gekommen. Und kurz darauf noch einer. Ich bin sicher, sie ...«

Charity unterbrach ihn mit einer energischen Geste. »Immer hübsch der Reihe nach«, sagte sie. »Was genau ist passiert? Werdet ihr angegriffen?«

Jean schüttelte den Kopf. »Nein«, sagte er, »jedenfalls noch nicht. Aber irgend etwas geht hier vor. Sie sind noch nie auf diese Seite des Flusses gekommen!«

»Weiß Ihr Vater davon?« fragte Charity, an Helen gewandt.

Das dunkelhaarige Mädchen schüttelte den Kopf. Ein sonderbarer Ausdruck lag auf ihrem Gesicht. Sie wirkte irgendwie ... schuldbewußt, fand Charity. Aber zugleich auch sehr alarmiert. »Wir sind gleich zu Ihnen gekommen«, sagte sie. »Ich weiß, ich hätte meinen Vater verständigen müssen, aber ...«

»Ihr müßt verschwinden!« sagte Jean. »Ich bin sicher, sie suchen euch.«

»Wenn sie das wirklich täten, hätten sie uns längst gefunden«, antwortete Charity. »Was genau ist passiert?«

Jean trat nervös von einem Fuß auf den anderen, aber als er endlich antwortete, tat er es erstaunlich ruhig. »Ich war draußen«, begann er. »Ich wollte ... runter zum Tank, ein bißchen an meinem Bike herumbasteln. Da habe ich den Gleiter gesehen. Er flog ganz langsam und sehr tief. Zuerst dachte ich, er würde in der Stadt landen. Einen Moment lang war er sogar verschwunden.«

»Wo?« fragte Charity.

Jean zuckte die Achseln. »Ich weiß es nicht genau«, gestand er. »Aber ich glaube, es war nicht sehr weit von hier. Aber er kann nicht gelandet sein, denn kurz darauf habe ich ihn wieder gesehen. Er flog nach Norden.«

»Nach Norden?« Charity runzelte die Stirn. »Aber dort ist doch nichts. Nichts, außer ...« Sie verstummte mitten im Wort. Betroffen blickte sie Jean an. »Sind Sie sicher?« vergewisserte sie sich. »Sie sind nach Norden geflogen?«

»Ganz sicher«, antwortete Jean. »Und der zweite auch.«

»Welcher zweite?« fragte Gurk.

»Der zweite Gleiter«, sagte Jean. »Ich bin sofort zurück, um Alarm zu schlagen. Kurz bevor ich hierherkam, kam noch einer.«

»Er flog in die gleiche Richtung?« vermutete Charity.

Jean nickte.

»Ich glaube«, murmelte Charity, »dann weiß ich, wo sie hin wollten.«

»Wohin?« fragte Helen aufgeregt. »Wir müssen meinen Vater alarmieren, wenn Sie es wissen.«

Charity maß sie mit einem sonderbaren Blick. »Ich glaube nicht, daß das eine gute Idee wäre«, sagte sie. »Davon abgesehen, daß es wahrscheinlich nicht mehr nötig ist.« Charity wandte sich wieder an Jean. »Es war richtig, daß Sie gleich hierhergekommen sind«, sagte sie. »Aber jetzt brauchen wir Ihre Hilfe, Jean.«

»Jederzeit«, antwortete Jean.

»Können Sie ein Fahrzeug organisieren?« fragte Charity. »Eines, in dem wir alle Platz haben?«

Jean schwieg einen Moment lang verwirrt. »Es gibt ein paar Lastwagen«, sagte er dann. »Aber wir dürfen sie nicht benutzen.«

»Wissen Sie, wo sie sind?«

»Ja. Aber die Garage ist verschlossen, und sie wird bewacht.«

»Na gut«, sagte Charity. »Dann kommt mit.«

»Aber wohin denn?« erkundigte sich Helen verstört.

Charity wandte sich zur Tür und machte eine einladende Geste. »Etwas tun, was ich schon lange einmal tun wollte«, erklärte sie fröhlich. »Einen Wagen stehlen.«

14

Der Aufzug bewegte sich fast lautlos in die Tiefe, und Kyles Blick tastete prüfend über das Gelände draußen. Es war dunkel. Die meisten Lichter in dem gewaltigen, fast ganz aus Glas gebauten Komplex waren erloschen. Er sah nirgendwo eine Bewegung. Nirgends eine Wache – und warum auch? Immerhin war es ihr Hauptquartier. Niemand konnte damit rechnen, daß jemand versuchte, daraus auszubrechen.

Zu Fuß zu fliehen war völlig aussichtslos. Die Basis war einfach zu groß, um sie in wenigen Minuten zu durchqueren und im Dschungel untertauchen zu können. Kyle brauchte ein Fahrzeug. Sein Blick tastete aufmerksam über die niedrigen Gebäude, die den Glas- und Chromkomplex des Hauptquartiers umgaben, ruhte einen Moment auf den rechteckigen Betonklötzen der Raupengarage und wanderte dann weiter. Die gepanzerten Kettenfahrzeuge boten zwar Schutz, waren aber viel zu langsam und zu leicht aufzuspüren. Dann fiel sein Blick auf die silberne Kuppel des Gleiterhangars. Im allerersten Moment kam ihm der Gedanke selbst verrückt vor – aber war er nicht in einer Situation, in der ihm gar keine andere Wahl mehr blieb, als etwas Verrücktes zu tun?

Geduckt lief er los. Der Hangar gehörte zu den wenigen Gebäuden, in denen trotz der vorgerückten Stunde noch Licht brannte. Kyle wußte, daß einer der sechs Fluggleiter Tag und Nacht in Bereitschaft war. Seine Besatzung bestand aus vier Dienerkreaturen, von denen immer zwei wach waren und zwei schliefen. Allerdings waren diese Wachmannschaften meist alles andere als wachsam. Es gab auch nichts, worauf sie achten mußten; keiner der Schüler wäre auf den Gedanken gekommen, einen Gleiter zu stehlen. Wenn er keinen Fehler beging, konnte er es schaffen.

Unbehelligt erreichte er die Halle, preßte sich gegen die

kalte Metallwand und lauschte mit angehaltenem Atem. Es war noch immer ruhig. Die fünf Minuten waren längst verstrichen, aber Stone hatte sich offenbar entschieden, ihm einen längeren Vorsprung zu gewähren. Lautlos, den Rücken fest gegen das eisige Metall der Kuppel gepreßt, näherte er sich der Tür, öffnete sie einen Spaltbreit und spähte aufmerksam hindurch. Die riesige Halbkugel war taghell erleuchtet. Kyle stellte mit einem leisen Gefühl der Verwunderung fest, daß nur drei der sechs Gleiter anwesend waren. Soviel er wußte, patrouillierte stets eines der Fluggefährte über dem Fluß, der die Grenze zur Freien Zone darstellte. Aber wo waren die beiden anderen?

Plötzlich erinnerte er sich, was der Inspektor über Captain Laird gesagt hatte. Offensichtlich kam er zu spät, um sie noch zu warnen oder irgend etwas zu ihrer Rettung zu unternehmen.

Er spähte einen Moment lang aufmerksam in die Halle hinein, sah nirgendwo eine verdächtige Bewegung und schlüpfte schließlich durch die Tür. Seine nackten Fußsohlen verursachten nicht das leiseste Geräusch auf dem schimmernden Metallboden der Halle. Erst als Kyle den ersten der drei Gleiter fast erreicht hatte, wurde ihm klar, daß es hier keine Wachmannschaft gab. Offensichtlich waren die wachhabenden *Ameisen* zusammen mit einem der drei anderen Gleiter abgeflogen.

Lautlos betrat er den ersten Gleiter, schlich den kurzen Gang zur Zentrale entlang und blieb noch einmal stehen, um zu lauschen. Hinter dem geschlossenen Panzerschott rührte sich nichts. Trotzdem spannte Kyle alle Muskeln an und bereitete sich auf einen Angriff vor, als er die Hand hob und den Öffnungsmechanismus betätigte. Die Tür glitt summend in die Wand zurück, und die Beleuchtung in der kleinen Kommandozentrale flammte automatisch auf.

Der Raum war leer. Kyle lief blitzschnell zum Pilotensitz, ließ sich hineinfallen und verbrachte vier, fünf Sekunden damit, sich wieder in Erinnerung zu rufen, wie ein solches Fahrzeug zu steuern war. Es war ein einfaches Modell, das nur für Atmosphärenflüge gedacht war. Aber für seine Zwecke würde es reichen. Alles, was er brauchte, war eine halbe Stunde Vorsprung.

Seine Finger huschten so geschickt über die Tasten, als wären seine Kontrollen nicht für die völlig anders geformten Klauen einer Dienerkreatur geschaffen. Auf dem halbrunden Pult begannen Dutzende von kleinen, verschiedenfarbigen Lichtern zu flackern, und ein paar asymmetrisch geformte Monitore füllten sich mit Bildern und Zahlenkolonnen. Die Türen des Gleiters schlossen sich, und wenig später hörte Kyle das dumpfe Grollen der großen Elektromotoren, die das Dach der Hangarkuppel öffneten. Spätestens jetzt würde man in der Basis wissen, daß jemand in diesem Gleiter war und damit zu starten versuchte.

Aber es war zu spät, um ihn aufzuhalten. Sie würden es nicht wagen, den Gleiter über der Basis abzuschießen. Er wollte die Hand nach dem Steuer ausstrecken, als sein Blick an einem der kleinen Monitore haften blieb. Kyle runzelte überrascht die Stirn, tippte rasch einige Zahlen in die mit fremdartigen Symbolen beschriftete Zwölfertastatur daneben und las den Text, der sich auf dem kleinen Bildschirm aufbaute. Offensichtlich hatte man dieses Fahrzeug bereits auf ein Ziel programmiert. Und er wußte plötzlich auch, auf welches.

Kyle schaltete den Monitor aus, griff nach dem Steuer und startete die Motoren. Ein dumpfes Vibrieren erfüllte den Rumpf der Flugscheibe. Auf dem Pult vor ihm begann ein gelbes Licht in hektischem Rhythmus zu flackern, als jemand versuchte, über Funk Verbindung mit dem Gleiter aufzunehmen. Kyle ignorierte es, warf einen raschen Blick durch die transparente Kuppel über ihm und stellte fest, daß sich das Dach der Halle weit genug geöffnet hatte. Er startete den Gleiter und ließ ihn aus dem Hangar herausschweben. Kyles linke Hand löste sich vom Steuer und griff nach einem kleinen, an einem schwenkbaren Arm angebrachten Schaltkasten. Auf einen Tastendruck hin erschien ein dünnes, rotes, an ein kompliziert geflochtenes Spinnennetz erinnerndes Fadenkreuz auf dem transparenten Material der Kuppel. Kyle ließ sein Zentrum über den Boden der Halle unter sich wandern, visierte einen der beiden verbliebenen Gleiter an und feuerte.

Ein gleißender Energiestrahl brach aus der Unterseite des Gleiters und traf die silberne Flugscheibe. Eine Sekunde lang sah es so aus, als sauge der Rumpf des Gleiters die Energie einfach auf, dann zerriß eine grelle Explosion das Fluggefährt. Trümmer und Flammen erfüllten das Innere des Hangars, und plötzlich stieg schwarzer, fettiger Rauch auf und nahm Kyle die Sicht. Er betätigte eine Taste, und plötzlich erschien auf dem Fenster vor ihm ein Computerdiagramm des Hangars, auf dem die genaue Position der beiden verbliebenen Gleiter zu erkennen war. Ruhig verschob Kyle das Fadenkreuz ein Stück nach rechts und gab eine weitere Salve ab. Dann ließ er den Gleiter an Höhe gewinnen, drehte ihn auf der Stelle herum und legte das Fadenkreuz über den glitzernden Glaspalast des Hauptquartieres, seine ganz private Hölle, in der sie ihm seine Menschlichkeit geraubt hatten.

Aber er schoß nicht.

Er konnte es nicht.

Während unter ihm überall in der Basis Lichter aufflammten und das Heulen von Alarmsirenen erklang, ließ Kyle den Gleiter ein Stück an Höhe gewinnen. Dann rammte er den Beschleunigungshebel mit aller Kraft nach vorn.

15

Sie brauchten fast zwei Stunden, um ihr Ziel zu erreichen. Den Lastwagen zu stehlen hatte sich als leichter erwiesen, als Charity erwartet hatte; die beiden Männer, die in der Tiefgarage Wache taten, in der sich der Fahrzeugpark der Freien Zone befand, waren alles andere als aufmerksam gewesen. Und Helens Anwesenheit hatte ihr Mißtrauen völlig zerstreut. Vielleicht, dachte Charity, würden sie in Zukunft etwas weniger vertrauensselig sein – sobald es ihnen gelungen war, sich von den Fesseln zu befreien, die Skudder ihnen angelegt hatte.

Aber die Schwierigkeiten hatten erst begonnen, nachdem sie die Garage verlassen hatten. Die Straßen wurden immer schlechter, je weiter sie nach Norden kamen. Mehrere Male hatte Charity schon befürchtet, daß sie das Fahrzeug aufgeben müßten, und auf einer Strecke von zwei oder drei Meilen hatten sie nur im Schrittempo fahren können, weil der Asphalt von Unkraut und Wurzeln gesprengt worden war. Aber jetzt näherten sie sich endlich der Metro-Station, aus der Charity und Barler vor drei Tagen herausgekommen waren.

Charity gab Jean ein Zeichen, anzuhalten. Der Wald war sehr still, und sie wollte nicht, daß das Motorengeräusch oder das Scheinwerferlicht die Moroni frühzeitig warntc.

Jean lenkte den Wagen in den Schutz einer Ruine, schaltete den Motor ab und stieg aus. Skudder, Net, Helen und Gurk kletterten lautlos von der Ladefläche. Charity hatte Helen gesagt, was sie zu finden glaubte, aber das Mädchen hatte darauf bestanden, sie zu begleiten; trotz der Gefahr, in die sie sich damit begab, was Charity allerdings gut verstand. Sie hätte nicht anders gehandelt.

Trotzdem bestand sie darauf, daß Jean und Helen den Abschluß ihrer kleinen Gruppe bildeten, und schärfte ihnen ein, sofort die Flucht zu ergreifen, falls sie entdeckt oder gar angegriffen werden würden. Sie bedauerte, sich bei ihrem ersten Besuch den Weg nicht besser eingeprägt zu haben, denn in der Dunkelheit ähnelten sich die verwüsteten Straßenzüge, und die wenigen Unterschiede, die es doch gab, verwischte der Dschungel. Als sie die Kreuzung erreichten, an der sie damals mit Barler abgebogen war, zögerte sie einen Moment unschlüssig. Dann blickte sie nach links – und sah den Gleiter.

Eine gewaltige, silbern schimmernde Scheibe hing scheinbar schwerelos zwei Handbreit über dem Boden, und aus einer offenstehenden Tür fiel kaltes, grünes Licht auf den geborstenen Asphalt. Ein zweites, gleichartiges Fahrzeug befand sich gute hundert Meter weiter entfernt. In dem blassen Lichtschimmer, der aus der offenstehenden Tür fiel, konnte Charity die schattenhaften Gestalten zahlreicher *Ameisen* sehen, die sich hektisch hin und her bewegten.

Lautlos schlich sie in die Deckung eines Mauerrestes und wartete, bis Skudder und die anderen ihnen gefolgt waren. »Also, hört zu«, flüsterte Charity. »Skudder und ich gehen weiter. Ihr bleibt hier. Und ihr kommt uns nicht nach, ganz egal, was passiert.« Sie sah besonders Helen eindringlich an. »Hast du das verstanden? Du bleibst, wo du bist – außer, ihr werdet angegriffen. Sollte man euch entdecken, dann lauft weg und versucht, euch irgendwie durchzuschlagen.«

»Ich komme mit«, beharrte Helen.

Charity schüttelte entschlossen den Kopf. »Das wirst du ganz bestimmt nicht tun«, sagte sie. Helen wollte auffahren, aber Charity machte eine entschiedene Handbewegung. »Ich kann mir vorstellen, wie du dich fühlst. Aber ihr hättet keine Chance, glaubt mir. Ich bin nicht einmal sicher, daß Skudder und ich es schaffen.«

Sie sah Net und den Gnom nacheinander an. »Ihr paßt auf die beiden auf«, sagte sie. »Wenn sie irgendeinen Unsinn versuchen, dann fesselt sie.«

Sie lief los, ehe Helen oder Jean noch Gelegenheit fanden,

zu widersprechen. Geduckt näherten sie sich dem Botschaftsgebäude.

»Warum hast du die beiden überhaupt mitgenommen?« fragte Skudder im Flüsterton.

Charity zuckte im Laufen mit den Achseln und erstarrte für eine Sekunde, als sie eine Bewegung wahrzunehmen glaubte. Dann sah sie, daß es nur ein Tier war, das aufgeschreckt davonhuschte, und lief weiter. »Glaubst du, sie wären zurückgeblieben?« erkundigte sie sich. »Außerdem«, fügte sie nach einer winzigen Pause hinzu, »ist es mir so lieber. Ich bin nicht sicher, daß sie nicht doch eine Dummheit gemacht hätten.«

»Hmm«, machte Skudder. »Würde es dir etwas ausmachen, mir zu verraten, was wir hier tun? Ich meine, ich hätte gerne gewußt, *warum* ich gleich erschossen werde.«

»Das verrate ich dir, wenn es soweit ist«, antwortete Charity lächelnd.

Sie näherten sich dem Botschaftsgebäude von Norden aus. Eine Anzahl großer Scheinwerfer tauchten die Fassade in fast taghelles Licht. Charity schätzte, daß es ungefähr dreißig *Ameisen* sein mußten, die sich vor dem Eingang bewegten. Zwischen den riesigen Insektenkreaturen sah sie auch die fleckigen Tarnanzüge mehrerer Männer, darunter auch einige, die sie schon am ersten Tag in der Freien Zone gesehen hatte. Charity sagte nichts dazu, und auch Skudder schwieg, aber der Ausdruck auf seinem Gesicht verfinsterte sich.

Sie liefen um das Gebäude herum. Skudder versuchte zweimal, eine Frage zu stellen, aber Charity gebot ihm jedesmal mit einer hastigen Geste, still zu sein, und blieb erst stehen, als sie sich dem Haus bis auf zehn oder zwölf Schritte genähert hatten. Ihr Blick glitt aufmerksam über die Rückseite des Hauses und blieb schließlich an einem der wenigen unbeleuchteten Fenster im Erdgeschoß hängen. Rasch und lautlos lief sie darauf zu, entfernte die scharfkantigen Glasreste, die noch im Rahmen steckten, und kletterte hinein. Skudder folgte ihr. Charity lief zur Tür und lauschte einen Moment, bevor sie vorsichtig die Klinke herunterdrückte und durch den schmalen Spalt spähte.

Der Korridor lag dunkel vor ihr, aber an seinem Ende war ein flackerndes, weißes Licht. Charity hörte das Geräusch harter Hornklauen auf dem Boden. Vorsichtig öffnete sie die Tür, warf einen letzten, sichernden Blick in beide Richtungen und lief dann los, fort von dem Licht und in Richtung Treppe, die am anderen Ende des Korridors begann. Skudder folgte ihr dichtauf.

Obwohl sie beide kaum ein Geräusch verursachten, kam es ihr vor, als hallten ihre Schritte so laut durch den Korridor, daß sie überall im Gebäude zu hören sein mußten. Und die wenigen Augenblicke, die sie brauchten, um die Treppe zu erreichen, schossen ihr hundert verschiedene Gründe durch den Kopf, warum ihr Vorhaben gar nicht gelingen *konnte.* Aber das Wunder geschah: Sie erreichten die Treppe, ohne daß sie entdeckt wurden.

»Wo willst du überhaupt hin?« fragte Skudder flüsternd.

Charity sah sich unschlüssig um, ehe sie mit einem Achselzucken antwortete. »Ich suche das Büro des Botschafters.«

»Ich denke, du kennst dich hier aus?« fragte Skudder.

Charity machte eine ärgerliche Handbewegung und trat zwei, drei Schritte von der Treppe zurück. Sie hatten Glück. Sie fanden das Büro des Botschafters schon hinter der dritten Tür, die sie öffnete.

Charity schlich hinein, bedeutete Skudder mit Gesten, an der Tür Wache zu halten, und sah sich mit klopfendem Herzen um. Es war dunkel. Das bißchen Licht, das durch die zersplitterten Fenster hereindrang, erhellte den Raum kaum. Aber sie fand trotzdem auf Anhieb, wonach sie suchte.

Der Safe lag hinter der Wandverkleidung verborgen, die wie das meiste Mobiliar ein Opfer der Flammen geworden war. Charity riß die Reste des verschmorten Kunststoffs herunter, wobei sie einen solchen Lärm verursachte, daß Skudder die Augen verdrehte und heftig zu gestikulieren begann. Dann trat sie zurück, musterte den Safe eine Sekunde lang mit schräggehaltenem Kopf und nahm schließlich das Lasergewehr von der Schulter. Skudder starrte sie ungläubig an. »Was hast du vor?« fragte er in einem erschrockenen Flüsterton.

Charity zuckte mit den Achseln. »Ich versuche mich als Panzerknackerin«, antwortete sie spöttisch.

»Ich finde nicht, daß jetzt der richtige Moment ist, dumme Witze zu machen«, sagte Skudder verärgert. »Was zum Teufel suchen wir hier?«

»Die Frage muß lauten: Was zum Teufel suchen die *Ameisen* hier?« sagte Charity. »Irgendwo dort unten muß etwas sein, das verdammt viel für sie wert ist.«

»Diese Computeranlage«, vermutete Skudder.

»Ja«, sagte Charity. »Und ich Närrin habe Ihnen auch noch die Tür aufgeschlossen. Aber ich frage mich, was sie dort unten zu finden hoffen.«

»Reicht das, was du selbst aufgezählt hast, nicht aus?« fragte Skudder. »Eure gesamten Waffen? Vorräte, Bunker, Depots ...«

Charity schüttelte den Kopf. »Nein. Das könnten sie leichter haben, Skudder. Dort unten können sie eine komplette Aufstellung finden, aber wenn sie nur auf *Beute* aus wären, hätten sie diese Anlage kaum fünfzig Jahre lang unangetastet gelassen.«

»Ich fürchte, ich komme nicht mehr ganz mit«, gestand Skudder.

»Ich auch nicht«, sagte Charity. »Im Ernst – ich hatte die ganze Zeit über das Gefühl, daß irgend etwas an Barlers Geschichte nicht stimmt. Wenn sie nur an den alten Waffendepots interessiert wären, hätten sie längst versucht, sich gewaltsam Zutritt zum Bunker zu verschaffen; auch auf die Gefahr hin, ihn zu zerstören.« Sie schüttelte entschieden den Kopf. »Nein – dort unten muß etwas sein, das ungeheuer wertvoll für sie ist.«

»Und was?« fragte Skudder.

»Woher soll ich das wissen?« antwortete Charity gereizt. »Das einzige, was ich weiß, ist, daß sie es ganz bestimmt *nicht* bekommen werden.«

Skudder sah sie überrascht an. »Was hast du vor?« fragte er.

»Ich habe noch eine kleine Überraschung für unseren Freund Barler«, antwortete Charity. »Paß bitte an der Tür auf.«

Skudder ging zur Tür zurück, während sie die Infrarotoptik ihrer Waffe einschaltete. Dann drückte sie auf den Feuerknopf. Ein grellweißer, nadeldünner Lichtstrahl traf den Safe und fraß sich funkensprühend in den Stahl hinein. Charity beschrieb einen langsamen Halbkreis mit der Waffe, ehe sie den Finger wieder vom Feuerknopf nahm und zum Safe ging, um ihr Werk zu betrachten.

Sie hatte Mühe, ein enttäuschtes Stöhnen zu unterdrücken. Der Laserstrahl hatte den Stahl kaum beschädigt.

»Was zum Teufel soll der Quatsch?« zischte Skudder.

»Ich muß den Safe öffnen«, antwortete Charity, ohne ihn anzusehen, »aber ich fürchte, es wird ziemlich lange dauern.« Sie blickte Skudder ernst an. »Glaubst du, daß du sie mir zehn Minuten vom Hals halten kannst?«

»Wenn sie einzeln und unbewaffnet kommen, vielleicht«, antwortete Skudder säuerlich.

Statt darauf etwas zu entgegnen, hob Charity wieder ihre Waffe, feuerte aber nicht, sondern legte sie auf den Schreibtisch und ging zum Fenster. So gut es ging, verschloß sie die Öffnungen mit den Resten der verrotteten Gardinen, ehe sie ihren Laser wieder aufnahm und sorgsam zielte. Zum zweiten Mal fraß sich ein grellweißer Strahl gebündelter Lichtenergie in den Stahl.

Es dauerte länger als zehn Minuten, die Safetür aufzuschweißen. Der Tresor war nicht nur aus besonders widerstandsfähigem Stahl gefertigt, seine Tür war auch überraschend dick, Charity mußte ihre Arbeit mehrere Male unterbrechen, als auf der Oberseite ihrer Waffe eine kleine rote Lampe blinkte und eine Überhitzung anzeigte. Aber schließlich schaffte sie es. Der Strahl schlug keine Funken mehr, sondern verschwand plötzlich im Inneren des Safes, und für den Bruchteil einer Sekunde flammte grelles Feuer auf, ehe Charity erschrocken die Hand vom Auslöser nahm und hastig die Leistungsabgabe der Waffe verringerte. Wenn sie das, was sich hinter der Safetür befand, zerstörte, war alles umsonst gewesen.

»Ich glaube, da kommt jemand«, sagte Skudder, als sie die Waffe wieder ansetzte und das Auge gegen die Zieloptik preßte.

»Ich bin gleich fertig«, antwortete Charity. Sie schoß. Der Strahl war kaum noch zu sehen, aber seine Energieentwicklung reichte, die verbliebene, millimeterdünne Metallschicht langsam durchzubrennen. Behutsam, Millimeter für Millimeter, brannte Charity das Schloß des Safes völlig heraus.

Auf dem Korridor erklangen Schritte, und plötzlich brüllte Skudder: »Verdammt, beeil dich! Wir bekommen Besuch!«

Plötzlich erscholl ein schriller Pfiff, und wenig später hörte Charity, wie Skudder fluchte und losfeuerte. Kurz darauf gab es eine Explosion draußen auf dem Gang. Ein zweites, noch schrilleres Pfeifen beantwortete den Lärm. Zwei, drei nadeldünne weiße Laserblitze verfehlten Skudder nur um Haaresbreite und setzten die Kunststoffverkleidung hinter ihm in Brand. Ein weiterer Schuß durchschlug die Tür dicht neben seiner linken Schulter und ließ die Vorhänge in Flammen aufgehen.

Mit einem dumpfen Poltern brach das Schloß des Safes heraus und krachte zu Boden. Charity legte die Waffe aus der Hand, sprang hastig auf und rannte zum Tresor. Sein Inneres war mit verschmortem Papier gefüllt. Sie fegte alles heraus, tastete mit den Fingerspitzen über die Rückwand des Safes und fand einen Augenblick später, wonach sie suchte. Ein Klicken ertönte, als ihre Hand den Kontakt niederdrückte, dann teilte sich die scheinbar massive Hinterwand des Stahlschrankes und gab den Blick auf einen winzigen, mit einem kleinen Monitor versehenen Schaltkasten frei.

Skudder feuerte immer heftiger. Vom Gang drang flackernder Feuerschein herein, den Geräuschen nach zu schließen, mußte dort eine halbe Ameisenarmee aufmarschieren, die Skudders Feuer erwiderte. Es erschien Charity fast wie ein Wunder, daß er noch nicht getroffen worden war.

Sie streckte abermals die Hand aus und konzentrierte sich wieder auf den kleinen Schaltkasten. Ihre Finger zitterten, während sie sich der Zehnertastatur neben dem Miniaturbildschirm näherte. Sie hoffte, daß noch alles so war, wie sie es in Erinnerung hatte.

Langsam drückte sie die neunstellige Kennzahl in die Tasten und wartete mit angehaltenem Atem. Einige Sekunden vergingen, dann füllte sich der Bildschirm mit grünem Licht und mikroskopisch feinen Schriftzeichen, die sie aufforderten, ihre persönliche Kennzahl einzugeben. Charity tat es, und neben dem Monitor glomm ein stecknadelkopfgroßer, roter Leuchtpunkt auf.

Plötzlich begann Skudder zu schreien und brachte sich mit einem verzweifelten Satz in Sicherheit, als eine Feuerwolke die Tür traf und fast das Zimmer in Brand setzte.

Charity überzeugte sich mit einem hastigen Blick davon, daß er nicht ernstlich verletzt war, wandte sich wieder dem Safe zu und löste hastig die Ausweisplakette von ihrem Hals. Ihre Finger zitterten so heftig, daß sie Mühe hatte, die kleine Metallscheibe in das Lesegerät unter der Tastatur zu schieben.

Wieder vergingen Sekunden, in denen Skudder ihr irgend etwas zuschrie, das sie nicht verstand, während er gleichzeitig auf die in hellen Flammen stehende Tür feuerte, offensichtlich nicht mehr gezielt, sondern nur noch, um eine Art Sperrfeuer zu legen.

Endlich wechselte die Farbe der Leuchtanzeige von Rot auf Grün. Charity hob abermals die Hand und gab rasch hintereinander fünfstellige Zahlengruppen ein. Zweimal vertippte sie sich dabei, und ihr Herz begann wie wild zu schlagen. Eine dritte Chance würde sie nicht bekommen.

Als sie die letzte Ziffer eingetippt hatte, wechselte das Licht neben dem Bildschirm wieder von Grün auf Rot, und auf dem Miniaturmonitor erschien die Nachricht, auf die sie gewartet hatte:

SELBSTZERSTÖRUNGSSEQUENZ AKTIVIERT!
BITTE GEBEN SIE DIE LETZTEN DREI ZIFFERN EIN!
WARNUNG: DER BEFEHL IST *NICHT* WIDERRUFBAR!

»Cherry!« brüllte Skudder mit überschnappender Stimme. »Ich weiß nicht, was du da tust – aber was immer es ist, *tu es schnell!*«

Charity atmete tief ein, zögerte eine letzte Sekunde – und drückte dann dreimal die 7.

Ein helles Klicken erscholl. Das Gerät gab ihren Ausweis wieder frei, und plötzlich änderte sich auch die Farbe des Monitors von Grün auf Rot.

SELBSTZERSTÖRUNGSANLAGE AKTIVIERT!
SIE HABEN FÜNFZEHN MINUTEN,
UM DAS GEBÄUDE ZU VERLASSEN!

Hastig nahm Charity wieder ihren Ausweis an sich, befestigte ihn an der Kette und drückte auf den verborgenen Schalter, der die Rückwand des Safes wieder zugleiten ließ. Hinter ihr erscholl ein überraschter Schrei, dann ein dumpfes Poltern und die Geräusche eines Kampfes, und als Charity herumfuhr, sah sie Skudder, der sich ebenso wütend wie vergeblich gegen zwei Moroni zu wehren versuchte, die irgendwie durch die Flammenhölle am Eingang gekommen waren. Sie hob ihre Waffe.

»Ich würde das nicht tun«, sagte eine Stimme von der Tür her.

Charity erstarrte. Langsam senkte sie den Laser wieder und sah Barler an, der unter der brennenden Tür stand und mit einem Lasergewehr auf sie zielte.

»Seien Sie vernünftig, Captain Laird«, sagte Barler ruhig. »Ich glaube, Sie wissen, wann Sie verloren haben. Zwingen Sie mich nicht, Sie zu verletzen.«

Charity legte ihren Laser zu Boden und wandte sich an Skudder, der sich noch immer im Griff der beiden riesigen, vierarmigen Insektenkreaturen aufbäumte. »Laß es«, sagte sie müde, »er hat recht.«

»Das ist sehr vernünftig von Ihnen, Captain Laird«, sagte Barler. Er kam näher, wobei er seine Waffe weiter drohend auf Charity gerichtet hielt. »Darf ich fragen, was Sie hier suchen?«

»Das dürfen Sie«, antwortete Charity kalt, »aber ich werde nicht antworten.«

Barler lächelte flüchtig, blickte einen Moment abwechselnd Skudder und sie an und senkte endlich sein Gewehr. Sein Blick fiel auf den Safe hinter ihr. Er runzelte die Stirn, trat an ihr vorbei und blickte einen Moment lang verwirrt auf den vollkommen leeren Tresor. Dann beugte er sich vor und tastete über die Rückwand. Es dauerte nur Sekunden, bis sich das klickende Geräusch wiederholte und die Metallplatte abermals beiseite glitt.

Barler stieß einen überraschten Laut aus, als er die kleine Computertastatur erblickte – und dann weiteten sich seine Augen, als er die Schrift auf dem Monitor sah:

SELBSTZERSTÖRUNGSSEQUENZ AKTIVIERT!
SIE HABEN NOCH DREIZEHN MINUTEN,
UM DAS GEBÄUDE ZU VERLASSEN!

Eine Sekunde lang erstarrte er, dann fuhr er mit einer wilden Bewegung herum und sah sie einen weiteren Herzschlag lang voll Haß an. »Ich muß gestehen, ich habe Sie unterschätzt, Captain Laird«, sagte er kalt. »Schalten Sie es ab!«

»Das kann ich nicht«, antwortete Charity.

»Ich glaube Ihnen nicht«, sagte Barler.

»Das ist Ihr Problem«, gab Charity zurück.

»Ich könnte Sie dazu zwingen!«

»Vermutlich«, gestand Charity, »aber nicht in dreizehn ...« Sie warf einen Blick auf den Monitor. »... in zwölf Minuten.«

»Ich vermute, es würde auch nichts nützen, wenn ich Sie und Ihren Freund hier zurücklasse und darauf hoffe, daß Ihnen Ihr eigenes Leben wichtiger ist«, sagte Barler.

Charity nickte. »Das ist richtig.«

Wieder starrte er sie eine Sekunde lang wortlos an. »Also gut!« sagte er schließlich. »Dann verschwinden wir von hier.« Er gab den beiden *Ameisen,* die Skudder hielten, einen befehlenden Wink. »Schafft ihn raus. Um Captain Laird kümmere ich mich selbst.«

Während die beiden Moroni den Hopi aus dem brennenden Zimmer zerrten, hob Barler Charitys Waffe auf, hängte sie sich über die Schulter und richtete sein eigenes Gewehr wieder auf sie. »Bitte«, sagte er, »zwingen Sie mich nicht, Sie zu erschießen, Captain Laird. Ich weiß, wie gefährlich Sie sind.«

»Da haben Sir mir einiges voraus«, antwortete Charity verächtlich. »Bis vor zwei Stunden wußte ich noch nicht, wie gefährlich *Sie* sind.«

Barler maß sie mit einem sonderbaren Blick, den sie im ersten Moment nicht einordnen konnte. Dann lächelte er plötzlich, als hätte sie ihm ein Kompliment gemacht. Er wiederholte seine auffordernde Geste mit dem Gewehr und deutete auf die Tür. »Wir sollten jetzt wirklich gehen«, sagte er. »Es wird hier allmählich ungemütlich.«

Skudders Laserfeuer hatte den Korridor in eine Hölle aus Feuer und Rauch verwandelt. Auch die Treppe stand in Flammen. Barler wies auf die offenstehenden Türen eines Aufzuges am anderen Ende des Korridors. Charity betrat ihn, lehnte sich mit vor der Brust verschränkten Armen gegen die Rückwand und sah unbeteiligt zu, wie Barler die Tür schloß und sich fast gemächlich zu ihr umdrehte.

»Zumindest weiß ich jetzt«, sagte sie, »warum Sie vor drei Tagen so sicher waren, daß wir keine Spione sind.«

Barler sah sie fast betrübt an. »Sie täuschen sich schon wieder, Captain Laird«, sagte er traurig. »Ich arbeite nicht für die Besatzer.«

»Natürlich nicht«, antwortete Charity spöttisch, »wie komme ich nur auf solch abwegige Ideen.«

Der Ausdruck von Trauer in Barlers Blick verstärkte sich noch. Aber er schwieg, bis der Aufzug das Erdgeschoß der Botschaft erreicht hatte und sich die Türen wieder öffneten.

Der große Raum war noch immer mit *Ameisen* angefüllt. Charity sah aber auch ein paar von Barlers Männern. Sie durchquerten die Halle, verließen das Gebäude und gingen rasch durch den Park zur Straße zurück. Die beiden Gleiter schwebten noch immer reglos über der Straße, aber sie hatten jetzt eine ganze Batterie greller Scheinwerfer eingeschaltet, die die Nacht im Umkreis einer halben Meile verscheuchten. Mehrere weitere, zusätzliche Türen hatten sich auf den Unterseiten der Flugscheiben geöffnet, und immer mehr und mehr *Ameisen* traten aus dem Gebäude heraus und verschwanden in den Gleitern.

Skudder stand einige Schritte neben einer der schimmernden Fliegenden Untertassen und wurde von zwei *Ameisen* festgehalten. Hinter ihm hatten zwei von Barlers Männern Aufstellung genommen – und aus der anderen Richtung näherten sich Net, Gurk, Jean und Barlers Tochter! Sie gingen widerwillig und mit erhobenen Händen vor vier bewaffneten *Ameisen.*

Barler sah seine Tochter einen Moment lang wortlos an, dann drehte er sich wieder zu Charity herum und sagte: »Sie hätten Helen nicht mit hineinziehen sollen, Miss Laird.«

»Das hat sie nicht«, antwortete Helen an Charitys Stelle.

Ihr Vater betrachtete sie mit einem traurigen Lächeln. »Du mußt sie nicht verteidigen, Helen.«

»Aber das tu ich nicht!« antwortete Helen. Ihre Stimme bebte vor Zorn. »Captain Laird wollte nicht, daß ich mitkomme. Aber ich habe darauf bestanden. Ich wollte mich mit eigenen Augen überzeugen.«

»Wovon?« fragte Barler beinahe freundlich.

»Davon, daß sie recht hat«, antwortete seine Tochter. Charity sah, wie sich ihre Augen mit Tränen füllten. »Ich ... ich wollte es nicht glauben. Aber sie hat recht. Du bist ein Verräter. Du arbeitest für sie.«

Barler setzte zu einer Antwort an, gab dann aber den *Ameisen,* die Helen und die anderen bewachten, ein Zeichen, sie zu Skudder hinüberzubringen.

»Sind wir hier sicher?« fragte er, als er sich wieder zu Charity herumdrehte.

Sie nickte.

»Sagen Sie bitte die Wahrheit, Captain Laird«, bat Barler. »Niemand gewinnt etwas, wenn wir alle umkommen.«

»Es besteht keine Gefahr«, antwortete Charity. Sie machte eine erklärende Geste auf die Ruinen, die die Straße in beiden Richtungen flankierten. »Das hier war einmal eine lebendige Stadt, Barler. Glauben Sie, wir wollten Hunderte von unschuldigen Leuten umbringen?«

»Nein«, antwortete Barler. »Ich glaube auch nicht, daß Sie Ihre Freunde und sich selbst opfern würden, nur um ein paar Moroni umzubringen und zwei Gleiter zu zerstören.« Er schien noch mehr sagen zu wollen, zog aber statt dessen ein kleines Funkgerät aus der Jackentasche und hielt es an die Lippen.

»Kommt jetzt raus«, sprach er ins Mikrophon. »Ihr habt noch sechs oder sieben Minuten.«

»Wen haben Sie gewarnt?« fragte Charity, als er das Gerät ausschaltete und wieder einsteckte. »Ihre Männer – oder Ihre vierarmigen Freunde?«

»Sie sind nicht meine Freunde«, antwortete Barler ruhig.

»Sicher«, sagte Charity.

Barler seufzte. »Bitte, Captain Laird ...« begann er, schüttelte dann den Kopf und machte eine fast resignierend wirkende Handbewegung. »Also gut«, sagte er. »Ich werde versuchen, es Ihnen zu erklären, aber nicht hier.« Er deutete zu Helen und den anderen hinüber, und Charity folgte ihm.

Skudder hatte endlich aufgehört, sich gegen den Griff der beiden Ameisenwesen zu wehren, aber er starrte Barler ebenso haßerfüllt an wie Helen. »Bist du jetzt zufrieden?« fragte sie ihren Vater.

»Bitte, Helen«, sagte Barler fast flehend. »Hör mir einfach fünf Minuten zu. Vielleicht wirst du mich danach verstehen.«

»Eigentlich«, antwortete seine Tochter, »brauchst du gar nichts zu erklären. Ich verstehe dich auch so. Also hatten Jean und die anderen doch recht.«

»Sie verdammter Verräter!« sagte Jean. »Was haben Sie jetzt mit uns vor? Wollen Sie uns auf der Stelle erschießen – oder liefern Sie uns an Ihre Freunde aus?«

»Euch wird nichts geschehen«, antwortete Barler. »Ich weiß, was ihr denkt. Aber glaubt mir, ich arbeite nicht für sie. Das habe ich nie getan.«

»Natürlich nicht!« sagte Jean aufgebracht. »Deshalb haben Sie auch jeden Versuch im Keim erstickt, uns endlich zu wehren.«

»Ich habe es getan, um euch zu beschützen!« verteidigte sich Barler. »Ja, verdammt! Von mir aus nennt mich einen Verräter. Es stimmt – ich habe ab und zu mit ihnen geredet, und ich habe das eine oder andere Geschäft mit ihnen gemacht. Aber ich habe es nur getan, um unser aller Leben zu schützen.«

»Deshalb haben Sie uns auch jetzt verraten, nicht wahr?« fragte Skudder wütend.

»Ich mußte es tun«, antwortete Barler. Er wandte sich an Charity. »Bitte, Captain Laird, versuchen Sie, mich zu verstehen. Ich habe Ihnen erzählt, welch großen Wert sie darauf legten, Zugang zu dieser Basis zu bekommen.«

»Und Sie haben ihn ihnen verschafft«, sagte Charity bitter. »Hat es sich wenigstens gelohnt?«

»Ja«, antwortete Barler ernst. »Vielleicht hat es unser aller Leben gerettet, sogar Ihres, Captain Laird.«

»Oh, wie großzügig«, sagte Charity spöttisch, aber Barler blieb ernst.

»Ich meine es ernst, Captain Laird«, sagte er. »Ich habe mit dem Kommandanten der Basis gesprochen. Er verlangt nicht einmal Ihre Auslieferung. Sie können bei uns bleiben, solange Sie wollen.«

»Als Gefangene«, vermutete Charity.

Barler schüttelte den Kopf. »Als Bürger der Freien Zone«, antwortete er. Er machte eine Geste auf das Botschaftsgebäude. »Das da war alles, was sie haben wollten. Ich weiß nicht, wie sie reagieren werden, wenn sie erfahren, was Sie getan haben. Aber ich glaube nicht, daß Ihnen etwas geschehen wird.«

»Natürlich nicht«, mischte sich Skudder spöttisch ein. »Sie werden uns einen Orden verleihen, vermute ich.«

»Begriffe wie Rache oder Vergeltung sind ihnen fremd«, antwortete Barler ruhig.

»Du hast sie verkauft!« sagte seine Tochter. »Du hast sie ...«

»Meinetwegen nenne es so«, unterbrach sie ihr Vater. »Ich weiß, daß du mich jetzt haßt, Helen. Aber es mußte sein. Wir müssen uns mit ihnen arrangieren. Es ist der einzige Weg, um zu überleben.«

»Du elender Feigling!« antwortete Helen.

Als ihr Vater antworten wollte, zuckte ein grellweißer Blitz herab. Charity fuhr erschrocken herum, darauf gefaßt, das Botschaftsgebäude in einer Explosion auseinanderfliegen zu sehen, aber das Haus war unbeschädigt.

Einen Augenblick später rollte ein dumpfes, lang anhaltendes Grollen über den Himmel.

»Was zum Teufel war das?!« rief Skudder.

Ein zweiter, noch viel grellerer Blitz zerriß die Dunkelheit, und beinahe gleichzeitig begannen im Inneren der beiden Flugscheiben dünne, hohe Sirenentöne zu heulen.

Charity sprang erschrocken zur Seite, als eine *Ameise* an ihr vorüberhastete und im Inneren des Gleiters verschwand. Aus dem Gebäude stürmten plötzlich Dutzende von schwarzen, vielgliedrigen Insektengestalten hervor und rannten auf die Gleiter zu. Auch die *Ameisen,* die bisher Skudder und die anderen bewacht hatten, fuhren auf der Stelle herum und stürmten zu ihren Fluggefährten. Barler gab ihnen mit hastigen Gesten zu verstehen, daß sie sich zurückziehen sollten, und befahl gleichzeitig einige seiner Männer heran, um weiter auf die Gefangenen aufzupassen. Die grellen Scheinwerfer an den Außenseiten der Gleiter erloschen, gleichzeitig begann in ihrem Inneren ein hoher, vibrierender Summton zu ertönen, und Charity begriff, daß die beiden Schiffe starten würden.

»Was war das?« rief Skudder noch einmal.

Barler zuckte mit den Achseln. »Ich weiß es nicht«, antwortete er nervös. »Aber es kam aus der Basis. Von der anderen Seite des Flusses.«

Das grelle Heulen aus dem Inneren der Gleiter wurde lauter, während die Türen sich schlossen, obwohl längst noch nicht alle *Ameisen* an Bord der Schiffe waren. Charity und die anderen wichen hastig auf die andere Seite der Straße zurück, als die beiden Flugscheiben in die Höhe schossen.

Eine Sekunde später explodierte eine von ihnen.

Es ging so schnell, daß Charity nicht einmal Zeit fand, die Augen zu schließen, sondern direkt in den grellweißen Feuerball hineinblickte, in den sich das Schiff verwandelte. Ein ungeheures Dröhnen erklang, und im nächsten Augenblick überzog sich der Himmel mit einem Teppich aus brodelnden Flammen, aus dem Trümmer herabregneten, die wie brennende Meteore in den Wald und die Häuser einschlugen.

Die Druckwelle riß sie alle von den Füßen. Charity fiel, rollte sich instinktiv über die Schulter ab. Noch ehe Barler überhaupt begriff, wie ihm geschah, war sie bei ihm, schmetterte ihm die Handkante gegen den Hals und entriß ihm das Gewehr. Blitzschnell hob sie den Laser, richtete seinen Lauf auf Barlers Stirn und stellte die Waffe gleichzeitig auf höchste Energieabgabe ein.

»Eine Bewegung, und Sie sind tot«, sagte sie leise.

Barler schien ihre Entschlossenheit zu spüren, denn er rührte sich nicht und hob ganz langsam die Hände und wich einen halben Schritt vor ihr zurück. »Bitte tun Sie es nicht«, sagte er ruhig. »Sie täuschen sich, Captain Laird. Ich bin nicht der, wofür Sie mich halten.«

Charity zögerte. Instinktiv spürte sie, daß Barler zumindest in diesem Moment nicht log. Und daß es falsch gewesen wäre, ihn zu töten. Ihre Finger glitten über den Schaft der Waffe, fanden den kleinen Schalter, nach dem sie suchten, und legten ihn um. Barlers Augen weiteten sich vor Schrecken, als er begriff, was sie vorhatte, aber seine Reaktion kam zu spät: Charity drückte ab, und das Lasergewehr spieh einen kurzen, grellweißen Blitz aus, der Barlers Nervensystem auf der Stelle lähmte. Lautlos brach er in die Knie.

Helen schrie auf und war mit einem Satz bei ihrem Vater, aber Charity riß sie zurück, als sie sich über ihn beugen wollte. »Ihm ist nichts passiert«, sagte sie hastig. »Er lebt. Ich habe ihn nur betäubt.«

Helen schlug ihre Hand beiseite und funkelte sie an. Aber Charity gab ihr keine Gelegenheit, irgend etwas zu sagen, sondern schob sie mit einer energischen Bewegung zur Seite und richtete die Waffe auf den Bewußtlosen. »Kommen Sie ihm nicht zu nahe«, sagte sie. »Ich bin nicht sicher, ob er wirklich bewußtlos ist.«

Auf Helens Gesicht erschien ein fragender Ausdruck. »Wie meinen Sie das?«

Statt zu antworten, befahl Charity Skudder mit einer Kopfbewegung, auf sie aufzupassen, und ließ sich dann vorsichtig neben Barler auf die Knie sinken. Ihre Finger glitten über seinen Hals und tasteten nach seinem Puls, der ruhig und sehr gleichmäßig ging. Sie war immer noch nicht sicher, ob er wirklich bewußtlos war oder nur den Ohnmächtigen spielte – aber dieses Risiko mußte sie in Kauf nehmen.

Sie stand wieder auf, drehte sich zu Helen um – und stieß einen gellenden Warnschrei aus!

Hinter Helen und den anderen war ein halbes Dutzend *Ameisen* erschienen. Und es waren keine gehorsamen Arbeiter mehr, sondern Krieger, die mit angelegten Waffen herangestürmt kamen!

Einer von Barlers Männern trat den Kreaturen entgegen, hob die Hand und brach mit einem überraschten Keuchen in die Knie, als das Geschöpf seine Laserwaffe auf ihn richtete und abdrückte.

Helen schrie entsetzt auf, während sich Net gedankenschnell auf Jean warf und ihn zu Boden riß und Gurk schreiend im Gebüsch verschwand. Charity warf Skudder ihren Laser zu, fuhr herum und nahm die Waffe an sich, die Barler sich über die Schulter gehängt hatte.

Plötzlich wimmelte es überall von *Ameisen*. Während Skudder, Charity und die Handvoll von Barlers Männern, die den unerwarteten Angriff überlebt hatten, das Feuer erwiderten und die *Ameisen* niederstreckten, stürmten aus dem Botschaftsgebäude immer mehr und mehr schwerbewaffnete Insektenkreaturen heran.

»Zurück!« schrie Charity. »Verteilt euch!«

Hastig zogen sie sich in den Schutz des Dschungels zurück. Auch drüben, auf dem Botschaftsgelände, blitzte plötzlich grelles Laserfeuer auf, als sich einige von Barlers Männern, die das Anwesen noch nicht verlassen hatten, plötzlich ebenfalls von den *Ameisen* angegriffen sahen.

Ein hohes, rasend schnell näher kommendes Heulen ließ sie aufschauen. Der Flammenteppich, den der explodierende Gleiter über dem Himmel ausgebreitet hatte, war erloschen, aber an seiner Stelle raste jetzt die zweite Flugscheibe direkt auf den Wald zu, wo Charity und die anderen Deckung gesucht hatten. Instinktiv preßte sie sich gegen den Boden und wartete darauf, daß der Gleiter das Feuer eröffnete. Aber statt dessen kippte die Flugscheibe über die linke Flanke ab und vollführte eine Drehung. Ein grellweißer Energieblitz schnitt dort durch die Luft und ließ eines der Häuser am Ende der Straße explodieren. Und eine Sekunde später jagte eine zweite, dreißig Meter durchmessende Flugscheibe über die Straße!

Ihr Anblick war so bizarr, daß Charity für einen Moment aufhörte, auf die heranstürmenden *Ameisen* zu feuern, und voller ungläubigem Staunen zusah, wie der zweite Gleiter die erste Scheibe verfolgte und auf sie schoß – und schließlich traf.

Der Treffer reichte nicht aus, das Schiff explodieren zu lassen, aber es wurde herumgewirbelt, trudelte einen Moment lang hilflos durch die Luft und begann schließlich mit immer schriller kreischenden Maschinen zu Boden zu sinken.

Charity wandte hastig den Kopf und schloß die Augen, als der Gleiter zwei oder drei Straßenzüge entfernt aufschlug und in einer ungeheuerlichen Explosion auseinanderflog. Eine Druckwelle fegte über den Wald, gefolgt von einer Woge kochender, glühendheißer Luft, die überall in den Häusern kleine, flackernde Brände entfachte. Charity preßte sich mit angehaltenem Atem gegen den Boden, dann sah sie auf und blinzelte aus tränenden Augen zur Botschaft hinüber.

Die Druckwelle hatte auch dort alles von den Füßen gefegt. Doch die *Ameisen* erhoben sich bereits wieder – und setzten ihren unterbrochenen Angriff fort, als wäre nichts geschehen!

Die wenigsten von ihnen erreichten die Straße. Wieder zerriß ein schrilles Heulen die Nacht, und plötzlich schwebte der Gleiter wieder über der Straße. Seine Laserkanonen blitzten auf und verwandelten das Botschaftsgebäude und die meisten *Ameisen* in kochende Lava.

Charity begriff, daß sie vielleicht doch noch eine letzte Chance hatten. Schnell sprang sie auf die Füße, rannte zu Skudder und Net hinüber und gab einen einzelnen Schuß auf eine *Ameise* ab, die den Angriff irgendwie überlebt hatte. Das Wesen verging in einem grellen Blitz, und fast im gleichen Augenblick feuerte auch Skudder und tötete die letzte verbliebene *Ameise.*

Dann war der Kampf vorüber. Die Straße und ein großer Teil des Botschaftsgeländes hatten sich in einen weißglühenden Teppich aus Flammen verwandelt, und die wenigen Gestalten, die sich im zuckenden Feuerschein erhoben, hatten eindeutig menschliche Umrisse. Trotzdem blieb Charity noch einige weitere Sekunden stehen und überzeugte sich davon, daß wirklich keine Gefahr mehr drohte, ehe sie ihre Waffe senkte und sich nach Helen umsah.

Das Mädchen hatte seine Deckung verlassen und war zu Barler hinübergeeilt. Als Charity sich ihr näherte, bemerkte sie, wie Barler sich zu regen begann. Aber sie verzichtete darauf, noch einmal auf ihn zu schießen, sondern ließ sich neben seiner Tochter niedersinken und richtete nur drohend die Waffe auf seine Brust.

Barler öffnete die Augen. Im ersten Moment war sein Blick leer, aber dann kehrte das Leben in ihn zurück, und er sah Charity mit einer Mischung aus Enttäuschung und Zorn an. »Was ist passiert?« fragte er. Seine Stimme klang matt.

Charity zuckte mit den Achseln. »Das weiß ich nicht«, antwortete sie. »Aber irgend etwas scheint bei Ihren Freunden drüben auf der anderen Seite ziemlich schiefgelaufen zu sein.«

Das schrille Heulen des Gleiters, der abermals näher kam, ließ sie alle wieder aufschauen. Die riesige Flugscheibe glitt langsam über die Straße, schlug einen engen Kreis über den in Flammen stehenden Botschaftshof und gab noch einen letzten, einzelnen Laserschuß ab, der die Tür des Gebäudes traf und irgendwo in seinem Inneren etwas explodieren ließ. Dann schwebte der Gleiter tiefer.

Vielleicht war Charity die einzige, die nicht wirklich überrascht war, als die Tür des Gleiters aufglitt und eine Gestalt heraustrat. Gurk stieß ein überraschtes Keuchen aus, und auch Skudder fuhr zusammen und riß seine Waffe in die Höhe, aber Charity streckte rasch den Arm aus und drückte den Lauf des Gewehres wieder herunter. »Nicht«, sagte sie.

Die Gestalt trat langsam die Metallrampe herunter, sah sich um und kam schließlich auf Charity zu.

Plötzlich fuhr Jean wie unter einem Hieb zusammen und stieß ein überraschtes Krächzen aus. »Der Kerl ist ... ein Jäger!« schrie er, während er anklagend auf die schlanke, dunkelhaarige Gestalt vor sich deutete. Auch einige der anderen Männer fuhren überrascht zusammen, und zwei, drei Waffen richteten sich auf Kyle, aber plötzlich erwachte auch Helen aus ihrer Reglosigkeit.

»Nein!« rief sie. »Schießt nicht. Ihr könnt ihm vertrauen!«

Charity sah das Mädchen überrascht an. Helen trat mit einem Schritt zwischen Kyle und die Männer, die auf ihn zielten, und sagte noch einmal: »Schießt nicht.«

»Der Kerl ist ein Jäger!« wiederholte Jean.

»Aber er wird uns nichts tun«, erwiderte Helen. »Bitte glaubt mir!«

»Geh zur Seite, Helen«, verlangte einer der anderen Männer und hob seine Waffe.

Helen schüttelte den Kopf und machte ganz im Gegenteil eine Bewegung, die sie vollends in die Schußlinie brachte. »Wir können ihm vertrauen!« sagte sie.

»Einem Jäger?« antwortete Jean schrill.

»Ich kenne ihn«, erwiderte Helen. »Er hat mir schon einmal das Leben gerettet.«

Charity blickte das Mädchen verblüfft an. »Sie hat recht«, sagte sie dann. »Er wird uns nichts tun.«

Zögernd senkten auch die anderen ihre Waffen. Aber das tiefe Mißtrauen spiegelte sich deutlich auf ihren Gesichtern.

»Bitte beeilen Sie sich, Captain Laird«, sagte Kyle ruhig. »Wir haben nicht sehr viel Zeit. Wahrscheinlich sind jetzt schon ein paar Kampfschiffe unterwegs.«

»Du traust dem Kerl doch nicht etwa?!« kreischte Gurk mit überschnappender Stimme. »Das ist doch nur ein neuer Trick!«

»Ich glaube nicht, daß wir eine große Wahl haben«, antwortete Charity. Gurk wollte auffahren, aber Charity gab Skudder einen Wink, und obwohl der Hopi alles andere als überzeugt zu sein schien, daß sie recht hatte, packte er den Gnom, klemmte ihn sich kurzerhand unter den Arm und lief an Kyle und Helen vorbei die Rampe hinauf. Dann folgte ihm auch Net.

Charity wandte sich langsam um, sah Barler an und gab ihm mit Blicken zu verstehen, ihr zu folgen.

»Warum haben Sie mich nicht erschossen?« fragte Barler leise.

»Weil ich glaube, daß es nicht nötig ist«, antwortete Charity. »Stimmt es, daß Ihre Tochter Kyle kennt?« fragte sie mit einer Kopfbewegung auf Helen und den Megamann.

Barler zögerte einen Moment. »Ja«, sagte er, »ich sagte Ihnen bereits, sie ist nicht wirklich meine Tochter. Ich habe sie adoptiert, nachdem ihre Eltern drüben im Dschungel ums Leben gekommen waren. Wir haben nie verstanden, wieso sie es überlebt hat. Aber ich glaube, ich weiß es jetzt.«

»Sie lieben sie wirklich«, murmelte Charity.

»Ja«, sagte er leise. »Das tue ich.«

»Aber Sie werden sie verlieren«, sagte Charity.

»Ich weiß«, antwortete Barler mit trauriger Stimme.

»Sie kann nicht hierbleiben. Sie hat zuviel gesehen, und sie ist zu intelligent, um sich den Rest nicht selbst zusammenzureimen, sobald sie Gelegenheit hat, in Ruhe nachzudenken. Sie weiß, wer Sie sind.«

Wieder nickte Barler und betrachtete Helen mit einem langen, zärtlichen Blick. »Sie lassen mich am Leben?« fragte er.

»Es gibt keinen Grund, Sie umzubringen«, antwortete Charity. »Ich werde Ihnen nichts tun, Barler. Aber ich verspreche Ihnen«, setzte sie leise und ernst hinzu, »daß ich zurückkommen und sie eigenhändig umbringen werde, wenn diese Menschen unter dem leiden, was heute geschehen ist.«

»Das wird nicht passieren«, antwortete Barler. »Ich gebe Ihnen mein Wort, daß niemandem etwas geschehen wird. Ich sagte Ihnen bereits – Begriffe wie Rache und Vergeltung sind ihnen fremd.«

»Ich hoffe für Sie, daß das die Wahrheit ist«, erwiderte Charity. »Spielen Sie weiter den Kerkermeister, Barler, wenn es Ihnen Freude macht. Aber versuchen Sie nicht, den Henker zu spielen.«

»Das war ich nie«, antwortete Barler. »Ich war immer nur ihr Wächter.«

Charity wandte sich um und ging rasch auf die Rampe zu. Als sie neben Kyle angelangt war, berührte sie Helen am Arm und deutete mit der anderen Hand auf die offenstehende Tür. »Du kannst uns begleiten, wenn du willst«, sagte sie.

Helen zögerte. Ihr Blick wanderte unsicher zwischen ihrem Vater und dem Gleiter hin und her. »Ich …«

»Du kannst nicht hierbleiben«, unterbrach sie Charity leise, daß keiner der anderen Männer ihre Worte hörte.

Helen zögerte noch einen Moment, und wieder füllten sich ihre Augen mit Tränen. Aber dann fuhr sie herum und rannte die Rampe hinauf und verschwand im Inneren des Gleiters.

Auch Kyle sah sie einen Moment lang fast überrascht an, blickte dann zu Barler hinüber und machte eine fragende Geste. »Er ist ein Megamann«, sagte er.

Charity nickte. »Ich weiß.«

»Und du läßt ihn am Leben?«

Wieder nickte Charity. Dann folgte sie Helen ins Innere des Gleiters. Und nach kurzem Zögern betrat auch Kyle die Flugscheibe.

Keine zwei Minuten später hob der Gleiter ab, jagte dann mit aufheulenden Triebwerken nach Osten. Noch bevor das schrille Heulen verklungen war, lief irgendwo tief unter der Straße die letzte Sequenz eines sechzig Jahre alten Computerprogramms ab, und die Kellergeschosse des Botschaftsgebäudes verwandelten sich in eine weißglühende Hölle aus schmelzendem Stahl.

Zweites Buch

Die schlafende Armee

1

Der Gleiter schoß wie ein silberner Raubvogel aus der Sonne herab und eröffnete das Feuer. Es ging so schnell, daß selbst Kyles übermenschliche Reaktionen beinahe zu spät gekommen wären; es gelang ihm nicht, das Fahrzeug in einer halsbrecherischen Kurve herumzureißen und aus der Schußbahn zu bringen, aber die Energieabsorber heulten schrill auf. Charity spürte, wie die Wand hinter ihrem Rücken heiß wurde. Nicht zum ersten Mal, seit diese wahnwitzige Verfolgungsjagd begonnen hatte. Der Gleiter stöhnte wie ein großes, lebendes Wesen, das Schmerzen litt.

»Festhalten!« brüllte Kyle, als der Gleiter zum zweiten Mal heranschoß.

Diesmal eröffneten die Moroni aus größerer Entfernung das Feuer; zu weit entfernt, um ihr Ziel wirklich zu vernichten, wenn sie es trafen – aber nahe genug, um es zu beschädigen oder seine Ortungsgeräte für Augenblicke zu blenden.

Charity fand gerade noch Zeit, sich an dem nächstbesten Halt festzuklammern, als Kyle den Gleiter herumwarf und ihn so dicht über dem Boden dahinjagen ließ, daß er eine turmhohe Staubwolke hinter sich herzog und in seinem Sog Grasbüschel, Büsche und sogar kleinere Bäume entwurzelte. Die verwüstete Landschaft vor dem Fenster verwandelte sich in ein irrsinniges Durcheinander aus Farben und Formen, und die Maschinen unter ihren Füßen heulten so schrill, als würden sie jeden Moment explodieren.

Dieses tödliche Katz- und Mausspiel ging nun schon seit einer halben Stunde, und Kyle holte das Letzte aus den Maschinen heraus. Aber sie hatten gar keine andere Wahl. Das Jagdgeschwader, das die Moroni auf sie angesetzt hatten, hatte ganz eindeutig *nicht* den Befehl, sie lebend einzufangen. Das scheibenförmige Kampfschiff dort draußen war das dritte, auf das sie während der letzten halben Stunde gestoßen waren – und es hatte wie seine beiden Vorgänger das Feuer eröffnet, kaum daß es auf Schußweite herangekommen war. Daß sie überhaupt noch am Leben waren, verdankten sie einzig und allein Kyles übermenschlich schnellen Reaktionen. Aber irgendwann würden auch seine scheinbar unerschöpflichen Kraftreserven verbraucht sein, irgendwann würde er einen winzigen Fehler begehen, oder sie würden einfach in eine Situation geraten, die tatsächlich ausweglos war.

Das Schiff dort draußen war nicht nur wesentlich größer als die beiden Gleiter, auf die sie zuvor gestoßen waren; auch seine Bewaffnung war der ihres eigenen Schiffes so hoffnungslos überlegen, daß Kyles Versuch, es wie seine beiden Vorgänger schlichtweg anzugreifen und zu zerstören, fast in einem Fiasko geendet hätte. Charity wußte nicht, wie schwer ihr Gleiter beschädigt war, aber sie hatte das dumpfe Krachen gehört, mit dem die Lasersalve in den Rumpf des Fahrzeugs einschlug. Und seither hatte sich das Flackern roter, hektischer Warnleuchten auf dem asymmetrisch geformten Pult vor Kyle verstärkt, aber nach wie vor jagte Kyle den Gleiter im Tiefflug über das verheerte Land.

»Achtung!« brüllte Kyle. *»Er kommt zurück!«*

Wieder kippte die verschwommene Landschaft vor der Kanzel zur Seite, als Kyle das Schiff in einer Folge irrsinnig schneller Saltos aus der Schußbahn der grellen Lasersalven zu bringen versuchte. Die Maschinen unter ihren Füßen kreischten, und Charity glaubte abermals, das furchtbare Geräusch zerreißenden Metalls zu hören. Dann erschien plötzlich die gewaltige Silberscheibe des Verfolgers direkt vor dem Fenster, nah, entsetzlich nah, und Charity begriff voller Entsetzen, daß Kyle das Fahrzeug auf einen direkten Kollisionskurs gebracht hatte!

»Um Himmels willen!« schrie sie. »Was hast du vor?«

Wenn Kyle ihre Worte überhaupt hörte, so ignorierte er sie. Seine Finger schoben einen sonderbar geformten Schalter auf dem Pult bis zum Anschlag nach vorn, und sie spürte, wie der

Gleiter noch einmal beschleunigte und mit einem Ruck seine Geschwindigkeit annähernd verdoppelte. Die riesige Scheibe des Kampfschiffes schien sie anzuspringen wie ein stählerner Mond, der jäh vom Himmel stürzte, dann schloß sie geblendet die Augen, als Kyle sämtliche Laserkanonen des Gleiters auf einmal abfeuerte und das Fahrzeug gleichzeitig in einer schier unmöglichen Bewegung zur Seite riß.

Der Rumpf des anderen Schiffes huschte so dicht vor dem Fenster vorbei, daß Charity glaubte, nur noch den Arm ausstrecken zu müssen, um ihn zu berühren. Und fast im gleichen Bruchteil einer Sekunde flutete eine Woge unerträglich grellen, weißen Lichtes in die Kanzel.

Sie schrie auf, schlug geblendet die Hand vor die Augen und drehte den Kopf zur Seite, und auch Net, die sich in den Sitz neben ihr gekauert hatte, stöhnte unterdrückt. Ein gewaltiges Krachen und Dröhnen ließ das Schiff erbeben, und wieder löschte eine grellweiße Lichtflut das Grau der heraufziehenden Dämmerung aus.

Charity spürte, wie der Gleiter wie ein Stein in die Tiefe zu fallen begann und im allerletzten Moment mit brutaler Wucht abbremste. Instinktiv spannte sie alle Muskeln in Erwartung des kommenden Aufpralles an, aber das Wunder geschah – der Gleiter kam, schaukelnd wie ein Schiff auf stürmischer See einige Meter über dem Boden, zum Halten und begann auf der Stelle zu kreisen; offensichtlich, ohne daß Kyle irgend etwas dagegen unternehmen konnte oder wollte.

Charity warf dem jungen Megamann im Pilotensitz einen besorgten Blick zu. Der Gleiter drehte sich weiter, und nach einem Augenblick kam der Verfolger wieder in Sicht: Er schwebte ein gutes Stück über ihnen. Charity konnte die rotglühenden Löcher in seinem Rumpf erkennen, wo ihn die Lasersalve getroffen hatte. Sein Pilot schien Schwierigkeiten zu haben, das Fahrzeug in der Luft zu halten, aber es bewegte sich bereits wieder auf sie zu; langsam, aber unaufhaltsam. Ein Feuerwerk dünner, blauer Blitze umspielte seinen Rumpf, doch Charity wußte von Kyle, daß dieses blaue Elmsfeuer nichts als die sichtbaren Auswirkungen des Energiefeldes waren, das den Gleiter einhüllte. Sie brauchten eine Atombombe, um dieses Ding zu knacken, dachte Charity zornig. Der Gleiter, den Kyle in Paris gestohlen hatte, war ein kleines Patrouillenfahrzeug und kein *Kriegsschiff* wie das Fahrzeug vor ihnen.

»Schieß ihn ab!« stöhnte Skudder. Er war zu Boden geschleudert worden und versuchte jetzt, sich in die Höhe zu ziehen, während er mit der freien Hand heftig auf die Flugscheibe deutete. »Warum feuerst du nicht?«

»Das wäre völlig sinnlos«, antwortete Kyle. »Die Energiebänke sind fast leer. Ich habe ihn getroffen, aber ihr seht ja, was passiert ist.«

Er streckte die Hand aus und berührte eine Taste auf dem Pult. Der Gleiter hörte auf, sich zu drehen, und setzte sich mit quälender Langsamkeit wieder in Bewegung. Kyles Blick huschte über das Durcheinander von Zahlen und Symbolen, das auf dem Dutzend kleiner Monitore vor ihm zu sehen war. Ein nachdenklicher Ausdruck trat auf seine Züge.

»Vielleicht haben wir doch noch eine Chance«, sagte er plötzlich. »Haltet euch fest.«

Der Gleiter begann wieder Fahrt aufzunehmen, und aus der zerstörten Trümmer- und Dschungellandschaft unter ihnen wurde wieder ein Teppich aus Grün- und Brauntönen, gleichzeitig stieg das Fahrzeug höher.

Charity beugte sich im Sitz vor und warf einen Blick auf den Bildschirm, auf dem der Verfolger zu sehen war. Auch er nahm Fahrt auf, und sie war nicht sicher – aber es schien ihr, als käme er ganz langsam wieder näher.

»Übernimm die Laser«, bat Kyle. Gleichzeitig hob er die linke Hand und schob ihr einen kleinen, an einem schwenkbaren, vielgliedrigen Metallarm befestigten Kasten zu. Charity blickte einen Moment lang hilflos auf die fremdartig beschrifteten Kontrollen, aber dann begriff sie das einfache System, das dahintersteckte; langsam, aber sehr sicher legte sie das rote Spinnennetz des Fadenkreuzes über das Abbild des Gleiters auf dem Schirm und sah Kyle fragend an.

»Ziele genau auf die Kuppel!« sagte Kyle, ohne den Blick von dem Fenster zu nehmen. Seine Stimme klang gepreßt. »Wir können ihn nicht zerstören, aber vielleicht können wir seine Sensoren blenden. Du hast nur einen einzigen Schuß. Ich gebe dir volle Energie, aber dann sind die Bänke leer. Warte, bis ich es dir sage!«

Der Gleiter wurde immer schneller. Das Kreischen der Motoren erreichte eine Tonlage, die in den Ohren schmerzte, und Charity spürte, wie die Temperatur in der Kabine immer mehr und mehr anstieg. Auf dem Pult vor Kyle blinkten mittlerweile fast alle Lichter rot auf.

»Wie schnell sind wir?« fragte sie.

Ein flüchtiges Lächeln huschte über Kyles Gesicht. »Willst du das wirklich wissen?«

Charity zog es vor, nicht darauf zu antworten.

»Dort vorn ist eine Stadt«, sagte Kyle plötzlich.

Charity sah auf. Im ersten Moment erkannte sie nichts als sonderbare Farbflecken, dann gewahrte sie die gezackte, harte Schattenlinie der Ruinenstadt, die Kyle entdeckt hatte.

»Achtung, Charity!« sagte Kyle.

Charity nickte nervös. Ihre Finger begannen zu zittern, aber das rote Fadenkreuz auf dem Monitor rührte sich nicht, sondern blieb unverrückbar auf der flachen Kuppel auf der Oberseite des Gleiters haften.

Kyle trieb den Beschleunigungshebel mit einem Ruck bis zum Anschlag vor, und der Gleiter machte einen regelrechten Satz nach vorne. Charity schrie erschrocken auf, als Kyle das Fahrzeug fast senkrecht in die Höhe rasen ließ, plötzlich zur Seite abdrehte und in einer langgezogenen, taumelnden Spirale wieder auf den Boden zuraste. Der Verfolger folgte ihnen in derselben Flugbahn – und Charity sah nun, daß er tatsächlich näher kam. Der Pilot dieses Schiffes mußte ein Megakrieger wie Kyle sein – oder ein Computer. Kein anderes lebendes Wesen hätte dieses Flugmanöver nachvollziehen können.

Der Gleiter raste mit irrsinniger Geschwindigkeit dem Boden entgegen. »Achtung jetzt!« sagte Kyle gepreßt. *»Feuer!«*

Ein einzelner, grellweißer Laserstrahl traf den verfolgenden Gleiter und prallte scheinbar wirkungslos von seiner gepanzerten Kuppel ab. Charity versuchte, einen zweiten Schuß abzugeben, aber diesmal blieb die erwartete gleißende Lichtflut aus: Die Energie der Strahlenkanonen war verbraucht.

Sie bekam keine Gelegenheit zu einem dritten Versuch, denn plötzlich schrie Net neben ihr gellend auf, und auch Skudder und Helen gaben ein überraschtes Keuchen von sich. Der Boden schien dem Gleiter regelrecht entgegenzuspringen. Für eine einzige, entsetzliche Sekunde konnte Charity sehen, wie aus den verschwommenen Farbschattierungen unter ihnen plötzlich die Umrisse zerstörter Häuser wurden, dann riß Kyle das Fahrzeug in einer engen Schleife herum; die Ruinenstadt kippte unter ihnen weg, und fast im gleichen Moment konnte Charity spüren, wie irgend etwas mit fürchterlicher Wucht gegen die Unterseite des Gleiters krachte und sie aufriß. Grelle Flammen und ein riesiger Schatten erfüllten plötzlich das Fenster.

Charity riß instinktiv die Hände vor das Gesicht, aber Kyle fand die Kontrolle über den Gleiter noch einmal wieder; im allerletzten Moment riß er das Fahrzeug herum und jagte es an dem Hindernis vorbei. Der Pilot des anderen Schiffes hatte weniger Glück. Die riesige Flugscheibe versuchte nicht einmal, den rasenden Sturzflug abzufangen, sondern bohrte sich mit unverminderter Geschwindigkeit zwei Meilen hinter ihnen in den Boden und explodierte in einem weißblauen, nuklearen Feuerball.

Charity erfuhr niemals, was ihr Fahrzeug wirklich zerstört hatte: Kyles irrsinniges Flugmanöver, die Kollision mit dem

Boden oder die Druckwelle der Atomexplosion, in der ihr Verfolger auseinanderbarst. Das nächste, woran sie sich erinnerte, war das Prasseln von Flammen, ein Gefühl unerträglicher Hitze auf der Haut und beißender, heißer Rauch, der sie ersticken wollte. Sie hustete, rang mit einem qualvollen Keuchen nach Luft und versuchte, sich aus dem Gewirr von Metall und Kunststoff zu befreien, in das sich ihr Sitz verwandelt hatte. Im ersten Moment gelang es ihr nicht einmal, auf die Füße zu kommen. Der Gleiter stand schräg wie ein gestrandetes Schiff; der Boden hatte sich in eine jäh abfallende, gefährliche Rampe aus spiegelglattem Metall verwandelt. Neben ihr erklang ein gedämpftes Wimmern. Charity richtete sich vorsichtig auf, hielt sich mit der linken Hand an einer gebogenen Metallstrebe fest und fuhr erschrocken zusammen, als sie erkannte, daß es Gurk war, dessen Stöhnen sie hörte. Der Zwerg hing über den zermalmten Überresten des Kontrollpultes; ein langer, rasiermesserscharfer Stahlsplitter hatte seinen Mantel durchbohrt. Im allerersten Moment sah es so aus, als wäre Gurk daran aufgespießt worden wie ein Schmetterling auf der Nadel eines Insektensammlers. Dann sah sie, daß das Trümmerstück nur das Cape des Zwerges durchbohrt hatte. Gurk war verletzt; aber nicht so schwer, wie sie im allerersten Moment befürchtet hatte.

Hastig half sie ihm, sich aus den Trümmern zu befreien, stellte ihn wie ein Kind auf die Füße und sah sich nach den anderen um.

Die Kabine war mit Flammen und beißendem Rauch gefüllt, so daß sie nur Schatten erkennen konnte, aber zumindest auf den ersten Blick schien es, als hätten sie alle noch einmal Glück gehabt: Kyle und Skudder machten sich gerade mit vereinten Kräften an der verzogenen Tür zu schaffen, während Net versuchte, Barlers Tochter unter einem zertrümmerten Instrumentenpult hervorzuziehen, unter das sie der Aufprall geschleudert hatte.

Skudder und Kyle gaben ihre Bemühungen auf, die Tür

aufbrechen zu wollen, und arbeiteten sich mühsam zu ihnen herauf.

»Raus hier!« schrie Kyle Charity und dem Zwerg zu. »Der Gleiter kann jeden Moment explodieren!«

Charity wollte sich zu Gurk umwenden, um ihm zu helfen, aber Kyle packte den Zwerg kurzerhand an den Armen und schleifte ihn einfach hinter sich her, während Skudder noch einmal zurückschlitterte und Net dabei half, Helen auf die Füße zu zerren.

Dicht hinter Kyle erreichte Charity das zerborstene Fenster und zwängte sich hindurch. Der Gleiter hatte sich in die Fassade eines Hauses hineingebohrt, das daraufhin in Flammen aufgegangen war. Das Metall war so heiß, daß sie erschrocken aufschrie, als sie nach dem Fensterrahmen griff. Mit zusammengebissenen Zähnen zog sie sich ins Freie, suchte vergeblich auf dem spiegelglatten Stahl des Rumpfes Halt und schlitterte hilflos in die Tiefe.

Der Weg war länger, als sie geglaubt hatte. Die spiegelblanke Oberfläche des Gleiters bildete eine abschüssige, fünfzehn Meter lange Rutschbahn. Wahrscheinlich hätte sie sich beim Aufprall verletzt, wäre Kyle nicht dagewesen, um sie aufzufangen. Einen Moment lang blieb sie benommen liegen, während Kyle zurückeilte, um auch Skudder und den beiden Mädchen zu helfen. Alles drehte sich um sie, und all die zahllosen kleinen Kratzer und Schrammen auf ihrer Haut brannten plötzlich wie Feuer.

Der Gleiter war mitten in der zerstörten Stadt abgestürzt. Die Straße hinter ihnen stand in Flammen, und der Horizont dahinter glühte in einem dunklen, unheilvollen Rot. Scharfer Ozongeruch erfüllte die Luft, und der Wind war so heiß, daß er auf der Haut schmerzte. Ganz instinktiv hob Charity den Arm und blickte auf die Anzeige des kleinen Geigerzählers, der in das Multiinstrument an ihrem linken Handgelenk eingebaut war. Die Anzeige stand noch nicht im unmittelbaren Gefahrenbereich, aber sie war nicht mehr sehr weit davon entfernt. Wenn der Gleiter, mit dem sie abgestürzt waren, auf die gleiche Weise explodieren würde wie das andere Fahrzeug, dann waren sie so gut wie tot, wenn sie sich nicht mindestens drei oder vier Meilen von ihm entfernt befanden.

Der Gedanke gab ihr noch einmal neue Kraft. Mit einem Satz sprang sie in die Höhe, lief die wenigen Schritte zu Kyle hinüber und half ihm dabei, Net und Helen aufzufangen, die ungeschickt über die Oberfläche der Flugscheibe heruntergeschlittert kamen.

»Wieviel Zeit haben wir noch, bis das Ding hochgeht?« fragte sie gehetzt.

»Nicht mehr lange«, antwortete Kyle. »Ein paar Minuten vielleicht.« Er stockte plötzlich und blickte aus zusammengepreßten Augen nach Westen. »Aber das ist nicht einmal unser größtes Problem«, sagte er plötzlich.

Auch Charity sah angestrengt auf. Inmitten des tobenden Flammenscheines war ein silbernes Funkeln erschienen, das rasend schnell heranwuchs.

Der Gleiter war so schnell heran, daß Charity nicht einmal Zeit fand, einen Schreckensruf auszustoßen. Instinktiv duckte sie sich, als die Flugscheibe mit einem heulenden Laut über sie hinwegschoß. Das Fahrzeug war viel zu schnell, um auf sie zu feuern, aber Charity gab sich keine Sekunde lang der Illusion hin, der Pilot hätte sie *nicht* entdeckt. Er würde zurückkommen. In ein paar Sekunden.

Charity sah sich verzweifelt um. Ihr Blick irrte über die verbrannten Ruinen, tastete die Straße entlang und blieb an einem schräg auf die Seite gestürzten, zerschrammten Kunststoffschild hängen, das ein weißes ›U‹ auf einem dunkelblauen Untergrund zeigte.

»Dorthin!« befahl sie. »Schnell!«

Weder Kyle noch Skudder verschwendeten auch nur eine einzige Sekunde mit einer Frage. Während sich Skudder den immer noch wimmernden Gurk schnappte und ihn einfach auf die Arme nahm, hob Kyle Helen in die Höhe, die ernsthafter verletzt zu sein schien. So schnell sie konnten, überquerten sie die mit Trümmern und Unrat übersäte Straße und rannten auf den U-Bahn-Schacht zu. Charity sah immer wieder zurück, als könnte sie dem durchgehenden Atomreaktor des Flugschiffes auf diese Weise noch einige weitere Sekunden abtrotzen. Ein Teil des Schiffes glühte in einem hellen, stechenden Rot. Das Haus, in das sich die Flugscheibe hineingerammt hatte, stand in hellen Flammen, und aus seiner aufgeschlitzten Unterseite quollen kleine Ströme flüssigen, rot- und weißglühenden Metalls. Und aus der entgegengesetzten Richtung raste der zweite Gleiter heran!

Wie von Furien gehetzt rannten sie die Treppe hinunter. An ihrem unteren Ende befand sich ein massives Metallgitter aus daumendicken Stäben, das mit einer gewaltigen Kette gesichert war. Charity wollte ihre Waffe heben, aber Kyle streckte fast beiläufig die Hand aus und brach das Schloß auf. Ein großes stachliges Wesen mit falsch angeordneten Beinen und zu vielen Augen huschte mit einem erschrockenen Quieken vor ihnen davon, als sie die Treppe hinunterstürmten.

Skudder blieb am unteren Ende der Treppe stehen, setzte den Zwerg ab und sah sich um. Eine Sekunde wirkte er unschlüssig, dann deutete er nach rechts und rannte ohne ein weiteres Wort los. Charity und die anderen folgten ihm. Das wenige Licht, das vom oberen Ende der Treppe herabfiel, reichte kaum aus, um von ihrer Umgebung mehr als Schatten wahrzunehmen. Überall huschte und wisperte es; große, aufgedunsene Körper mit glänzender, ledriger Haut bewegten sich unruhig hin und her, und vor einem der halbrunden Stollen spannte sich ein riesiges Spinnennetz.

Sie hatten keine zwei Schritte gemacht, als ein ungeheurer Schlag die U-Bahn-Station bis in ihre Grundfesten erschütterte. Ein unerträglich grelles, weißblaues Licht tauchte die Halle für Sekunden in schattenlose Helligkeit. Charitys Trommelfelle schienen zu zerplatzen, und die Luft in ihren Lungen brannte wie Feuer.

Benommen richtete sie sich auf und sah zu Kyle hinüber. Der Megamann sagte etwas, aber Charity sah nur, wie sich seine Lippen bewegten. In ihren Ohren dröhnte und rauschte es.

»Bomben!« verstand sie schließlich. Obwohl Kyle brüllte, hörte sie seine Stimme nur wie ein weit entferntes Flüstern. »Das war nicht der Gleiter! Sie werfen Bomben!«

Skudder deutete auf den rechten Gang und sprang mit einem Satz vom Bahnsteig auf den Schienenstrang hinunter. Während Charity und Net ihm etwas langsamer folgten, um Helen zu helfen, liefen Kyle und er ein Stück voraus. Eine zweite Explosion riß sie erneut von den Füßen, kurz bevor sie den Stollen erreichten, und diesmal brach ein ganzer Teil der Hallendecke hinter ihnen zusammen.

Kurz vor dem Eingang des Tunnels blieb Skudder stehen und hob seine Waffe, während Kyle weiterrannte und nach wenigen Schritten von der absoluten Dunkelheit des Stollens verschluckt wurde. Wenig später sah Charity das grelle Aufblitzen eines Lasers und hörte einen hohen, pfeifenden Schrei; dann kehrte Kyle zurück und winkte ihnen hastig.

»Alles in Ordnung«, rief er. »Schnell!« Das dumpfe Grollen einer dritten Detonation unterstrich seine Worte. Offensichtlich waren die Moroni wild entschlossen, das Kapitel Charity Laird diesmal wirklich zum Abschluß zu bringen, selbst wenn sie dazu die gesamte Stadt über ihnen in eine radioaktive Wüste verwandeln mußten.

Dann explodierte der Gleiter.

Sie waren vielleicht fünfzig Schritte weit in den U-Bahn-Stollen eingedrungen, als hinter ihnen ein abermals gleißendes, unerträglich helles Licht aufflammte und die Welt rings um sie herum in ein bizarres Schreckensgemälde mit harten Konturen verwandelte.

Charity schrie gellend auf. Ein fürchterlicher Stoß traf den Boden unter ihr. Charity hatte plötzlich das Gefühl, wie ein schwereloses Spielzeug durch die Luft gewirbelt zu werden. Das Licht war so grell, daß es selbst durch ihre geschlossenen

Lider drang und sie vor Schmerz stöhnen ließ. Dann prallte sie mit fürchterlicher Wucht gegen ein Hindernis, das plötzlich vor ihr auftauchte. Als sie schützend die Arme über das Gesicht riß, sah sie gerade noch das von unerträglich hellem, weißem Licht erfüllte Ende des Schachtes hinter ihnen, das scheinbar lautlos zusammenzubrechen begann.

2

»Verdammt! Was war das?!« Hartmann drehte mit einem Fluch den Kopf zur Seite, verzerrte schmerzerfüllt das Gesicht und rieb sich mit Daumen und Zeigefinger der Rechten über die Augen, ehe er wieder zu der Reihe kleiner flimmernder Monitore hinüberblinzelte. Zwei von ihnen waren ausgefallen und zeigten nichts als weißes Rauschen. Wahrscheinlich waren die Bildröhren durchgebrannt, dachte Hartmann ärgerlich. Die Geräte waren auch mehr als sechzig Jahre alt.

Aber wahrscheinlich hätte *dieser* Blitz jeden Filter überfordert. Vor Hartmanns Augen bewegten sich noch immer grelle Lichtblitze. Er war ziemlich sicher, daß er jetzt blind wäre, hätten die Filter nicht blitzschnell reagiert und neunundneunzig Prozent der grausamen Lichtflut gedämpft, die über die Monitore in den kleinen Überwachungsraum gedrungen war.

Mißmutig drehte er sich herum und starrte die beiden Techniker an, die hinter den zerschrammten Pulten saßen. Breuer blinzelte und rieb sich unentwegt über die Augen, während Stern offensichtlich nicht hingesehen hatte. Aber sein Gesicht wurde zusehends blasser, während sein Blick über die Kontrollen auf dem Pult vor sich huschte.

»Ich habe gefragt, was da passiert ist«, herrschte Hartmann den dunkelhaarigen Techniker an.

»Ich ... bin nicht ganz sicher«, antwortete Stern nervös. Seine Finger glitten über das Pult, betätigten ein paar Schalter und hämmerten nervös auf die Tastatur eines Computers ein. »Aber es sieht aus wie ... «

»Wie was?« fragte Hartmann scharf, als Stern zögerte, zu antworten.

Der Techniker sah auf, und der Ausdruck von Betroffenheit in seinen Augen veränderte sich zu blankem Schrecken. »Das war eine Atomexplosion, Herr Leutnant«, sagte er leise.

Hartmann war im Grunde nicht wirklich überrascht; er fragte sich nur, wer um alles in der Welt ein Interesse daran haben sollte, eine Stadt zu bombardieren, in der schon seit einem halben Jahrhundert nichts mehr lebte.

»Sind Sie sicher?« fragte er.

Stern nickte abgehackt. »Völlig. Die Daten lassen keinen anderen Schluß zu. Irgend jemand bombardiert die Stadt.«

Hartmann schwieg einen Moment. Was um alles in der Welt ging dort oben vor? Zuerst diese beiden Raumschiffe, die sich gegenseitig abschossen, und jetzt das ...

Aber er war nicht hier, um *Vermutungen* anzustellen. Er war hier, um zu *handeln.*

»Welches Kaliber?« fragte er. »Und wo genau ist sie eingeschlagen?«

Stern blickte wieder für einen Moment auf seine Instrumente, dann antwortete er nervös und ohne zu Hartmann aufzusehen: »Nicht besonders groß. Ich schätze fünfzig – maximal sechzig Kilotonnen. Eher eine Granate statt einer Bombe. Aber es waren mehrere Treffer.«

»Mehrere?« vergewisserte sich Hartmann alarmiert.

Stern schluckte trocken und sah ihn nun doch an. »Mindestens drei oder vier«, sagte er, »vielleicht sogar mehr. Genau kann ich das nicht sagen. Die meisten Instrumente sind gestört.«

»Und wo haben sie eingeschlagen?« schnappte Hartmann.

Stern fuhr wie unter einem Hieb zusammen und versuchte, in den Kunststoffbezug seines Sitzes hineinzukriechen, während der neben ihm sitzende Breuer endlich die Hand von den Augen nahm und ihn und Hartmann abwechselnd ansah. Seinem Gesichtsausdruck nach zu schließen, dachte Hartmann ärgerlich, hat er noch gar nicht mitbekommen, was überhaupt geschehen war. Was hatte er nur verbrochen, daß man ihm zwei solche Flaschen zugeteilt hatte?

»Ungefähr ... zehn Kilometer von hier, Herr Leutnant«, antwortete Stern nach einem weiteren, langen Blick auf seine

Instrumententafel. »Deutz. Nicht weit von der Brücke entfernt. Wahrscheinlich ist sie zerstört worden.«

»Verdammt!« Hartmann wandte sich wieder um und blickt vorwurfsvoll die beiden ausgebrannten Bildschirme an, als gäbe er ihnen die Schuld daran, daß er nicht genau wußte, was dort vor sich ging.

»Gibt es sonst noch ein paar schlechte Neuigkeiten?« erkundigte er sich übellaunig.

»Es wimmelt von Schiffen«, sagte Stern leise. Seine Stimme klang fast ängstlich.

»Und was heißt das genau?« erkundigte sich Hartmann gepreßt, in jenem täuschend ruhigen, lauernden Tonfall, den alle, die das zweifelhafte Vergnügen hatten, mit ihm zu arbeiten, kannten und fürchteten.

»Das kann ich nicht genau sagen«, antwortete Stern unsicher. »Die meisten Geräte sind ausgefallen. Es wird ein paar Stunden dauern, bis sie wieder funktionieren. Aber es waren mindestens fünf oder sechs, als ich das letzte Mal auf den Schirm gesehen habe.«

»Fünf oder sechs ...« wiederholte Hartmann halblaut. Ein besorgter Ausdruck huschte über sein Gesicht. In den mehr als fünf Jahrzehnten, die er jetzt hier Dienst tat, hatte er niemals mehr als drei der riesigen silbernen Flugscheiben gleichzeitig über der Stadt gesehen – und erst recht keine, die Atomgranaten auf leere Häuser warfen.

»Bombardieren sie noch?« fragte er.

»Im Moment nicht«, antwortete Stern eifrig. »Aber sie scheinen sich noch nicht entfernt zu haben, sonst hätte das Fernradar sie erfaßt.«

»Scharfsinnig geschlossen«, sagte Hartmann spöttisch und wandte sich zu den beiden Technikern um. Breuer senkte hastig den Blick und tat so, als wäre er gar nicht da, während Stern sich nervös mit der Zungenspitze über die Lippen zu fahren begann.

»Sie sind ja doch zu etwas zu gebrauchen, Stern«, fuhr

Hartmann fröhlich fort. Dann wurde er übergangslos wieder ernst.

»Die Sache gefällt mir nicht«, sagte er. »Wecken Sie Lehmann und Felss, diese beiden Trottel. Sie sollen sich dort draußen ein bißchen umsehen.«

»Die Strahlung ... « begann Stern, wurde aber sofort wieder von Hartmann unterbrochen.

»Ich habe sie nicht nach Ihrer Meinung gefragt, Stern«, brüllte Hartmann. »Leiten Sie den Weckvorgang ein!«

Das Bombardement von Steintrümmern auf dem Dach war dem beständigen Rieseln von Staub gewichen. Doch noch immer konnten sie Explosionen vernehmen. Es hörte sich an, als bräche die gesamte Stadt über ihren Köpfen zusammen.

Beiläufig fragte Charity sich, warum sich die Moroni die Mühe machten, die Ruinenstadt mit einem Teppich aus kleineren Sprengkörpern zu belegen, statt einfach eine Wasserstoffbombe zu werfen und die selbsternannten Retter der Welt damit bis ans andere Ende des Sonnensystems zu pusten. Sie hatten trotz allem noch Glück gehabt; Kyle, der offensichtlich im Dunkeln sehen konnte wie eine Katze, hatte sie zu diesem uralten, rostigen U-Bahn-Waggon geführt, der seit einem halben Jahrhundert verlassen auf den Schienen stand. Sie hatten ihn kaum betreten, als der halbe Tunnel über ihren Köpfen zusammenzubrechen begann. Vielleicht war die letzte Explosion nicht einmal die schwerste gewesen, sondern nur der letzte Schlag, der die ohnehin erschütterten Fundamente des unterirdischen Stollens zum Einsturz brachte. Charity hatte minutenlang nicht damit gerechnet, die nächsten Augenblicke zu überleben: Das vordere Teil des Wagens war unter Tonnen von Beton und herabstürzender Erde regelrecht plattgedrückt worden. Doch dann war Ruhe eingetreten.

»Was zum Teufel tun die da oben?«

Gurks Stimme klang gepreßt aus der völligen Dunkelheit.

Niemand antwortete, aber Charity schob zum wiederholten Mal den linken Ärmel hoch und blickte auf den Geigerzähler. Die kleine, rote Anzeige stellte im Moment ihre einzige Lichtquelle dar. Die Strahlenwerte befanden sich zwar noch nicht im akuten Gefahrenbereich, aber allmählich wurde die Sache mulmig.

Obwohl sie so blind wie die anderen war, spürte sie plötzlich, daß Kyle sie ansah. »Ihre Freunde scheinen ziemlich großen Wert darauf zu legen, uns zu erwischen«, sagte sie.

Kyle antwortete nicht darauf, aber Skudder fügte vom anderen Ende des Waggons aus hinzu: »Ja. Ich frage mich nur, hinter wem sie eigentlich her sind.«

»Hinter mir«, sagte Kyle.

»Und deshalb verseuchen Sie eine halbe Stadt mit radioaktiver Strahlung?« fragte Charity zweifelnd.

»Die Strahlung ist sehr kurzlebig«, sagte der Megamann. »In ein paar Tagen ist die Gefahr vorbei.«

»Ein paar Tage?!« Skudder lachte humorlos. »Na, wenn es weiter nichts ist. Dann schlage ich doch vor, daß wir es uns hier unten gemütlich machen.«

»Hör auf, Skudder«, sagte Charity matt. Dann drehte sie sich wieder in die Richtung, aus der Kyles Stimme in der Dunkelheit erklungen war. »Was haben Sie getan, daß sie sich solche Mühe machen, Sie umzubringen?«

»Nichts«, antwortete Kyle. Sie hörte, wie er aufstand und in der Dunkelheit an irgend etwas zu hantieren begann. »Ich vermute, sie sind nicht besonders glücklich darüber, daß ich mich nicht umbringen lassen wollte.«

»Vielleicht sollten wir ihnen den Gefallen tun und das nachholen«, sagte Gurk giftig.

Kyle machte sich nicht einmal die Mühe, etwas darauf zu erwidern. Plötzlich glomm ein trübes, gelbes Licht unter der Wagendecke auf. Charity blinzelte überrascht, als sie sah, daß Kyle eine der alten Lampen zum Brennen gebracht hatte. Im trüben Schein der fünfzig Jahre alten Leuchtstoffröhre war das ganze Ausmaß der Zerstörung zu erkennen. Der Stollen war fast völlig zusammengebrochen, und noch immer rutschten Steine und Erdreich nach. Sie steckten gehörig in der Klemme. Vielleicht blieben ihnen nicht einmal mehr Minuten, um sich zu befreien.

Kyle stand auf und machte sich an einer zweiten Lampe zu schaffen, um auch sie wieder zum Leben zu erwecken. Skudder hockte mit angezogenen Knien auf einer der zerschlissenen Kunststoffbänke und sah ihm mit finsterem Gesichtsausdruck dabei zu, während sich Net um Barlers Tochter bemühte, die mit steinernem Gesichtsausdruck an der Wand lehnte und ihren verletzten rechten Fuß massierte.

Der sonderbar leere Ausdruck in den Augen des Mädchens gefiel Charity nicht. Sie stand auf, ging gebückt zu Net und Helen hinüber und beugte sich besorgt über das dunkelhaarige Mädchen. »Alles in Ordnung?«

Helen reagierte nicht, aber Net sah auf und deutete ein Kopfschütteln an. Nein – mit Helen war ganz und gar nicht alles in Ordnung. Nicht zum ersten Mal, seit sie aus Paris geflohen waren, gestand sich Charity ein, daß es ein Fehler gewesen war, das Mädchen mitzunehmen.

Aber im Moment konnten sie nichts für Helen tun. Sie stand wieder auf, ging zum hinteren Ende des Wagens und versuchte, durch den Staub irgend etwas von ihrer Umgebung zu erkennen. Dann glomm eine zweite Leuchtstoffröhre auf, erfüllte den Wagen für Augenblicke mit fast unangenehm hellem Licht und erlosch mit einem kleinen blauen Blitz sofort wieder. Kyle wandte sich um, zuckte enttäuscht mit den Achseln und versuchte nicht, auch noch eine dritte Lampe zum Brennen zu bringen.

Ein Beben erklang plötzlich, und ein wenig später wehte von weit, weit her ein dumpfes Grollen zu ihnen heran. Charity sah erschrocken auf, aber noch hielt der Tunnel.

»Sie werfen immer noch Bomben«, sagte Skudder.

»Ja«, erwiderte Kyle, »aber sie werden bald aufhören.«

»Und dann?«

Kyle machte eine Handbewegung zur Decke. »Dann werden sie kommen und nach uns suchen«, sagte er. »Sie werden nicht aufgeben, bis sie mich gefangen oder sich mit eigenen Augen von meinem Tod überzeugt haben. Ich würde mich ihnen stellen, wenn es etwas nutzte. Aber sie würden weiter nach euch suchen.«

»Wie edel Ihr seid«, bemerkte Gurk spöttisch.

Charity warf dem Zwerg einen ärgerlichen Blick zu. »Halt den Mund!« rief sie. »Ohne ihn wäre keiner von uns noch am Leben.«

»Ohne ihn«, erwiderte Gurk, wobei er versuchte, den Klang ihrer Stimme höhnisch nachzuäffen, »wären wir gar nicht *hier.*«

Kyle musterte den Zwerg mit einem sonderbaren, nicht einmal unfreundlichen Blick, lächelte flüchtig und ging zu Net und Helen hinüber. Die junge Wasteländerin tauschte einen fragenden Blick mit Charity und rutschte ein Stück zur Seite, als sie wortlos nickte.

Kyle blickte Helen eine Sekunde lang stumm an, dann streckte er den Arm aus und berührte sie fast zärtlich an der Wange. Die Leere in Helens Blick blieb, aber sie zuckte unter der Berührung sichtbar zusammen. Wieder zögerte Kyle, dann begannen seine Finger, sanft, aber mit sehr geschickten, kundigen Bewegungen über ihren Körper zu tasten. Charity konnte nicht erkennen, was er tat, aber nach wenigen Augenblicken wandte er den Kopf und sah sie an.

»Ihr Fuß ist verrenkt«, sagte er. »Ich kann das in Ordnung bringen, aber jemand sollte sie festhalten. Es wird sehr schmerzhaft sein.«

Skudder wollte aufstehen, aber Helen hatte Kyles Worte offensichtlich doch gehört, denn sie schüttelte plötzlich den Kopf und murmelte: »Es ist nicht nötig.«

Kyle zögerte noch einen winzigen Moment, dann griff er mit beiden Händen nach Helens Fußgelenk – und machte eine blitzartige Bewegung. Helen sog hörbar die Luft ein, gab aber sonst nicht den mindesten Laut von sich, obwohl ihr Gesicht auch noch den letzten Rest Farbe verlor.

»Das war's schon«, sagte Kyle lächelnd. »Ich kann sonst keine Verletzungen feststellen – aber trotzdem, sei ein bißchen vorsichtig mit dem Fuß.«

Helen nickte. »Du ... du bist es wirklich«, murmelte sie. »Aber wie ist das möglich? Du ... du hast dich ... fast gar nicht verändert!«

Kyle schien einen Moment lang nicht genau zu wissen, was er mit diesen Worten anfangen sollte. Dann fuhr auch er überrascht zusammen und blickte Helen mit einem neuen, verwirrten Ausdruck ins Gesicht. »Du bist das Mädchen aus dem Dschungel«, murmelte er.

»Und du der Jäger, der ... meine Eltern getötet hat«, murmelte Helen. »Ich ... erinnere mich genau! Du hast sie getötet! Erst meinen Vater und dann ... dann meine Mutter.«

Kyle schwieg, aber aus dem Ausdruck von Betroffenheit in seinem Blick wurde Schmerz.

»Und dann ... bist du zu mir gekommen«, murmelte Helen. »Ich dachte, du ... würdest mich auch töten. Aber statt dessen hast du mich angelächelt und ... und dann die *Ameise* umgebracht, die meinen Tod verlangte.«

Kyle schwieg weiter, aber Charity sah, wie nicht nur Net überrascht den Blick hob und ihn ansah.

»Ich habe nie verstanden, warum du das getan hast«, murmelte Helen.

»Ich konnte es nicht«, antwortete Kyle. »Ich wollte es, aber ... aber dann opferte deine Mutter ihr Leben, um dich zu schützen.« Er lachte bitter. »Ich habe einfach nicht begriffen, warum sie das tat. Sie war schon in Sicherheit. Sie hatte eine gute Chance zu entkommen, aber dann machte sie plötzlich kehrt und griff mich an, obwohl sie genau wußte, daß das ihren sicheren Tod bedeutete. Ich habe es einfach nicht begriffen. Aber danach ... konnte ich dir nichts mehr tun. Es hätte ihren Tod sinnlos gemacht, verstehst du?«

»Hatte er denn so einen Sinn?« fragte Helen tonlos.

»Nein«, gestand Kyle. »Es tut mir so leid. Ich hoffe, du kannst mir verzeihen. Aber ich verlange es nicht.«

Sekundenlang blickte Helen ihn wortlos an, dann hob sie die Hand, berührte mit den Fingerspitzen fast zärtlich seine Wange und sagte: »Seltsam ... ich ... müßte dich hassen. Aber ich kann es nicht. Es ist so lange her.«

Ein Ausdruck tiefen Schmerzes machte sich auf Kyles Gesicht breit. Aber er sagte nichts mehr, sondern stand mit einem Ruck auf und deutete zum Fenster.

»Ich werde nachsehen, wie weit der Tunnel verschüttet ist«, sagte er. »Wartet hier!«

Skudder wollte widersprechen, aber Charity hielt ihn mit einer raschen Handbewegung davon ab und nickte Kyle auffordernd zu. Der junge Megamann schwang sich mit einer eleganten Bewegung aus dem Fenster und verschwand fast lautlos in der Dunkelheit.

»Hältst du das für eine gute Idee, ihn allein gehen zu lassen?« fragte Skudder.

»Und warum nicht?«

»Wer sagt uns, daß er zurückkommt?«

»Und wer will ihn daran hindern, es nicht zu tun, falls er es wirklich will?« gab Charity zurück. »Du vielleicht?« Skudders Antwort bestand nur aus Schweigen und einem zornigen Blick, und Charity begriff fast sofort, daß sie ihre Worte nicht besonders geschickt gewählt hatte. Zum ersten Mal, seit sie Kyle kennengelernt hatten, fragte sie sich, ob Skudders Feindseligkeit vielleicht nicht nur auf dem Umstand beruhte, daß Kyle eigentlich ihr Feind war. »Ich begreife das nicht«, flüsterte sie. »Was zum Teufel ist so wichtig an Kyle oder uns, daß sie sich solche Mühe geben, uns zu kriegen?«

»Vielleicht haben sie es nicht so gern, wenn man ihnen ihre Schiffe stiehlt?« fragte Gurk.

Charity schüttelte entschieden den Kopf. »Das kann nicht der einzige Grund sein«, sagte sie. »Ich verstehe, daß sie uns verfolgt und abgeschossen haben.« Sie deutete mit einer Handbewegung zur Decke. »Aber sie werfen *Atombomben*, Gurk. Niemand pulverisiert eine halbe Stadt, um ein paar Autodiebe zu bestrafen.«

Skudder lächelte flüchtig, wurde aber sofort wieder ernst. »Vielleicht ist es wirklich Kyle«, sagte er. »Nach allem, was wir wissen, ist er der erste von diesen Megamännern, der abtrünnig geworden ist. Vielleicht besitzt er Informationen, die auf keinen Fall in die falschen Hände geraten dürfen. Immerhin sind sie so etwas wie ihre Elite-Einheit, wenn ich das richtig sehe.«

Das war *eine* Möglichkeit, dachte Charity. Aber das konnte nicht der ganze Grund sein. »Es muß … irgend etwas mit dem Bunker zu tun haben«, murmelte sie. »Der NATO-Zentrale, die wir in Paris gefunden haben.«

»Wieso?« fragte Skudder.

Charity zuckte mit den Achseln. »Es ist nur ein Gefühl«, sagte sie. Sie sah Helen an, ehe sie weitersprach. Das Mädchen war jetzt wieder bei Verstand und blickte mit einer Mischung aus Neugier und Erschrecken zu ihr auf.

»Irgend etwas war in der Zentrale, das ungeheuer wertvoll für sie war«, fuhr sie fort. »Mit Ausnahme Barlers war ich die einzige, die dort unten war. Und ich habe mich eine ganze Weile an den Computern zu schaffen gemacht.«

»Sie meinen …« Helen sog erschrocken die Luft ein und starrte sie aus entsetzt geweiteten Augen an. »Sie glauben doch nicht, daß mein *Vater* diese Bomber hinter uns hergeschickt hat?!« sagte sie empört.

»Nein«, antwortete Charity; eine Spur zu hastig, um wirklich überzeugt zu klingen. »Er selbst sicher nicht. Wahrscheinlich weiß er nicht einmal etwas davon. Aber jemand, der glaubt, wir hätten irgend etwas erfahren.«

»Aber das ist doch Unsinn!« protestierte Helen. »Mein Vater würde nie …«

»Er ist nicht dein Vater, Kleines«, unterbrach sie Gurk hart.

Er machte eine zornige Geste in die Richtung, in der Kyle verschwunden war. »Er ist auch einer wie er.«

In Helens Augen blitzte es kampflustig auf. Aber bevor es zwischen ihr und dem Zwerg wirklich zum Streit kommen konnte, kehrte Kyle zurück und winkte ihnen zu, den Wagen zu verlassen.

Skudder und Charity kletterten rasch durch das zerborstene Fenster ins Freie, während Net Helen dabei half, vorsichtig aufzustehen. Sie konnte jetzt wieder aus eigener Kraft gehen, aber ihr Gesicht verzerrte sich vor Schmerz, als sie den Fuß belastete, und nach kurzem Zögern griff Skudder kurzerhand zu und hob sie wie ein Kind aus dem Wagen.

»Nun?« fragte Charity.

»Der Stollen ist eingestürzt«, sagte Kyle. »Keine Chance, durchzukommen.«

»Und in der anderen Richtung?«

Abermals schüttelte Kyle den Kopf. »Selbst, wenn es einen Weg gäbe, wäre die Strahlung tödlich. Zumindest für euch.«

»Wunderbar!« sagte Gurk. »Dann sitzen wir ja richtig schön in der Falle. Deine Freunde brauchen nur noch zu kommen und uns einzusammeln.«

»Vielleicht gibt es doch einen Weg«, sagte Kyle unberührt. »Ich habe eine Tür entdeckt. Dahinter liegt eine Treppe, die in die Tiefe führt. Ich weiß nicht wohin.«

»Dann finden wir es heraus«, schlug Charity vor.

3

Hartmann drückte seine Zigarette in den Aschenbecher und hustete, während er Breuer dabei zusah, wie er den ausgebrannten Monitor aus der Höhlung in der Wand wuchtete und dabei eine Reihe kleiner zischender Kurzschlüsse verursachte, weil er vergessen hatte, einige Drähte abzuklemmen.

Hartmann seufzte wortlos. Er fragte sich, wen Breuer in seinem früheren Leben bestochen oder erpreßt hatte, um diesen Job zu bekommen. Er war zwar ein Genie an seinen Computern, aber ihn einen Stecker in die Steckdose schieben zu lassen, grenzte schon an Selbstmord. Er schüttelte wortlos und sehr mißbilligend den Kopf, zündete sich eine neue Zigarette an und blies eine graue Rauchwolke in Sterns Gesicht, der demonstrativ hustete und mit den Händen in der Luft herumzufuchteln begann. »Irgend etwas Neues?«

Stern schüttelte den Kopf und tat so, als blicke er konzentriert auf seine Monitore. »Nein. Sie sind immer noch da. Und es kommen immer neue. Bis jetzt sind es ... « Sein Blick wanderte über drei, vier der kleinen Bildschirme und streifte mißbilligend das glühende Ende der Zigarette in Hartmanns Mundwinkel. »Fünfundzwanzig.«

»Bombardieren sie noch?«

»Nein. Aber sie kreisen über dem Gebiet, das sie beschossen haben. Das gefällt mir nicht.«

Hartmann warf einen flüchtigen Blick zu Breuer hinüber, der gerade versuchte, einen Kabelschuh zu lösen. Hartmann hoffte inständig, daß es ihm gelang. Ersatzteile wurden allmählich knapp. »Glauben Sie, daß sie landen?«

Diesmal schüttelte Stern sofort und sehr entschieden den Kopf. »Unmöglich!« sagte er. »Ich weiß nicht, was für ein Teufelszeug sie da geworfen haben, aber es sind verdammt dreckige Bomben.«

Hartmann legte den Kopf schräg und sah ihn fragend an.

»Kurze Halbwertzeiten«, erklärte Stern. »Vielleicht drei oder vier Tage; maximal. Aber im Moment ist es dort verflucht heiß.«

Hartmann sog so heftig an seiner Zigarette, daß ihr Ende weiß aufglühte und Stern ihm einen weiteren, mißbilligenden Blick zuwarf. Danach fragte er: »Haben Sie schon irgend etwas von diesen beiden Flaschen gehört?«

»Lehmann und Felss?« Stern schüttelte den Kopf. »Nein. Aber sie sind auch erst vor ein paar Minuten los. Ich ... «

Er brach mitten im Satz ab, und für einen Moment erschien ein erschrockener Ausdruck auf seinem Gesicht. »Da stimmt irgend etwas nicht«, murmelte er.

»*Was* stimmt nicht?« fragte Hartmann. Aber Stern antwortete nicht. Plötzlich glitten seine Finger in rasendem Tempo über die Tasten auf dem Pult vor sich, und ein halbes Dutzend der kleinen Bildschirme begann wie wild zu flackern. Eine Alarmsirene begann zu wimmern und verstummte mit einem Mißton, als Stern mit der Hand auf einen Schalter schlug.

Hartmann sah ihm einen Moment mit einer Mischung aus Interesse und Ärger zu, dann drehte er sich demonstrativ herum und betrachtete weiter Breuers tapfere Versuche, den zerstörten Monitor auszutauschen, ohne dabei sein Leben einzubüßen. Nachdenklich sog er an seiner Zigarette, hustete wieder und drückte sie mit einer ärgerlichen Bewegung in den Aschenbecher.

»Leutnant Hartmann?«

Irgend etwas am Klang von Sterns Stimme gefiel Hartmann nicht. Er drehte sich herum und sah den Techniker fragend an. »Was gibt's?« rief er.

Stern schob seinen Stuhl zurück und stand auf. Er deutete auf das Instrumentenpult vor sich. »Sie sollten sich das selbst ansehen, Herr Leutnant«, sagte er.

Hartmann warf ihm einen unwilligen Blick zu und trat um

das Pult herum, aber anders als sonst reagierte Stern nicht darauf, sondern wiederholte nur seine auffordernde Geste. Seine Augen waren dunkel vor Furcht, und auf seiner Stirn erschien plötzlich ein Netz feiner, glitzernder Schweißtropfen, obwohl es in der kleinen Überwachungszentrale eher zu kalt als zu warm war.

»Ich fürchte«, sagte er leise, »wir bekommen Ärger.«

Die Treppe führte in engen Windungen in die Tiefe, wie ein Schneckenhaus aus Beton, und Charity hatte schon nach wenigen Dutzend Stufen aufgehört, sie zu zählen. Es gab Licht hier unten; ein rotes, blasses Licht, das alle Bewegungen ruckhaft und abgehackt erscheinen ließ und das aus einer Anzahl winziger, von rostigen Drahtkörben geschützter Lampen unter der Decke stammte.

Sie hatten eine kleine, völlig zerstörte Schleusenkammer durchquert, in der irgend etwas explodiert sein mußte. Die Wände waren geschwärzt, und alles, was nicht aus Beton gewesen war, war bis zur Unkenntlichkeit verschmort oder verkohlt gewesen. Aber ihr war trotzdem aufgefallen, daß die Tür am Ende dieser kleinen Schleusenkammer ungewöhnlich dick und massiv gewesen war: eine Platte aus fast zollstarkem Spezialstahl, die selbst einem Schuß aus ihren Lasern standgehalten hätte. Und doch hatte irgend etwas die Tür aus den Angeln gerissen. Die tiefen, schimmernden Kratzer in dem gehärteten Stahl erinnerten Charity auf unangenehme Weise an die Spuren gewaltiger Krallen oder Zähne. Und wem immer diese Krallen oder Zähne auch gehörten – keiner von ihnen verspürte große Lust, diesem Wesen zu begegnen.

Aber so wie es aussah, lebte hier unten nichts und niemand mehr. Auf dem gesprungenen Beton der Stufen lag eine fast fünf Zentimeter dicke Staubschicht, die unter ihren Schritten aufwirbelte. Charity schätzte, daß sie sich mittlerweile fünfzig

Meter tief in die Erde hinab bewegt hatten. Manchmal tasteten sie sich durch Bereiche vollkommener Finsternis, denn nicht alle Lampen waren noch intakt. Und einmal hatten sie über etwas hinwegklettern müssen, das bis zur Unkenntlichkeit verschrumpelt und mumifiziert gewesen war. Kein Mensch, aber auch kein Lebewesen, wie es ihnen bekannt war.

Nach weiteren fünfzig Metern erreichten sie endlich das Ende der Treppe. Auch hier war eine Tür zertrümmert worden. Charity blieb unwillkürlich stehen, aber Kyle deutete mit einer knappen Handbewegung auf die Staubschicht auf dem Boden und schüttelte beruhigend den Kopf. Der graue Staubteppich war unberührt.

Das rote Licht begleitete sie auch auf die andere Seite der Tür. Sie betraten einen breiten, halbrunden Stollen, dessen Wände aus nacktem Beton bestanden. Unter der Decke liefen dicke, isolierte Rohre und straff gespannte Kabel entlang, und in einiger Entfernung konnte Charity eine halbrunde Metalltür erkennen, die ebenfalls mit brutaler Gewalt aus den Angeln gerissen worden war.

»Was ist das hier?« flüsterte Skudder. Seine Stimme hallte als unheimlich verzerrtes, dunkles Echo aus dem leeren Gang zurück, und Charity machte instinktiv eine Handbewegung, leiser zu sprechen.

»Keine Ahnung«, antwortete sie. »Aber zur U-Bahn gehört dieser Gang bestimmt nicht mehr.«

Sie nahm ihre Waffe von der Schulter und entsicherte sie. Ihre Schritte wirbelten den Staub auf und erzeugten unheimliche Echos an den unsichtbaren Wänden vor ihnen. Und wieder gaukelten Charitys überreizte Nerven ihr Bewegungen vor, die nicht da waren. Sie versuchte vergeblich, sich einzureden, daß Kyle sie frühzeitig vor jeder Gefahr warnen würde. Sie wußte, wie ungeheuer scharf die Sinne des Megamannes waren. Aber je weiter sie in diese unheimliche, unterirdische Welt vordrangen, desto intensiver wurde das Gefühl in Charity, aus unsichtbaren, gierigen Augen angestarrt, belauert zu werden. Und ein Blick in die Gesichter Nets und Skudders bewies ihr, daß sie mit diesem Gefühl nicht allein war.

Nach einer Weile erreichten sie eine Gabelung. Charity wollte sich nach links wenden. Kyle hob die Hand, lauschte einen Moment mit geschlossenen Augen und schüttelte dann den Kopf.

»Dort entlang!« sagte er, während er in die andere Richtung deutete. Er machte keine Anstalten, seine Worte zu erklären, und die anderen folgten ihm schweigend.

Dieser Gang war niedriger; unter seiner Decke zog sich eine endlos lange Doppelreihe großer Leuchtstoffröhren entlang, von denen einige noch brannten und kleine, ovale Inseln weißer Helligkeit in dem düsterroten Dunkelkammerlicht erschufen, das hier unten herrschte. Zudem gab es hier zahlreiche Türen, die an beiden Seiten abzweigten. Charity blieb ein paarmal stehen und versuchte, eine davon zu öffnen, aber sie waren entweder verschlossen oder die Räume dahinter waren leer oder vollkommen verwüstet.

Aber trotz der unübersehbaren Spuren von Zerstörung, auf die sie auf Schritt und Tritt stießen, fiel Charity auf, daß hier unten anscheinend keine Kämpfe stattgefunden hatten. Die Verwüstungen, die sie sahen, waren entweder von Tieren angerichtet worden oder einfach der langen Zeit zuzuschreiben, die vergangen war. Wer immer diese Anlage erschaffen hatte, hatte den Invasoren entweder keinen Widerstand geleistet oder Zeit genug gehabt, sich in aller Ruhe zurückzuziehen.

Sie schätzte, daß sie sich ungefähr eine Meile weit in den Tunnel hineinbewegt hatten, als Kyle plötzlich erneut stehenblieb und warnend die Hand hob.

»Was ist los?« fragte Charity alarmiert. Sie trat neben den Megamann und richtete den Lauf ihrer Waffe in die rötliche Dämmerung vor ihnen. Aus eng zusammengepreßten Augen versuchte sie, irgend etwas zu erkennen. Aber alles, was sie sah, waren rote Schatten.

»Ich … weiß es nicht«, sagte Kyle zögernd. Plötzlich wirkte er sonderbar angespannt. »Aber irgend etwas ist dort.«

Auch Skudder trat neben ihn und richtete seine Waffe auf den Gang, während Net einen Schritt zurückwich und sich schützend vor Helen und den Zwerg stellte. Eine Zeitlang lauschten Charity und Skudder gebannt, ohne irgend etwas anderes als das Geräusch ihrer eigenen Atemzüge und das schnelle Hämmern ihrer Herzen zu hören, und schließlich war es wieder Kyle, der mit einem erschrockenen Laut zusammenfuhr und einen Schritt zurückprallte.

Und noch bevor Charity ihn erneut fragen konnte, was er gehört hatte, sah sie es selbst: Inmitten des roten Lichtes vor ihnen bewegte sich etwas. Es war zu klein und bewegte sich zu schnell, als daß sie es genau identifizieren konnte, aber das rasende Huschen wiederholte sich, kam näher, verschwand wieder – und dann unterdrückte sie nur mit Mühe einen erschrockenen Aufschrei.

Vor ihnen bewegte sich ein graubraunes, massiges Fellbündel über den Gang. Dunkle, von einer beunruhigenden Intelligenz erfüllte Augen starrten Charity und die anderen über einer spitzen Schnauze hinweg voller Gier an, und der fast meterlange, nackte Schwanz der Bestie peitschte nervös wie der einer angreifenden Katze.

»Ratten!« rief Helen entsetzt. »Großer Gott! Das sind … Ratten!«

Charity fuhr sich nervös mit der Zungenspitze über die Lippen, die plötzlich trocken und spröde zu sein schienen, hob aber trotzdem das Lasergewehr und visierte den riesigen Nager durch die Zieloptik an.

Das Tier war eindeutig eine Ratte – aber es war fünfmal so groß, fünfmal so stark und mindestens fünfzigmal so häßlich wie jede Ratte, die Charity früher zu Gesicht bekommen hatte. Sie hatte solche Tiere erst einmal gesehen; in der leeren Pipeline, die die Bewohner der Freien Zone von Paris kurzerhand zu einer Autobahn umfunktioniert hatten.

Die Ratte war stehengeblieben und starrte sie an, und für eine endlose Sekunde hatte Charity das entsetzliche Gefühl, daß die Ratte genau spürte, daß sie durch das Zielfernrohr hindurch beobachtet wurde, und diesen Blick voller Zorn erwiderte.

Vorsichtig, sehr langsam, um das Tier nicht durch eine unbedachte Bewegung zum Angriff zu reizen, senkte sie das Gewehr und blickte es mit bloßen Augen an. Hinter der ersten Ratte tauchten weitere Nager aus der Dunkelheit auf: eine ganze Rattenarmee.

»Zurück!« flüsterte sie. »Und bewegt euch ganz langsam.«

Skudder nickte nervös; er senkte zwar sein Gewehr, hielt aber den Finger am Abzug. Auch Kyle widersprach nicht, sondern wich mit kleinen, sehr vorsichtigen Schritten zurück.

Die Ratten folgten ihnen. Charity schätzte allein die Zahl derer, die sie sehen konnten, auf mindestens fünfzig oder sechzig – und in der roten Dunkelheit mochten sich noch Hunderte verbergen. Die Stille war längst dem unaufhörlichen Kratzen harter Pfoten auf Beton und den leisen, hohen Pfiffen gewichen, mit denen sich die Tiere verständigten. Charity fragte sich, ob sie wirklich miteinander sprachen.

»Helen!« sagte sie. »Sie kennen diese Tiere. Werden sie uns angreifen?«

»Ich weiß es nicht«, flüsterte Helen stockend. Ihre Stimme zitterte vor Furcht. »Wenn sie sehr hungrig sind oder sich angegriffen fühlen ...«

Charity sah aus den Augenwinkeln, wie Kyle ganz langsam die Hand zum Gürtel hob und eine kleine, sonderbar plump aussehende Waffe zog. »Um Gottes willen – nein!« flüsterte sie erschrocken. »Sie zerreißen uns, wenn Sie auch nur einen Schuß abgeben!«

Kyle erstarrte. Vielleicht hatte er den entsetzten Unterton in Charitys Stimme richtig gedeutet und begriffen, wie gefährlich diese Tiere waren. Vielleicht hatte er auch nur eingesehen, daß er sie nicht alle zugleich erschießen oder aufhalten konnte –

und daß es ihm wenig nutzte, wenn er der einzige war, der hier lebend herauskam.

Schritt für Schritt wichen sie von der gewaltigen Armee graubrauner, pelziger Körper vor ihnen zurück, und die Ratten folgten ihnen im gleichen Abstand; nicht schneller, aber auch nicht langsamer.

Ihre Bewegungen hatten nichts von einem Angriff, dachte Charity verstört. Eher etwas von einer ... *Warnung.*

Und als hätte es ihre Gedanken gelesen, löste sich plötzlich eines der Tiere aus der Front der Ratten und eilte ein paar Schritte auf sie zu, ehe Skudder drohend seine Waffe hob und es wieder stehenblieb. Charity war völlig sicher, daß es kein Zufall war. Das Tier hatte die Bedeutung der Geste erkannt und reagierte darauf.

Die Ratte starrte abwechselnd Skudder, Kyle und Charity aus ihren dunklen, stechenden Augen an, dann zog sie die Lefzen zurück und gewährte ihnen einen Blick auf ein Gebiß, dessen bloßer Anblick Charity einen Schauer über den Rücken laufen ließ.

»Nehmt die Waffen herunter«, sagte sie leise.

Kyle gehorchte sofort, aber Skudder warf ihr einen überraschten, ja fast entsetzten Blick zu, und Charity wiederholte: »Nimm das Gewehr herunter, Skudder. Sie tun uns nichts. Sie wollen uns nur vertreiben. Das ist alles.«

Sie wandte sich wieder der Ratte zu und hob die linke, leere Hand. Ihr Vertrauen in den plötzlichen Evolutionssprung dieser Nager reichte nicht so weit, im Ernst anzunehmen, daß sie ihre Sprache verstanden – aber das Benehmen des Tieres zeigte ganz deutlich, daß es zumindest imstande war, die Bedeutung von *Gesten* zu begreifen.

Die Ratte folgte ihrer Bewegung aus mißtrauisch glitzernden Augen und stieß ein drohendes Zischen aus, rührte sich aber nicht mehr, und auch die Armee graubrauner Körper hinter ihr kam nicht mehr näher.

Langsam und unendlich vorsichtig hob Charity das Gewehr

wieder und hängte sich die Waffe über die Schulter. Kyle stekkte seine Pistole wieder unter den Gürtel, und nach einer weiteren Sekunde folgte endlich auch Skudder ihrem Beispiel.

»Vorsichtig jetzt!« flüsterte Charity. »Macht bloß keine hastige Bewegung!«

Langsam drehte sie sich herum, wobei sie die Ratte aufmerksam im Auge behielt, wartete, bis auch Skudder und Kyle sich umgewandt hatten, und deutete dann in die Richtung, aus der sie gekommen waren. Ohne ein Wort ging sie los.

Zuerst langsam, dann immer schneller gingen sie den Weg zurück, bis sie wieder an die Abzweigung kamen, an der sie abgebogen waren. Erst dann wagte es Charity, stehenzubleiben und wieder zurückzublicken.

Von den Ratten war nichts mehr zu sehen.

4

Mehr als drei Jahre waren vergangen, seit Stone dieses Zimmer das erste Mal betreten hatte, aber der Anblick hatte in all dieser Zeit nichts von seiner Faszination verloren. Stone war immer noch nicht sicher, ob ihn das Bild, das die Stadt unter den Fenstern bot, mehr faszinierte oder erschreckte, oder ob es eine Mischung aus beidem war, die ihn immer wieder hierherkommen und Stunde um Stunde aus dem Fenster blicken ließ. Was einmal Manhattan gewesen war, das war jetzt …

Er wußte nicht, was es war. Er war der Herr dieser Stadt, ihr unumschränkter Befehlshaber, zumindest die meiste Zeit, und trotzdem wußte er nicht, was sie mit dieser Stadt taten. Es war noch immer eine Stadt voller brodelndem Leben, aber es war auch ein Dschungel, ein verwirrendes Gebilde aus unverständlicher Hypertechnik und sonderbar organischen Formen, und manchmal kam es ihm vor wie eine gigantische, lebende Einheit, die aus zahllosen einzelnen Individuen bestand und viele Millionen Zellen zusammensetzte; Zellen, von denen vielleicht auch er schon eine war, ohne es zu wissen.

Sein Blick wanderte nach Osten, wo das Wasser der Hudson-Bay in grauen Nebelschwaden verschwand. Manchmal kam Wind auf, der diese flimmernde graue Wand zerriß, und dann konnte er die Eisbarriere erkennen: eine zweihundert Meter hohe, massive Wand aus Eis, die innere Grenze des Kälteschirmes, der New York umgab.

Das aufdringliche Summen des Intercom-Gerätes riß ihn in die Wirklichkeit zurück.

Zum ersten Mal seit Jahren wieder verspürte Stone Angst, die Hand auszustrecken und das Gerät einzuschalten, auf dessen Bildschirm jetzt das ziselierte Flammen-M Morons flackerte. Er selbst hatte dieses Symbol entworfen, und damals war es ihm passend erschienen. Etwas, das die Macht und Unbesiegbarkeit Morons deutlicher symbolisierte als alles andere. Und das seine eigene, kleine Rache an den Invasoren darstellte, denn für ihn bedeutete dieses ›M‹ nicht nur Moron, es stand auch für Monster, für die Ungeheuer von den Sternen, die sein Volk vernichtet und ihm seine Welt gestohlen hatten.

Jetzt begann er es zu fürchten. Was er in Paris erlebt hatte, hatte ihm gezeigt, wie hilflos er in Wahrheit war. Er war ein mächtiger Mann, vielleicht der mächtigste Mann dieses Planeten – und trotzdem war er ein Nichts. Seine Macht währte, solange *sie* es wollten. Keine Sekunde länger.

Und vielleicht war die Gnadenfrist, die sie ihm gewährt hatten, schon abgelaufen.

Innerlich angespannt, schaltete Stone das Gerät ein. Das flackernde, rote ›M‹ auf dem Bildschirm erlosch und machte der ausdruckslosen Chitin-Maske Luzifers Platz, seines persönlichen Adjutanten. Vor drei Jahren, als man ihm dieses riesige, ameisenähnliche Geschöpf zugeteilt hatte, hatte Stone diesen Namen witzig gefunden; mittlerweile war er nicht mehr sicher, ob er sich nicht wirklich auf einen Pakt mit dem Teufel eingelassen hatte.

»Ja?« begann er. »Irgend etwas Neues aus Paris?«

»Das Bombardement wurde eingestellt«, antwortete Luzifer.

»Warum?«

»Die Flüchtlinge sind mit an Sicherheit grenzender Wahrscheinlichkeit tot«, antwortete Luzifer.

»Was heißt ›mit an Sicherheit grenzender Wahrscheinlichkeit‹?« brüllte Stone. »Sind sie tot oder nicht?«

»Das wissen wir nicht, Herr«, antwortete Luzifer. »Der abgestürzte Gleiter wurde aufgespürt und vernichtet. Eine Fortsetzung der Bombardierungen würde die Strahlenwerte unzulässig erhöhen. Es gibt eine Königin im Gebiet dieser Stadt.«

»Das weiß ich«, antwortete Stone gereizt. »Aber ich dachte, ihr seid resistent gegen radioaktive Strahlung?«

»Das trifft zu, soweit es die Arbeiter und Soldaten angeht«, bestätigte Luzifer. »Aber die unausgeschlüpften Eier könnten geschädigt werden. Die Sicherheit der Brut hat Vorrang gegenüber der Vernichtung der Entflohenen.«

Obwohl seine Stimme so kalt und ausdruckslos wie gewöhnlich klang, spürte Stone, wie wenig Sinn es hatte, Luzifer in diesem Punkt zu widersprechen. Das Insektengeschöpf war sein persönlicher Adjutant; sein Diener und Sklave, über den er nach Belieben befehlen konnte. Er zweifelte nicht daran, daß Luzifer ohne eine Sekunde zu zögern sein Leben geopfert hätte, hätte er es von ihm verlangt. Und doch würde er ihm in diesem Punkt nicht gehorchen. Manchmal fragte sich Stone, ob er vielleicht in Luzifers Augen ein ebenso minderwertiges Geschöpf war wie umgekehrt die *Ameise* in seinen. Es war eine verwirrende Situation – sie waren beide Sklaven, und bis zum heutigen Tag hatte Stone niemals geklärt, wer nun wessen Sklave war.

»Also gut«, sagte er nach kurzem Überlegen. »Dann laß ein Schiff und eine Begleitmannschaft startbereit machen. Ich will mich mit eigenen Augen davon überzeugen, daß Captain Laird und ihre Begleiter tot sind.« Und vor allem dieser Megamann, fügte er in Gedanken hinzu. Wenn Kyle noch lebte, und wenn er aus irgendeinem Grund gefangengenommen und verhört wurde, dann war es um ihn geschehen. Es hatte Stone ohnehin überrascht, daß er mit der Behauptung, der flüchtende Megakrieger hätte die beiden Inspektoren getötet, so ohne weiteres durchgekommen war.

Doch so mißtrauisch und unbarmherzig die Insektengeschöpfe von Moron waren, so leicht war es, sie zu belügen. Vielleicht lag es daran, überlegte er, daß es Insekten waren. Ein Volk, zu dessen Wortschatz Begriffe wie Mitleid, Gnade oder Gewissen nicht gehörten, ließ sich schwer mit der Vorstellung absoluter Ehrlichkeit assoziieren. Aber nach allem, was Stone in den vergangenen drei Jahren erlebt hatte, wußten die Moroni wirklich nicht, was der Begriff Lüge bedeutete.

Luzifer antwortete nicht auf seinen Befehl, aber er unterbrach auch die Bildverbindung nicht, sondern starrte ihn über den Monitor hinweg aus seinen kalten, glitzernden Facettenaugen heraus an, und nach einer Weile fragte Stone in leicht gereiztem Tonfall: »Was gibt es denn noch?«

»Es erscheint mir nicht sehr ratsam, daß Sie sich selbst dorthin begeben, Herr«, antwortete Luzifer. »Die Strahlenwerte sind im Moment sehr hoch. Und das Gebiet wird von primitiven Eingeborenen bewohnt. Sie könnten in Gefahr geraten.«

»Dann besorg mir einen vernünftigen Schutzanzug!« sagte Stone zornig. »Und eine gut bewaffnete Begleitmannschaft. Und verbinde mich mit dem Kommandanten der dortigen Garnison.«

Luzifer widersprach nicht mehr. Sein ausdrucksloses Insektengesicht senkte sich in einer Geste des Gehorsams, dann wurde der Monitor dunkel, und Stone wandte sich mit einem lautlosen Aufatmen von dem Gerät ab. Langsam trat er wieder ans Fenster und blickte auf die Stadt hinab. Sein Herz schlug schnell und sehr hart, und er fühlte, wie seine Handflächen feucht wurden. Er hatte das Gefühl, langsam, ganz allmählich, aber auch unaufhaltsam den Boden unter den Füßen zu verlieren. Vielleicht war es Einbildung, dachte er. Gleichzeitig spürte er, daß dieser Gedanke nichts als ein weiterer, unzulänglicher Versuch war, sich selbst zu beruhigen. Nein – es war keine Einbildung. Irgend etwas … geschah.

Ein Pakt mit dem Teufel …

Vielleicht war es das, dachte er. Vielleicht war jetzt der Moment gekommen, in dem er die Rechnung präsentiert bekam.

Der Angriff kam völlig überraschend. Nicht einmal Kyles überscharfe Sinne nahmen ein Geräusch wahr oder eine verdächtige Bewegung; aber plötzlich waren sie da – Hunderte gewaltiger, spinnenbeiniger, zottiger Körper, die sich mit irrsinniger Geschwindigkeit und nahezu lautlos an der Decke und den Wänden entlangbewegten.

Charity fand nicht einmal Zeit, einen warnenden Ruf auszustoßen. Ein riesiger schwarzer Schatten glitt mit grotesken Bewegungen an der Decke über ihr heran und ließ sich auf sie herabfallen. Sie hörte Net hinter sich aufschreien und sah einen grellweißen Blitz aus den Augenwinkeln, als Skudder instinktiv seine Waffe abfeuerte, ohne mehr zu treffen als den jahrzehntealten Staub auf dem Boden, und im selben Moment fühlte sie sich zu Boden gerissen. Kleine, spitze Zähne gruben sich mit erbarmungsloser Kraft in die Schulter ihrer Uniformjacke und versuchten vergeblich, den zähen Stoff zu durchdringen. Charity warf sich instinktiv herum und versuchte, den Angreifer über die Schulter zu schleudern, aber die Spinnenkreatur hatte einfach zu viele Gliedmaßen – sie schüttelte vier, fünf der dürren, biegsamen Beine ab, aber mindestens ebenso viele klammerten sich an ihren Nacken und ihre Arme, und die Zähne, die den Stoff ihrer Uniformjacke nicht durchdringen konnten, aber mit grausamer Kraft zubissen, tasteten nach einer verwundbaren Stelle und näherten sich ihrem Hals.

Sie wäre wahrscheinlich nicht einmal mit diesem ersten Angreifer fertig geworden, wäre nicht plötzlich Kyle aufgetaucht, der das Monster einfach von ihr herunterriß. Das Wesen stieß einen zischelnden, zornigen Laut aus, als Kyle es kurzerhand gegen die Wand warf.

Aber damit hatte er ihnen nicht einmal eine Atempause verschafft. Charity plagte sich auf und versuchte, ihre Waffe von der Schulter zu bekommen. Sie sah, daß die gesamte Decke des Stollens zum Leben erwacht war! Es mußten Dutzende der riesigen, bizarren Kreaturen sein. Nicht eine von ihnen berührte den Boden, aber sie flitzten geschickt an der Decke und den Wänden entlang – und sie waren gefährlich.

Charity sprang vollends auf die Füße und riß ihr Gewehr von der Schulter, als Net hinter ihr abermals aufschrie. Mit einem Satz war sie bei der Wasteländerin, schleuderte das Spinnentier, das auf ihrer Brust hockte, mit einem Kolbenhieb beiseite und wollte die Hand ausstrecken, um Net auf die Füße zu helfen. Doch im selben Moment wurde sie schon wieder angegriffen; diesmal von drei schwarzen Spinnen, die wie pelzige Bälle von der Decke fielen.

Sie wehrte das erste der Ungeheuer mit dem Gewehrlauf ab, duckte sich unter dem zweiten Angreifer hindurch und zerquetschte den dritten mit ihrem bloßen Körpergewicht, als er sie zu Boden riß und sie sich noch im Sturz drehte, so daß sie ihn unter sich begrub. Hinter ihr blitzte wieder Skudders Lasergewehr auf, und sie hörte jetzt auch Helen und Gurk schreien. Mit einer schnellen Bewegung rollte sie herum, brannte eine Feuerspur in die lebende Masse unter der Decke über sich und riß die Arme über das Gesicht, als geschmolzener Stein und brennendes Chitin wie tödlicher Regen auf sie herabfielen.

Mit verzweifelter Kraft stemmte sie sich auf die Füße, feuerte erneut und wich langsam vor der brodelnden Flut zuckender Gliedmaßen zurück, die sich immer weiter über die Decke und die Wände ausbreitete.

Einen Augenblick später glühte neben ihr ein flimmerndes, düsterrotes Licht auf, und als Charity überrascht herumfuhr, sah sie, daß Kyle wieder seine kleine Waffe gezogen hatte. So harmlos die winzige Pistole aussah, so verheerend war ihre Wirkung. Der fächerförmige Lichtstrahl verwandelte einen großen Teil der Decke samt der Spinnen darauf in pulverfeinen, grauen Staub, der in trägen Wolken zu Boden fiel. Kyle schwenkte den Strahl zur Seite, vernichtete auch die zweite Hälfte der Spinnenarmee auf der linken Seite der Gangdecke und schaltete von Dauer- auf Einzelfeuer um, um auch die wenigen überlebenden Angreifer zu erledigen, die sich mit wirbelnden Beinen die Wände herabgeflüchtet hatten.

»Vorsicht! Hinter dir!«

Es dauerte eine halbe Sekunde, bis Charity begriff, daß Skudders Schrei nicht ihr galt. Erschrocken fuhr sie herum und sah, daß sich drei oder vier der haarigen schwarzen Beinbälle Kyle von hinten näherten. Sie hob ihre Waffe, zielte kurz und tötete zwei von ihnen mit einem grellen Lichtblitz. Den dritten erlegte Skudder mit einem kurzen, genau gezielten Laserschuß, aber das vierte und letzte Ungeheuer war bereits zu nahe heran, als daß sie es wagten, darauf zu schießen. Mit einer wirbelnden Bewegung erreichte es die Decke über Kyle und ließ sich lautlos auf ihn herabfallen. Ein halbes Dutzend seiner langen, gelenkigen Beine krallten sich in Kyles Schulter, während seine Zähne begannen, lange, blutige Kratzer in seinen Nacken und seine Wange zu reißen. Kyle schien den Angriff nicht einmal zu spüren; zumindest beachtete er ihn nicht. Beinahe ungerührt stand er mit leicht gespreizten Beinen da, hielt seine Waffe mit ausgestreckten Armen und zielte sorgfältig auf die wenigen, vereinzelten Monster, die dem roten Licht bisher entkommen waren.

Mit einem Fluch war Skudder bei ihm, packte das Ungeheuer mit bloßen Händen und schleuderte es gegen die Wand. Hilflos glitt es daran herunter, blieb eine Sekunde lang reglos liegen – und sprang dann hoch, um auf wirbelnden Beinen davonzurasen. Skudder setzte ihm mit einem Fluch nach und zertrat es.

Die Tunneldecke bot ein Bild der Verwüstung. Die Laserspuren glühten noch immer dunkelrot, und hier und da waren gewaltige, gezackte Löcher in der Decke entstanden; an einigen Stellen züngelten Flammen, und die meisten der roten Lichter waren erloschen. Ein paar brennende Kadaver waren alles, was von der lautlosen Armee übriggeblieben war.

Charity drehte sich zu Kyle herum und musterte ihn einen Moment lang besorgt. Gesicht, Nacken und Schultern des jungen Megamannes bluteten, auch seine Jacke hing in Fetzen. Aber seine Wunden schlossen sich bereits wieder. Charity wußte, daß er in wenigen Minuten seine Verwundung vollkommen geheilt hatte.

Kyle blickte mit großer Konzentration in die Richtung, aus

der die lautlose Armee aufgetaucht war. »Wir müssen weg hier. Das war nur die Vorhut der Beutejäger.«

»Wir können nicht zurück«, sagte Charity. »Dort lauern die Ratten auf uns.«

»Vielleicht finden wir eine Abzweigung«, antwortete Kyle. »Oder wir schaffen es bis zur Treppe. Sie werden wiederkommen. Und nicht nur sie, glaub mir.«

Der Ernst, mit dem er diese Worte aussprach, beseitigte Charitys letzte Zweifel. Ohne ein weiteres Wort ergriff sie Helens Arm, legte ihn sich über die Schulter und lief los.

Sie schafften es nicht.

Sie hatten nicht einmal die halbe Strecke bis zur kleinen Schleusenkammer zurückgelegt, als Kyle plötzlich einen warnenden Ruf ausstieß und stehenblieb. Charity sah sich im Laufen um. Kyle hatte seine Waffe wieder gezogen und gestikulierte ihr mit der anderen Hand zu, weiterzurennen. »Nicht stehenbleiben!« schrie er. »Ich versuche, sie aufzuhalten.«

Charity versuchte, in der dunkelroten Dämmerung hinter dem Megamann irgend etwas zu erkennen, sah aber nichts.

Dann schien auf einmal der gesamte Gang hinter Kyle zu brodelndem schwarzem Leben zu erwachen.

Im ersten Moment dachte Charity, es wäre eine neue Armee der Spinnenwesen, die herangerast kam, aber es waren nur sehr wenige Kreaturen, die sich näherten. Offensichtlich hatte Kyle die meisten vernichtet. Nein, eine riesige schemenhafte Gestalt schob sich heran, eine einzige, gewaltige Masse, die wabernd näher kam, wie eine Lawine aus schwarzem, nassen Fleisch, die ihre Gestalt in jeder Sekunde veränderte und immer wieder auseinanderzufließen schien.

Charity hob ihre Waffe, gab einen einzelnen Schuß ab und registrierte verblüfft, daß der grelle Lichtblitz wie von einem gewaltigen Schwamm aufgesogen wurde. Nur eine winzige, rauchende Stelle blieb zurück; und auch sie verschwand fast sofort, als sich jetzt das Fleisch an dieser Stelle bewegte und eine neue, unversehrte Schicht über dem verbrannten heranwachsen ließ.

»Lauft!« brüllte Kyle. »Das hat keinen Sinn! Es ist immun gegen Strahlen!«

Trotz dieser Worte hob er seine eigene Waffe und gab einen Schuß auf den wandelnden Fleischberg ab. Das rote Licht ließ einen fast mannsgroßen Bereich der widerwärtigen Masse in grauem Staub explodieren, aber sein Vormarsch wurde dadurch nicht aufgehalten.

»Lauft!« schrie Kyle noch einmal. »Ich versuche, es aufzuhalten!«

Charity begriff, daß es Kyles sicherer Tod war, wenn er versuchte, sich dem Ungeheuer in den Weg zu stellen. Und doch blieb ihnen keine andere Wahl. Mit einer entschlossenen Bewegung drehte sie sich herum – und erstarrte erneut mitten im Schritt.

Keine zehn Schritte von ihr entfernt, funkelten sie im trüben Licht eine Unzahl gieriger, roter Augen an.

Die Ratten!

Neben ihr schrie Helen gellend auf. Charity preßte das Mädchen instinktiv fester gegen sich und hob ihre Waffe, entschlossen, ihrer beider Leben so teuer wie möglich zu verkaufen, als die Armee gewaltiger Ratten wie auf ein gemeinsames Kommando hin loszustürmen begannen. Sie wußte, daß sie keine Chance hatten. Es mußten Tausende der gierigen Bestien sein, die aus der Tiefe des unterirdischen Ganges kamen!

Eine halbe Sekunde, bevor die Rattenarmee sie erreichen und von den Füßen reißen konnte, teilte sich die braungraue Flut. Eine schmale Gasse entstand, als die Tiere zur Seite wichen, und Charity sah fassungslos zu, wie sich die Front der Ungeheuer auch vor Skudder, Net und dem Gnom teilte, die sich wenige Schritte neben ihr schützend aneinandergepreßt hatten!

»Um Gottes willen – nicht schießen!« schrie sie. »Schießt nicht!«

Mit einer Mischung aus Entsetzen und Staunen beobachtete sie, wie die pfeifende, quiekende Flut sich Kyle näherte, sich vor ihm abermals teilte – und sich mit verbissener Wut auf das schwarze Monster stürzte, das aus der anderen Richtung herangestürmt kam!

Im ersten Moment schien es, als könnten nicht einmal die Ratten es aufhalten. Die ersten fünf, sechs Reihen der angreifenden Nager verschwanden unter dem formlosen Körper des Monstrums, ohne daß es ins Straucheln geriet. Doch immer mehr Ratten drängten nach – und stürzten sich mit einer Wut auf das Ungeheuer, die Charity schaudern ließ. Fingerlange Zähne rissen und zerrten an dem schwarzen Fleisch; immer mehr Tiere sprangen mit schrillen Pfiffen das sich windende Monster an, ehe sie selbst verschlungen wurden.

Doch schließlich wurden die Bewegungen des Kolosses langsamer. Er kroch und waberte noch immer auf sie zu, aber nicht mehr so schnell und fließend, sondern mit ruckhaften, zuckenden Bewegungen, kein lautloses, rasches Gleiten mehr, sondern eher ein Aufbäumen – das schließlich zu einem Rückzug wurde!

Selbst seinen schier unerschöpflichen Regenerationskräften waren Grenzen gesetzt. Die Ratten rissen immer größere Stücke aus seinem formlosen Leib heraus, die sie auf der Stelle aufzufressen begannen, Wunden schlossen sich jetzt nicht mehr, sondern blieben große, zuckende Löcher mit pulsierenden Rändern. Das Unwesen tötete die teuflischen Nager noch immer, aber für jede Ratte, die es verschlang, schienen zehn neue aufzutauchen, die sich mit einer bestialischen Wut auf ihren Gegner stürzten.

Langsam begann sich das gewaltige, formlose Ungeheuer zurückzuziehen. Sein Gleiten wurde wieder schneller, und obwohl Charity inmitten der wimmelnden, braungrauen Masse aus riesigen Körpern kaum noch etwas von ihm erkennen konnte, hatte sie doch das Gefühl, daß sich seine Haut veränderte – es schien den Ratten jetzt sehr viel schwerer zu fallen, sie mit den Zähnen zu verletzen.

Vorsichtig wandte Charity den Kopf und sah den Gang hinab. Der Strom gigantischer Ratten ließ allmählich nach. Sie hob vorsichtig die Hand und gab den anderen ein Zeichen. Skudder erhob sich behutsam und begann, sich Schritt für Schritt zurückzuziehen, wobei er versuchte, Net und den Gnom hinter sich zu halten. Auch Charity und Kyle bewegten sich vorsichtig.

Ihr Fuß streifte eine Ratte. Das Tier fuhr mit einem ärgerlichen Zischen herum, bleckte ein ehrfurchtgebietendes Haifischgebiß und starrte sie aus seinen dunklen Augen haßerfüllt an.

Sie erstarrte.

Für einen Moment trafen sich ihre Blicke, wieder glaubte Charity eine beunruhigende, fast menschliche Intelligenz in den nachtschwarzen Augen der Ratte zu erkennen.

»Geht weiter!« flüsterte sie. Ihre Stimme zitterte. Obwohl sie sich bemühte, leise zu sprechen, schienen die Worte überlaut durch den Korridor zu hallen und als verzerrte Echos wiederzukehren, vermischt mit den schrillen Pfeif- und Zischlauten der Rattenarmee, die noch immer gegen das gewaltige Amöbenwesen kämpfte. Aber nicht alle Ratten hatten sich an der ungleichen Schlacht beteiligt. Hier und da hockten kleine Gruppen der struppigen Bestien beisammen, in einer sonderbar verwirrten, hilflosen Art, die in Charity das absurde Gefühl auslöste, sie würden sich beraten.

Net stieß einen spitzen Schrei aus, als sich eine der Ratten ihr näherte und ihr Bein beschnüffelte; wie ein großer, mißgestalteter Hund. Ihre empfindlichen Barthaare zuckten nervös, und in ihren Augen stand der gleiche, vielleicht noch unentschlossene, aber vorhandene Zorn, den Charity auch in denen der anderen Tiere gelesen hatte. Sie sah, wie Skudder seine Waffe senkte, und hob erschrocken die Hand. »Nicht!« sagte sie. »Nicht schießen!«

Skudder begriff. Statt zu schießen, richtete er den Lauf des Lasers nur demonstrativ auf das schäferhundgroße Nagetier – und es konnte kein Zufall mehr sein, daß die Ratte in diesem Moment den Blick hob, ihn einen Moment lang anstarrte, und sich dann langsam und rückwärts kriechend davonmachte.

»Bewegt euch ganz vorsichtig!« befahl Charity im Flüsterton. »Und behaltet die Nerven. Ein einziger Schuß – und wir sind alle tot!«

Charity schickte ein Stoßgebet zum Himmel, auf daß sie sich nicht täuschte. Aus einem Grund, den sie nicht einmal zu ahnen vermochte, schienen diese mutierten Ratten Menschen nicht als ihre Feinde zu betrachten. Aber was, dachte sie schaudernd, wenn der Kampf gegen die Riesenamöbe ihren Blutdurst einmal geweckt hatte und sie vielleicht das Erbe ihrer primitiveren, räuberischen Vorfahren spürten? Oder wenn sie einfach *hungrig* waren?

Langsam, Schritt für Schritt, zogen sie sich zurück. Charitys Nerven waren bis zum Zerreißen angespannt, und die Gesichter Skudders und der drei anderen glänzten vor Schweiß. Früher oder später, dachte sie, würde einer von ihnen einen Fehler machen. Eine unbedachte Bewegung, ein Stolpern, vielleicht auch nur ein erschrockener Laut – und die Ratten würden sich auf sie stürzen und sie zerreißen, wie sie es mit dem riesigen Monstrum getan hatten.

Das mühsame Knirschen uralter Scharniere ließ sie überrascht aufblicken. Plötzlich standen sie vor einer rechteckigen Tür, die von gelbem Licht und zwei gewaltigen, monströsen Gestalten erfüllt war. Sie waren mehr als zwei Meter groß mit silber glänzender Haut, eckigen Köpfen und einem einzigen, goldenen Auge.

Charity hatte nicht einmal mehr Zeit, einen erschrockenen Ruf auszustoßen. Einer der Riesen hob den Arm, und das letzte, was Charity bewußt wahrnahm, war ein hellgrüner Blitz und ein unerträglicher Schmerz, der ihr Bewußtsein auslöschte.

5

Das Erwachen war eine Qual. Jede einzelne Zelle in ihrem Körper schien in Flammen zu stehen, und das dumpfe, mühsame Schlagen ihres Herzens schickte vibrierende Schmerzwellen bis in ihre Finger- und Zehenspitzen. Sie wollte die Augen öffnen und konnte es nicht.

Aber sie wußte, was sie getroffen hatte.

Ein Teil ihres Bewußtseins hatte es noch begriffen, ehe es von der grünen Lichtflut der Schockwaffe aus ihrem Körper herausgeprügelt worden war. Und der erste klare Gedanke, zu dem sie nach einer Weile fähig war, war die Frage, welches Gefühl nun stärker in ihr war: die Überraschung, diese beiden Gestalten hier unten zu erblicken, oder die Verwirrung, daß sie von ihnen angegriffen worden waren.

Sie fand keine Antwort auf diese Frage. Immerhin gelang es ihr nach einigen Minuten, die Augen zu öffnen. Sie lag lang ausgestreckt auf einer niedrigen Metallpritsche, die sich in einer winzigen, fast völlig kahlen Kammer aus Beton befand. Unter der Decke gab es eine einfache Lampe, deren nackte Glühbirne von einem rostigen Metallkorb geschützt wurde. Auf der linken Seite der Pritsche entdeckte sie eine ebenfalls rostige Tür. Die Kammer war so klein, daß der verbliebene Platz zwischen der Pritsche und ihr kaum ausreichen konnte, sie völlig zu öffnen. Einer der silbernen Riesen hing am Fußende der Pritsche an der Wand, aber er hatte seine Form verändert und sah jetzt schlaff und faltig aus, wie ein Ballon, aus dem die Luft entwichen war.

Die silberne Haut war das Metallgewebe eines uralten ABC-Anzuges, und das einzelne große Auge die Sichtscheibe eines Helmes. Auf der linken Schulter des ABC-Anzuges befand sich ein kleiner, dunkelblauer Aufnäher, der eine Flagge in Schwarz und Rot und Gold und die Worte Lt. *Felss* zeigte. Charity kramte eine Minute lang in ihrer Erinnerung, ehe ihr einfiel, daß dies die Farben der vereinigten Deutschen Republik waren. Offensichtlich hatte sie ihre Flucht aus Paris weiter weggebracht, als sie bisher angenommen hatte.

Durch das Metall der Tür drangen Schritte. Ein Schlüssel klirrte im Schloß, dann wurde ein offensichtlich sehr schwergängiger Riegel zurückgeschoben, und die Tür schwang ein Stück auf, ehe sie unsanft gegen die Metallkante ihrer Pritsche stieß. Charity verzog das Gesicht, als die Erschütterung einen scharfen Schmerz durch ihren Nacken schießen ließ, und versuchte, sich aufzusetzen.

Vom Gang drang grelles Neonlicht herein, so daß die Gestalt, die in der Tür aufgetaucht war, im ersten Moment nur als flacher, riesiger Schatten zu erkennen war. Dann gewöhnten sich ihre Augen an die plötzliche Helligkeit, und sie sah, daß ein riesiger, noch recht junger Mann vor ihr stand. Er hatte kurzgeschnittenes, braunes Haar und ein offenes Gesicht, das ihr sympathisch gewesen wäre, hätte sie seinen Anblick nicht unwillkürlich mit dem grausamen Schmerz assoziiert, den ihr die Schockwaffe zugefügt hatte. Bekleidet war er mit einer engsitzenden, schlichten Uniform in dunklem NATO-Oliv, auf deren rechten Schulter sich das Abzeichen auf seinem Schutzanzug wiederholte; allerdings ohne seinen Namenszug.

Der Soldat schien überrascht, sie bei vollem Bewußtsein vorzufinden, denn er blinzelte einen Moment lang verwirrt zu ihr herab, ehe er seinen hünenhaften Körper ungeschickt durch die nur halb geöffnete Tür zwängte und sie hinter sich wieder schloß.

»Sie sind wach?« fragte er. Er sprach englisch mit einem sonderbar harten Akzent, der Charity endgültig klarmachte, wo sie gelandet war.

»Wie Sie sehen.« Sie hatte verärgert klingen wollen oder wenigstens herablassend, aber ihre Stimme war flach und müde und klang in ihren eigenen Ohren wie die einer fremden, uralten Frau.

Einen Moment lang blickte der junge Soldat auf sie herab, dann zuckte er mit den Schultern, griff in die Innentasche seiner Jacke und zog ein schmales Lederetui hervor, das er aufklappte, während er sich auf die Kante ihrer Pritsche sinken ließ. »Ich weiß, es ist eine dumme Frage«, sagte er, »aber wie fühlen Sie sich?«

»Ausgezeichnet«, antwortete Charity, während sie sich weiter aufrichtete. Diesmal gelang es ihr, wenigstens eine Spur von bissigem Spott in ihre Stimme zu zwingen. Der Soldat sah flüchtig auf, und in seinen Augen erschien ein Lächeln.

Charity sah, daß das Etui eine gefüllte Wegwerfspritze enthielt, die er jetzt herausnahm.

»Was haben Sie vor?« fragte sie mißtrauisch. Hastig setzte sie sich ganz auf und zog die Knie an den Körper.

»Das wird Ihnen guttun«, antwortete der Soldat, während er die Spritze gegen das Licht hob, das linke Auge zukniff und den Kolben hochdrückte, so daß ein einzelner schimmernder Tropfen aus der Nadel quoll. »Kein Grund, sich Sorgen zu machen«, sagte er. »Aber Sie müssen wahnsinnige Kopfschmerzen haben.«

»Vielleicht habe ich gern Kopfschmerzen?« sagte Charity scharf.

Der junge Soldat ließ die Spritze sinken und sah sie stirnrunzelnd an, und Charity fügte hinzu: »Tun Sie das Ding weg!«

Einen Moment lang reagierte er nicht. Es hätte Charity nicht gewundert, wenn er versucht hätte, ihr die Injektion mit Gewalt zu verabreichen. Aber dann zuckte er nur mit den Achseln, legte die Spritze in das Etui zurück und klappte es zu.

»Wie Sie wollen«, sagte er. »Jeder hat seine Vorlieben, nicht wahr?«

Charity blickte ihn ärgerlich an. »Wo bin ich hier?« fragte sie. »Wieso haben Sie auf uns geschossen?«

»Das mußte sein«, antwortete der Soldat. Das Bedauern in seiner Stimme klang echt. »Alles andere wird Ihnen Leutnant Hartmann erklären, sobald er mit Ihnen reden kann, Captain Laird.«

Charity hatte Mühe, sich ihre Überraschung, daß er offensichtlich wußte, wer sie war, nicht zu deutlich anmerken zu lassen. »Wer ist dieser Hartmann?« fragte sie.

Eine Sekunde lang sah der Soldat sie überrascht an, dann wandte er den Kopf und blickte den ABC-Anzug an, der am Fußende ihrer Pritsche an der Wand hing. Er nickte, und ein anerkennendes Lächeln huschte über seine Lippen.

»Unser IVD«, antwortete er.

»IVD?«

»Idiot vom Dienst«, erklärte Felss lächelnd. »Ein ziemliches Rindvieh. Aber leider auch mein Vorgesetzter – und zumindest im Moment der Boß hier unten.«

»Dann bringen Sie mich zu ihm«, verlangte Charity.

»Jetzt gleich?«

»Jetzt gleich!«

Felss hatte sich schon zur Tür gedreht, als er sich noch einmal umwandte. »Sind Sie sicher, daß Sie nichts wollen?« fragte er. »Sie müssen entsetzliche Kopfschmerzen haben. Ich kann Ihnen eine Tablette geben, wenn Sie keine Spritzen mögen.«

Charity schüttelte zornig den Kopf – was das leise Hämmern hinter ihren Schläfen zu einem Stakkato dröhnender Paukenschläge anschwellen ließ – und sagte leise »Ja.«

Der Leutnant lachte ein leises, gutmütiges Lachen, während seine Hand in die rechte Jackentasche glitt. »Stolz ist eine feine Sache«, sagte er, »aber gegen Kopfschmerzen wirkt er nicht besonders.«

Charity schenkte ihm einen bösen Blick, wartete, bis er das kleine Tablettenröhrchen aufgeschraubt und zwei Pillen auf ihre ausgestreckte Hand geschüttet hatte, und würgte sie trocken herunter. Dann mußte sie husten, schüttelte aber den Kopf, als Felss den Arm hob und sie fragend ansah, um ihr auf den Rücken zu klopfen. »Schon gut«, sagte sie mühsam. »Es … geht schon wieder.«

Für einen Mann, der sie noch vor weniger als zwei Stunden mit einer Schockwaffe niedergestreckt hatte, verhielt er sich plötzlich sehr leichtsinnig, denn er drehte ihr den Rücken zu, als er auf den Gang hinaustrat. Er hatte sich nicht einmal die Mühe gemacht, die Pistolentasche an seinem Gürtel zu schließen. Vielleicht unterschätzte er sie einfach, weil sie eine Frau war.

»Was ist das hier?« fragte sie, während sie neben Felss durch den langen, sehr niedrigen Korridor ging, dessen Wände wie die Zelle aus dem gleichen nackten Beton bestanden. Unter der Decke zog sich ein Gewirr von Rohrleitungen und elektrischen Verbindungen hin, die zum Teil noch nicht einmal verkleidet waren. Diese Anlage mußte entweder in großer Hast oder mit sehr wenig Geld errichtet worden sein. Und sie war offensichtlich sehr alt. Es schien kein Metallteil zu geben, das nicht verrostet war. Trotzdem funktionierte das meiste offenbar noch. Von den Leuchtstoffröhren unter der Decke war nur jede zweite eingeschaltet; in regelmäßigen Abständen gab es kleine Videokameras an den Wänden, die ihren Schritten mit lautlosen Drehungen folgten.

»Leutnant Hartmann wird Ihnen alles erklären«, antwortete Felss freundlich. »Wir sind gleich da.« Er deutete auf eine Tür am vorderen Ende des Ganges. Charity sah ihn mit leiser Verärgerung an, sparte sich aber jede weitere Frage. Vielleicht waren es die Videokameras und die zweifellos dazugehörigen Mikrophone, die Felss plötzlich schweigsam werden ließen.

»Nun?« Unter normalen Umständen hätte Stern jetzt überrascht aufgeblickt, denn Leutnant Hartmanns Stimme klang vollkommen ruhig und sogar freundlich. Aber die Umstände waren nicht normal, und daher blickte Stern weiter und mit wachsender Besorgnis auf das Gewirr von winzigen Computermonitoren, Skalen und Anzeigeinstrumenten auf dem Pult vor sich.

»Ich fürchte, da ist nichts mehr zu machen«, sagte er nach einer Weile. Er sah Hartmann mit eindeutig furchtsamem

Gesichtsausdruck an. Doch Hartmann runzelte nur besorgt die Stirn und fixierte dann einige Sekunden lang einen imaginären Punkt irgendwo zwischen Stern und der Wand hinter ihm. »Was ist mit der Notbremse?« fragte er schließlich.

Stern schüttelte andeutungsweise den Kopf. »Zu spät«, sagte er. »Ich habe alles versucht. Aber die Computer haben Eindringlinge in der Sicherheitszone registriert. Da ist nichts mehr zu machen. Wir haben bereits seit einer Stunde Sekundär-Alarm.« Er zögerte einen Moment und faßte dann, durch Hartmanns ungewohnte Ruhe und Gelassenheit ermutigt, genug Mut, um mit der Hand auf einen der Kontrollmonitore an der Wand zu deuten und hinzuzufügen: »Wenn in den nächsten dreißig Minuten auch nur noch eine von diesen Flugscheiben auftaucht, dann wird der Primär-Alarm ausgelöst.«

Hartmann drehte sich herum und blickte auf den Schirm. Er war kein abergläubischer Mensch. Die Position, die er innehatte, hatte er aus dem einzigen Grund erhalten, daß er zu jenen Männern gehörte, denen man nachsagte, immer mit beiden Beinen fest auf dem Boden zu stehen. Aber in diesem Moment begann er, an böse Omen zu glauben, denn Stern hatte noch nicht ganz zu Ende gesprochen, als auf dem grünleuchtenden Monitor der Radarüberwachung gleich ein ganzes Dutzend neuer, giftgrün flimmernder Punkte erschien.

Stern seufzte tief. »Das war's dann wohl«, sagte er niedergeschlagen. »Nichts auf der Welt kann den Weckvorgang jetzt noch aufhalten.«

Auch Hartmann seufzte. Er sah Stern nicht an, aber der Leutnant konnte erkennen, wie sich ein Ausdruck tiefer, ehrlich empfundener Sorge auf seinem Gesicht breitmachte. »Ja«, flüsterte er. Dann gab er sich einen sichtbaren Ruck, drehte sich wieder zu Stern herum und rang sich zu einem Lächeln durch.

»Halten Sie weiter die Augen offen, Stern«, sagte er. »Ich werde gehen und mich um unsere Gäste kümmern. Ich hoffe«, fügte er nach einer winzigen Pause und in verändertem Tonfall hinzu, »sie sind den Ärger wert, den sie uns bereiten.«

Sie gingen eine kurze, aus nackten, ungleichmäßig gegossenen Betonstufen bestehende Treppe hinab. Ein zweiter, etwas breiterer Gang nahm sie auf, von dem zahlreiche Türen abzweigten, aber Felss steuerte zielstrebig das Ende des Korridors an. Die Tür dort bewegte sich mit einem leisen, elektrischen Summen zur Seite, als sie sich ihr näherten.

Felss blieb dicht davor stehen und machte eine einladende Handbewegung. Charity zögerte einen Moment, ging dann aber an dem jungen Soldaten vorbei. Die Tür schloß sich hinter ihr selbsttätig wieder, sie hörte das leise metallische Klicken, mit dem das Schloß einrastete.

Der Raum, den sie betrat, überraschte sie. Sie hatte eine weitere, kahle Betonzelle erwartet – aber das Zimmer, in dem sie sich befand, hätte jedem guten Hotel zur Ehre gereicht; sah man von der Tatsache ab, daß es kein Fenster hatte. Die Wände waren mit Holzimitationen verkleidet, und es gab wenige, aber ausgesucht geschmackvolle Möbelstücke. An der gegenüberliegenden Wand hing ein riesiges Farbfoto, das das Panorama einer Stadt zeigte. Was Charity sofort ins Auge fiel, war der Umriß einer gewaltigen Kathedrale mit zwei spitzen Türmen, die sich vor dem glitzernden, blauen Band eines Flusses erhob. Dann erblickte sie einen grauhaarigen Mann, der in einem schweren Ledersessel hinter einem Schreibtisch saß und sie aus kalten, fast ausdruckslosen Augen musterte.

»Sie sind Leutnant Hartmann, vermute ich«, sagte Charity.

Hartmann nickte und deutete mit einer einladenden Geste auf eine kleine Couch, die an der Wand neben der Tür stand. »Ich erspare mir die Frage, wie Sie sich fühlen, Captain«, sagte er.

»Wahrscheinlich so, wie ich aussehe«, antwortete Charity.

Hartmann zauberte ein mitfühlendes Lächeln auf sein Gesicht. »So schlimm?«

»Sehe ich so schlimm aus?«

Hartmann lächelte wieder und nickte. »Ja. Diese Schockwaffen sind ekelhaft, ich weiß. Ich hatte selbst schon zweimal das Vergnügen ... « Er machte eine wegwerfende Handbewegung. »Aber lassen wir das. Im Ernst, Captain Laird – wie geht es Ihnen? Sind Sie verletzt?«

»Nein«, antwortete Charity. »Warum haben Ihre Männer auf uns geschossen?«

»Das ließ sich leider nicht vermeiden«, erwiderte Hartmann. »Sie hatten die Wahl zuzusehen, wie Sie und Ihre Freunde von den Ratten aufgefressen werden, oder Sperrfeuer in den ganzen Korridor zu legen. Ich nehme an, daß ihre Entscheidung im nachhinein Ihre Zustimmung finden wird, Captain Laird.«

»Spielt das eine Rolle?«

»Nein«, sagte Hartmann ruhig. Er schien noch mehr dazu sagen zu wollen, besann sich dann aber anders. Ein paar Sekunden sah er sie ausdruckslos, aber sehr aufmerksam von Kopf bis Fuß an, dann beugte er sich vor und nahm etwas von der Schreibtischplatte, das Charity als ihre ID-Plakette erkannte. Instinktiv hob sie die Hand und tastete nach der dünnen Kette an ihrem Hals. Sie war verschwunden.

»Captain Charity Laird«, las Hartmann vor. »US-Space Force.« Er sah sie fragend, aber ohne echtes Interesse an. »Ist das Ding echt?«

In der ersten Sekunde erschien es Charity nicht einmal der Mühe wert zu sein, auf diese Frage zu antworten. Aber sie beherrschte sich und schluckte die scharfe Entgegnung, die ihr auf der Zunge lag, herunter. »Ich glaube, ich wäre wahrscheinlich nicht mehr am Leben«, sagte sie statt dessen, »wenn Sie der Meinung wären, daß die Plakette nicht echt ist.«

Hartmann legte die Plakette mit einem Nicken auf den Schreibtisch zurück. »Das stimmt«, sagte er gelassen. »Wie lange sind Sie schon wach?«

Diesmal war Charity wirklich überrascht. »Sie ... wissen es?«

»Selbstverständlich«, antwortete Hartmann in leicht beleidigtem Tonfall. »Diesem Ausweis nach sind Sie sechsundachtzig Jahre alt, Captain Laird. Aber Sie sehen nicht so aus. Ich ... « Er brach ab, runzelte abermals die Stirn und sah sie mit neuem Interesse an. »Laird ...« wiederholte er in veränder-tem, nachdenklichem Tonfall. »Charity Laird ... Sie waren damals diejenige, die das Sternenschiff entdeckt hat.«

»Ich gehörte zur ersten Expedition, da haben Sie recht.« Sie blickte Hartmann mit einem humorlosen Lächeln an. »Manche behaupten, ich hätte es geholt.«

»Was für ein Unsinn«, sagte Hartmann. »Sie sind in einen Schlaftank entkommen. Wie viele außer Ihnen haben es noch geschafft?«

Charity antwortete nicht sofort. »In unserer Basis ... niemand. Niemand außer mir. Es war reines Glück.« Sie überlegte einen Moment, ob sie ihm von Stone erzählen sollte, entschied sich dann aber dagegen.

»Glück?« Hartmann lachte leise und nicht sehr humorvoll. »Nun ja ... Aber lassen wir das. Ihre Basis?«

»Survival Station 01«, erklärte Charity. »Der Regierungsbunker.« Sie machte eine fragende Handbewegung, die den ganzen Raum einschloß. »Was ist das hier? Etwas Ähnliches?«

Hartmann überging die Frage. »Seit wann sind Sie wach? Und wie kommen Sie hierher nach Deutschland?«

Etwas an Hartmanns Art irritierte Charity. Trotz seiner Kälte und Sachlichkeit wirkte er nicht unfreundlich. Doch Charity glaubte zu spüren, daß der Mann innerlich vor Nervosität fast krank war. »Das ist ... eine ziemlich lange Geschichte«, antwortete sie ausweichend. »Ich erzähle sie Ihnen gern, aber vielleicht nicht jetzt. Was ist mit meinen Begleitern?«

»Ihnen fehlt nichts«, sagte Hartmann. Zu ihrer Überraschung verzichtete er darauf, abermals eine Erklärung von ihr zu verlangen, sondern fügte hinzu: »Die meisten von ihnen sind noch bewußtlos. Sie sind die einzige, die bereits wach ist – außer diesem Jungen.«

»Kyle?«

»Wer ist er? Ein Dreckfresser?«

»Ich weiß nicht genau, was Sie mit diesem Wort meinen«, antwortete Charity scharf. »Er ist ein Freund.«

»Ein Freund? Hat man Ihnen noch nicht gesagt, daß man sich heutzutage seine Freunde genau anschauen sollte?«

Er hob befehlend die Hand, als Charity abermals auffahren wollte, und fuhr in nur leicht gemäßigterem Ton fort. »Bitte verzeihen Sie, Captain Laird, wenn ich etwas grob erscheine. Aber Sie werden mich verstehen, wenn Sie mir zuhören. Wir haben im Moment eine etwas ...« Er zögerte. »Eine etwas angespannte Situation«, sagte er schließlich. »Und ich muß wissen, was Sie damit zu tun haben. Dieser Bombenangriff heute morgen – hat er mit Ihnen zu tun?«

Wieder flüsterte eine innere Stimme Charity zu, daß es vielleicht besser war, nichts zu sagen. Aber die gleiche innere Stimme erklärte ihr auch im gleichen Moment, daß Hartmann kein Mann war, den man so ohne weiteres belügen konnte.

»Ich fürchte, ja«, sagte sie. »Das galt uns.«

»Warum?« schnappte Hartmann.

»Ich vermute«, erwiderte Charity spöttisch, »die *Ameisen* schätzen es nicht besonders, wenn man ihnen ihre Gleiter stiehlt.«

Hartmann zog überrascht die linke Augenbraue hoch, antwortete aber nicht sofort, sondern lehnte sich bequemer in seinem Sessel zurück und legte die gespreizten Finger gegeneinander. »Sie waren in diesem Gleiter, der abgeschossen wurde?«

»Sie scheinen ziemlich gut informiert zu sein, Herr Leutnant«, sagte Charity.

Hartmann lächelte kalt. »Das ist der Grund, aus dem wir hier unten noch leben. Aber einen Gleiter zu stehlen ist in meinen Augen noch kein ausreichender Grund, eine halbe Stadt mit Atombomben einzuäschern.«

»Ich sagte Ihnen bereits«, erwiderte Charity vorsichtig, »es ist eine lange Geschichte.« Sie deutete mit einer Kopfbewegung auf die Ausweisplakette, die noch immer vor Hartmann auf dem Schreibtisch lag. »Sie hat etwas damit zu tun. Kann ich sie wiederhaben?«

Sie streckte die Hand aus, zögerte einen Moment und führte die Bewegung erst zu Ende, als Hartmann mit den Augen ein Kopfnicken andeutete. Ohne einen konkreten Grund dafür angeben zu können, fühlte sie sich sicherer, als sie die winzige Plakette wieder an der Kette um ihren Hals befestigte.

Der Intercom-Schirm an der Wand summte. Hartmann drehte sich mit seinem Sessel herum und streckte die Hand aus. Charity rechnete damit, daß er ihn einschalten würde, aber statt dessen nahm er einen altmodischen Telefonhörer zur Hand und meldete sich mit einem knappen: »Ja?«

Er lauschte einen Moment, und sein Gesichtsausdruck verfinsterte sich mit jedem Wort, das am anderen Ende der Leitung gesprochen wurde. Hartmann selbst sagte nichts, sondern hängte den Hörer nach einer knappen Minute zurück und wandte sich wieder zu Charity um. Als er sie ansah, waren seine Züge so ausdruckslos wie zuvor; das Gesicht eines Geschäftsmannes, der einen Verhandlungspartner musterte, von dem er noch nicht ganz genau wußte, was er von ihm zu halten hatte.

»Ich fürchte, wir müssen den Rest unserer Unterhaltung auf später verschieben«, sagte er. »Vielleicht ist es sogar besser so. Ich bin sicher, Sie haben nicht nur eine Menge Antworten für mich, sondern auch eine Menge Fragen an mich. Und ich habe wenig Lust, alles fünfmal erklären zu müssen.«

Er stand auf und kam um den Schreibtisch herum; auch Charity erhob sich.

»Leutnant Felss wird Ihnen Ihr Quartier zeigen«, sagte Hartmann. »Ich fürchte, es wird nicht sonderlich luxuriös sein, aber doch ein wenig bequemer als das Wrack eines Moroni-Gleiters.«

6

Die Stadt lag wie ein Mosaik aus dunklen, schmutzigen Farben unter ihm. Aus einer Höhe von fast vier Meilen herab betrachtet, waren die Spuren der Zerstörungen kaum noch auszumachen. Der Feuersturm, der über Köln hinweggerast war, hatte jedes Leben und fast jedes Gebäude vernichtet, aber die Grundstruktur, nach der diese Stadt errichtet worden war, war erhalten geblieben. Stone konnte deutlich die Grundrisse der alten Festungsmauer erkennen, die noch aus der Zeit der Römer stammte, und das asymmetrische Muster der Straßen und Alleen, die nachfolgende Generationen erschaffen hatten. Es gehörte nicht einmal viel Phantasie dazu, sich vorzustellen, daß das Leben dort unten noch immer so pulsierte wie vor fünfundfünfzig Jahren. Daß alles nur ein böser Traum gewesen war, aus dem man nur zu erwachen brauchte, um ihn ungeschehen zu machen.

Doch es war kein Alptraum, sondern grausame Wirklichkeit. Die Stadt hatte eine Anzahl neuer, schrecklicher Wunden davongetragen. Die Strahlung der Bomben, die die Gleiter geworfen hatten, war extrem kurzlebig, aber auch extrem hart. In nicht einmal ganz zweiundsiebzig Stunden würde er das Gelände dort unten nur mit einem leichten Schutzanzug bekleidet betreten können; aber im Moment würde jedes Leben, das sich dem verseuchten Gebiet näherte, auf der Stelle erlöschen. Nicht einmal ein so unglaubliches Geschöpf wie der entkommene Megamann, konnte in dieser Hölle länger als einige Sekunden überleben. Er und Captain Laird und die anderen *mußten* tot sein.

Und doch stellte sich der Triumph, auf den er bei diesem Gedanken wartete, nicht ein; nicht einmal ein Gefühl der Sicherheit, jetzt, wo der letzte Zeuge seines Verrates beseitigt war.

Er hatte Captain Lairds Tod niemals gewollt. Was er ihr an jenem Abend in seinem Zimmer im höchsten Turm des Shai-Taan von Colorado erzählt hatte, war die Wahrheit gewesen. Er betrachtete Charity Laird so wenig als seine Feindin, wie er sich selbst als Verräter betrachtete. Denn war es wirklich Verrat, wenn er versuchte, einen Kampf zu verhindern, der mit nichts anderem als der völligen Vernichtung seiner Heimatwelt enden konnte?

Stone war sich völlig darüber im klaren, daß er der meistgehaßte Mann dieses Planeten war, vielleicht der meistgehaßte Mensch, den es jemals auf dieser Welt gegeben hatte. Aber für ihn war dies der Preis, den er, und nur er allein für das Überleben der menschlichen Rasse zu zahlen hatte.

Mochten sie ihn verfluchen.

Mochten sie seiner mit Haß gedenken.

Was viel wichtiger war und niemand je erfahren würde, das waren die unzähligen Leben, die er *gerettet* hatte. Die Jahre, die er für diese Welt herausgeschunden hatte, indem er all seinen Einfluß geltend machte, um die Herrscher der Schwarzen Festung am Nordpol davon zu überzeugen, daß sein Volk *nützlich* war.

Sein Blick glitt über die schwarz glitzernde Chitingestalt der *Ameise*, die neben ihm an den Kontrollen des Gleiters stand und das Fahrzeug reglos in vier Meilen Höhe über der Stadt schweben ließ. Der Anblick bereitete ihm immer noch Unbehagen, und das würde sich niemals ändern, ganz egal, wie viele Jahre seines Lebens er noch in der Gesellschaft dieser gigantischen Rieseninsekten verbrachte. Und trotzdem erfüllte er ihn mit einer wilden, fast wahnsinnigen Hoffnung.

Auch sie waren einmal ein freies Volk gewesen. Auch sie hatten vermutlich erbittert um ihre Freiheit gekämpft, und vermutlich härter und länger als je ein anderes Volk vor ihnen. Sie hatten diesen Kampf verloren wie alle anderen Rassen, nach deren Welt sich die Hand Morons ausgestreckt hatte, und doch waren sie nicht untergegangen.

Im Gegenteil. Heute waren sie die treuesten Verbündeten Morons; ihr Schwert und ihre Faust.

Und vielleicht, dachte Stone, würde es den Menschen eines Tages ebenso ergehen. Sie konnten diesen Kampf nicht gewinnen. Aber möglicherweise konnten sie ihn als Sklaven von einer Macht und Größe überleben, die sie als freies Volk niemals hätten erlangen können.

Auf seine Art war Stone ein aufrechter, tapferer Mann. Er war überzeugt, daß der Weg, den er eingeschlagen hatte, der einzig mögliche war. Und daß Captain Laird die Menschen in den totalen Untergang geführt hätte. Trotzdem erfüllte ihn der Gedanke, daß sie tot war, nicht mit Erleichterung, sondern nur mit einer tiefen, entsetzlichen Leere.

Auf dem Bildschirm spann sich ein Koordinatennetz aus dünnen, grünen Linien, in dem sich eine Anzahl winziger Leuchtpunkte hin und her bewegte. Wenn man genau hinsah, erkannte man, daß ihre Stellung zueinander nicht zufällig war. Sie bildeten einen Dreiviertelkreis, in dem sich nach und nach immer mehr und mehr der flimmernden grünen Punkte einfügten, die vom rechten Bildschirmrand auftauchten. Doch was auf dem Monitor wie ein wirbelnder Mückenschwarm aussah, war in Wirklichkeit eine Flotte von vierzig oder fünfzig Gleitern, und ihre Zahl wuchs unaufhörlich. Es war eine ganze Armee, die sich dort draußen über der Stadt zusammenzog. Und Charity hatte das sehr sichere Gefühl zu wissen, *wen* sie suchten.

Den finsteren Blicken nach zu urteilen, die Hartmann abwechselnd ihr und den anderen zuwarf, hegte der Leutnant ähnliche Gedanken. »Wie viele sind es bisher?«

Die Frage galt einem jungen Mann mit blondem Haar und bleicher, fast durchsichtiger Haut, der hinter einem der beiden wuchtigen Computerpulte saß, die fast den gesamten vorhandenen Platz in der kleinen Überwachungszentrale blockierten. »Fünfundvierzig«, antwortete er, warf einen raschen Blick auf eines seiner Geräte und verbesserte sich. »Sechsundvierzig.«

»Und in jedem sitzen mindestens fünfzig von diesen Viechern«, sagte Hartmann gepreßt. Er maß Charity mit einem langen, nicht sehr freundlichen Blick. »Wer zum Teufel sind Sie, daß sie Ihnen ihre halbe Armee hinterherjagen?«

Sie hätte viel darum gegeben, die Antwort auf diese Frage selbst zu wissen. Es mußte irgend etwas mit der geheimen NATO-Station unter der Botschaft in Paris zu tun haben. Irgend etwas befand sich dort, das für die Moroni von ungeheurem Wert sein mußte. So wertvoll, daß schon die bloße *Möglichkeit*, es könne sich in ihrem Besitz befinden, sie dazu brachte, aus der bisher eher spielerischen Jagd auf sie und ihre Begleiter ein gnadenloses Kesseltreiben zu machen.

»Was gibt es dort draußen?« fragte sie mit einer Kopfbewegung auf den Monitor. »Ich meine – außer uns?«

Hartmann zuckte grob mit den Achseln. »Nichts«, sagte er. »Eine Handvoll Dreckfresser und ein oder zwei Nester.«

Ihr fragender Blick machte ihm klar, wie wenig sie mit dieser Antwort anfangen konnte, denn er erklärte mit hörbarer Ungeduld in der Stimme: »Von einem wissen wir genau, wo es ist. Die Existenz des zweiten vermuten wir nur. Aber ich bin sicher, daß es eines gibt.«

»Sie meinen eine Königin?« vergewisserte sich Kyle.

»Ja«, antwortete Hartmann. Er berührte einen Punkt ungefähr eine Bildschirmlänge über dem Monitor an der Wand. »Das Nest liegt ungefähr hier. Wahrscheinlich ist es der einzige Grund, aus dem Sie und Ihre Freunde überhaupt noch am Leben sind. Wäre es nicht da, hätten sie wahrscheinlich größere Bomben geworfen.

»Ich verstehe das alles nicht«, murmelte Charity. Sie tauschte einen fragenden Blick mit Kyle und Skudder und wandte sich schließlich an Helen. Das Mädchen war noch immer sehr blaß, und obwohl ihr Hartmann und Charity mehrmals versichert hatten, daß sie nicht in Gefahr sei, war ihr ihre Angst deutlich anzusehen.

»Es muß irgend etwas mit dieser Basis in Paris zu tun haben«, sagte Charity. »Hat dein Vater jemals gesagt, was er dort unten zu finden hoffte?«

Helen schüttelte nur stumm den Kopf, aber Charity bemerkte aus den Augenwinkeln, wie Hartmann sie plötzlich sehr aufmerksam ansah. »Welche Basis?« fragte er.

Charity zögerte einen kurzen Moment, dann erklärte sie ihm mit wenigen, knappen Worten, was sie in Paris gefunden hatten; wobei sie sich bemühte, so wenig Informationen wie nur möglich weiterzugeben, ohne daß Hartmanns Mißtrauen dadurch noch verstärkt wurde.

Der Ausdruck auf Hartmanns Gesicht wurde immer besorgter, während er ihren Worten lauschte. »Ich kenne diese Basis«, sagte er schließlich. »Wenn es ihnen gelungen ist, in das Computernetz einzudringen, dann wissen sie alles.«

»Alles?« hakte Net nach. »Was meinen sie damit?«

»Sie könnten ... die gesamte Nato-Logistik kennen.«

»Unmöglich.« Charity schüttelte entschieden den Kopf. »Sie hatten allerhöchstens zwei Stunden, bevor ich die Selbstzerstörungsanlage in Betrieb gesetzt habe.«

»Zwei Stunden sind eine Menge Zeit«, gab Hartmann zu bedenken.

»Wenn sie ... «

»Wenn ihnen die Position Ihres Verstecks bekannt wäre«, unterbrach ihn Kyle ruhig, »dann wären sie wahrscheinlich schon hier.«

Hartmann blickte den Megamann einen Moment lang mit unverhohlener Feindseligkeit an, aber er kam nicht dazu, zu antworten, denn in diesem Moment meldete sich der junge Mann an dem Computerpult wieder zu Wort: »Sie sind gelandet, Herr Leutnant. Die Strahlung ist noch immer zu stark. Ich bekomme keine sauberen Meßergebnisse.«

Hartmann überlegte einen Moment, dann deutete er fast

anklagend auf den Techniker. »In Ordnung«, sagte er. »Schicken Sie eine Drohne los. Aber keine Funkverbindung. Wir werten die Videoaufzeichnungen aus, sobald sie zurück ist.«

Während der letzten Minuten hatte Felss Leutnant Hartmann von einer Seite kennengelernt, die er bisher nicht einmal an ihm vermutet hatte. Statt mit einem ständig übelgelaunten Vorgesetzten hatte Felss mit einem ruhigen Mann gesprochen, der ihn die meiste Zeit mit unbewegtem Gesicht hatte reden lassen und ihn nur dann und wann einmal unterbrach, um eine knappe Zwischenfrage zu stellen.

»Also Sie trauen ihnen?« faßte Hartmann schließlich in einem Satz zusammen, was der junge Soldat ihm im Laufe der letzten zwanzig Minuten wortreich zu erklären versucht hatte.

Felss zögerte. Gerade die scheinbare Beiläufigkeit, mit der Hartmann diese Frage stellte, machte ihm klar, wie wichtig die Antwort sein konnte – nicht nur für diese Fremden, sondern auch für ihn. Er zögerte sekundenlang, dann rettete er sich in ein verunglücktes Lächeln. »Ich denke schon«, sagte er.

Für einen kurzen Moment kehrte der alte Ausdruck von Unmut auf Hartmanns Züge zurück. »Ich habe Sie nicht gefragt, was Sie denken«, erklärte der Leutnant, entschärfte seine Worte aber sofort mit einem milden Lächeln. »Trauen Sie ihnen oder nicht?«

»Ich glaube schon«, sagte Felss schließlich. »Zumindest den drei Frauen und diesem komischen Knirps.«

»Und die anderen?«

Wieder zögerte Felss einige Sekunden lang. »Bei dem Jüngeren bin ich mir nicht sicher«, gestand er schließlich. »Ich … werde nicht ganz schlau aus ihm.«

Hartmann sah ihn fragend an.

»Er war nur ein paar Augenblicke bewußtlos«, fuhr Felss fort. »Dabei hat er eine volle Ladung abbekommen – genau wie die anderen. Danach hat er nur so getan, als schliefe er.«

»Vielleicht hätte ich das auch an seiner Stelle«, sagte Hartmann nachdenklich. »Wenn die Geschichte stimmt, die die Amerikanerin erzählt …«

»Wir könnten sie überprüfen«, sagte Felss.

Hartmann nickte. Er wirkte irgendwie niedergeschlagen. »Sobald wir in der Station sind, ja«, sagte er. »Aber dann kann es zu spät sein.«

»Wieso in der Station?« wunderte sich Felss.

»Es ist möglich, daß wir diesen Posten aufgeben müssen«, antwortete Hartmann in einem Ton, der Felss klarmachte, daß er nicht bereit war, mehr zu diesem Thema zu sagen. Er kehrte auch unmittelbar zu dem zurück, worüber sie die letzten zwanzig Minuten geredet hatten.

»Um Captain Laird und die beiden anderen Frauen kümmere ich mich«, sagte er. »Sie behalten diesen Kyle im Auge – oder wie immer er wirklich heißen mag. Hat er gemerkt, daß Sie Verdacht geschöpft haben?«

Felss schüttelte den Kopf.

»Das ist gut«, sagte Hartmann. »Dabei sollte es auch bleiben. Was ist mit dem anderen? Er könnte ein Dreckfresser sein.«

Wieder schüttelte Felss den Kopf. »Nein«, sagte er. »Ich weiß nicht, wer er ist, aber ein Dreckfresser ganz bestimmt nicht.«

»Gut«, sagte Hartmann. Er klang erleichtert.

Er hatte auch allen Grund dazu, dachte Felss, denn wenn die Dreckfresser eine Intelligenz entwickelt hätten, die es ihnen ermöglichte, eine so komplizierte und überzeugende Täuschung aufzubauen, dann waren sie mehr als ein Ärgernis.

»Also«, sagte Hartmann und stand auf. »Gehen Sie und behalten Sie die beiden ein wenig im Auge. Und informieren Sie auch Lehmann über unser Gespräch.«

Es dauerte zwei Stunden, bis die Drohne zurückkam, und nicht nur Charity riß erstaunt die Augen auf, als sie das schwarzbraune Etwas erblickten, das Felss lässig unter den linken Arm geklemmt hatte und das vielmehr an ein lebendes Wesen als an einen Spionagesatelliten erinnerte. Das Gerät hatte die Form einer abgeflachten, ovalen Scheibe, aber jemand hatte den Chitinpanzer eines riesigen, glotzäugigen Käfermonstrums ausgehöhlt und ihn so geschickt umgearbeitet, daß er einen natürlichen Tarnanzug bildete. Selbst aus einer Entfernung von nur wenigen Schritten würde diese Drohne niemandem als das auffallen, was sie wirklich war.

Charity zog anerkennend die Augenbraue hoch und sah Felss an. »War das Ihre Idee?«

Der junge Soldat schüttelte den Kopf und deutete mit einer stummen Geste auf Hartmann.

»Kein schlechter Einfall«, sagte Charity, aber Hartmann knurrte auf seine gewohnte, unfreundliche Art: »Sie können mir später einen Heiligenschein verpassen, Captain Laird. Jetzt lassen Sie uns sehen, was sich dort draußen tut.« Er drückte einen Knopf auf der Oberseite des Gerätes, und eine winzige Videokassette fiel in seine Hand. Rasch trug er sie zu einem Abspielgerät, schaltete es ein und blickte konzentriert auf den Monitor.

Im ersten Augenblick war auf dem Bildschirm nichts Außergewöhnliches zu erkennen – sah man davon ab, daß die Landschaft, über die die Drohne hinweggeglitten war, einen völlig verwüsteten Anblick bot. Ein paar Sekunden lang irritierte Charity der scheinbare ziellose, ruckhafte Flug des Gerätes, aber dann begriff sie, daß die Drohne nichts anderes als den taumelnden Flug eines Käfers nachgeahmt hatte.

Der Käfer hatte sich eine Weile scheinbar ziellos zwischen den ausgebrannten Ruinen der Stadt hin und her bewegt, wobei seine Tarnung möglicherweise sogar ein wenig zu perfekt gewesen war, denn zweimal war er von riesigen, fliegenden Kreaturen angegriffen worden, denen er aber jedesmal mit Leichtigkeit ausgewichen war. Einmal glaubte Charity, auf dem Bild eine menschliche Gestalt vorüberhuschen zu sehen, aber als sie Hartmann danach fragte, tat er so, als hätte er ihre Worte nicht gehört. Schließlich berührte der Leutnant einen Knopf und ließ die Aufnahme mit zehnfacher Geschwindigkeit laufen. Trotzdem vergingen noch Minuten, in denen der Bildschirm nichts anderes als graue, ausgebrannte Ruinen zeigte. Dann stoppte das Bild plötzlich, als die Drohne angehalten hatte, und Hartmann schaltete hastig auf die normale Geschwindigkeit zurück.

Am Ende des verheerten Straßenzuges, den der Monitor zeigte, schwebte eine große silberfarbene Scheibe über dem Boden. Eine schmale Zunge aus Metall hatte sich aus ihrer Unterseite hervorgerollt und entließ Dutzende der schwarzen *Ameisen*kreaturen von Moron ins Freie.

»Soldaten«, sagte Kyle ruhig.

Charity sah verwirrt auf. »Sind sie das denn nicht alle?«

Kyle schüttelte den Kopf, ohne den Blick vom Monitor zu wenden. »Die meisten sind Arbeiter«, sagte er. »Sie kämpfen auch, wenn es sein muß. Aber das da sind Soldaten. Sie sind viel stärker und gefährlicher.«

Die *Ameisen* sammelten sich zu kleinen Gruppen und begannen dann, zu Fuß tiefer in das verwüstete Gebiet jenseits des Gleiters vorzudringen. Charity sah, daß die meisten von ihnen nicht mehr mit den üblichen kleinen Strahlenpistolen, sondern mit schweren, bizarr geformten Gewehren bewaffnet waren; andere schienen eine Art Meß- oder Ortungsgeräte mit sich zu schleppen, auf die sie immer wieder herabblickten, um sich dann mit schrillen Pfiffen zu verständigen.

»Ihre Freunde scheinen verdammt viel Wert darauf zu legen, Sie wiederzusehen«, sagte Hartmann sarkastisch. Er deutete auf das kleine Bildschirmfenster, das an der rechten unteren Ecke des Monitors erschienen war. »Die Strahlung dort reicht aus, einen Menschen in zehn Minuten umzubringen.«

»Radioaktivität macht ihnen nichts aus«, sagte Kyle. »Jedenfalls nicht viel.«

Abermals sah Hartmann ihn voller Mißtrauen an. »Sie wissen eine ganze Menge über diese Biester.«

Kyle nickte. Ein flüchtiges Lächeln huschte über seine Züge. »Sie doch auch«, sagte er. »Man sollte seinen Feind kennen, um ihn richtig bekämpfen zu können.«

Zumindest den letzten Satz hatte er einzig und allein gesprochen, um Hartmann zu beruhigen. Aber seine Worte hatten ihre Wirkung verfehlt. Hartmann traute Kyle nicht. Und er machte nicht sehr viel Hehl aus seinen Gefühlen.

Die Drohne glitt weiter, wobei sie nun dicht über dem Boden schwebte und jede natürliche Deckung ausnutzte, um nicht bemerkt zu werden. Eine Zeitlang folgte sie einer der Ameisengruppen, schlug dann eine andere Richtung ein und verharrte wiederum minutenlang in der Nähe des Landesplatzes eines weiteren Gleiters. Dieses Verhalten wiederholte sich vier- oder fünfmal hintereinander, wobei der Kurs, den das Instrument zurückgelegt hatte, auf einem zweiten, kleineren Bildschirmfenster zu verfolgen war. Offensichtlich waren die Gleiter am Rand eines gewaltigen, imaginären Kreises gelandet; wahrscheinlich der Grenze jenes Gebietes, das sie zuvor bombardiert hatten.

Hartmann warf ihr einen schwer zu deutenden Blick zu. »Was um alles in der Welt haben Sie getan?« fragte er. »Ich habe so etwas noch nie erlebt.«

»Nichts«, antwortete Charity beinahe hilflos. »Aber das ist auch nicht die Frage. Die Frage ist, was sie *glauben*, das wir getan haben.«

Hartmann konzentrierte sich wieder auf die Videoaufzeichnung. Die Bilder begannen einander zu gleichen: Gleiter, die sehr langsam und sehr tief über die Stadt flogen, und Gleiter, die gelandet waren und schier endlose Ketten schwarzer, spinnengliedriger Gestalten entließen. Offensichtlich drangen die *Ameisen* von allen Seiten des Kreises gleichzeitig in die verwüstete Stadt ein, um alles, was das Bombardement überlebt hatte, vor sich her und schließlich in die Enge zu treiben.

Die Aufzeichnung dauerte fast eine halbe Stunde, ohne ihnen noch weitere, neue Informationen zu bringen. Schließlich begann sich die Drohne wieder von der Front der Gleiter zu entfernen, und Hartmann wandte sich mit einem fast enttäuschten Seufzer vom Bildschirm ab, ließ die Aufzeichnung aber weiterlaufen.

»Mehr erfahren wir jetzt nicht mehr«, sagte er. »Falls wir überhaupt etwas erfahren haben.« Bei den letzten Worten hatte er Charity fragend angeschaut, doch sie wich seinem Blick aus. Plötzlich aber fuhren neben ihr sowohl Net als auch Skudder erschrocken zusammen. Der Hopi deutete mit dem ausgestreckten Arm auf den Monitor hinter Hartmann. »Seht doch!«

Aller Blicke wandten sich wieder dem Bildschirm zu. Die Drohne hatte auf ihrem Weg zurück noch einmal haltgemacht. Direkt auf der Straße vor ihr war eine weitere der gewaltigen schimmernden Flugscheiben gelandet. Auch in ihrem Rumpf hatte sich eine Luke geöffnet, aber die Gestalt, die aus diesem Gleiter hervorkam, war keine *Ameise*, sondern ein Mensch, der durch den gewaltigen, schwerfälligen Anzug, in den er gehüllt war, plump und ungeschickt wirkte.

»Das ist ... « begann Charity, und Kyle unterbrach sie: »Governor Stone.«

Sowohl Charity als auch Skudder und Net sahen den Megamann ungläubig an, während Hartmann mißtrauisch die Augen zusammenkniff. »Woher wollen Sie wissen, wer das ist?« fragte er. Mit einer eher zornigen als fragenden Geste auf den Monitor fügte er hinzu: »In diesem Anzug kann wer weiß wer stecken.«

Kyle fing Charitys warnenden Blick auf – der, wie sie unbehaglich registrierte, auch Hartmann nicht entgangen war – und antwortete gelassen. Ich habe seine Rangabzeichen auf dem Anzug erkannt. Hier – sehen Sie?« Er trat ganz dicht an den Monitor heran und deutete auf ein kaum stecknadelgroßes Funkeln über dem Herzen der menschlichen Gestalt. Hartmann starrte ihn einen Moment lang feindselig an, bequemte sich aber dann, sich vorzubeugen und seine Augen so dicht an den Monitor heranzubringen, daß seine Nase beinahe die Scheibe berührte. Fast eine Minute lang blickte er angestrengt auf die kaum handgroße, menschliche Gestalt, dann richtete er sich wieder auf und sagte nach einem weiteren, sehr mißtrauischen Blick in Kyles Gesicht: »Sie müssen verdammt gute Augen haben, junger Mann.«

»Das habe ich«, bestätigte Kyle.

Charity atmete auf. Vielleicht konnte Kyle seine Tarnung noch eine Weile aufrechterhalten.

»Wer ist das – Stone?« fragte Hartmann.

»Ein persönlicher Freund von uns«, antwortete Charity hastig, wobei sie das Wort *Freund* übermäßig betonte. Mit einem säuerlichen Blick auf den Monitor fügte sie hinzu: »Ich würde ihn wahrscheinlich auch im Dunkeln und mit verbundenen Augen erkennen. Er hat uns lange genug gejagt.«

»Und wie es aussieht«, sagte Hartmann, »tut er es noch immer.«

»Ich hätte diesem Kerl den Hals herumdrehen sollen, als ich die Gelegenheit dazu hatte«, knurrte Skudder.

Hartmann lächelte flüchtig, aber sein Blick blieb ernst. Es war nicht leicht, diesem Mann etwas vorzumachen, dachte Charity. Er mußte längst gespürt haben, daß sie ihm etwas verheimlichten.

In die sonderbare Stille hinein meldete sich der junge Techniker hinter dem Computerpult mit einem lautstarken, unechten Räuspern. Hartmann sagte nichts, trat aber wortlos neben ihn und beugte sich über seine Schulter.

Charity tauschte einen fragenden Blick mit Kyle, ehe sie Hartmann folgte und sich ebenfalls über das Pult beugte. »Schwierigkeiten?« fragte sie.

»Vielleicht«, antwortete Hartmann ausweichend. »Das kann ich jetzt noch nicht sagen.«

»Können wir helfen?« fragte Kyle.

»Es wäre schon eine große Hilfe, wenn Sie nicht im Weg stehen würden. Bitte gehen Sie in Ihre Quartiere zurück.«

»Sie meinen, unsere Zellen?« fragte Charity ironisch.

Hartmann sah mit einem Ruck auf. In seinen Augen blitzte es, dann sagte er gepreßt: »Selbstverständlich steht Ihnen mein Privatquartier zur Verfügung, Captain Laird. Und Ihren Begleitern ebenfalls. Leutnant Felss wird Sie hinbringen und zu Ihrer Verfügung stehen, bis ich Sie wieder brauche.«

Hartmann drückte einen Knopf auf dem Pult vor sich, und der junge Leutnant und ein zweiter Soldat, dessen Namen sie nicht kannte, erschienen unter der Tür der kleinen Überwachungszentrale. Hartmann deutete auf Charity und die anderen und sagte: »Bringen Sie unsere Gäste in meine Räume. Und bleiben Sie bei ihnen – falls sie irgendwelche Wünsche haben.«

Sie verließen den Raum ohne ein weiteres Wort und gingen über den kurzen Korridor aus nacktem Beton zurück in jenen Raum, in dem Charity das erste Mal mit Hartmann gesprochen hatte. Die beiden Soldaten waren sehr zuvorkommend, aber auch sehr viel weniger diplomatisch als ihr Vorgesetzter. Der Ausdruck auf ihren Gesichtern machte deutlich, als was sie Charity und ihre Begleiter plötzlich betrachteten: als Gefangene.

»Ich verstehe das nicht ganz«, sagte Net, als die beiden Soldaten sie allein gelassen und die Tür hinter sich geschlossen hatten. »Was ist plötzlich los? Er behandelt uns, als wären wir ...«

Sie suchte einen Moment nach Worten, und Kyle sprang hilfreich ein. »Feinde«, sagte er.

Das Wort schien Net zu erschrecken, aber weniger, weil es sie überraschte, sondern wohl eher, weil es das ausdrückte, was sie selbst empfand.

»Er mißtraut uns«, sagte Kyle. »Und vor allem mir. Ich weiß nicht warum, aber ich habe es genau gespürt.«

»Kann es sein«, fragte Skudder, »daß er weiß, wer du bist?«

Kyle setzte zu einer Antwort an, wandte sich aber dann mit einer ruckhaften Bewegung um und trat an die Wand neben der Tür. Seine Fingerspitzen glitten wie suchend über die winzige Schalttafel darin, verharrten einen Moment, und als er die Hand wieder zurückzog, hielt er die Überreste eines winzigen Mikrofons mit abgerissenen Kabelenden zwischen Daumen und Zeigefinger.

Nicht einmal eine Sekunde später glitt die Tür auf, und Felss' junger Kollege kam herein, seine rechte Hand lag ganz unverhohlen auf dem Kolben der Pistole in seinem Gürtel. Als er sah, was Kyle in der Hand hielt, verwandelte sich der Ausdruck auf seinem Gesicht von Verwirrung in Zorn, aber der Megamann ließ ihn gar nicht erst zu Wort kommen, sondern hielt ihm mit einem fast fröhlichen Lächeln das winzige Mikrofon entgegen.

»Ich glaube, Sie suchen das hier«, sagte er. »Sie sollten Ihre Abhörgeräte ein wenig besser verstecken.«

Auf dem Gesicht des jungen Soldaten – das kleine Schildchen über seiner linken Brustseite identifizierte ihn als Unteroffizier Lehmann – mischten sich Verblüffung mit Zorn und Hilflosigkeit.

»Was soll das?« fragte Charity. »Ist es bei Ihnen üblich, die Privatgespräche Ihrer Gäste zu belauschen?«

Der scharfe Ton ihrer Worte erzielte die erhoffte Wirkung. Der Soldat sagte noch immer kein Wort, er blickte ratlos auf das zerstörte Miniaturmikrofon auf seiner Handfläche herunter, dann schloß er mit einem Ruck die Faust darum und stürmte aus dem Raum. Hinter ihm glitt die Tür zu und rastete mit einem hörbaren Klicken ein.

»Übertreib es nicht, Kyle«, sagte Charity, während sie gleichzeitg aufatmete. »Können wir jetzt offen reden?«

Kyle schien einen Moment in sich hineinzulauschen, dann nickte er wortlos.

»Ich möchte wissen, was das alles bedeutet!« knurrte Skudder. Er blickte die Tür an, die sich hinter Lehmann geschlossen – und verriegelt! – hatte, als gäbe er ihr ganz persönlich die Schuld an ihrer mißlichen Lage. »Ich bin es allmählich leid, ständig verhaftet, und ausgefragt zu werden!«

»Vielleicht liegt das an deinem Aussehen, Rothaut«, sagte Gurk spitz. »Zwei Meter große Indianer mit Punkerfrisur und in Rocker-Klamotten müssen ja das Mißtrauen eines preußischen Offiziers erwecken.«

»Immer noch besser als abgebrochene Zwerge mit eingeschlagenen Nasen«, antwortete Skudder und schüttelte drohend eine Faust vor Gurks Gesicht. Der Gnom wich mit übertrieben geschauspielertem Entsetzen zurück und hob abwehrend die Hände über dem Kopf.

»Hört auf!« sagte Charity scharf. Ihr war im Moment ganz und gar nicht nach Scherzen zumute. Sie hatte das Gefühl, daß ihre Situation vielleicht ernster war, als sie im Moment ahnten.

»Ich begreife nicht, warum sie sich plötzlich solche Mühe machen, uns einzufangen – oder sich von unserem Tod zu überzeugen.« Sie lehnte sich mit vor der Brust verschränkten Armen an die Wand neben der Tür und sah nachdenklich zu Boden. »Okay – Stone würde wahrscheinlich ein Jahr seines Lebens dafür geben, uns wieder in die Finger zu bekommen. Aber das allein kann es nicht sein.«

»Wieso?« fragte Helen. »Er hat euch doch schon drüben in den Staaten gejagt, oder?«

»Ununterbrochen«, bestätigte Charity. »Aber nicht mit einem solchen gigantischen Aufwand. Mit *diesem* Einsatz von Material und Kriegern hätte er uns binnen zehn Minuten gestellt.«

»Außerdem wollte er uns bisher nicht umbringen«, fügte Net hinzu.

Helen sah sie zweifelnd an, aber Kyle bestätigte die Worte der *Wastelanderin.* »Ich hatte Befehl, sie lebend zu fangen«, sagte er mit einer Kopfbewegung auf Charity.

»Und plötzlich wirft er *Atombomben*, um uns auszuschalten«, fügte Charity seufzend hinzu. »Ein ziemlich radikaler Stimmungswandel, wenn ihr mich fragt.«

»Vielleicht ist es meinetwegen«, vermutete Kyle. »Es ist das erste Mal, daß die Konditionierung eines Megakriegers durchbrochen wurde. Sie werden alles tun, um mich zu fangen oder zu eliminieren. Wir hätten uns trennen sollen.«

»Du täuscht dich, Kyle«, antwortet Charity. »Vielleicht bist du der erste, der sich ganz offen gegen sie gestellt hat. Aber ich glaube, die Idee, unsere eigenen Kinder zu unseren schlimmsten Feinden zu machen, funktioniert nicht ganz so gut, wie sie es sich vorgestellt haben.« Sie deutete mit einer Kopfbewegung auf Helen. »Denk nur an ihren Vater.«

Sie sah, wie Helen zusammenfuhr, und begriff, daß sie schon wieder einen Fehler gemacht hatte. Die Tatsache, daß Helen seit ihrer Flucht aus Paris kaum ein Wort gesprochen hatte, war kein Zufall. Das Mädchen hatte die Erkenntnis, daß der Mann, den es für seinen Vater gehalten hatte, in Wirklichkeit auf der Seite der Invasoren stand, noch längst nicht verkraftet. Sie war nicht einmal sicher, ob sie überhaupt mit dieser Erkenntnis fertig werden würde.

»Vielleicht ist diese Station hier der Grund«, sagte Net plötzlich. »Ich kann mir kaum vorstellen, daß sie ein halbes Land in Schutt und Asche legen, nur um ein paar Möchtegern-Revoluzzer und einen abtrünnigen Cyborg« – dabei warf sie einen fast spöttischen Blick in Kyles Richtung – »unschädlich zu machen. Aber das hier ... «

»Ein paar schrottreife Computer und fünf Spielzeugsoldaten?« fragte Skudder zweifelnd.

»Das kann nicht alles sein«, sagte Charity.

»Natürlich nicht«, sagte Skudder. »Wahrscheinlich ist es alles, was übriggeblieben ist.«

Charity schüttelte abermals den Kopf. »Nein. Ich habe mich gründlich umgesehen – die Geräte hier sind allesamt alt, aber in ziemlich gutem Zustand. Entweder Hartmann verschweigt uns etwas, oder ... «

Die Tür flog auf, und Felss und Lehmann stürmten herein; die Waffen im Anschlag und einen Ausdruck in den Augen, der Charity klarmachte, daß sie bereit waren, sie auch zu benutzen.

»Was soll das?« fragte Charity. »So ... «

»Seien Sie still!« unterbrach sie Lehmann grob und richtete seine Waffe zuerst auf Kyle, dann auf Charity. »Sie beide!« sagte er barsch. »Mitkommen! Die anderen bleiben hier.«

»Aber wieso ...?« begann Kyle.

Lehmann trat mit einem blitzschnellen Schritt auf ihn zu und schlug ihm mit dem Handrücken über den Mund. Charity wußte, daß es Kyle ein leichtes gewesen wäre, dem Hieb auszuweichen oder den Soldaten zu entwaffnen, aber der Megamann zuckte nicht einmal mit den Wimpern. Er taumelte einen halben Schritt zurück, verzog schmerzhaft das Gesicht und hob die Hand an die Lippen, die aufgeplatzt waren und leicht zu bluten begannen.

»Maul halten, habe ich gesagt!« fauchte Lehmann. »Und die anderen bleiben hier!« Er trat hastig wieder zwei Schritte zurück und gab Charity und Kyle mit einem zornigen Wink zu verstehen, daß sie ihm folgen sollten.

Völlig verwirrt und doch erleichtert, daß Kyle geistesgegenwärtig genug gewesen war, seine Rolle weiterzuspielen, trat Charity zwischen den beiden Soldaten hindurch auf den Korridor hinaus und wandte sich nach rechts. Kyle folgte ihr, aber er schien für Lehmanns Geschmack nicht schnell genug zu gehen, denn der Soldat versetzte ihm einen groben Stoß.

Charity drehte sich zornig herum. »Zum Teufel, was soll das?« fragte sie zornig.

»Gehen Sie weiter!« befahl Lehmann. »Leutnant Hartmann wird Ihnen alles erklären.«

Die Panzertür zur Zentrale stand halb offen, und obwohl erst wenige Minuten vergangen waren, seit sie den Raum verlassen hatten, schien er sich völlig verändert zu haben. Hinter dem Computerpult saßen jetzt zwei Techniker, und auch Hartmann hatte sich mit besorgtem Gesichtsausdruck über einen mit Skalen und kleinen Bildschirmen übersäten Tisch gebeugt. Sämtliche Monitore in der Wand waren zum Leben erwacht und zeigten Ausschnitte der Stadt.

»Was ist passiert?« fragte Charity.

Hartmann starrte sie einen Moment lang an, als sähe er sie zum ersten Mal. Seine Augen wurden schmal. »Wissen Sie das wirklich nicht, oder sind Sie einfach eine gute Schauspielerin?«

Mit mühsam beherrschter, aber hörbar zitternder Stimme antwortete Charity: »Ich würde nicht fragen, wenn ich es wüßte. Was ist los?« Sie deutete auf Lehmann, der einen halben Schritt hinter Kyle stand. »Wieso behandeln Sie uns plötzlich wie Gefangene? Was geht hier vor?«

Hartmann schwieg einen Moment. Dann richtete er sich ganz auf und gab dem Soldaten einen Wink, die Waffe herunterzunehmen. Lehmann gehorchte, hielt das Gewehr aber weiter schußbereit in den Händen.

»Sie haben uns entdeckt«, sagte Hartmann. Er deutete auf die Wand aus flimmernden Monitoren, auf denen eine ganze Armee aus scheinbar langsam dahintreibenden Gleitern und schwarzen, vierarmigen Ameisenkriegern zu sehen war. »Es gibt keinen Zweifel. Sie sind auf dem Weg hierher. Sie scheinen noch nicht ganz genau zu wissen, wo wir sind, aber sie kommen näher.«

»Und jetzt glauben Sie, das wäre unsere Schuld«, vermutete Charity.

»Ich glaube überhaupt nichts«, antwortete Hartmann kalt. »Ich zähle nur zwei und zwei zusammen, Captain Laird. Wir sitzen seit fünfzig Jahren hier, und sie versuchen seit fünfzig Jahren, uns zu finden. Und ausgerechnet heute sieht es so aus, als wäre es ihnen gelungen. Ein sonderbarer Zufall, nicht wahr?«

»Vielleicht ist es kein Zufall«, sagte Kyle ruhig.

»Zu genau dem gleichen Schluß bin ich auch gekommen«, erwiderte Hartmann.

»Sie glauben doch nicht etwa, daß wir Sie verraten haben?!« sagte Charity empört.

»Nein«, antwortete Hartmann. »Sie wahrscheinlich nicht, Captain Laird, aber vielleicht Ihr sonderbarer Freund. Ich bin weder dumm noch blind. Wer immer dieser Kerl ist, eines ist er bestimmt nicht: irgendein Revoluzzer wie Ihr Freund, der Indianer.«

»Das stimmt sogar«, gestand Charity.

»Sie kommen näher, Herr Leutnant«, sagte einer der beiden Techniker. »Noch vier oder fünf Kilometer ...« Er zog nachdenklich die Unterlippe zwischen die Zähne. »Ich verstehe das nicht«, murmelte er. »Wenn ich nicht wüßte, daß es unmöglich ist, würde ich meine rechte Hand darauf verwetten, daß sie eine Dreieckspeilung durchführen.«

Hartmanns Blick wurde vorwurfsvoll, und Charity lächelte spöttisch. »Wenn Sie glauben, daß wir einen Funkpeilsender oder sonst etwas bei uns haben, dann durchsuchen Sie mich ruhig, Herr Leutnant. Nur keine falsche Scham.«

In Hartmanns Augen blitzte es zornig auf. »Ich sagte bereits, ich bin weder dumm noch blind«, antwortete er gereizt. »Ich weiß, daß keiner von Ihnen etwas Derartiges bei sich trägt. Aber verraten Sie mir, wie sie uns sonst gefunden haben sollen – wenn nicht durch Sie?«

»Vielleicht haben sie die Drohne angepeilt«, sagte Charity achselzuckend.

Hartmann machte eine ärgerliche Geste.

»Unsinn!« sagte er. »Die wurde gründlich durchgecheckt, ehe wir sie zurückgerufen haben. Glauben Sie, wir hätten fünfzig Jahre hier durchgehalten, wenn wir so leicht zu übertölpeln wären?«

Kyle sah ihn einen Moment lang fragend an, dann ging er langsam und ohne ein Wort zu dem kleinen Kartentisch hinüber, auf dem die Drohne und ihr Käferpanzer lagen. Hartmann folgte ihm mit feindseligen Blicken, sagte aber nichts und scheuchte auch Lehmann zurück, der kampflustig die Lippen schürzte und Kyle folgen wollte. Charity sah, wie Kyle die mattgraue Metallscheibe hochhob und einen Moment in den Händen drehte, ehe er sie wieder zurücklegte und sich dem ausgehöhlten Käferpanzer zuwandte.

»Wieviel Zeit haben wir noch?« fragte Charity.

Anstelle einer direkten Antwort blickte Hartmann zuerst die Batterie flimmernder Monitore an, auf denen die näher rückende Moroni-Armee zu sehen war, dann die beiden Techniker hinter ihren Pulten.

»Zehn Minuten, allerhöchstens fünfzehn«, antwortete einer der beiden Männer. »Wenn sie uns nicht vorher anpeilen.«

»Das können sie nicht«, widersprach Hartmann. Es klang eher hilflos als überzeugt. Und der Techniker machte sich nicht einmal die Mühe, etwas darauf zu erwidern.

»Doch, das können sie.«

Sowohl Charity als auch Hartmann sahen bei Kyles Worten alarmiert auf. Der Megamann war wieder vom Kartentisch zurückgetreten und hielt den Insektenpanzer der Drohne in der rechten und einen kleinen schwarzen Gegenstand in der ausgestreckten linken Hand. »Ich hatte recht«, sagte er. »An dem Ding saß eine Wanze.«

»Das ist völlig ausgeschlossen!« ereiferte sich Hartmann. »Wir haben sie mehrfach ... «

Seine Augen weiteten sich ungläubig, als er sah, was Kyle in der ausgehöhlten Insektenschale gefunden hatte.

Es *war* eine Wanze. Im wahrsten Sinne des Wortes – keines jener kleinen, heimtückischen, technischen Geräte, die man gemeinhin mit diesem Wort bezeichnete, sondern eine *wirkliche* Wanze.

Das Tier war nicht größer als ihr kleiner Fingernagel. Es hatte einen schwarzbraunen, schimmernden Chitinpanzer, wie fast alle Lebewesen, die die Invasoren von ihrer Heimatwelt mitgebracht hatten, und eine Unzahl von winzigen, emsig wirbelnden Beinchen.

»Was ist das?« fragte Hartmann.

»Ein *Finder*«, antwortete Kyle.

Als sowohl Hartmann als auch Charity fragend die Stirn runzelten, fuhr er erklärend fort: »Sie setzen sie ein, wenn sie jemanden aufspüren wollen. Sie sind nicht besonders intelligent und nicht gefährlich, aber sie haben zwei Besonderheiten – sie sind monogam und sie sind telepathisch.«

Die Verwirrung in Hartmanns Augen schlug in jähes Entsetzen um. »Sie meinen, dieses Ding ... *liest* unsere Gedanken?!«

»Nein«, antwortete Kyle kopfschüttelnd. »Ein Paar, das einmal zusammengefunden hat, bleibt sein Leben lang zusammen. Ungewöhnlich für Insekten, aber für sich allein genommen noch nicht gefährlich. Wenn eines stirbt, dann stirbt auch das andere. Und sie können die Gedankenwellen ihres Partners über Hunderte von Meilen hinweg orten. Und *das* macht sie wirklich gefährlich.« Er deutete auf die Bildschirme hinter sich. »Sie haben das hierzu passende Weibchen in irgendeinem dieser Gleiter«, sagte er. »Sie brauchen nur der Richtung zu folgen, in die es will, und werden uns finden.« Er zögerte einen Moment, dann nahm er das winzige Insekt zwischen Daumen und Zeigefinger und drückte zu. Ein trockenes Knacken erklang, und Hartmann verzog angeekelt das Gesicht, als Kyle die Überreste des winzigen Tieres zu Boden fallen ließ und noch einmal mit dem Absatz darauf trat.

»Das ist ... unglaublich«, murmelte er.

»Nein«, sagte Kyle ruhig. »Es ist nicht einmal ungewöhnlich. Sie setzen sie sehr oft ein. Sie sind zuverlässiger als künstliche Peilsender; und sehr viel schwerer zu entdecken.«

Hartmann blickte ihn durchdringend an. »Woher wissen Sie das alles?« fragte er. »Sie sind keiner von diesen Rebellen. Und Sie gehören auch nicht zu Captain Laird.«

»Das stimmt«, gestand Kyle. »Aber wir sollten später darüber reden.« Er deutete wieder auf die Wand aus flimmernden Monitoren. »Sie werden jetzt etwas länger brauchen, aber sie werden uns trotzdem finden. Sie sollten schnellstens von hier verschwinden.«

»Und die Station aufgeben?« fragte Hartmann. Er schüttelte trotzig den Kopf. »Sie suchen uns seit einem halben Jahrhundert, ohne uns zu finden.«

»Weil sie es nicht ernsthaft versucht haben«, sagte Kyle ruhig. »Glauben Sie mir, Leutnant Hartmann – wenn sie etwas *wirklich* wollen, dann tun sie es auch.«

»Schlimmstenfalls können wir uns auch noch wehren«, erwiderte Hartmann. »Es sind ziemlich viele, aber ich glaube, wir könnten mit ihnen fertig werden.«

»Das können Sie nicht«, sagte Kyle. »Es sind fünfzig oder sechzig Gleiter, und wenn Sie diese abwehren, dann schicken sie fünfhundert oder sechshundert neue.«

»Oder jemanden wie Sie«, sagte Hartmann leise.

»Oder jemanden wie mich«, bestätigte Kyle. Zwei, drei Sekunden lang starrte Leutnant Hartmann ihn wortlos an, dann senkte er den Blick, atmete tief ein und nickte schließlich. »Holen Sie Leutnant Felss und die anderen, Lehmann«, sagte er. »Und dann gehen Sie, und machen Sie den Fluchttunnel klar.« Er wandte sich zu den beiden Männern hinter den Computerpulten um. »Und wir bereiten inzwischen alles zur Evakuierung vor. In spätestens zehn Minuten ist der Laden hier leer.«

7

In dem gepanzerten Anzug fiel es Stone schwer, sich zu bewegen. Obwohl die Strahlenschutzmontur mit einem eingebauten Exoskelett kombiniert war, die jede Bewegung ihres Trägers verstärkte, so daß jeder Schritt Stones vom hellen Wimmern winziger Servomotoren begleitet wurde, glaubte er, ihr Gewicht wie eine Tonnenlast auf den Schultern zu fühlen. Er glaubte auch Schweiß auf seiner Haut zu spüren, doch ein Blick auf die winzigen Instrumente, die in seinen Helm eingebaut waren, bewies ihm, daß die Klimaanlage des Anzugs einwandfrei funktionierte. Und die Radioaktivität war um keinen Deut höher, als sie es an Bord des Gleiters gewesen war, wo er den Anzug anlegte. Trotzdem meinte er, ein unangenehmes Kribbeln zu verspüren, ein Gefühl, das in einem solchen Anzug besonders unangenehm war, der seinem Träger so ziemlich alles gestattete, nur nicht sich zu kratzen. Stone versuchte, die eingebildete Wärme oder das Jucken zu ignorieren. Seit dem Moment, in dem er den Gleiter verlassen und in diese Hölle aus Strahlen und Hitze hinausgetreten war, bedauerte er bereits, nicht auf die *Ameise* gehört und an Bord des Fahrzeuges geblieben zu sein. Aber jetzt umzukehren und in die Sicherheit des Kriegsschiffes zurückzugehen, hätte ihn fast die gleiche Überwindung gekostet wie weiterzugehen.

Stones Blick glitt über das Gewirr aus zusammengestürzten Häusern und Schutthalden. Sie waren drei Meilen vom Explosionspunkt der ersten Bomben entfernt gelandet. Und trotzdem war die Strahlung hier noch recht hoch. Die meisten Pflanzen waren nur noch schwarze, verkohlte Strünke, die sich im Tod zusammengekrümmt zu haben schienen wie schmerzgepeinigte Tiere. In einiger Entfernung lag ein verendetes Tier, das er für eine Ratte gehalten hätte, wäre es nicht entschieden zu groß gewesen. Und selbst die gegen Radioaktivität fast völlig resistenten Insektengeschöpfe, die die Moroni auf diese Welt mitgebracht hatten, waren der Hölle aus rasenden Gammastrahlen nicht mehr gewachsen: Der Boden war übersät mit den Kadavern kleiner, geflügelter Käferwesen.

Inmitten dieses Bildes vollständiger Zerstörung wirkten die Ameisenkrieger beinahe grotesk. Keiner von ihnen trug einen Schutzanzug wie Stone. Die meisten waren nicht einmal bekleidet, sondern trugen nur ihre gewohnten Waffengurte oder wuchtige Rückentornister, in denen sie irgendwelche Gerätschaften mit sich herumschleppten.

Begleitet vom schrillen Wimmern der Servomotoren seines Anzuges, ging er einige Schritte weiter und blieb abermals stehen. Unschlüssig sah er sich um. Er fragte sich, ob Captain Laird und die anderen wirklich tot waren. Aber wie fragte er sich dann, hätten sie diese Hölle überstehen sollen.

Plötzlich meldete sich der Funkempfänger seines Anzuges. Stone drückte die Ruftaste. »Ja?«

»Governor Stone«, drang die quäkende Metallstimme einer *Ameise* aus dem Empfänger. »Sie wollten über alles Ungewöhnliche informiert werden, und ... «

»Was gibt es?« unterbrach Stone unwillig.

»Die telepathischen Impulse des *Finders* sind abgebrochen.«

Es dauerte einen Moment, bis Stone überhaupt begriff, was die Worte bedeuteten. Dann entsann er sich der primitiven Spionagesonde, die die Ortungsgeräte des Gleiters vor gut einer Stunde ausgemacht hatten. Eine geradezu lächerlich getarnte, fliegende Kamera, die wahrscheinlich aus irgendeinem Rebellenstützpunkt kam, die es fast überall noch gab und die einzeln aufzuspüren und zu eliminieren den gewaltigen Aufwand einfach nicht lohnte, den ein solches Unternehmen bedeutet hätte. Trotzdem hatte Stone Befehl gegeben, sie nicht abzuschießen, sondern sie unbemerkt mit einem *Finder* zu versehen. Den Rest konnten dann seine Sturmtruppen erledigen, sobald sie den Rebellenstützpunkt mit Hilfe des telepathischen Insekts ausgemacht hatten.

»Und?« fragte er.

»Der Abbruch der Impulse könnte bedeuten, daß das Tier versehentlich getötet wurde«, antwortete die *Ameise.* »Aber es könnte auch entdeckt und eliminiert worden sein. Und das wäre ungewöhnlich.«

»Wieso?«

»Weil die Eingeborenen nichts von der Existenz der *Finder* wissen«, antwortete die *Ameise.* »Sie haben weder die technischen noch die geistigen Fähigkeiten, telepathische Impulse zu messen.«

»Die hat Captain Laird auch nicht«, antwortete Stone.

»Nein. Aber der aus Paris geflohene Megakrieger kennt diese Geschöpfe.«

Stone schwieg einen Moment. Obwohl es jeder Logik widersprach und er nicht den mindesten Beweis dafür hatte, daß es wirklich so war, wußte er, daß Charity Laird und die anderen es wieder einmal geschafft hatten: Sie mußten sich in dem Rebellenversteck befinden, aus dem die Spionagesonde gekommen war.

»Konnte die genaue Position der Rebellen ermittelt werden, bevor der *Finder* vernichtet wurde?«

»Nein. Aber wir werden sie aufspüren. Zwei Abteilungen Krieger durchkämmen bereits das Suchgebiet.«

»Dann zieht zwei weitere hinzu«, befahl Stone. »Und bringt mich zu der errechneten Position.«

Die *Ameise* zögerte eine Sekunde. »Davon würde ich abraten«, widersprach sie vorsichtig. »Die Rebellen in diesem Gebiet sind nicht sehr aktiv, aber sie sind gefährlich. Schon mehrere unserer Erkundungstrupps sind ... «

»Ich habe dich nicht nach deiner Meinung gefragt!« unterbrach Stone grob. »Bringt mich hin!«

Die *Ameise* an Bord des Gleiters antwortete nicht mehr. Aber nur wenige Sekunden später hob das gewaltige Fahrzeug ab, schwebte fast lautlos über Stone und sank dann wieder in die Tiefe. Die Ladeluke an seiner Unterseite öffnete sich, und zwei riesige stählerne Greifer sanken herab, um den tonnenschweren Anzug in die Höhe zu ziehen.

Felss, Hartmann und ein dritter Soldat folgten ihnen mit gezogenen Waffen, während sie durch den niedrigen Tunnel hasteten, der aus dem Rebellenversteck herausführte. Einer der beiden Techniker bildete die Spitze ihrer kleinen Kolonne, von dem anderen war keine Spur zu sehen. Charity hatte Hartmann nach ihm gefragt, aber keine Antwort erhalten.

Der Tunnel – bei dem es sich um nichts anderes als ein leeres Kanalisationsrohr handelte – führte eine gute Meile geradeaus, ehe er sich in einen beleuchteten und einen unbeleuchteten Gang gabelte. Stern lief ohne zu zögern in den hell erleuchteten Gang hinein, aber Hartmann winkte hastig ab, als Charity ihm folgen wollte. »Das ist der falsche Weg«, sagte er. »Sie wissen doch – der breitere Weg führt nicht immer zum Himmelstor. Steht doch schon in der Bibel.«

»Hoffentlich wissen die Moroni das nicht auch«, sagte Net.

»Ich glaube kaum, daß sie die Bibel lesen.«

Charity deutete auf Stern, dessen Gestalt schon fast in dem rötlichen Licht des Tunnels verschwunden war. »Wo geht er hin?«

»Er bereitet eine kleine Überraschung für Ihre Freunde vor«, antwortete Hartmann unwillig und gestikulierte gleichzeitig mit beiden Händen, schneller zu gehen.

Sie rannten jetzt fast, aber Charity wußte, daß diese Eile begründet war. Kurz bevor sie Hartmanns Versteck verlassen hatten, hatte sie noch einen Blick auf die Monitore geworfen, und was sie gesehen hatte, hatte sie zutiefst erschreckt. Obwohl Kyle das telepathische Insekt vernichtet hatte, näherten sich die *Ameisen* weiter ihrem Versteck. Es konnte nicht mehr allzu lange dauern, bis sie den getarnten Eingang zu Hartmanns unterirdischer Basis fanden; und damit auch den Eingang zu dem Fluchttunnel.

Sie liefen eine weitere halbe Meile durch fast vollkommene Finsternis, die nur durch den Lichtstrahl eines Scheinwerfers erhellt wurde, der an Hartmanns Gürtel befestigt war, dann gab der Leutnant ihnen mit Handzeichen zu verstehen, stehenzubleiben. Mit schnellen, aber sehr sicheren Bewegungen löste er einen elektrischen Schraubenzieher vom Gürtel und öffnete mit seiner Hilfe eine rostige Metallklappe, die so geschickt in den Boden eingelassen war, daß Charity und die anderen einfach darüber hinweggelaufen waren.

Unter der Klappe kam eine Leiter zum Vorschein. Ohne daß es eines weiteren Wortes von Hartmann bedurft hätte, schwang sich einer der Soldaten in die Tiefe und verschwand rasch in der Dunkelheit. Hartmann stand auf und machte eine einladende Handbewegung. »Bitte schön!«

Charity zögerte einen Moment, begriff aber dann, daß sie im Moment gar keine andere Wahl hatten, als sich Hartmann auf Gedeih und Verderb auszuliefern. Die Leiter bebte unter ihrem Gewicht, und sie glaubte, die rostigen Schrauben in der Wand knirschen zu hören. Die Sprossen waren verrostet und so rauh, daß es weh tat, sie anzufassen. Aus der Tiefe schlug ihr faulige, abgestandene Luft entgegen. Aber als sie das Ende der Leiter erreichte, sah sie endlich wieder Licht.

Auch Lehmann hatte einen Scheinwerfer eingeschaltet und auf den Boden gestellt, dessen Strahl ein groteskes Fahrzeug beleuchtete: Auf den ersten Blick glich es einem jener Wagen, die auf der Achterbahn einer Kirmes fuhren, rollte aber nicht auf Schienen, sondern auf einem Dutzend kleiner Vollgummireifen, die offensichtlich nachträglich angebracht worden waren. Es hatte nur sechs Sitze, aber die waren breit genug, so daß sie alle Platz darin finden würden, wenn sie ein wenig zusammenrückten.

Mit einer Mischung aus Neugier und Ungeduld sah sie zu, wie der Soldat eine Klappe am Heck des Fahrzeugs öffnete und mit Kopf und Oberkörper darin verschwand. Er hantierte eine ganze Weile wortlos und sehr hektisch darin herum, und seine

Hände und ein Teil seines Gesichts waren ölverschmiert, als er endlich wieder auftauchte.

»Probleme?« fragte Skudder, der mittlerweile ebenfalls die Leiter heruntergestiegen war.

Lehmann bedachte ihn mit einem feindseligen Blick, und Skudder wandte sich ab.

Es dauerte nur wenige Augenblicke, bis auch Hartmann als letzter die Leiter heruntergestiegen kam. Charity fiel auf, daß sich der elektrische Schraubenzieher nicht mehr an seinem Gürtel befand. Wahrscheinlich hatte er ihn oben zurückgelassen, damit die beiden Techniker, die ihm folgten, den Zugang über ihnen wieder verschlossen.

Neugierig sah sie sich in dem engen Stollen um. Er war rund, und seine Decke war kaum hoch genug, daß sie aufrecht stehen konnte. Seine Wände bestanden aus Metall und waren rostzerfressen und mit großen, schmierigen Flecken übersät. Offensichtlich befanden sie sich hier in einem ähnlichen Verbindungstunnel, wie ihn Jean und seine Freunde in Paris benutzt hatten.

Charity wandte sich wieder zu Lehmann um, der weiter am Motor des Wagens herumbastelte. Skudder stand neben ihm, hatte die Hände in den Taschen seiner zerschrammten Lederjacke vergraben und grinste schadenfroh in sich hinein.

»Worauf zum Teufel warten Sie?« schnauzte Hartmann.

Lehmann richtete sich mit einem erschrockenen Ruck auf, so daß er sich den Hinterkopf an der hochgeklappten Motorhaube des Wagens anschlug und schmerzhaft das Gesicht verzog. »Er ... springt nicht an«, sagte er unglücklich.

»Dann reparieren Sie ihn!« schnauzte Hartmann.

»Ich ... versuche es ja«, sagte Lehmann unglücklich. »Aber ich ...«

»Vielleicht kann ich helfen«, schlug Skudder vor.

Lehmann blickte ihn mit gerunzelter Stirn an. »Verstehen Sie etwas von Motoren?« fragte er.

Skudder zuckte mit den Achseln. »Ein wenig.«

»Meinetwegen«, knurrte Hartmann. »Ungeschickter als dieser Idiot können Sie kaum sein.« Er schenkte Lehmann einen drohenden Blick und wedelte gleichzeitig unwillig mit der Hand, zurückzutreten. Skudder beugte sich über die offenstehende Motorhaube des Wagens, ohne die Hände aus den Taschen zu nehmen, und richtete sich nach einer Sekunde wieder auf. »Das Batteriekabel ist lose«, sagte er.

Hartmanns Augen verschossen kleine, unsichtbare Blitze, während Lehmann sichtlich zusammenschrumpfte und sich beeilte, das lockere Kabel anzuklemmen. Dann rannte er mit weit ausgreifenden Schritten zum Fahrersitz des Wagens und drückte einen Knopf. Das dumpfe Dröhnen eines Dieselmotors und beißender Gestank erfüllten den Tunnel.

»Idiot«, murmelte Hartmann, drehte sich auf der Stelle herum und legte den Kopf in den Nacken, um auf die Leiter nach oben zu blicken.

»Wo bleibt dieser andere Trottel?«

Charity ersparte sich eine Antwort darauf, drehte sich herum und ging zum Wagen, in dem Net, Helen und Felss bereits Platz genommen hatten. Auch Skudder kletterte auf einen der Sitze, beugte sich hinaus und griff nach Gurk, den er sich kurzerhand auf den Schoß setzte, weil die Plätze nicht ausreichten. Charity lächelte, als sie sah, daß Gurk ärgerlich das Gesicht verzog, es aber nicht wagte, zu protestieren, obwohl Skudders Griff alles andere als sanft war.

In diesem Moment erscholl hinter ihr ein gellender Schrei.

Sie fuhr herum und sah gerade noch, wie Hartmann sich mit einem Sprung in Sicherheit brachte, um einem Körper auszuweichen, der aus dem Treppenschacht stürzte.

Eine Sekunde später stach eine grelle Lichtnadel nach dem Leutnant, verfehlte ihn um eine Handbreit und explodierte in einer Flammenwolke an der Wand neben ihnen. Im grellen Feuerschein erkannte Charity, daß es sich bei der Gestalt, die Hartmann beinahe erschlagen hätte, um einen der beiden Techniker handelte.

»*Weg!*« brüllte Hartmann. Gleichzeitig sprang er vor, riß Charity einfach mit sich und stieß sie grob in den Wagen. Ein zweiter Laserblitz zuckte aus dem Schacht herab und brannte eine rotglühende Lavaspur in den Boden, dann kletterten auch Kyle und Hartmann in den Wagen, und das sonderbare Gefährt setzte sich in Bewegung.

Während Lehmann fluchte und vergeblich versuchte, mehr Tempo aus dem Wagen herauszuholen, rissen Felss und Hartmann ihre Waffen von den Schultern und zielten auf die Leiter. Ein riesiges Spinnenwesen tauchte auf den rostigen Metallsprossen auf, und Lehmann schoß.

Er traf. Der Moroni kippte mit einem schrillen Pfeifen zur Seite und brach auf dem Boden zusammen, aber sofort erschien ein zweiter und dritter, und noch bevor die zwei Soldaten zum zweiten Mal feuern konnte, zuckte ein halbes Dutzend dünner, greller Lichtblitze in ihre Richtung. Dicht neben dem Wagen schlugen Strahlenschüsse ein und ließen die Wände der Pipeline dunkelrot aufglühen. Grelle, weiße Funken züngelten über ihnen, und Charity duckte sich instinktiv tiefer in die ungepolsterten Sitze. Auch Kyle und Skudder zogen ihre Waffen und erwiderten das Feuer, während der umgebaute Achterbahnwagen mit einer Geschwindigkeit vor den Angreifern davonheulte, die kaum höher als die eines schnell laufenden Menschen war.

»Halt!« schrie Hartmann plötzlich. Der Soldat am Steuer blickte ihn verwirrt an, trat aber gehorsam auf die Bremse, und das Fahrzeug kam mit einem Ruck zum Stehen. Ein Laserstrahl verfehlte Hartmann nur noch um Millimeter. Ein zweiter Schuß streifte das Heck des Wagens und setzte einen der Reifen in Brand.

»Gebt mir Deckung!« brüllte Hartmann und schwang sich aus dem Wagen. Mit einer Hand deutete er auf Lehmann. »Und erschießt diesen Kerl, wenn er ohne mich losfährt!«

Charity verstand nicht einmal, was er meinte, aber sie hob trotzdem ihre Waffe und gab einen Schuß auf die näher rückenden *Ameisen* ab. Sie konnte nicht erkennen, ob sie getroffen hatte, denn der enge Stollen schien bis zum Bersten mit schwarzen, glitzernden Chitingestalten angefüllt zu sein. Fassungslos beobachtete Charity, wie sich Hartmann der Front der *Ameisen* näherte, wobei er unentwegt feuerte.

Aber was sie wahrscheinlich rettete, war einzig und allein Kyles Waffe. Selbst die schweren Gammalaser, die sie aus Paris mitgebracht hatten, hätten die Monster wahrscheinlich nicht zurückgetrieben, denn für jede *Ameise*, die sie niederstreckten, ließen sich zwei neue den Schacht herunterfallen und griffen sofort an. Aber Kyles Waffe brannte eine rauchende Spur aus Staub und zerfallenden Insektenkörpern in die schwarze Front, durch die Hartmann wild hindurchrannte.

Erst als er den Schacht beinahe erreicht hatte, sah Charity, welchen Grund sein offensichtliches Selbstmordunternehmen hatte. Der Techniker lebte noch. Seine Gestalt lag zusammengekrümmt neben zwei toten *Ameisen*, aber seine Hände bewegten sich, und er versuchte, den Kopf zu heben. Als Hartmann neben ihm anlangte, erschienen zwei weitere *Ameisen* am oberen Ende der Leiter. Charity und Skudder feuerten gleichzeitig, und sie trafen beide. Die *Ameisen* explodierten förmlich und überschütteten Hartmann und den Techniker mit Flammen und rotglühenden Chitinsplittern. Hartmann keuchte vor Schmerz, ließ sich aber trotzdem blitzschnell auf die Knie sinken, ergriff den verwundeten Techniker und hob ihn scheinbar ohne Anstrengung in die Höhe, um ihn sich über die Schulter zu werfen.

Der Soldat am Steuer des Wagens kam endlich auf den richtigen Gedanken und legte den Rückwärtsgang ein, um Hartmann entgegenzufahren. Während Charity, Skudder und Kyle die Leiter unter Dauerfeuer hielten, näherte sich Hartmann taumelnd dem Wagen, lud seine reglose Last quer über Skudders, Nets und Helens Schoß ab und sprang keuchend wieder auf seinen Sitz. »Los!« befahl er.

Während sich der Wagen mit einem Ruck wieder in Bewegung setzte, steckte Kyle seine Waffe ein und beugte sich über den Verletzten. Skudder und Charity feuerten weiter.

»Lebt er?« fragte Charity abgehackt.

Kyle nickte. Seine Fingerspitzen glitten behutsam über das blutverschmierte Gesicht des Mannes, tasteten an seinem Hals und seinem Rücken entlang. »Ja«, antwortete er. »Aber er ist sehr schwer verletzt. Ich bin nicht sicher, daß er es durchsteht.«

Charity sah eine Bewegung am oberen Ende der Leiter, hob ihren Strahler ein wenig und drückte ab. Ein schrilles Pfeifen und das dumpfe Geräusch eines schweren Körpers, der auf dem stählernen Boden aufschlug, verrieten ihr, daß sie getroffen hatte. Aber sie waren jetzt schon zu weit von der Treppe entfernt, als daß sie noch sicher zielen konnte. Trotzdem gaben Skudder und sie noch ein Dutzend weiterer Schüsse ab, ehe sie ihre Waffe wieder senkte und sich vollends in den Sitz zurückfallen ließ. Der Techniker atmete schwer. Er war bei Bewußtsein und mußte große Schmerzen haben. Seine Hand hatte sich in Nets Oberschenkel gekrampft, und die junge Wasteländerin verzog schmerzhaft die Lippen, machte aber keine Anstalten, seine Finger beiseite zu schieben. Schließlich fanden Kyles Finger den Nervenknoten in seinem Nacken, nach dem sie gesucht hatten. Er drückte kurz und kräftig zu, und ein Zittern ging durch den Körper des Verletzten. Dann schloß er die Augen und atmete plötzlich ruhiger.

»So hat er wenigstens keine Schmerzen mehr«, sagte Kyle. »Aber ich bin nicht sicher, daß er wieder aufwacht.« Er wandte sich an Hartmann. »Gibt es dort, wohin wir fahren, einen Arzt?«

Hartmann zögerte, dann nickte er. »Ja. Wenn wir ihn lebend hinbringen, dann kommt er auch durch.«

Kyle sah den Leutnant einen Moment lang nachdenklich an. Hartmanns Gesicht und Hände waren mit Schrammen und Kratzern und Blut übersät, und über seiner linken Schulter färbte sich die Jacke allmählich dunkelrot. Auch er war verletzt. Kyle wollte die Hand nach ihm ausstrecken, aber Hartmann schob seinen Arm grob beiseite und schüttelte den Kopf.

»Lassen Sie das!« sagte er.

Kyle ließ sich gehorsam wieder zurücksinken. »Ich verstehe Sie nicht«, sagte er.

Hartmann warf ihm einen schrägen Blick zu. »So?«

»Sie scheinen Ihre Männer zu verachten«, sagte Kyle. »Sie lassen keine Gelegenheit verstreichen, sie zu beschimpfen und zu erniedrigen. Und trotzdem riskieren Sie, ohne zu zögern, Ihr Leben für sie.«

Hartmann schürzte zornig die Lippen. Der Blick, mit dem er Kyle maß, war voller Verachtung. »Wäre es Ihnen lieber, ich würde sie loben – und verrecken lassen?«

Kyle schüttelte ruhig den Kopf. »Das meine ich nicht«, sagte er. »Ich ... «

»Es interessiert mich nicht im geringsten, was Sie meinen«, unterbrach ihn Hartmann grob. »Halten Sie lieber die Augen offen. Sie kommen uns garantiert nach. Und diese Karre hier ist leider kein Rennwagen.« Bei diesen Worten warf er dem Mann am Steuer einen Blick zu, als gäbe er ganz allein ihm die Schuld an der geringen Geschwindigkeit des Fahrzeuges.

»Wohin fahren wir?« fragte Charity.

»Zu einem Ort, an dem Sie sicher sein werden«, antwortete Hartmann.

Seine Antwort erfüllte Charity mit einem leisen Gefühl von Ärger; nach allem, was geschehen war. »Was soll der Unsinn?« fragte sie scharf. »Möglicherweise macht es Ihnen ja Spaß, den Geheimnisvollen zu spielen, Hartmann. Aber in kurzer Zeit sehen wir es ja doch.«

Hartmann blickte sie auf sehr sonderbare Weise an. »Sind Sie sicher?« fragte er.

»Sollte ich nicht?«

»Ich weiß es nicht«, gestand Hartmann. »Es ist nicht meine Entscheidung.«

»Wessen dann?«

Diesmal bekam sie gar keine Antwort.

8

Der Gang war mit toten Kriegern übersät. Es war ihnen nicht schwergefallen, das Rebellenversteck ausfindig zu machen, obwohl der *Finder* keine telepathischen Impulse mehr ausgestrahlt hatte. Aber sie hatten jeden Fußbreit Boden, den sie sich ihm näherten, im wahrsten Sinne des Wortes mit Blut bezahlen müssen.

Stone hatte nur die letzten Minuten des Kampfes mitbekommen, aber das, was er auf dem Weg hier herab gesehen hatte, sprach Bände: Der Kadaver, den er oben in der Stadt entdeckt hatte, *war* der einer Ratte gewesen, einer Ratte von der Größe eines ausgewachsenen Schäferhundes. Es mußten Hunderte dieser Bestien gewesen sein, die über seine Krieger hergefallen waren.

Natürlich hatten sie am Ende verloren, denn auch die größte Tapferkeit und Wildheit nutzte wenig gegen Strahlenpistolen, aber Stone hatte fast ein Drittel seiner Krieger eingebüßt, ehe es ihnen gelungen war, die tobenden Bestien zurückzuschlagen.Und dann hatten sie noch einmal fast eine halbe Stunde gebraucht, um das System von Fallen und computergesteuerten Maschinenpistolen und Laserwaffen zu überwinden, hinter dem sich die Rebellen verbarrikadiert hatten.

Aber jetzt lag der Eingang der Basis vor ihnen.

Was Stone durch die schmale Sichtscheibe seines gepanzerten Anzuges hindurch sah, überraschte ihn. Er hatte Hunderte solcher Rebellennester ausheben lassen und Dutzende selbst inspiziert. Meistens handelte es sich um primitive Verstecke; leere Kanalisationsschächte, Tiefgaragen, manchmal ein alter Bunker oder einfach nur ein Keller, und ganz selten irgendeine alte Militärstation, in der die selbsternannten Rebellen hausten, ohne wirklich zu wissen, was sie mit all dem angehäuften Machtpotential rings um sie herum anfangen sollten.

Diese Anlage hier war anders. Sie war sehr klein – im Grunde nur ein einziger Korridor, von dem eine Handvoll Türen abzweigten –, aber sie war erstaunlich gut ausgerüstet, und jedes einzelne Gerät schien noch intakt zu sein. Hätten die Techniker in den Gleitern, die an ihren Geräten saßen und das Gelände im Umkreis von mehreren Meilen durchleuchteten, nicht das Gegenteil behauptet, dann hätte Stone geschworen, daß es nur Teil einer viel größeren, gewaltigen unterirdischen Anlage war.

Abgesehen davon war der Keller vollkommen leer.

Stone hatte Mühe, seine Enttäuschung zu verbergen. Sie waren relativ schnell hier gewesen, aber nicht schnell genug. Während sich seine Krieger ihren Weg durch eine Armee tollwütiger Ratten und das Sperrfeuer der Verteidigungscomputer gebahnt hatten, waren Captain Laird und die anderen durch die Hintertür entwischt. Und obwohl Stone innerlich vor Zorn kochte, verspürte er ein fast widersinniges Gefühl der Erleichterung. Er hatte Captain Lairds Tod niemals wirklich gewollt.

Eine *Ameise* trat auf ihn zu und riß ihn aus seinen Gedanken.

»Die Station ist verlassen, Herr«, sagte sie. »Aber einer der Suchtrupps meldet, in ein Feuergefecht mit Rebellen verwickelt worden zu sein.«

»Wo?«

»Zwei Meilen westlich von hier. In einem Teil des Kanalisationssystems.«

»Gut«, sagte Stone. »Sie sollen sie lebend einfangen.«

Die *Ameise* zögerte.

»Was ist denn noch?« fragte Stone.

»Wir haben ... den Kontakt verloren«, antwortete die *Ameise* zögernd. »Die letzte Meldung lautete, daß sie in ein heftiges Feuergefecht verwickelt waren. Seither haben wir nichts mehr gehört.«

Stone war nicht einmal überrascht. Charity Laird ließ sich nicht so leicht gefangennehmen.

»Also gut«, sagte er. »Dann schicke jeden erreichbaren Krieger dorthin. Und die Gleiter sollen im Umkreis von zehn Meilen über der Stadt kreisen. Irgendwo müssen sie ja schließlich herauskommen.«

Er wollte sich herumdrehen und die Rebellenbasis auf dem gleichen Weg verlassen, auf dem er gekommen war, als er eine Tür am Ende des Korridors bemerkte. Es war die einzige, die die Krieger nicht geöffnet hatten.

»Was ist das?« fragte er mit einer entsprechenden Geste.

Die *Ameise* zögerte erneut. »Wir wissen es nicht, Herr«, antwortete sie. »Die Tür ist elektronisch versiegelt. Die Meßgeräte zeigen ... menschliches Leben dahinter an. Und eine starke elektrische Aktivität.«

»Brecht sie auf!« befahl Stone.

»Das wäre nicht ratsam, Herr«, antwortete die *Ameise.* »Wir wissen nicht, was sich dahinter befindet. Aber irgend etwas geht dort vor. Es wäre sicherer, wenn wir damit warten, bis Sie wieder an Bord Ihres Schiffes sind.«

»Wenn dort jemand ist, der weiß, wo sich Captain Laird aufhält, dann will ich als erster mit ihm reden!« antwortete Stone barsch. »*Bevor* ihr ihn umbringt. Brecht diese verdammte Tür auf.«

Die *Ameise* starrte Stone einen Moment aus ihren ausdruckslosen Facettenaugen an, dann wandte sie sich ruckartig um. Auf einen zischelnden Befehl hin brachten zwei andere Krieger eine tragbare Laserkanone auf einem Dreibein in Stellung, richteten sie auf das Schloß der gepanzerten Tür und drückten ab.

Das letzte, was Stone wahrnahm, war der grellweiße Laserblitz, dem ein zweiter, noch grellerer Lichtblitz folgte, der den Raum hinter der Tür, die Ameisenkrieger mit ihrer Laserkanone, Stones gepanzerten Anzug, in Stücke riß.

Hinterher begriff Charity, daß die gespenstische Fahrt kaum länger als eine knappe halbe Stunde gedauert haben konnte. Aber während sie andauerte, kam es ihr vor, als vergingen Ewigkeiten. Hartmann hatte seinen Scheinwerfer ausgeschaltet, so daß sie in absoluter Dunkelheit durch die Pipeline rollten, aber Charitys Sinne arbeiteten mit nie gekannter Präzision und Schärfe. Sie spürte buchstäblich jeden Meter rostigen Stahls, über den die Vollgummireifen des Wagens hinwegrumpelten, hörte buchstäblich jeden Atemzug des halben Dutzends Menschen rings um sie herum. Und die völlige Dunkelheit, durch die der Wagen rollte, zerrte mehr an ihren Nerven, als sie zugeben wollte.

Sie waren etwa zehn Minuten dahingerollt – der Wagen war beständig schneller geworden und bewegte sich jetzt mit schätzungsweise vierzig oder fünfzig Meilen in der Stunde dahin, als hinter ihnen ein dumpfer, sonderbar trockener Schlag erklang. Eine Sekunde später folgte ihm ein lang anhaltendes, näher kommendes Grollen, und dann begann die ganze Pipeline zu zittern und zu beben. Charity konnte das uralte Metall über ihnen knirschen hören.

»Was war das?« fragte sie erschrocken.

Hartmann antwortete nicht gleich, aber sie konnte hören, wie er sich in der Dunkelheit neben ihr bewegte. Schließlich knurrte er: »Eine kleine Überraschung, die wir für Ihre Freunde zurückgelassen haben.«

Plötzlich regte sich Kyle neben ihr. »Wo ist ihr zweiter Mann, Leutnant Hartmann?« fragte er.

Als Hartmann nicht antwortete, fragte Kyle noch einmal. »Es waren zwei Techniker in der Zentrale, Leutnant Hartmann.«

»Schön, daß Sie bis zwei zählen können«, sagte Hartmann.

»Wo ist er?« beharrte Kyle.

»Wir konnten nicht auf ihn warten«, antwortete Hartmann ausweichend.

Er gab sich nicht einmal die Mühe, überzeugend zu lügen, dachte Charity entsetzt. »Sie … haben ihn zurückgelassen«, murmelte sie. Ein kalter, fast lähmender Schrecken machte sich in ihr breit. »Er ist zurückgeblieben, um sich … zusammen mit der Station in die Luft zu sprengen!«

»Es ist nicht die erste Basis, die sie finden«, antwortete Hartmann gepreßt. »Wir haben ein paarmal versucht, Zeitbomben oder Sprengsätze mit Fernzünder zu verwenden. Aber irgendwie haben sie sie immer entschärft.«

»Und deshalb … opfern Sie einen Ihrer Männer?« fragte Skudder empört.

»Er hat eine Chance«, antwortete Hartmann. Und auch das war eine Lüge, wie sie alle spürten. »Es ist eine mechanische Zündvorrichtung. Er setzt sie in Gang, sobald die *Ameisen* die automatische Verteidigung zu überrennen beginnen. Mit ein bißchen Glück kommt er noch raus.«

»Und mit ein bißchen Pech nicht, wie?« fragte Net scharf.

»Die Basis darf nicht in die Hände der Moroni fallen«, antwortete Hartmann in einem Ton, der jetzt nur noch trotzig klang. »Und außerdem ist er freiwillig zurückgeblieben.«

»So?« fragte Charity mit bösem Spott. »Haben Sie ihn freiwillig gemeldet?«

»Nein!« schnappte Hartmann. »Wir haben gelost. Die Chance, daß es ihn trifft, war genauso groß wie die, daß irgendeiner von uns zurückbleiben mußte. Übrigens habe auch ich ein Los gezogen.«

Der Rest der Fahrt verlief in bedrücktem, fast feindseligem Schweigen. Schließlich hielt der Wagen an, und Hartmann schaltete seinen Scheinwerfer wieder ein. Der grelle, im ersten Moment schmerzhafte Lichtstrahl zeigte die Umrisse einer weitläufigen, unterirdischen Kammer aus Stahl, in der drei oder vier der Pipelinerohre zusammenflossen. Unter der Decke gab es eine Klappe, die wie das Turmluk eines Unterseebootes geformt und mit einem Drehrad verschlossen war. Hartmann deutete schweigend darauf, stieg als erster aus dem Wagen und öffnete das Luk. Als der schwere Deckel herunterschwang, klappte automatisch eine Leiter zu ihnen herab.

Sie kletterten eine geraume Weile in völliger Finsternis in die Höhe, denn Hartmann hatte seinen Scheinwerfer wieder gelöscht, kaum daß der letzte begonnen hatte, die Leiter emporzusteigen. Die Öffnung, durch die sie schließlich ins Freie stiegen, war offensichtlich nachträglich und gewaltsam geschaffen worden. Anders als Helens Leute in Paris gaben sich die Bewohner dieser Ruinenstadt offensichtlich nicht damit zufrieden, zu nehmen, was sie fanden, sondern bauten es nach ihren Bedürfnissen um.

Charity trat von der Leiter zurück, um Net Platz zu machen, die hinter ihr heraufgestiegen kam, und sah sich unschlüssig um. Was sie im ersten Moment für einen Keller gehalten hatte, entpuppte sich bei näherem Hinsehen als das Parkdeck einer Tiefgarage. Ein Teil der Betondecke war eingebrochen, so daß graues Tageslicht hereinfiel, und zwischen den Trümmern und dem gesammelten Unrat von fünfeinhalb Jahrzehnten erhoben sich die rostigen Wracks von Wagen, die am Tag X hier abgestellt und niemals wieder abgeholt worden waren. Erneut fragte sie sich, was hier wohl geschehen sein mochte. Die Stadt war vollkommen verwüstet; so gründlich, als hätten die Angreifer Haus für Haus, Straßenzug für Straßenzug überrannt und niedergewalzt. Dabei hatte Charity mit eigenen Augen gesehen, wie sie die Bevölkerung einer ganzen Stadt ausgelöscht hatten, ohne daß auch nur eine Fensterscheibe beschädigt worden war.

Hartmann gab einem der beiden Soldaten ein Zeichen, ihm zu helfen, und gemeinsam versuchten sie, einen zentnerschweren Betonbrocken über den Eingang des Schachtes zu schieben. Einige Sekunden lang mühten sie sich vergeblich ab, dann trat Kyle wortlos zwischen sie, schob die beiden Männer sanft, aber sehr bestimmt zur Seite und wälzte das Trümmerstück ohne sichtliche Anstrengung auf das Loch im Betonboden. Hartmann riß erstaunt die Augen auf, aber im Blick Lehmanns schienen plötzlich kleine Flammen zu lodern. Charity nahm sich vor, den jungen Soldaten im Auge zu behalten.

Die Antipathie, die er Kyle entgegenbrachte, war ihr schon zuvor aufgefallen. Anders als Felss hatte es ihm Freude bereitet, sie als Gefangene zu behandeln; sie und vor allem Kyle.

Sie verscheuchte den Gedanken und warf einen Blick auf den Geigerzähler. Die Strahlung war hoch, aber nicht gefährlich. Trotzdem war es wahrscheinlich nicht ratsam, sich länger als unbedingt nötig hier aufzuhalten.

Sie warf Hartmann einen fragenden Blick zu, und der Leutnant deutete auf eines der rostigen Autowracks, die überall in der Tiefgarage herumstanden. Erst als sie sich ihm näherten, sah Charity, daß es kein Autowrack war. Was auf den ersten Blick wie ein verbeulter, von Rost und Verfall zerfressener Kleinbus aussah, entpuppte sich bei näherem Hinsehen als ein gepanzertes Fahrzeug, das Platz für zehn oder zwölf Personen bieten mußte. Hartmann löste eine kleine Fernbedienung von seinem Gürtel, und an der Seite des vermeintlichen VW-Transporters öffnete sich eine Tür aus Panzerstahl. Dahinter kam ein hell erleuchteter, beinahe klinisch sauberer Innenraum zum Vorschein. Die Rebellen von Köln brauchten sich offensichtlich über einen Mangel an technischem Equipment nicht zu beklagen.

Sie bestiegen den Wagen, und Kyle bettete den verletzten Techniker behutsam über die hinteren vier Sitze. Der Mann regte sich nicht, und für einen Moment glaubte Charity, er wäre nicht mehr am Leben. Aber Kyle beantwortete ihren erschrockenen Blick mit einem knappen, beruhigenden Nikken, und so setzte sie sich auf die Bank neben Hartmann und wartete, bis Felss hinter das Steuer geklettert war und den Motor startete. Der Wagen setzte sich beinahe lautlos in Bewegung. Die Scheiben waren zerkratzt und blind vor Schmutz, aber vor Felss glomm eine ganze Reihe kleiner Monitore auf, auf denen er seine Umgebung beobachten konnte. Nicht alle davon zeigten ihre unmittelbare Umgebung. Das Fahrzeug schien über verschiedene Ortungs- und Radarsysteme zu verfügen.

Hartmann bemerkte ihren forschenden Blick und sagte mit hörbarem Stolz: »Ein umgebauter Panzerspähwagen, Captain Laird. Lassen Sie sich nicht von seinem Äußeren täuschen. Felss hat fast zwei Jahre lang daran herumgebastelt, um ihn so hinzukriegen.«

»Dazu hätte Skudder keine zehn Minuten gebraucht«, sagte Gurk mit einer spöttischen Geste auf das verbeulte Dach. Hartmann ignorierte ihn, aber über Felss' Gesicht huschte ein flüchtiges Lächeln.

»Es hat sich gelohnt«, antwortete Charity. Der junge Mann hinter dem Steuer lächelte noch ein wenig geschmeichelter, und Hartmann fuhr fort: »Das Ding ist vollkommen abgeschirmt – weder mit Radar oder Infrarot oder sonst einer bekannten Ortungsmethode auszumachen.«

»Sie sagen es«, sagte Kyle. »Mit keiner *Ihnen* bekannten Methode.«

Hartmann ignorierte auch ihn und fuhr fort: »Wenn sie nicht zufällig sehen, daß wir uns bewegen, dann können sie mit ihren verdammten Gleitern praktisch auf unserem Dach landen, ohne zu merken, daß sie mehr als ein Wrack unter sich haben.«

Das hielt Charity für leicht übertrieben, aber sie verstand, was Hartmann meinte. Offensichtlich war es nicht das erste Mal, daß er oder einer seiner Kameraden sich auf der Flucht vor den Moroni befanden.

Sie verließen die Tiefgarage, und Charity sah, daß sie sich getäuscht hatte – draußen herrschte noch immer heller Tag, nur daß das Sonnenlicht durch gewaltige Staubfahnen verdunkelt wurde.

Eine Zeitlang saß sie schweigend da und beobachtete die Bildschirme vor Felss, dann stand sie auf und ging gebückt zu den anderen zurück, die es sich auf den beiden hinteren Bänken des Transporters bequem gemacht hatten. Helen lag mit angezogenen Knien auf der Seite und schlief. Gurk hockte wie eine Harlekinpuppe neben ihr und starrte ins Leere, während sich Net und Skudder um den verletzten Techniker bemühten. Der Mann war immer noch ohne Bewußtsein, aber er bewegte sich jetzt unruhig. Seine Hände fuhren scharrend über den Kunststoffbezug des Sitzes, und seine Lippen formten krächzende, unverständliche Wortfetzen. Ein Netz glitzernder Schweißperlen bedeckte seine Stirn und seinen Hals.

Charity blickte einen Moment lang nachdenklich auf ihn herab, dann wandte sie sich an Kyle. »Bitte kümmere dich um Hartmann«, sagte sie bewußt so laut, daß Hartmann die Worte hören mußte und Gelegenheit hatte, zu protestieren. Er tat es nicht, und so fuhr sie fort: »Vielleicht kannst du wenigstens etwas gegen seine Schmerzen tun.«

»Das ist nicht nötig«, knurrte Hartmann vom vorderen Sitz her. Aber es klang nicht besonders überzeugt, und Kyle stand nach kurzem Zögern auf und ging zu ihm. Charity sah, wie sich Hartmanns Züge verhärteten, als sich der Megamann über ihn beugte und mit geschickten Fingern an seiner Schulter zu hantieren begann.

»Ich wollte, ich wüßte wenigstens, wohin wir fahren«, sagte Skudder, als sich Charity neben ihn setzte und mit einem erschöpften Seufzer die Augen schloß.

»Ich auch«, murmelte sie.

»Allmählich werde ich sauer«, sagte der Hopi. »Sie behandeln uns wie Gefangene.« Aber die Worte klangen eigentlich nur müde.

Charity hob die Lider, sah erst ihn und dann Hartmann an. Skudder hatte leise gesprochen, doch der Blick des Soldaten verriet ihr, daß er die Worte trotzdem verstanden hatte. »Wahrscheinlich sind wir das auch«, sagte sie nach einer Weile und mit einem müden Achselzucken.

»Ja«, sagte Skudder. Er lächelte humorlos. »Allmählich bekommen wir ja Übung darin, nicht wahr?«

Charity schloß wieder die Augen und ließ sich zurücksinken. Müdigkeit schlug wie eine schwere, warme Woge über ihr zusammen, und sie schlief ein – und wachte im nächsten Moment wieder auf, als der Wagen mit einem so harten Ruck zum Stehen kam, daß sie beinahe aus dem Sitz geschleudert worden wäre.

»Was ist passiert?« rief sie alarmiert.

Keiner der drei Soldaten antwortete, aber sie sah, wie sich Felss und Hartmann aufgeregt über die Monitore beugten und die Bilder gebannt verfolgten. Als sie sich auf den Weg nach vorn machte, drückte Felss einige Schalter, und der Motor und die Innenbeleuchtung des Wagens erloschen. Das einzige Licht kam jetzt von den kleinen Monitoren vor dem Soldaten, und auch sie schaltete er einen nach dem anderen ab, bis nur noch ein einziger Bildschirm in Betrieb war.

»Was ist los?« fragte Charity noch einmal.

Hartmann winkte hastig mit der Hand, ohne zu ihr aufzusehen. »Still!« flüsterte er. »Keinen Laut mehr!«

Charity blickte alarmiert auf den winzigen Monitor – und fuhr erschrocken zusammen. Der Bildschirm zeigte einen Ausschnitt der verwüsteten Straße, über die der Wagen sich bewegt hatte. Eine Unzahl schwarzer Ameisengestalten bewegte sich in weniger als hundert Meter Entfernung vor ihnen, und über den Insektenkriegern schwebte eine gewaltige Silberscheibe.

»Sie suchen uns immer noch.«

Hartmann nickte abgehackt, antwortete aber nicht. Die *Ameisen* bewegten sich langsam die Straße entlang. Immer wieder drangen sie einzeln oder in kleinen Gruppen in die zerstörten Häuser ein.

»Da kommen wir nicht durch«, sagte Hartmann zornig. »Sie drehen jeden Stein herum.«

»Ich denke, das Ding ist völlig isoliert?« fragte Kyle spöttisch.

Hartmann warf ihm einen zornigen Blick zu. »Das ist es auch«, sagte er. »Solange sie nicht versuchen, die Tür aufzubrechen.« Er überlegte einen Moment, dann machte er eine befehlende Handbewegung. »Wir nehmen die Westroute.«

Charity sah aus den Augenwinkeln, wie Felss erschrocken zusammenfuhr. »Aber das ... «

Hartmann unterbrach ihn. »Ich weiß, was das bedeutet«, sagte er. »Aber dort vorne kommen wir auf keinen Fall durch.«

Schließlich nickte Felss und startete den Motor wieder. Trotzdem vergingen noch fast zehn Minuten, ehe sich das Fahrzeug in Bewegung setzte – Felss wartete geduldig, bis der größte Teil der *Ameisen* in irgendwelchen Ruinen oder Schutthalden verschwunden war, dann gab er behutsam Gas, lenkte das Fahrzeug nach rechts und drang in eine schmale, fast völlig von Trümmern und Schutt verstopfte Gasse ein.

Sie fuhren jetzt sehr viel schneller, und Felss erwies sich als ausgezeichneter Fahrer. Durch die schwierigste Trümmerlandschaft fand er seinen Weg. Offensichtlich nahm er diese Route häufiger und kannte die Gegend wie seine Westentasche.

Während sie sich weiter nach Westen bewegten, begann sich ihre Umgebung allmählich zu verändern. Die Straße wurde noch immer von niedergebrannten, ausgebombten Häusern flankiert, aber immer öfter sah Charity jetzt Flecken von Grün und Purpur. Bald tauchten auch in dem geborstenen Asphalt vor ihnen die ersten grünen Tupfer auf, und nach weiteren zehn Minuten rollte der Panzerwagen durch eine Ruinenstadt, die sich kaum noch von den Außenbezirken der Freien Zone in Paris unterschied. Aus den tiefen Rissen im Erdboden wuchsen Pflanzen, dürre Büsche, kleine verkrüppelte Bäume, aber auch das unheimliche, grün-violette Pflanzenleben Morons, das die Invasoren auch in dieser Stadt ausgesät hatten. Es gedieh hier nicht so gut wie in Paris; statt die einheimischen Pflanzen zu verdrängen, schien es sich mit den Nischen und Lücken zu begnügen, die der irdischen Flora nicht mehr genug Nahrung boten.

Plötzlich tauchte auf dem Bildschirm ein menschlicher Umriß auf, und Felss trat auf die Bremse.

Der Mann war klein und ging so stark nach vorn gebeugt, daß er fast verkrüppelt wirkte. Sein Haar war lang und verfilzt und hing ihm bis weit über die Schultern herab, und der größte Teil seines Gesichtes verbarg sich hinter einem Bart, der aussah, als wäre er Zeit seines Lebens noch nicht geschnitten worden. Bekleidet war die Gestalt mit ein paar Lumpen, unter denen hier und da eine dunkle Haut zum Vorschein kam, die mit Narben und großen, entzündeten Stellen übersät war.

»Wer ist das?« fragte Charity verblüfft.

Hartmann grunzte. »Ein Dreckfresser«, sagte er.

Die unüberhörbare Verachtung in seiner Stimme ließ Charity verwirrt den Blick vom Bildschirm wenden und Hartmann ansehen. Der Leutnant blickte die Gestalt auf dem Monitor mit einer Mischung aus Zorn und Ekel an.

»Dreckfresser? Sie meinen ...«

»Überlebende?« Skudder kam neugierig näher und versuchte, zwischen Charity und Felss hindurch einen Blick auf den Bildschirm zu erhaschen. »Es gibt also noch andere Überlebende hier?«

Hartmann nickte. »Wenn Sie es so nennen wollen«, antwortete er. »Sie sind Tiere! Sie sehen vielleicht aus wie Menschen, aber sie sind keine, glauben Sie mir.«

Skudder wollte widersprechen, aber Charity warf ihm einen raschen, warnenden Blick zu. Der Ausdruck in Hartmanns Stimme war nicht einfach nur Verachtung. Sie hatte das sehr sichere Gefühl, daß es nicht besonders klug war, im Moment weiter auf dieses Thema einzugehen.

»Weiter!« befahl Hartmann, an Felss gewandt. »Aber vorsichtig!«

Fast behutsam ließ Felss den schweren Panzerwagen weiterrollen. Die Gestalt verschwand so schnell vom Bildschirm, wie sie erschienen war, aber Charity glaubte plötzlich, immer häufiger ein Huschen zwischen den Schatten der Ruinen zu gewahren.

Und es vergingen nur Minuten, bis eine zweite, verdreckte Gestalt vor ihnen auftauchte. Diesmal blieb sie einen Moment reglos stehen und blickte dem näher kommenden Panzerwagen entgegen, ehe sie sich mit einer überraschend behenden Bewegung umwandte und wieder im Gebüsch verschwand.

Hartmann preßte zornig die Lippen aufeinander. »Verdammt!« sagte er. »Sie haben uns gesehen! Das hat uns gerade noch gefehlt!«

»Wieso?« erkundigte sich Kyle. Auch er war aufgestanden und lautlos näher gekommen. »Sie können uns doch unmöglich gefährlich werden – oder?«

Hartmann warf ihm einen zornigen Blick zu und wandte sich dann mit einem demonstrativen Ruck wieder dem Monitor zu.

»Wie viele von diesen Überlebenden gibt es hier?« erkundigte sich Charity.

»Zu viele«, antwortete Hartmann grob. »Vielleicht ein paar tausend, niemand weiß das so genau.«

»Tausende?« fragte Charity zweifelnd. »Aber wovon leben sie?«

»Von allem, was sie finden«, antwortete Lehmann an Hartmanns Stelle. »Schlimmstenfalls fressen sie sich gegenseitig. Oder ihre Kinder.«

Charity starrte den Soldaten entsetzt an. Lehmanns Stimme war so voller Verachtung und Haß, wie Charity es selten zuvor gehört hatte.

»Und ihr habt nie versucht, ihnen zu helfen?«

»Helfen?«

»Das da draußen sind *Menschen*!« sagte Charity. »Wie ... «

»Nein, das sind sie nicht«, unterbrach sie Hartmann kalt. »Sie sehen nur so aus.«

Bevor Charity etwas erwidern konnte, sagte Skudder leise: »Manchmal frage ich mich, ob ich auf der richtigen Seite stehe.«

Hartmann fuhr mit einem Ruck in seinem Sitz herum und wollte den Hopi anfahren, doch in diesem Moment prallte etwas mit einem dumpfen Krachen gegen den Wagen, und sie alle blickten erschrocken wieder auf den Monitor.

Schatten bewegten sich am Straßenrand, huschten hin und her. Und dann prallten ein zweiter und ein dritter Stein gegen den Wagen.

Felss fluchte unterdrückt und gab wieder Gas. Der Wagen schoß mit einem Satz los und begann schlingernd die Straße hinunterzurasen. Aber das Bombardement von Steinen hörte nicht auf; einige waren so groß, daß das Fahrzeug spürbar unter ihrem Einschlag erzitterte.

Felss löste eine Hand vom Lenkrad und griff nach der Kontrolle der Waffen, aber Hartmann winkte hastig ab.

»Nicht schießen!« befahl er.

Felss zog die Hand mit sichtlichem Widerstreben zurück, widersprach aber nicht, sondern konzentrierte sich voll und ganz darauf, den immer stärker schlingernden Wagen unter Kontrolle zu halten. Es dauerte nur wenige Minuten, aber die Strecke bis zum Ende der schmalen Trümmerallee wurde zu einem regelrechten Spießrutenlauf. Mehr als einmal wurde der Wagen heftig getroffen, und einmal rollte ein riesiger Felsbrocken aus einem Schuttberg herab und verfehlte sie nur um wenige Meter. Dann endlich hatten sie die wütenden Dreckfresser hinter sich gelassen.

»Das war knapp«, sagte Charity und atmete auf. »Sie scheinen sich mit den oberirdischen Einwohnern dieser Stadt nicht besonders gut zu verstehen, Leutnant Hartmann.«

Hartmann lächelte humorlos. »Es gibt gewisse Meinungsverschiedenheiten«, sagte er. »Aber meistens haben wir die besseren Argumente.«

Nach einer halben Stunde begann die Sonne wirklich zu sinken, und graues Licht mischte sich in die staubgeschwängerte Luft. Es war sehr still im Wagen geworden. Lehmann und Felss wechselten manchmal ein halblautes Wort miteinander, und dann und wann ließ der verletzte Techniker ein Stöhnen hören. Keiner von ihnen hatte ein Wort gesprochen, seit ihrer ersten Begegnung mit den *Dreckfressern*, aber Charity spürte genau, was in den anderen vorging. Sie war nicht die einzige, die sich immer mehr zu fragen begann, ob diese Männer wirklich ihre Verbündeten waren. Sie waren Feinde Daniels und seiner Handlanger – aber waren sie deshalb gleich ihre *Freunde?*«

Der Wagen wurde langsamer und hielt schließlich an. Charity sah alarmiert auf und begegnete zum ersten Mal seit einer halben Stunde wieder Hartmanns Blick.

»Was ist passiert?« fragte sie.

Hartmann hob wortlos die Hand und gebot ihr, hinter ihn zu treten. Das Licht war draußen bereits so schwach geworden, daß Charity ihre Umgebung nur noch schemenhaft wahrnehmen konnte. Felss wagte es nicht, die Scheinwerfer des Wagens einzuschalten, aber es gab einen zweiten Monitor, dessen Kamera offensichtlich mit einem Restlichtverstärker ausgerüstet war: Die Bilder darauf waren blaß und grobkörnig, so daß sie noch gespenstischer wirkten. Dabei wäre das, was sie zeigten, für sich allein schon unheimlich genug gewesen.

Auch dieser Teil der Ruinenstadt war mit wucherndem Dschungel bedeckt. Auf der rechten Seite der Straße bildete das Buschwerk eine nahezu undurchdringliche Mauer, die die verkohlten Ruinen viel weniger überwuchert als gleichsam absorbiert zu haben schien. Auf der anderen Seite der Straße erhoben sich verkrüppelte Bäume. Dahinter bewegten sich vier, fünf Gestalten in zerfetzten Kleidern und mit langem, verfilztem Haar. Im ersten Moment konnte Charity nicht genau erkennen, was sie taten; dann legte Felss einen Schalter auf seinem Armaturenbrett um, und das Bild wurde deutlicher. Charity sah, daß die Gestalten sich im Halbkreis um einen schlammigen Tümpel versammelt hatten.

»Was tun Sie da?« fragte Skudder.

»Warten Sie einen Moment«, antwortete Hartmann. »Dann sehen Sie es selbst.«

Sekundenlang rührte sich keine der Gestalten, doch plötzlich tauchte ein riesiger Schatten aus dem Morast auf. Obwohl sein Körper über und über mit dem grauen Schlamm bedeckt war, erkannten Charity und die anderen sofort, was es war – eine *Ameise*.

Einen Herzschlag später folgte ihr eine zweite, die viel kleiner war und selbst auf dem verzerrten Monitorbild irgendwie unfertig wirkte. Und erst jetzt begriff Charity, was sie wirklich sahen: Die beiden *Ameisen* waren Junge, und der Schlamm war gar kein Schlamm, sondern …

»Manna!« sagte Skudder verblüfft.

Hartmann warf ihm einen schrägen Blick zu. »Ein interessanter Name für dieses Teufelszeug«, knurrte er.

Die beiden Moroni musterten die fünf menschlichen Gestalten aus ihren starren, glitzernden Augen. Nach einigen weiteren Augenblicken traten zwei der Männer vor und zogen etwas aus ihrer Kleidung heraus. Charity konnte nicht erkennen, was es war, aber sie sah, wie die Mandibeln der beiden *Ameisen* gierig zu zittern begannen.

»Sie … füttern sie!« sagte Skudder verblüfft.

Hartmann nickte grimmig. »Ein paar von ihnen lungern immer in der Nähe dieser Dreckslöcher herum. Sie beschützen die kleinen Biester, bis sie groß genug sind, aus ihren Löchern herauszukriechen.

»Aber warum?« fragte Charity verstört.

»Warum fragen Sie sie nicht selbst?« antwortete Hartmann scharf. Er lächelte schief. »Ich bin sicher, Ihre Freunde werden sich freuen, Sie zu sehen. Ihre kleinen Lieblinge sind einer kleinen Zwischenmahlzeit nie abgeneigt.«

»Die *Ameisen* versorgen sie im Gegenzug mit Nahrung«, sagte Felss, der ebenso verbittert und zornig wie sein Vorgesetzter auf den Monitor starrte, seine Gefühle aber etwas besser im Zaum hielt. »Und sie erlauben ihnen, hier zu leben.«

»Und Jagd auf uns zu machen«, fügte Hartmann hinzu.

Er gab Felss einen Wink. »Fahren Sie weiter. Aber vorsichtig.«

Felss startete den Motor des Panzerfahrzeuges und ließ es vorsichtig anrollen. Bei langsamer Fahrt erzeugte der Wagen kaum ein Geräusch. Trotzdem sah Charity, daß der Blick des jungen Soldaten immer wieder nervös über seine Kontrollinstrumente und den rückwärtigen Monitor huschte.

»Sind irgendwelche Gleiter in der Nähe?« fragte sie.

»Nein.« Felss schüttelte den Kopf. »Ich glaube, wir haben es geschafft.«

Und genau in diesem Moment brach der Boden unter dem Wagen ein.

Wie im Fahrstuhl sauste das Gefährt drei, vier Meter weit in die Tiefe, ehe es mit einem vernichtenden Ruck aufschlug. Die Erschütterung war so stark, daß sie alle aus ihren Sitzen und zu Boden geschleudert wurden. Der Motor erstarb mit einem schrillen Kreischen. Die Innenbeleuchtung des Wagens flackerte und ging aus, und ein berstender, metallischer Laut erklang, als würde der Wagen in zwei Stücke gerissen.

Charity richtete sich benommen auf und sah sich im unheimlichen roten Schein der Notbeleuchtung um, die sich automatisch eingeschaltet hatte. Der Ruck hatte sie zwischen zwei Sitzbänke geschleudert, aber sie war mit einigen Prellungen davongekommen. Und wie es aussah, hatten auch die anderen Glück gehabt. Keiner von ihnen schien ernsthaft verletzt zu sein.

»Was war das?« fragte Kyle.

»Eine Falle!« Hartmanns Stimme klang gepreßt. Auch ihn hatte es aus seinem Kommandantenstuhl gerissen.

Kyle streckte hilfreich die Hand aus, aber Hartmann ignorierte sie und griff ächzend nach der Kante eines Stuhles. Selbst im bleichen, unheimlichen Schein der Notbeleuchtung konnte Charity erkennen, wie zornig es in seinen Augen loderte.

»Raus hier!« befahl er. »Schnell! Ehe sie hier sind!«

Skudder wollte die Tür öffnen, aber sie war verklemmt. Kyle trat neben ihn, doch nicht einmal mit vereinten Kräften gelang es ihnen, den gepanzerten Ausstieg auch nur einen Zentimeter weit zu bewegen.

»Es hat keinen Zweck«, sagte Hartmann grob. Er deutete auf die Frontscheibe. »Schlagt sie ein!«

Charity zögerte, aber sowohl Felss als auch der zweite Soldat nahmen wortlos ihre Gewehre von den Schultern und schlugen mit dem Kolben auf das Panzerglas ein. Sie mußten einige Male mit aller Kraft zuschlagen, ehe sich in der gewölbten Scheibe auch nur der erste Riß zeigte, aber dann fiel die gesamte Scheibe in einem Stück nach draußen – und prallte klirrend gegen ein Hindernis.

Felss zog sich ächzend durch den schmalen Spalt, packte die Scheibe und schleuderte sie auf das Wagendach empor. Dann bückte er sich und streckte Charity auffordernd die Hand entgegen.

Als sie hinter ihm ins Freie kletterte, sah sie, warum sich die Türen nicht öffnen ließen: Offensichtlich waren sie nicht in einen Keller herabgestürzt, dessen Decke unter dem Gewicht des Panzerfahrzeuges nachgegeben hatte, sondern tatsächlich in eine Fallgrube, die eigens für sie gebaut worden war.

Charity kletterte auf das Wagendach hinauf, um den anderen Platz zu machen, und nahm ihre Waffe von der Schulter. Einen halben Meter über ihrem Kopf heulte ein wilder Sturm dahin. Schützend hob sie die Hand über die Augen und versuchte, in der fast vollkommenen Finsternis irgend etwas zu erkennen, aber das Toben des Sturmes war zu heftig, als daß sie sagen konnte, ob die Bewegungen, die sie wahrzunehmen glaubte, wirklich oder eingebildet waren.

»Der Sender!« brüllte Hartmann über das Heulen des Sturmes hinweg, als auch Felss als letzter auf das Wagendach hinaufsteigen wollte. Der junge Soldat fuhr zusammen, drehte sich nervös herum und kletterte umständlich noch einmal ins Wageninnere zurück. »Geben Sie unsere Position durch!« schrie Hartmann. »Code 5!«

»Was bedeutete das?« fragte Charity.

»Daß wir weiter nach Westen gehen!« schrie Hartmann zurück. »Wir können nicht hierbleiben. Sie werden den Sender in ein paar Sekunden angemessen haben und herkommen.«

Das Heulen des Sturmes wurde so laut, daß eine Verständigung unmöglich war, als sie vom Dach des Wagens aus der Fallgrube herauskletterten. Charity hob schützend beide Arme über das Gesicht, aber sie hatte trotzdem das Gefühl, der rasende Sand würde ihr binnen Sekunden die Haut vom Gesicht reißen.

Als sie die Straße überquert hatten und den Schutz einer Ruine erreichten, nahm der Sturm ein wenig ab. Es mußte fast ein Orkan sein, den sie im Inneren des Panzerspähwagens gar nicht bemerkt hatten.

Hartmann blieb stehen, drehte sich zu ihnen herum und blinzelte zwischen den Fingern der rechten Hand hervor, die er schützend über die Augen gehoben hatte. Mit der anderen deutete er nach Westen und machte dann eine sonderbare Bewegung; wahrscheinlich wollte er ihnen zu verstehen geben, daß sie beisammenbleiben sollten.

Schräg gegen den tobenden Orkan gelehnt, gingen sie weiter. Skudder und die anderen waren nur als verschwommene Schemen zu erkennen, obwohl sie sich nur wenige Schritte hinter ihr befanden. Immerhin sah Charity, daß der Hopi die Arme schützend um die Schultern der beiden Mädchen geschlungen hatte und sie vor sich herschob, während Kyle eine reglose Gestalt über der Schulter trug – den verwundeten Techniker. Von Gurk war keine Spur zu erkennen, aber um den Zwerg machte sich Charity die wenigsten Sorgen. Gurk hatte es bisher stets geschafft, irgendwie auf sich aufzupassen.

Im Schutze einer gewaltigen Schutthalde machten sie einen Moment halt, um sich schreiend zu verständigen.

»... in den Wald!« verstand Charity. Hartmann schrie aus Leibeskräften, aber der Sturm übertönte ihn mit Leichtigkeit, so daß sie nur Wortfetzen verstand. »... zwischen den Ruinen erwischen sie uns! Wir müssen … Wald erreichen … paßt auf! Überall … Dreckfresser!«

Sie taumelten weiter. Charity stürzte zweimal, und auch die anderen hatten alle Mühe, überhaupt noch von der Stelle zu kommen, als sie die freie Fläche vor dem Waldrand überquerten. Der Wind schien plötzlich mit doppelter Wucht über sie herzufallen. Aber irgendwie schafften sie es. Nach Minuten, die sich zu Ewigkeiten dehnten, brachen sie sich ihren Weg durch das dichte Unterholz. Das dichte Blattwerk und Gehölz bot sehr viel mehr Schutz vor den tobenden Orkanböen als die zerborstenen Ruinen, zwischen denen sich der Wind fing und noch mehr an Kraft gewann.

Charity blieb schwer atmend stehen. Voller Unbehagen sah sie sich um. Der Wald war so dicht, daß es ihr schon schwerfiel, Hartmann und die beiden Soldaten zu erkennen, die nur wenige Meter von ihr entfernt standen. Sie wollte zu ihnen hinübergehen, doch in diesem Moment zerriß ein hohes, schrilles Kreischen das Heulen des Sturmes, und ein gleißender Blitz durchzuckte die Dämmerung. Einen Augenblick später rollte der dumpfe Donner einer Explosion zu ihnen hinüber.

»Was war das?!« fragte Net erschrocken.

»Unser Wagen«, antwortete Hartmann finster. »Sie haben den Sender angepeilt. Verdammt!« Sein Gesichtsausdruck verdüsterte sich noch weiter. »Schneller, als ich geglaubt habe.«

»Dann sollten wir hier verschwinden«, sagte Skudder erschrocken.

Hartmann machte eine beruhigende Handbewegung. »Das ist nicht nötig. Wir sind hier in Sicherheit.«

»In Sicherheit?« Skudder lachte hart. »Eine einzige Lasersalve auf den Waldrand, und …«

»Das werden sie nicht tun«, unterbrach ihn Hartmann ruhig.

»Und wieso nicht?« erkundigte sich Charity.

»Sie tun es nicht«, sagte Hartmann. »Trotzdem sollten wir

hier verschwinden. Es kann eine Stunde dauern, bis sie uns abholen. Falls die Maschine bei diesem Sturm überhaupt startet. Und diese verdammten Gleiter sind nicht die einzige Gefahr hier.«

Dicht beieinander gingen sie weiter, wobei Hartmann sorgfältig darauf achtete, daß sie den Wald nicht verließen, aber auch nicht weiter in ihn eindrangen. Sie kamen gut voran, obwohl sie manchmal an Hindernisse gerieten: klaffende Erdspalten, Mauerreste und Schuttberge, die vom wuchernden Grün des Waldes noch nicht ganz verschlungen worden waren, oder aber morastige Tümpel, in denen vielleicht Ameisenjunge hausten.

Sie waren etwa eine halbe Stunde unterwegs, als Kyle plötzlich einen halblauten Ruf ausstieß und warnend die Hand hob. Charity blieb abrupt stehen, und auch Hartmann und seine beiden Begleiter verhielten mitten im Schritt und sahen den Megamann fragend an.

»Was ist?« fragte Charity alarmiert.

»Ich ... bin nicht sicher«, antwortete Kyle. Ein Ausdruck angespannter Konzentration lag plötzlich auf seinen Zügen. »Aber irgend etwas ... kommt.«

»Irgend etwas?«

Kyle zuckte beinahe hilflos mit den Schultern. »Menschen«, sagte er schließlich. »Ziemlich viele. Fünfzehn – vielleicht zwanzig.«

»Was redet er da?« fragte Hartmann unwillig. »Sie kommen bei diesem Sturm nicht aus ihren Löchern.«

»Wenn Kyle sagt, daß sich jemand nähert, dann stimmt das auch«, antwortete Charity ruhig, aber in so bestimmtem Ton, daß Hartmann nicht mehr widersprach, sondern den Megamann mit noch größerem Mißtrauen anblickte.

»Ich höre nichts!« sagte Lehmann grob. »Verdammt, laß uns weitergehen! Wenn wir zu spät am Treffpunkt sind, können wir den Rest unseres Lebens hier draußen verbringen.«

Kyle beachtete ihn gar nicht. Behutsam lud er den Verwundeten von seiner Schulter, legte ihn zu Boden und richtete sich wieder auf. Sein Blick huschte über die schwarze Mauer des Waldrandes, blieb einen Moment prüfend an einem Schatten hängen und tastete dann weiter. »Da ist … noch mehr«, murmelte er. »Ich … weiß nicht, was, aber … «

Trotz Kyles Warnung geschah alles andere völlig überraschend. Kaum einen Meter hinter Hartmann und seinen beiden Begleitern brach plötzlich ein großes, struppiges Etwas aus dem Wald, so schnell und mit solch ungestümer Kraft, daß der Leutnant und seine beiden Männer kaum die Zeit fanden, sich zur Seite zu werfen.

Der ersten Ratte folgte eine zweite und schließlich eine dritte und vierte. Die Tiere zerrten etwas mit sich, das Charity im ersten Moment nicht richtig erkennen konnte: Jeweils zwei von ihnen hatten ihre Fänge in einen ledrigen Sack von grauschwarzer, feuchter Farbe gegraben, in dem es unentwegt zuckte und bebte. Ihre Beute mußte sehr schwer sein, denn trotz ihrer enormen Kraft kamen die Ratten nur mühsam von der Stelle.

Hinter den Tieren stürmte mehr als ein Dutzend in Fetzen gehüllter Gestalten heran. Fast alle waren bewaffnet – mit Speeren und Keulen, einige auch mit primitiven Äxten und kurzen Bögen, auf die sie federlose Pfeile aufgelegt hatten. Und sie waren so auf die Verfolgung der vier Ratten konzentriert, daß sie das gute halbe Dutzend Menschen erst gewahrten, als sie praktisch schon vor ihnen standen.

Charity sah, wie Lehmann seine Waffe hob und auf einen der Männer anlegte; fast gleichzeitig richteten sich die Spitzen eines halben Dutzends Speere und Pfeile auf die drei Soldaten.

»Nein!«

Kyles Schrei ließ die Männer abermals erstarren. Mit einem einzigen Satz war der Megamann zwischen Hartmann und den Barbaren, breitete abwehrend die Arme aus und rief noch einmal mit laut schallender Stimme: »Nein! Nicht schießen!«

Lehmann versuchte, einen Schritt zur Seite zu machen, um

freie Schußbahn zu bekommen, aber Kyle stieß ihn mit einer fast beiläufigen Bewegung zu Boden, so daß er stürzte und das Gewehr seinen Händen entglitt. Gleichzeitig deutete er mit der anderen Hand zuerst auf Charity, dann auf die Ratten, die den Waldrand schon fast erreicht hatten.

»Haltet sie auf! Erschießt sie! Sie dürfen nicht entkommen!«

Charity verschwendete keine Zeit mehr damit, über den Sinn dieser Worte nachzudenken. Sie fuhr herum, riß ihren Laser von der Schulter und gab zwei kurze Feuerstöße ab. Sofort schoß auch Skudder. Sie trafen nur eines der Tiere, das lautlos verendete, aber die grellen Laserblitze schienen den Ratten nicht unbekannt zu sein, denn sie ließen mit einem erschrockenen Quieken ihre Beute fallen und stoben in heller Panik davon.

»Was soll das?« fragte Hartmann erbost. Sein Blick wanderte unsicher zwischen Kyle und der Front zottiger, verdreckter Gestalten hin und her, die mit erhobenen Waffen einen Halbkreis um ihn und den Megamann bildeten. »Was ... «

»Halten Sie den Mund!« unterbrach ihn Kyle grob. »Sie wollen nichts von uns. Sehen Sie das denn nicht?«

Selbst bei der herrschenden Dunkelheit konnte Charity sehen, wie Hartmann erbleichte. Aber Kyles Worte machten ihn nicht nur wütend – er war auch verwirrt. Wie Felss und Lehmann, der sich mittlerweile wieder auf die Knie erhoben und seine Waffe an sich gerafft hatte, hatte auch er sein Gewehr auf die Barbaren gerichtet. Aber er zögerte, abzudrücken.

Aus dem Wald kamen jetzt weitere Krieger. Charity schätzte ihre Zahl auf mindestens fünfzig. Selbst mit ihrer überlegenen Bewaffnung standen ihre Chancen nicht besonders gut, einen Kampf mit dieser Übermacht zu bestehen.

Aber die Barbaren rückten nur langsam näher, die Waffen drohend erhoben und einen grimmigen Ausdruck auf den Gesichtern. Schließlich lösten sich vier Gestalten und traten mit erhobener Waffe auf Skudder und Charity zu. Skudder hob drohend sein Lasergewehr, senkte den Strahler dann aber wieder und trat hastig einen Schritt zur Seite, als klar wurde, daß Charity und er gar nicht das Ziel der vier Krieger waren. Mißtrauisch traten die Barbaren zwischen ihnen hindurch und näherten sich den Kokons, die die Ratten bei ihrer Flucht fallengelassen hatten. Einer davon war aufgeplatzt; eine ölige, farblose Flüssigkeit quoll heraus und versickerte im Boden.

»Was ist das?« murmelte Charity.

»Rühr dich nicht!« sagte Kyle erschrocken. »Sie wollen nur die Eier. Sie wollen nichts von uns.«

»Eier?«

Kyle deutete auf die beiden pulsierenden Kokons. Charity begriff erst jetzt, was sie vor sich hatte. Was die vier Ratten erbeutet hatten, war nichts anderes gewesen als die Kokons, aus denen die jungen *Ameisen* schlüpften und die diese Krieger aus irgendeinem Grunde beschützten. Verwirrt, aber auch fasziniert von dem Anblick, der sich ihr bot, sah sie zu, wie zwei der Barbaren neben dem aufgeplatzten Kokon auf die Knie sanken und mit vorsichtigen Bewegungen begannen, die zerrissene Hülle weiter zu öffnen.

Darunter kam eine relativ kleine, spinnengliedrige Ameisengestalt zum Vorschein. Sie bewegte sich zuckend. Ihre Glieder, die noch weich und biegsam waren, als beständen sie aus Gummi, peitschten durch die Luft und trafen einen der Männer. Trotzdem zuckte er nicht einmal zurück, sondern wich nur mit einer geschickten Bewegung den schnappenden Mandibeln der jungen *Ameise* aus und hob sie unter sichtlicher Anstrengung in die Höhe. Die beiden anderen untersuchten in der Zwischenzeit den zweiten Kokon und atmeten erleichtert auf, als sie feststellten, daß er nicht beschädigt war.

Charity senkte endgültig ihre Waffe. Sie hoffte, daß die Barbaren die Bedeutung der Geste begriffen. Wortlos sahen sie zu, wie die vier Männer den Kokon und die junge *Ameise* zurücktrugen und wieder hinter den Reihen der anderen verschwanden, doch machten die Barbaren keine Anstalten, sich zurückzuziehen.

Charitys Blick wanderte aufmerksam über die Gesichter der zerlumpten Gestalten. Unter all dem Schmutz waren es ganz gewöhnliche menschliche Gesichter – bis auf die Augen.

Es waren seltsame Augen, deren Blick sie verwirrte. Sie glaubte plötzlich zu wissen, warum Hartmann und seine Begleiter solche Angst vor diesen Gestalten hatten. Diese Männer und Frauen vor ihr waren ... unheimlich. Sie waren Wilde, die auf ein fast steinzeitliches Niveau herabgesunken waren. Aber ihre Augen waren nicht die Augen von Wilden. Ein geheimes Wissen lag in ihnen.

»Verschwinden wir von hier«, flüsterte Hartmann. »Solange sie noch friedlich sind.«

Kyle rührte sich nicht, und Charity schüttelte hastig den Kopf. Sie spürte, daß sie jetzt nicht gehen konnten. Sie würden es nicht zulassen.

Langsam, mit klopfendem Herzen und zitternden Händen, hängte sie ihr Gewehr über die Schulter, streckte die Arme aus und drehte die leeren Hände nach oben; eine Geste, die so einfach und eindeutig war, daß selbst diese primitiven Barbaren ihre Bedeutung erkennen mußten. Dann machte sie einen Schritt auf die Krieger zu.

»Ich weiß nicht, ob ihr mich versteht«, sagte sie mit übertriebener Betonung und mit großen Pausen zwischen den einzelnen Worten. »Wir sind nicht eure Feinde.«

»Sind Sie wahnsinnig geworden?!« keuchte Hartmann.

Charity ignorierte ihn. Die Blicke aus fünfzig dunklen, aufmerksamen Augenpaaren folgten ihr und schienen tief in ihr Innerstes zu blicken. In ihrem Hals saß plötzlich ein bitterer Kloß; ihr Herz raste wie ein kleines, außer Kontrolle geratenes Uhrwerk.

Trotzdem zitterte ihre Stimme nicht, als sie fortfuhr: »Wir haben die Ratten vertrieben. Hier – seht ihr?« Ganz langsam bewegte sie den rechten Arm zur Schulter, berührte den Lauf des Laserstrahlers und deutete dann auf den verbrannten Kadaver der Riesenratte.

Noch immer reagierten die Krieger nicht. Und doch hatte Charity das Gefühl, so gründlich gemustert zu werden wie niemals zuvor in ihrem Leben. Irgend etwas war mit diesen Menschen geschehen; sie war plötzlich ganz und gar nicht mehr sicher, daß man ihnen nur ihre Kultur und ihre Intelligenz genommen hatte. Sie spürte im Gegenteil, daß sie im Gegenzug etwas dafür bekommen hatten. Etwas, das so fremd und unverständlich war, daß sie es vielleicht niemals begreifen würde.

»Wir sind eure Freunde«, sagte sie noch einmal, sehr langsam und sehr betont.

Ganz langsam hob sie die Hand, berührte mit den Fingerspitzen die rostige Metallschneide des Speeres, den der erste Krieger vor ihr in der Hand trug, und drückte sie mit sanfter Gewalt herab. Sie hörte, wie Hartmann hinter ihr ungläubig die Luft einsog, aber zu ihrer Erleichterung sagte er nichts.

Plötzlich senkten sich auch die Waffen der anderen Barbaren ein Stück.

Charity trat aufatmend zurück und wandte sich um. Selbst Kyle blickte sie ungläubig an, aber mit Ausnahme Hartmanns und seiner beiden Soldaten hatten alle ihre Waffen gesenkt.

»Tun Sie endlich das Gewehr weg, Sie Narr!« sagte Charity zornig. »Sie sehen doch, daß sie uns nicht angreifen werden.«

Der Ausdruck in Hartmanns Augen war blanke Wut, aber nach einem letzten, kurzen Zögern senkte auch er sein Gewehr und gab den beiden Männern hinter ihm mit einer Geste zu verstehen, es ihm gleichzutun. Felss gehorchte sofort, während Lehmann trotzig die Lippen schürzte und die Waffe erst senkte, als Kyle ihn drohend ansah.

Charity wandte sich wieder zu den Barbaren um. »Versteht ihr unsere Sprache?« fragte sie.

Sie hatte nicht ernsthaft mit einer Antwort gerechnet, aber sie war auch nicht sehr überrascht, als der Mann, zu dem sie gesprochen hatte, ein unbeholfenes Nicken zur Antwort gab. »Wir sind nicht eure Feinde«, sagte sie zum wiederholten Mal. »Wir wollen nichts von euch. Wir wollen nur gehen.«

Der Blick dieser dunklen, seltsam leeren Augen blieb weiter auf ihr Gesicht gerichtet, aber der Mann rührte sich nicht. Charity hob den Arm und deutete in einer weit ausholenden, langsamen Geste erst auf sich, dann auf die anderen. »Wir wollen fort«, sagte sie noch einmal. »Laßt uns gehen, und niemandem wird etwas geschehen.«

Zwanzig, dreißig Sekunden wartete sie vergeblich auf eine Antwort. Schließlich wertete sie das Schweigen des Mannes als Zustimmung und drehte sich langsam herum. »Gehen wir«, sagte sie. »Aber ganz vorsichtig. Keine hastigen Bewegungen.«

Doch als sie einen Schritt machen wollte, trat ihr der Barbar in den Weg. Der Speer in seiner Hand war nicht erhoben, aber seine Bewegung war so eindeutig, daß Charity stehenblieb.

»Bitte, laßt uns gehen«, sagte sie. »Wir wollen nichts von euch. Wir wollen nur zu unseren Leuten.«

Der Mann rührte sich nicht, aber wie zur Antwort auf Charitys Worte trat eine zweite Gestalt neben ihn, und plötzlich kam auch in die übrigen Barbaren Bewegung – jeweils zwei oder drei von ihnen stellten sich hinter Skudder, Net und die anderen, während die übrigen einen weiten Kreis um sie bildeten.

»Bravo!« sagte Hartmann böse. »Das war wirklich genial, Captain Laird. Wenn wir je eine Chance hatten, mit diesen Wilden fertig zu werden, dann haben Sie sie gerade verspielt.«

Charity ignorierte ihn. Sie war verwirrt.

Der Mann, mit dem sie bisher gesprochen hatte, hob plötzlich den Arm und legte die Hand mit gespreizten Fingern auf die Brust. »Jared«, sagte er. Seine Stimme klang ungelenk; das Sprechen schien ihm Mühe zu bereiten, als wäre es etwas, das er vor langer Zeit einmal gelernt, aber niemals gebraucht hatte.

»Jared?« wiederholte Charity. »Ist das ein Name?«

Der Mann nickte. Seine Hand deutete in westliche Richtung. »Kommen.«

»Wir sollen mit euch kommen?« vergewisserte sich Charity.

»Kommen«, wiederholte Jared.

»Das geht nicht«, sagte Charity vorsichtig. »Wir können euch nicht begleiten.«

Erneut deutete Jared nach Westen, diesmal mit einer ungeduldigeren, fast befehlenden Geste. »Kommen«, sagte er zum dritten Mal.

»Wir sollten tun, was sie verlangen«, sagte Skudder.

»Wir sollten sie über den Haufen schießen!« sagte Lehmann haßerfüllt. »Solange wir es noch können!«

Charity warf ihm einen zornigen Blick zu. »Halten Sie endlich den Mund, Sie Idiot!« sagte sie. »Begreifen Sie denn nicht, daß sie jedes Wort verstehen?«

Lehmann lachte gehässig. »Sie begreifen nicht, womit wir es hier zu tun haben«, antwortete er böse. »Es sind Tiere. Wahrscheinlich hat Sie Ihr neuer Freund gerade zum Essen eingeladen. Aber wir werden die Mahlzeit sein.«

»Kyle«, sagte Charity ruhig, »wenn er noch einmal den Mund aufmacht, dann schlag ihn nieder.«

Lehmanns Augen sprühten vor Zorn, aber er wagte es nicht mehr, etwas zu sagen, sondern blickte nur Charity und Kyle haßerfüllt an. Charity wandte sich wieder an Jared. »Wir sollen euch begleiten?«

Jared nickte. Er deutete wieder nach Westen. »Kommen«, sagte er und ruderte mit den Armen.

Charity lächelte flüchtig. »Du meinst schnell.«

Jared nickte und deutete nun in die andere Richtung. »Kommen«, sagte er. »Bald.«

9

Was ihn am meisten erstaunte, war der Umstand, daß er sich an keine Schmerzen erinnerte. Er hatte einen grellen Blitz wahrgenommen und ein ungeheures Dröhnen und Bersten, und er hatte wie in Zeitlupe gesehen, wie die schwere Stahltür vor ihm auseinandergerissen wurde und die Splitter seinen Anzug durchbohrten. Aber er hatte keine Schmerzen gespürt, auch kein Entsetzen, obwohl er in diesem Moment mit unerschütterlicher Sicherheit davon überzeugt gewesen war, zu sterben.

Stone war nicht gestorben, und doch erinnerte er sich an das Gefühl, aus seinem Körper herausgelöst worden zu sein und durch einen langen, finsteren Tunnel zu gleiten, einen Schacht, an dessen Ende ein gleißendes, unsagbar schönes Licht wartete. Aber dann hatte etwas ihn zurückgeholt. Er erinnerte sich nicht, wie er wieder an Bord des Gleiters gekommen war. Seine nächste Wahrnehmung war das starre Gesicht Luzifers gewesen, das sich über ihn beugte, und dünne, lange Nadeln hatten sich in seinen Körper gebohrt. Danach war er in eine tiefe Bewußtlosigkeit gefallen, in der ihn Alpträume und sinnlose, schreckliche Visionen geplagt hatten.

Er spürte, daß er nicht allein war. Eine hochgewachsene, schlanke Ameisengestalt stand neben seiner Liege und hantierte mit vier Armen an den Schaltern eines kompliziert aussehenden Gerätes, das neben seinem Bett aufgestellt war. Eine Unzahl dünner Drähte und Schläuche war mit seinem Körper verbunden.

Luzifer bemerkte, daß Stone erwacht war, und wandte den Kopf. Für einen Moment bildete sich Stone ein, ein schadenfrohes Glitzern in seinen faustgroßen Facettenaugen zu erkennen.

»Was ist passiert?« fragte er. Er erschrak, als er den Klang seiner eigenen Stimme hörte. Viel mehr als alles andere verriet er ihm, wie es um ihn stand.

»Versuchen Sie nicht, sich zu bewegen«, antwortete Luzifer. »Reden Sie nicht. Sie sind sehr schwer verwundet worden.«

»Das weiß ich«, murmelte Stone. »Was war los? Was … «

»Eine Falle«, sagte Luzifer.

»Eine Falle?« wiederholte Stone stöhnend. »Ihr Idioten! Wozu habt ihr all eure Wundermaschinen? Könnt ihr nicht einmal eine ferngelenkte Bombe aufspüren?«

»Das können wir«, antwortete Luzifer ungerührt. »Der Sprengkörper wurde nicht ferngezündet. Sie ließen einen ihrer Männer zurück, der ihn von Hand auslöste.«

Stone schloß mit einem neuerlichen Stöhnen die Augen. Für einen Moment wußte er nicht, was schlimmer war – der Zorn über das, was geschehen war, oder das Entsetzen über die Vorstellung, daß sich einer dieser Narren selbst in die Luft gejagt hatte, nur um ein paar *Ameisen* mitzunehmen.

»Wie schlimm … ist es?« fragte er mühsam.

»Sehr schlimm«, antwortete Luzifer, im kalten, seelenlosen Tonfall einer Maschine. »Ihr Körper wurde irreparabel geschädigt.«

Es dauerte eine Sekunde, bis Stone begriff, was sein Adjutant meinte. Erschrocken riß er die Augen auf und starrte die riesige *Ameise* an. »Irreparabel … ?«

»Es besteht kein Grund zur Sorge«, beruhigte ihn Luzifer. »Wir befinden uns bereits auf dem Rückflug nach New York. Die Ausrüstung an Bord dieses Schiffes reicht, die notwendigen Lebensfunktionen Ihres Körpers bis dorthin aufrechtzuerhalten.«

»Heißt das, daß ich … verkrüppelt bin?« fragte Stone entsetzt.

Luzifer antwortete in seiner ausdruckslosen Maschinensprache: »Nein. Die Schäden sind nicht zu beheben. Sie bekommen einen neuen Körper.«

Es dauerte ein paar Momente, bis Stone begriff, was er da gehört hatte. Voller ungläubigem Entsetzen starrte er die *Ameise* an. »Einen neuen Körper ... «

Er hatte davon gehört, daß es den Invasoren möglich war, einen Körper nach einer beliebigen Vorlage wieder aufzubauen. Doch die Maschine, deren Wirkungsweise er selbst einmal mit eigenen Augen beobachtet hatte, begnügte sich nicht damit, ein perfektes Duplikat eines Körpers herzustellen. Sie transferierte die gesamte Persönlichkeit, das Bewußtsein und jede Erinnerung in den neuen Körper.

Und das bedeutete, dachte Stone entsetzt, daß sie seine Gedanken kennen würden. Alles, was er jemals gefühlt und gedacht, alles, was er jemals gesagt und getan hatte.

Und das wiederum bedeutete, daß sie erfahren würden, daß er sie verraten hatte.

Das Lager der Barbaren lag am Ufer eines breiten, ruhig dahinfließenden Flusses. Hier und da ragte noch ein Mauerrest aus den glitzernden Fluten, die im bleichen Sternenlicht wie ein Spiegel aus schwarzem Teer wirkten; da und dort waren noch die Reste einer Uferbefestigung zu sehen, aber zumeist wurde das Flußufer nur von wucherndem Grün beherrscht.

Dabei war das Ufer keineswegs unbewohnt. Schon während des zweistündigen Marsches waren immer mehr Männer und Frauen zu ihnen gestoßen, so daß die Zahl ihrer Begleiter noch weiter angewachsen war. Und was jetzt vor ihnen lag, war eine Stadt, auch wenn man schon sehr genau hinsehen mußte, um sie zu erkennen. Die Barbaren schienen zum allergrößten Teil unter der Erde zu leben – Charity erkannte nur einige wenige, aus Laub und Zweigen provisorisch errichtete Hütten, dafür aber eine große Anzahl sorgsam getarnter Löcher im Boden.

Sie wurden zu einem dieser Einstiege geleitet, hinter denen sie das fanden, was Charity erwartet hatte: den Keller des Gebäudes, das früher einmal hier gestanden hatte. Es war ein riesiger, rechteckiger Raum, der von Hunderten von Fackeln erleuchtet wurde.

Charity blieb unwillkürlich stehen, als sie den Fuß der Treppe erreichten. Sie sah, wie Hartmann und die beiden anderen erschrocken zusammenfuhren und nach ihren Waffen griffen. Doch führten sie ihre Bewegung nicht zu Ende. Zu ihrer aller Überraschung waren sie nicht entwaffnet worden, aber sowohl der Hopi als auch Kyle schienen einzusehen, wie wenig ihnen ihre Waffen gegen die erdrückende Übermacht nützen würde, der sie sich gegenübersahen.

In dem gewaltigen Kellergewölbe hielten sich Hunderte von Eingeborenen auf: Männer, Frauen, Kinder und Alte, die in kleinen Gruppen an brennenden Lagerfeuern saßen, auf Bündeln aus Lumpen und Laub lagen und schliefen oder redeten und aßen, oder auch Dinge taten, deren Bedeutung Charity verborgen blieb. Während sie quer durch den riesigen, unterirdischen Saal geführt wurden, hob sich dann und wann ein Gesicht und warf ihnen einen desinteressierten, flüchtigen Blick zu, und einmal folgten ihnen zwei Kinder einige Schritte weit, bis ihre Begleiter sie mit herrischen Gesten vertrieben.

Die Situation kam Charity immer unwirklicher vor. Die Vorstellung, daß niemand von ihrer Gefangennahme auch nur Notiz nehmen sollte, ergab einfach keinen Sinn.

Sie wurden in einen kleinen, türlosen Raum auf der Rückseite des Kellers gebracht, wo ihnen Jared wortlos, aber sehr gestenreich bedeutete, daß sie hier zu warten hätten. Zu Charitys Überraschung blieben weder er noch einer seiner Begleiter bei ihnen zurück.

Als die Barbaren verschwunden waren, stürzte Hartmann auf sie zu. »Bravo, Captain Laird!« sagte er scharf. »Das war wirklich eine strategische Meisterleistung. Ich beginne allmählich zu begreifen, wie die USA den Krieg gegen die Invasoren verlieren konnten!«

Charity wollte antworten, aber Kyle kam ihr zuvor. »Immerhin sind Sie noch am Leben, oder?«

Hartmann maß ihn mit einem Blick, in dem sich Zorn und Verachtung mischten. »Ja«, sagte er gepreßt. »Die Frage ist nur, ob wir uns darüber freuen sollen.«

»Was ist los mit Ihnen, Hartmann?« fragte Charity ruhig. »Bisher haben sie uns nichts getan.«

»Sie sagen es!« grollte Hartmann. »Bisher!«

»Was soll denn das?« mischte sich Net ein. »Hassen Sie diese Menschen so sehr – oder haben Sie einfach nur Angst?«

Hartmann bedachte sie mit einem Blick, als wäre er sich nicht schlüssig, ob die Wasteländerin es überhaupt wert sei, eine Antwort zu erhalten. »Ja«, gestand er. »Ich habe Angst.«

»Bisher haben sie uns nichts getan«, sagte Skudder.

»Freuen Sie sich bloß nicht zu früh«, antwortete Hartmann. »Wir wären nicht die ersten, die von den Dreckfressern getötet werden würden.«

»Warum nennen Sie sie so?« fragte Skudder. »Dreckfresser?«

»Weil sie nichts anderes sind!« erwiderte Hartmann haßerfüllt. »Schauen Sie sich doch um!« Er machte eine zornige Geste in den angrenzenden Kellerraum hinaus. »Sie leben wie die Tiere!«

»Vielleicht leben sie einfach nur anders«, sagte Charity. Sie war wieder zur Tür zurückgegangen, hatte den Raum aber nicht verlassen, sondern sich gegen den Rahmen gelehnt und blickte nachdenklich hinaus.

Was sie sah, kam ihr immer verwirrender vor. Auf den ersten Blick schien die Ansammlung zerlumpter, schmutzstarrender Gestalten in dem gewaltigen Geviert aus Beton Hartmanns Worte zu bestätigen; hier und da gewahrte sie zwar Aktivität, aber die meisten saßen einfach nur reglos da und starrten dumpf ins Leere. Sie mußte wieder an Jared denken und den sonderbaren Ausdruck in seinen Augen; eine Leere, die vielleicht nur der Ausdruck eines völlig anderen, fremdartigen Denkens war. Vielleicht, dachte sie, hatte Hartmann sogar Recht – wenn auch auf vollkommen andere Art und Weise, als er selbst ahnte. Diese Männer und Frauen hier mochten die

Nachkommen derer sein, die die Verheerung vor einem halben Jahrhundert irgendwie überlebt hatten. Es war schwer, unter all dem Schmutz und dem langen, verfilzten Haar und den Lumpen Einzelheiten zu erkennen, aber Charity glaubte zumindest zu sehen, daß viele der Gestalten verkrüppelt waren. Manche bewegten sich sonderbar falsch und umständlich, andere hatten Buckel oder unterschiedlich lange Gliedmaßen. Charity sah eine junge Frau, deren Gesicht fast zur Gänze unter einem grauschwarzen, wucherndem Gewächs verschwunden war, und eine andere, die keine Beine hatte, sich aber sehr geschickt und schnell auf Fäusten und Kniestümpfen bewegte.

Charity wandte sich zu Hartmann um und wiederholte die Frage, die Net vor einer Minute gestellt hatte: »Warum hassen Sie sie so, Hartmann?«

Statt sie anzufahren, wie sie es fast erwartet hatte, sah Hartmann sie nur müde an.

»Das tue ich gar nicht«, sagte er. »Vielleicht fürchte ich sie. Wir alle fürchten sie.«

»Diese harmlosen Wilden?« Kyle machte eine unbestimmte Geste auf die Wilden draußen. »Sie wollen mir doch nicht im Ernst erzählen, daß diese Menschen eine Gefahr für Sie darstellen?«

»Doch«, antwortete Hartmann ernst. »Ich weiß, daß sie einen anderen Eindruck erwecken – aber sie sind gefährlich. Sie haben mehrere von unseren Horchstationen überfallen. In der Basis ist kaum jemand, der nicht einen Freund oder einen Verwandten durch sie verloren hätte.«

»Aber es sind Wilde!« widersprach Skudder. »Sie haben nicht einmal Waffen. Mit ihren Keulen und Speeren … «

»Sie haben doch erlebt«, unterbrach ihn Hartmann, »was sie mit unserem Wagen gemacht haben. Unterschätzen Sie sie nicht. Ich kämpfe seit fünfzig Jahren gegen sie, und ich weiß bis heute nicht, wer diesen Krieg gewinnen wird.«

»Fünfzig Jahre?« Net sah den Leutnant mit unübersehbarem Spott an. »Aber Sie sind doch kein Jahr älter als vierzig.«

»Ich bin zweiundvierzig«, sagte Hartmann mit einem flüchtigen Lächeln.

»Sie haben einen Schlaftank«, vermutete Gurk.

Hartmann nickte. »Wir besetzen die Außenstationen immer im Wechsel – neun Jahre Schlaf, ein Jahr Wache. Und das ist schon fast mehr, als man aushalten kann.«

Net und auch Skudder blickten Hartmann und seine beiden Begleiter überrascht an, aber Charity empfand nur eine leise Verwunderung, daß sie nicht selbst darauf gekommen war. Die Selbstverständlichkeit, mit der Hartmann über ihren eigenen Aufenthalt im Schlaftank geredet hatte, hätte ihr sagen müssen, was hier wirklich vorging. Schließlich hatte sie gewußt, daß die USA kein Patent auf die Technik des künstlichen Winterschlafs gehabt hatten.

Und trotzdem sah sie Hartmann und die beiden anderen plötzlich mit ganz anderen Augen. Mit einem Mal verstand sie die Feindseligkeit und Verbitterung der drei Männer. Sie hieß sie nicht gut, aber sie begriff, was in ihnen vorging. Es waren die gleichen Gefühle, die auch sie kurz nach ihrem Erwachen gehabt hatte. Diese drei Männer kannten diesen Planeten, wie er vorher gewesen war. Sie kannten diese Stadt, bevor sie zerstört und in eine Hölle verwandelt worden war, sie kannten vielleicht jede einzelne Straße, jedes einzelne Gebäude dort draußen, und für sie mußte dieser Anblick ungleich erschreckender sein als für die anderen. Aber das Gefühl von Verständnis, mit dem Charity dieser Gedanke erfüllte, währte nur Augenblicke; dann machte es Zorn Platz.

»Ihr seid nicht allein, nicht wahr?« sagte sie. »Ich meine, irgendwo dort draußen gibt es wahrscheinlich eine ganze Bunkerfestung. Und ihr sitzt seit fünfzig Jahren dort, ausgerüstet mit allem, was ihr braucht, und bewaffnet bis an die Zähne und habt nichts anderes getan, als die Hände in den Schoß zu legen und zuzusehen, wie sie diesen Planeten Stück für Stück verändern.«

»Das ist nicht ganz richtig«, antwortete Hartmann ruhig.

»Oh, natürlich nicht!« sagte Charity spöttisch. »Wahrscheinlich habt ihr euch die Zeit damit vertrieben, gelegentlich Jagd auf diese armen Kerle da draußen zu machen.«

»Irrtum, Schätzchen«, sagte Lehmann böse. »Es ist umgekehrt: Die *armen Kerle* dort draußen machen Jagd auf *uns.*«

Charity funkelte den Soldaten wütend an, verbiß sich aber die scharfe Antwort, die ihr auf der Zunge lag. Sie spürte, daß sie die Kontrolle über sich verlieren würde, wenn sie auch nur ein weiteres Wort sagte. Außerdem wußte sie einfach zu wenig über die Situation hier, um sich wirklich ein Urteil erlauben zu können. Ohne Hartmann und seine beiden Begleiter noch eines weiteren Blickes zu würdigen, wandte sie sich mit einem Ruck von der Tür ab und ging zu Helen und Net hinüber, die sich um den verwundeten Techniker kümmerten.

Kyle hatte den Mann auf eines der Lumpenbündel gebettet, die überall auf dem Boden herumlagen. Er war ohne Bewußtsein, bewegte sich aber unruhig und redete im Fieber. Charity verstand nicht, was er sagte, denn anders als Hartmann und die beiden Soldaten sprach er nicht Englisch, sondern Deutsch, von dem sie nur einige Brocken verstand. Besorgt musterte sie das bleiche, schweißglänzende Gesicht des Mannes einen Moment und wandte sich dann mit einem fragenden Blick an Net. Die Wasteländerin sah sie einen Moment lang ernst an und schüttelte dann fast unmerklich den Kopf. Charity spürte erneut eine Woge heißen, hilflosen Zorns in sich aufsteigen. Es war ungerecht, daß dieser Mann, der ihnen vermutlich allen das Leben gerettet hatte, indem er zurückblieb, um den Tunnel zu sprengen, jetzt mit seinem eigenen Leben dafür bezahlen sollte.

Mehr aus bloßer Verzweiflung denn aus der wirklichen Hoffnung heraus, daß er wirklich etwas tun könne, drehte sie sich herum und winkte Gurk heran. Im ersten Moment ignorierte der Zwerg ihre Geste. Seit sie auf die Barbaren gestoßen waren, hatte er kein einziges Wort mehr gesagt, aber sein Verhalten hatte sich geändert. Gurk gefiel sich normalerweise darin, den

Giftzwerg zu spielen, aber niemand nahm seine aufgesetzte Feindseligkeit wirklich ernst. Doch der Zorn, den sie jetzt in Abn El Gurks pupillenlosen, dunklen Augen las, war echt. Sie hatte fast das Gefühl, daß er ihr und den anderen die Schuld an ihrer mißlichen Lage gab.

»Was willst du?« fragte Gurk, nachdem er sich endlich bequemt hatte, näher zu kommen.

Charity stand auf und deutete gleichzeitig mit einer Geste auf den Bewußtlosen. »Kannst du irgend etwas für ihn tun?«

»Ja«, knurrte Gurk, »ihm die Kehle durchschneiden. Dann leidet er wenigstens nicht länger.«

»Ich meine es ernst«, antwortete Charity ruhig.

»Hilf ihm.«

»Und wie?« Gurk verzog das Gesicht zu einer Grimasse, ließ sich aber trotzdem neben dem verletzten Techniker auf die Knie sinken und tastete mit seinen dürren, greisen Fingern über sein Gesicht und seine Schläfen. »Was erwartest du von mir? Ich bin weder Medizinmann noch Zauberer. Der Mann stirbt.«

»Vielleicht ist es das beste für ihn.«

Obwohl Charity wußte, wie Hartmanns Worte gemeint waren, drehte sie sich herum und blickte den Leutnant wütend an. »Halten Sie den Mund!« schnappte sie.

»Warum?« erwiderte Hartmann kühl. »Der Knirps hat recht. Der Mann stirbt. Und wahrscheinlich leichter und schmerzloser als wir.«

Charity setzte zu einer wütenden Antwort an, aber der Ausdruck in Hartmanns Gesicht überzeugte sie davon, wie sinnlos jedes weitere Wort war. Statt mit ihm zu streiten, wie sie es vorgehabt hatte, drehte sie sich demonstrativ weg und ging zu ihrem Beobachtungsposten an der Tür zurück.

Kurz bevor sie ihn erreichte, stieß sie beinahe mit Jared zusammen, der in Begleitung zweier Eingeborener zurückgekommen war. Einer von ihnen war ein Mann, dessen Alter unter dem wuchernden Bart und dem verfilzten, schulterlangen Haar unmöglich zu schätzen war, die zweite Gestalt war kleiner und schlanker und hatte blondes, langes Haar, es war ein Mädchen. Charity schätzte ihr Alter auf acht oder neun Jahre. Das zerfetzte Kleid, das das Mädchen trug, war über der rechten Schulter zerrissen. Und unter dem Stoff lugte etwas hervor, das auf den ersten Blick wie ein Buckel aussah. Doch in Wahrheit war es ein Wesen mit Chitinhaut und acht oder zehn Augen, die sich in einem verwirrenden Rhythmus und ununterbrochen öffneten und schlossen. Eine Unzahl von Tentakeln schien sich tief in die Haut des Kindes eingegraben zu haben.

»Großer Gott!« stöhnte Skudder. »Was ist ...«

Charity brachte ihn mit einer raschen Handbewegung zum Verstummen. Jared und der andere Mann hatten ihr Erschrecken nicht bemerkt – aber das Mädchen sah beim Klang von Skudders Stimme auf und musterte den riesenhaften Hopi-Indianer aus wachen, durchdringenden Augen. Und Charity wußte, daß es jedes Wort verstand.

Mit aller Kraft unterdrückte sie den Widerwillen, mit dem der schreckliche Anblick sie erfüllte, und zwang sich zu einem Lächeln. Obwohl das Mädchen sie nicht ansah, lächelte es plötzlich ebenfalls – und der Blick der gräßlichen Kreatur auf ihrer Schulter richtete sich plötzlich auf Charitys Gesicht.

Es war nicht der Blick einer gehirnlosen Kreatur, es waren Insektenaugen: kalte, funkelnde Facetten, in denen das Leben aufblitzte, das sie in den Augen Jareds und der anderen vermißt hatte.

Nur mühsam gelang es Charity, ihren Blick von den Spinnenaugen zu lösen. Das Kind blickte immer noch mit schräg in den Nacken gelegtem Kopf zu Skudder, drehte sich jetzt aber zu ihr herum und lächelte. Charity erwiderte dieses Lächeln, und schließlich überwandt sie ihren Ekel so weit, daß sie einen weiteren Schritt auf das Mädchen zutreten und die Hand nach ihm ausstrecken konnte. Der glitzernde Hornball auf der Schulter des Kindes zuckte und bebte, und eine Sekunde lang mußte Charity mit aller Gewalt gegen die furchtbare Vorstellung ankämpfen, es könne sich vom Körper des Kindes lösen und mit einem Satz auf ihre Hand springen. Doch da hob das Kind die Hand und berührte flüchtig Charitys Finger.

Es war ein Gefühl, das sie nicht in Worte fassen konnte; ähnlich wie damals im Sternenschiff, als sie die Gegenwart von etwas Fremdartigen gespürt hatte. Und doch war es gleichzeitig vollkommen anders, denn damals hatte sie Gefahr gespürt, eine körperlose, unsagbare Bedrohung, jetzt fühlte sie von alledem nichts. Was immer sie spürte, es war fremd, unsagbar fremd und anders.

Aber nicht feindselig. Das Mädchen blickte sie noch eine Sekunde lang mit dem gleichen, sonderbaren Lächeln an, dann drehte es sich herum und ging langsam durch den Raum zu Net, Helen und Gurk, die noch immer neben dem Verletzten knieten. Nets Augen weiteten sich entsetzt, als nun auch sie sah, was auf der Schulter des Kindes hockte. Und ihre Hand senkte sich ganz automatisch zu der Waffe in ihrem Gürtel. Aber noch bevor Charity sie zurückhalten konnte, hob Gurk erschrocken den Arm und machte eine abwehrende Bewegung.

»Was soll das?« fragte Hartmann. Er machte einen hastigen Schritt, als wolle er dem Mädchen den Weg vertreten, und blieb wieder stehen, als Charity hastig den Kopf schüttelte.

»Lassen Sie sie«, sagte sie leise.

Hartmann runzelte die Stirn, trat aber zu Charitys Überraschung gehorsam zurück, und auch Net und Helen erhoben sich, um dem Kind Platz zu machen. Gurk blieb reglos stehen, verfolgte jedoch jede Bewegung des Mädchens aus mißtrauischen, wachen Augen.

Das Kind kniete langsam neben dem Verletzten nieder, blickte fast eine Minute lang reglos auf sein Gesicht herab und streckte dann langsam die Hände aus. Hartmann sog scharf die Luft ein, sagte aber nichts.

Die Finger des Mädchens glitten langsam über das Gesicht des Technikers, tasteten über seine Wangen, seine Lippen, seine Nase und seine geschlossenen Augen, zeichneten Kreise und komplizierte, ineinanderfließende Muster auf seine Stirn und seine Schläfen. Weder Charity noch einer der anderen konnte erkennen, was es wirklich tat – aber nach einer Weile beruhigte sich der rasselnde Atem des Verletzten.

»Was tut sie?« fragte Charity. Unwillkürlich hatte sie ihre Stimme zu einem Flüstern gesenkt.

Ebenso leise antwortete Jared: »Euer Freund … ist … sehr krank.«

»Ich weiß«, antwortete Charity. »Er wird sterben.«

»Nein«, sagte Jared. »Er kann … leben.«

Nicht nur Charity wandte sich verblüfft zu Jared um und sah ihn an. Wie bei ihrem ersten Zusammentreffen sprach Jared langsam und mit großen Pausen zwischen den einzelnen Worten. Aber jetzt erst fiel Charity auf, daß er *englisch* gesprochen hatte – in ihrer Muttersprache, die er eigentlich gar nicht beherrschen durfte.

»Wie meinst du das?« fragte sie verblüfft.

»Wenn ihr … wollt«, antwortete Jared langsam, »dann … lebt er … weiter. Aber nicht als … Blinder.«

»Als Blinder?« wiederholte Charity verwirrt. »Was … «

»Wir können … ihn … retten«, unterbrach sie Jared. »Er wird … Jared. Als Blinder … stirbt er.«

Nun verstand Charity überhaupt nichts mehr. Und ein rascher Blick in Hartmanns Gesicht zeigte ihr, daß es dem Deutschen nicht anders erging. Aber während sie einfach nur Verwirrung empfand, verdunkelte sich Hartmanns Gesicht vor Zorn und Mißtrauen. Rasch, ehe der Leutnant etwas sagen oder tun konnte, fuhr sie fort: »Ich fürchte, ich verstehe nicht. Wieso wird er zu dir?«

Jared schüttelte den Kopf. In einer übertrieben pantomimischen Geste hob er die Hand, spreizte die Finger und legte sie auf seine Brust. »Ich bin … Gyell«, sagte er. »Wir sind … Jared.« Damit vollführte er mit der anderen Hand eine kreisende Bewegung, und endlich verstand Charity.

»Euer Volk nennt sich Jared«, vermutete sie. »Und wir sind die Blinden.«

Gyell nickte und schüttelte fast in der gleichen Bewegung den Kopf. Mit einem Lächeln, das bei der sonderbaren Leere seines Blickes eher erschreckend als beruhigend wirkte, deutete er auf Hartmann und seine beiden Begleiter. »Sie sind ... blind«, sagte er. »Ihr nicht.«

»Und ihr ... könnt diesen Mann retten?« fragte Charity zögernd. »Wenn ihr ihn zu einem der euren macht?«

»Er wird ... sehen«, bestätigte Gyell.

»Einen Moment!« sagte Hartmann scharf. Mit einem zornigen Schritt trat er neben Charity und machte eine herrische Handbewegung auf das Mädchen und den verwundeten Techniker. »Ich werde ganz bestimmt nicht zulassen, daß ihr ihn zu einer ... *Kreatur* wie euch macht!«

Gyells leere Augen wandten sich Hartmann zu und musterten ihn auf eine Art, die Charity schaudern ließ. »Dann ... stirbt ... er«, sagte er ruhig.

»Das ist immer noch besser, als ... «

»Halten Sie endlich den Mund, Hartmann!« unterbrach ihn Charity scharf. »Wollen Sie, daß der Mann stirbt?«

»Wollen Sie, daß er so wird wie diese ... « Er suchte sichtlich nach Worten. »Diese *Tiere*?« stieß er schließlich hervor.

»Sie sind ein Narr, Hartmann«, sagte Kyle ruhig. »Ich weiß nicht, wer oder was diese Jared sind – aber sie sind ganz bestimmt keine Tiere. Selbst Sie sollten das mittlerweile erkannt haben.«

Hartmanns Gesicht färbte sich allmählich dunkelrot. Seine Hände ballten sich zu Fäusten, und eine Sekunde lang sah es so aus, als wolle er sich einfach auf den Megamann stürzen. Dann schürzte er trotzig die Lippen. »Ich verbiete es!« sagte er. »Dieser Mann untersteht meinem Befehl. Niemand wird ihn anrühren, solange ich es nicht ausdrücklich erlaube.«

»Ich glaube nicht«, sagte Charity ruhig, »daß Sie oder ich hier irgend etwas zu befehlen haben, Leutnant Hartmann.«

Hartmann antwortete nicht darauf, aber sie sah, wie Lehmann und nach kurzem Zögern auch Felss sich von ihren Plätzen lösten und neben den verletzten Techniker und das Mädchen traten. Felss wirkte unschlüssig und wich ihrem Blick aus, aber auf Lehmanns Gesicht lag ein grimmiger Ausdruck.

Charity musterte die beiden Soldaten eine Sekunde lang, dann drehte sie sich wieder zu Gyell herum, wobei sie Kyle und Skudder einen raschen Blick zuwarf. Die beiden verstanden und näherten sich dem Verletzten und dem Mädchen. Lehmanns Hand sank auf den Kolben der Pistole in seinem Gürtel herab und blieb darauf liegen, während Felss immer unglücklicher aussah und von einem Bein auf das andere zu treten begann.

»Helft ihm«, bat Charity Gyell. Dann wandte sie sich wieder an Hartmann. »Pfeifen Sie Ihre beiden Zinnsoldaten zurück, Leutnant Hartmann. Oder Sie werden sie verlieren.«

Vielleicht war es der ruhige, fast freundliche Ton ihrer Stimme, der Hartmann klarmachte, wie ernst sie ihre Worte meinte. »Also gut«, sagte er schließlich. »Diesmal haben Sie gewonnen, Captain Laird. Aber wir reden noch darüber. Und glauben Sie nicht, daß ich Angst vor Ihnen habe. Ich will nicht, daß diese Wilden sehen, wie wir uns streiten. Das ist alles.«

»Natürlich«, sagte Charity spöttisch.

Auf einen Wink Hartmanns hin zogen sich die beiden Soldaten wieder zurück, und auch Kyle und der Hopi traten wieder beiseite. Das Mädchen stand auf, und auf einen knappen Befehl Gyells hin trat der zweite Jared neben den Verletzten und trug ihn scheinbar mühelos aus dem Raum. Das Mädchen folgte ihm, während Gyell noch zurückblieb.

»Was werdet ihr mit ihm tun?« erkundigte sich Charity.

»Ihm geschieht … nichts«, antwortete Gyell langsam.

»Bringt ihr ihn zurück?« fragte Charity.

Gyell antwortete nicht darauf.

10

Irgendwie brachte sie das Kunststück fertig, in dieser Nacht doch noch einige Stunden zu schlafen. Mit einem Ruck erwachte sie und sah sich um. Durch die Tür fiel noch immer der flackernde rote Schein der Feuer, die draußen in der Halle brannten, aber in dieses Licht hatte sich jetzt ein grauer Schimmer gemischt. Sie stand auf und fuhr mit einem leisen Schrecken zusammen, als sie sah, daß zwei Mitglieder ihrer Gruppe fehlten: Helen und Gurk.

»Was ist passiert?« fragte sie erschrocken.

Hartmann, der mit vor der Brust verschränkten Armen am Türrahmen lehnte und in den angrenzenden Kellerraum hinausstarrte, warf ihr einen abfälligen Blick zu.

»Ihre Freunde haben sie geholt«, sagte er.

»Gyell und das Mädchen«, erklärte Skudder. »Sie kamen vor einer Viertelstunde und haben mit Gurk gesprochen. Und dann sind Helen und er mit ihnen gegangen.«

Skudders Stimme klang sehr ernst, aber er machte auf Charity trotzdem nicht den Eindruck, daß er sich um Helen und den Zwerg sorgte. Offensichtlich spürte der Hopi wie sie, daß das Geheimnis, das die Jared zweifellos umgab, völlig anders war, als Hartmann und seine Männer glauben mochten.

Langsam trat sie neben den Leutnant und blickte in die Halle hinaus. Der riesige, unterirdische Saal war fast völlig verwaist. Einige Feuer brannten noch, aber bis auf eine Handvoll Männer und Frauen hatten alle Jared den Keller verlassen. Plötzlich kam eine Gestalt mit langsamen Schritten auf sie zu. Es war Gyell. Obwohl er nicht einmal in ihre Richtung gesehen hatte, wußte Charity, daß er nur auf ihr Erwachen gewartet hatte.

»Warum habt ihr mich nicht geweckt?« fragte sie.

Hartmann zog nur die Augenbrauen hoch und schwieg, und

Skudder antwortete beinahe verlegen. »Du brauchst deinen Schlaf. Wir sind seit fast achtundvierzig Stunden auf den Beinen.«

Charity wollte etwas entgegnen, aber Gyell war bereits näher gekommen und hob die Hand, um ihre Aufmerksamkeit auf sich zu lenken. Wortlos und mit knappen, aber eindeutigen Gesten forderte er sie und die anderen auf, zu ihm herauszukommen.

Sie durchquerten den Kellerraum und stiegen wieder nach oben. Das graue Zwielicht, das durch den halb verschütteten Eingang herabgefallen war, verwandelte sich langsam in das helle, klare Licht eines frühen Morgens. Plötzlich hörte Charity eine erstaunliche Vielfalt von Geräuschen: das Rauschen des Flusses, das Wispern des Windes in den Baumwipfeln, den Gesang von Vögeln und das seltsame vertraut klingende Bellen eines Hundes – aber auch fremdartige, fast unheimliche Laute, die sie nicht einordnen konnte. All ihre Sinne schienen mit einem Male viel schärfer zu arbeiten als noch am Abend zuvor. Sie hörte Skudders Atem hinter sich, die Schritte jedes einzelnen auf der Betontreppe, das leise Rascheln ihrer Kleidung und die metallischen Laute, die ihre Waffen verursachten. Und sie nahm Farben und Gerüche in einer Intensität wahr, wie sie es schon lange nicht mehr getan hatte. Verwirrt überlegte sie, ob es wirklich nur diese wenigen Stunden Schlaf gewesen waren, die ihre Sinne so geschärft hatten.

Sie blinzelte, als sie hinter Gyell ins Freie trat. Jetzt, im hellen Licht des Morgens, konnte sie sehen, daß der Eindruck, den sie am vergangenen Abend gehabt hatten, richtig gewesen war. Sie schienen sich inmitten einer Stadt der Jared aufzuhalten. Charity bemerkte Hunderte der struppigen Gestalten, aber es war die sonderbarste Siedlung, die sie je zu Gesicht bekommen hatte. Es gab eine Anzahl einfacher, aus Ästen und Blättern errichteter Hütten und einige wenige, niedrige Gebäude aus Stein und rostigem Wellblech. Die Jared hatte sich bemüht, so wenig wie möglich zu verändern und nichts zu zerstören. Die Hütten lehnten sich an den natürlichen Wuchs der Bäume an und folgten dem Verlauf des Bodens, der zum Fluß hin sanft abfiel.

Dann sah Charity den Schatten, drehte sich automatisch herum – und hielt überrascht den Atem an.

In der vergangenen Nacht hatte sie nichts als einen verschwommenen Umriß wahrgenommen, eine weitere Ruine in einer Stadt aus Trümmern, der sie kaum einen flüchtigen Blick geschenkt hatte, aber jetzt erkannte sie das Bauwerk als das, was es war: ein gigantischer Dom, dessen Doppelspitze sich Hunderte von Metern über den Fluß erhob. Der riesige Keller, in dem sie übernachtet hatten, mußte sich unter seinen Fundamenten befinden.

»Das ist ... «

»Der Dom«, sagte Hartmann.

Er seufzte. »Ich bin sicher, Sie haben selbst in den Staaten davon gehört. Irgendwie hat er die Invasion überstanden.«

Abgesehen von einigen kleinen Schäden, war die imposante Kathedrale tatsächlich unversehrt geblieben – ein absurder Anblick in einer ansonsten völlig zerstörten Stadt.

Gyell deutete heftig gestikulierend auf eine Stelle unweit des Flußufers, an der einige Jared um ein Feuer saßen, über dem sie auf großen metallenen Spießen Fleisch brieten. Sein Geruch war fremdartig, aber nicht unangenehm. Und er allein reichte aus, um sie daran zu erinnern, daß sie seit fast achtundvierzig Stunden nichts mehr gegessen hatte. Gyell mußte seine Einladung nicht wiederholen, als er sich an einen Platz am Feuer setzte und sich vorbeugte, um einen der Spieße aus den Flammen zu klauben.

Skudder, Net und Kyle folgten Charity, während Hartmann und seine beiden Begleiter unschlüssig in zwei Schritten Entfernung stehenblieben.

»Worauf warten Sie, Hartmann?« fragte Charity. »Sind Sie nicht hungrig?«

»Doch«, antwortete Hartmann.

»Dann essen Sie etwas«, sagte Charity.

Hartmann verzog nur trotzig das Gesicht, und Charity wandte sich mit einem Achselzucken um und griff dankbar nach dem Stück Fleisch, das ihr Gyell hinhielt.

Sein Aussehen war so fremdartig und beunruhigend wie sein Geruch, aber Charity biß entschlossen hinein. So seltsam das Stück Fleisch roch und aussah, so gut schmeckte es. Nach der ersten Sekunde vergaß sie all ihre Hemmungen und kaute genüßlich.

»Wissen Sie eigentlich, was Sie da essen?« fragte Hartmann hinter ihr.

»Nein«, antwortete Charity mit vollem Mund. »Und ich will es auch gar nicht wissen.«

Gyell blickte sie an, und für einen Moment glaubte sie, ein Lächeln in seinen Augen zu entdecken.

Sie aßen schweigend. Zu dem Fleisch reichte ihnen Gyell Obst und klares Wasser aus dem Fluß, das mit irgendeinem Gewürz versetzt zu sein schien, denn es schmeckte köstlich und hinterließ einen angenehmen Nachgeschmack auf ihrer Zunge.

Nach einer Weile hörte sie Schritte, und als sie aufsah, erkannte sie Helen und Gurk, die sich in Begleitung zweier erwachsener Jared und des blonden Mädchens vom vergangenen Abend dem Feuer näherten. Helen wirkte erschöpft, während auf Gurks faltigem Gesicht ein zutiefst verwirrter Ausdruck lag, der Charity beunruhigte. Aber sie beherrschte ihre Ungeduld und wartete geduldig, bis auch Helen und der Zwerg ihren ärgsten Hunger gestillt hatten.

»Wie geht es Stern?« fragte sie schließlich.

Helen sah sie an und fuhr sich müde mit dem Handrücken über die Augen. »Nicht gut«, sagte sie. »Aber ich glaube, er überlebt es.« Sie sah das Mädchen neben sich an. »Sie hat ihm das Leben gerettet«, sagte sie leise. »Ich weiß nicht wie, aber sie hat es geschafft.«

Charity wandte sich an Gurk. Sie sagte nichts, aber der Zwerg spürte ihren Blick und ahnte, was sie ihn fragen wollte. Kauend bemerkte er: »Stimmt. Sie hat irgend etwas mit ihm gemacht.«

»Was meinst du damit?« fragte Skudder, der neugierig geworden war.

Gurk zuckte abermals mit den Achseln und verschlang ein Stück Fleisch, das so groß wie seine geballte Faust war.

»Euer Freund ... wird ... leben«, sagte Gyell, der zwar wie gewohnt vor sich hingestarrt, aber offensichtlich auch sehr aufmerksam zugehört hatte.

»Warum tut ihr das?« fragte Charity.

Gyell sah sie fragend an.

Charity deutete auf Hartmann, dann auf sich. »Sie haben uns erzählt, ihr wärt ... ihre Feinde.«

Gyell schüttelte langsam den Kopf. »Nein. Sie sind blind. Wir sehen. Sie sind unsere Feinde. Nicht wir ihre.«

Hartmanns Gesicht verdüsterte sich bei diesen Worten noch mehr, aber zu Charitys Erleichterung sagte er nichts, sondern blickte den Jared nur feindselig an.

»Aber der Angriff gestern abend«, fuhr Charity fort. »Ihr habt den Wagen mit Steinen beworfen und ... eine Falle gestellt.«

Gyell nickte. Sein Blick streifte Hartmann und blieb einen Moment an der Maschinenpistole über seiner Schulter hängen. Doch was Charity in Gyells Augen las, während er die Waffe betrachtete, war weder Zorn noch Furcht, sondern nur eine tiefe Mißbilligung. »Wir wehren uns«, sagte Gyell. »Sie greifen uns an. Wir vertreiben sie.«

»Blödsinn!« sagte Hartmann. »Wir ... «

Charity brachte ihn mit einer hastigen Handbewegung zum Verstummen. »Du willst behaupten, ihr hättet sie niemals angegriffen?« vergewisserte sie sich.

Gyell schüttelte den Kopf und sagte: »Niemals.«

Hartmann lachte abfällig. »Sie haben nur drei unserer

Basen überrannt und die Besatzung verschleppt; ein halbes Dutzend Wagen zerstört und den Großteil unserer Vorratsdepots geplündert. Aber sonst sind wir richtig gute Freunde, wissen Sie?«

»Du hörst, was er sagt«, sagte Charity. »Willst du behaupten, daß er lügt?«

»Nein«, antwortet Gyell. »Er glaubt ... die Wahrheit ... zu sagen. Er ist blind. Wir sehen.«

»Was meinst du damit?« fragte sie.

Gyell lächelte. Aber es war ein Lächeln, das Charity einen eisigen Schauer über den Rücken laufen ließ. Mehr denn je hatte Charity plötzlich das Gefühl, einem Wesen gegenüber zu sitzen, dem menschliche Gefühle nicht fremd waren, dem sie aber nicht so viel bedeuteten wie ihr.

»Ihr seid ... anders ... als sie«, sagte Gyell und deutete auf Hartmann und die beiden Soldaten.

Charitys Blick folgte der Geste. Hartmanns Gesicht war völlig ausdruckslos, während Lehmann den Jared mit unverhohlenem Haß anstarrte. Felss hingegen blickte die Bratspieße über dem Feuer und das Fleisch daran an, und Charity konnte sehen, wie dem jungen Soldaten das Wasser im Munde zusammenlief. Er mußte ebenso hungrig und erschöpft wie sie selbst sein.

»Das stimmt«, antwortete sie. »Aber nicht so sehr, wie du glaubst.«

»Sie sind blind«, beharrte Gyell. »Auch ihr ... seid blind. Aber ihr ... könnt nicht ... sehen. Sie wollen nicht.«

Charity schüttelte hilflos den Kopf. »Ich verstehe nicht, was du meinst.«

Gyell machte eine hilflose Geste. »Du hast ... uns geholfen, Charity Laird«, sagte er.

Charitys Augen wurden groß. »Woher kennst du meinen Namen?« fragte sie. Sie war absolut sicher, daß keiner der anderen ihn ausgesprochen hatte, seit sie sich in der Gefangenschaft der Jared befanden.

Gyell überging die Frage. »Du hast auf die … Ratten geschossen. Nicht … auf uns.« Er hob wieder die Hand und deutete auf Hartmann. »Sie töten uns. Wir töten sie. Vielleicht können wir … aufhören.«

»Wunderbar!« knurrte Hartmann. »Gleich wird er eine Friedenspfeife herausholen und sie stopfen.«

»Warum halten Sie nicht endlich den Mund?« fragte Charity matt.

Doch diesmal gehorchte Hartmann nicht. Im Gegenteil – seine Stimme wurde noch schneidender. »Wieso zum Teufel glauben Sie diesem Irren jedes Wort und uns überhaupt nicht?« fragte er. »Fragen Sie ihn, was sie mit all den Männern und Frauen gemacht haben, die sie verschleppen. Fragen Sie ihn, was sie mit Stern gemacht haben. Fragen Sie ihn, ob wir ihn wiedersehen werden!«

»Sehen wir ihn wieder?« fragte Charity den Jared.

Gyell schüttelte langsam den Kopf. »Nein«, antwortete er.

»Aber er wird leben?«

Der Jared nickte. »Er wird sehen. Aber du … hast meine Frage … nicht beantwortete. Du hast … die Eier … gerettet. Du hast auf … die Ratten geschossen, nicht … auf uns. Warum?«

Charity schwieg einen Moment. Im Grunde war es nur ein bloßer Reflex gewesen, eine Handlung, die viel weniger von bewußtem Denken als vielmehr vom Instinkt geleitet gewesen war. »Sie sind nur Tiere«, antwortete sie schließlich.

Gyell schüttelte den Kopf. »Nein. Auch sie sehen.«

Charity blinzelte verwirrt. »Aber ihr habt sie gejagt.«

»Sie essen uns, wir essen sie«, antwortete Gyell. »Sie sehen. Wir sehen.« Er machte eine Kopfbewegung zu Hartmann hinauf. »Sie sind blind. Sie töten nur.«

Charity seufzte. »Ich fürchte, ich verstehe dich nicht«, gestand sie. Gyell nickte, als hätte er keine andere Antwort erwartet. Mit einer erstaunlich fließenden, fast anmutigen Bewegung, die seinem zerlumptem Äußeren Hohn sprach, stand er auf und deutete auf die gewaltige Kathedrale hinter ihnen. »Komm mit«, sagte er. »Vielleicht wirst du dann … verstehen.«

Charity und die anderen erhoben sich, und Gyell erhob auch keine Einwände, als sich auch Hartmann und seine beiden Begleiter ihnen anschlossen.

Sie näherten sich dem Dom, dessen gigantische Tore offenstanden. Als sie hindurchtraten, war Charity im ersten Moment beinahe blind, denn ihre Augen hatten sich an das grelle Sonnenlicht draußen gewöhnt. Ein kalter, sonderbar stechender Geruch schlug ihr entgegen und ließ sie frösteln, und sie nahm schattenhafte Bewegung in dem riesigen, gefliesten Innenraum vor sich wahr.

Neben ihr stieß Skudder plötzlich einen überraschten Ruf aus, und sie sah aus den Augenwinkeln, wie Hartmann zusammenfuhr und einer seiner beiden Soldaten erschrocken und in einer unbewußten Bewegung nach seiner Waffe griff. Der riesige Innenraum war nicht leer. Von der ehemaligen Einrichtung war nichts mehr geblieben, aber auf dem gesprungenen Mosaikmuster des Bodens lagen Dutzende, wenn nicht Hunderte formloser, dunkler … *Dinge*, die zu pulsieren und zu zittern schienen. Zahllose Jared bewegten sich zwischen diesen pulsierenden Klumpen hin und her, und hoch über ihren Köpfen, unter dem gewaltigen gotischen Spitzbogen des Daches …

Charity unterdrückte mit letzter Kraft einen erschrockenen Aufschrei. Was sie sah, war mit nichts zu vergleichen, was sie jemals zu Gesicht bekommen hatte. Ein Gespinst armdicker, glitzernder, grauer Fäden verwandelte das Dach des Domes in ein titanisches, zuckendes Spinnennetz, in dem sich zahllose dunkle Körper auf glitzernden Gliedern bewegten. Riesige Tropfen einer farblosen, zähen Flüssigkeit drohten herunterzufallen, ohne sich wirklich zu bewegen. Einige Jared krabbelten emsig auf einem Gestell aus Stahlrohren auf und ab, das sich vom Boden bis unter die Decke spannte.

Und im Zentrum dieses riesigen Gespinstes hockte wie eine absurd große Spinne ein Ungeheuer.

Charity wußte, was sie vor sich hatte, und trotzdem war der Anblick fast mehr, als sie ertragen konnte.

Die *Ameise* war ein Gigant, dreißigmal so groß wie die Krieger und Arbeiterinnen, und mit einem unförmig aufgedunsenen Leib und riesigen Augen, die voller kalter, berechnender Bosheit auf Charity und die anderen herunterstarrten, die es wagten, in ihr Reich einzudringen. Ihr unförmiger, aufgequollener Hinterleib befand sich in beständiger, pumpender Bewegung und stieß glitzernde Kokons aus; große Eier, unter deren durchsichtiger Oberfläche sich zusammengekrümmte, spinnengliedrige Körper bewegten.

»Das Nest!« murmelte Hartmann. »Verdammt, ich wußte, daß es ein zweites gibt.«

»Habt keine Angst«, sagte Gyell, der ebenfalls stehengeblieben war. »Euch wird nichts ... geschehen.«

Charity schluckte mehrmals, um den bitteren Kloß loszuwerden, der plötzlich in ihrem Hals saß. Sie glaubte Gyell. Selbst wenn dieses gigantische Monster gewollt hätte – sie war gar nicht in der Lage, ihnen irgend etwas zu tun. Ihre Beine, so riesenhaft sie auch waren, waren viel zu schwach, um den aufgeblähten Hinterleib zu tragen. Das riesige Netz, in dem sie hockte, glich einem Gefängnis, das sie Zeit ihres Lebens nicht mehr verlassen würde. Aber der bloße Anblick dieses *Ameisen*ungeheuers lähmte sie. Seit sie den Schlaftank unter den nordamerikanischen Bergen verlassen hatte, hatte sie sich so oft unter den Invasoren von Moron bewegt, daß ihr Empfinden für die Fremdartigkeit dieses Insektenvolkes abgestumpft war. Aber jetzt war es wieder da, stärker und bedrückender denn je. Sie hatte das Gefühl, nicht mehr atmen zu können. Jeder Mut, jede Kraft schien sie verlassen zu haben. Sie wollte nur noch herumfahren und aus diesem gräßlichen Gebäude stürzen.

»Kommt«, sagte Gyell noch einmal. »Ihr habt nichts zu befürchten.«

Fast beiläufig registrierte Charity, daß er plötzlich schneller und flüssiger sprach, fast als lerne er seine Sprache neu.

Zögernd gingen sie ein paar Schritte weiter, dann blieb Felss plötzlich stehen und deutete mit ausgestrecktem Arm und ungläubig aufgerissenen Augen auf eine der heruntergekommenen Gestalten, die sich zwischen den vibrierenden Eierkokons auf dem Boden bewegte. »Roland!« rief er überrascht aus. »Das ist Roland, Herr Leutnant! Sehen Sie doch!«

Hartmanns Blick folgte dem ausgestreckten Arm des jungen Soldaten. Einen Moment lang sah er die verdreckte Gestalt stirnrunzelnd an, auf die Felss deutete, dann schüttelte er den Kopf. »Nein«, antwortete er. »Das ist er nicht. Sie täuschen sich.«

»Aber ... «

»Sie irren sich, Felss«, sagte Hartmann noch einmal mit harter Stimme, so daß Felss nicht wagte, ihm zu widersprechen.

Aber Charity fühlte, daß Hartmann log. Auch er hatte den Mann erkannt, auf den Felss gedeutet hatte. Während sie weitergingen, betrachtete sie die schlanke Gestalt aufmerksam. Der Mann unterschied sich nicht von den anderen Jared. Auch sein Haar war lang und verfilzt, auch sein Gesicht war fast völlig unter einem struppigen Bart verschwunden, und auch er war in Fetzen gekleidet, allerdings in die Fetzen einer hellgrünen Uniform. Sein Blick aber war leer, und in seinen Augen war kein Erkennen, als er aufsah und die vorübergehende Gruppe musterte.

Charity atmete erleichtert auf, als sie das Kirchenschiff durchquert hatten und einen kleineren Raum betraten. Wozu er einmal gedient hatte, war nicht mehr festzustellen, denn seine gesamte Einrichtung war entfernt worden. Die Wände waren völlig unter einem Muster aus rankenden Pflanzen und den gleichen, grauschwarzen Fäden verborgen, die auch das Netz der Ameisenkönigin bildeten. Als Charity versehentlich einen dieser Stränge berührte, stellte sie überrascht fest, daß er sich warm und lebendig anfühlte, obwohl er schleimig und kalt aussah.

Als sie den Raum durch eine rückwärtige Tür wieder verlassen wollten, sah sie etwas, das sie abermals entsetzt stehenbleiben ließ.

In einem Winkel neben der Tür lag eine Gestalt: ein gewöhnlicher Jared mit Armen und Schultern, doch von den Hüften abwärts begann sich sein Körper zu verändern. Seine Haut war rissig und hart geworden, wie schwarzes Horn, das unter Hammerschlägen zerborsten war. Aus seiner rechten Hüfte wuchs ein dicker, pulsierender Strang, der mit dem lebenden Netz an den Wänden verbunden war, und seine Unterschenkel waren vollständig unter der grauen, pulsierenden Masse verschwunden.

Neben ihr schlug Hartmann entsetzt die Hand vor den Mund. Er begann krampfhaft zu schlucken, als kämpfe er mit aller Macht dagegen an, sich übergeben zu müssen. Felss stieß einen würgenden Laut aus und drehte sich mit einem Ruck um, und selbst Skudder fuhr zusammen und erblaßte. Nur Gurk und Helen zeigten keine sichtbare Reaktion.

»Gott im Himmel!« stieß Hartmann schließlich hervor. »Was … was ist hier passiert?«

»Es ist nicht das, was … ihr glaubt«, antwortete Gyell, wobei er aber nicht Hartmann, sondern Charity ansah. Er machte eine einladende Geste auf die Tür hinter sich. »Kommt mit. Dann werdet ihr … begreifen.«

Hartmann starrte den Jared aus Augen an, die dunkel vor Entsetzen waren. Seine Lippen zitterten, aber seine Stimme versagte; er brachte nur einen krächzenden, unverständlichen Laut hervor. Zitternd hob er die Hand und deutete auf die halb eingesponnene, reglose Gestalt zu seinen Füßen. »Ihr … verdammten … Bestien!« stieß er mühsam hervor. »Was habt ihr mit meinen Männern gemacht? Was habt ihr ihnen angetan?«

»Nichts«, antwortete Gyell ruhig. »Du … «

Plötzlich schrie Hartmann auf, prallte zwei Schritte zurück und versuchte, die Waffe von seiner Schulter zu zerren. Kyle schlug ihm mit einer blitzschnellen Bewegung die Hand herunter, doch Lehmann stürzte sich mit einem wütenden Schrei vor, um seinem Vorgesetzten zu Hilfe zu kommen. Kyle machte eine blitzschnelle Bewegung, und Lehmann schien wie von Zauberhand den Boden unter den Füßen zu verlieren und segelte in hohem Bogen durch den Raum, ehe er mit furchtbarer Wucht gegen die gegenüberliegende Wand prallte. Noch bevor er zu Boden sank, hatte Skudder seine Waffe gezogen und richtete sie drohend auf Felss.

»Bitte, Hartmann«, sagte Charity beschwörend. »Seien Sie vernünftig!«

Hartmanns Blick wanderte unstet zwischen ihr, der reglosen Gestalt auf dem Boden und dem Jared hin und her. Seine Augen flackerten vor Entsetzen, und er zitterte am ganzen Leib. Aber er versuchte nicht noch einmal, seine Waffe zu ergreifen.

»Ihr seid ja wahnsinnig!« stammelte er. »Ich ... ich gehe keinen Schritt mehr weiter. Ich ... ich will hier raus!«

Und damit fuhr er herum und stürzte aus dem Raum. Felss zögerte. Er machte eine Bewegung, als wolle er ihm folgen, drehte sich dann aber herum und ging rasch zu seinem gestürzten Kameraden, um ihm auf die Beine zu helfen. Lehmann war benommen, aber bei Bewußtsein und offensichtlich nicht schwer verletzt. Er blutete aus einer Platzwunde über dem linken Auge, und als er aufzutreten versuchte, verzerrte sich sein Gesicht vor Schmerz. Er wäre gestürzt, hätte ihn Felss nicht gepackt. Auf die Schulter seines Kameraden gestützt, humpelte er hinter Hartmann her.

»Vielleicht ist es besser ... wenn ihr ihnen ... nachgeht«, sagte Gyell langsam. »Sie haben Angst. Ich ... verstehe das. Sie wissen nicht ... was sie ... tun.«

Charity blickte den Jared einen kurzen Moment Verzeihung heischend an, dann drehte auch sie sich ohne ein Wort um und beeilte sich, Hartmann und den beiden Soldaten zu folgen.

11

Glitzernder Chrom. Ein stählerner Raum. Augen, die ihn anstarrten. Ein Finger aus kaltem, hartem Horn, der sein Augenlid anhob. Ein grelles Licht, das grausam in seine Augen schien und ihm Schmerz zufügte. Und dünne Nadeln, die sich wie die Giftzähne metallener Schlangen in sein Fleisch bohrten und ihm noch mehr Schmerz zufügten.

Stone versuchte sich zu bewegen, aber er konnte es nicht. Er lag nackt auf einem Tisch aus kaltem Chromstahl, und obwohl sein Körper vollkommen betäubt und jeder einzelne Nerv abgeschaltet worden war, spürte er doch, daß er an Händen und Füßen gefesselt war.

»Seid Ihr wach, Herr?«

Stone bewegte die Augen – den einzigen Teil seines Körpers, den er noch kontrollieren konnte – und sah Luzifer an. Die riesige *Ameise* stand neben dem Kopfende der Metalliege und starrte auf ihn herab. Wieder bildete sich Stone ein, ein schadenfrohes, böses Glitzern in ihren ausdruckslosen Kristallaugen zu erkennen. Er deutete mit den Augen ein Nicken an.

»Verstehen Sie, was ich sage?«

Ein erneutes Nicken.

»Wir sind zurück«, sagte Luzifer. »Sie brauchen keine Angst mehr zu haben. Sie sind nicht mehr in Gefahr.«

Für einen Moment war Stone beinahe froh, vollständig gelähmt und hilflos zu sein. Wäre es anders gewesen, hätte er schrill und wahnsinnig aufgelacht.

»Alle notwendigen Vorkehrungen sind getroffen«, fuhr Luzifer fort. »Die Techniker haben einige Rückenmarksproben entnommen, um einen neuen Körper zu züchten. Aber der Reifeprozeß wird eine Zeit in Anspruch nehmen. Ich habe Befehl gegeben, Sie in einen Heilschlaf zu versetzen.«

Stone bewegte hektisch die Augen von rechts nach links und wieder zurück, um ein Kopfschütteln zu verdeutlichen.

»Sie wünschen das nicht?« fragte Luzifer.

Nein, signalisierte ihm Stone.

»Es kann lange dauern«, gab Luzifer zu bedenken. »Unter Umständen Wochen Eurer Zeitrechnung, Herr. Und es wird sehr unangenehm sein. Sie werden große Schmerzen ertragen müssen.«

Nein, signalisierte ihm Stone. Er durfte nicht schlafen. Er durfte nicht das Bewußtsein verlieren, nicht zu einem hilflosen Stück Fleisch werden, mit dem sie machen konnten, was sie wollten.

»Wenn es Ihr Wunsch ist, so werde ich dafür sorgen, daß Sie wach bleiben«, sagte Luzifer. »Aber es besteht kein Grund dazu.«

Nein, sagten Stones Augen, und Luzifer widersprach nicht mehr. Er *mußte* wach bleiben. Vielleicht würde er einen Ausweg finden, vielleicht würde ein Wunder geschehen, sein Körper würde sich so weit erholen, daß es nicht nötig war, die Bewußtseinsübertragung vorzunehmen.

Denn wenn das geschah, dann war er so gut wie tot.

Sie fanden Hartmann und seine beiden Begleiter am Fluß. Felss hatte sich in den Sand gesetzt und starrte auf die Wellen hinaus, während Hartmann und Lehmann leise miteinander redeten. Als Charity, Kyle und Skudder näher kamen, unterbrachen sie ihr Gespräch, und Hartmann drehte sich demonstrativ herum. Lehmann starrte Kyle voller unverhohlenem Haß an, sagte aber nichts.

Charity ging an ihm vorüber und blieb neben Felss stehen. »Alles in Ordnung?« fragte sie, als der junge Soldat mit kalkweißem Gesicht zu ihr aufblickte. Felss zögerte einen Moment, dann nickte er, und Charity wandte sich nach einem flüchtigen Lächeln um und ging die wenigen Schritte zu Hartmann hinüber. Der Leutnant blickte sie einen Moment lang durchdringend an, dann machte er einige Schritte und blieb erst stehen, als er fast bis zu den Knöcheln im Wasser des Flusses stand. Mit einer ruckhaften Bewegung zog er eine Zigarettenschachtel aus der Tasche, ließ sein Feuerzeug aufschnappen und zündete sich eine Zigarette an.

»Geben Sie mir auch eine?« fragte Charity, als er die Packung wieder einstecken wollte.

Hartmann zögerte, hielt ihr aber dann die fast leere Schachtel hin und gab ihr Feuer.

»Ich wußte gar nicht, daß Sie rauchen«, sagte er, als sie den ersten Zug genommen hatte und sich an seine Seite stellte.

Charity unterdrückte ein Husten und antwortete: »Es ist gute fünfzig Jahre her, daß ich damit aufgehört habe.«

Hartmann lächelte flüchtig. »Manche Laster wird man nie los.«

Eine Zeitlang standen sie einfach nebeneinander da, blickten auf den Fluß hinaus und rauchten. Charity spürte, wie die Spannung allmählich aus Hartmann wich. Sie konnte durchaus verstehen, daß er die Beherrschung verloren hatte. Auch sie selbst war für Augenblicke vor Entsetzen wie gelähmt gewesen. »Es war schlimm, nicht?« fragte sie leise. Hartmann sog an seiner Zigarette, blies den Rauch durch die Nase aus und nickte, ohne sie anzusehen.

»Ja. Es ... tut mir leid.«

»Was?«

»Daß ich mich so habe gehenlassen«, antwortete Hartmann. »Das hätte nicht geschehen dürfen.«

»Wir sind alle nur Menschen.« Charity versuchte zu lächeln, aber sie spürte selbst, wie wenig überzeugend es aussah. »Ich war selbst nahe daran, hysterisch loszubrüllen«, gestand sie schließlich.

Hartmann blickte sie zweifelnd an. »Es tut mir leid«, sagte er noch einmal. »Aber es war einfach zuviel. Ich ... ich dachte, sie würden sie umbringen.«

»Wen?«

Hartmann machte eine Kopfbewegung auf die Kathedrale. »Unsere Männer, die sie verschleppt haben.«

»Dann hatte Felss recht«, sagte Charity. »Er hat den Mann wirklich erkannt?«

Hartmann nickte. »Ja. Und ich glaube, ich habe noch einen oder zwei andere erkannt. Es war einfach zuviel. Ich ... dachte, sie wären tot.«

»Finden Sie es schlimmer, daß sie leben?«

Hartmann nickte. »Sehen Sie, Captain Laird, Sie sind ein Soldat wie ich. Aber es gibt einen Unterschied.«

»So?« fragte Charity. »Welchen?«

»Ich bin vielleicht nur ein einfacher Leutnant«, antwortete Hartmann. »Ich habe nicht gelernt, ein Raumschiff zu fliegen. Ich habe vielleicht nicht einmal Ahnung von moderner Computerstrategie, aber ich habe kämpfen gelernt, seit dieser ganze Wahnsinn begonnen hat. Ich habe Männer sterben sehen und selbst welche getötet. Der Tod ist schlimm, aber er gehört nun einmal zum Leben eines Soldaten. Man akzeptiert ihn, oder man ist kein Soldat.« Er deutete abermals auf den Dom. »Ich ertrage den Gedanken, eines Tages sterben zu müssen. Aber das da drinnen ist ... grauenhaft. Diese Männer dort waren einmal meine Kameraden. Jetzt sind sie keine Menschen mehr. Sie sind ... « Er sprach nicht weiter.

»Ich verstehe, was Sie meinen«, sagte Charity leise. »Aber ich bin nicht sicher, daß sie recht haben.«

»So?« Hartmann lachte humorlos und sehr bitter.

»Nein«, antwortete Charity. »Ich glaube, daß ... hier irgend etwas Gewaltiges vorgeht.« Sie spürte selbst, wie falsch ihre Worte klangen. Aber sie fand keine anderen. Es war ihr unmöglich, wirklich auszudrücken, was sie fühlte.

»Sie glauben all diesen Unsinn wirklich, den Ihnen Gyell erzählt hat, nicht wahr?« fragte Hartmann. »All dieses Zeug von Sehenden und Blinden.«

»Sie nicht?« gab Charity zurück. Hartmann wollte antworten, aber sie hob rasch die Hand und fuhr fort. »Seien Sie ehrlich, Hartmann – im Grunde haben Sie längst begriffen, daß Sie sich geirrt haben. Diese Menschen sind nicht Ihre Feinde.«

»Sie sind keine Menschen mehr«, widersprach Hartmann erregt.

»Das kann sein«, gestand Charity. »Aber sie sind auch nicht das, wofür Sie sie halten.«

»Und was sind sie dann?« fragte Hartmann.

Charity zuckte mit den Achseln. »Ich weiß es nicht«, gestand sie. »Vielleicht eine neue Lebensform, etwas, wofür wir noch keine Worte haben.« Hartmanns Lippen wurden zu einem schmalen, blutleeren Strich. Plötzlich loderte der Zorn in seinen Augen wieder auf. Aber ehe er antworten konnte, stieß Lehmann plötzlich einen überraschten Ruf aus und deutete mit dem Arm über den Fluß.

Charitys Blick folgte der Geste, und einen Moment später sah auch sie, was den jungen Soldaten so erschreckt hatte: Von der anderen Seite des Flusses raste ein silberner Funke heran. Und in das leise Plätschern der Wellen mischte sich ein schrilles Heulen, das Charity wie kaum etwas anderes zu fürchten gelernt hatte.

»Ein Gleiter!« sagte Hartmann. Zornig schleuderte er seine Zigarette ins Wasser und starrte sie an. »Ich glaube, das reicht als Antwort auf die Frage, ob sie unsere Feinde sind oder nicht!«

Charity wollte antworten, aber Hartmann fuhr plötzlich herum, deutete mit einer herrischen Geste auf Felss und Lehmann und sprang mit einem einzigen Satz in die Deckung eines Gebüschs. Die beiden Soldaten folgten ihm einen Moment später, wobei sie ihre Waffen von den Schultern rissen und entsicherten.

Charity zögerte noch einen Moment. Der Gleiter kam rasend schnell näher, aber irgend etwas in ihr weigerte sich einfach, zu glauben, daß Hartmann recht hatte. Trotzdem verschwand auch sie mit einem Satz im nächsten Gebüsch, in dem auch Hartmann und seine beiden Begleiter verschwunden waren. Rechts und links von ihr duckten sich auch Kyle und Skudder unter die überhängenden Zweige.

Als sie sich neben Hartmann auf die Knie sinken ließ, steckte der Leutnant hastig etwas in die Tasche seiner Uniformjacke. Charity konnte nicht genau erkennen, aber für einen winzigen Moment sah Hartmann sie beinahe schuldbewußt an. Ehe sie jedoch den Gedanken weiterverfolgen konnte, war der Gleiter über ihnen.

Das Schiff schoß mit irrsinniger Geschwindigkeit heran, daß sie fast glaubte, es wollte sich geradeweg auf die Kathedrale stürzen. Im letzten Moment bremste es ab, und begann, lautlos zu Boden zu sinken. Neben ihr hob Hartmann das Gewehr und visierte den Gleiter durch das Zielfernrohr an. Charity wußte, daß er nicht schießen würde. Mit einer Maschinenpistole auf einen Moroni-Gleiter zu feuern war reiner Selbstmord.

Der Gleiter befand sich keine zwanzig Meter von ihrem Versteck entfernt. Auf seiner Unterseite öffnete sich eine Luke, und eine glitzernde Metallzunge schob sich heraus. Eine Abordnung stelzbeiniger *Ameisen* marschierte aus dem Schiff und steuerte auf die Kathedrale zu.

»Nicht schießen!« flüsterte Hartmann gepreßt. »Ihr feuert erst auf mein Kommando.«

Die Worte galten offensichtlich Felss und Lehmann, aber Charity hob hastig die Hand und drückte das Gewehr in Hartmanns Armen mit sanfter Gewalt herunter.

»Sind Sie wahnsinnig?« flüsterte sie erschrocken.

Hartmann riß mit einer trotzigen Bewegung sein Gewehr wieder an sich und funkelte sie an. »Warum?« zischte er. »Weil ich es vorziehe, mich zu wehren, statt mich abschlachten zu lassen?«

Charity deutete zornig auf den gelandeten Gleiter. »Sind Sie blind, oder einfach nur dumm?!« erwiderte sie aufgebracht. »Sie sind nicht unseretwegen hier, begreifen Sie das nicht?«

Das wütende Funkeln in Hartmanns Augen verschwand nicht, aber er schwieg zumindest und konzentrierte sich wieder auf den Gleiter.

Tatsächlich machten die *Ameisen* keine Anstalten, sich auf ihr Versteck zuzubewegen, sondern schritten in den Dom hinein. Zwei weitere Insektengeschöpfe waren aus dem Gleiter getreten, die aber reglos neben dem gelandeten Fahrzeug stehenblieben. Die Jared schienen überhaupt keine Notiz von dem Gleiter zu nehmen. Einige von ihnen hatten sich von ihren Plätzen erhoben, um dem landenden Fahrzeug auszuweichen, die anderen jedoch beschäftigten sich weiter mit den Dingen, die sie vor seiner Ankunft getan hatten. Kaum einer von ihnen machte sich auch nur die Mühe, dem Gleiter einen Blick zuzuwerfen.

»Ihr sauberer Freund hat uns verraten!« sagte Hartmann gepreßt. »Sie werden es sehen. In spätestens fünf Minuten kommen sie zurück. Aber ich werde meine Haut so teuer wie möglich verkaufen.«

Charity verzichtete darauf, überhaupt zu antworten. Sie war fast sicher, daß Hartmann sich täuschte.

»Wo sind Ihre Freunde?« fragte Hartmann plötzlich. Eine Sekunde lang sah er Charity an, dann blickte er sich erschrocken um, als fiele ihm erst jetzt auf, daß Net, Helen und Abn El Gurk nicht bei ihr gewesen waren, als Charity aus dem Dom trat.

»Sie sind im Inneren geblieben«, antwortete Charity. »Helen und Gurk wollten sich um Ihren Mann kümmern, und Net …« Sie verstummte erschrocken. *Net würde das Geräusch des landenden Gleiters mit Sicherheit gehört haben!* dachte sie entsetzt. Und wenn sie einen Fehler beging oder gar herauskam, um nachzusehen, was geschah, dann würden die *Ameisen* sie erblicken – und dann war alles aus.

Und als wäre dieser Gedanke ein Stichwort gewesen, tauchte Net im Eingang zur Kathedrale auf.

Charitys Hertz machte einen schmerzhaften Sprung, als sie

sah, daß die *Ameisen* die oberste Stufe der Treppe erreicht hatten. Auch Net fuhr erschrocken zusammen. Mit einer hastigen Bewegung prallte sie zurück, zog ihre Waffe – und erstarrte zur Reglosigkeit, als die *Ameisen* ungerührt kaum eine Armeslänge an ihr vorbeimarschierten!

Die Insektenkrieger mußten Net zweifelsfrei erkannt haben, denn in ihrem gefleckten Tarnanzug und mit der schweren Laserwaffe im Arm fiel sie inmitten der zerlumpten Jared so sehr auf, wie es nur möglich war. Aber sie schienen sich überhaupt nicht für sie zu interessieren. Nicht eines der riesigen Geschöpfe wandte auch nur den Kopf, um sie anzusehen.

»Was ... geht da vor?« flüsterte Hartmann ungläubig.

Ich wollte, ich wüßte es, dachte Charity. Laut, aber mit stockender Stimme sagte sie: »Ich habe Ihnen doch gesagt, Hartmann, sie sind nicht unseretwegen hier.«

»Aber weswegen dann?« murmelte Hartmann.

Ein Geräusch in der Nähe ließ Charity aufsehen. Kyle kam auf Händen und Knien durch das Gebüsch zu ihnen herangekrochen. Ein Ausdruck von Schrecken glitt über sein Gesicht, als er das Gewehr in Hartmanns Händen sah, aber Charity schüttelte rasch und beruhigend den Kopf.

»Die Waffen weg!« flüsterte er. »Sie sind wegen der Königin hier, nicht unseretwegen.«

Hartmann sah den Megamann durchdringend an, senkte das Gewehr aber keinen Millimeter. »Weshalb?«

Kyle deutete mit einer Handbewegung auf den Dom. »Sie wollen zum Nest. Wahrscheinlich wissen sie nicht einmal, daß wir hier sind. Aber wenn wir einen Fehler machen, dann werden sie es sehr schnell herausbekommen.«

»Net ist dort drüben«, sagte Charity, ehe Hartmann Gelegenheit zur Antwort fand. »Kannst du sie holen, ohne daß sie uns bemerken?«

Kyle nickte. Fast lautlos erhob er sich, bog die Zweige vor ihrem Versteck auseinander und richtete sich auf.

»Was haben Sie vor?« fragte Hartmann.

Kyle antwortete nicht, sondern richtete sich weiter auf; er sah sich unauffällig nach allen Seiten um und begann dann langsam auf den gelandeten Gleiter zuzugehen. Eine gespenstische Veränderung ging mit ihm vor: Sein Haar färbte sich heller, verlor seine glänzende, schwarze Farbe und nahm einen stumpfgrauen, schmutzigen Ton an. Gleichzeitig schien es länger zu werden. Eine zuckende Wellenbewegung lief über seinen schwarzen Anzug. Das Material zog sich zusammen, wurde heller und poröser – und war plötzlich keine hautenge, schwarze Montur mehr, sondern ein zerfetztes Etwas, das sich in nichts von den Lumpen unterschied, die die Jared trugen. Auch Kyles Art zu gehen veränderte sich. Er bewegte sich plötzlich schlurfend und mühsam.

Hartmanns Augen quollen vor Unglaube fast aus den Höhlen, als er sah, was mit Kyle geschah. »Oh, mein Gott!« flüsterte er. »Wie … wie hat er das gemacht?«

»Das erkläre ich Ihnen später«, antwortete Charity ausweichend. »Jetzt seien Sie bitte still. Er wird versuchen, Net zu warnen und hierherzubringen.«

»Aber das … das ist doch nicht möglich«, stammelte Hartmann. Er schien ihre Worte gar nicht gehört zu haben. »Das ist Zauberei!«

»Nicht ganz«, sagte Charity.

Gebannt und mit klopfendem Herzen sah sie zu, wie sich Kyle der Flugscheibe näherte und in weniger als fünf Metern Abstand daran vorbeiging. Die Blicke einer der beiden *Ameisen,* die neben dem Gleiter Aufstellung genommen hatten, folgten ihm, aber Kyles Verkleidung täuschte auch diese Geschöpfe. Unbehelligt überquerte er den großen Platz, ging die Treppe zur Kathedrale hinauf und trat auf Net zu. Charity konnte nicht genau erkennen, ob er mit ihr redete oder ihr auf andere Weise zu verstehen gab, was er von ihr wollte, aber nach einer Weile drehten sich beide wieder herum und kamen mit langsamen, fast gemächlichen Schritten die Treppe herab.

Leutnant Hartmann starrte sie durchdringend an. »Ich glaube, wenn das alles hier vorbei ist«, sagte er, »sind Sie mir eine Menge Erklärungen schuldig, Captain Laird.«

»Ja«, entgegnete Charity kalt. »Wenn das alles vorbei ist.«

Ohne weiter auf Hartmanns zornige Blicke zu achten, verfolgte sie gebannt, wie Net und Kyle sich ihrem Versteck näherten. Wie von dem gelandeten Gleiter nahmen die Jared auch von ihnen keinerlei Notiz, und auch diesmal passierten Kyle und die Wasteländerin die Flugscheibe in wenigen Metern Abstand, ohne daß die beiden *Ameisen* ihnen mehr als einen flüchtigen Blick zuwarfen. Sie schlugen einen weiten Bogen zum Fluß hin, bis sie einige Bäume zwischen sich und den Gleiter gebracht hatten und nicht mehr direkt gesehen werden konnten. Die letzten Meter überwanden sie geduckt und in schnellem Tempo. Nets Atem ging schnell, als sie sich neben Charity und Hartmann auf die Knie fallen ließ, während Kyle – der jetzt wieder Kyle war und kein Jared – nicht die geringste Spur von Anstrengung zeigte.

Hartmann musterte den Megamann aus ungläubig geweiteten Augen, ehe er sich wieder an Net wandte. »Wo sind die anderen?«

»Sie sind bei Stern. In einem Raum unter dem Dom. Ich glaube nicht, daß die *Ameisen* sie sehen.«

»Was tun sie dort drinnen?«

Net schüttelte den Kopf. »Ich weiß es nicht«, antwortete sie. »Sie tun irgend etwas ... mit den Eiern. Ich konnte nicht erkennen, was.«

»Und Sie?!« Das Mißtrauen in Hartmanns Stimme war unüberhörbar. »Wieso haben sie Sie in Ruhe gelassen?«

»Woher soll ich das wissen?« antwortete Net gereizt. »Verdammt, ich bin froh, daß ich noch lebe.«

»Wo ist Gyell?« fragte Charity.

Net machte eine Kopfbewegung auf den Turm. »Bei den *Ameisen*.«

»Konntest du erkennen, was sie tun?«

»Wahrscheinlich ist er gerade dabei, ihnen zu verraten, wo sie uns finden«, sagte Hartmann.

»Ich glaube nicht, daß sie das interessiert«, sagte Net.

»Wieso?«

Net zuckte mit den Schultern. »Ich weiß nicht. Aber ich … hatte das Gefühl, daß sie sich nicht besonders für uns interessieren. Sie sind kaum einen Meter an mir vorbeigegangen. Sie hätten mich nur zu packen brauchen.«

»Vielleicht wollen sie uns alle zusammen haben«, knurrte Hartmann.

»Kaum«, antwortete Charity, »es sei denn …«

Sie verstummte mitten im Wort, als Kyle die Hand hob und überrascht auf den Gleiter deutete. Die beiden *Ameisen,* die bisher reglos neben dem gelandeten Fahrzeug gestanden hatten, fuhren plötzlich herum und rannten auf wirbelnden Beinen die Rampe hinauf. Die Tür begann sich zu schließen, und plötzlich drang ein hohes Pfeifen aus dem Rumpf des Fahrzeuges.

»Was geht da vor?« fragte Charity erschrocken.

Sie bekam die Antwort auf diese Frage schneller, als ihr lieb war. Aus dem hellen Pfeifen des Gleiters wurde ein schrilles, in den Ohren schmerzendes Heulen, und plötzlich kam auch in die *Ameisen,* die mit Eiern beladen aus dem Dom kamen, hektische Bewegung. Der Gleiter sprang mit einem Satz in die Höhe, während die Jared und die *Ameisen* in allen Richtungen davonstürzten.

»In Deckung!« brüllte Hartmann. Gleichzeitig ließ er sich nach vorn fallen und schlug schützend die Hände über den Kopf. Irgendwo am Himmel hinter ihnen blitzte es rot und unerträglich grell auf, und Charity sah eine dünne Spur aus blutrotem Licht, die einen Riß in den Himmel zu brennen schien, dann warf sich Kyle mit weit ausgebreiteten Armen gleichzeitig auf Net und sie und riß sie beide zu Boden. Im selben Moment traf irgend etwas den Gleiter, warf ihn herum und explodierte. Das Fahrzeug überschlug sich, fand aber wie durch ein Wunder noch einmal auf seinen Kurs zurück und versuchte mit schrill aufheulenden Motoren, erneut an Höhe zu gewinnen. Eine Sekunde lang sah es fast so aus, als würde es dem Piloten tatsächlich gelingen, den Gleiter wieder unter Kontrolle zu bringen, dann gab es eine zweite Explosion, und das Fluggerät stürzte auf die Kathedrale.

Charity schloß geblendet die Augen, als das Fahrzeug explodierte. Trotzdem war der Feuerball so grell, daß sie vor Schmerz aufstöhnte. Der Boden zitterte. Mit einem ungeheueren Donnern und Krachen brach die südliche Wand des Domes zusammen. Charity wälzte sich stöhnend herum, preßte die Hand gegen die Augen und arbeitete sich auf Hände und Knie hoch. In ihren Ohren schien das Donnern der Explosion kein Ende zu nehmen. Erst nach einer Sekunde begriff sie, daß das Krachen und Bersten der Explosion tatsächlich noch anhielt. Überall auf dem weiten Platz vor ihnen flammten grelle, weiße Feuerbälle auf, stießen rote und grüne Laserblitze vom Himmel und rissen die Staubspuren von MG-Salven den Boden auf.

Verzweifelt versuchten die Jared, dem Beschuß auszuweichen, aber Charity sah, wie Dutzende von ihnen getroffen wurden und zu Boden gingen. Und auch unter den *Ameisen* wütete das Laserfeuer.

Entsetzt hob Charity den Blick und starrte die drei Helikopter an, die über der Lichtung kreisten. Es waren schlanke, grün und erdbraun gefleckte Maschinen, deren Rümpfe die Form stählerner Haifische hatten und aus deren Heckturbinen grelle Flammenzungen schossen, während sie mit ruckhaften, unglaublich schnellen Bewegungen über die Lichtung rasten.

»Hartmann!« schrie sie. »Was bedeutet das?!«

Aber Hartmann antwortete nicht, und als Charity sich zu ihm umwenden wollte, stellte sie fest, daß er zusammen mit seinen beiden Begleitern auf die Lichtung gelaufen war, obwohl das Feuer der drei Hubschrauber so wütend und ungezielt war, daß sie sich damit auch selbst in Gefahr brachten.

»Dieser Idiot!« schrie Skudder. »Das war alles geplant! Er hat uns hereingelegt!«

Eine Granate schlug in unmittelbarer Nähe ihres Verstecks ein. Charity duckte sich hastig und riß die Arme über den Kopf, als ein Regen aus Erdreich und brennendem Holz auf sie herunterprasselte. Dann fuhr sie herum und stürmte hinter Hartmann her, wobei sie beide Hände hoch über den Kopf riß und heftig winkte. Überall rings um sie herum explodierten MG-Salven und grelle Laserblitze, und sie betete, daß die Piloten in den Helikoptern ihre blaue Space-Force-Uniform erkannten.

»Hartmann!« schrie sie, so laut sie konnte. »Aufhören! Sie sollen aufhören! Das ist Wahnsinn!«

Der Leutnant hatte die Mitte der Lichtung erreicht und war stehengeblieben. Charity beobachtete, daß er ein kleines Gerät in der Hand hielt, in das er hastig hineinsprach – und plötzlich erinnerte sie sich wieder daran, daß er etwas versteckt hatte, als sie ihn in dem Gebüsch erreicht hatte. Und jetzt wußte sie auch, was es gewesen war. Sie hatte sich Hartmann bis auf zwanzig Schritte genähert, als eine ganze Salve grellroter Laserblitze den Boden vor ihr aufriß und in einen See aus kochender, rotglühender Lava verwandelte. Mit einer verzweifelten Bewegung warf sie sich zur Seite. Ein betäubender Schmerz schoß durch ihr rechtes Bein und ihre Schulter, und einen Moment lang war sie benommen und hatte kaum die Kraft, sich herumzudrehen, um zu Hartmann zu blicken.

Zwei der drei Helikopter machten noch immer Jagd auf die Jared und die wenigen überlebenden *Ameisen*, während sich der dritte dem Dom näherte. Charity schrie entsetzt auf, als sie begriff, was der Pilot vorhatte.

Der Helikopter näherte sich mit heulenden Rotoren dem gewaltigen Tor des Domes. Eine Sekunde hing er reglos in der Luft. Dann zuckte es unter seinen Rotoren grell auf. Während der Pilot die Maschine blitzschnell zur Seite riß, zerriß eine ungeheuerliche Explosion das Innere des Domes. Sämtliche Fenster zerbarsten, die riesigen Torflügel wurden aus den Angeln gerissen, und ein weiteres Stück des ohnehin beschädigten Daches sank krachend herab.

Der Anblick erfüllte Charity mit einem solchen Zorn, daß sie ihre Benommenheit auf der Stelle vergaß und aufsprang, um auf Hartmann zuzurennen. »Nein!« schrie sie, obwohl sie wußte, daß es längst zu spät war. »Nein! Nicht! Helen und Gurk sind noch dort drinnen!«

Beim Klang ihrer Stimme wandte sich Hartmann um und sah ihr kalt entgegen. Er hörte auf, in sein Funksprechgerät zu reden und machte statt dessen eine befehlende Geste mit der linken Hand. Lehmann hob sein Gewehr und zielte auf sie, aber Charity rannte weiter auf ihn zu. Mit wenigen Schritten erreichte sie Hartmann, packte ihn bei den Schultern und schüttelte ihn so heftig, daß er vor Überraschung sein Sprechgerät fallen ließ und einen Schritt zurücktaumelte. »Sind Sie wahnsinnig?« schrie sie.

Hartmann versuchte vergeblich, sich aus ihrem Griff zu befreien, Charity schüttelte ihn immer heftiger, bis Lehmann hinter sie trat und sie gewaltsam von ihm fort zerrte.

Währenddessen fuhren die beiden Helikopter fort, Jagd auf die Jared zu machen. Auf der Lichtung brannten zahllose Feuer, und dazwischen lagen Dutzende regloser Körper. Viele Jared aber versuchten noch immer vor den heulenden Ungeheuern aus Stahl, die über der Lichtung kreisten, zu fliehen. Plötzlich schwirrte ein schwerer Gegenstand durch die Luft und bohrte sich kaum einen Meter neben Hartmann in den Boden, und dann taumelte einer der Helikopter und trieb hilflos zwanzig, dreißig Meter weit durch die Luft, ehe der Pilot die Kontrolle über die Maschine zurückfand. Aus seiner linken Flanke sprühten Funken.

»Hören Sie endlich auf!« schrie Hartmann. »Wir müssen weg hier, ehe sie uns alle umbringen!«

Charitys Antwort ging im Lärm des dritten Helikopters unter, der keine zehn Schritte neben ihnen zur Landung ansetzte. Hartmann duckte sich, drehte das Gesicht aus dem

Wind und hob schützend den linken Arm über den Kopf, während er mit der anderen Hand nach ihr zu greifen versuchte.

Charity wich seinem Griff aus, aber Lehmann, der immer noch hinter ihr stand, versetzte ihr einen Stoß, der sie auf Hartmann und den Helikopter zutaumeln ließ. Sie sah aus den Augenwinkeln, wie sich Skudder drohend zu dem Soldaten umwandte, aber er konnte die Bewegung nicht zu Ende führen, denn im selben Moment hob Felss seine Schockwaffe und streckte ihn mit einem gezielten Schuß nieder.

»Kommen Sie!« schrie Hartmann. »Wir müssen weg!«

Lehmann wollte ihr einen weiteren Stoß in den Rücken versetzen, doch mit einer raschen Drehung wich Charity dem Gewehrlauf aus, packte sein Handgelenk und brachte ihn mit einem harten Ruck aus dem Gleichgewicht. Der Soldat stolperte, fiel hilflos auf die Knie und verlor vollends die Balance, als Charity ihm einen gezielten Hieb verpaßte. Blitzschnell drehte sie sich herum und versuchte die anderen in dem Chaos um sie herum zu entdecken. Net kniete neben dem offenbar bewußtlosen Skudder, verzweifelt darum bemüht, ihn herumzudrehen, damit er nicht erstickte, denn sein Gesicht lag in einer morastigen Pfütze. Ein knappes Dutzend Schritte entfernt kam Kyle herangestürmt, aber plötzlich stemmte sich Lehmann auf, schwenkte seine Waffe herum und drückte ab. Ein greller Laserblitz traf den Megamann in die Schulter, wirbelte ihn herum und ließ ihn hilflos zu Boden taumeln.

Als Charity mit einem Schrei herumfuhr, um sich auf den Soldaten zu stürzen, trat Hartmann hinter sie und versetzte ihr einen Schlag in den Nacken, der sie bewußtlos zusammenbrechen ließ.

12

Sie konnte nicht sehr lange ohnmächtig gewesen sein, denn als sie erwachte, lag sie nicht auf einer Pritsche in irgendeiner unterirdischen Betonkammer, sondern auf dem harten, schaukelnden Boden eines Helikopters, der mit heulenden Turbinen über die Dächer der zerstörten Stadt hinwegraste. Ein hämmernder Schmerz saß in ihrem Rücken. Mühsam öffnete sie die Augen. Sie saß zwischen den beiden ungepolsterten Metallbänken, die den hinteren Teil des Helikopters beanspruchten, und dann sah sie die Mündung einer Schockwaffe, die direkt auf ihr Gesicht zielte. Einen halben Meter hinter dieser Mündung gewahrte sie Lehmann, der nervös am Abzug der Waffe spielte und sie aus zusammengekniffenen Augen anschaute.

»Keine Sorge«, erklang plötzlich Hartmanns Stimme. »Ihnen geschieht nichts, wenn sie vernünftig sind.«

Charity stemmte sich umständlich auf dem schwankenden Boden der Maschine in die Höhe. Ohne auf die Waffe in Lehmanns Händen zu achten, die ihren Bewegungen mißtrauisch folgte, drehte sie sich herum und beugte sich über Skudder, der zusammengesunken auf einer der Bänke lag. Net saß, an Händen und Füßen gefesselt, neben ihm und starrte abwechselnd Hartmann und die beiden anderen Soldaten haßerfüllt an.

Nachdem sie sich davon überzeugt hatte, daß Skudder nicht ernsthaft verletzt war, ließ sie sich auf die Bank sinken und blickte einen Moment aus dem Fenster. Der Helikopter raste so tief über die Ruinenstadt hinweg, daß es Charity fast wie ein Wunder vorkam, daß er nicht längst mit irgend etwas kollidiert war.

Sie löste ihren Blick vom Fenster und sah wieder Hartmann an. »Das war von Anfang an so geplant, nicht wahr?« fragte sie.

»Nein«, antwortete Hartmann. »So war es nicht geplant.«

»Hatten Sie vielleicht nicht vorgehabt, einige von ihnen am Leben zu lassen?«

Hartmann seufzte. »Ich verstehe Ihre Verbitterung, Captain Laird«, sagte er. »Aber ich schwöre Ihnen, daß das nicht geplant war.«

»Ich verstehe«, murmelte Charity. »Ein bedauerlicher Unfall, nicht wahr?«

»Wir haben dieses Nest seit zehn Jahren gesucht«, antwortete Hartmann ernst. »Wir wußten, daß es irgendwo direkt vor unserer Nase sein mußte. Aber wir wußten eben nicht, wo. Und als Ihre Freunde uns mitnahmen, da …«

»Da dachten Sie, es wäre eine gute Gelegenheit, ein bißchen zu spionieren«, unterbrach ihn Charity zornig.

»Wenn Sie es so ausdrücken wollen.«

»Diese Helikopter waren die ganze Zeit über in unserer Nähe«, fuhr Charity fort, »habe ich recht?«

»Ja.«

»Das war Mord, Hartmann«, sagte Charity bitter. »Diese Menschen haben uns nichts getan. Im Gegenteil – sie haben einem Ihrer Männer das Leben gerettet.«

»Ich habe das nicht gewollt!« verteidigte sich Hartmann plötzlich fast schreiend. »Aber als ich den Gleiter sah, da dachte ich, er käme unseretwegen. Und danach war es zu spät.«

Charity wollte auffahren, aber plötzlich begriff sie, daß Hartmann die Wahrheit sagte. Wahrscheinlich hatte er einfach nur Angst gehabt, und dann waren ihm die Dinge schlicht und einfach aus den Händen geglitten.

»Die Sache mit dem Mädchen und dem Zwerg tut mir leid«, sagte Hartmann leise. »Ich hoffe, daß sie noch am Leben sind.«

»Ich auch«, sagte Charity ernst. »Doch wenn nicht, dann werde ich Sie persönlich dafür zur Rechenschaft ziehen, das verspreche ich Ihnen.«

»Leutnant?«

Hartmann drehte den Kopf, als die Stimme des Piloten aus der Kanzel herausdrang. »Ja?«

»Kontakt«, sagte der Pilot. »Zwei, vielleicht auch drei Gleiter. Zwanzig Kilometer voraus.«

Hartmann stand auf, machte einen Schritt und drehte sich dann wieder zu Charity herum. »Möchten Sie mich begleiten?« fragte er. Mit einem flüchtigen Lächeln fügte er hinzu: »Als ehemalige Raumfahrerin dürfte die Maschine Sie interessieren.«

Charity spürte, daß Hartmanns Worte nichts als ein ungeschickter Versuch waren, die Spannung zwischen ihnen zu lösen. Wortlos stand sie auf und folgte dem Leutnant. Die Technologie des Helikopters überraschte sie. Die Maschine war im Inneren wesentlich größer, als ihr schlankes Äußeres vermuten ließ, und das Cockpit erinnerte eher an eine Passagiermaschine denn an eine Kampfmaschine. Die Armaturen von Pilot und Funker lagen hinter schweren, völlig undurchsichtigen Visieren verborgen, und trotz der Unzahl von Instrumenten und kleinen LCD-Bildschirmen auf dem Kontrollpult konnte sie nirgendwo ein Steuer entdecken.

Dann begriff sie auf einmal. Die drei Maschinen, die das Lager der Jared angegriffen hatten, waren Stelth-Copter, düsengetriebene Kampfhubschrauber, von denen selbst sie bisher nur Zeichnungen gesehen hatte. Während ihrer letzten Jahre bei der Space-Force hatten sich die Gerüchte gemehrt, daß einer der europäischen Verbündeten in aller Heimlichkeit begonnen hätte, einen Prototyp dieser Rotorflugzeuge zu bauen. Aber sie hatte es damals nur für ein Gerücht gehalten.

Mit einer Mischung aus Verblüffung und widerwilliger Anerkennung sah sie Hartmann an, und für einen Moment leuchtete in den Augen des Leutnants Stolz.

»Eine phantastische Maschine, nicht wahr?« fragte Hartmann.

»Ja«, antwortete Charity grimmig. »Vor allem ihre Vernichtungskapazität. Wirklich beeindruckend.«

»Das war gar nichts, Captain Laird, glauben Sie mir. Ohne diese Maschinen wären wir alle nicht mehr am Leben.« Er wandte sich abrupt um und beugte sich über die Schulter des Piloten. »Wo sind sie?«

»Zwölf ... jetzt noch elf Kilometer voraus. Sollen wir sie runterholen?«

Hartmann überlegte einen Moment, dann schüttelte er den Kopf. »Nein. Landen Sie irgendwo. Wir haben schon genug Aufsehen erregt.«

Ohne daß der Pilot auch nur einen Finger rührte, verlor die Maschine an Geschwindigkeit und ging gleichzeitig tiefer. Einige Sekunden lang kreiste der Helikopter scheinbar unschlüssig über den Ruinen, dann erspähte der Pilot eine Lücke zwischen zwei niedergebrannten Gebäuden. So schnell und sicher, als fahre er seinen Wagen in die Garage hinter einem Haus, in dem er seit zwanzig Jahren wohnte, lenkte der Pilot den Helikopter in die Lücke und setzte auf. Die Turbinen verstummten mit einem letzten, schrillen Aufheulen, und über ihren Köpfen liefen die gebogenen Rotorblätter langsam aus. Das Licht erlosch wie auch die meisten der leuchtenden Kontrollanzeigen.

»Keine Sorge«, sagte Hartmann. »Es ist alles in Ordnung. Aber sie könnten die Wärmestrahlen der Turbinen anmessen, wenn sie nahe genug vorbeifliegen.«

»Sie müßten uns doch längst auf dem Radarschirm haben«, erwiderte Charity.

Hartmann schüttelte den Kopf. »Die Maschinen sind mit Radar nicht zu erfassen«, erklärte er, und wieder hörte Charity einen deutlichen Unterton von Stolz in seiner Stimme.

»Da wäre ich nicht so sicher«, erwiderte sie.

»Sie überschätzen diese Ameisenungeheuer«, antwortete Hartmann. »Ich glaube, sie sind nicht halb so gefährlich, wie die meisten annehmen.«

»Immerhin waren sie gefährlich genug, uns binnen weniger Tage in die Steinzeit zurückzubefördern«, widersprach Charity.

»Das war nichts als Pech«, erwiderte Hartmann beinahe

gelassen. »Wir haben sie unterschätzt, wir wußten nicht, womit wir es wirklich zu tun haben. Glauben Sie mir, Captain Laird – wenn wir eine zweite Chance hätten, würden sie sich eine blutige Nase holen.«

Charity zog es vor, nicht weiter mit Hartmann zu streiten. Vielleicht hatte er ja sogar recht. Und vielleicht hatten sie wirklich eine reelle Chance, sich gegen die Invasoren zu erheben und sie sogar zu schlagen.

Neugierig beugte sich Charity vor und musterte das komplizierte Instrumentenpult des Stealth-Copters. Der Pilot neben ihr nahm den Helm ab. Er war sehr jung, vielleicht Mitte Zwanzig, aber Piloten, die solche Hochleistungsmaschinen flogen, *mußten* jung sein, denn nur ihre Reaktionen waren schnell genug, mit den Anforderungen fertig zu werden, die diese Geräte an den Menschen stellten.

»Es ist ein hübsches Spielzeug«, sagte der Pilot stolz. »Sie würden sich wundern, was man alles damit anfangen kann.«

Eine kleine Kostprobe davon habe ich gerade bekommen, dachte Charity bitter. Aber sie ließ sich von diesem Gedanken nichts anmerken, sondern fragte: »Wo ist der Steuerknüppel?«

Der Pilot wollte antworten, aber bevor er es tun konnte, machte Hartmann eine rasche, befehlende Handbewegung, die Charity nicht entging. Ganz offensichtlich glaubte Hartmann, daß sie nicht wußte, was ein Alpha-Helm war, in Wahrheit war sie wahrscheinlich der erste Mensch auf der Welt gewesen, der einen solchen Helm *getragen* hatte. Manchmal, dachte sie, hatte es vielleicht sogar gewisse Vorteile, wenn selbst Verbündete noch Geheimnisse voreinander hatten.

»Die Maschine … braucht kein Steuer«, antwortete der Pilot ausweichend. »Das machen alles die Computer.«

Charity sah ihn zweifelnd an, und dann deutete er mit einem beinahe verlegenen Lächeln auf ein kleines Schaltkästchen, das in der Armlehne seines Sitzes eingelassen war. »Und den Rest erledige ich damit«, sagte er.

Er konnte nicht wirklich glauben, daß sie ihm diese Behauptung abkaufte. Ein Flugzeug, das von seinem Piloten die Reaktionsschnelligkeit einer Katze verlangte, über eine Tastatur steuern zu wollen, die allenfalls zu einem Spielzeugcomputer paßte, war eine geradezu haarsträubende Lüge.

Als Charity etwas entgegnen wollte, deutete Hartmann nach oben. Ein silberfarbener Schatten raste über den Himmel heran. Mit angehaltenem Atem verfolgte sie, wie der Gleiter kaum eine Meile an ihrem Versteck vorüberflog und langsam wieder außer Sicht kam.

Hartmann atmete hörbar auf, nachdem das Fahrzeug verschwunden war. Trotzdem schüttelte er den Kopf, als der Mann im Pilotensitz ihn fragend ansah und seinen Helm wieder aufsetzen wollte. »Noch nicht«, sagte er. »Es ist besser, wir warten noch ein paar Minuten.«

»Wieso?« fragte Charity spöttisch. »Wollen Sie noch ein bißchen Zeit herausschinden, ehe Sie sich vor Ihrem Vorgesetzten verantworten müssen?«

»Verantworten?« wiederholte Hartmann verwundert. »Weswegen?«

»Sie haben drei meiner Begleiter auf dem Gewissen«, sagte Charity.

Hartmann reagierte ganz anders, als sie erwartet hatte. Statt aufzufahren oder ihre Worte mit einer spöttischen Bemerkung abzutun, blickte er sie sehr lange und sehr ernst an. Ein Ausdruck echter Betroffenheit war in seinem Gesicht zu lesen.

»Es tut mir leid, wenn Sie es so sehen«, sagte er schließlich. »Aber glauben Sie mir, ich konnte nichts dagegen tun. Das Mädchen und der Zwerg waren einfach im falschen Moment am falschen Ort. So etwas kommt nun einmal vor, wenn man Krieg führt.«

»O ja!« antwortete Charity höhnisch. »Und für Kyle gilt dasselbe, nicht wahr? Was mußte er auch dort herumlaufen, wo Lehmann mit seiner Waffe hinzielte?«

Hartmann blickte verwirrt. »Wie bitte?«

Charity begriff plötzlich, daß Hartmann gar nicht bemerkt hatte, was Lehmann mit Kyle angestellt hatte. »Er hat ihn niedergeschossen«, erklärte sie schließlich. »Völlig grundlos.«

Ohne ein weiteres Wort verließ Hartmann die Steuerkanzel. Charity folgte ihm. »Ist das wahr?« fragte Hartmann mit mühsam beherrschter Stimme, kaum daß er neben Lehmann angelangt war.

»Was?«

Hartmann deutete anklagend auf Charity. »Captain Laird behauptet, Sie hätten ihren Begleiter niedergeschossen.«

»Ich hatte keine Wahl!« verteidigte sich Lehmann. »Der Kerl hat mich angegriffen! Ich mußte mich wehren!«

»Angegriffen?« sagte Charity. »Er war mehr als zehn Meter von Ihnen entfernt!«

»Aber er wollte es tun!« sagte Lehmann trotzig. »Er griff nach seiner Waffe. Ich ... ich war sicher, daß er schießen würde.«

»Hat er auf Sie angelegt?« fragte Hartmann kalt.

Lehmann blickte ihn eine Sekunde lang unschlüssig an, dann schüttelte er kaum merklich mit dem Kopf. »Nein«, sagte er, »aber ... «

»Das reicht, Unteroffizier Lehmann«, unterbrach ihn Hartmann kalt. »Wir klären die Angelegenheit später.«

In Lehmanns Augen zeigte sich purer Haß. »Ich ... habe mich nur verteidigt«, antwortete er trotzig.

»Sie haben einen Mann umgebracht, der auf unserer Seite stand«, erwiderte Hartmann zornig.

»Lassen Sie ihn, Leutnant«, mischte sich Charity ein. »Er hat ihn nicht getötet.«

Hartmann drehte sich mit einem fragenden Blick zu ihr um. »Der Schuß hat ihn nur gestreift«, sagte Charity. »Ich habe es genau gesehen. Kyle wird es überleben.«

»Machen Sie sich nichts vor!« schnauzte Hartmann grob. »Selbst wenn er noch am Leben war, haben ihn diese Dreckfresser längst in Stücke gerissen. Ich glaube nicht, daß sie besonders glücklich über unseren Angriff sind.«

Charity zog es vor, nicht mehr darauf zu antworten. Hartmann hätte schon blind sein müssen, um nicht zu merken, daß mit Kyle irgend etwas nicht stimmte; aber ganz offensichtlich wußte er nicht, was ein Megakrieger war. Das halbe Jahrhundert, das er und seine Männer eingegraben unter den Ruinen dieser Stadt verbracht hatten, hatte ihn offensichtlich auch von allem isoliert, was außerhalb dieser Stadt vorging. Und vielleicht war es für alle besser, wenn es noch eine Weile so blieb.

Das Donnern der Explosionen war längst verklungen. Über ihnen mußte das Gebäude zusammengestürzt sein, denn der Raum hatte minutenlang geschwankt wie ein Boot auf hoher See, und von der Decke waren Steine und Trümmer herabgeregnet. Danach war Ruhe eingekehrt, nur die Decke strahlte plötzlich eine mörderische Hitze aus, als regnete es Feuer. Zuerst war die Hitze nur unangenehm gewesen, aber bald wurde sie zur Qual, und seit einigen Minuten hatte Helen das Gefühl, nicht mehr atmen zu können. In ihrer Lunge saß ein stechender Schmerz, der immer schlimmer wurde.

Sie blinzelte, um die Tränen fortzuwischen, die ihr die Hitze in die Augen trieb. Trotzdem konnte sie kaum etwas sehen. Von den Fackeln, die den Raum erhellt hatten, ehe die Welt über ihren Köpfen zusammenbrach, brannte nur noch eine einzige, und die staubgeschwängerte Luft schien das rötliche Licht aufzusaugen. Mehr als die Hälfte des Kellergewölbes war eingestürzt. Dort, wo der Eingang gewesen war, rieselte noch immer Staub von der Decke, manchmal begleitet vom Poltern eines Steines, und dann und wann von einem tiefen, mahlenden Knirschen.

Unsicher plagte sich Helen auf, fuhr sich mit dem Handrücken über das Gesicht und fühlte warmes Blut. Erst danach spürte sie den brennenden Schmerz. Vorsichtig tastete sie mit den Fingerspitzen über ihre Stirn und fuhr zusammen, als sie die tiefe, heftig blutende Wunde an ihrer linken Schläfe berührte.

»Keine Angst, Schätzchen«, sagte eine quäkende Stimme neben ihr. »Dein Kopf ist noch dran.«

Durch den Staub sah Helen Gurk auf sich zukommen. Der Umhang des Zwerges hing in Fetzen, und auf seiner Glatze prangte eine gewaltige Beule. Mit trippelnden Schritten kam er näher, rieb sich die heftig tränenden Augen und maß Helen mit einem besorgten Blick. »Alles in Ordnung?«

»Ich ... denke schon«, antwortete Helen zögernd. Außer dem verletzten Techniker, Gurk und ihr selbst hatten sich im Augenblick der Katastrophe etwa fünfzehn Jared in dem Gewölbe aufgehalten. Doch niemand schien unverletzt davongekommen zu sein. Die meisten Jared lagen reglos am Boden, von Steinen und Erdmassen getroffen, einige krümmten sich stöhnend, und nur sehr wenige hatten noch die Kraft, auf eigenen Füßen zu stehen.

Hastig drehte Helen sich zu dem bewußtlosen Techniker herum und beugte sich über sein Gesicht. Sie war keine Ärztin, aber das Leben, das sie die vergangenen fünfundzwanzig Jahre geführt hatte, hatte ihr zwangsläufig ein gewisses Wissen vermittelt. Soweit sie das beurteilen konnte, schien der Mann keine schweren Verletzungen davongetragen zu haben.

Ihr Blick löste sich von Sterns Gesicht und heftete sich für einen Moment auf den faustgroßen, grün-schillernden Käfer, der sich in seiner Halsschlagader verbissen hatte. Sein Körper pulsierte im ruhigen Takt von Sterns Herzschlag; zumindest hätte es für jeden anderen so ausgesehen. Doch Helen wußte, daß das nicht so war. Es war das ruhige Pumpen der Käferkreatur, die den rasenden Puls des Verwundeten beruhigt hatte, nicht umgekehrt. Und dieses Tier tat noch sehr viel mehr.

Ihr Blick glitt über Sterns Körper. Sie konnte seinen Oberkörper erkennen – alles, was sich unterhalb seiner Hüften befand, war unter einer Schicht der gleichen, grauweißen Fäden verschwunden, die die Wände und einen Teil der Decke bedeckt hatten, ehe die Explosion erfolgte. Die Jared, die sie hier heruntergeführt hatten, hatten behauptet, es wäre nur eine Art Verband, um die schlimmsten Wunden des Mannes zu bedekken, die er tatsächlich an Beinen und Unterleib davongetragen hatte. Aber Helen spürte, daß das nicht die Wahrheit war; zumindest nicht die *ganze* Wahrheit.

»Nun?« fragte Gurk.

Helen riß sich mühsam von dem schrecklichen Anblick los und sah den Zwerg an. »Ich glaube, er hat noch einmal Glück gehabt«, sagte sie.

Gurk betrachtete sie mit gerunzelter Stirn, dann lachte er leise. »Du bist vielleicht ein Herzchen«, sagte er. »Wir haben keine Ahnung, ob wir die nächsten fünf Minuten überleben, und du hast Angst, daß ihm ein Stein auf den Zeh gefallen ist.«

Helen ignorierte den beißenden Spott in Gurks Worten und sah fragend zu dem Zwerg auf. »Was ist dort oben passiert?«

»Woher soll ich das wissen?« antwortete Gurk grob. Trotzdem legte er den Kopf in den Nacken und blickte die Decke aus eng zusammengekniffenen Augen an, als könne er die Antwort auf Helens Fragen dort ablesen. »Vielleicht ist der ganze Schuppen in sich zusammengebrochen«, sagte er schließlich. »Oder Stones Kanoniere haben endlich unsere neue Adresse herausgefunden und versucht, der Sache ein für allemal ein Ende zu machen. Aber sie haben es wieder einmal verbockt.«

Helen erschrak. Auf den Gedanken, daß die Moroni vielleicht ein neuen Atombombenangriff geflogen waren, war sie bisher nicht einmal gekommen. Dabei sprach einiges dafür: die fürchterliche Explosion, das Beben, die entsetzliche Hitze, die durch den meterdicken Stein zu ihnen herabgedrungen war …

Sie weigerte sich, den Gedanken zu Ende zu denken.

»Wir sollten versuchen, irgendwie herauszukommen«, sagte Gurk. Mißmutig betrachtete er die wenigen überlebenden Jared, die sich zwar wieder auf die Füße erhoben hatten, aber mit leeren Gesichtern und ausdruckslosen Augen herumstanden, als hätten sie überhaupt nicht begriffen, was geschehen war.

»Ich schätze«, sagte Gurk, »von den Wilden haben wir nicht viel Hilfe zu erwarten.« Er legte den Kopf schräg und sah Helen fragend an. »Kannst du graben?«

»Wieso?«

Gurks übergroßer Kahlkopf deutete auf den Eingang, der unter einer Lawine von Steinen und Erdreich verschwunden war. »Weil wir das Zeug da irgendwie zur Seite schaffen müssen«, antwortete er. »Ich weiß ja nicht, wie es dir geht – aber ich habe keine Lust, zu warten, ob sie uns herausholen oder nicht.«

Helen betrachtete den verschütteten Eingang einen Moment lang. Sie glaubte nicht, daß sie es schaffen würden, den Eingang freizulegen. Trotzdem stand sie auf und folgte Gurk.

Nachdem sie sich davon überzeugt hatten, daß die Decke nicht bei der geringsten Erschütterung vollends zusammenbrechen würde, begannen sie vorsichtig damit, größere Steine und Felsbrocken beiseite zu rollen. Sie kamen überraschend gut voran. Schon nach einer Stunde hatten sie den Schuttberg so weit abgetragen, daß sie die Tür sehen konnten – und Helen registrierte erleichtert, daß der Treppenschacht hinter der geborstenen Eichentür nicht verschüttet war. Von oben drang flackernder Feuerschein herab.

Sie arbeiteten weiter, bis sie auf einen Balken stießen, der gut drei Meter lang war und eine halbe Tonne wiegen mußte. So sehr sie sich anstrengten, es gelang ihnen nicht, ihn auch nur ein winziges Stück von der Tür fort zu zerren. Gurk richtete sich ächzend auf und betrachtete das halbe Dutzend Jared, das ihrem Tun teilnahmslos zusah. »He, ihr stummen Idioten«, keifte er, »wie wär's, wenn ihr aufhört, uns anzugaffen und euch ein wenig nützlich macht? Ihr könntet zum Beispiel ... « Gurk brach überrascht mitten im Satz ab, als die Jared wie auf ein gemeinsames Kommando hin aus ihrer Starre erwachten. Wortlos, aber mit einer Kraft, die den Gnom erstaunte, stürzten sie vor und begannen gemeinsam, an dem Balken zu zerren. Selbst einige der schwerer verletzten Jared versuchten, auf Händen und Knien zu ihnen zu kriechen, um ihren Kameraden zu helfen.

Gurk trat kopfschüttelnd einen Schritt zurück. »Was ist denn plötzlich in sie gefahren?« wunderte er sich.

»Ich weiß es nicht«, murmelte Helen. »Aber irgend etwas … stimmt hier nicht.«

Von einem neuerlichen Schrecken erfüllt, sah sie sich um. Nichts in dem kleinen Kellerraum hatte sich verändert, und doch glaubte sie eine Bedrohung, eine unsichtbare Gefahr zu fühlen.

»Hier stimmt etwas nicht«, sagte sie noch einmal. »Komm! Wir müssen hier raus!«

Sie traten zwischen die Jared und halfen ihnen, den Balken von der Tür weg zu zerren.

Doch obwohl sie mit gemeinsamen Kräften arbeiteten, schafften sie es nicht, aus dem Keller herauszukommen.

Aber dafür kam etwas zu ihnen herein.

13

Auf Hartmanns Befehl hin hatten sie noch gute zehn Minuten abgewartet, ehe die drei Helikopter weitergeflogen waren; sehr tief und so schnell, daß es Charity unmöglich war, die Entfernung zu schätzen, die sie in der folgenden Viertelstunde zurücklegten. Außerdem änderten die Maschinen ständig ihren Kurs und flogen einige großräumige Ausweichmanöver, wenn auf den Radarschirmen Moroni-Gleiter auftauchten.

Die Landschaft wurde hügeliger, nachdem sie das Gebiet der Stadt verlassen hatten. Bald tauchten die ersten Wälder unter ihnen auf, zwischen denen gelegentlich die Ruinen kleinerer Städte vorüberhuschten. Schließlich steuerten die Helikopter auf ein silbernes Funkeln zu, das rasch zu einem kleinen See heranwuchs. Die Maschinen wurden schließlich langsamer. Der Orkan der wirbelnden Rotorblätter peitschte das Wasser, während die drei Helikopter allmählich tiefer sanken. Als sich die Maschinen noch zehn Meter über dem Wasser befanden, sah Charity Hartmann besorgt an.

»Erzählen Sie mir nicht, daß die Dinger auch tauchen können«, sagte sie.

Hartmann lächelte geheimnisvoll. »Lassen Sie sich überraschen«, antwortete er.

Doch noch ehe sie eine weitere Frage stellen konnte, hatten die Maschinen das Wasser berührt – und glitten widerstandslos hindurch.

Für eine Sekunde sah Charity nichts, außer silberne Schleier, die an der Kanzel des Helikopters vorbeizogen, und sie mußte all ihre Willenskraft aufbieten, um nicht in Panik zu geraten.

Dann erlosch das verwirrende Flirren, und sie erkannte, daß sich die Maschine nicht unter Wasser befand. Unter ihnen erstreckte sich der schwarze Lava-Trichter des Sees, auf dessen eingeebnetem Grund eine ganze Anzahl weiterer Stealth-Copter abgestellt war.

Überrascht hob Charity den Kopf und blickte auf. Über ihnen erstreckte sich ein weiteres Flimmern, das sich ihren Blicken immer wieder zu entziehen schien. »Eine … Holographie?!« murmelte sie erstaunt.

Hartmann nickte. »Perfekt, nicht wahr? Wir haben verdammt lange daran gearbeitet, das System so zu vervollkommnen, aber es hat sich gelohnt.«

Verblüfft beugte Charity sich über die Schulter des Piloten, um mehr erkennen zu können. Der Krater war ungefähr eine halbe Meile tief; sein Boden bestand aus der gleichen schwarzen Lava wie die Wände, war aber sorgsam geglättet. Zwischen den im Halbkreis abgestellten Helikoptern bewegte sich eine Anzahl winziger Gestalten, die hastig beiseite rannten, um nicht vom Wirbeln der Rotoren von den Füßen gerissen zu werden. Auf der offenen Seite des Halbkreises, den die Maschinen bildeten, führte ein gewaltiges, zweiflügliges Stahltor tiefer in die Erde hinein. Rechts und links davon erkannte Charity eine Anzahl halbrunder Betonkuppeln, aus denen die Läufe großer Laserwaffen ragten. Der vermeintliche See war nicht nur ein geheimer Helikopterhangar, sondern auch eine Festung.

Der Helikopter setzte mit einem leichten Ruck auf. Die große Tür an der Seite der Maschine glitt summend auf, und Hartmann machte eine einladende Handbewegung, schüttelte aber den Kopf, als Charity sich umwenden und zu Skudder zurückgehen wollte. »Man wird sich um Ihren Freund kümmern«, sagte er. »Er wird sofort zu Ihnen gebracht, sobald er das Bewußtsein zurückerlangt, darauf gebe ich Ihnen mein Ehrenwort.«

Mit einem beruhigenden Blick in Nets Richtung stieg Charity schließlich aus. Die Männer, die vor dem landenden Helikopter zurückgewichen waren, kehrten zurück. Charity fiel auf, daß sie ausnahmslos recht jung waren; keiner von ihnen war älter als Felss oder Lehmann. Sie waren alle sehr groß und breitschultrig und bewegten sich sehr hastig. Ihnen allen schien eine sonderbare Spannung anzuhaften, fast als wäre die Landung der drei Helikopter etwas, das sie vielleicht schon tausendmal geübt, aber niemals *wirklich* erlebt hatten.

»Was ist mit Ihrer Freundin?« fragte Hartmann. »Kommt sie nicht mit?«

Charity schüttelte den Kopf. »Nein. Sie möchte ... bei Skudder bleiben.«

Hartmann lachte leise. »Ich verstehe Ihr Mißtrauen, Captain Laird. Aber glauben Sie mir, es ist durch und durch unberechtigt.«

Sie näherten sich dem Panzertor, das sich einen Spaltbreit öffnete, als sie noch fünf Schritte davon entfernt waren. Charity tat so, als bemerke sie es nicht, aber ihr entging keineswegs, daß eine der Laserkanonen ihren Bewegungen lautlos folgte. Der Mann an den Kontrollen dieser Waffe, dachte Charity spöttisch, mußte sehr mißtrauisch sein – und ein kompletter Idiot. Wenn er diese Kanone hier abfeuerte, dann würde sich dieser getarnte Hangar in einen *wirklichen* Vulkan verwandeln.

Bevor sie das Tor durchschritten, blieb Hartmann stehen und streckte die Hand aus. »Dürfte ich Sie um Ihre Waffe bitten, Captain Laird?« fragte er.

»Wie bitte?« fragte Charity überrascht.

Hartmann zuckte bedauernd mit den Schultern. »Vorschriften – Sie kennen das ja.«

»Nein«, antwortete Charity ruhig, »das kenne ich nicht. Gehört bei Ihnen zu den Vorschriften, Verbündete zu entwaffnen?«

»Eigentlich nicht«, gestand Hartmann, »aber die ganze Anlage wird von einem Computer überwacht, der leider starrsinnig ist. Er glaubt nicht so ohne weiteres, daß Sie zu uns gehören.«

Charity war zu erschöpft, um sich auf einen weiteren Streit mit dem Leutnant einzulassen. Mit einem resignierenden Seufzer nahm sie das Gewehr von den Schultern und reichte es einem der Soldaten, die Hartmann und sie begleiteten.

Sie durchschritten das Tor, hinter dem sich ein halbrunder, vielleicht hundert Meter langer Gang aus nacktem Beton erstreckte. Er war groß genug, auch den Helikoptern Platz zu bieten, sollte ein Notfall es erfordern.

»Was ist das hier?« fragte sie, während sie sich neugierig umsah.

»Das, wonach dieser Stone und seine Kreaturen gesucht haben«, antwortete Hartmann. »Erinnern Sie sich noch, was Sie mir gestern erzählten? Von SS01, dem Bunker in Amerika, aus dem Sie kommen?«

Charity nickte, und Hartmann verschränkte die Hände hinter dem Rücken und ging mit leicht vorgebeugten Schultern neben ihr her, während er weitersprach. »Sie haben ganz recht mit Ihrer Vermutung, Captain Laird. Das hier ist das deutsche Gegenstück, eine Bunkeranlage, in die sich die Regierung und wichtige Persönlichkeiten zurückziehen konnten, wäre es jemals zu einem nuklearen Krieg gekommen.«

Charity sah sich mit unverhohlenem Zweifel in dem gewaltigen Gang um. »Ein wenig groß für einen Regierungsbunker, nicht wahr?«

Hartmann nickte. »Die gesamte Anlage ist auch weit mehr. Wir können ein Jahrhundert hier unten durchstehen, wenn es sein muß.«

»Und ich vermute, Sie haben auch genug Waffen, um danach den Rest der Welt zurückzuerobern – oder das, was davon übrig ist«, sagte Charity.

Hartmann runzelte die Stirn, als wäre er sich nicht ganz darüber im klaren, wie sie diese Worte meinte. Dann grinste er plötzlich. »Vielleicht«, sagte er knapp.

Sie hatten das Ende des Tunnels erreicht, und Charity erlebte eine neuerliche Überraschung. Sie hatte ein Gewirr von Gängen und Katakomben erwartet, wie es SS01 in den amerikanischen Rocky Mountains gewesen war, aber vor und unter ihr erstreckte sich eine gewaltige Höhle, die offenbar natürlichen Ursprungs war. Eine Unzahl riesiger Natriumdampflampen tauchten sie in blendende Helligkeit. Auf dem Boden der Höhle erhob sich eine Stadt aus unterschiedlich großen Gebäuden, die aus gleichförmigen Kunststoffteilen errichtet war. Manche Bauwerke waren kaum größer als ein Einfamilienhaus, andere wiederum gewaltige Hallen, groß genug, ein Flugzeug aufzunehmen. Hunderte von Gestalten in grünen Uniformen bewegten sich zwischen diesen Gebäuden, dazwischen flitzten winzige Elektrowagen hin und her, wie summende kleine Insekten, die geschäftig ihrer Wege gingen.

»Beeindruckend, nicht wahr?« fragte Hartmann stolz.

Charity nickte widerwillig. Die unterirdische Station war nicht halb so groß wie SS01, aber während die amerikanische Anlage ein unterirdisches System von Kammern und endlosen Gängen und Treppen gewesen war, in denen man tagelang herumirren konnte, war diese Basis eine wirkliche Stadt, die man eine Meile weit unter die Erde gebaut hatte.

»Wie viele Männer haben Sie hier?« fragte Charity.

»Ich fürchte, zu viele«, sagte Hartmann.

»Wie meinen Sie das?«

»Sie werden es bald verstehen«, antwortete Hartmann ausweichend. Er machte eine einladende Handbewegung auf einen offenen Lastenaufzug, der zum Boden der Höhlenstadt herabführte. »Kommen Sie. Ich stelle Sie Generalmajor Krämer vor, unserem Kommandanten. Er erwartet Sie bereits.«

Der Laserstrahl hatte ihn getroffen und zu Boden geschleudert, und er hatte – ungewöhnlich genug – für Minuten das Bewußtsein verloren. Zwar brachte Kyle es fertig, den Schmerz abzuschalten und die Blutung zu stillen, doch war es ihm nicht mit gewohnter Schnelligkeit gelungen, die Wunde in seiner Schulter zu schließen. Seine Zellen regenerierten sich längst nicht so schnell, wie es notwendig gewesen wäre. Er hatte zehn Minuten gebraucht, bis er wieder soweit bei Kräften war, daß er aufstehen konnte.

Vielleicht verlor er seine schier übermenschlichen Fähigkeiten allmählich, dachte er. Vielleicht hatten sie während seiner Gefangenschaft in Paris irgend etwas mit ihm getan, das ihn vom Übermenschen wieder zu einem ganz normalen Mann werden ließ. Voller plötzlichem Schrecken begriff Kyle, daß er kaum mehr in der Lage sein würde, einen Kampf mit einem anderen Megamann zu bestehen.

Eine Bewegung bei den gelandeten Gleitern riß ihn aus seinen Gedanken. Kyle erhob sich vorsichtig hinter seiner Deckung und spähte zu den silbernen Flugscheiben hinüber. Es waren fünf, drei kleinere Jagdschiffe, wie sie sie aus Paris her kannten, und zwei größere, mattgraue Kriegsschiffe. Es war das erste Mal, daß Kyle einen dieser Zerstörer aus der Nähe sah. Aber während seiner Ausbildung zum Megakrieger hatte er genug über sie gelernt, um zu wissen, daß ein einziges Kriegsschiff in der Lage war, eine Stadt in Schutt und Asche zu legen.

Kyles Blick löste sich von den gelandeten Schiffen und wanderte zum Dom hinüber. Nachdem die Flammen erloschen waren und sich der Rauch verzogen hatten, konnte man sehen, daß das riesige Gebäude weniger schwer beschädigt worden war, als es im ersten Moment den Anschein gehabt hatte. Ein Teil des Daches war eingestürzt, und einer der beiden großen Türme hatte einen Riß bekommen, ansonsten hatte der Titan aus Stein den Explosionen getrotzt. Hunderte von Jared und eine Unzahl von *Ameisen* bewegten sich zwischen den Trümmern hin und her. Während die Jared damit beschäftigt waren, ihre verwundeten Kameraden zu versorgen, bildeten die *Ameisen* eine Kette zwischen dem zerborstenen Tor und den Gleitern. Schnell und mit der Präzision von Maschinen reichten sie die Eierkokons weiter, die den Raketenangriff des Helikopters überstanden hatten.

Kyle war sehr sicher, daß diese Eier der einzige Grund waren, aus dem er und alle anderen hier überhaupt noch lebten. Hätte es die ungeschlüpfte Brut nicht gegeben, deren Schutz absoluten Vorrang hatte, dann hätten die Piloten der beiden Kampfschiffe keine Sekunde gezögert, den Angriff auf den Gleiter mit gnadenloser Härte zu bestrafen. Es gehörte zur Taktik Morons, jeden Widerstand im Keim zu ersticken.

Kyle lauschte einen Moment in sich hinein und stellte fest, daß sich sein Körper weiter von den erlittenen Verletzungen erholt hatte. Behutsam veränderte er sein Aussehen und paßte auch Farbe und Aussehen des Chamäleon-Anzugs der zerfetzten Lumpenkleidung der Jared an, bis ihn äußerlich nichts mehr von einem der Barbaren unterschied. Es fiel ihm noch immer schwer, sich zu bewegen, als er hinter seiner Deckung hervortrat, aber das war im Moment eher von Vorteil. Viele der Jared, die den Platz vor dem Dom bevölkerten, waren verwundet, so daß ein weiterer, humpelnder Mann zwischen ihnen kaum mehr auffallen konnte.

Trotzdem hatte er das Gefühl, aus Hunderten von kalten Insektenaugen mißtrauisch angestarrt zu werden, als er sich mit schlurfenden Schritten dem Tor näherte. Auf dem Weg dorthin passierte er eines der Kriegsschiffe. Er sah, daß der Kommandant des Schiffes ausgestiegen war, es war nicht irgendeine *Ameise,* sondern ein Inspektor, eine zweieinhalb Meter große, vierarmige Kreatur, deren Chitin-Panzer von strahlend weißer Farbe war.

Der Anblick des Insektengeschöpfes erschreckte Kyle erneut. Was um alles in der Welt hatte Charity Laird in jenem Bunker in Paris gefunden, daß die Herren der Schwarzen Festung selbst ihr Domizil am Nordpol verließen, um sie zu jagen?

Gebeugten Hauptes schlurfte Kyle an dem Schiff vorbei. Der Inspektor redete mit schriller Stimme und heftig gestikulierend auf einen Jared ein, den Kyle nach einigen Augenblicken als Gyell erkannte. Ohne daß er selbst sagen konnte warum, erfüllte ihn der Anblick des Jared mit Erleichterung. Er war sehr froh, daß Gyell den heimtückischen Angriff überlebt hatte.

Kyle ging weiter, schlug einen respektvollen Bogen um die *Ameise,* die ihm mit Kokons beladen entgegenkamen, und betrat schließlich den Dom. Der Anblick der Zerstörung, der sich ihm bot, war erschreckend. Die beiden Raketen, die der Helikopter in das Gebäude gefeuert hatte, waren an der rückseitigen Wand explodiert und hatten sie vollständig zerstört. Das Nest unter der Decke war zerfetzt, und die Königin selbst lag unter einem ganzen Berg von Trümmern und geschwärzten Balken begraben. Dutzende von *Ameisen* bemühten sich hektisch um das riesige Geschöpf, das leise, wimmernde Schreie ausstieß.

Kyle glaubte nicht, daß sie es überleben würde. Er wußte, wie unglaublich zäh diese gigantischen Gebärmaschinen waren, aber das Geschöpf hatte furchtbare Verletzungen davongetragen. Zwei seiner sechs Beine waren abgerissen, und die Stümpfe bluteten heftig.

Kyle senkte hastig den Kopf, als ein Auge der Königin sich für einen Moment auf ihn richtete. Plötzlich hatte er das Gefühl, daß die Kreatur ihn erkannte; daß sie ganz genau wußte, wer er wirklich war und was er hier tat.

Dann hörte er den Schrei.

Er war sehr leise. Keiner der anderen Jared und auch keine der anwesenden *Ameisen* nahmen ihn wahr; aber Kyles überscharfes Gehör registrierte ihn deutlich – und er erkannte auch die Stimme.

Der Kopf der Königin ruckte im gleichen Moment herum. Der Blick ihres riesigen Facettenauges richtete sich auf eine schmale Tür in der zerstörten Rückwand des Domes. Dann erscholl der Schrei erneut, und Kyle hörte andere, schrille Schreie, nicht die von Menschen, sondern das wütende Pfeifen von Tieren, gefolgt von den unverkennbaren Lauten eines heftigen Kampfes.

Ohne auch nur einen weiteren Gedanken an seine Sicherheit zu verschwenden, rannte er los. Zwei, drei *Ameisen* blickten mißtrauisch auf, wandten ihre Aufmerksamkeit dann aber wieder der verletzten Königin zu, die im gleichen Moment heftig zu zittern begonnen hatte. Ein Teil des Trümmerberges, unter dem sie eingeklemmt war, geriet ins Rutschen, als sie sich aufbäumte.

Kyle erreichte die Tür und stürmte hindurch. Der Lärm des Kampfes verstärkte sich. Kyle blieb eine halbe Sekunde stehen, um sich zu orientieren, und lief dann auf eine Tür zu, hinter der sich eine steinerne Treppe in engen Windungen in die Tiefe schraubte.

An ihrem Ende befand sich eine Holztür, hinter der er ein flackerndes, rotes Licht und hektische Bewegungen ausmachte. Kyle sprengte die Tür mit einem Fußtritt auf und stürmte hindurch.

In dem Kellergewölbe tobte ein erbitterter Kampf. Ein halbes Dutzend Jared wehrte sich verzweifelt mit Stöcken oder Steinen gegen eine Übermacht riesiger, graubrauner Ratten, die mit wütenden Pfiffen auf sie eindrangen und mit Zähnen und Klauen nach ihnen schnappten. Die Barbaren kämpften mit einer Erbitterung und einem Mut, der selbst Kyle überraschte; trotzdem sah er auf den ersten Blick, daß es am Ausgang des Kampfes keinen Zweifel gab, denn aus einem Loch an der gegenüberliegenden Wand strömten immer mehr Ratten nach.

Kyle sah sich suchend um und entdeckte schließlich Gurk, der breitbeinig über einer reglosen Gestalt stand, ein rostiges Eisenstück schwang und sich mit überraschendem Erfolg gegen die Ratten zur Wehr setzte. Dann sah Kyle, um wen es sich bei der reglosen Gestalt handelte, und sprang mit einem Schreckensruf los.

Er kam nur einen Schritt weit. Ein Nager sprang ihn an und verbiß sich in seiner Schulter. Mit einer einzigen, wütenden Bewegung schüttelte er die Ratte ab, riß sie in die Höhe und warf sie mit aller Kraft gegen die Wand. Er stürmte weiter, aber sofort griffen ihn weitere Tiere an. Kyle trat zornig um sich, nahm zwei, drei weitere schmerzhafte Bisse in Hände und Oberschenkel hin und zog seine Waffe. Er wagte es nicht zu schießen, aber der Kolben der kleinen Pistole gab eine passable Keule ab. Mit zwei, drei weiteren wuchtigen Hieben verschaffte er sich Luft, kämpfte sich auf den Eingang des Tunnels zu, aus dem die Ratten herausquollen, und feuerte. Die lautlose Lichtflut aus der Mündung der kleinen Pistole verwandelte ein halbes Dutzend der riesigen Bestien in Staubwolken. Kyle konzentrierte den Strahl auf den Eingang des Tunnels und hielt den Finger fast eine halbe Minute auf dem Auslöser, bis er sicher war, daß in dem Loch nichts mehr lebte. Dann fuhr er herum, steckte die Waffe wieder ein und stürzte sich mit bloßen Händen wieder in den Kampf.

Sein Eingreifen hatte die Situation schlagartig geändert. Die Ratten waren den Jared noch immer überlegen, aber jetzt, wo sie keinen Nachschub mehr erhielten, wurden die Barbaren leichter mit ihnen fertig. Immer mehr und mehr der Riesennager fielen tot oder schwer verwundet zu Boden, und schließlich waren es nur noch drei oder vier, die angstvoll zurückwichen und sich in einer Ecke des Raumes zusammendrängten.

Kyle zog seine Pistole und legte auf sie an, doch in diesem Moment fiel ihm einer der Jared, der zuvor noch mit einem Stein auf die Ratten eingedroschen hatte, in den Arm und schüttelte den Kopf. Kyle stieß ihn zur Seite, aber der Jared vertrat ihm blitzschnell wieder den Weg.

Verblüfft ließ Kyle die Waffe sinken und blickte abwechselnd auf die Jared und die Ratten, die sich in der Ecke zusammendrängten.

Der Jared wandte sich zu den Tieren um, hob langsam die Hand, deutete erst auf sie und dann in einer übertriebenen Geste auf den Tunnel, aus dem die Ungeheuer gekommen waren. Ungläubig und vollkommen verwirrt beobachtete Kyle, wie sich die Ratten langsam umwandten und eine nach der anderen wieder in der Öffnung verschwanden.

Ein leises Wimmern ließ den Megamann herumfahren. Gurk war auf die Knie herabgefallen und preßte stöhnend die Hände gegen den Oberkörper. Er blutete aus einem Dutzend tiefer Wunden, und sein Gesicht war schmerzverzerrt. Aber

Kyle schenkte ihm nur einen flüchtigen Blick, dann ließ er sich neben Helen auf die Knie sinken und drehte sie vorsichtig herum.

Er erschrak zutiefst, als er sie ansah. Ihre Augen waren starr. Eine Ratte hatte ihr die Kehle durchgebissen.

»Nein!« flüsterte er entsetzt.

»Kannst du ihr helfen?« fragte Gurk.

Mühsam schüttelte Kyle den Kopf. Helen war tot. Er konnte eine Menge tun, aber er konnte keine Toten zum Leben erwecken.

»Was ist passiert?« flüsterte Kyle. Plötzlich packte er den Zwerg und schüttelte ihn wild. »Warum hast du sie nicht beschützt?!«

Gurk befreite sich aus seinem Griff und schob seine Hände fast behutsam zur Seite. »Sie hatte keine Chance«, sagte er leise. »Sie war die erste, über die sie herfielen. Ich konnte nichts tun.«

Kyle traten Tränen in die Augen. Zärtlich nahm er Helen in die Arme, berührte ihr Gesicht und schloß ihre Augen. Die Wunde in Helens Kehle sah winzig aus, fast lächerlich gegen die tiefen Biß- und Rißwunden, die Gurk und die Jared davongetragen hatten. Und es kam Kyle so ungerecht vor, so grausam – von ihnen allen hatte dieses Mädchen am wenigsten mit ihrem Krieg gegen Stone und seine Heerscharen zu tun. Warum mußte sie sterben?

Als er den Blick nach einer Weile wieder hob, bemerkte er, daß Gyell und andere Jared das Gewölbe betreten hatten und begannen die Körper ihrer toten oder verletzten Kameraden herauszutragen. Ihre Bewegungen waren dabei so präzise und zugleich teilnahmslos, daß sie fast an Maschinen erinnerten.

Gyells Blick glitt über Helens reglose Gestalt. Dann sah er den Megamann an. »Willst du, daß sie lebt?«

Kyle hörte, wie Gurk neben ihm scharf die Luft einsog. Einen Herzschlag lang starrte er den Jared mit einer Mischung aus Unglaube und Schrecken an, dann sah er auf den verletzten Techniker herab. So entsetzlich der Anblick war, der Mann *lebte,* auf eine andere, völlig unbegreifliche Art zwar, aber er lebte.

Ohne ein Wort hob Kyle Helen auf, und Gyell interpretierte sein Schweigen als die Zustimmung, die es darstellte.

14

Generalmajor Krämer war ein kleiner, untersetzter Mann mit grauen Haaren. Er trug eine maßgeschneiderte Uniform, aber die Art, auf die er sich bewegte, ließ sie trotzdem so aussehen, als wäre er in den Anzug seines großen Bruders geschlüpft. Seine Stimme war leise und hätte angenehm geklungen, hätte er nicht die Angewohnheit gehabt, sich mit knappen, fast abgehackt wirkenden Sätzen auszudrücken.

Allerdings hatte Charity selbst fast die meiste Zeit geredet; die gleiche Geschichte, die sie seit ihrem Erwachen schon unzählige Male erzählt hatte und die Krämer garantiert bereits kannte, denn er hatte das Gespräch gleich mit der Bemerkung eröffnet, daß Leutnant Hartmann ihn bereits über Funk über das Wichtigste informiert hatte. Trotzdem hatte er aufmerksam zugehört, während sie ihm erzählte, was sie seit ihrem Erwachen in den Ruinen von SS01 erlebt hatte.

»... und jetzt sind wir hier«, schloß Charity. »Ich kann nicht unbedingt sagen, daß mich die Art Ihrer Einladung besonders erfreut hat.«

»Die äußeren Umstände waren unglücklich«, gestand Krämer. Er warf Hartmann, der hinter Charity stand, einen Blick zu. »Ist es wahr, was Captain Laird über Lehmann sagt?«

Hartmann antwortete mit einem knappen »Ja.«

»Dann verhaften Sie ihn«, sagte Krämer.

Hartmann wollte widersprechen. »Aber ... «

»Er steht unter Arrest«, unterbrach ihn Krämer. »Sobald ich Zeit dazu finde, wird er sich vor mir persönlich verantworten müssen. Ich lasse keine Selbstjustiz in meiner Truppe zu.«

»Wahrscheinlich hat er einfach die Nerven verloren«, hörte sich Charity fast zu ihrer eigenen Überraschung sagen. »Es ging alles so furchtbar schnell und ... er war sehr nervös.«

Krämer zog überrascht die Augenbrauen zusammen. »Sie

verteidigen ihn?« fragte er. »Das überrascht mich. Er hat einen Ihrer Freunde erschossen.«

Charity schüttelte den Kopf. »Kyle ist nicht tot«, sagte sie leise. Einige Sekunden lang blickte Krämer sie nachdenklich an, dann wedelte er mit der Hand, um Hartmann fortzuschicken, und stand mit einem Ruck auf. Charity unterdrückte ein Lächeln, als sie sah, daß Krämer dadurch *kleiner* wurde. Er war kaum größer als Gurk, offenbar hatte er auf einem sehr hohen Stuhl gesessen.

»Ich nehme an«, begann er, nachdem Hartmann sie alleingelassen hatte, »Sie und Ihre Freunde erwarten jetzt Hilfe von uns.«

Charity zögerte einen Moment, dann schüttelte sie den Kopf. »Eigentlich nicht«, sagte sie.

Krämer blickte sie mit einem Ausdruck leichter Überraschung, aber auch deutlicher Erleichterung an. »Nein?«

»Das alles hier ist ... sehr beeindruckend«, antwortete Charity zögernd. »Aber ich vermute, wenn Sie die Macht hätten, die Moroni zu schlagen, hätten Sie es bereits getan.«

»Das stimmt«, bestätigte Krämer. »Ich schätze, wir können ihnen einen Denkzettel verpassen, an den sie sich noch in hundert Jahren erinnern, aber wir können sie nicht besiegen.« Er seufzte hörbar. »Wir haben fünfzig Jahre hier überstanden, aber wissen Sie auch warum? Weil wir uns ganz ruhig verhalten haben.«

»Aber Hartmann sagte ... «

Krämer unterbrach sie. »Hartmann denkt, was er denken soll, Captain Laird. Er denkt, wir hätten eine Chance. Er denkt, wir bräuchten nur lange genug abzuwarten, bis irgendwann der Tag kommt, an dem wir es ihnen zeigen.«

»Aber der wird nicht kommen«, sagte Charity.

Krämer nickte. »Es ist nichts als ein Spiel, Captain Laird. Wir schießen ab und zu einen von ihren Gleitern ab, und sie erwischen ab und zu eine von unseren Außenstationen oder eine Patrouille.«

»Ein sonderbares Spiel«, sagte Charity düster.

»Aber es funktioniert«, widersprach Krämer. »Und solange wir uns an die Regeln halten, tun sie es auch. Wir sind hier unten sicher, solange wir ihnen keinen zu großen Schaden zufügen. Ich bin nicht sehr glücklich über das, was in Köln geschehen ist, glauben Sie mir. Und nicht nur wegen Ihrer Freunde. Sie hätten das Nest nicht zerstören dürfen. Aber ich kann die Piloten verstehen. Wenn überhaupt, dann war es mein Fehler.«

»Wieso?«

»Ich sagte doch bereits, es ist ein Spiel. Aber wenn diese Königin tot ist oder stirbt, dann werden sie es nicht mehr dabei belassen, ein paar von unseren Patrouillen aufzulauern. Sehen Sie – wir sitzen hier isoliert vom Rest der Welt. Wir wissen lediglich, was sich unmittelbar in unserer Nähe abspielt, ansonsten haben wir über die Welt nur wenig Informationen.«

»Aber Sie wußten, daß es diese zweite Königin gibt?«

Krämer nickte. »Das ja«, antwortete er. »Aber wir wußten nicht wo. Meine Männer haben die letzten zehn Jahre nach ihrem Nest gesucht.«

»Aber wozu?« wunderte sich Charity. »Wenn Sie ohnehin nicht vorhatten ... «

»Irgendeine Aufgabe brauchen sie, oder?« unterbrach sie Krämer. »Sie sind Soldaten, Captain Laird, und Soldaten brauchen eine Aufgabe. Sie können einen Mann nicht irgendwo hinsetzen und im Ernst von ihm verlangen, daß er ein Jahr lang die Hände in den Schoß legt. Nicht, wenn Sie sich nach diesem Jahr noch auf ihn verlassen wollen.«

»Doch was geschieht jetzt mit uns?« fragte Charity unvermittelt. »Mit Skudder, Net und mir?«

»Geschehen?« Krämer klang ehrlich verwundert. »Nichts«, sagte er. »Ich sagte Ihnen bereits – die Männer waren ein wenig übereifrig. Wenn Sie wert darauf legen, entschuldige ich mich offiziell für ihr Verhalten. Sie und Ihre Begleiter sind unsere Gäste, solange Sie wollen. Sie können bleiben – oder gehen.«

»Aber wir haben keine Hilfe von Ihnen zu erwarten«, vermutete Charity.

»Das kommt darauf an, was Sie unter dem Wort Hilfe verstehen«, antwortete Krämer. »Ausrüstung, Waffen, Verpflegung haben wir genügend, aber mehr können wir Ihnen nicht anbieten.«

»Das heißt, Sie wollen weitere fünfzig Jahre hier sitzen und abwarten, was geschieht?«

»Wenn es sein muß, auch fünfhundert«, antwortete Krämer ungerührt. »Obwohl ich es dann nicht mehr sein werde, der hier sitzt.«

»Das stimmt«, erwiderte Charity bissig. »Wahrscheinlich wird es eine zwei Meter große Spinne sein. Oder ein intelligenter Riesenskorpion.« Sie machte eine ärgerliche Handbewegung, als Krämer auffahren wollte. »Ich verstehe Sie ja. Aber sehen Sie, ich war dort draußen. Ich habe mit eigenen Augen gesehen, was sie mit diesem Planeten machen. Und ich gebe Ihnen mein Wort darauf, daß sie sich nicht damit zufriedengeben, ihn erobert zu haben. Sie verändern ihn. Sie haben bereits damit begonnen.«

»Ich weiß«, sagte Krämer leise. »Glauben Sie, ich wäre blind? Aber was soll ich tun? Ich habe ein Dutzend Hubschrauber und Panzer, und noch zwei oder drei andere Überraschungen, mit denen Ihr Freund Stone wahrscheinlich nicht rechnet. Aber das ist zu wenig, um einen ganzen Planeten zu befreien, meinen Sie nicht auch?«

»Es wäre auch zu wenig, wenn Sie hundertmal so viele Waffen hätten«, erwiderte Charity. »Sie haben uns schon einmal besiegt, und damals haben uns alle Armeen der Welt nichts genutzt.«

»Ich weiß«, sagte Krämer. »Ich war dabei.«

Charity sah ihn eine Sekunde lang überrascht an, dann fiel ihr wieder ein, was Hartmann erzählt hatte. Aber bevor sie eine entsprechende Frage stellen konnte, meldete sich das altmodische Telefon auf Krämers Schreibtisch. Der General nahm ab, lauschte einen Moment schweigend und hängte dann wortlos wieder ein.

»Ihr Freund ist wach geworden«, sagte er. »Ich glaube, er wünscht Sie zu sehen.«

Charity stand auf. »So wie ich Skudder kenne, ist er gerade dabei, Ihre halbe Basis kaputtzuschlagen«, vermutete sie.

In Krämers Augen erschien ein flüchtiges Lächeln. »Sagen wir, er versucht es«, sagte er. »Aber vielleicht ist es wirklich besser, wenn Sie hingehen und mit ihm reden.« Er machte eine Bewegung auf seinen Schreibtisch. »Ich habe hier noch einige Kleinigkeiten zu erledigen, wie Sie sich vielleicht denken können. Aber danach stehe ich Ihnen voll und ganz zur Verfügung. Bis dahin wird sich Leutnant Hartmann um Sie kümmern.«

Charity verließ in Hartmanns Begleitung die kleine Baracke. Krämers Hauptquartier war eines der kleinsten Gebäude der unterirdischen Stadt. Bei den meisten anderen handelte es sich um große, fensterlose Hallen, zwischen denen sich niedrige, aus Beton gegossene Kuppeln verbargen, einige von ihnen so klein, daß sie eigentlich nur der Einstieg zu anderen, tiefer gelegenen Ebenen der Bunkerfestung sein konnten.

Skudder und Net waren in einem dreistöckigen Gebäude nur wenige hundert Schritte entfernt untergebracht. Charity hörte die Stimme des Hopis schon, als sie in den Gang traten, an dessen Ende sich sein Zimmer befand. Das Gebäude diente offensichtlich als Krankenhaus, das im Moment aber so gut wie keine Patienten zu haben schien; fast alle Türen standen offen und gewährten Charity Einblick in kleine, aber freundlich eingerichtete Zimmer mit zwei, manchmal drei Betten.

Vor der Tür, durch die Skudders wütende Stimme drang, standen zwei Soldaten Wache. Als sie Hartmann erkannten, traten sie respektvoll einen Schritt zur Seite, und der Leutnant öffnete die Tür.

Skudder war ans Bett gefesselt. Er starrte sie ärgerlich an, und dann schlug der Ausdruck in seinem Blick in puren Zorn um, als er Hartmann erkannte, der vorsichtig hinter Charity das Krankenzimmer betrat. »Hartmann!« schnappte er. »Was soll das? Ist das Ihre Art, Verbündete zu behandeln?«

»Nein.« Hartmann drehte sich ärgerlich zu den beiden Soldaten draußen im Gang um und winkte sie herein. »Wer hat Befehl gegeben, diesen Mann zu fesseln?« fragte er zornig.

»Niemand, Herr Leutnant«, antwortete einer der beiden stockend. »Wir dachten nur … nun, er … er sah gefährlich aus, und wir … «

»Sie sollen nicht *denken*«, sagte Hartmann bissig. »Tun Sie einfach, was man Ihnen befielt. Und jetzt binden Sie ihn los!«

Der Soldat beeilte sich, seinen Befehl auszuführen, wobei er sich aber alle Mühe gab, Skudder nicht zu nahe zu kommen.

»Es tut mir leid«, sagte Hartmann, nachdem der Soldat zurückgetreten war. »Ich entschuldige mich für diese Idioten. Sie sind unser Gast, nicht unser Gefangener.«

Skudder rieb sich mit finsterem Gesichtsausdruck die Handgelenke, starrte abwechselnd ihn, die beiden Soldaten und Charity an und stand schließlich auf. »Wenn das so ist«, sagte er, »dann bringen Sie mich zu Ihrem Kommandanten. Ich habe ein paar Worte mit ihm zu reden.«

»Generalmajor Krämer wird in wenigen Minuten hier sein«, sagte Hartmann. »Ich habe Captain Laird bereits alles erklärt. Glauben Sie mir, was passiert ist, tut mir sehr leid.«

»Ja«, knurrte Skudder. »Man sieht es Ihnen direkt an.«

Bevor Hartmann eine ärgerliche Entgegnung machen konnte, trat Charity zwischen die beiden Männer und fragte: »Wo ist eigentlich Net?«

»Nebenan«, knurrte Skudder und wies zur Tür. »Sie duscht.«

»Duscht?« wiederholte Charity. Überrascht sah sie Hartmann an. »Sie haben eine Dusche hier und warmes Wasser?«

»Ja«, antwortete Hartmann spöttisch. »Sogar richtige Seife.«

Charity lachte überrascht auf. »Ich habe seit Monaten keinen Wasserhahn mehr gesehen, der funktioniert.«

Hartmann lächelte. »Ich verstehe Ihre Überraschung gut.«

Charity zögerte einen Moment, dann fragte sie: »Glauben Sie, daß noch Zeit genug ist, um auch ... «

»Selbstverständlich«, unterbrach sie Hartmann, der zu spüren schien, daß ihr die Frage unangenehm war. »Und ehe Sie fragen – das Wasser ist nicht rationiert. Die Basis liegt unter einem unterirdischen Fluß.«

Mit einem sanften Lächeln wandte Charity sich zur Tür.

Nach Monaten, in denen sie nur selten aus ihrem Anzug herausgekommen war, tat das warme Wasser unendlich gut. Charity genoß die wechselnden heißen und eisigen Schauer, die über ihre Haut liefen. Sie blieb sehr lange in der Duschkabine, selbst als das Stück Seife, das sie vorgefunden hatte, schon längst aufgebraucht war. Dann klopfte jemand vorsichtig gegen die Milchglasscheibe.

Sie drehte das Wasser ab, fuhr sich mit den Händen durch das Gesicht und erkannte einen verzerrten Umriß auf der anderen Seite der Tür. »Ja?«

»Bist du fertig?«

»Nein«, antwortete Charity fröhlich. »Komm in einer Woche wieder.«

Skudder bewegte sich unruhig auf der anderen Seite der Milchglastür. »Dieser komische General«, sagte er, »wartet schon eine ganze Weile.«

»Dann kann er auch noch zehn Minuten länger warten«, erwiderte Charity. Sie öffnete die Tür einen Spaltbreit und streckte den Arm hinaus. »Irgendwo dort draußen muß ein Handtuch liegen. Bis du so nett und bringst es mir?«

Skudder hantierte eine Zeitlang lautstark im Zimmer herum, dann drückte er ihr ein flauschiges Tuch in die Hand und verschwand blitzschnell wieder von der Tür. Charity trocknete sich sorgsam und übertrieben lange die Haare ab, dann wickelte sie sich in das Tuch und trat aus der Kabine heraus.

Einen Moment lang blickte Skudder sie durchdringend an, dann drehte er sich mit einem verlegenen Ruck um.

»Sei nicht albern«, sagte Charity. »Sieh lieber nach, ob du irgend etwas Sauberes zum Anziehen für mich findest.« Sie stieß mit dem Fuß nach ihrem Anzug, der unordentlich zusammengeknüllt auf dem Boden lag. »Das Zeug stinkt, als hätte eine ganze Ziegenherde darin überwintert.«

Während Skudder rasch und ohne Erfolg die beiden Schränke in der Wand neben der Tür durchsuchte und dann den Raum verließ, begann sie, die Taschen ihrer Uniform zu leeren und den breiten Instrumentengürtel zu entfernen. Nach wenigen Augenblicken schon kehrte der Hopi zurück, eine saubere Uniform über dem linken Arm und ihre beiden Gewehre unter den rechten geklemmt.

»Glaubst du, daß wir die brauchen?« fragte Charity ihn mit einer Geste auf die Waffen, während sie die Kleidungsstücke an sich nahm.

Skudder zuckte mit den Achseln und lehnte die Gewehre an die Wand neben die Tür. »Ich weiß nicht«, murmelte er. »Ich fühle mich einfach sicherer so.«

»Du scheinst dich sowieso nicht besonders wohl zu fühlen, wie?«

»Ich war noch nie gern eingesperrt«, antwortete er mit einer wegwerfenden Handbewegung.

»Krämer hat mir versichert, daß wir alles tun und lassen können, was wir wollen.«

Skudder warf Charity einen spöttischen Blick zu. »Diese ganze Anlage ist ein einziges riesiges Gefängnis. Ich komme mir vor wie lebendig begraben.«

Sie verstand sehr gut, was er meinte. Doch trotz der unglücklichen Umstände ihrer Ankunft war ihr Aufenthalt in dieser Station doch so etwas wie eine Heimkehr für sie: Für Skudder hingegen mußte es alles neu und erschreckend sein. »Ich glaube nicht, daß wir allzu lange hierbleiben«, sagte sie achselzuckend.

»Was ist mit Helen und dem Zwerg?« fragte Skudder plötzlich. »Glaubst du, daß sie noch leben?«

Charity überlegte einen Moment, ehe sie nickte. »Ja, ich glaube, daß wir sie recht bald wiedersehen.« Sie machte einen Schritt auf die Tür zu und blieb wieder stehen. »Du hast nicht nach Kyle gefragt.«

»Ihm passiert schon nichts. Er ist ja eine Art Übermensch.«

»Du magst ihn nicht besonders, wie?«

»Nein«, gestand Skudder. »Muß ich ihn mögen?«

»Natürlich nicht«, antwortete Charity. »Aber es wäre besser. Immerhin ... «

»Weiß keiner von uns, was er wirklich vorhat«, unterbrach sie Skudder. »Daß er uns bisher geholfen hat, kann ein Trick sein.«

»Unsinn!« widersprach Charity.

»Vielleicht hat er noch nicht gefunden, wonach er sucht.«

Charity wollte erneut widersprechen, aber statt dessen blickte sie Skudder eine ganze Weile schweigend an und fragte schließlich: »Was hast du wirklich gegen ihn? Bist du eifersüchtig?«

»Habe ich Grund dazu?«

»Nein«, antwortete Charity. Dann drehte sie sich um und verließ das Zimmer.

Krämer, Hartmann und Net standen draußen auf dem Gang und unterhielten sich leise. Als Hartmann sie sah, maß er sie mit einem kurzen, eindeutig bewundernden Blick und nickte anerkennend. »Die Uniform steht Ihnen gut, Captain Laird«, sagte er.

»Ich melde mich trotzdem nicht freiwillig bei Ihnen«, antwortete Charity lächelnd. Sie machte eine Handbewegung zum Ausgang. »Gehen wir?«

»So eilig?«

»Wir haben eine Menge zu besprechen«, antwortete Charity. »Zum Beispiel, was wir wegen Kyle, Gurk und dem Mädchen unternehmen.«

»Im Moment, fürchte ich, können wir gar nichts tun«, antwortete Krämer. »Dort oben ist im Augenblick der Teufel los, wie Sie sich wahrscheinlich selbst denken können. Es wäre zu riskant, die Station jetzt zu verlassen.«

Charity schluckte die scharfe Entgegnung herunter, die ihr auf der Zunge lag. Von seinem Standpunkt aus hatte Krämer wahrscheinlich recht – die *Ameisen* würden den Tod der Königin nicht so ohne weiteres hinnehmen. Aber um so wichtiger war es, Helen, Kyle und den Zwerg zu finden – bevor Stones Truppen es taten.

»Und außerdem haben wir im Augenblick wirklich Wichtigeres zu tun«, fuhr Krämer fort.

»Zum Beispiel?« erkundigte sich Charity.

Krämers Gesicht verdüsterte sich. »Ich will Ihnen nichts vormachen«, sagte er. »Außerdem müßten Sie schon blind sein, um nicht selbst zu merken, daß wir ... Probleme haben.«

»Ich kann mir nicht vorstellen, daß es etwas gibt, womit Typen wie ihr nicht spielend fertig werdet«, warf Skudder spöttisch ein.

Charity warf ihm einen warnenden Blick zu, aber die Worte des Hopi schienen Krämer eher zu amüsieren als zu ärgern. »In gewissem Sinne sind sie nicht ganz unschuldig daran, mein Lieber.«

»Ich?«

Krämer schüttelte den Kopf. »Sie alle, oder besser gesagt, die Umstände Ihrer Ankunft hier.«

»Sie haben Angst, daß Ihr kleines Versteck auffliegen könnte, wenn die *Ameisen* zu intensiv nach uns suchen«, vermutete Skudder.

»Keineswegs«, erwiderte Krämer ruhig. »Sie suchen uns seit fünfzig Jahren, ohne uns zu finden. Und wenn wir keinen Fehler machen, werden sie noch weitere fünfzig Jahre nach uns suchen.« Er wandte sich um und begann, langsam auf die Treppe zuzugehen. Charity und die anderen folgten ihm.

Charity hatte erwartet, daß Krämer seine Worte präzisieren würde, aber er beließ es bei einigen Belanglosigkeiten, bis sie das Gebäude verließen und wieder in die Höhle hinaustraten.

»Was waren das für Probleme, von denen Sie gerade gesprochen haben?« fragte Charity schließlich.

»Probleme ist vielleicht nicht das richtige Wort«, erwiderte Krämer ausweichend. »Sagen wir, ich habe über zwei, drei Dinge nachgedacht. Unter anderem darüber, weshalb die *Ameisen* sich solche Mühe machen, Sie umzubringen.«

»Wir haben ihnen ziemlichen Ärger bereitet«, sagte Skudder.

Krämer schüttelte nur den Kopf. »Das glaube ich Ihnen gern«, sagte er. »Aber Ihre Tapferkeit und den Schaden, den Sie ihnen zugefügt haben, in Ehren, Mister Skudder – ich glaube, *wir* haben ihnen in den letzten fünfzig Jahren eine Menge mehr Ärger bereitet. Und trotzdem werfen sie uns keine Atombombe auf den Kopf.«

»Vielleicht tun sie es ja noch«, sagte Skudder.

»Vielleicht«, antwortete Krämer ungerührt. »Aber das glaube ich eigentlich nicht.« Er machte eine weit ausholende Handbewegung. »Um diese Basis zu zerstören, müßte man schon sehr genau wissen, wo sie ist – oder eine Waffe einsetzen, die die Hälfte dieses Kontinents unbewohnbar macht. Und das werden sie nicht tun. Sie brauchen diese Welt. Sie werden nicht fünfzig Jahre Kolonisationsarbeit wegwerfen, nur weil ein paar Rebellen ein paar ihrer Flugzeuge abschießen.« Er blieb nun selbst stehen, sah Charity eine Sekunde lang durchdringend an und schüttelte schließlich den Kopf, ehe er weiterging. »Nein, es muß etwas anderes sein. Sie haben mir erzählt, wieviel Mühe Sie darauf verwendet haben, sich Zugang zum NATO-Bunker in Paris zu verschaffen. Dort unten muß irgend etwas gewesen sein, das unvorstellbar wichtig für sie ist.«

»Wahrscheinlich«, sagte Charity achselzuckend. »Aber ich gebe Ihnen mein Wort, daß ich nicht weiß, was es ist.«

»Ich glaube Ihnen«, antwortete Krämer. »Aber unsere Freunde von Moron offensichtlich nicht. Und vielleicht ist das sogar gut so.«

»Wieso?« wunderte sich Charity.

»Weil Sie uns so möglicherweise einen entscheidenden Hinweis gegeben haben«, antwortete Krämer. Charity sah ihn verwirrt an, und er fügte hinzu: »Es kann sein, daß wir das, von dem sie anzunehmen scheinen, daß wir es wissen, doch noch finden.«

»Sie machen Scherze«, sagte Charity alarmiert. »Der Bunker wurde völlig vernichtet.«

Krämer nickte. »*Dieser* eine Bunker. Aber sehen Sie, es gab drei gleichartige Anlagen in ganz Europa. Eine befand sich in London. Soviel wir wissen, wurde sie bereits in den ersten Tagen der Invasion zerstört. Die zweite haben Sie selbst in die Luft gejagt. Und die dritte ... «

»Ist hier?« vermutete Charity ungläubig.

Krämer nickte. »Richtig, Captain Laird. Was immer in den Computern der NATO-Basis in Paris gespeichert war – wir wissen es auch.«

Charity blieb stehen und starrte den kleinwüchsigen Generalmajor verblüfft an. »Ist Ihnen klar, was Sie da sagen?«

»Natürlich«, sagte er. »Was immer die Invasoren in Paris gesucht haben – wir haben es auch.«

15

Die Königin tobte. Die Schreie der riesigen Kreatur ließen den Boden zittern und die Ameisen, die sich um sie hatten kümmern wollen, sich wie unter Schlägen ducken. Ihr riesiger, aufgedunsener Hinterleib zuckte und warf sich wild hin und her, wobei er unentwegt weiter Eier ausstieß, wie eine gewaltige, beschädigte Maschine, die nicht mehr in der Lage war, in ihrer Arbeit innezuhalten.

Kyle spürte, daß es nicht nur der körperliche Schmerz war, der dieses Wesen in Raserei versetzte. Es war das erste Mal, daß er einer Königin so nahe gegenüberstand, aber es war nicht das erste Mal, daß er eine von ihnen sah. Und doch unterschied sich diese Königin von allen anderen, die er je zu Gesicht bekommen hatte. In ihren riesigen Facettenaugen loderte eine gewaltige Intelligenz, gepaart mit der Bosheit eines finsteren Gottes.

Es kostete Kyle all seine Kraft, den Blick von den gewaltigen Facettenaugen der Ameisenkönigin zu lösen und einen Schritt zurückzutreten. Im Inneren des zerstörten Domes befanden sich eine Unzahl Jared und Ameisen; in einiger Entfernung gewahrte er die schimmernde weiße Gestalt des Inspektors. Er stand reglos da, aber sein Blick war so unverwandt auf Kyle gerichtet, daß ihm klar war, daß er ihn erkannt hatte. Aus einem Grund, der Kyle unbegreiflich war, hatte er bisher darauf verzichtet, seinen Kriegern Befehl zu geben, ihn anzugreifen.

Langsam drehte der Megamann sich herum und ging zu Gurk zurück, der unter der Tür stehengeblieben war und sich mit schmerzverzerrtem Gesicht die Ohren zuhielt. »Wo ist Gyell?« fragte Kyle.

Gurk nahm eine Hand herunter und deutete hinter sich. Seine Lippen bewegten sich, aber Kyle verstand überhaupt nichts. Jeder Laut ging im Kreischen der tobenden Königin unter. Als er der Geste des Zwerges folgte, erkannte er Gyell zwischen höchst aufgeregten Jared.

Während sich Kyle durch das Durcheinander in der Kathedrale auf den Jared zu arbeitete, war er sich die ganze Zeit der bohrenden Blicke des Inspektors bewußt, die jede seiner Bewegung verfolgten. Als er Gyell endlich erreicht hatte, zerrte er ihn unsanft an der Schulter. »Wo ist Helen?!« herrschte er ihn an. »Was habt ihr mit ihr gemacht?«

Der Jared hob den Arm und schob Kyles Hand mit erstaunlicher Kraft beiseite. »Jetzt nicht«, sagte er.

Er wollte sich wieder herumdrehen, aber Kyle ergriff ihn so fest am Arm, daß jeder andere vor Schmerz aufgeschrien hätte. In Gyells Gesicht zuckte nicht einmal ein Muskel. »Du wirst mir jetzt sofort ... «

Gyell berührte ihn beinahe sanft an der Schulter, und ein furchtbarer Schmerz schoß durch Kyles Körper und ließ ihn mit einem Schrei zurücktaumeln. Hilflos sank er zu Boden und kämpfte einen Moment lang mit verzweifelter Kraft gegen die dunklen Schleier, die vor seinen Augen tanzten und sein Bewußtsein verschlingen wollten. Gyells Gestalt begann vor seinen Augen zu verschwimmen, als er den Kopf hob.

»Wir werden für das Mädchen tun, was getan werden muß«, sagte Gyell ruhig. »Aber nicht jetzt. Die Königin stirbt.«

»Ich weiß«, stöhnte Kyle. »Aber was hat das mit ... «

»Wenn sie stirbt, sterben auch wir«, sagte Gyell.

Kyle blickte ihn verwirrt an.

»Und auch das Mädchen«, fügte der Jared hinzu.

Während der Jared sich herumdrehte und mit ruhigen Schritten zu seinen Brüdern zurückging, plagte sich Kyle taumelnd in die Höhe. In seinem Kopf drehte sich noch immer alles, und er hatte das Gefühl, daß seine Knie das Gewicht seines Körpers kaum zu tragen vermochten.

»Was ist passiert?« fragte Gurk aufgeregt, während er abwechselnd ihn und den Jared anstarrte.

»Ich habe keine Ahnung«, murmelte Kyle. Selbst das Sprechen fiel ihm schwer. Kein Schmerz lähmte ihn, sondern vielmehr das Gefühl von Schwäche. Es war, als hätte der Jared ihm etwas von seiner Lebenskraft geraubt.

»Was ist los mit dir?« wiederholte Gurk seine Frage. Als er auch diesmal keine Antwort bekam, legte er den Kopf in den Nacken und blinzelte nachdenklich zu Kyle empor. »Anscheinend bist du doch nicht ganz so unverwundbar, wie ich dachte.«

»Möglich«, antwortete Kyle einsilbig. Wieder suchte sein Blick den Inspektor. Die riesenhafte, weiße *Ameise* war näher gekommen und starrte ihn noch immer unverwandt an. Neben den zahllosen Arbeiterinnen, die das zerstörte Kirchenschiff nach Eiern durchsuchten, die den Angriff überlebt hatten, gewahrte Kyle jetzt ein gutes Dutzend Soldaten. Die meisten waren mit Lasergewehren bewaffnet, aber einige trugen auch die kleinen, plump aussehenden Strahlenpistolen, von denen Kyle eine in Paris erbeutet hatte. Ein Schuß aus dieser Waffe würde auch ihn töten.

»Es scheint allmählich brenzlig zu werden«, sagte Gurk neben ihm. Auch er hatte die Soldaten bemerkt. »Ergeben wir uns, oder gehen wir mit fliegenden Fahnen unter?« fragte er spöttisch.

Kyle antwortete nicht. Er hatte das sichere Gefühl, das alles, was jetzt geschah, längst nicht mehr in ihrer Entscheidung lag. Daß die Soldaten ihn bisher nicht angegriffen hatten, lag wahrscheinlich einzig an der gefährlichen Nähe der Königin, in der sie sich aufhielten. Ein einziger fehlgeleiteter Schuß könnte die Kreatur töten.

Unsicher sah Kyle sich nach Gyell um. Der Jared und ein Dutzend seiner Brüder näherten sich vorsichtig der tobenden Königin. Anders als zuvor den *Ameisen* gestattete sie es ihnen, nahe an sie heranzutreten. Kyle beobachtete mit einer Mischung aus Verwirrung und Faszination, wie die Jared einen Halbkreis um den riesenhaften Kopf des gigantischen Insekts bildeten. Ihre Hände vollführten langsame beschwörende Bewegungen, und Kyle glaubte, ein monotones Summen zu hören.

»Was tun sie da?« flüsterte Gurk.

Kyle achtete nicht auf den Gnom. Auch ihn verwirrte das Tun der Jared zutiefst – aber er glaubte zumindest zu wissen, was die sonderbaren Jared da taten. Zehn Minuten vergingen, in denen Gyell und die anderen einfach reglos da standen, mit den Händen Muster in die Luft zeichneten und dieses unmelodische Summen von sich gaben. Das Toben der Königin beruhigte sich allmählich, aber ihr gigantischer Leib zuckte noch immer vor Schmerz, und der Blick ihrer riesigen Augen wurde trüb.

Schließlich ließen die Jared einer nach dem anderen erschöpft die Arme sinken. Einige brachen kraftlos dort zusammen, einige andere taumelten noch ein paar Schritte zurück, ehe sie sich müde auf den Boden setzten. Auch Gyell wankte mit erschöpften Bewegungen zur Seite und griff blind und haltsuchend um sich. Kyle war mit einem Satz bei ihm und fing ihn auf, ehe er zusammenbrechen konnte. Instinktiv wartete er auf den gleichen, grausamen Schmerz, den er bei Gyells erster Berührung verspürt hatte. Aber diesmal geschah etwas völlig anderes. Für einen Moment hatte er das Gefühl, in einen Abgrund zu stürzen, einen bodenlosen, finsteren Schacht, in dem er all seine Kraft verlor. Dann trafen sich ihre Blicke, und der Jared las den Schrecken in Kyles Augen, und im gleichen Sekundenbruchteil erlosch die saugende Kraft.

»Tu es«, sagte Kyle leise.

Gyells Blick wurde fragend. *Du weißt, was es bedeutet?*

Kyle antwortete auf die gleiche, lautlose Art, und Gyells Hand schloß sich fester um seine Finger. Erneut spürte er, wie ein Strom unsichtbarer, pulsierender Kraft von ihm auf den Jared überging, wie sein eigener Körper an Stärke verlor, während sich die erschlafften Züge des Jared wieder strafften.

Eine Sekunde, bevor Kyle einfach zusammenbrechen konnte, hörte er auf, und plötzlich war es Gyell, der ihn stützen mußte, damit er nicht fiel.

»Ich danke dir«, sagte Gyell. »Du hast diesen Körper gerettet. Er wäre gestorben.«

Kyle befreite sich mühsam aus seinem Griff und mußte für eine Sekunde seine letzten Energiereserven mobilisieren, um überhaupt noch auf den eigenen Füßen stehen zu können. Gyell wäre gestorben, hätte er ihm nicht geholfen. Kyle mußte nicht einmal den Blick wenden, um zu wissen, daß keiner der anderen Jared noch am Leben war.

»Jetzt geht!« sagte Gyell.

Kyle deutete über die Schulter zurück auf die weiße Gestalt des Inspektors. Die Zahl der Soldaten in seiner Begleitung war auf fast zwei Dutzend angewachsen; sie bildeten eine breite, undurchdringliche Kette zwischen ihnen und dem Ausgang. Und selbst wenn es ihm gelungen wäre, ihre Front zu durchbrechen – er wußte, daß draußen weitere Soldaten auf sie warteten. »Sie werden es nicht zulassen.«

»Ihr steht unter unserem Schutz«, entgegnete Gyell. »Sie lassen euch gehen.«

»Und … Helen?«

»Das Mädchen?«

Kyle nickte. Gyell antwortete nicht darauf, aber sein Schweigen war beredt genug.

»Ihr müßt gehen«, sagte Gyell noch einmal. »Sie werden euch nichts tun, solange die Königin lebt. Aber wenn sie stirbt, werden sie auch euch töten.«

»Wäre einer der Herren vielleicht so freundlich, mir zu erklären, worum es überhaupt geht?« mischte sich Gurk ein.

Kyle ignorierte ihn. Sein Blick wanderte zwischen Gyells ausdruckslosem Gesicht, den riesigen, allmählich verlöschenden Kristallaugen der Königin und der kalten, weißen Gestalt des Inspektors hin und her. »Aber es muß einen Weg geben, sie zu retten!« protestierte er.

»Ihre Verletzungen sind zu schwer«, antwortete Gyell mit

ausdrucksloser Stimme. Auch der Tod schien dem Jared keine Angst einzujagen. »Geht!« sagte er noch einmal. »Solange wir euch noch schützen können.«

Verwirrt und von einem Gefühl völliger Hilflosigkeit erfüllt, wandte sich Kyle um, machte einen Schritt auf die Front der *Ameisen* zu und blieb wieder stehen. Wieder glitt sein Blick über den riesigen, zuckenden Leib der Königin, die furchtbaren, tödlichen Verbrennungen auf ihrem Hinterleib und die riesigen Augen, in denen das Leben nur noch als schwacher Funke glomm. Und jetzt endlich begriff er, was die Jared wirklich waren.

Eine faltige Greisenhand ergriff plötzlich seine Finger. »Komm«, sagte Gurk leise. Anders als gewohnt war seine Stimme sanft, fast warm, und auch das spöttische Glitzern war aus seinen Augen verschwunden. Das Mitgefühl, mit dem er Kyle ansah, war nicht gespielt. »Wir können nichts mehr für sie tun.«

»Helen wird sterben«, murmelte Kyle.

Gurk schüttelte ganz sacht den Kopf. »Sie ist schon tot«, sagte er. »Ich weiß, daß es weh tut, aber die Wahrheit tut manchmal weh.«

»Ich … werde ihr helfen«, sagte Kyle.

Gurk lächelte schmerzlich. »Das kannst du nicht, mein Freund«, sagte er sanft. »Ich weiß, du kannst eine Menge – aber eine Tote wirst auch du nicht erwecken können. Und du hilfst Helen nicht, wenn du dich selbst umbringst.«

Kyle rührte sich nicht. Fast eine Minute lang starrte er den Zwerg an, ohne ihn wirklich zu sehen, dann hob er noch einmal den Blick, sah den Inspektor und die Armee schwarzer, riesiger *Ameisen* hinter ihm an, und drehte sich dann ganz langsam zu Gyell und der Königin herum. Die Bewegungen der gigantischen *Ameise* waren fast nicht mehr wahrzunehmen. Eine klare, zähe Flüssigkeit sickerte aus ihrem halbgeöffneten Maul, und ihr gewaltiger Hinterleib hatte aufgehört, unentwegt Eier auszustoßen.

Kyles Blick begegnete Jared. Eine unausgesprochene Frage stand in Gyells Augen, kein Fordern, nicht einmal eine Bitte – nur die bloße Bestätigung, daß es möglich war.

»Vielleicht täuscht du dich, Zwerg«, sagte Kyle endlich, während er langsam an Gyells Seite trat und dann zusammen mit ihm auf die Königin zuging.

Die Computerzentrale der Eifel-Basis war kleiner als die Anlage in Paris. Aber hier war der halbrunde Saal mit der riesigen Monitorwand keine tote Gruft, sondern von pulsierendem Leben erfüllt. Die meisten Computerpulte auf der anderen Seite der Glasscheibe waren zwar im Moment unbesetzt, aber nur weil Krämer die meisten Männer hinausgeschickt hatte, als sie angekommen waren. Ansonsten wurde hier an jedem Computer gearbeitet.

Charity ahnte auch, warum sich für sie ein so großes Empfangskomitee eingefunden hatte. Sie waren nicht einfach nur Fremde, die ein Zufall hierhergebracht hatte und die in einigen Tagen wieder verschwinden würden, sondern sie stellten wahrscheinlich die ersten Menschen dar, die jemals von außen in diese Welt aus Beton und Neonlicht eingedrungen waren. Die ersten Überlebenden der großen Katastrophe, die die Männer und Frauen hier unten seit einem halben Jahrhundert zu Gesicht bekamen. Mit einem erschöpften Seufzer fuhr Charity sich mit beiden Händen durch das Gesicht. Ihre Augen brannten vom langen, angestrengten Starren auf den Bildschirm, und wenn sie die Lider schloß, dann sah sie noch immer grüne Leuchtschrift. Sie war ziemlich sicher, daß Krämer mit seiner Vermutung recht hatte. Irgendwo in den unergründlichen Datenspeichern dieser Rechneranlage war etwas verborgen, was für die Moroni entweder von ungeheurer Wichtigkeit – oder ungeheuer gefährlich war. Aber sie wußten nicht was, und solange sie nicht wenigstens einen Anhaltspunkt hatten, war ihre Suche vollkommen aussichtslos.

Plötzlich stand Hartmann neben ihr. »Sind Sie weitergekommen?« fragte er mit einer Geste auf den Monitor.

Charity schüttelte stumm den Kopf, schaltete das Terminal mit einer resignierenden Bewegung aus und drehte sich mit dem Stuhl herum. »Keinen Schritt«, gestand sie und ballte zornig die rechte Hand zur Faust. »Ich weiß einfach nicht, wonach ich suchen soll.«

Hartmann sog an seiner Zigarette, hustete und wedelte hektisch mit der Hand vor dem Gesicht in der Luft herum, um den Rauch zu vertreiben. Er stand auf und warf der Klimaanlage unter der Decke einen zornigen Blick zu. »Irgendwann nehme ich mir eine Handgranate und sprenge das ganze verdammte Ding in die Luft!« versprach er.

»Anscheinend funktioniert hier unten doch nicht alles so einwandfrei, wie Sie gesagt haben.«

»Das verdammte Ding hat noch nie funktioniert. Wie wäre es, haben Sie Lust mit mir ein wenig hinauszugehen? So wie Sie aussehen, müssen Sie totmüde sein.«

Charity sah auf ihre Uhr – und erschrak. Sie hatte mehr als vier Stunden vor dem Computerterminal verbracht. Kein Wunder, daß sie kaum noch in der Lage war, die Augen offenzuhalten. Sie stand auf, warf dem erloschenden Monitor des Terminals einen letzten, fast vorwurfsvollen Blick zu und folgte Hartmann aus dem Raum.

Die Computerzentrale befand sich in einem speziell abgesicherten Raum zwanzig Meter unter der Höhlenstadt. Mit einem Aufzug fuhren sie nach oben und durchquerten einen langen, vollständig kahlen Gang, unter dessen Decke die mißtrauischen Videoaugen einer vollautomatischen Überwachungsanlage ihren Schritten folgten. Obwohl Charity wußte, daß die Computer nur auf nichtautorisierte Eindringlinge ansprechen würden, konnte sie sich eines unbehaglichen Gefühls nicht erwehren, während sie hinter Hartmann durch den Gang schritt. Sie atmete erst wieder auf, als sie durch die dreifach gesicherte Schleuse nach draußen traten. Obwohl ihr ihre

Logik sagte, daß es völliger Unsinn war, hatte sie wirklich das Gefühl, hier draußen freier atmen zu können.

»Sind Sie müde?« fragte Hartmann mit beinah sanfter Stimme.

»Nein, nur enttäuscht«, antwortete Charity.

»Was haben Sie erwartet?«

Charity zuckte mit den Schultern. »Ich weiß es nicht«, gestand sie. »Irgendwie hatte ich wohl die naive Vorstellung, nur ein paar Tasten drücken zu müssen, um auf alles Antworten zu bekommen.«

»Wahrscheinlich haben Sie nur nicht die richtigen Fragen gestellt.«

»Wissen Sie sie denn?«

Hartmann schüttelte den Kopf, griff in die Jackentasche und zündete sich eine neue Zigarette an. »Nein«, sagte er. »Und ich bin nicht sicher, ob ich sie überhaupt wissen will.«

Ein leises, aber durchdringliches Piepen drang aus Hartmanns Brusttasche. Der Leutnant griff in sein Hemd, zog ein rechteckiges Gerät hervor und blickte eine Sekunde lang stirnrunzelnd darauf. Dann drückte er einen Knopf auf seiner Oberseite, und das Piepen verstummte. Charity sah ihn fragend an.

»Mein Herr und Meister ruft«, sagte Hartmann spöttisch.

»Krämer?«

Hartmann nickte. »Ja. Es ist besser, wenn ich gleich hingehe. Begleiten Sie mich?«

Charity zögerte. Sie hatte im Grunde keine Lust, Krämer wiederzusehen, aber die Vorstellung, allein hier zurückzubleiben, gefiel ihr noch viel weniger. Nach einigen Augenblicken nickte sie, und Hartmann drehte sich herum und deutete auf das kleine Gebäude am anderen Ende der Höhle, in dem Krämers Büro lag.

»Wie viele Männer haben Sie hier unten?« erkundigte sich Charity.

Hartmann zögerte, gerade lange genug, daß Charity begriff, daß er nicht sicher war, ob er ihr diese Auskunft wirklich geben durfte. Dann zuckte er ganz sacht mit den Schultern und sagte: »Normalerweise ungefähr sechshundert.«

»Was soll das heißen – normalerweise?«

Hartmann wiederholte sein Achselzucken. »Sechshundert Mann ist die Zahl, die wir brauchen, um diese Station ständig bemannt zu halten«, antwortete er. »Ich habe Ihnen das System doch erklärt – ein Jahr Wache, zehn Jahre Schlaf.«

Charity sah ihn leicht überrascht an. »Sie meinen, Sie haben *sechstausend* Männer hier unten?«

Hartmann schüttelte den Kopf. »Nein. Es sind nicht ganz zehntausend.« Er zog eine Grimasse und seufzte hörbar. »Krämer wird mir den Kopf abreißen, wenn er erfährt, daß ich es Ihnen erzählt habe. Aber früher oder später erfahren Sie es ja doch.«

»*Zehntausend Mann?!* Aber das ist ... eine ganze Armee!«

»Was haben Sie erwartet?« Hartmann lächelte flüchtig. »Das hier ist eine militärische Einrichtung. Sie war ursprünglich dafür gedacht, einen Atomschlag zu überstehen und anschließend als Zentrum des Wiederaufbaus zu dienen.«

»Damit der ganze Wahnsinn von vorn losgeht?«

»Ohne diesen *ganzen Wahnsinn*«, sagte Hartmann betont, »wären Sie wahrscheinlich nicht mehr am Leben, Captain Laird.«

Sie legten die Hälfte des Weges schweigend zurück, ehe Charity abermals stehenblieb und mit einer Mischung aus Überraschung und Schrecken auf einen der kleinen Elektrokarren blickte, die beständig zwischen den einzelnen Gebäuden hin- und herfuhren. Auf der Ladefläche des kleinen Gefährts erhob sich ein Käfig aus verchromten Gitterstäben, in dem ein braungraues Pelzbündel hockte und sie aus dunklen, haßerfüllten Augen anstarrte.

»Keine Sorge, Miss Laird«, sagte Hartmann amüsiert, dem ihr Schrecken natürlich nicht entgangen war. »Diese Käfige sind völlig ausbruchsicher.«

Verwirrt blickte Charity dem Wagen nach, bis er im Tor

einer der großen Hallen verschwunden war, das sich lautlos hinter ihm schloß. Erst dann sah sie Hartmann wieder an.

»Sie haben unsere kleinen Schoßtierchen ja schon kennengelernt«, fügte Hartmann hinzu.

»Ihre – *was*?« wiederholte Charity verblüfft.

»Vielleicht wäre Ihnen ein anderer Ausdruck lieber.« Hartmann forderte sie mit einer Geste auf weiterzugehen. »Ich hoffe, Sie gehören nicht zu denen, die schreiend auf einen Tisch springen, wenn sie eine Maus sehen. Wir haben nämlich eine ganze Anzahl von diesen kleinen Biestern hier unten.«

»Aber wozu?«

Hartmann seufzte. »Ich sagte Ihnen doch bereits – wir sind ziemlich viele hier unten. Was glauben Sie, wovon wir leben?« Er lachte leise.

»Ich glaube nicht, daß ich ... verstehe, was Sie meinen«, sagte Charity zögernd.

»Sie sind unsere Schöpfung«, entgegnete der Leutnant. »Sie müssen zugeben – sie sind nicht unbedingt hübsch, aber sie sind uns gelungen.«

»Wollen Sie damit sagen, sie haben sie *erschaffen*?« stieß Charity erschrocken hervor.

»In gewissem Sinne«, sagte Hartmann. »Wir haben sie sozusagen ein wenig verändert. Sie haben gesehen, wie sie sich auf die Biester gestürzt haben, die Sie und Ihre Freunde in dem Kanalisationsschacht angegriffen haben.«

Charity starrte ihn schockiert an. Die Erinnerung an die rasende Wut, mit denen sich die mutierten Riesenratten auf die Kreatur von Moron gestürzt hatten, stand ihr noch deutlich vor Augen. Sie hatte den Haß *gefühlt*, den die Ratten empfanden, ein Haß von solcher Intensität, daß ihr selbst bei der bloßen Erinnerung daran ein eisiger Schauer über den Rücken lief.

»Sie haben sie genetisch verändert?«

Hartmann tat so, als müsse er einen Moment über dieses Wort nachdenken. »Fragen Sie mich bitte nicht nach Einzelheiten – aber es läuft darauf hinaus, daß die Biester gar nicht mehr anders können, als alles anzugreifen, was mehr als vier Beine hat und nicht von diesem Planeten stammt.«

»Das ist unglaublich«, murmelte Charity.

»Keineswegs. Ich bin nur ein einfacher Soldat, der außer Schießen nicht besonders viel gelernt hat, aber die Jungs in den Labors behaupten, daß es nicht einmal besonders schwer war. In den letzten Jahrzehnten sind immer mehr Mutationen aufgetreten. Es muß irgend etwas damit zu tun haben, was sie mit der Erde machen. Einige Spezies haben sich angepaßt, einige sind ganz verschwunden, und die Ratten sind ein bißchen größer geworden. Und ein bißchen schlauer.«

»Hören Sie auf, den Trottel zu spielen!« sagte Charity ärgerlich. »Diese Biester sind *intelligent,* Hartmann. Und Sie wissen das verdammt gut.«

Hartmann nickte. »Ein Grund mehr, sie auf unsere Freunde aus dem Weltraum abzurichten, finden Sie nicht?«

Sie hatten Krämers Gebäude erreicht, und Hartmann zog eine kleine Ausweiskarte aus Plastik aus der Tasche und schob sie in einen Schlitz neben der Tür, hinter der sie zwei bewaffnete Posten erwarteten. Der Generalmajor erwartete sie in dem kleinen Büro, in dem Charity auch das erste Mal auf ihn getroffen war. Net und Skudder waren bei ihm, und obwohl Krämer und der Hopi ihr Gespräch sofort unterbrachen, als Charity eintrat, hatte sie das sichere Gefühl, in eine Diskussion hineinzuplatzen, die kurz davor stand, in einen Streit auszuarten.

Als er sie erkannte, drehte sich Krämer mit einem Ruck herum, musterte sie kurz und fast feindselig und deutete dann mit einer abgehackten Kopfbewegung auf Skudder. »Captain Laird!« begann er im Befehlston. »Vielleicht würden Sie Ihrem Freund erklären, daß im Moment niemand die Station verlassen kann.«

»Gern«, antwortete Charity nach einem raschen, beruhigenden Blick in Skudders zorngerötetes Gesicht. »Wenn Sie es zuvor mir erklären.«

Krämers Miene verdüsterte sich noch mehr. »Ich glaube nicht, daß jetzt der richtige Moment für Scherze ist, Captain Laird«, antwortete er eisig. »Wir haben verdammt große Probleme, und Sie sind nicht ganz unschuldig daran. Das mindeste, was ich von Ihnen erwarten kann, ist ein wenig Kooperation.«

»Selbstverständlich«, antwortete Charity betont gelassen. »Aber Kooperation beruht immer auf Gegenseitigkeit. Wieso ist alles unsere Schuld? Wir haben nicht darum gebeten, von Ihren Männern entführt zu werden!«

»Das ganze verdammte Land dort draußen befindet sich in Aufruhr!« entgegnete Krämer in scharfem Ton. »Ihretwegen.«

»Und Ihre ganze schöne Station dazu«, sagte Charity.

Krämer erbleichte sichtlich. Einen Herzschlag lang starrte er sie durchdringend an, dann fuhr er herum und wandte sich wütend an Hartmann. »Sie verdammter ... «

»Er hat kein Wort gesagt«, unterbrach ihn Charity ruhig.

Krämer blickte sie lauernd an. »Woher wissen Sie dann, was hier geschieht?«

»Man müßte schon ziemlich dumm sein, um nicht zu merken, daß hier irgend etwas nicht in Ordnung ist«, antwortete Charity freundlich. »Was ist passiert?«

Krämer biß sich unentschlossen auf die Unterlippe. Dann sagte er: »Sie haben recht. Wir haben tatsächlich Schwierigkeiten. Es hat mit den Bomben zu tun, die sie geworfen haben.«

Charity sah ihn fragend an, worauf Krämer sich nervös mit der Hand über sein Gesicht fuhr. »Sie sind ein bißchen zu nahe an der Station explodiert.«

»Und?« fragte Charity verwirrt.

»Das hier ist eine militärische Einrichtung, Captain Laird, haben Sie das noch immer nicht begriffen?« fragte Krämer schneidend. »Unter normalen Umständen haben wir hier nur eine Mindestbesatzung, gerade genug, diesen Riesenkomplex vor dem Verfall zu bewahren. Neunundneunzig Prozent der Arbeit wird von Computern verrichtet. Und die reagieren auf eine ganz bestimmte Weise auf einen Angriff mit Nuklearwaffen.«

Charity starrte ihn an. Sie verstand, was Krämer mit diesen Worten sagen wollte – aber es dauerte volle zehn Sekunden, bis sie wirklich *begriff*, was sie bedeuteten. Ein eisiger, ungläubiger Schrecken machte sich in ihr breit.

»Das hier ist nicht nur eine Überlebensstation, nicht wahr?« fragte sie mit leiser, fast tonloser Stimme.

Krämer antwortete nicht, aber Charity wußte, daß sie recht hatte.

»Sie können alles andere, als sich bloß zu verteidigen, Krämer! Und Ihre verdammten Computer haben einen Gegenschlag ausgelöst!«

»Immer mit der Ruhe«, sagte Krämer. »Wir haben die ...«

»Wovon redet ihr?« mischte sich Skudder ein. Seine Stimme klang alarmiert.

Charity drehte sich fast zornig zu ihm herum. Anklagend deutete sie mit der Hand auf Krämer. »Davon, daß uns diese Idioten um ein Haar alle in die Luft gesprengt hätten! Wenn sie es nicht noch tun!«

»Ich sagte bereits«, unterbrach sie Krämer scharf, »daß wir das Programm gestoppt haben.«

»Oh, wie beruhigend!« sagte Charity sarkastisch. »Lief der Countdown für die Raketen schon?«

»Ich habe diese Anlage nicht entworfen!« verteidigte sich Krämer.

»Nein!« antwortete Charity aufgebracht. »Aber Sie hätten es bestimmt mit Freuden getan, wenn Sie gekonnt hätten, nicht wahr?« Sie machte eine wütende Handbewegung. »Allmählich beginne ich mich zu fragen, wieso wir uns nicht schon hundertmal selbst in die Luft gesprengt haben, bevor sie gekommen sind.«

»Ich sagte bereits zweimal – wir haben das Programm gestoppt«, sagte Krämer zornig. »Es ist absolut nichts passiert.«

»Dann verstehe ich nicht, worüber Sie sich aufregen.«

»Die Raketen wurden nicht gestartet«, sagte Krämer. »Aber die ganze Basis befindet sich in Alarmbereitschaft. Ich bin nicht sicher, ob Sie begreifen, was das bedeutet. Wir haben über zehntausend Soldaten hier, Eliteeinheiten, die sich im Tiefschlaf befinden. Und die sind gerade dabei aufzuwachen.«

»Und wo ist das Problem?« erkundigte sich Skudder.

Krämer maß ihn mit einem Blick, als zweifele er an seinem Verstand, aber Hartmann kam ihm mit der Antwort zuvor.

»Wir haben weder den Platz noch die nötigen Vorräte, um eine so große Zahl von Männern länger als einige Tage zu beherbergen«, sagte er ruhig.

»Dann schalten Sie Ihre Computer ab und lassen Sie sie weiterschlafen«, schlug Skudder vor.

Hartmann schüttelte beinahe traurig den Kopf. »Das geht nicht«, sagte er. Er zögerte einen Moment, wobei er Krämer einen Blick zuwarf, als müsse er sich seine Erlaubnis einholen, weiterzureden. »Sehen Sie, Captain Laird, diese Soldaten befinden sich nicht in Schlaftanks, wie Sie oder ich oder die Männer, die Dienst in den Horchstationen draußen tun. Sie wissen, wie kompliziert und aufwendig die Winterschlaftechnik ist. Es wäre völlig unmöglich gewesen, ausreichend Geräte für eine so große Anzahl von Menschen bereitzustellen. Wir benutzen eine andere Technik. Bitte ersparen Sie mir, Ihnen zu erklären, wie sie funktioniert – genau weiß ich es selbst nicht. Aber sie ist riskant. Nicht alle von ihnen werden wieder aufwachen. Und wir haben nicht die Möglichkeit, sie erneut in Tiefschlaf zu versetzen.«

»Das heißt, wenn diese Männer einmal wach sind, bleiben sie es auch«, sagte Charity. »Im Klartext: Sie haben sie am Hals.«

»Wenn das alles wäre ...« sagte Hartmann leise.

»Was soll das heißen?« fragte Net.

Krämer atmete hörbar aus. »Zeigen Sie es ihnen Hartmann«, sagte er.

16

Als die Panik allmählich verebbte, war es zu spät. Er war erwacht, den Bruchteil einer Sekunde, ehe eine unsichtbare Kralle aus Stahl nach seinen Gedanken und seiner Seele gegriffen und beides aus seinem zerstörten Körper herausgerissen hatte, und vielleicht hätte die Zeit noch ausgereicht, einen Befehl zu schreien, sie daran zu hindern, diese fürchterliche Maschine einzuschalten, und ihm damit ein neues Leben zu schenken und gleichzeitig sein Todesurteil auszusprechen. Aber er war vor Angst wie gelähmt gewesen, und als er begriff, daß Luzifer ihn belogen hatte und die Zeit, die ihm noch blieb, nicht mehr nach Wochen, nicht einmal mehr nach Stunden, sondern nur noch nach Augenblicken gezählt wurde, da waren die letzten kostbaren Augenblicke auch bereits verstrichen, und das letzte, zu dem er fähig gewesen war, war ein gellender Entsetzensschrei.

Was danach kam, war nichts als ein böser Traum. Stone wußte, daß er nichts von alledem, woran er sich zu erinnern glaubte, wirklich erlebt hatte. Und doch würde er diese entsetzlichen Bilder nie wieder vergessen. Etwas hatte seinen Geist aus seinem Körper herausgerissen und in die Unendlichkeit geschleudert, in der es kein Hier und Jetzt, keine Zeit, in der es überhaupt *nichts* gab. Für Ewigkeiten war er in einem Universum voller Schwärze und Einsamkeit gefangen, bis er gespürt hatte, daß etwas Kaltes und Maschinenhaftes nach ihm griff und seine Gedanken sondierte und jeden Augenblick seiner Existenz erforschte. Und schließlich war der schwarze Abgrund der Unendlichkeit einem anderen, noch dunkleren Gefängnis gewichen.

Er wußte nicht, wie lange er in jenem Gefängnis gewesen war, das seine Gedanken und Gefühle zu einer bloßen Aneinanderreihung gespeicherter Informationen reduzierte, ein

Computerprogramm mit dem Namen Daniel Stone, das darauf wartete, aktiviert zu werden. Seine nächste bewußte Erinnerung war das Gefühl, wieder einen Körper zu haben. Er öffnete die Augen und sah Luzifers Gesicht über sich. Als er versuchte, sich aufzusetzen, wurde er mit einem schmerzhaften Ruck zurückgerissen. Sein Körper war mit einer Unzahl von Schläuchen, Drähten, Anschlüssen und dünnen Kabeln versehen.

»Was ist passiert?« fragte er. »Wo bin ich?« Noch einmal, aber sehr viel vorsichtiger jetzt, drehte er den Kopf und sah seinen Adjutanten an. »Du hast mich belogen!« herrschte er Luzifer an.

»Ich hatte keine andere Wahl, Herr«, antwortete die *Ameise.* »Es gab Komplikationen. Einige Ihrer wichtigsten Körperfunktionen versagten plötzlich. Sie drohten zu sterben.«

»Du hättest es mir sagen müssen!«

Luzifer deutete ein Nicken an. »Ich weiß. Ich bin bereit, die Strafe für mein Fehlverhalten auf mich zu nehmen. Aber der Schutz Ihres Lebens hat oberste Priorität. Es blieb keine Zeit, Sie zu informieren.«

Stone starrte die *Ameise* mit einer Mischung aus brodelndem Zorn und einer vagen Hoffnung an. Der devote Ton, in dem Luzifer sprach, war nicht der, in dem er sich mit einem Verräter unterhielt. Möglicherweise wußte er noch nicht, was Daniel getan hatte.

»Mach mich los«, verlangte er.

Luzifer zögerte. »Es wäre besser, wenn ...«

»Mach diese verdammten Dinger ab!« unterbrach ihn Stone zornig. »Sofort!«

Gehorsam trat das riesige Insektengeschöpf näher und löste die zahllosen Anschlüsse, mit denen Stones neuer Körper mit den Computeranlagen verbunden war. Was Luzifer tat, war sehr schmerzhaft, aber Stone verbiß sich jeden Laut. Sein Blick wanderte über die glitzernden Apparaturen und blieb an dem riesigen, rechteckigen Schirm haften, der wie ein starrendes blindes Auge auf den Tisch herabblickte. Er hatte eine ähnliche Anlage vor nicht einmal allzu langer Zeit in Paris gesehen. Sie hatte jede Erinnerung, jedes Bild aus dem Gedächtnis des gefangenen Megamannes gezeigt.

Nachdem Luzifer die letzte Nadel aus seiner Vene gezogen hatte, befahl er ihm barsch, ihm etwas zum Anziehen zu besorgen, und setzte sich vorsichtig auf. Luzifers Warnung war nicht übertrieben gewesen, ihm wurde sofort schwindelig, und seine Glieder fühlten sich so schwach an, daß er Mühe hatte, auf der Kante des Operationstisches sitzen zu bleiben. Er wartete, bis der Raum aufgehört hatte, sich um ihn herum zu drehen, dann stand er sehr behutsam ganz auf, hielt sich mit der linken Hand an der Kante des Tisches fest und blickte forschend an seinem neuen Körper herab.

Nichts schien sich verändert zu haben. Es war der gleiche Körper, mit allen Vor- und Nachteilen, all den kleinen Unzulänglichkeiten, über die er sich manchmal geärgert hatte – aber die Spuren, die das Leben an ihm hinterlassen hatte, waren verschwunden. Trotz der Schwäche, die wie ein unsichtbares Bleigewicht auf ihm lastete, spürte er eine Energie in sich, wie er sie seit Jahren nicht mehr empfunden hatte.

Es war ein unheimliches Gefühl. Er war in diesen Leib geschlüpft wie in einen maßgeschneiderten Anzug, aber es war ein Anzug, der ihm nicht gehörte. Der, der ihn eigentlich hatte tragen sollen, war niemals zum Leben erwacht. Sie hatten eine einzelne Zelle genommen und diesen neuen Körper daraus erschaffen, aber sie hatten nicht erlaubt, daß das Leben in ihm erwachte.

Wieder glitt sein Blick über die fremdartigen Gerätschaften neben dem Tisch. Die Vorstellung, daß sich eine perfekte Kopie seiner Erinnerungen nun in diesen Apparaturen befand, entsetzte ihn. Man hatte aus dem Individuum, das er gewesen war, ein reproduzierbares Wesen gemacht. Großer Gott, dachte er, wenn sie in der Lage waren, so etwas zu tun – warum produzierten sie dann ihre Krieger nicht einfach am Fließband?

Aber vielleicht taten sie es ja.

Luzifer kam zurück und brachte ihm die verlangten Kleider. Obwohl es gegen Stones Stolz ging, mußte er sich von seinem Adjutanten dabei helfen lassen, sich anzuziehen.

»Wieviel Zeit ist vergangen?« fragte er. »Und was ist mit den Rebellen? Habt ihr sie endlich?«

Luzifer verneinte. »Es gab unvorhersehbare Probleme. Die Eingeborenen verletzten eine Königin. Wir mußten die Suche nach den Rebellen unterbrechen, bis sie außer Gefahr war. Aber wir kennen ihren Aufenthaltsort.«

Stone hielt überrascht inne und starrte die *Ameise* an. »Ungefähr – oder genau?«

»Genau«, antwortete Luzifer. »Es handelt sich um ein Rebellenversteck in Deutschland. Es ist uns seit längerer Zeit bekannt, aber das Risiko eines direkten Angriffs wurde bisher als zu hoch angesehen.«

»Du machst Scherze«, vermutete Stone. »Ein paar dahergelaufene Rebellen mit ...«

»Verzeihung, Herr, aber das sind sie nicht«, unterbrach ihn Luzifer. »Es handelt sich um eine voll ausgerüstete Militärbasis aus der Zeit vor der Besetzung dieses Planeten. Sie ist mit Nuklearwaffen ausgestattet. Ein Angriff könnte einen atomaren Gegenschlag der Rebellen provozieren. Der dabei zu erwartende Schaden steht in keinem Verhältnis zu dem, den die Rebellen bisher verursacht haben.«

»Und wieso habt ihr niemanden bei ihnen eingeschleust?«

»Wir haben es versucht«, antwortete Luzifer. »Mehrmals. Aber sie sind sehr aufmerksam.«

Gegen seinen Willen mußte Stone lachen. »Ich hätte nicht gedacht, daß es noch funktioniert.«

»Das *was* funktioniert?« fragte Luzifer.

»Das System«, antwortete Stone. »Weißt du, mein Freund, wir haben es fünfzig Jahre lang ausprobiert – den Wahnsinn als Methode. Natürlich hat es niemand zugegeben, aber es lief darauf hinaus, daß wir damit gedroht haben, uns selbst in die

Luft zu sprengen, wenn man uns nicht in Ruhe ließ. Und du siehst, es klappt heute noch.«

Luzifer sah ihn irritiert an, und Stone begriff, daß er gar nicht verstand, worüber er überhaupt sprach. Abrupt wechselte er das Thema. »Habt ihr wenigstens dafür gesorgt, daß sie festgenommen wird, sobald sie dieses Rattenloch verläßt?«

»Selbstverständlich.«

»Dann bring mich dorthin«, verlangte Stone.

Diesmal war er sicher, ein deutliches Erschrecken zu bemerken; ein Gefühl, von dem er bisher gar nicht gewußt hatte, daß die *Ameise* überhaupt imstande war, es aufzubringen. »Sie wollen zurück nach … Europa?«

Stone nickte. »Spricht irgend etwas dagegen?«

»Ich würde davon abraten«, sagte Luzifer. »Sie fühlen sich jetzt vielleicht im Vollbesitz Ihrer Kräfte, aber es wird eine Weile dauern, bis Sie Ihren neuen Körper wirklich vollkommen beherrschen. Es könnte Komplikationen geben.«

Stone deutete mit einer übertrieben fröhlichen Geste auf die Ansammlung bizarrer Apparaturen hinter dem Tisch. »Aber du hast mir doch gerade bewiesen, daß mir nichts passieren kann, mein Freund«, sagte er. »Ich nehme an«, fügte er lauernd hinzu, »ihr könnt das hier jederzeit wiederholen?«

Luzifer antwortete nicht, was Stones Mißtrauen verstärkte. Vielleicht wußten sie doch schon alles, vielleicht war Luzifer gar nicht hier, um ihm das Kommando über die Stadt und diesen ganzen Planeten zurückzugeben, sondern um ihn auszuhorchen. Aber dann begriff er, wie absurd dieser Gedanke war – wenn sie wußten, was er getan hatte, dann wußten sie *alles*.

Er ging zur Tür, blieb noch einmal stehen und ließ seinen Blick lange und sehr nachdenklich auf den Apparaten hinter dem Tisch ruhen. »Ein sonderbares Gefühl«, murmelte er in einem Ton, als spräche er zu sich selbst.

Luzifer sah ihn fragend an und schwieg, und Stone fuhr nach einer Sekunde fort. »Es ist irgendwie unheimlich, kannst du das verstehen?«

»Ich fürchte, nein.«

Stone deutete auf den riesigen Bildschirm. »Der Gedanke, daß alles, was ich jemals erlebt habe, dort drinnen aufgeschrieben ist. Mein ganzes Leben – das ist doch so, oder?«

Luzifer nickte.

»Ich könnte hingehen und mir mein ganzes Leben noch einmal ansehen«, murmelte Stone. Er tat so, als betrachte er gedankenverloren die verwirrenden Apparaturen, hielt Luzifer dabei aus dem Augenwinkel aber scharf im Blick. »Könnte ich hingehen, und mir alles noch einmal anschauen?«

»Theoretisch ja«, antwortete Luzifer.

Stone sah die *Ameise* überrascht an. »Und praktisch?«

»Der Zugriff auf diese Daten ist nur den Inspektoren gestattet.«

Es kostete Stone alle Mühe, sich seine Überraschung nicht zu deutlich anmerken zu lassen. »Du meinst«, fragte er mit geheuchelter Verwirrung, »nicht einmal ich selbst könnte sie mir ansehen?«

»Nein«, erwiderte Luzifer.

»Aber wieso?« wunderte sich Stone und lachte leise.

»Die Gründe für diesen Befehl sind mir nicht bekannt«, antwortete Luzifer. »Und eine solche Frage wie die Ihre wurde auch noch nie gestellt.«

Stone lächelte unsicher. »Vielleicht ist es ganz gut, wenn man das eine oder andere vergißt, nicht wahr?«

Luzifer blickte ihn aus seinen ausdruckslosen Insektenaugen an, und Stone wandte sich endgültig um und öffnete die Tür. »Komm«, sagte er.

»Ich will sofort zurück nach Europa. Sieh zu, ob du eine Transmitterverbindung findest.«

Luzifer folgte ihm aus dem Raum, aber Stone spürte deutlich sein Zögern. Er blieb stehen und sah ihn abermals fragend an. »Was ist denn noch?«

»Ich würde dringend davon abraten, im Moment dorthin zurückzukehren«, sagte Luzifer nach einem spürbaren Zögern. »Die Lage ist sehr kompliziert. Es könnte sein, daß ein *Sprung* bevorsteht.«

Stone erstarrte. »Jetzt schon? Aber das ist ... viel zu früh.«

»Es geht sehr schnell«, bestätigte Luzifer. »Einige Inspektoren wurden gerufen, um die Lage zu beurteilen und zu entscheiden, was zu tun ist.«

»Aber das ist unmöglich«, protestierte Stone. »Ihr seid erst seit fünfzig Jahren hier, und ... «

»Es ist ungewöhnlich«, unterbrach ihn Luzifer. »Aber es ist schon vorgekommen. Die einheimischen Lebensformen dieser Welt sind von einer ungewöhnlichen Vitalität.«

»Könnt ihr es aufhalten?« fragte Stone alarmiert.

»Das weiß ich nicht«, antwortete Luzifer. »Die kritische Grenze wurde erreicht, aber noch nicht überschritten. Die Inspektoren tun, was sie können, eine endgültige Entscheidung ist jedoch nicht vor Ablauf von fünf oder sechs Tagen zu erwarten.«

»Fünf oder sechs Tage ... « Stones Blick wanderte gegen seinen Willen zu der geschlossenen Tür hinter Luzifer, der Tür zu dem Raum, in dem er erwacht war. Irgendwo dort drinnen waren seine Erinnerungen gespeichert, all seine kleinen und großen Geheimnisse – und dieser eine verfluchte Moment, der ihn vielleicht das Leben kosten konnte.

Aber vielleicht, dachte er, hatte er doch noch eine Chance. Sie war winzig, und allein der Gedanke an das Risiko, das er damit einging, bereitete ihm fast körperliche Schmerzen. Er kam sich vor wie ein Mann auf einem brennenden Schiff, der nicht schwimmen konnte.

Hätte sie es nicht besser gewußt, dann hätte sie geschworen, daß der Mann tot war. Er saß aufrecht und stocksteif auf der Kante der schmalen Pritsche, die die gesamte Einrichtung der Kammer auf der anderen Seite der Glasscheibe darstellte. Seine Augen waren so leer wie die der Jared, nur daß in ihnen nicht zugleich dieses tiefe, verborgene Wissen schlummerte. Seine Brust hob und senkte sich im Rhythmus schwerer, gleichmäßiger Atemzüge.

»Das ist … grauenhaft«, flüsterte Charity. Ihr Blick war starr auf das bleiche Totengesicht des jungen Mannes gerichtet, und obwohl sie wußte, daß die Glasscheibe nur von einer Seite her durchsichtig war, konnte sie sich des unheimlichen Gefühls nicht erwehren, daß diese toten Augen sie anstarrten.

»Was habt ihr mit ihm gemacht?« fragte Skudder gepreßt. Charity konnte in einer Reflexion auf der Glasscheibe vor sich erkennen, wie er herumfuhr und zornig einen Schritt auf Hartmann zu machte.

Mühsam riß sie sich vom Anblick der bleichen Gestalt im Nebenzimmer los und drehte sich herum. »Skudder – bitte«, sagte sie.

Skudder blieb stehen, aber seine Augen flammten vor Zorn. Es hätte Charity in diesem Augenblick nicht gewundert, wenn er sich kurzerhand auf den kleineren Mann gestürzt hätte.

»Wir haben überhaupt nichts mit ihnen *gemacht*«, sagte Hartmann matt. Auch ihm war deutlich das Entsetzen anzusehen, mit dem ihn der Anblick der Gestalt auf der Pritsche erfüllte. »Ich sagte Ihnen bereits – es gibt gewisse Schwierigkeiten.«

»Schwierigkeiten!« Skudder lachte schrill und deutete anklagend auf den Soldaten.

»Schwierigkeiten nennen Sie das?! Das ist ein … ein verdammter Zombie, Hartmann!«

Mit einer müden Geste wandte Charity sich an Hartmann. »Was ist passiert?«

»Ich weiß es nicht«, gestand Hartmann. Aber einige von denen, die aufwachen, sind … so.«

»Einige?« hakte Charity nach. »Das heißt, nicht alle?«

»Nein«, antwortete Hartmann. »Etwa ein Drittel.«

Charity schloß mit einem lautlosen Seufzen die Augen. Ein Drittel … das bedeutete nichts anderes, als daß es in dieser unterirdischen Festung mehr als dreitausend Männer in diesem entsetzlichen Zustand gab.

»Haben Sie das gewußt?« fragte sie leise.

Hartmann schüttelte den Kopf. »Daß es ein Risiko gab, war uns klar. Jeder einzelne dieser Männer hat sich freiwillig hierher gemeldet, Captain Laird. Und jeder einzelne wurde darüber aufgeklärt, daß seine Chancen, wieder zu erwachen, bestenfalls bei achtzig Prozent lagen. Aber diese Entwicklung konnte niemand voraussehen.«

»Auch wenn Sie es gewußt hätten, hätten Sie es in Kauf genommen, nicht wahr?« fragte Skudder böse. »Immerhin bleiben Ihnen ja noch zwei von drei Männern.«

»Wir wußten es nicht!« verteidigte sich Hartmann. »Verdammt, wir haben auch früher schon Männer aufgeweckt, aber *so etwas* ist noch nie vorgekommen!«

»Was ist mit ihnen geschehen?« fragte Charity hastig, ehe Skudder etwas einwerfen konnte. »Ich nehme doch an, Sie haben sie untersucht?«

»Natürlich«, antwortete Hartmann mit einem letzten, bösen Blick auf den Hopi. »Organisch sind sie völlig gesund. Sie sind nur völlig katatonisch. Sie reagieren kaum auf äußere Reize. Nicht einmal auf Schmerz.«

»Vielleicht liegt es an der Technik, mit der Sie sie in Tiefschlaf versetzt haben«, warf Net mit einer Sachlichkeit ein, die Charity überraschte.

Hartmann sah die Wasteländerin eine Sekunde lang fast hilflos an, ehe er mit den Achseln zuckte. »Das ist möglich, aber nicht wahrscheinlich. Ich sagte bereits: nur acht von zehn wachen überhaupt wieder auf. Aber das da ist ... völlig unerklärlich.«

Während Net und Hartmann weiter diskutierten, trat Charity wieder an die Glasscheibe heran und betrachtete den jungen Mann auf der anderen Seite. Der Soldat bewegte sich. Langsam, wie eine Marionette, an deren Fäden ein unerfahrener Spieler zog, stemmte er sich in die Höhe, machte einen unbeholfenen Schritt auf die Glasscheibe zu und hob die Arme.

Charity wich instinktiv ein Stück von der Scheibe zurück, und hinter ihr verstummte das Gespräch abrupt.

»Was zum Teufel ...?« murmelte Skudder.

Der Soldat prallte mit einem hörbaren Laut gegen die Glasscheibe, die von seiner Seite aus ein Spiegel war, und preßte die Hände dagegen. Der Blick seiner leeren, erloschenen Augen suchte Charity.

»Charity! Hilf ... uns ...« flüsterte er.

Skudder sog hörbar die Luft ein, während Charity das erschlaffte Gesicht auf der anderen Seite der Scheibe fassungslos anstarrte.

»Hilf ... uns«, wiederholte die flüsternde Stimme.

»Aber das ist doch unmöglich!« stammelte Hartmann. »Er ... kann Sie nicht gesehen haben. Und er kann Ihren Namen nicht kennen!«

Der Soldat taumelte. Seine Hände glitten mit einem furchtbaren Geräusch an der Glasscheibe herunter, während er ganz langsam in die Knie brach, als wiche jede Kraft aus seinem Körper, aber sein Blick hielt Charity weiter fest, und obwohl es noch immer die leeren, toten Augen waren, spürte Charity deutlich die verzweifelte Bitte, die in ihrem Blick lag.

Und plötzlich wußte sie es. Von einer Sekunde auf die andere begriff sie, woran sie diese Augen erinnert hatten. Und sie begriff auch, wie entsetzlich sie sich alle geirrt hatten.

Noch bevor der Soldat völlig zusammengebrochen war, fuhr sie herum und stürmte aus der Tür.

»Sie sind ja völlig verrückt!« sagte Krämer. Er bemühte sich krampfhaft, wenigstens äußerlich die Ruhe zu bewahren. Eine Sekunde lang starrte er Charity an, als warte er auf irgendeine Reaktion auf seine Worte, dann ließ er den Stift, den er in den Händen hielt, mit einem Ruck fallen und sprang auf. »Ich habe

Ihnen erklärt, daß im Moment niemand diese Station verlassen darf. Und Sie verlangen von mir, daß ich Ihnen einen Hubschrauber zur Verfügung stelle, damit Sie zurück zu jenen Wilden fliegen, aus deren Gewalt unsere Leute Sie gerade mit Mühe und Not befreit haben?«

»Das ist nicht ganz die Version, die ich abgeben würde«, sagte Charity, aber Krämer unterbrach sie mit einer zornigen Geste. »Und Sie wollen mir nicht einmal den Grund verraten!« fuhr er aufgebracht fort. »Ich bitte Sie, Captain Laird – was würden Sie an meiner Stelle tun?«

»Das weiß ich nicht«, gestand Charity. »Aber ich würde zumindest darüber nachdenken.«

»Worüber?« Krämer versuchte spöttisch zu lächeln, aber es wurde nur eine Grimasse daraus.

»Über diese ... diese völlig verrückte Geschichte, die Sie da erzählen?«

»Ich weiß, daß sie sich verrückt anhört«, sagte Charity. »Aber ich weiß auch, daß ich recht habe. Was immer mit Ihren Soldaten geschehen ist, es hat etwas mit den Jared zu tun. Und ich fürchte, es wird eine Katastrophe geschehen, wenn wir nichts unternehmen.«

Krämer lachte hart. Er schien auffahren zu wollen, beließ es aber dann bei einem neuerlichen Kopfschütteln und ließ sich in seinen gepolsterten Ledersessel zurücksinken, der unter der Bewegung heftig zu wippen begann. »Selbst wenn ich es wollte, Miß Laird, ich *kann* Sie im Moment nicht gehen lassen.«

»Was soll das heißen?« fuhr Skudder auf. »Sind wir Ihre Gefangenen?«

»Natürlich nicht«, antwortete Krämer eine Spur zu hastig. »Niemand kann im Moment aus der Station heraus. Das gilt nicht nur für Sie, sondern für alle. Selbst für mich.«

»Wieso?« fragte Charity.

Krämer seufzte. »Ich weiß nicht genau, was dort draußen vorgeht«, sagte er. »Aber ich habe niemals zuvor so viele Gleiter gesehen. Glauben Sie mir – wenn wir auch nur die Nase ins Freie strecken, schießen sie uns über den Haufen.«

»Dann vergessen Sie die Idee mit dem Hubschrauber«, schlug Charity vor.

»Geben Sie uns irgendein Fahrzeug.«

»Das hätte keinen Sinn«, entgegnete Krämer. »Sie kämen nicht einmal in die Nähe der Stadt. Außerdem – vergessen Sie nicht, daß Sie mit einem Helikopter hergebracht wurden. Der Flug hat vielleicht nur zehn Minuten gedauert, aber wir sind hier über hundert Kilometer vom Stadtzentrum entfernt. Und die Straßen sind in einem miserablen Zustand. Sie würden zwei Tage brauchen, um zur Stadt zu kommen.«

»Das ist unser Problem, oder?« fragte Skudder.

»Nein«, antwortete Krämer ruhig. »Nicht, wenn es um die Sicherheit meiner Leute und dieser Station hier geht. Ich fürchte, Sie begreifen immer noch nicht. Das hier ist vielleicht der letzte Ort auf der Welt, bis zu dem sich ihre Herrschaft noch nicht erstreckt.«

»Sie haben Angst, daß wir Sie verraten? Das ist lächerlich.«

»Hören Sie auf!« unterbrach ihn Krämer ärgerlich. »Sie sind dort draußen aufgewachsen, oder? Muß ich ausgerechnet Ihnen erklären, daß Sie Mittel und Wege haben, alles aus jedem herauszuholen? Ich zweifle weder an Ihrer Loyalität noch an Ihrer Tapferkeit, aber Sie würden ihnen keine zehn Minuten standhalten. Und das wissen Sie genausogut wie ich!«

Skudder schürzte zornig die Lippen, und Charity warf ihm einen raschen Blick zu, um ihn zum Schweigen zu bringen. »Sie haben natürlich völlig recht«, sagte sie. »Aber glauben Sie mir – wir haben gar keine andere Wahl, als mit Gyell zu reden. Wie viele von Ihren Soldaten befinden sich in diesem Zustand? Zweitausend? Dreitausend?«

Krämer schwieg, aber der Ausdruck auf seinem Gesicht sagte ihr, daß diese Schätzung eher noch zu vorsichtig gewesen war.

»Sie werden sterben, wenn Sie nichts unternehmen«, fuhr sie fort. »Wollen Sie das?«

»Nein«, antwortete Krämer. »Das will ich ganz gewiß nicht. Aber ich bin darüber hinaus noch für achttausend *gesunde* Männer hier unten verantwortlich. Wollen Sie, daß ich ihr Leben aufs Spiel setze – auf eine bloße *Vermutung*?«

»Ihnen bleibt gar nichts anders übrig«, sagte Skudder. Kampflustig beugte er sich vor, stemmte die Fäuste auf den Schreibtisch und blickte auf den Generalmajor hinab. »Wir werden nämlich gehen – ob es Ihnen paßt oder nicht.«

»Nein«, sagte Krämer. »Das werden Sie ganz bestimmt nicht.« Er wandte sich mit einer Kopfbewegung an Hartmann. »Nehmen Sie sie fest, Leutnant.«

Hartmann sah überrascht auf. Dann machte er einen Schritt in Skudders Richtung und blieb wieder stehen, als sich der Hopi zu ihm herumdrehte und die Fäuste hob.

»Ich bitte Sie, Mister Skudder«, sagte Krämer. »Ich weiß, daß Sie Leutnant Hartmann körperlich überlegen sind. Aber Sie sollten auch wissen, daß Sie hier nicht herauskommen. Nicht, wenn ich es nicht will.«

»Ach?« fragte Skudder lauernd.

»Und es hätte auch sehr wenig Sinn, sich auf mich zu stürzen und mich als Geisel zu nehmen«, fuhr Krämer mit einem milden Lächeln fort. »Glauben Sie mir – wir haben auch diese Möglichkeit vorausgesehen und entsprechende Vorkehrungen getroffen.«

Skudder sah ganz so aus, als wollte er ausprobieren, was an Krämers Behauptung dran war, aber Charity hielt ihn mit einer Handbewegung zurück. Der Generalmajor gehörte nicht zu den Männern, die blufften. Plötzlich öffnete sich die Tür hinter ihnen, und zwei bewaffnete Soldaten betraten den Raum. Krämer deutete mit einer Handbewegung auf Charity, Net und Skudder. »Bringen Sie unsere Gäste in ihre Quartiere. Sie stehen unter Arrest. Behandeln Sie sie mit dem nötigen Respekt – aber sie dürfen ihre Räume nicht verlassen.«

Charity starrte Krämer fassungslos an. »Ich hoffe, Sie bedauern diese Entscheidung nicht noch, Krämer.«

»Das hoffe ich auch«, antwortete Krämer.

Als Charity sich erhob, begannen überall in der Station die Alarmsirenen zu heulen. Krämer fuhr zusammen und blickte erschrocken auf die Monitorwand hinter sich. Auf den Bildschirmen war nichts Außergewöhnliches zu erkennen, aber in der gleichen Sekunde summte das Telefon. Krämer riß den Hörer von der Gabel, lauschte einen Moment, und plötzlich erbleichte er. Die Bewegung, mit der er nach einigen Sekunden den Hörer wieder einhängte, war von erzwungener Ruhe.

»Was ist passiert?« fragte Charity.

»Etwas, das vielleicht sogar Sie davon überzeugen wird, daß wir uns in Gefahr befinden«, antwortete Krämer. Seine Stimme zitterte leicht. »Wir haben den Kontakt zu allen unseren Außenstationen verloren.«

17

Die Stille fiel ihm auf. Er war noch nie zuvor hier gewesen, aber es war nicht das erste Nest, das er sah. Er hatte die Berichte über das, was in den vergangenen achtundvierzig Stunden passiert war, aufmerksam studiert. Der Platz und das Gebäude hätten vor Jared und *Dienern* nur so wimmeln müssen. Er hatte das Pfeifen und Klicken Tausender Insektenstimmen und das Starten und Landen von Gleitern erwartet und die aggressive Nervosität eines Nestes, dessen Königin im Sterben lag.

Statt dessen schlug ihm eine unheimliche Ruhe entgegen.

Der riesige Platz vor der Kathedrale bot einen Anblick der Verwüstung. In zahllosen Explosionskratern lagen tote Jared und die Kadaver von Ameisenkriegern. Auch die Kathedrale selbst war in Mitleidenschaft gezogen. Ein großer Teil des Daches war eingestürzt. Aber so schrecklich dieser Anblick war, die Stille, die über allem lastete, war schlimmer. Nirgendwo war auch nur eine Spur von Leben zu entdecken. Nicht einmal Aasfresser waren gekommen, um über die Leichen herzufallen.

Stone sah Luzifer alarmiert an. Auch der Moroni wirkte angespannt, fast nervös. Stones Blick tastete über die reglosen Gestalten der Jared und über das ausgeglühte Schiffswrack. Für einen Moment spürte selbst er Angst. Sie war so intensiv, daß er beinahe zum Schiff zurückgerannt wäre. Gleichzeitig fühlte er, daß er vor der Gefahr, die er spürte, nicht weglaufen konnte.

Mit klopfendem Herzen ging Stone weiter und zögerte noch einmal, ehe er mit kleinen, mühsamen Schritten die Treppe zum Portal hinaufging.

Drinnen angekommen, blieb er einen Moment mit geschlossenen Augen stehen, um sich an das Dämmerlicht zu gewöhnen. Als er die Lider wieder hob, bot sich ihm ein Anblick völliger Zerstörung. Was noch vor wenigen Tagen ein intaktes Nest gewesen war, der Ursprung eines neuen Volkes, war zerrissen und ausgebrannt. Hunderte von aufgeplatzten Eiern lagen auf dem Boden, dazwischen Dutzende von Jared und reglosen *Ameisen*.

Aber die Königin lebte.

Stone hielt erschrocken den Atem an, als er die schweren Verletzungen sah, die sie davongetragen hatte. Doch in ihren riesigen, schimmernden Facettenaugen glühte noch immer jenes unheimliche Feuer, das Stone jedes Mal aufs neue erschauern ließ, wenn er einer dieser gigantischen Kreaturen gegenüberstand. Und im gleichen Moment, als hätte sie seine Schritte gehört, hob sie den Kopf und starrte ihn an.

Die Bewegung brach den Bann, der für einen Moment von Stone Besitz ergriffen hatte. Er ging weiter und gewahrte erst jetzt die beiden riesigen, weiß schimmernden Ameisengestalten, die neben dem verstümmelten Leib der Königin standen. Der Anblick überraschte ihn. Ärgerlich wandte er sich zu Luzifer um. »Wieso hast du mir nicht gesagt, daß die Inspektoren hier sind?«

»Ich wußte es nicht«, antwortete Luzifer.

Stone blickte ihn einen Herzschlag lang fast haßerfüllt an und schüttelte zornig den Kopf, als Luzifer ihm folgen wollte. Der Moroni zog sich lautlos zurück, während Stone weiterging. Innerlich fast einer Hysterie nahe, trat der Governor den beiden Inspektoren entgegen und deutete ein Kopfnicken an. Eines der beiden Wesen reagierte gar nicht, aber das andere fuhr herum, musterte ihn eine Sekunde lang mit seinen kalten Kristallaugen. »Wer hat Ihnen erlaubt, hierherzukommen?«

»Niemand«, antwortete Stone ruhig. »Aber es hat auch niemand gesagt, daß ich es nicht darf. Darüber hinaus glaube ich nicht, daß ich Befehle von Ihnen entgegenzunehmen habe.«

Der Inspektor deutete auf Luzifer: »Ihr Stellvertreter wurde darüber unterrichtet, daß wir mit der Möglichkeit eines verfrühten *Sprunges* rechnen müssen. In diesem Falle sind all Ihre Befugnisse außer Kraft gesetzt, Governor Stone.«

»Wer sagt das?« erkundigte sich Stone in fast beiläufigem Ton.

»Vorgänge, die das Schicksal des *Volkes* angehen«, antwortete der Inspektor, »unterliegen nicht der Entscheidungsgewalt des jeweiligen Planetengovernors. Das sollten Sie wissen.«

Stone zuckte mit den Achseln und ging gelassen an dem Inspektor vorbei. »Vielleicht habe ich es vergessen.«

Drei Schritte vor der Königin blieb er stehen und betrachtete das riesige Geschöpf mit einer Mischung aus Ekel und Faszination. Er verstand wenig von Medizin – aber nach allem, was er sah, hätte die Königin gar nicht mehr leben *dürfen.*

»Was ist hier passiert?« fragte er.

»Wir wissen es nicht«, erklärte der Inspektor.

»Alles deutete auf einen bevorstehenden *Sprung* hin. Aber das ist eigentlich unmöglich. Es ist viel zu früh. Das Feld kann sich noch nicht so weit aufgebaut haben. Die Bevölkerungspopulation beträgt noch nicht einmal ein Zwanzigstel des erforderlichen Limits.«

Hinter Stone erklang plötzlich ein meckerndes Lachen. »Sieht so aus, als hättet zur Abwechslung mal Ihr eine Menge Ärger am Hals, wie?«

Stone erkannte die Stimme, noch bevor er sich herumdrehte und auf den glatzköpfigen Zwerg mit dem Greisengesicht herabblickte, der hinter ihm aufgetaucht war.

»Du?« fragte er überrascht.

Gurk zog eine Grimasse und begann auf den Zehenspitzen zu wippen. »Ich dachte, du freust dich, mich wiederzusehen.«

»Wo sind die anderen?«

»Nicht hier«, antwortete Gurk trotzig. »Und ehe du fragst – ich weiß auch nicht, wo sie sind.«

»Du würdest es mir sagen, wenn du es wüßtest«, sagte Stone spöttisch.

»Selbstverständlich«, erwiderte Gurk. »Davon abgesehen – ich glaube nicht, daß Charity und ihre Leute im Augenblick deine größte Sorge sind.« Er deutete mit einer Kopfbewegung auf die Königin, die begonnen hatte, leise, schmerzerfüllte Töne auszustoßen. »Ein hübscher Anblick, nicht wahr? Schau ihn dir nur gut an. Vielleicht ist es das letzte Mal, daß du so etwas zu sehen bekommst. Jedenfalls auf diesem Planeten. Aber keine Sorge«, fügte er gehässig hinzu, »ich bin sicher, daß deine Herren einen anderen Job für dich finden. Die Galaxis wimmelt von Planeten, die darauf warten, unterdrückt und ausgebeutet zu werden.«

Stone fuhr mit einer ärgerlichen Bewegung herum und wandte sich an den Inspektor.

»Wo sind die anderen?« Er machte eine herrische, weit ausholende Handbewegung. »Wo sind sie alle? Wieso ist hier niemand? Sie können unmöglich alle bei dem Angriff ums Leben gekommen sein!«

»Ich sagte bereits, Governor Stone«, antwortete der Inspektor, »daß Ereignisse, die das Schicksal des *Volkes* betreffen, nicht in ... «

»Das hier geht mich sehr wohl etwas an!« unterbrach ihn Stone aufgebracht. »Verdammt, glaubt ihr, ich sehe tatenlos zu, wie hier alles in die Brüche geht? Wo sind sie? Wo sind die Jared? Die Krieger? Die Schiffe?«

»Fort«, erwiderte der Inspektor stur.

Gurk kicherte böse. »Er hat recht. Sie sind alle weg. Vor einer Stunde. Einfach ... « Er schnippte mit den Fingern. »... so.«

Stone blickte abwechselnd den Zwerg und die beiden Inspektoren feindselig an. »Ihr verschweigt mir irgend etwas.«

Die beiden Moroni antworteten nicht, aber Gurk ließ abermals dieses böse, schadenfrohe Kichern hören. »Das kannst du laut sagen. Willst du wissen, was?«

Stone fuhr blitzschnell herum, packte den Zwerg am Kragen und schüttelte ihn. Der Gnom begann zu strampeln, hörte aber trotzdem nicht auf, wie irr zu lachen. Schließlich stellte Stone ihn grob wieder auf die Füße zurück und machte eine auffordernde Handbewegung.

Ein paar Augenblicke lang gefiel sich Gurk noch darin, mit vor der Brust verschränkten Armen dazustehen und den Beleidigten zu spielen, dann seufzte er tief, drehte sich um und schlurfte gemächlich auf die Königin zu. Nach kurzem Zögern folgte ihm Stone. Obwohl er nicht hinsah, konnte er fühlen, wie die Blicke der Königin ihm folgten. Er begann sich immer unwohler zu fühlen.

Gurk blieb stehen, wedelte auffordernd mit der Hand und deutete auf einen unförmigen Umriß herab, den Stone auf den ersten Blick für ein weiteres, zerstörtes Ei gehalten hatte. Dann sah er, daß er dafür zu groß war. Und als er einen weiteren Schritt machte und sich vorbeugte, erkannte er, was es wirklich war.

»O mein Gott!« stöhnte er, und Gurk ließ ein wahnsinniges Lachen ertönen.

18

»Ich hätte ihm den Schädel einschlagen sollen!« sagte Skudder. »Dann wüßten wir jetzt wenigstens, warum wir gefangen sind!« Zornig versetzte er der Tür einen Fußtritt, der sie in den Angeln erzittern ließ. Eine Sekunde später öffnete sich eine schmale Klappe in der Tür, durch die ein dunkles Augenpaar zu ihnen hereinsah. Skudder starrte es einen Moment lang zornig an, dann sprang er vor, riß die Arme in die Höhe und machte: »Buh!« Sofort verschwand das Augenpaar hastig aus der Öffnung.

»Laß das, Skudder«, sagte Charity. »Der Blödsinn hilft uns hier auch nicht raus.«

»Nein«, antwortete Skudder. »Aber er erleichtert.«

Zum ungefähr dreißigsten Mal innerhalb der letzten halben Stunde sah sie auf die Uhr. Das Heulen der Alarmsirenen war längst verstummt, aber dafür glaubte sie manchmal ein dumpfes Grollen zu hören, und zweimal innerhalb der letzten zehn Minuten hatte der Boden unter ihren Füßen spürbar gezittert, als liefen irgendwo riesige Maschinen an – oder als wäre etwas explodiert.

»Wenn wir wenigsten wüßten, was draußen los ist!« sagte Net.

Wie zur Antwort erzitterte der Boden in diesem Moment ein drittes Mal – doch diesmal folgte der Vibration ein dumpfes Grollen.

Skudder fuhr erschrocken herum und hob in einer sinnlosen Abwehrbewegung die Arme, und auch Charity richtete sich alarmiert auf. »Was ...?«

Eine vierte und noch nähere Explosion verschluckte den Rest ihrer Worte. In der Decke entstand ein gezackter Riß, aus dem Staub und kleine Steine auf sie herabrieselten, und plötzlich begannen die Alarmsirenen erneut mit ihrem schrillen, mißtönenden Gesang.

»Um Gottes willen!« keuchte Skudder. »Der ganze Laden bricht zusammen!« Mit einem Schrei fuhr er herum und begann mit den Fäusten gegen die Tür zu hämmern.

Charitys Blick hing wie gebannt an der Decke. Der Riß hatte sich nicht verbreitert, schickte jetzt aber kleine Arme in alle Richtungen, aus denen mehr und mehr Staub herabrieselte.

»Aufmachen!« schrie Skudder. »Macht auf! Hier bricht alles zusammen!«

Nach seinem albernen Benehmen zuvor hatte Charity kaum damit gerechnet – aber die Luke in der Tür wurde tatsächlich wieder geöffnet, und der Posten blickte zu ihnen herein. Dann hörte sie das scharrende Geräusch des Riegels, und die Tür flog mit einem Ruck auf.

Und im gleichen Moment brach die Decke herab.

Charity sah es wie in einer bizarren Zeitlupenaufnahme: Die tonnenschwere Betondecke verwandelte sich in ein Spinnennetz aus ineinanderlaufenden Sprüngen und Rissen und stürzte in die Tiefe. Doch im gleichen Moment fuhr Skudder herum, packte Net und sie gleichzeitig mit beiden Händen und stürzte sich einfach nach vorn. Charity spürte, wie ein gewaltiger Steinbrocken hinter ihr zu Boden krachte, dann fiel sie über Skudder, riß instinktiv die Arme in die Höhe und rollte sich ab. Hustend und benommen kam sie wieder auf die Füße. Ihre Augen tränten, und im ersten Moment konnte sie nichts anderes erkennen außer Staubwolken und Schatten, die sich in den grauen Schwaden bewegten: Skudder, der Net mühsam auf die Beine zog, und die beiden Soldaten, die vor der Tür Wache gehalten hatten. Einen von ihnen hatten sie bei ihrem verzweifelten Sprung umgerissen, der andere stand zwei Schritte hinter ihr und blickte abwechselnd sie, Skudder und den zusammengestürzten Raum hinter der Tür fassungslos an.

»Was ist passiert?« fragte Charity.

Der Soldat zuckte hilflos mit den Achseln. Im nächsten Augenblick ließ eine weitere Explosion den gesamten Tunnel erbeben.

»Ich weiß es nicht«, schrie der Soldat. »Wir werden angegriffen. Aber ich weiß nicht, von wem!«

»Aber ich«, brüllte Charity gegen das Grollen und Dröhnen. »Bringen Sie uns zu Krämer! Schnell!«

Der junge Mann zögerte. »Ich ... darf Sie nicht ... «

»Verdammt, ich weiß, was das alles zu bedeuten hat!« unterbrach ihn Charity. »Und ich weiß auch, wie wir es beenden können!«

Entschlossen drehte der Soldat sich herum und deutete den Gang hinab. »Okay. Kommen Sie.«

Sie stürmten in Richtung auf den Aufzug los. Aber sie hatten nicht einmal die Hälfte der Strecke hinter sich gebracht, als eine weitere, ungeheuerliche Explosion erscholl und fast die gesamte Wand neben ihnen zusammenbrach.

Die Erschütterung schleuderte sie alle von den Füßen. Charity riß die Arme über den Kopf, als ein Regen von Steinsplittern und Trümmern auf sie herabstürzte. Für Sekunden war der Staub so dicht, daß sie nicht einmal Skudder erkennen konnte, der unmittelbar neben ihr lag. Sie hustete qualvoll, stemmte sich umständlich in die Höhe und blinzelte ein paarmal, um durch die tobenden Staubschwaden hindurch etwas zu erkennen.

Auf der anderen Seite der zusammengebrochenen Wand lag eine gewaltige, gut zehn Meter hohe Halle, die durch eine Unzahl gläserner Wände in ein Labyrinth kleiner, rechteckiger Räume unterteilt wurde. In jeder dieser kleinen Kavernen stand eine Liege, auf der eine ausgestreckte, reglose Männergestalt lag. Charity schätzte die Zahl dieser Liegen auf weit über tausend. In dem riesigen Saal befand sich ein Teil von Krämers schlafender Armee.

Ein großer Teil der gläsernen Wände war zerborsten, so daß zahlreiche Männer Verletzungen davongetragen hatten. Und zwischen den schier endlosen Reihen von Liegen bewegten sich andere Gestalten; Schatten, die Charity im ersten Moment in den treibenden Staubschleiern allesamt für menschlich hielt, bis sie das Aufblitzen von Strahlenschüssen sah. Die Moroni griffen die Basis nicht einfach an, dachte sie entsetzt. Sie waren bereits *hier*.

Skudder sog plötzlich scharf die Luft ein und ergriff sie so heftig am Arm, daß Charity mit einem Schmerzlaut zusammenfuhr. Sein ausgestreckter Arm deutete auf die gegenüberliegende Wand der Halle.

Aus den Trümmern wand sich eine riesige, schwarze Gestalt.

Es dauerte eine Sekunde, bis Charity sie erkannte.

Der Wurm war ungefähr dreißig Meter lang. Sein Leib war mit schwarzen, glitzernden Panzerplatten bedeckt, und wo er den Boden berührte, begannen die Kunststoffplatten zu schmelzen. Charity konnte weder Augen noch andere Sinnesorgane entdecken, aber der vordere Teil seines Körpers hatte sich aufgerichtet und pendelte beständig hin und her, wie der Kopf einer angreifenden Kobra. Charity sah, wie einige der Soldaten das Feuer auf die gigantische Kreatur eröffneten. Aber die Lasersalven prallten wirkungslos von seinem Leib ab.

Aus dem gut drei Meter durchmessenden Tunnel, den der Wurm in den Fels gebrannt hatte, quollen vierarmige Gestalten. Es mußten bereits Dutzende von *Ameisen* sein, die die wenigen Verteidiger mit wütenden Feuerstößen zurücktrieben; und aus dem Tunnel rückten immer mehr Moronikrieger nach.

Aber nicht nur sie.

Zwischen den glitzernden, vierarmigen Umrissen der Moroni bewegten sich kleinere, helle Gestalten, Gestalten mit nur zwei Armen und langem, verfilztem Haar – Jared.

Charity plagte sich auf. Einer der beiden Soldaten in ihrer Begleitung wollte seine Waffe heben und auf die Moroni anlegen, aber Charity drückte hastig seinen Arm herunter. »Nicht«, sagte sie. »Sie wollen nichts von uns! Sehen Sie doch!«

Sie deutete auf die Jared, die die *Ameisen* begleiteten. Die Insektenkrieger trieben die wenigen Soldaten, die ihren Feuerüberfall bisher überlebt hatten, gnadenlos vor sich her, aber die Jared schienen sich für den Kampf überhaupt nicht zu interessieren. Ohne die Explosionen auch nur zu beachten, die den Saal rings um sie herum in eine Hölle verwandelten, näherten sie sich den schlafenden Soldaten auf den Liegen und knieten neben ihnen nieder. Charity konnte nicht genau erkennen, was sie taten, aber sie sah, wie einige der Gestalten sich zu regen begannen, als die Jared sie berührten.

»Was ... was tun sie da?« stammelte der Soldat.

»Ich weiß es nicht«, antwortete Charity. »Aber sie wollen nichts von euch, verstehen Sie? Sie wollen nur sie!«

Der Mann starrte aus entsetzt geweiteten Augen auf das unglaubliche Bild. Er antwortete nicht.

»Bringen Sie uns zu Krämer!« schrie Charity. *»Schnell!«*

Der Soldat reagierte immer noch nicht, so daß Charity ihn kurzerhand an der Schulter ergriff und herumriß. Die Berührung brach den Bann. Instinktiv streifte er ihre Hand ab – und deutete dann heftig gestikulierend auf den Lift. »Dort entlang! Schnell!«

Sie rannten los. Zwei, drei Energieschüsse zuckten in ihre Richtung, als die *Ameisen* das halbe Dutzend fliehender Gestalten erspähten, aber keiner von ihnen traf. Unbehelligt erreichten sie den Aufzug und sprangen in die Kabine.

Die Türen begannen sich mit quälender Langsamkeit zu schließen. Eine weitere Explosion ließ die gesamte Kabine erbeben, und einen Sekundenbruchteil, bevor sich die Türen wirklich schlossen, sah Charity die zwei Meter große Gestalt einer *Ameise,* die mit grotesk aussehenden Sprüngen über die zusammengebrochene Wand setzte und auf sie zurannte. Aber dann schlossen sich die Türen, und der Lift setzte sich summend in Bewegung.

Zehn Sekunden lang.

Dann traf die Faust eines Riesen den Aufzug, schleuderte ihn zwei oder drei Meter weit in die Höhe und ließ ihn dann wieder zurückfallen.

Die Erschütterung schmetterte Charity und die anderen mit furchtbarer Wucht zu Boden. Für Momente blieb sie benommen liegen und lauschte auf das schreckliche Geräusch der überanspruchten Stahlseile, an denen die Liftkabine hing. Aber das Wunder geschah – die Trossen hielten, und die Kabine stürzte nicht haltlos in die Tiefe.

Vollkommene Dunkelheit umgab sie. Blind tastete sie um sich, fühlte einen Körper, über dem sie zusammengebrochen war, und hörte ein unterdrücktes Stöhnen.

»Bist du verletzt?« fragte sie.

»Ja«, antwortete Net. »Aber nicht schwer. Ich ... glaube jedenfalls nicht.«

Einer der Soldaten schaltete eine Taschenlampe ein und ließ den Strahl durch die winzige Kabine gleiten. In seinem bleichen Licht erkannte Charity, daß sie tatsächlich alle mehr oder minder unverletzt davongekommen waren. Bis auf Net und sie selbst hatten sich alle wieder erhoben, und auch die Wasteländerin richtete sich mit schmerzverzerrtem Gesicht auf.

Der Lift aber war schwer beschädigt worden. Die Türen hatten sich verzogen und ließen sich wahrscheinlich nicht einmal mehr mit einer Brechstange öffnen. Aus der Schalttafel an der Kabinenwand kräuselten sich dünne, graue Rauchfahnen. Trotzdem trat einer der Soldaten heran und drückte mehrmals auf den obersten Knopf – aber nichts geschah.

»Mist!« fluchte Skudder.

»Sieht so aus, als säßen wir fest.«

»Es gibt noch einen Weg!« sagte der Soldat und deutete mit dem Lauf seines Gewehres nach oben. »Können Sie klettern?«

Skudder sah ihn fragend an.

»Die Trossen«, sagte der Soldat. »Es ist nicht leicht, aber es geht. Und es sind nur sieben oder acht Meter.«

Statt direkt zu antworten, richtete sich Skudder auf und hob die Arme. Er erreichte spielend die Decke der Liftkabine. Charity sah, wie sich seine Muskeln spannten, als er mit aller Macht dagegendrückte. Das Metall knirschte, gab aber nicht nach.

Enttäuscht ließ er die Arme sinken und trat zurück. »Wir bräuchten etwas, um ... « murmelte er.

Ein dumpfer Schlag traf die Liftkabine. Einen Augenblick später hörte Charity das Geräusch harter Krallen, die über Metall kratzten.

Einer der beiden Soldaten feuerte auf die Tür. Die Geschosse blieben im Metall stecken, aber dennoch erscholl von draußen ein wütendes Zischeln und Pfeifen – und ein zweiter, noch heftigerer Schlag, der die Lifttür traf.

Der Soldat zielte abermals auf die Kabinentür, besann sich dann aber eines Besseren und riß die Waffe plötzlich in die Höhe, um den Rest des Magazines in die Decke zu feuern.

»Jetzt!« schrie er, während er zurücktrat und das Magazin auswechselte. »Versuchen Sie es noch mal!«

Skudder hob abermals die Arme, und diesmal gab das Metall nach, als der Hopi zornig mit der Faust dagegen schlug.

Ein weiterer Hieb traf die Lifttür – und durchschlug sie. In einem handlangen, gezackten Riß tauchte für eine Sekunde eine Insektenklaue auf, die sich aber blitzschnell zurückzog, als der Soldat einen weiteren Schuß aus seiner MP durch die Tür jagte.

»Beeilt euch!« sagte er. »Ich versuche sie aufzuhalten – aber ich weiß nicht, wie lange ich es schaffe.«

Skudder schwang sich mit einer kraftvollen Bewegung auf das Dach der Kabine und streckte die Hände herab, um erst Net und dann Charity zu sich heraufzuhelfen.

Charity blickte aus eng zusammengepreßten Augen in den vollkommen schwarzen Liftschacht.

»Wir brauchen Licht!« rief sie in die Kabine hinunter.

Einer der beiden Soldaten kletterte umständlich zu ihnen herauf, während der zweite zurückblieb und in fast regelmäßigen Abständen einen Schuß auf die Tür abgab.

Der Mann schaltete seine Taschenlampe ein und ließ den Strahl an den Stahltrossen hinaufwandern, an denen der Lift hing. Schließlich blieb er an den geschlossenen Türen des Ausgangs hängen – ungefähr zehn Meter über ihnen, wie Charity erschrocken erkannte.

»Schaffst du das?« fragte Skudder besorgt. Die Frage galt eher Net als Charity, aber sie beantwortete sie trotzdem mit einem Nicken, warf einen letzten, nervösen Blick in die Kabine zurück und begann an dem Stahlseil hinaufzuklettern.

Es war sehr viel schwerer, als sie erwartet hatte. Die Trosse war straff gespannt und vibrierte unter ihren Händen, als wolle sie jeden Moment zerreißen. Sie war zudem so dick mit Schmiere und Öl eingerieben, daß Charity immer wieder den Halt verlor. Sie war in Schweiß gebadet, als sie endlich die Tür erreichte.

»Rechts neben der Tür!« drang die Stimme des Soldaten zu ihr herauf. »Drücken Sie den roten Knopf!«

Charity sah nicht einmal die Tür wirklich, geschweige denn einen roten Knopf. Behutsam löste sie eine Hand von ihrem Halt und tastete mit gepreizten Fingern über die Wand neben der Tür. Nach Augenblicken ertastete sie einen rechteckigen Umriß und drückte entschlossen mit der ganzen Handfläche darauf. Ein hörbares Klicken erscholl – aber das war auch alles.

»Sie geht nicht auf!«

»Versuchen Sie es noch einmal! Die Notautomatik *muß* funktionieren! Und beeilen Sie sich!« Wie um die Worte des Mannes zu unterstreichen, drang aus der Liftkabine wieder ein kurzer, hämmernder Feuerstoß herauf. Ein furchtbarer Schlag, der die Liftkabine im nächsten Augenblick traf, ließ den gesamten Liftschacht erbeben. Aus dem Schalter neben der Tür drang ein hörbares Klicken, und die Aufzugtüren glitten auf.

Mit einem erleichterten Seufzen schwang sich Charity aus dem Liftschacht. Vor der Tür sank sie auf die Knie herab und blieb sekundenlang mit geschlossenen Augen sitzen, um Atem zu schöpfen, ehe sie es wagte, den Kopf zu heben und sich umzusehen.

Sie befand sich im Inneren eines der kleinen Gebäude von Krämers Höhlenstadt. Draußen erklangen Schreie, und manchmal erscholl das Echo einer schweren Explosion. Langsam, ihre zerschundenen Hände unter die Achseln gepreßt, stand sie auf und ging zur Eingangstür des Gebäudes. Behutsam öffnete sie sie einen Spaltbreit und spähte hinaus.

Die Höhlenstadt befand sich in heller Aufregung. Das Heulen der Sirenen war längst verstummt, aber der gewaltige unterirdische Dom hallte wider von den Schritten Hunderter von Männern, die scheinbar ziellos hin und her hasteten, sich Befehle zuschrien oder den Ausgängen entgegenstrebten. Charity sah, daß sich vor dem Tunnel zum Landeplatz eine gewaltige Stahlplatte herabgesenkt hatte. Die Türen der meisten Gebäude standen offen und entließen Männer ins Freie. In einer der großen, fensterlosen Hallen hatte sich ein gewaltiges Tor geöffnet, aus dem hintereinander ein halbes Dutzend riesiger, stählerner Ungetüme herausrollte: Panzer, wie Charity und Skudder sie schon in Paris gesehen hatten.

Sie hörte ein Geräusch, drehte sich herum und erkannte Skudder, der geschickt an der Stahltrosse emporgeklettert kam, so schnell und scheinbar mühelos, daß Charity ein absurdes Gefühl von Neid empfand.

»Alles in Ordnung hier oben?« fragte Skudder schwer atmend.

Charity nickte. »Ja. Aber ich weiß nicht, wie lange noch.« Sie fuhr erschrocken zusammen, als ihr Blick auf Skudders zerschundene Hände fiel, »O verdammt, wie sehen deine Hände aus?«

Skudder blickte einen Herzschlag lang mit gerunzelter Stirn auf seine Hände herab. Zwischen Fett und Öl schimmerte helles Blut. Schließlich zuckte er mit den Schultern und rieb sich die Handflächen an den Hosenbeinen sauber.

Dann kam Net heftig keuchend und am Ende ihrer Kraft den Schacht herauf, und kurz nach ihr einer der beiden Soldaten.

»Wo ist ihr Kamerad?« fragte sie, als der junge Mann erschöpft neben der Lifttür zusammenbrach.

»Er … kommt nach«, keuchte er. »Irgend etwas … ist durch die Tür gekommen. Er … wollte es aufhalten.«

Charity tauschte einen erschrockenen Blick mit Skudder, beugte sich in den Liftschacht – und fuhr so hastig wieder zurück, daß sie Skudder beinahe von den Füßen gerissen hätte.

An dem Drahtseil kletterte eine Gestalt hinauf. Aber es war nicht der Soldat, sondern ein Ameisenkrieger. Neben ihr schrie der Hopi überrascht auf, packte aber im gleichen Moment gedankenschnell die Waffe des Soldaten und gab einen Feuerstoß in den Liftschacht ab. Es war nicht zu erkennen, ob er traf, aber aus dem Schacht drang ein wütendes Zischeln und Pfeifen herauf, und plötzlich begann das Stahlseil zu vibrieren. Ein dürres, vielgelenkiges schwarzes Bein erschien in der Tür und versuchte sich festzuklammern. Skudder drehte die Maschinenpistole herum und schlug mit dem Kolben zu. Das Bein verschwand, aber eine halbe Sekunde später tauchte ein glotzendes Augenpaar in der Öffnung auf, und zwei, drei riesige Beine schleuderten Skudder, Charity und Net in einer einzigen, wütenden Bewegung zu Boden.

Der Hopi fiel hilflos auf den Rücken, aber er besaß genug Geistesgegenwart, die Waffe abermals herumzudrehen und den Abzug durchzudrücken. Der winzige Raum schien unter dem Dröhnen der MP-Salve auseinanderzubersten. Charity sah aus den Augenwinkeln, daß die Salve das Monster traf. Das Ungeheuer kreischte und stürzte haltlos in den Schacht zurück. Wenig später erscholl ein krachender Aufprall, und dann zerriß das Stahlseil endgültig. Polternd stürzte die Liftkabine in die Tiefe.

Charity überzeugte sich hastig davon, daß keiner von ihnen schwer verletzt war, dann kroch sie auf Händen und Knien zurück zur Tür. Der Liftschacht lag vollkommen dunkel unter ihr, aber sie glaubte trotzdem einen huschenden, mißgestalteten Schatten zu sehen, der sich langsam zu ihr hinaufarbeitete. Sie war ziemlich sicher, daß *diese* Kreatur kein Stahlseil brauchte, um den Liftschacht hinaufzuklettern …

»Wir müssen die Tür schließen!« rief sie. »Helft mir!«

Sie schafften es mit vereinten Kräften und buchstäblich im letzten Augenblick. Die beiden Türhälften hatten sich kaum geschlossen, als etwas von innen mit solcher Wucht dagegenhämmerte, daß Charity erschrocken zurücktaumelte.

»Die Tür hält höchstens ein paar Minuten!« sagte Skudder. »Raus hier – *schnell!*«

Erst als Charity bereits an der Tür war, fiel ihr auf, daß der Soldat keine Anstalten machte, ihnen zu folgen. »Was ist los!« fragte sie ungeduldig. »Worauf warten Sie?«

»Ich ... kann nicht mehr«, stöhnte der Soldat. Er stand zitternd an der Wand neben der Lifttür. Sein Gesicht war bleich, und Charity sah erst jetzt die rasch größer werdende Blutlache, die sich unter seinem rechten Bein bildete. »Das Vieh hat mich erwischt, als ich ... am Seil hing«, stöhnte er. »Verschwindet! Ich ... versuche sie einen Moment aufzuhalten.«

Charity zögerte. Alles in ihr sträubte sich dagegen, den Mann hier zurückzulassen. Aber sie sah auch, daß er wirklich schwer verletzt war – und die Tür neben ihm erzitterte immer heftiger unter den Schlägen des Ungeheuers. Schließlich nickte sie Skudder zu. Der Hopi nahm das Gewehr von der Schulter und warf es zu seinem rechtmäßigen Besitzer zurück. Der junge Soldat fing es auf, schob mit zusammengebissenen Zähnen ein neues Magazin in den Schaft und humpelte einige Schritte von der Lifttür weg.

»Viel Glück«, sagte Charity. »Und spielen Sie nicht den Helden. Wenn sie durchkommen, verschwinden Sie!«

Obwohl die Entfernung bis zu Krämers Befehlszentrale kaum zweihundert Meter betrug, brauchten sie fast zehn Minuten, um sie zurückzulegen. Die Höhlenstadt hatte sich in ein Irrenhaus verwandelt. Der Boden unter ihren Füßen erzitterte immer öfter unter schweren Explosionen, von denen einige eindeutig aus der *Tiefe* der Station heraufdrangen. Charity schätzte, daß die Bunkerfestung dem Angriff keine halbe Stunde mehr standhalten würde.

Zu ihrem Erstaunen trafen sie weder vor noch in dem kleinen Gebäude auf Wachen. Aber als sie sich Krämers Büro näherten, ging die Tür auf, und Hartmann trat heraus.

Ein ungläubiger Ausdruck erschien auf seinem Gesicht, als er sie erkannte. »Wie zum Teufel kommen Sie hierher?« fragte er fassungslos.

»Ist Krämer dort drinnen?« herrschte ihn Charity an.

Hartmann nickte. »Ja, aber ... «

»Sie sind hier!« unterbrach ihn Charity. »Sie sind bereits in der Station, Hartmann!«

Sämtliche Monitore in der Wand hinter Krämers Schreibtisch waren zum Leben erwacht, als sie in den Raum stürmten. Jeder zeigte einen anderen Ausschnitt der unterirdischen Basis. Trotzdem ähnelten sich die Bilder auf schreckliche Weise: Fast alle zeigten eine Armee schwarzer, vielarmiger Insektenkrieger, die die Abwehr der Bunkerfestung so mühelos überrannten, als wäre sie gar nicht vorhanden. Auf den Bildschirmen flammte eine grellweiße Explosion nach der anderen auf und zeigte den Untergang von Krämers Abwehrstationen. Nur ein Dutzend der sorgsam getarnten Geschützstände feuerte noch, aber für jeden Gleiter, der in einer Explosion verglühte oder abstürzte, schienen zwei neue am Himmel aufzutauchen.

»Krämer – Sie sind hier!« Skudders Stimme war so schrill, als wolle sie jeden Moment umkippen. Mit einer zornigen Bewegung beugte er sich vor und streckte die Arme aus, wie um Krämer an den Schultern zu packen und herumzureißen, trat dann aber im letzten Moment wieder zurück und starrte aus entsetzt geweiteten Augen auf das apokalyptische Schauspiel, das sich auf den Bildschirmen bot.

»Was ... was tun *Sie* hier?« stammelte Krämer.

»Sie sind bereits in der Station!« schrie Charity. »Krämer, wir müssen zu Gyell! Geben Sie uns eine Maschine!«

»Unmöglich!« rief Krämer. »Sie lügen. Wir ... wir sind hier vollkommen sicher. Sie können nicht hier herein! Sie kommen nie durch die Tore!«

Charity tauschte einen alarmierten Blick mit Skudder. Beide begriffen, daß Krämer kurz davor stand, den Verstand zu verlieren.

»Ich kann sie aufhalten«, sagte Charity. »Vielleicht kann ich sie daran hindern, sie alle umzubringen. Bitte, Krämer – wir brauchen einen Hubschrauber!«

»Nein«, antwortete Krämer. »Sie ... Sie lügen. Was tun Sie überhaupt hier? Sie ... Sie sind meine Gefangene!« Plötzlich sprang er auf, fuhr herum und deutete heftig gestikulierend auf Hartmann. »Nehmen Sie sie fest! Erschießen Sie sie, wenn sie fliehen wollen! Sie sind Verräter! Es ist ... es ist alles ihre Schuld!«

Skudder riß ihn mit einer zornigen Bewegung in die Höhe. »Sie ...«

»Hören Sie auf!«

Skudder erstarrte, und auch Charity blickte einen Moment lang ungläubig auf die Pistole, die plötzlich in Hartmanns Hand lag.

Dann fing sie Hartmanns Blick auf und begriff.

»Lassen Sie ihn los, oder ich erschieße Sie gleich hier!« sagte Hartmann. *Sofort.*«

»Tu, was er sagt«, sagte Charity hastig. »Er hat recht, Skudder. Es ist alles unsere Schuld. Aber wir sind hier sicher. Krämers Leute werden sie besiegen.«

Skudder schien immer noch nicht zu begreifen. Eine Sekunde lang starrte er auch sie fassungslos an, aber dann fing er ihren fast verzweifelten Blick auf und ließ den kleinen Mann endlich los,

Krämer taumelte mit einem Keuchen zurück und fiel schwer in seinen Sessel. »Bringen Sie sie weg, Hartmann!« kreischte er. »Erschießen Sie sie! Ich verurteile Sie wegen Hochverrat und Konspiration mit dem Feind zum Tode!«

»Zu Befehl, Herr Generalmajor«, sagte Hartmann. Mit grimmigem Gesichtsausdruck wandte er sich an Charity und machte eine wedelnde Bewegung mit der freien Hand. »Raus hier! Los!«

Charity hob langsam die Arme, und auch Net und Skudder traten auf den Korridor zurück. Hartmann folgte ihnen mit der Waffe im Anschlag. Für einen winzigen Moment kamen Charity Zweifel, als sie den verbissenen Ausdruck auf Hartmanns Gesicht sah. Er war wirklich ein überzeugender Schauspieler. Sie hoffte nur, daß er auch wirklich nur *schauspielerte* ...

Sie hatten das Gebäude kaum verlassen, da senkte Hartmann die Waffe und steckte sie wieder ein. Charity atmete erleichtert auf, und auch von Skudders Gesicht wich der angespannte Ausdruck.

»Ist das wahr?« fragte Hartmann. »Sie sind wirklich schon hier?«

Charity blickte ihn einen Moment lang verständnislos an. »Sie ... wissen es wirklich nicht?«

»Was?!«

»Aber ... Krämer muß es doch gemerkt ...« Skudder verstummte mitten im Wort. »Er hat nichts gesagt«, murmelte er. »Nicht wahr? Sie sind dabei, eure Festung von innen heraus aufzurollen, und er sagt kein Wort. Der Kerl ist ja wahnsinnig!«

»Vermutlich«, sagte Charity. »Aber darüber können wir uns später aufregen.« Sie wandte sich an Hartmann. »Was ist mit dem Helikopterlandeplatz? Haben sie ihn schon genommen?«

»Noch nicht.« Hartmann zögerte. »Aber ich weiß nicht, ob ich einen Piloten finde.«

Sie liefen los. Das Grollen der Explosionen hielt an, während sie die gewaltige Höhle durchquerten, und ein paarmal zitterte der Boden unter ihren Füßen so stark, als wolle die gesamte Höhle einstürzten.

Charity schüttelte den Kopf, als Hartmann auf den Aufzug deutete. »Gibt es keine Treppe?«

»Doch«, antwortete Hartmann. »Aber das geht sehr viel ...«

»Dann zeigen Sie sie mir«, unterbrach ihn Charity. Hartmann blickte sie an, als zweifele er an ihrem Verstand, wandte sich aber gehorsam nach rechts und lief auf eine Reihe eiserner Sprossen zu, die an der Felswand nach oben führten.

Sie hatten noch nicht ein Drittel der Strecke zurückgelegt, als eine weitere Explosion die Höhle erzittern ließ. Die Motoren des Lastenaufzugs heulten auf, sprühten eine Sekunde lang Funken – und dann stürzte die ganze Kabine in die Tiefe und verwandelte sich in einen wirren Trümmerhaufen. Hartmann starrte abwechselnd sie und die zerstörte Liftkabine an.

Der Helikopterlandeplatz im Krater schien *ein paar* schwere Treffer abbekommen zu haben, denn alles, was Charity sah, als sie hinter Hartmann aus dem Tunnel gerannt kam, waren schwarze Rauchwolken und ein Himmel, der nicht mehr aus dem körperlosen Flimmern der Holographie bestand, sondern voller Blitze und silbrig schimmernder Flugscheiben war, deren Laserkanonen immer und immer wieder aufflammten.

Charity sah einen schwarzen Schatten aus den Augenwinkeln, fuhr herum und war im gleichen Sekundenbruchteil beinahe froh, unbewaffnet zu sein. Die Gestalt in der zerfetzten Kleidung, die ihr entgegentaumelte, war kein Moroni, sondern einer von Krämers Soldaten.

»Dort!« schrie Hartmann über das Heulen der Gleiter und das unentwegte Donnern der Explosionen hinweg. Er deutete in die Wand aus schwarzem Qualm. »Vielleicht ist eine der Maschinen noch flugfähig!«

Charity blinzelte einen Moment lang angestrengt in die gleiche Richtung, aber sie konnte außer brodelndem Rauch und grellen Flammenzungen nichts erkennen. Trotzdem zögerte sie keine Sekunde, Hartmann zu folgen. Die beiden ersten Maschinen, die aus dem Qualm vor ihnen auftauchten, waren nichts weiter als brennende Trümmerhaufen, aber die dritte schien unbeschädigt zu sein. Hartmann sprang mit einem Satz in den Helikopter, zerrte Charity hinter sich herein und rannte geduckt zum Pilotensitz. Eine Sekunde später stieß er einen wütenden Fluch aus.

»Was ist los?« fragte Charity.

Hartmann deutete mit der geballten Faust auf den Pilotensitz. »Was ich befürchtet habe!« antwortete er. »Wir haben nur drei Maschinen mit Alpha-Steuerung. Und ausgerechnet eine davon müssen wir erwischen!« Er fuhr herum, starrte einen Moment lang verbissen in den brodelnden Qualm hinaus und seufzte. »Versuchen wir, eine andere ... «

Charity schob ihn einfach zur Seite, ließ sich in den Pilotensitz fallen und griff nach dem wuchtigen Helm, der auf dem Armaturenbrett lag.

»He!« protestierte Hartmann. »Wissen Sie überhaupt, was Sie da tun!«

»Ich glaube schon«, antwortete Charity. »Und wenn nicht, dann gehören Sie zu den ersten, die es herausfinden. Setzen Sie sich!« Sie rückte den Helm gerade, schaltete mit der linken Hand die Computerkontrolle des Stealth-Copters ein und deutete mit der anderen auf den Sitz des Copiloten. »Können Sie die Waffenkontrolle übernehmen?«

»Sicher«, antwortete Hartmann verdutzt, »aber ... «

Er kam nicht weiter. Charity registrierte aus den Augenwinkeln, wie Skudder und Net hinter ihnen in die Maschine sprangen und die Tür schlossen, und im gleichen Sekundenbruchteil startete sie die Triebwerke. Die Turbinen des Copters heulten schrill auf, die drei sichelförmigen Rotorblätter verwandelten sich in einen wirbelnden Kreis aus aufblitzendem Silber, und die Maschine sprang mit einem Satz in die Höhe.

»Passen Sie bloß auf!« brüllte Hartmann, der sich verzweifelt an seinen Sitz klammerte.

Der Stealth-Copter hob ab, als die Sensoren des Helmes ihre Gehirnwellen auffingen und in elektrische Steuerimpulse umwandelten. Es war die alte Idee des Biofeedbacks, die in diesem technischen Wunderwerk zur Perfektion entwickelt worden war – aber wenn das, was dieser Helm *tat*, tatsächlich das sichtbare Ergebnis ihrer Gehirnwellen war, dachte sie, dann mußte hinter ihrer Stirn ein ganz schönes Chaos herrschen. Der Copter legte sich auf die Seite, schoß in wirren Sprüngen und Kehren nach rechts und links und geriet für einen schrecklichen Moment ins Trudeln, ehe Charity die Kontrolle zurückerlangte.

Ein Gleiter schoß auf sie zu. Charity wich instinktiv aus, verriß die Maschine prompt wieder und hätte sie um Haaresbreite in die Flanke eines zweiten Moron-Schiffes gejagt, das urplötzlich vor ihnen auftauchte.

Um Gottes willen – bewahren Sie Ruhe!« brüllte Hartmann. »Wenn Sie in Panik geraten, ist es aus!

»Ich weiß«, murmelte Charity mit zusammengebissenen Zähnen. Die Maschine bockte und hüpfte immer noch wie ein durchgehendes Wildpferd, aber allmählich bekam sie ein wenig Gefühl für die Steuerung. Aber sie wußte auch, daß sie einen gutgezielten Angriff kaum überleben würden. Diese Maschine wurde im Prinzip von *Gefühlen* gesteuert – und genau das war der Grund, aus dem sich sein Pilot keinerlei Gefühle *erlauben* durfte.

»In welcher Richtung liegt die Stadt?« fragte sie.

»Norden«, antwortete Hartmann. »Gehen Sie höher. Wir müßten den Dom von hier aus sehen können!«

19

»Ein Fahrzeug nähert sich«, sagte Luzifer. »Sehr schnell.«

»Und?« fragte Stone, ohne den Blick vom Gesicht des reglosen Megamannes zu nehmen. Er wußte nicht, wie lange er hier schon stand – fünf oder zehn Minuten. Vor einer Weile waren die beiden Inspektoren gegangen, und einen Augenblick später hatte er das Geräusch des startenden Gleiters gehört; mit Ausnahme seines eigenen Fahrzeuges der letzten Maschine, die sich noch in der Nähe des Nestes aufgehalten hatte.

Stone löste seinen Blick von Kyles Gesicht und wiederholte seine Frage, in schärferem und hörbar ungeduldigem Tonfall. *»Und?«*

»Ich habe die Situation analysiert, Herr«, antwortete Luzifer. »Es könnte Gefahr bestehen.«

»Von einem einzigen Fahrzeug?« fragte Stone spöttisch.

»Es handelt sich um eine hochentwickelte Kampfeinheit, Herr«, antwortete Luzifer. »Solche Maschinen haben uns bereits schwere Verluste zugefügt. Unser Gleiter ist ihr an Kampfkraft um einen Faktor zwei unterlegen.«

»Dann solltest du beten, daß sie in friedlicher Absicht kommen, mein Freund«, sagte Stone spöttisch. »Falls du überhaupt weißt, was dieses Wort bedeutet.« Er schnitt Luzifer mit einer energischen Handbewegung das Wort ab, als die *Ameise* widersprechen wollte. »Ich glaube, ich weiß, wer in diesem Hubschrauber sitzt.«

»Es ist unklug, ein vermeidbares Risiko einzugehen, Herr«, sagte Luzifer.

»Ich weiß«, antwortete Stone gelassen. »Aber so sind wir Menschen manchmal. Mach das Schiff startklar. Aber du bleibst an Bord, ganz egal, was passiert – es sei denn, ich rufe dich ausdrücklich.«

»Soll ich nicht wenigstens eine Kampfeinheit zu Hilfe ... «

»Du sollst«, unterbrach Stone Luzifer gereizt, »jetzt endlich tun, was ich dir sage. Oder brauchst du den Befehl schriftlich?«

»Nein, Herr«, antwortete Luzifer devot.

»Dann geh«, sagte Stone. »Und paß auf diesen Zwerg auf. Er ist gefährlicher, als er aussieht.«

»Ich weiß, Herr«, sagte Luzifer, während er sich herumdrehte und die Kathedrale verließ, um zu dem Gleiter zu gehen.

Stone sah ihm nachdenklich hinterher. *Du weißt?* dachte er. *O nein, mein Freund. Du hast ja keine Ahnung. Ihr habt ja alle keine Ahnung.*

Plötzlich hatte er alle Mühe, ein hysterisches Lachen zu unterdrücken.

Obwohl Charity mit Höchstgeschwindigkeit flog, brauchten sie fast fünfzehn Minuten, ehe sie den Dom erreichten. Sie hatte damit gerechnet, die Luft über der gewaltigen Kirchenruine voller Gleiter und Kampfschiffe zu finden, aber die einzige Bewegung am Boden waren Staubfahnen, die der Wind vor sich hertrieb.

Charity drosselte die Geschwindigkeit des Hubschraubers, bis das Fahrzeug reglos in der Luft hing, zwanzig, dreißig Meter über dem Vorplatz, auf dem Krämers Männer vor Tagesfrist ein Gemetzel unter den Jared und *Ameisen* angerichtet hatten. Charity schätzte die Anzahl der toten Barbaren auf weit über hundert. Niemand hatte sich die Mühe gemacht, sie wegzubringen.

Der Anblick erfüllte sie mit Bitterkeit, ja, fast Zorn. Der Angriff war so sinnlos gewesen. Und er hatte eine entsetzliche Antwort provoziert.

Hartmann schien ihre Gedanken zu lesen, denn er sagte plötzlich leise: »Es tut mir leid. Ich wußte nicht, was ... «

»Niemand konnte wissen, was sie wirklich sind.«

»Wissen Sie es denn?« fragte Hartmann.

»Ich hoffe es«, murmelte Charity. »Wenn nicht, sind wir nämlich schon so gut wie tot.«

Wie der Flug war auch ihre Landung nicht gerade ein Meisterwerk – der Stealth-Copter setzte mit einem so harten Ruck auf, daß Charity nicht sonderlich überrascht gewesen wäre, wäre er in zwei Stücke zerbrochen. Hastig riß sie sich den Helm vom Kopf, schaltete die Turbine aus und blickte noch einmal zum Dom hinüber, ehe sie sich erhob. Das Tor stand weit offen, und ihre überreizten Nerven gaukelten ihr schattenhafte Bewegungen dahinter vor. Sie betete, daß es wirklich nur ein Trugschluß war.

»Bleiben Sie hier, Hartmann«, sagte sie leise. »Wenn ... irgend etwas schiefgeht, versuchen Sie zu fliehen.«

»Ich kann dieses Ding nicht fliegen«, antwortete Hartmann. Er griff an seinen Gürtel und zog die Pistole, aber Charity schüttelte nur den Kopf, als er ihr die Waffe hinhielt. So aberwitzig ihr der Gedanke auch im ersten Moment selbst vorkam, nach den Geschehnissen der letzten Stunde – sie hatte endgültig begriffen, daß dieser Kampf nicht mit Waffen entschieden werden konnte.

Skudder und Net folgten ihr, als sie den Helikopter verließ und langsam auf das Tor zuging. Keiner von ihnen sprach ein Wort, aber sie alle fühlten das Fremde, Mächtige, das sich wie ein unsichtbarer Mantel über diesen Ort ausgebreitet hatte. Unter dem Tor blieben sie stehen. Das Innere der Kirche war von Dunkelheit und Schatten erfüllt und bot einen so verwüsteten Anblick, wie sie erwartet hatte. Die beiden Raketen, die der Helikopter in das Gebäude hineingefeuert hatte, hatten nicht viel übriggelassen. Trotzdem bewegte sich vor ihnen etwas. Im ersten Moment hielt Charity es nur für eine Sinnestäuschung, aber dann erkannte sie, daß die Bewegung *real* war.

»Das ist ... die Königin!« sagte Skudder ungläubig. »Sie lebt noch!«

Charity nickte mühsam. Ihr Herz begann zu rasen, und plötzlich schrie alles in ihr danach, einfach herumzufahren und zu Hartmann und dem Hubschrauber zurückzurennen. Gleichzeitig wußte sie, daß sie das gar nicht mehr konnte. Ganz einfach, weil sie nicht aus freien Stücken hier war. Irgend etwas hatte sie … gerufen. Es hatte nur bis jetzt gedauert, bis ihr das wirklich klar geworden war.

Plötzlich hob Net die Hand und deutete auf eine zweite, kleinere Gestalt, die neben dem gewaltigen Umriß der Königin aufgetaucht war. »Kyle!« sagte sie. »Das ist Kyle! Er … er lebt!«

»Dann leben vielleicht auch Gurk und das Mädchen noch!« fügte Skudder aufgeregt hinzu. Er wollte loslaufen, aber Charity hielt ihn zurück.

»Nein«, sagte sie.

Skudder sah sie verständnislos an. »Wie bitte?«

Charitys Blick suchte den des Megamannes, und obwohl sie viel zu weit von ihm entfernt war, als daß sein Gesicht mehr als einen verwaschenen Fleck in der Dämmerung darstellte, spürte sie seinen Blick. *Seinen Blick?* »Ich … gehe allein«, sagte sie mühsam. »Bitte wartet hier. Ganz egal, was passiert.«

»Aber das ist verrückt!« antwortete Skudder.

»Ich weiß«, murmelte Charity und ging los. Sie sah aus den Augenwinkeln, wie Skudder eine Bewegung machte, um ihr zu folgen, und dann plötzlich innehielt, als Kyle den Kopf wandte und ihn ansah.

Ihr Herz begann immer schneller zu schlagen, während sie durch die zerstörte Kirche schritt, und das Gefühl eisiger Kälte in ihr wurde immer schlimmer, bis sie glaubte, kaum noch atmen zu können. Die verwundete Königin hob den Kopf und starrte sie an, und wieder fühlte Charity die Berührung von einer gewaltigen, wissenden Macht, als sie in die riesigen Facettenaugen des Wesens blickte.

Dann streifte ihr Blick Kyles Gesicht, und sie hätte beinahe gellend aufgeschrien. Kyle war nicht mehr Kyle: Sein Gesicht zeigte zwar den Megamann, den sie kannte, aber seine Augen waren die eines Jared, und das Lächeln auf seinen Zügen war Gyells Lächeln.

»Es ist gut, daß du gekommen bist«, sagte Kyle. »Das macht es leichter, miteinander zu reden.«

Charity schluckte den harten Kloß herunter, der in ihrer Kehle saß, und zwang sich, Kyle anzusehen. Von den Hüften abwärts verschwand der Körper des Megakriegers in einem Gespinst grauer, klebriger Fäden, unter dem seine Glieder nur noch schemenhaft zu erkennen waren. Charity konnte nicht mehr sagen, ob sie noch menschlich waren oder die harten, gepanzerten Gliedmaßen eines Insekts.

»Wo ist ... Helen?« fragte sie.

Kyle machte eine vage Geste hinter sich. »Dort. Aber es ist besser, du siehst sie nicht. Sie braucht ... länger als ich.«

»Aber sie lebt?«

»Ja«, antwortete Kyle.

»Jetzt wird sie leben.«

Charity dachte einen Moment über diese Worte nach. Aber allein die *Vorstellung*, was sie vielleicht bedeuteten, ließ sie abermals erschauern. »Ist ... ist Gyell nicht hier?« fragte sie mühsam.

»Nein«, antwortete Kyle. »Du kannst mit mir reden. Es ist gleich, mit wem du sprichst. Ich bin Jared.«

»Ich weiß«, flüsterte Charity. »Ihr seid ... ihr seid alle Jared.« Sie deutete mit einer Kopfbewegung, die all ihre Kraft in Anspruch nahm, auf die Königin. »Sie auch.«

»Sie auch. Sie ist Jared. Ihre Kinder sind das *Volk* – aber wir alle sind Jared.«

»Dann ... dann sag ihr, daß sie aufhören soll«, sagte Charity mit mühsam beherrschter Stimme.

»Aufhören? Womit?«

»Mit dem Töten«, antwortete Charity. »Sie überrennen Krämers Festung, Kyle. Sie töten all diese Männer dort.«

»Sie haben mit dem Töten angefangen«, antwortete Kyle der Jared ernst.

»Ich weiß«, sagte Charity. »Aber sie wußten es nicht besser. Sie hielten euch für Tiere.«

»Und das gibt ihnen das Recht, uns zu töten?«

»Natürlich nicht«, sagte Charity beinahe verzweifelt. »Es ... es war falsch. Ich glaube, sie haben das eingesehen. Ihr wollt doch nicht wirklich ihren Tod, Gyell. Die Männer in diesem Bunker sterben für nichts! Nur, weil sie von einem Wahnsinnigen kommandiert werden!«

»Aber das werden sie nun einmal«, sagte Jared. »Er wird nicht aufhören. Wir haben ihn besiegt. Sollen wir ihm das Leben und die Freiheit schenken, damit er wiederkommt und das Töten von vorn beginnt?«

»Das wird es nicht!« antwortete Charity. »Ich ... ich gebe dir mein Wort, daß sie euch in Frieden lassen werden! Krämer wird die Station nicht länger befehligen, das verspreche ich dir. Es wird jemand sein, der ... der einen Weg findet, auf dem ihr beide existieren könnt! Ruf die Schiffe zurück.«

Kyle schwieg fast eine Minute lang.

»Und ... die Schläfer?«

»Sie gehören zu euch«, vermutete Charity.

»Manche«, bestätigte Kyle. »Der Schlaf hat lange genug gedauert, sie sehen zu lassen, wenn sie erwachen.«

»Sie werden zu euch kommen«, sagte Charity.

»Und die, die schlafen ... «

»Werden nicht geweckt, bis sie von selbst die Augen öffnen – und sehen«, sagte Charity.

»Du bist nicht der Kommandant der Station, Charity Laird. Wie kann ich sicher sein, daß sie das Wort halten, das du uns gibst?«

»Das werden sie«, behauptete Charity. »Schon, weil sie gar keine andere Wahl haben. Und ich glaube, ich weiß, wer der neue Kommandant wird. Er ist ein guter Mann.«

»Der Mann, der draußen im Hubschrauber wartet«, vermutete Kyle.

»Ja. Ich weiß, er war es, der den Angriff geleitet hat. Aber er ... er wußte nicht, was er tat. Er bedauert es.«

Wieder dauerte es fast eine Minute, bis Gyell antwortete.

»Ich glaube dir, Charity. Der Angriff wird abgebrochen. Obwohl ... « Er lächelte. »... es vom strategischen Standpunkt aus betrachtet ziemlich dumm ist. Wir haben gewonnen.«

»Sie hatten nie eine Chance«, sagte Charity. »Und Hartmann weiß es.«

»Ich hoffe es«, sagte Jared ernst. »Denn ein zweites Mal werde ich keine Gnade walten lassen.«

Charity blickte ihn noch einen Herzschlag lang traurig an und wandte sich um, blieb aber dann noch einmal stehen und fragte: »Und ... Kyle? Werde ich ihn wiedersehen?«

»Vielleicht«, antwortete Kyle der Jared.

Charity lächelte bitter und wollte sich endgültig abwenden, aber jetzt war es Kyle, der sie zurückhielt. »Warte.«

»Ja?«

»Dort ist jemand, der mit dir reden möchte.«

Charity blickte ihn einen Moment lang verwirrt an, dann trat sie in respektvollem Bogen um den Körper des gigantischen Insekts herum und mit gesenktem Kopf durch die Tür.

Es verging fast eine halbe Stunde, bis Charity wieder ins Freie trat. Skudder und Net hatten ihren Befehl befolgt und waren vor dem Tor stehengeblieben, aber Hartmann war zu ihnen getreten.

»Sie haben aufgehört!« rief er Charity zu. »Gerade kam ein Funkspruch. Sie ... sie hatten die Station schon überrannt, und plötzlich hörten sie auf und zogen sich zurück.«

»Ich weiß«, sagte Charity leise. Mit bleichem Gesicht stand sie da und blickte abwechselnd Net, Skudder und Hartmann an, aber ihre Augen waren leer; ihr Blick schien auf einen Punkt unendlich weit entfernt gerichtet zu sein.

»Sie ... wissen?« echote Hartmann überrascht. »Woher?«

»Was ist mit Kyle?« fragte Skudder. »Und Helen? Kommen sie nicht mit?«

»Nein«, antwortete Charity knapp. Sie atmete hörbar ein,

warf einen Blick auf das winzige, silberne Kästchen in ihrer Hand und begann langsam auf den Hubschrauber zuzugehen.

»Was war da drinnen los?« fragte Skudder. »Was hast du da? Wieso kommt Kyle nicht mit? Und was ist mit dem Mädchen und Gurk?«

»Helen geht es gut«, antwortete Charity. »Aber sie bleibt hier. Genauso wie Kyle. Bitte … fragt jetzt nicht. Ich erkläre euch alles später.«

»Und Gurk?« fragte Net.

»Gurk?« Charity blieb abermals stehen und lächelte auf eine schwer zu beschreibende, fast melancholische Art. »Er lebt noch«, sagte sie. »Daniel hat ihn.«

»Stone?« vergewisserte sich Skudder.

»Ja. Ich habe mit ihm gesprochen.« Sie hob die Hand mit dem kleinen Datenspeicher. »Er hat mir das hier gegeben. Es enthält eine Nachricht von Gurk und … noch etwas.«

»Stone ist *hier*!?« fragte Skudder ungläubig. »Er ist hier und läßt uns *gehen*?«

Charity nickte. »Er wollte nur mit mir reden«, sagte sie.

»Was hat er gewollt?«

Es dauerte einen Moment, bis Charity antwortete. Und als sie es tat, war ihre Stimme so leise, daß Skudder sie kaum verstand.

»Er hat mir gesagt, wie wir sie besiegen können.«

Drittes Buch

Hölle aus Feuer und Eis

1

»Ich habe euch gesagt, es ist eine Falle!«

Skudders Stimme überschlug sich fast, und was Charity darin hörte, das war längst nicht nur Panik und Zorn, sondern auch Vorwurf, der *ihr* galt.

Allerdings fand sie im Moment nicht die Zeit, darauf zu antworten. Sie hatte vollauf damit zu tun, den grellen Laserblitzen auszuweichen, die rings um sie einschlugen.

Vielleicht hatte Skudder ja recht, und es war tatsächlich eine Falle. Vielleicht auch nicht. Im Grunde interessierte sie *das* im Moment am allerwenigsten. Ihr vordringliches (und im Grunde einziges) Interesse galt im Moment dem Vorhaben, am Leben zu bleiben. Und sie war ganz und gar nicht sicher, daß ihr das gelingen würde.

Das Sperrfeuer ließ für einen Moment nach, und Charity nutzte die Gelegenheit, hinter ihrer Deckung aufzuspringen und im Zickzack auf die Bodensenke zuzulaufen, in der sie das Schneemobil geparkt hatten. Das wiederum veranlaßte die beiden Roboter hinter der Schneewehe, erneut das Feuer auf sie zu eröffnen. Im dichten Schneetreiben und vor dem Hintergrund der schier endlosen Eiswüste sah Charity die grellen, weißen Lichtnadeln kaum, aber rings um sie herum kochte der Boden. Graue Explosionen aus Dampf und schmelzender Erde rasten in einer irrsinnig schnellen Linie auf sie zu, wie die Einschläge einer MG-Salve, nur ungleich schneller und präziser. Mit einer verzweifelten Bewegung warf sie sich nach vorne und gleichzeitig zur Seite, kam mit einer Rolle wieder auf die Füße und hetzte weiter. Ein Hauch glühender Luft streifte ihr Gesicht, und im gleichen Sekundenbruchteil explodierte links von ihr ein scheunentorgroßes Stück einer Schneewehe und überschüttete sie mit glühenden Trümmern und kochendheißem Wasser. Sie schrie auf – mehr vor Schrecken als vor

Schmerz, denn der eingeschaltete Körperschild ihres Anzugs bewahrte sie vor schweren Verletzungen –, war aber trotzdem geistesgegenwärtig genug, weiter auf die brodelnde Dampfwolke zuzurennen statt davon weg, was ihre erste, instinktive Reaktion gewesen wäre.

Die Rechnung ging auf. Das Feuer der beiden Killermaschinen wurde unpräzise. Offensichtlich blendete die Wand aus kochendem Dampf die Infrarotsensoren der Maschinen hinreichend, sie ihr Ziel nur noch schemenhaft erkennen zu lassen. Ein unangenehm großer Teil der Laserschüsse explodierte noch immer vor und hinter ihr im Schnee, aber anscheinend feuerten die Roboter einfach wild drauflos in die Richtung, in der sie Charity vermuteten.

Charity wartete nicht ab, bis sich der Dampf verzog, sondern änderte blitzschnell abermals ihre Richtung und rannte geduckt auf den Hügelkamm zu, hinter dem das Schneemobil wartete.

Eine zweite Gestalt tauchte neben ihr aus dem Schneetreiben auf und brüllte ihr etwas zu, als sie den Hügel überquerte und sich schlitternd und mit wirbelnden Armen um ihr Gleichgewicht kämpfend dem Kettenfahrzeug näherte. Skudder. Sie achtete gar nicht darauf, was er rief, sondern rannte nur noch schneller, während sie einen hastigen Blick über die Schulter zurückwarf. Das Laserfeuer hatte aufgehört, aber das mußte nicht unbedingt bedeuten, daß sie in Sicherheit waren. Da verlor sie auf dem spiegelglatten Boden, der sich unter der dünnen Schneedecke verbarg, den Halt und stürzte kopfüber den Rest des Hügels hinunter. In einer gewaltigen Wolke aus staubfeinem Schnee kam sie direkt vor der offenstehenden Tür des Schneemobils zur Ruhe.

Eine Hand griff aus dem Innern des Fahrzeuges heraus und zerrte sie in die Höhe. Eine zweite packte sie von hinten und stieß sie so grob durch die Tür, daß sie erneut das Gleichgewicht verlor und den Mann im Schneemobil mit sich von den Füßen riß. Der andere sprang hinter ihr in das Fahrzeug, schmetterte die Tür zu und drehte sich mit einer zornigen Bewegung zu Charity herum, kam aber nicht dazu, irgend etwas zu sagen, denn genau in diesem Moment heulte der Motor des Schneemobils auf, und das Fahrzeug schoß mit einem solchen Satz los, daß auch Skudder von den Füßen gerissen wurde und der Länge nach über Charity und Faller stürzte, die sich gerade gegenseitig auf die Füße zu helfen versuchten. Mit dem schrillen Kreischen eines überdrehten Motors schoß das Kettenfahrzeug die Hügelflanke empor und wandte die stumpfe Nase nach Süden. Ein Blitz aus grellem, kalkweißem Licht überwand die Filter vor den Scheiben und tauchte das Innere des Fahrzeugs für Bruchteile von Sekunden in schattenloses Weiß. Irgend etwas explodierte in unmittelbarer Nähe, und eine Sekunde später erbebte das ganze Fahrzeug unter einem Bombardement aus Erd- und Schneeklumpen. Dann hatten sie die Hügelkuppe überwunden und waren wieder in der Sicherheit eines weiteren Tales.

Trotzdem blieb Charity noch sekundenlang mit angehaltenem Atem und reglos liegen, ehe sie es wagte, die Augen wieder zu öffnen. Jeden Augenblick rechnete sie damit, das fürchterliche Splittern von zerberstendem Metall zu hören, oder das dumpfe Krachen einer Explosion, die das Schneemobil samt seinen vorwitzigen Insassen in Stücke reißen würde.

Aber das geschah nicht. Statt dessen sank das trommelfellzermürbende Wimmern des Motors wieder zu erträglicher Lautstärke herab, und einen Moment später hörte auch der Boden unter ihnen auf, wie ein bockendes Pferd auf und ab zu hüpfen. Sie waren noch einmal davongekommen. Aber es war knapp gewesen. *Sehr* knapp.

»Ich habe euch gesagt, es ist eine Falle!« sagte Skudder, der quer über Faller und ihr lag und sich anscheinend irgendwo verheddert hatte, denn es gelang ihm nicht, aufzustehen.

»Das hast du sogar mehrmals gesagt«, antwortete Charity. »Aber wenn man etwas dauernd wiederholt, wird es dadurch nicht wahrer, weißt du?« Sie schob Skudders rechten Fuß aus ihrem Gesicht und versuchte sich in die Höhe zu stemmen, ließ es aber sofort wieder bleiben, als Faller ein schmerzhaftes Keuchen ausstieß. Skudder und sie waren so unglücklich über ihn gestürzt, daß sie den armen Kerl regelrecht an den Boden des Schneemobils nagelten.

»Alles in Ordnung da hinten?« drang die Stimme des Fahrers aus dem Cockpit.

»Klar!« brüllte Skudder zurück. »Uns geht es blendend! Wir sind kein bißchen tot.«

»Alles okay«, sagte Charity. »Ich glaube, es ist niemand verletzt.«

»Umpf«, fügte Faller hinzu. Mehr konnte er nicht sagen, denn er lag mit dem Gesicht nach unten auf dem Boden, und Skudders ganzes Körpergewicht drückte ihn gegen die geriffelten Metallplatten.

»Ich bin nicht sicher, wem ich im Moment lieber den Hals herumdrehen würde«, knurrte Skudder, »Stone oder dir. Auf einen so plumpen Trick hereinzufallen!«

»Laß den Quatsch und steh lieber auf«, antwortete Charity. Sie verdrehte sich den Hals, um dem Hopi-Indianer einen mißmutigen Blick zuzuwerfen. »Und wenn möglich, ohne einen von uns dabei umzubringen.«

Skudder wäre nicht Skudder gewesen, hätte er darauf nicht mit einer weiteren ärgerlichen Bemerkung geantwortet. Trotzdem tat er, was sie verlangte, und wälzte sich vorsichtig zur Seite, bis er mit der ausgestreckten Hand etwas ergreifen und sich daran in die Höhe ziehen konnte. Einen Augenblick später half er auch Charity auf die Füße.

Keuchend und mit schmerzverzerrtem Gesicht stemmte sich auch Faller in die Höhe, stand einen Moment schwankend da und ließ sich dann mit einem dumpfen Stöhnen auf eine der schmalen Sitzbänke fallen, um den Kopf zwischen den Händen zu verbergen. Er war sehr blaß.

»Haben Sie sich verletzt?« fragte Charity besorgt.

Faller schüttelte den Kopf – was er sichtlich besser nicht getan hätte, denn sein Gesicht verlor noch mehr Farbe, und er stöhnte erneut. Trotzdem murmelte er: »Nein. Ich … glaube jedenfalls nicht. Aber mein Schädel dröhnt, als hätte ein ganzer Indianerstamm seinen Kriegstanz darauf abgehalten.«

»So falsch liegen Sie damit gar nicht«, antwortete Charity und grinste Skudder schief an. Dann wandte sie sich um und ging ins Cockpit des Schneemobils, wobei sie die Arme weit ausstreckte, um auf dem wankenden Boden das Gleichgewicht zu halten.

Leßter und Phillipsen saßen nebeneinander hinter den Kontrollen des Mehrzweckfahrzeuges. Keiner von ihnen blickte auch nur auf, als sie die winzige Kabine betrat. Leßter umklammerte mit beiden Händen den Steuerknüppel und jagte das Schneemobil mit halsbrecherischer Geschwindigkeit durch ein schmales Tal aus Eis und trügerisch eben aussehenden Schneeflächen, unter denen sich alles Mögliche verbergen konnte, während Phillipsen mit gebanntem Gesichtsausdruck auf das Sammelsurium von Instrumenten und Minidisplays starrte, das das halbrunde Pult vor ihm bedeckte.

»Alles in Ordnung?« fragte Charity.

»Bis jetzt ja«, knurrte Phillipsen. »Wenn sie uns nicht verfolgen, sind wir in zwei Minuten außer Schußweite. Wenn die Kiste das so lange aushält.«

»Wird sie«, warf Leßter ein und gab noch mehr Gas. Unter den wirbelnden Ketten stoben zehn Meter hohe Schneefontänen in die Höhe, und die Wände des Eiskanals schienen ihnen regelrecht entgegenzuspringen. Charity suchte instinktiv mit der Hand an der Rückenlehne des Pilotensitzes Halt.

»Wo zum Teufel haben Sie so fahren gelernt?« fragte sie. »Auf der Geisterbahn?«

»Überhaupt nicht«, antwortete Leßter in einem Ton, der es ihr unmöglich machte zu entscheiden, ob er das ernst meinte oder nicht. »Ich bin begeisterter Video-Spieler. Das übt ungemein. Die Kiste hier zu fahren, ist nichts gegen eine Runde INTERCEPTOR oder RETALIATOR. Sie sollten es mal versuchen.«

Charity verdrehte mit einem lautlosen Seufzen die Augen und beschloß das einzige zu tun, was ihr im Moment sinnvoll erschien: dieses unfruchtbare Gespräch zu beenden und in den hinteren Teil des Fahrzeuges zurückzugehen. Skudder stand breitbeinig über Faller gebeugt da und tastete mit spitzen Fingern dessen Kopf und die Schläfen ab.

»Alles in Ordnung?« fragte sie.

Skudder nickte und richtete sich auf. »Ich möchte im Moment nicht mit ihm tauschen, aber ich glaube nicht, daß er verletzt ist. Wie sieht es vorne aus?«

Charity zuckte unglücklich mit den Schultern. »Ich denke, wir werden es schaffen.«

Als hätte Leßter diese Worte gehört und reagiere darauf, machte das Fahrzeug in diesem Moment einen Satz und krachte in den Schnee zurück, so daß Charity schon wieder wankte und halb gegen Skudder fiel. Er fing sie auf und hielt ihre Schultern einen Moment länger fest, als eigentlich nötig gewesen wäre.

»Ich weiß, wovon du redest«, sagte er. »Meinst du, daß wir den Angriff der Moroni überleben – oder Leßters Fahrkünste?«

Charity lächelte flüchtig. Skudder wußte so gut wie sie, daß sie dem jungen deutschen Soldaten Unrecht taten. Hartmann hatte gesagt, daß die drei seine besten Männer wären, und er hatte recht damit. Was Leßter und Phillipsen auf dem Weg hierher mit der Transportmaschine gemacht hatten, das grenzte an Zauberei. Aber es änderte nichts daran, daß die beiden vorne im Cockpit sich bei jeder passenden und unpassenden Gelegenheiten wie Kinder aufführten. Sie war nicht ganz sicher, ob Leßter nun ein Genie oder einfach ein Trottel war. Wahrscheinlich beides.

»Das war verdammt knapp, weißt du das?« Skudder wurde übergangslos ernst. »Wir können wirklich von Glück sagen, daß diese Maschinen so miserable Schützen sind.«

Charity sah nachdenklich auf den handtellergroßen Brandfleck auf ihrer Montur herunter. Ohne den eingeschalteten Körperschild ihres Kampfanzuges wäre sie jetzt tot. *So* miserabel schossen die Moroni gar nicht. »Wahrscheinlich sind sie eher Meisterschützen«, antwortete sie.

Skudder sah sie fragend an.

»Nur wahre Meisterschützen treffen so exakt daneben«, führte Charity den Gedanken zu Ende.

In Skudders Augen blitzte es auf. Sein Vorrat an Humor schien heute reichlich begrenzt zu sein. »Ich bin gespannt, ob du auch noch blöde Witze reißt, wenn gleich ein Kampfschiff der Moroni auftaucht und das Feuer auf uns eröffnet«, knurrte er. »Aber wenn du schon so schlau bist – hast du dann vielleicht auch eine Idee, wie wir an diesen schießwütigen Küchenschaben vorbeikommen?«

Nein, die hatte sie nicht. Aber wozu gab es jemanden, der ihnen – fast – alle Fragen beantworten konnte? Statt das kleine Geplänkel mit Skudder weiterzuführen, ließ sie sich auf die ungepolsterte Sitzbank sinken und zog den Kommunikator aus der Tasche. Skudders Gesicht verdüsterte sich, als er sah, wie sie den Code eintippte und darauf wartete, daß der briefmarkengroße Bildschirm aufleuchtete. Aber dann trat er doch mit einem Schritt hinter sie, so daß er über ihre Schulter blicken konnte.

Auf dem winzigen Display fügten sich bunte Farbschleier zu Daniel Stones Gesicht zusammen. »Captain Laird!« sagte die Holographie. »Wie schön, Sie wiederzusehen.« Selbst der erfreute Ton in seiner Stimme klang echt, und Charity mußte sich beherrschen, um nicht so wütend mit dieser Maschine zu sprechen, als hätte sie tatsächlich den lebenden Menschen vor sich, den sie simulierte.

»Wir wären um ein Haar umgebracht worden«, sagte sie.

Stone runzelte für eine halbe Sekunde die Stirn, als überrasche ihn das Gehörte tatsächlich. »Wo sind Sie jetzt?« fragte er dann.

Charity sagte es ihm, und ein leiser Anflug von Bedauern

huschte über die dreidimensionale Simulation des Gesichtes von Daniel Stone. »Ja«, sagte er, »damit war zu rechnen. Es gibt automatische Wächter, die an der Grenze der Kältebarriere patrouillieren. Nicht besonders viele, und auch nicht regelmäßig. Wahrscheinlich sind Sie zufällig einer solchen Patrouille über den Weg gelaufen.«

»Und Sie hatten es nicht ebenso zufällig nötig, uns zu warnen?« knurrte Skudder.

Das winzige Gesicht auf dem Bildschirm bewegte sich, um den Blick in die Richtung zu wenden, aus der Skudders Stimme gekommen war. Charity unterdrückte ein Schaudern. Sie hatte gedacht, sich an diese unheimliche Maschine gewöhnen zu können, aber das Gegenteil war der Fall – ihr Anblick erschreckte sie jedes Mal mehr. Das Ding war einfach nicht *richtig.* Für Charity hatte es etwas Perverses, ein menschliches Wesen *so* perfekt zu simulieren. Was sie in der Hand hielt, trug nur pro forma die Bezeichnung ›Kommunikator‹. Sie sprach nicht mit Stone, der am anderen Ende einer Funkverbindung saß und antwortete, sondern mit einer *Maschine.*

»Aber Sie wissen doch, daß ich nur auf direkte Fragen antworten kann, Mister Skudder«, sagte Stone, wobei seine Stimme einen leicht genervten Tonfall annahm. *Das habe ich dir schon ein Dutzend Mal erklärt, du Trottel,* fügte sein Blick hinzu.

»Okay«, sagte Charity hastig, als sie sah, wie sich Skudders Augenbrauen zusammenzogen. »Gibt es sonst noch etwas, was wir zu fragen vergessen haben?«

»Oh, sicher«, antwortete Stone. »Eine Menge. Bitte, fragen Sie nur.«

Täuschte sie sich, oder sah sie so etwas wie ein spöttisches Funkeln in den Augen des simulierten Gesichts? Plötzlich spürte auch sie Zorn. Ihre Finger schlossen sich so fest um den kleinen Kommunikator, daß das Kunststoffgehäuse knirschte.

»Bitte, seien Sie vorsichtig mit dem Gerät, Captain Laird«, sagte Stone. »Es ist sehr wertvoll.«

»Hören Sie mit dem Blödsinn auf, Stone«, sagte Charity

verärgert, lockerte ihren Griff aber auch wieder. »Also – wie zum Teufel kommen wir an diesen Maschinen vorbei?«

»Das ist kein Problem«, antwortete Stone. »Sie sind darauf programmiert, jeden Eindringling zu vernichten oder zu vertreiben. Sobald Sie aus der Reichweite ihrer Sensoren gelangen, werden sie weitermarschieren. Wie gesagt – die Chance, daß Sie auf eine zweite Patrouille stoßen, ist äußerst gering.«

»Na wunderbar«, sagte Skudder. »Dann können wir ja einfach so in die Stadt hineinmarschieren.«

»So einfach wird es leider nicht sein«, antwortete Stones Gesicht bekümmert. »Ich schließe anhand der Außengeräusche, daß sie sich an Bord eines Fahrzeuges befinden.«

»Das ist richtig«, antwortete Charity. »Warum?«

»Captain Laird, New York City ist das Hauptquartier der Besatzungstruppen«, antwortete Stone tadelnd. »Denken sie wirklich, daß sie so einfach mit einem Fahrzeug in die Stadt hineingelangen können? Es gibt einen zweiten Sperrgürtel, zwanzig Meilen nördlich Ihres Standortes. Und die Maschinen *dort* schießen auf alles, was sich bewegt.«

»Aber es gibt einen Weg, hindurchzukommen?«

»Natürlich.«

»Und wie?« blaffte Skudder. »Verdammt, rede, oder ich baue dich zu einem Transistorradio um!«

Stone schüttelte den Kopf. »Mister Skudder, ich bitte Sie! Ich kann Ihnen den offiziellen Zugang zur Stadt nicht verraten. Vergessen Sie nicht, daß ich scheinbar zur Gegenseite gehöre. Und ohne an Ihren sicherlich vorhandenen Fähigkeiten zweifeln zu wollen – es besteht die nicht geringe Chance, daß Sie gefaßt werden. Was, glauben Sie, würden meine Freunde aus der Galaxis sagen, wenn sie herausbekämen, *wie* Sie in die Stadt gekommen sind?«

»Sie werden überhaupt nichts sagen, weil wir die Stadt nicht betreten«, antwortete Skudder wütend. »Wir brechen das Unternehmen ab!«

»Das bezweifle ich«, sagte Stone gelassen. »Sie wollen doch

diesen albernen Zwerg wiedersehen, der sich in meiner Gewalt befindet, oder etwa nicht? Ganz zu schweigen davon, was sie noch in New York zu finden hoffen.«

Ehe die Situation völlig entgleisen und sich Skudder in einen Streit mit einem *Computer* verwickeln konnte, schaltete Charity das Gerät ab und steckte es weg.

»Er hat recht, Skudder«, sagte sie. »Im Moment ist er unser einziger Verbündeter.« Sie hob die Stimme ein wenig, als Skudder widersprechen wollte. »Ich kann ihn ebensowenig ausstehen wie du. Und ich traue ihm genausowenig wie du. Aber wenn er uns hätte umbringen wollen, dann hätte er das in Köln gekonnt ohne die geringste Gefahr für sich selbst. Wir müssen ihm vertrauen. Und solange die Moroni nicht wissen, daß er ein doppeltes Spiel spielt, ist er sehr wertvoll für uns.«

»Genau das ist das Wort, nach dem ich gesucht habe«, knurrte Skudder. »Spiel. Der Kerl macht sich einen Spaß mit uns. Wahrscheinlich sitzt er in seinem Rattenbau in New York und lacht sich gerade halb tot.«

»Nein«, antwortete Charity ernst. »Das tut er nicht.«

Ihre Gedanken kehrten zurück zu jenem Tag vor mittlerweile fast drei Monaten, an dem sie Stone das letzte Mal gesehen hatte. Sie hatten nur wenige Sätze miteinander gewechselt, und Stone war überheblich und zynisch wie immer gewesen. Aber sie hatte auch die Angst in seinem Blick gesehen. Irgend etwas war geschehen, das ihn vor Angst fast um den Verstand brachte. Stone log nicht. Er *hatte* ihnen den Weg gezeigt, die außerirdischen Invasoren zu schlagen, und sie war sicher, daß er sehr, sehr gute Gründe dafür hatte.

Einen Teil der Geschichte hatten sie bereits gekannt – den weniger angenehmen, um genau zu sein. Um *ganz* genau zu sein, den, aus dem hervorging, was passieren würde, wenn es ihnen gegen jede Logik doch gelang, die Invasoren zu besiegen.

Es wäre unwahrscheinlich, aber nicht das erste Mal. Moron hatte Tausende von Welten versklavt, auf seinem Raubzug durch die Galaxis, und es hatte ein paar gegeben, an dem sich die Insektenkrieger von den Sternen die Zähne ausgebissen hatten. Gurks Heimatwelt gehörte dazu. Oder *hatte* dazugehört, um präzise zu sein. Gurks Volk hatte den Invasoren erbitterten Widerstand geleistet und sie am Ende geschlagen, und jetzt bestand sein Volk nur noch aus ihm und vielleicht hundert anderen Überlebenden, die auf ebenso viele Welten der Galaxis verstreut waren, und seine Heimatwelt umkreiste als ausgeglühter Schlackeball das, was von seiner Sonne übrig war, nachdem die Moroni sie zur Nova hatten werden lassen.

Was hatte sie erwartet? dachte sie bitter. Daß die Invasoren sich entschuldigen und diskret wieder abzogen, nachdem sie hinter sich aufgeräumt hatten? Ganz bestimmt nicht. Moron, diese gesichtslose Macht von den Sternen, die die halbe Galaxis erobert hatte und zweifellos auch noch die andere Hälfte kassieren würde, hielt nichts von Diplomatie oder feinen Umgangsformen. Was sie nicht haben konnten, zerstörten sie. So einfach war das.

Aber das war nur die Hälfte der Geschichte gewesen, die Stone ihr in diesen wenigen Minuten erzählt hatte. Die andere Hälfte war, daß es jetzt auch in ihrem System eine Bombe gab, die nur darauf wartete, gezündet zu werden und die ganze Sonne in eine Fackel zu verwandeln. Und Stone hatte ihnen sowohl verraten, wo sie war, als auch, wie sie sie zerstören konnte. Sie verstand immer noch nicht, warum er es getan hatte, aber sie zweifelte keine Sekunde lang daran, daß er die Wahrheit sprach.

Sie verscheuchte den Gedanken, stand auf, warf Skudder einen letzten, beinahe resignierenden Blick zu und ging abermals nach vorne ins Cockpit. Das Fahrzeug hatte den Eiskanal verlassen und rollte jetzt wieder über die sanft gewellte Schnee- und Matschebene, die den äußeren Rand der Kältebarriere bildete. Die roten Lichter auf dem Pult vor Phillipsen hatten aufgehört zu blinken. Offensichtlich hatten die Sensoren der Robotwächter das Fahrzeug endgültig verloren.

»Halten Sie an«, sagte sie.

Leßter ließ das Fahrzeug ausrollen, und er schien ihre Gedanken erraten zu haben, denn er drehte den Panzer auf der Stelle, so daß sich sein Bug wieder nach Norden wandte, ehe er den Motor ausschaltete.

Der Anblick ließ Charity schaudern – obwohl es im Grunde gar nichts zu sehen gab. Vor ihnen erstreckte sich auf anderthalb Meilen ein Flickenteppich aus Braun und Weiß, wobei das Weiß mit zunehmender Entfernung immer mehr wurde, und alles, was dahinter lag, war im Schneegestöber des nie endenden Hurrikans verborgen, der die eigentliche Grenze des Kälteschirmes markierte. In dem Augenblick, bevor sie ins Feuer der Wachroboter gelaufen waren, hatte sie auf das Außenthermometer ihres Anzugs geblickt. Dort drüben herrschten vier Grad unter Null. Und die Temperaturen würden mit jedem Schritt fallen, den sie sich weiter nach Norden bewegten. Zwanzig Meilen nördlich von New York – und das im August!

Nein, es war nicht das, was sie *sah*, was sie so sehr erschreckte. Es war das, was sie eben *nicht* sah.

New York.

Die Türme von Manhattan.

Verschwunden. Selbst wenn es den Schneesturm nicht gegeben hätte, hätte sie sie nicht sehen können, denn sie waren hinter einem Schutzwall verborgen, der vielleicht undurchdringlicher als jeder Energieschirm, jedes noch so perfekte Erzeugnis irgendeiner Science-Fiction-Technik von den Sternen sein mochte. Die Technik der Moroni war der der Menschen auf einigen wenigen Gebieten um Jahrhunderttausende voraus, aber auf den meisten allenfalls ebenbürtig, und auf nicht wenigen sogar unterlegen. Aber sie arbeiteten nach einem Prinzip, das auch auf der Erde wohlbekannt war und nur zu oft funktioniert hatte: Sie ersetzten Klasse durch Masse. Die Moroni waren *viele,* unvorstellbar viele. Und sie verfügten über etwas, das zu guter Letzt *jede* technologische Überlegenheit wettmachen mußte: über einen im wahrsten Sinne des

Wortes unbegrenzten Nachschub. Problem Nummer zwei auf ihrer Liste. Sie würden sich ihm zuwenden, wenn sie Problem Nummer eins gelöst hatten und dann noch lebten. Das hieß, verbesserte sie sich in Gedanken selbst, eigentlich Problem Nummer eins-A. Problem Nummer eins war:

»Hat jemand eine gute Idee, wie wir in diese Scheiß-Stadt hineinkommen?« fragte sie laut.

Die drei jungen Soldaten und Skudder hatten sogar jede Menge Ideen, und einige davon waren durchaus originell.

Aber das war auch schon alles.

2

Es war nicht so, daß er Angst davor gehabt hätte – oder vielleicht doch, schließlich war eine gesunde Portion Furcht immer noch das beste Mittel, das Luftholen zu überleben. Besser als alle Anzüge, Waffen, Tarnvorrichtungen und Tricks, die ihm die Sammler beigebracht hatten. Aber die Angst um sein Leben war nicht so schlimm wie sein *Ekel.*

French hatte die Spinnen seit dem ersten Tag gehaßt. Und seit er alt genug geworden war, aus eigener Kraft auf den Schoß seiner Mutter hinaufzufliegen, spürte er dieses an Panik grenzende Ekelgefühl, eine Art von Schrecken, die ihn lähmte, beim bloßen Anblick eines haarigen Beines, ja, beim bloßen *Gedanken* an das wirbelnde Spiel der Glieder und den glotzenden Blick der starren Augen. Es war eine Art von Furcht, gegen die er hilflos war. Es nutzte nichts, sich immer wieder einzureden, daß er schneller war als sie. Stärker. Besser. Und vor allem *intelligenter.*

Er hatte sich einmal dabei ertappt, einer dieser Bestien gegenüberzustehen, den Finger auf dem Auslöser der Harpunen-waffe, und *nichts* zu tun. Es war ein besonders großes Exemplar gewesen, eine der riesigen, sechsbeinigen Kreaturen, von denen manche im Hort munkelten, daß sie mehr als Tiere und ebenfalls von einer gewissen Intelligenz waren. Er hatte so gelähmt dagestanden, die Eingeweide zu einem Klumpen zusammengezogen, den sauren Geschmack seiner eigenen Magensäure im Mund und das Herz vor Furcht langsam und unregelmäßig schlagend, daß ihn die Spinne mit ihren fürchterlichen Zangen hätte in Stücke reißen können, ohne daß er auch nur in der Lage gewesen wäre zu schreien. Wäre Pearl damals nicht dazugekommen und hätte der Spinne ein hübsches rundes Loch zwischen die beiden Glotzaugen verpaßt ...

Nein, er dachte den Gedanken lieber nicht zu Ende. French wußte, daß er der falsche Mann für diesen Job war. Und ausgerechnet *ihn* hatte der Alte zum Luftholen abkommandiert. Es war absurd!

Noch absurder allerdings war vielleicht, daß er jetzt hier hing, direkt in der Toten Zone, und seit geschlagenen *zwei Stunden* darauf wartete, daß sich diese beschissene Schleuse öffnete. Normalerweise vergingen keine zehn Minuten, in denen sich der Irisverschluß der Schleuse nicht mindestens einmal auftat, um eine oder auch gleich eine ganze Armee der widerwärtigen Krabbler ein- oder auszulassen. Normalerweise. Und jetzt? Jetzt hockte er hier, sah mit einer Mischung aus Faszination und Angst zu, wie der Anzeiger seines Luftvorrates sich mehr und mehr der Null näherte, und hatte im Grunde den Moment längst verpaßt, in dem er ohne ein unvertretbar großes Risiko ins Spinnennetz eindringen konnte. Eigentlich hätte er längst zurück gemußt. Eigentlich. Frenchs Gesicht verzog sich unter der wuchtigen Atemmaske zu einer Grimasse, als hätte er Zahnschmerzen. Dummerweise war seine panische Angst vor Spinnen im Hort wohlbekannt. Kein Mensch würde ihm glauben, wenn er mit leeren Händen zurückkam und behauptete, die Schleuse hätte sich nicht geöffnet.

Er verlagerte sein Körpergewicht auf dem Träger, auf dem er seit zwei Stunden hockte und die Schleuse anstarrte. Seine Beine begannen allmählich steif zu werden. Außerdem mußte er an den Anzug denken. Hier in der Toten Zone wog er zwar so gut wie nichts, aber der Anzug war alt und seine Klebestellen begannen brüchig zu werden; es war besser, man belastete sie nicht zu sehr. French überlegte, wie viele von denen, die nicht zurückgekommen waren, wohl an einer undichten Naht ihres Anzuges zugrunde gegangen waren, statt in den Netzen der Spinnen zu sterben. Wenn er die Wahl hätte, dachte er, würde er *diese* Art des Todes wahrscheinlich vorziehen, obgleich man sagte, daß es sehr qualvolles Sterben sein sollte – zuerst verwandelte sich die Haut in Eis, bis sie so hart und spröde war, daß sie wie Glas zerbrach, dann explodierte man, von innen heraus und ganz langsam.

French war gerade dabei, sich die achte oder neunte originelle Todesart auszudenken, die ihm zustoßen konnte, als er ein leichtes Vibrieren spürte. Sofort brach er seinen morbiden Zeitvertreib ab, schmiegte sich enger hinter den Träger und blickte zur Schleuse hinunter. Tatsächlich – sie begann sich zu öffnen.

Frenchs Herz begann zu hämmern, und seine Hände in den groben Handschuhen wurden feucht. Er war nervös. Das allmählich größer werdende Loch in der Mitte der gewaltigen Irisblende stimmte ihn nicht unbedingt fröhlicher. Er konnte es sich nicht leisten, in Ruhe die Lage zu sondieren und abzuwarten, ob die Gelegenheit günstig war. Er hatte schon viel zuviel Zeit verloren. Wenn er ins Nest eindringen wollte, dann jetzt, ganz egal, ob eine einzelne Spinne oder eine ganze Armee in der Schleuse auf ihn wartete. Mist!

Ein dürres, haariges Bein tastet sich zitternd ins Freie, und French spannte sich. Ein Gefühl, als krabbelten Hunderte ähnlicher, nur sehr viel kleinerer Spinnenbeine sein Rückgrat entlang, drohte für einen Moment sein logisches Denken zu überwältigen. Aber es gelang ihm, wenigstens für dieses Mal mit seiner Furcht fertig zu werden. Er war in Sicherheit. Solange er hier oben auf dem Träger hockte und sich nicht rührte, konnte ihm gar nichts passieren.

Dummerweise war er nicht hierhergekommen, um auf diesem Träger hockenzubleiben und sich nicht zu rühren …

Dem Bein folgte ein zweites, drittes und viertes, und schließlich schob sich der ganze mißgestaltete Leib der Spinne ins Freie. French unterdrückte ein Seufzen, als er sah, daß es eine der Sechsbeinigen war. Anscheinend hatte er das Pech heute gepachtet. Und zwar gleich in mehrfacher Ausführung, denn der ersten Spinne folgte eine zweite, eine dritte und schließlich noch eine vierte und fünfte. Unter dem dünnen, glitzernden Stoff ihrer Anzüge waren wenige Einzelheiten zu erkennen, aber French war fast sicher, Waffen an ihren lächerlich dürren Hüften zu erkennen.

Langsam bewegte sich die Prozession der schwarzen Scheusale an einem der zerborstenen Träger herab, um in den unerforschten Tiefen der Toten Zone zu tun, was immer die Spinnen dort taten, und French sah, wie sich die Schleuse langsam wieder zu schließen begann. Er zählte in Gedanken bis fünf, dann stieß er sich ab und glitt mit weit vorgestreckten Armen auf das Iristor zu. Seine Haltung war perfekt, das spürte er selbst, aber die beiden zusätzlichen Glieder an jeder Seite seines Körpers pendelten wild hin und her. Verdammt, diese beiden Deppen im Hort erfanden allen möglichen Firlefanz, aber eine einfache Mechanik, die die Bewegung der Zusatzarme koordinierte, bekamen sie nicht zustande! Er würde ein paar Worte in dieser Richtung mit dem Alten wechseln, sobald er zurück war.

Wenn er zurückkam.

Vorerst einmal hatte er alle Hände voll damit zu tun, nicht von den sich rasch zusammenziehenden Rändern des Schleusenverschlusses in zwei Teile zersäbelt zu werden, denn er war um eine Winzigkeit zu spät losgesprungen. Seine Füße schrammten hart über das Metall, und er spürte, wie die durchsichtige Schutzhülle über seinem Anzug riß. Es war nicht der erste Riß, den sie bekam. Trotzdem kauerte er sich in einer Ecke des Schleusenraumes zusammen und opferte kostbare drei Minuten dafür, den Schnellkleber aus der Tasche zu klauben und die Schadstelle sorgfältig zu reparieren. Die Spinnen waren nicht blöd. Oder vielleicht doch – aber selbst wenn, würden sie vielleicht anfangen, sich Gedanken zu machen, wenn sie einen ihrer Brüder sahen, der mit einem Riß im Anzug aus der Toten Zone kam ...

Nachdem er seine Tarnung wieder in einen halbwegs passablen Zustand zurückversetzt hatte, richtete er sich auf, trat gebückt aus dem Schleusenraum hervor und sah sich um.

Er war allein. Gut. In diesem Teil des Nestes traf man selten

Spinnen, und wenn, so waren sie stets in großer Eile und kümmerten sich einen Dreck um ihre Rassegenossen. Wenn er tiefer in das Nest eindrang, würde sich das ändern.

French glitt den langen, völlig leeren Gang entlang, wobei seine Sprünge von Mal zu Mal kürzer wurden; er näherte sich der Schweren Zone. Aufmerksam lauschte er in sich hinein, ob er schon irgendwelche Anzeichen der Gewichtskrankheit spürte. Sein Herz schlug ein wenig schneller als normal, aber das lag wohl eher an seiner Nervosität.

Sorgfältig zählte er die Türen, an denen er vorbeikam: sieben, acht, neun – bei der zehnten machte er Halt, lehnte sich für einen Moment gegen den polierten Stahl der Wand und atmete tief ein und aus. Die Luft in seinen Lungen schmeckte bitter, und sie schien viel dicker zu sein als gewohnt; es war, als versuche er, Sirup zu atmen. Also doch die Gewichtskrankheit. Nun ja, dachte French resignierend, man konnte nicht alles haben. Er sah sich noch einmal sichernd nach allen Seiten um, dann hob er die Hand und machte sich an die komplizierte Aufgabe, einen Nummerncode in eine Tastatur einzugeben, deren Tasten viel zu klein für die klobigen Handschuhe seines Anzuges waren. Natürlich vertippte er sich, und die Tür blieb, was sie war: geschlossen.

Er seufzte, versuchte es noch einmal und war jetzt sicher, die richtigen Zahlen eingegeben zu haben. Die Tür schien da anderer Meinung zu sein, denn sie rührte sich nicht. French fluchte lautlos in sich hinein und versuchte es noch einmal, ohne daß sich diese vermaledeite Tür auch nur um einen Zoll hob.

Allmählich machte sich ein sehr ungutes Gefühl in French breit. Was, wenn sie den Code geändert hatten? Sicher – auch das wäre kein unüberwindliches Problem – es war schon vorgekommen, und Pearl und seine beiden Techniker hatten noch jedes Mal einen Weg gefunden, den Computer zu überlisten. Außerdem gab es andere Wege in den Luftraum. Aber was ihm Angst machte, war die Tatsache, *daß* sie den Code vielleicht geändert hatten. Es war bisher zwei- oder dreimal vorgekommen, und jedesmal war hinterher etwas passiert. French war zu jung, um sich aus eigener Erfahrung daran zu erinnern, aber was er von den Alten gehört hatte, das reichte ihm vollkommen.

French verscheuchte den Gedanken und wandte sich einem näherliegenden Problem zu: nämlich dem, wie er auf die andere Seite dieser Tür kam. Es *gab* andere Wege in den Luftraum, und natürlich hatte er sie sich gründlich eingeprägt. Auf dem Bildschirm des Simulationscomputers. *Gegangen* war er einen dieser Wege noch nie. Sehr wenige kannten diese Wege aus eigener Erfahrung. Pearl war einmal dort gewesen. Und Skill auch. Was die beiden erzählt hatten, das jagte ihm selbst jetzt noch einen eisigen Schauer über den Rücken.

Einen Moment lang erwog er ernsthaft den Gedanken, mit leeren Händen zurückzukehren; schließlich – die Information, daß der Zugangscode geändert worden war, war vielleicht wertvoller für den Hort als einige Kästen Luft. Der Alte würde das verstehen. Aber dann dachte er an die Blicke, die ihm die anderen zuwerfen würden, ihr Grinsen und die hämischen Bemerkungen, die sie hinter vorgehaltener Hand machen würden; zum Beispiel, daß es ihm wahrscheinlich ganz recht gewesen war, nicht weitergehen zu können, und daß sie im Grunde nichts anderes erwartet hatten.

Außerdem *brauchten* sie die Luft. Sie hatten noch zwei Kisten, und wenn auch die nächste Expedition fehlschlug, dann wurde es verdammt knapp.

Also ging er weiter.

3

Nach der Enge an Bord des Schneemobils kam ihr das Innere der Transportmaschine regelrecht *groß* vor. Die Welt endete zwar noch immer nach einem knappen Dutzend Schritte vor einer nato-oliv-gespritzten Metallwand, aber sie konnte wenigstens aufrecht stehen und mußte nicht bei jedem Schritt aufpassen, sich nicht den Kopf, die Schienbeine oder andere Körperteile blutig zu stoßen. Außerdem bot die Transportmaschine im Moment den unbestreitbaren Vorteil, daß niemand sich die Mühe machte, auf sie zu schießen.

»Und was sagt Stone dazu?« fragte Hartmann. Sein Gesicht war nur undeutlich auf dem Bildschirm zu erkennen; zweidimensional, in Schwarz-Weiß und von Störungen überlagert, die seine Stimme manchmal zu einem fast unverständlichen Kreischen und Quäken machte.

Allerdings waren diese Störungen auch der Garant dafür, daß ihr Gespräch von Kontinent zu Kontinent nicht abgehört werden konnte.

»Er hüllt sich in Schweigen«, antwortete Charity nach kurzem Zögern. Und nach einem raschen Blick in die Runde, mit dem sie sich davon überzeugte, daß auch Skudder nicht in Hörweite war, fügte sie hinzu: »Allmählich beginne ich mich selbst zu fragen, ob er sich nicht nur einen besonders üblen Scherz mit uns erlaubt.«

Hartmann runzelte einen Moment lang die Stirn. Seine Stimme nahm einen fast väterlich-besorgten Ausdruck an, als er antwortete: »Lassen Sie sich nicht von Skudders Mißtrauen anstecken, Charity.«

»Bestimmt nicht«, versprach sie. Sie lächelte verlegen, rettete sich schließlich in ein halb hilfloses, halb resignierendes Achselzucken und fuhr mit einem tiefen Seufzen fort: »Aber manchmal verstehe ich ihn.«

»Ich auch«, sagte Hartmann. »Trotzdem – bisher haben sich Stones Informationen als wahr erwiesen, oder?«

Natürlich hatten sie das. Und vielleicht, überlegte Charity, war es gerade das, was sie so beunruhigte. Seit sie aus dem Kälteschlaf erwacht war und sich an die undankbare Aufgabe gemacht hatte, eine ganze Welt zu befreien, hatte sie sich durch eine fast ununterbrochene Kette von Schwierigkeiten, unliebsamen Überraschungen, tödlichen Gefahren, Verrat und Niederlagen gekämpft. Die relative Reibungslosigkeit, mit der ihr Unternehmen bisher abgelaufen war, machte sie nervös. Vielleicht war sie einfach nicht mehr gewohnt, daß irgend etwas wirklich *glatt* lief.

»Sie sollten auf jeden Fall ...« begann Hartmann, dann wurden die Störgeräusche plötzlich lauter, und das Bild auf dem kleinen Monitor begann sich in flimmernde Streifen aufzulösen. Charity runzelte die Stirn, klopfte – völlig sinnlos, aber eine liebgewonnene alte Gewohnheit, seit Menschen den elektrischen Strom erfunden hatten – mit den Fingerknöcheln gegen die Mattscheibe und wandte sich schließlich mit einem fragenden Blick an Phillipsen.

»Was ist mit dem Ding los?«

Der junge Leutnant zuckte hilflos mit den Schultern und untersuchte seine eigenen Geräte auf die gleiche Weise wie sie: Er begann darauf herumzuhämmern. »Keine Ahnung«, gestand er. »Irgend etwas stört den Empfang.«

Charity blieb einen Moment lang reglos stehen und wartete darauf, daß sich das Bild wieder klärte. Als dies nicht geschah, wandte sie sich mit einem Achselzucken um. »Rufen Sie mich, wenn Sie den Kontakt wieder hergestellt haben.«

»Aye aye, Madam!« antwortete Phillipsen in übertriebenzackigem Tonfall, der einzig dadurch verdorben wurde, daß er das spöttische Grinsen nicht völlig aus seinem Gesicht bekam. Charity lächelte zurück und verließ die Steuerkabine.

Skudder, Faller und Leutnant Leßter saßen im hinteren Teil der Transportmaschine vor einem eingeschalteten Computermonitor und diskutierten halblaut miteinander. Charity konnte nicht hören, was sie sagten, aber Skudder sah ziemlich verärgert aus, und er bewegte hektisch die Hände. Eigentlich, dachte sie, sah er in letzter Zeit *immer* ziemlich verärgert aus. Er hatte nie einen Hehl daraus gemacht, was er von diesem Unternehmen hielt.

Sie näherte sich den dreien, zog sich einen freien Stuhl heran und setzte sich ebenfalls vor den Monitor, als Skudder ein Stück zur Seite rückte. Neugierig warf sie einen Blick auf das Bild, das der Computer zeigte. Es war das, was sie erwartet hatte: eine Pseudo-3-D-Luftaufnahme New Yorks und seiner näheren Umgebung. Drei konzentrische Kreise in Blau, Gelb und Rot umgaben Manhattan und den Stadtkern von New York.

»Na, was sagt unser Superhirn?« fragte sie spöttisch. Sie ließ dabei offen, ob sie damit den Computer oder Skudder meinte, und der Hopi antwortete auch erst, nachdem er ihr einen raschen, kritischen Blick zugeworfen hatte.

»Es sieht nicht besonders gut aus«, sagte er und deutete auf den äußeren, blauen Ring, der die Stadt in einer Entfernung von vielleicht dreißig Meilen umgab. »Hier ungefähr sind wir jetzt. Dort draußen herrschen jetzt schon null grad Celsius. Und es wird mit jedem Schritt kälter, den wir nach Norden gehen. Selbst wenn wir an den Robotwachen vorbeikämen, würden wir erfrieren, ehe wir die zweite Sperre erreichten.« Seine Fingerspitze berührte den gelben Kreis.

»Das Schneemobil hält das durch«, sagte Leßter. »Die Kisten sind bis achtzig Grad minus getestet. Aber sie halten auch hundert aus.« Er grinste. »Allerdings wird sich der Hersteller weigern, Reparaturen auf Garantiebasis auszuführen, wenn wir die Maschine so überlasten.«

»Idiot«, sagte Faller.

Leßter grinste noch breiter. »Freut mich«, antwortete er. »Leßter.«

»Hört auf, ihr zwei«, sagte Charity scharf. Dann schüttelte sie bedauernd den Kopf. »Das Problem ist nicht die Kälte, Leßter. Sie haben gehört, was Stone gesagt hatte – es gibt automatische Wächter, die auf alles schießen, was sich nicht identifiziert.«

»Dann tun wir es eben«, sagte Leßter gelassen.

»Und wie?«

Leßter zuckte die Achseln. »Mit ein bißchen logischem Überlegen kriegen wir das schon raus, oder?« Er deutete auf den Monitor. »Die Wächter, die sie beide fast erledigt hätten – das waren Maschinen, nicht wahr?«

»Warum?« fragte Skudder.

»Nun, weil es ungewöhnlich ist«, antwortete der Leutnant. »Okay, ich will Ihnen nicht widersprechen, wenn Sie sagen, daß Sie mehr von den Moroni verstehen als ich. Aber wenn ich eines gelernt habe, dann, daß sie *niemals* Maschinen einsetzen, wenn es sich irgendwie vermeiden läßt.«

»Es ist dort draußen viel zu kalt für die *Ameisen*«, sagte Skudder. »Nicht einmal sie fühlen sich bei hundert Grad minus wohl.«

»Eben«, sagte Leßter. »Also können wir davon ausgehen, daß wir auch weiter im Norden nur auf Maschinen treffen werden.«

Ein Schatten huschte über Skudders Gesicht. »Machen Sie es nicht so spannend«, knurrte er. »Worauf wollen Sie hinaus?«

Leßter grinste. »Ganz einfach«, sagte er. »Die Moroni können nicht daran interessiert sein, ihre eigenen Maschinen zu Klump zu schießen. Ich bin sicher, daß sie eine Art Sender oder sonstwas bei sich haben, nur für den Fall, daß sie diesem Todesgürtel zu nahe kommen. Wir müssen also nur eine dieser Maschinen kapern.«

»Oh, mehr nicht?« fragte Skudder spöttisch. »Und Sie denken, die lassen sich das so ohne weiteres gefallen?«

Leßter öffnete sein Halfter und zog den kleinen Kompakt-Laser heraus. »Ich werde sie höflich bitten.«

»Selbst wenn Sie recht haben sollten«, warf Charity ein, »wie kommen wir *daran* vorbei?« Sie deutete auf den dritten, leuchtendroten Kreis, der Manhattan und einen Teil der Stadt umgab. Was auf dem Monitor so harmlos aussah, das war in Wirklichkeit – jedenfalls hatten das ihre Instrumente während des Anfluges behauptet, und es gab keinen Grund, an dieser Behauptung zu zweifeln – eine Barriere aus *gefrorener Luft.* Die Temperaturen mußten dort den absoluten Nullpunkt erreicht haben – oder sich ihm zumindest so weit nähern, daß der Unterschied nicht mehr wichtig war. »Hält Ihr Schneemobil das auch aus?«

»Ich fürchte, nein«, gestand Leßter – ohne daß dies irgend etwas an seinem fröhlichen Gesichtsausdruck änderte. »Aber irgendwie kommen die Moroni ja schließlich auch in die Stadt hinein und wieder raus, nicht wahr?«

»Vielleicht gehen wir die Sache falsch an«, sagte Skudder. Seine Stimme klang überraschend ruhig, so daß nicht nur Charity erstaunt aufsah, sondern auch Phillipsen den Blick vom Computer löste und den Hopi einigermaßen verwirrt ansah.

»Okay – fassen wir zusammen, was dein neuer Freund dir verraten hat«, fuhr Skudder mit einem Seitenblick auf Charity fort. Sie schluckte die Spitze herunter, ohne zu reagieren. »Es gibt also diese Sonnenbombe – wie immer das auch funktionieren soll – und der einzige Weg dorthin führt durch New York. Richtig?«

Charity nickte stumm. Sie ahnte, worauf Skudder hinauswollte.

»Ich frage mich nur, wieso«, sagte Skudder. »Nach allem, was ich bisher gehört habe, gibt es nur einen einzigen Transmitter, mit dem man die Erde verlassen kann. Und der steht am Nordpol.«

»Genau den nehmen wir ja auch«, sagte Charity. »Das Gerät in New York ist nur eine Relaisstation.«

»Die uns in die Schwarze Festung bringt«, fügte Skudder grimmig hinzu. »Direkt ins Herz ihrer Macht. Wenn du mich fragst, dann werden uns zehntausend schießwütige *Ameisen* dort erwarten.«

»Wir werden im Bruchteil einer Sekunde weitergeschickt«, antwortete Charity müde. »Das haben wir doch alles schon ... «

»... besprochen, ich weiß«, unterbrach sie Skudder. »Und wir werden es noch hundertmal besprechen, wenn es sein muß. Es ergibt einfach keinen Sinn, Cherry! Wenn es nur eine Relaisstation ist, warum nehmen wir dann nicht *irgendeinen* Transmitter? Es gibt Tausende von diesen Dingern auf der Welt, vielleicht Zehntausende! Und jetzt erzähl mir bitte nicht, daß Stone nur den Zugangscode für dieses eine Gerät kennt! Warum müssen wir unbedingt über New York? Soll ich dir sagen, warum? Weil er dort auf uns wartet!«

»Unsinn«, widersprach Charity. Aber das Wort klang nicht einmal in ihren eigenen Ohren überzeugend. Trotzdem fuhr sie fort: »Wir müssen diesen Zentralrechner ausschalten. Wenn nicht, dann haben wir die halbe Moroni-Armee auf den Fersen, ehe wir auch nur ganz in der Sonnenstation materialisiert sind.« Zumindest war das das, was Stone ihr erklärt hatte. Es *klang* einleuchtend. Und gleichzeitig nach dem haarsträubendsten Unsinn, den sie je gehört hatte.

Skudder lachte nur.

»Es gibt keinen Grund für ihn, sich solche Umstände zu machen«, sagte Charity hilflos. »Er hätte uns in Köln ohne das geringste Risiko erledigen können.«

Sie hatte das Gefühl, dies nur aus einem einzigen Grund zu sagen – nämlich dem, sich selbst zu beruhigen. Und Skudder machte sich nicht einmal die Mühe, darauf zu antworten.

Charity blickte ihn sekundenlang fast hilfesuchend an, dann stand sie auf und begann unruhig im Innern der Maschine auf und ab zu gehen. Ihr Blick glitt durch den mit einem engmaschigen Kunststoffnetz abgetrennten hinteren Teil der Maschine, und eine Mischung aus Stolz, Resignation und fast hysterischem Zorn überkam sie. Nicht zum ersten Mal.

Trotz seiner enormen Größe schien das Flugzeug schier aus den Nähten zu platzen. Was Hartmanns Männer in den hinteren fünf Sechsteln des Transportraumes untergebracht hatten, das hätte noch vor einem halben Jahrhundert ausgereicht, einen mittleren Krieg zu entfesseln – und zu gewinnen. Vor der geschlossenen Rampe des Superguppy II thronte ein einsatzbereiter Leopard-Panzer; eines der vollcomputerisierten, fast unverwundbaren Monster, wie sie es in Paris gefunden hatten. Hinter ihm erhob sich der bizarre Umriß eines in Teile zerlegten Stealth-Copters, und der Rest des verbliebenen Platzes wurde von einer Unzahl von Kisten, Kartons und Verpackungszylindern eingenommen, in die Hartmann alles hatte einpacken lassen, was nötig war, um eine Stadt von der Größe New Yorks im Sturm zu nehmen. Nur warme Unterwäsche hatte er vergessen, dachte Charity spöttisch. O ja – und noch eine Kleinigkeit: die zwei Dutzend Männer, die sie brauchten, um diese ganze Science-Fiction-Kriegsmaschine in Gang zu setzen.

Natürlich war es nicht seine Schuld. Er hatte ihnen alles gegeben, was er entbehren konnte. *Männer* hatte er selbst nicht, seit mehr und mehr von ihnen zu Kyles Jared übergelaufen waren. Leßter und seine beiden Kollegen waren im Grunde schon mehr, als er entbehren konnte.

Charity fragte sich, wie es jetzt wohl in der riesigen Bunkerstation aussah. Als sie Hartmann verlassen hatten – vor nunmehr drei Tagen – hatte seine Besatzung noch ganze siebzig Köpfe gezählt. Und er brauchte ungefähr fünfmal so viel, um die Basis auch nur notdürftig zu bemannen.

»Wir könnten es mit dem Leo versuchen«, sagte Leßter, der ihren Blick bemerkt, aber ganz offensichtlich falsch verstanden hatte.

»Können Sie damit umgehen?« fragte Charity, ohne sich zu ihm herumzudrehen. Sie konnte Leßters Grinsen beinahe hören. »Ich hatte ein paar Stunden am Simulator. Aber schwerer als ... «

»... INTERCEPTOR oder RETALIATOR kann es auch nicht sein«, führte Charity den Satz spöttisch zu Ende. »Ich weiß.« Sie lächelte, schüttelte den Kopf und wandte sich wieder zu ihm und den beiden anderen um. »Ich glaube Ihnen sogar. Aber es hätte wenig Zweck. Wir müssen *ungesehen* in die Stadt hineinkommen.«

Leßter grinste noch fröhlicher. »Lassen Sie mich hinter die Kanone, und es wird niemand mehr da sein, der uns sehen könnte.«

Gegen ihren Willen mußte Charity abermals lächeln. Aber sie antwortete nicht mehr, sondern ging an ihm und den beiden anderen vorbei wieder zurück in die Steuerkanzel. »Was macht die Funkverbindung mit Hartmann?«

Phillipsen sah nicht einmal von seinen Geräten auf, sondern fuhr fort, mit schnellen, irgendwie nervös aussehenden Bewegungen an Knöpfen und Schaltern zu hantieren.

»Stimmt etwas nicht?« fragte Charity, als sie auch nach einigen Sekunden keine Antwort bekam.

Phillipsen zuckte unglücklich mit den Schultern. »Ich ... bin nicht sicher«, antwortete er ausweichend.

Mit einem raschen Schritt trat Charity vollends hinter ihn und beugte sich vor, um über seine Schulter zu blicken. Nicht, daß sie dadurch irgendwie schlauer wurde. Sie hatte Raumschiffe geflogen, die zehnmal so groß wie dieser Transporter waren, und trotzdem verwirrte sie das Steuerpult dieser Maschine immer noch. »Was ist los?« fragte sie. »Ist die Verbindung zusammengebrochen?«

»Komplett«, antwortete Phillipsen. »Aber die Funkverbindung macht mir die wenigsten Sorgen.« Er schüttelte den Kopf. »Die ganze Kiste spinnt.«

»Was genau meinen Sie damit?« fragte Charity alarmiert.

Phillipsen zuckte abermals die Achseln. »Das weiß ich selbst nicht«, gestand er. »Sehen Sie sich das an. Die Instrumente rasten völlig aus.«

Charity hörte, wie Skudder, Leßter und Faller hinter ihr in die Steuerkabine kamen, und trat einen halben Schritt zur Seite, um Leßter Platz zu machen.

»Laß mich mal sehen«, sagte der Leutnant. »Alles muß man selbst machen!«

Phillipsen spießte ihn mit Blicken geradezu auf und streckte die Hand nach einem Schalter aus, aber Leßter schlug ihm auf die Finger und schüttelte tadelnd den Kopf. »Nimm deine ungleichen Pfoten von meinen Geräten«, sagte er. »Das Ding hier ist ein Flugzeug, kein Eierkocher!«

»Jetzt reicht's«, sagte Charity scharf. »Reißen Sie sich zusammen, Leutnant Leßter!« Sie deutete fordernd auf das Instrumentenpult. »Was geht da vor?«

Leßter fuhr sichtbar zusammen, antwortete aber nicht sofort, sondern blickte rasch und mit wachsender Bestürzung auf die Instrumentenkonsole vor sich. »Ich fürchte, Leutnant Phillipsen hat recht, Captain Laird«, sagte er steif. »Die Instrumente scheinen gestört zu sein.«

»Scheinen?« hakte Skudder nach.

Leßter zuckte mit den Schultern. »Ich denke schon«, sagte er. »Denn das, was sie anzeigen, ist schlicht und einfach unmöglich. Scheißtechnik. Das Ding ist doch nur ein besserer Eierkocher!«

Charity warf ihm einen alarmierten Blick zu. »Und was sagen die Instrumente?« fragte sie so beherrscht wie möglich.

Leßters Gestik verriet völlige Ratlosigkeit. »Die Anzeige kann nicht stimmen, Captain Laird«, sagte er. »Wenn das, was die Instrumente behaupten, wahr ist, dann kommt etwas auf uns zu. Etwas von der Größe eines ganzen Häuserblocks, schätze ich.«

»Wie bitte?« sagte Skudder erschrocken.

Leßter warf einen raschen Blick auf die Instrumente. »Ungefähr siebenhundert Meter lang, dreihundert breit und fast genauso hoch. Hundertneunzigtausend Tonnen Gewicht – plus minus fünf Prozent. Und das ist unmöglich.«

»Da wäre ich ... nicht so sicher«, murmelte Skudder erschrocken. Instinktiv blickte er durch die Kanzel nach draußen, aber das Bild hatte sich nicht geändert. Vor ihnen lag nur die braunweiße Schneebene und die kochende Wand des Sturmes.

»Es ist unmöglich«, beharrte Leßter. Er tippte mit der Spitze des kleinen Fingers auf einen seiner zahllosen Monitore. »Das Ding hier behauptet, daß es weder rollt noch fliegt.«

»Sondern?«

»Es läuft.«

Für geschlagene zehn Sekunden herrschte vollkommenes Schweigen in der Pilotenkanzel. Dann sagte Skudder ganz leise:

»Sie täuschen sich, Leßter. Es *ist* möglich.«

Charity starrte ihn an. »Wie bitte?«

»Starten!« schrie Skudder plötzlich. »Um Gottes willen – *starten Sie die Maschine! Wir müssen hier weg!«*

Von einer Sekunde auf die andere schien Leßter sich zu verwandeln. Plötzlich war an ihm überhaupt nichts Albernes oder Kindisches mehr. Mit der Präzision einer Maschine fuhr er in seinem Sitz herum, kippte in einer einzigen Handbewegung ein halbes Dutzend Schalter und Hebel gleichzeitig herum und zog den Steuerknüppel zu sich heran. Auch Philipsens Hände begannen über das Pult zu huschen wie kleine, flinke Tiere, die ganz von selbst wußten, was zu tun war, und hinter ihnen ließ sich Faller ohne ein Wort in den Sessel des Funkers sinken und streifte die Kopfhörer über.

»Anschnallen!« befahl Leßter knapp. »Das wird ein Gewaltstart!«

Das Instrumentenpult begann zu flackern, als Dutzende von Geräten gleichzeitig zum Leben erwachten. Ein dumpfes, rasch lauter werdendes Summen drang aus dem Rumpf des Flugzeuges und ging in ein an- und abschwellendes Wimmern über, als Leßter die Turbomotoren startete.

Charity und Skudder setzten sich hastig. »Was ist das?« fragte Charity nervös. »Was kommt da auf uns zu, Skudder?«

»Wenn es das ist, was ich befürchte«, murmelte Skudder, »brauchst du nur nach draußen zu sehen.«

Charity gehorchte – und ächzte fassungslos auf.

Zwei, drei Kilometer vor ihnen lag noch immer die Wand

des Hurrikans – aber dahinter *bewegte* sich etwas. Etwas Großes.

Eine Sekunde später verbesserte sie sich in Gedanken. Nein – es war nichts *Großes*. Es war etwas *Gigantisches*.

»Was … ist … das?« flüsterte sie stockend.

»Ein Läufer«, antwortete Skudder. »Großer Gott, es ist ein Läufer! Leßter – *starten Sie!«*

»Ich versuche es ja«, antwortete der junge Soldat. »Aber die Maschinen müssen warmlaufen. Wir haben nicht genug Schub. Wenn ich jetzt abhebe, fallen wir in den Schnee – wollen sie das?« Seine Stimme klang ganz ruhig, fast ausdruckslos. Dabei mußte er das gigantische Etwas so deutlich gesehen haben wie sie.

»Wie lange brauchen Sie?«

»Mit vollem Risiko? Eine Minute.«

Charity hatte Mühe, überhaupt zuzuhören. Der Schatten hinter dem Sturm war näher gekommen, entsetzlich schnell näher. Die Entfernung, das Toben der Sturmböen und seine eigene, unvorstellbare Größe ließen seine Bewegungen langsam und schwerfällig erscheinen, aber sie waren weder das eine noch das andere.

Der Läufer sah aus wie ein ins Gigantische vergrößerter Käfer. Sein Körper bewegte sich auf zehn oder zwölf riesigen, vielfach unterteilten Beinen, die das Ungeheuer mit jedem Schritt fünfzig oder hundert Meter weiter trugen, und war von mattsilberner, blind gewordener Farbe. Eine Anzahl buckeliger Auswüchse und Kuppeln auf dem vorderen Drittel seiner Oberfläche ließen ihn tatsächlich für einen Moment wie etwas Lebendiges aussehen, und er schien heißer zu sein als der ihn umgebende Schnee, denn er war in eine brodelnde Dampfwolke gehüllt. Es sah aus, als atme er.

»Fünfundvierzig Sekunden«, sagte Leßter.

»Was ist das?« wiederholte Charity. Diesmal antwortete Skudder. »Ich … habe so etwas auch erst einmal gesehen. Wir waren in ein gesperrtes Gebiet vorgedrungen. Ich weiß nicht, was es ist, aber es zerstört alles. Häuser, Fahrzeuge, ganze Städte.«

»Dreißig Sekunden«, sagte Leßter. Auch seine Stimme klang jetzt ein wenig gepreßt. »Es wird knapp. Ich kann nicht versprechen, ob ich die Kiste hochkriege.«

»Was ist mit der Bordkanone?« fragte Faller. Er deutete auf die Kontrollen des schweren Röntgen-Lasers, der im Bug des Flugzeuges eingebaut war.

»Vergiß es«, knurrte Leßter. »Ich brauche jedes bißchen Saft, um die Kiste hochzukriegen.«

Und außerdem bezweifelte Charity, daß sie das Monstrum mit dem Laser aufhalten konnten.

»Zehn Sekunden!«

Die Triebwerke heulten auf. In diesem Moment trat der Läufer vollends aus der Sturmfront heraus und drehte sich mit einer schwerfällig aussehenden Bewegung halb herum, bis sich sein vorderes Ende genau auf das Flugzeug ausgerichtet hatte. Charity sah, daß die Ähnlichkeit mit einem Käfer noch weiter ging – das Monstrum hatte tatsächlich ein gewaltiges Maul, das von zwei riesigen Mandibeln flankiert wurde. Wieder hatte sie für einen schrecklichen Moment das Gefühl, etwas Lebendigem gegenüberzustehen, das sie voller Haß und Bosheit anstarrte.

»Fünf Sekunden! Vier, drei – *haltet euch fest!*«

Die Triebwerke brüllten auf. Unter dem Flugzeug explodierte der Schnee zu kochendem Dampf, als er von den weißglühenden Abgasstrahlen der um neunzig Grad gekippten Triebwerke getroffen wurde. Ein schwerfälliges, mühsames Zittern lief durch den Rumpf des Flugzeuges. Für Sekunden waren sie blind, als der hochschießende Dampf ihnen die Sicht nahm.

Aber Charity spürte, wie die Maschine sich vom Boden löste und abhob, zitternd, widerwillig, brüllend wie ein Tier im Todeskampf, aber sie bewegte sich, gewann taumelnd und bockend an Höhe und glitt schließlich aus der Dampfexplosion heraus. Charity keuchte vor Schrecken, als sie sah, wie nahe der Läufer ihnen bereits gekommen war. Seine turmhohen Metallbeine wirbelten wie die einer Spinne, die ihrer Beute nachstellte.

»Wir schaffen es!« schrie Leßter. »Ja! Sie kommt hoch! Los, Baby, los – *flieg! Wir schaffen es!*«

»Nein«, sagte Phillipsen ganz ruhig. »Wir schaffen es nicht.«

Der Läufer war noch hundert oder zweihundert Meter entfernt. Sieben oder acht Schritte, die halbe Zahl von Sekunden. Sein gewaltiges, klaffendes Stahlmaul und die schnappenden Mandibeln, die nichts anderes als riesenhafte Greifer mit messerscharfen Kanten waren, befanden sich fast auf gleicher Höhe mit der Pilotenkanzel des Flugzeuges.

Ein weiterer Schritt. Eine halbe Sekunde. Das Flugzeug stieg weiter.

Dann schrie Leßter auf, und Charity spürte, wie die Superguppy II über die rechte Tragfläche abkippte.

Der Läufer befand sich noch fünfzig Meter vor ihnen, als sich das Flugzeug krachend in den Schnee bohrte und zerbrach.

4

Während der letzten halben Stunde hatte sich French allmählich mit dem Gedanken vertraut gemacht, zur Erde zurückzukehren. Und er hatte Angst davor. Panische Angst.

Er fragte sich, warum das so war. Sie alle mußten eines Tages zurück zur Erde, der eine eher, der andere später – obwohl das Gerücht ging, daß sich der Alte zum Beispiel wohl noch weitere drei Generationen im Hort halten würde, so wie er bereits drei Generationen überlebt hatte – und im Grunde war sogar diese *Formulierung* falsch. Denn war die Erde nicht das Paradies, in dem sie alle eines Tages für ihre Mühen und Entbehrungen im Hort belohnt werden würden? Jedenfalls hatte man ihm das erzählt. French fragte sich nur, warum er dann solche panische Angst vor der Heimkehr hatte.

Zum wahrscheinlich hundertsten Mal in den letzten zehn Minuten sah er auf die Anzeige seines Luftvorrates. Wenn er der kleinen roten Nadel glaubte, dann hätte er längst tot sein müssen, denn das Gerät zeigte ihm schon seit gut fünf Minuten nichts mehr an. Entweder war der Tank auf seinem Rücken tatsächlich leer und er atmete nur noch die Reste, die sich darin gesammelt hatten und zu gering waren, um den Zeiger noch zu bewegen – oder das Instrument hatte einfach vor der Schwere kapituliert. Aus naheliegenden Gründen favorisierte French im Moment die zweite Möglichkeit – zumal einiges dafür sprach.

Er war tiefer in die Schwere Zone vorgedrungen als jemals ein Mensch vor ihm. Zumindest als alle, die zurückgekommen waren. Jede Bewegung kostete ihn unendliche Kraft, und selbst das Atemholen war längst zu einer bewußten Tätigkeit geworden, die einen Großteil seiner Konzentration beanspruchte. Und es wurde schlimmer, mit jedem Schritt, den er sich weiterquälte. Manchmal sah er seine Umgebung nur noch wie durch einen blutigen Schleier, und French fühlte etwas, was die wenigsten Menschen jemals bewußt gefühlt hatten: das Gewicht seiner eigenen Organe. Es war, als hingen Bleigewichte an seinem Herz, den Lungen, dem Magen und allem anderen, und manchmal glaubte er, das Gleiten seines eigenen Blutes zu spüren, das sich nur noch mühsam durch plötzlich zu eng gewordene Adern zwängte. Kein Zweifel – er hatte die Gewichtskrankheit. Er würde wochenlang fiebernd daliegen und von Glück sagen können, wenn er keine bleibende Schäden oder gar Verkrüppelungen davontrug.

French hätte gelacht, hätte er noch den nötigen Atem dazu gehabt, als ihm die Absurdität dieses Gedankens zu Bewußtsein kam. Nein – um irgendwelche Verkrüppelungen oder *bleibende Schäden* brauchte er sich wirklich keine Sorge zu machen. Der einzige bleibende Schaden, der ihm im Moment zu denken gab, war ein ziemlich lang bleibender Tod ...

Er taumelte weiter, erkannte unscharf eine schräg nach unten führende Rampe vor sich und erinnerte sich zu spät daran, daß er hier ungefähr dreißigmal soviel wog wie im Hort. Die klobige Atemmaske vor seinem Gesicht erstickte seinen Schrei, als er die Balance verlor und, sich immer wieder überschlagend, in die Tiefe stürzte.

Er mußte wohl das Bewußtsein verloren haben, denn das nächste, was er wahrnahm, war die Erkenntnis, auf dem Rücken zu liegen – und in das glotzäugige Gesicht einer Spinne zu blicken, die sich über ihn beugte und sich mit drei ihrer sechs Glieder an seinem Anzug zu schaffen machte. Ihre dürren Klauen packten das durchsichtige Kunststoffmaterial und rissen es einfach in Fetzen. French hörte ein schrilles, unmelodiöses Pfeifen. Er nahm an, daß es sich dabei um die Sprache der Spinnen handelte.

Ganz automatisch wollte er nach seiner Harpunenwaffe greifen, um wenigstens noch diese eine Bestie mit auf den Weg zur Erde zu nehmen. Und dann richtete sich die Spinne plötzlich auf, streckte nunmehr alle vier Arme aus – und zog ihn mit einer fast spielerisch anmutenden Bewegung auf die Füße. Ihr Pfeifen klang irgendwie … besorgt? Um ein Haar hätte French sich verraten, aber es gab nur diese eine Erklärung: Obwohl sie ihm ganz nahe war, ja, ihn sogar *berührt* hatte, hatte sie seine Tarnung nicht durchschaut!

Aber das war unmöglich! Jeder im Hort war sich darüber im klaren, daß die plumpe Verkleidung allenfalls einem flüchtigen (einem *sehr* flüchtigen) Blick standhalten konnte …

Wankend unter seinem eigenen Gewicht – und auch der Wucht der Erkenntnis, daß hier einiges völlig anders zu sein schien, als sie bisher alle geglaubt hatten – stand French da und starrte die Spinne an, während diese fortfuhr, mit ihrer schrillen Stimme und mit allen vier Armen gestikulierend auf ihn einzureden. Anscheinend war ihr doch aufgefallen, daß mit ihrem Gegenüber irgend etwas nicht stimmte. Vielleicht, überlegte French, war sie ein wenig überrascht, sich einem Wesen gegenüberzusehen, das so aussah wie sie, aber eigentlich doch nicht, und ganz offensichtlich kein Wort von dem verstand, was sie ihm zuflötete und -pfiff. Noch mehr überraschte sie dann wahrscheinlich die Harpunenwaffe, die French plötzlich in der Hand hielt, und die größte Überraschung überhaupt war wohl der halbmeterlange Stahlpfeil, der sie durchbohrte und nach einem halben Salto rückwärts zu Boden schmetterte.

French taumelte. Es hätte nicht viel gefehlt, und er wäre ebenfalls gestürzt, und wahrscheinlich hätte er nicht mehr die Kraft gehabt, sich in die Höhe zu stemmen. Schon die Anstrengung, die Waffe zu heben und auf die Spinne zu richten, war fast zuviel gewesen. Alles drehte sich um ihn. Er prallte gegen die Wand, ließ die plötzlich Zentner wiegende Harpune fallen und kämpfte mit verzweifelter Anstrengung darum, nicht das Bewußtsein zu verlieren. Die Schleier vor seinen Augen waren jetzt schwarz, nicht mehr rot, und eine unsichtbare Klaue schien sein Herz gepackt zu haben und es langsam zusammenzudrücken. Er wollte atmen, aber es ging nicht mehr. Es war nicht die Gewichtskrankheit, die ihn umbrachte.

Die Schwere würde ihn nicht töten, denn so viel Zeit blieb ihm nicht mehr. Er erstickte. Sein Luftvorrat war unwiderruflich aufgebraucht.

Er fiel auf die Knie und registrierte, schon halb bewußtlos, wie sich die totgeglaubten Spinne neben ihm bewegte. Vielleicht waren diese Biester noch zäher, als man allgemein annahm, vielleicht war es auch nur ein Reflex – aber eine ihrer schrecklichen Krallen zuckte plötzlich vor und zerfetzte Frenchs Tarnanzug. Ein häßliches Zischen erklang.

Und dann konnte er wieder atmen.

5

Jemand hatte sie ziemlich unsanft unter den Achseln gepackt und schleifte sie durch den Schnee; sehr schnell und ohne dabei auch nur die mindeste Rücksicht zu nehmen, so daß sie mit Hüften und Beinen immer wieder gegen scharfkantige Hindernisse prallte, die unter der trügerischen weißen Decke verborgen waren. Schnee war in ihren Kragen gefallen und begann unter ihrem Anzug zu schmelzen, und in ihrem rechten Knöchel erwachte allmählich ein stechender Schmerz, der im Takt ihres Herzschlages pulsierte und bei jedem Schlag ein bißchen schlimmer wurde. Sie fror erbärmlich. Absurderweise spürte sie gleichzeitig eine grausame Hitze, als berührten glühende Hände ihr Gesicht. Sie versuchte die Augen zu öffnen, aber das Licht war so grell, daß sie die Lider stöhnend wieder zusammenpreßte.

Nach einem Moment versuchte sie es noch einmal. Ein von einem wuchtigen dunkelgrünen Helm eingerahmtes Gesicht hüpfte über ihr auf und ab, und da war noch etwas Riesiges, Silbernes, und ein grausames flackerndes Licht, das sich auf seiner polierten Oberfläche brach.

Der Läufer!

Der Gedanke weckte ihre Erinnerungen schlagartig wieder. Sie stöhnte, versuchte den Kopf zu heben und begann sich instinktiv zu wehren – mit dem Ergebnis, daß Leßter sie unvermittelt losließ und sie unsanft in den Schnee zurückfiel. Hastig bückte er sich wieder, um ihr abermals aufzuhelfen, aber sie wälzte sich herum (mit dem Ergebnis, daß noch mehr Schnee unter ihren Kragen glitt und dort sofort zu schmelzen begann) und stand aus eigener Kraft auf.

»Was ist passiert?« fragte sie.

»Es war nicht meine Schuld!« verteidigte sich Leßter. »Ich habe Sie gewarnt! Ich habe gesagt, es ist ein Start mit vollem Risiko! Wir hätten dreißig Sekunden länger warten sollen, dann hätte ich die Kiste ohne Schwierigkeiten hochbekommen, aber so hat der ... «

»Halt endlich die Schnauze, Leßter«, sagte eine zweite Stimme, und Charity registrierte erst jetzt, daß sie nicht allein waren. Skudder und die beiden anderen Soldaten hatten sich hinter die Schneewehe gekniet, in deren Schutz Leßter sie geschleift hatte. Skudder blutete aus einer üblen Platzwunde im Gesicht, und Faller preßte mit schmerzverzerrten Lippen den linken Arm gegen den Leib. Phillipsen hatte das Lasergewehr von der Schulter gezerrt und zielte damit auf etwas von der Größe Neuguineas, das auf einem Dutzend hochhausgroßer Stahlbeine über ihnen emporragte. Es sah einigermaßen absurd aus, fand Charity.

Sie schüttelte sich, war mit zwei schnellen Schritten bei Skudder und streckte besorgt die Hand nach seinem Gesicht aus, aber Skudder schüttelte nur den Kopf.

»Das ist nichts«, sagte er. »Eine Schramme.«

Da Charity wußte, wie wenig Sinn es hatte, über *dieses* Thema mit ihm diskutieren zu wollen, beließ sie es bei einem abermaligen prüfenden Blick in sein blutüberströmtes Gesicht und kroch dann auf Händen und Knien zu Phillipsen hinüber. Der junge Soldat lag auf dem Bauch im Schnee und hatte die Waffe noch immer auf den Läufer gerichtet. Aber Charity hatte das sehr sichere Gefühl, daß er es einzig und allein tat, um sich daran festzuklammern.

Als ihr Blick auf das fiel, was Phillipsen anstarrte, verstand sie ihn auch. Für einen Moment wünschte sie sich selbst etwas, woran sie sich festhalten konnte, um nicht den Boden unter den Füßen zu verlieren.

Der Läufer hatte direkt über dem Wrack des Flugzeuges angehalten. Seine beiden vorderen Beinpaare waren eingeknickt, so daß er ein wenig schräg dastand, nach vorne geneigt und tatsächlich wie ein riesiges Stahlinsekt, das seine Beute verzehrte – die in diesem Falle aus nichts anderem als dem Wrack der Transportmaschine bestand. Das Flugzeug brannte. Dann und wann blitzte es in seinem zerschmetterten Rumpf auf, wenn ein Teil der mitgebrachten Munitionsvorräte unter der Hitze explodierte, und sein Rumpf war so zerdrückt, daß man seine ursprüngliche Form nur noch erraten konnte. Charity fragte sich instinktiv, wie um alles in der Welt sie es geschafft hatten, lebend und noch dazu beinahe unverletzt aus diesem Wrack herauszukommen. Eines der Triebwerke glühte in einem hellen, umheimlichen Rot. Die Hitze war so intensiv, daß sie sie selbst hier noch spüren konnte, mehr als zweihundert Meter entfernt.

Was den Läufer allerdings nicht daran hinderte, das Flugzeugwrack mit seinen gewaltigen Greifern methodisch in Stücke zu zerreißen, die eines nach dem anderen in seinem Maul verschwanden. Für einen Moment bildete sie sich sogar ein, mahlende Zähne darin zu erkennen – aber das konnte ja wohl nicht sein.

»Er frißt es auf!« stammelte Phillipsen. »Er ... er frißt das Flugzeug!«

Charity hörte den alarmierenden Unterton in seiner Stimme und legte ihm beruhigend die Hand auf die Schulter. »Das ist eine Maschine, Phillipsen«, sagte sie ruhig. »Nur eine Maschine.«

Phillipsen starrte sie an. Seine Augen waren weit vor Furcht, und sie sah das unheimliche Funkeln darin und begriff, daß der Junge kurz davor stand, einfach auszurasten. Phillipsen war alles andere als ein Feigling; wäre er das, hätte Hartmann ihn kaum abkommandiert. Aber der Anblick dieses Monsters war einfach mehr, als er verkraften konnte. Es war nicht die Gefahr, die von ihm ausging. Es war einfach die Tatsache, daß es so etwas wie dieses unmögliche Ding *gab.*

»Es ist nur eine Maschine«, sagte sie noch einmal. Aber sie mußte all ihre Kraft aufbieten, um diese Worte auch nur halbwegs überzeugend klingen zu lassen. Auch sie selbst hatte das Gefühl, ganz langsam, aber unerbittlich, den Boden unter den

Füßen zu verlieren. *Großer Gott, dieses Ding war größer als ein Flugzeugträger!*

Phillipsen beruhigte sich allmählich. Das Flackern in seinem Blick blieb, aber es sank zu einer nicht mehr ganz so gefährlichen Intensität herab, und auch seine Hände hörten allmählich auf zu zittern.

»Es ist nur eine Maschine«, sagte sie zum dritten Mal. »Sie tut uns nichts. Wahrscheinlich sind wir viel zu klein, als daß sie uns überhaupt registriert.«

Skudder kam auf Knien und Ellbogen kriechend neben ihr an, blickte einen Moment lang wortlos zum Flugzeugwrack hinüber und schaufelte sich dann eine Handvoll Schnee ins Gesicht, um das Blut abzuwaschen. Charity sah jetzt, daß die Schramme auf seiner Stirn wirklich nur eine Schramme war.

Nach einer Weile gesellten sich auch die beiden anderen zu ihnen. Schweigend sahen sie zu, wie der Läufer das Flugzeugwrack fast behäbig in Stücke schnitt und riß und die Trümmer verzehrte. Charity benutzte tatsächlich in Gedanken dieses Wort. Es gelang ihr nicht, einen anderen Ausdruck zu finden.

»Ich möchte wissen, was er da tut«, murmelte Faller.

Skudder lachte leise. »Warum gehst du nicht hin und fragst ihn?« Er hob sein Gewehr, schaltete die Zieloptik ein und blickte gebannt einige Sekunden lang zu dem silbernen Koloß hinauf. Dann setzte er die Waffe ab, reichte sie Charity und deutete auf eine Stelle schräg über dem ›Maul‹ des Käfers. »Zwischen den beiden Kuppeln«, sagte er. »Siehst du die kleine, dreieckige Öffnung?«

Charity brauchte einen Augenblick, um sich an den veränderten Blickwinkel der Zieloptik zu gewöhnen. Dann sah sie, was Skudder entdeckt hatte: vielleicht zehn, fünfzehn Meter über dem schnappenden Maul des Riesenkäfers befand sich eine Art Tor von vage dreieckiger Form, in dem sich vier oder fünf winzige, sechsgliedrige Gestalten bewegten. *Ameisen.*

»Was um Gottes willen *ist das*?« murmelte sie, nachdem sie

das Gewehr wieder abgesetzt und Skudder zurückgegeben hatte.

»Vielleicht einer der Wachroboter, von denen Stone gesprochen hat?« fragte Faller. Seine Stimme klang nicht sehr überzeugt. Und Skudder schüttelte auch sofort den Kopf.

»Unmöglich. Ein solcher Riese ergibt überhaupt keinen Sinn. Nicht als Kampfmaschine.«

Wieder schwiegen sie eine ganze Weile, während der Läufer ohne eine Spur von Hast auch noch den Rest des Flugzeugwracks aufsammelte. Er ging sehr sorgfältig dabei vor. Selbst das glühende Triebwerk verschwand in seinem Maul.

Mit angehaltenem Atem warteten sie darauf, daß sich der Koloß wieder umwandte und ging, aber das geschah nicht. Statt dessen hoben sich die riesigen Greifer plötzlich wieder, und an ihrer Stelle glitt etwas aus dem unteren Teil der Maschine heraus, was Charity an einen gewaltigen Stachel erinnerte – und es auch war. Mit einem ungeheuren Krachen bohrte sich der stählerne Dorn in den Boden und glitt knirschend durch Erdreich und Fels. Der Boden begann zu zittern.

»Was um alles in der Welt tut er jetzt wieder?« murmelte Skudder. »Hoffentlich legt er keine Eier oder so was.« Er versuchte vergeblich, den Worten durch ein Lachen etwas von ihrem düsteren Klang zu nehmen. Charity sah aus den Augenwinkeln, wie Phillipsen leicht zusammenfuhr und noch ein bißchen blasser wurde, und für die Dauer eines Herzschlages mußte auch sie sich gegen die absurde Vorstellung wehren, plötzlich Dutzende von kleineren Ausgaben dieser stählernen Absurdität aus dem Boden hervorbrechen und über sich und die anderen herfallen zu sehen.

»Ich glaube, ich ... weiß, was es ist«, sagte sie plötzlich.

Skudder und die drei anderen sahen sie verblüfft an, aber sie antwortete nicht auf ihre fragenden Gesichter, sondern wandte sich mit einer plötzlich nervösen Geste direkt an Skudder.

»Du hast so ein Ding schon einmal gesehen«, sagte sie aufgeregt. »Erinnere dich genau, Skudder! Was hat es getan?«

»Getan?« Skudder schien mit dieser Frage im ersten Moment nichts anfangen zu können. »Ich verstehe nicht genau ... Es hat nichts getan. Es lief einfach durch die Gegend und hat alles zerstört.«

»Wie das Flugzeug?«

»Sicher. Autos, Flugzeuge, ganze Hallen ...« Plötzlich hellte sich sein Gesicht auf. »Du ... du meinst, es ist so eine Art Schrottsammler?«

»Wahrscheinlich«, sagte Charity. »Ich vermute, es sammelt Metall. Deshalb hat es auch auf unser Flugzeug reagiert. Das Ding wollte uns nicht angreifen. Es wollte nur das Metall haben.«

»Das ist doch Irrsinn«, murmelte Faller.

Charity ignorierte ihn. Sie hatte schon vor langer Zeit begriffen, daß über die *Logik* der Invasoren von Moron nachzudenken der beste Weg war, den Verstand zu verlieren. »Und wenn das so ist«, fuhr sie unbeeindruckt fort, »dann ist dieses Ding vielleicht unsere Eintrittskarte nach New York.«

Selbst Skudder wurde blaß. »Wie bitte?« keuchte er.

Charity deutete nach Norden. »Er ist von dort gekommen, oder?«

»Sie ... Sie wollen doch nicht an ... an Bord dieses *Dinges* gehen?« flüsterte Leßter.

»Haben Sie eine bessere Idee?« fragte Charity. »Wir können nicht hierblieben. Von allem anderen einmal abgesehen – unsere Ausrüstung hat das Ding da gerade gefrühstückt. Selbst wenn uns die Wachroboter nicht erwischen, erfrieren wir hier in ein paar Stunden. Wir können uns irgendwo da drinnen verstecken. Das Ding ist wirklich groß genug.«

»Sie sind ja verrückt!« entfuhr es Phillipsen.

Charity grinste. »Sicher. Das ist Bedingung, um diesen Job zu bekommen.« Übergangslos wurde sie wieder ernst. »Wir *können* nicht hierbleiben.«

»Wir haben keine Garantie, daß das Ding wirklich nach New York geht«, sagte Skudder ernst. »Es kann monatelang durch die Gegend laufen.«

»Aber es geht *irgendwohin*«, antwortete Charity. »Willst du hierblieben, bis sie dich erwischen oder du erfroren bist?«

Skudder antwortete nicht mehr, und nach einer Weile nahm Charity das Gewehr wieder in die Hand und blickte erneut zu den Ameisen über dem Maul des Läufers hinauf. Von den fünf oder sechs Gestalten waren nur noch zwei zu sehen, und auch diese wandten sich plötzlich um und verschwanden im Inneren der zyklopischen Maschine. Fast in der gleichen Sekunde begann sich der gewaltige Stachel wieder aus dem Boden zu lösen. Ein unheimliches Dröhnen und Knirschen drang aus dem Rumpf des Läufers, als sich die vorderen Beinpaare wieder streckten und die Maschine in die Waagerechte zurückkippte.

»Jetzt!« befahl Charity.

Sie alle – nicht nur Phillipsen – zögerten einen Moment, aber offensichtlich hatten sie auch alle eingesehen, daß Charity recht hatte: Wenn sie hierblieben, erwartete sie nichts als ein sicherer, aber wahrscheinlich alles andere als *schneller* Tod.

Sie rannten los, als der Läufer schwerfällig das erste seiner zahlreichen Beine aus dem Boden hob und sich zu drehen begann. Die Erde zitterte. Ein ganzes Bombardement aus Felsen und Schlamm regnete vor ihnen vom Himmel, und Charity registrierte voller Schrecken, daß die gewaltigen Säulenbeine des Kolosses noch viel größer waren, als es von weitem den Anschein gehabt hatte. Sie schätzte, daß sich der riesige ovale Leib des stählernen Käfers sicherlich siebzig oder achtzig Meter über dem Boden erhob – und die vielfach gegliederten Stelzbeine des Monsters bewegten sich mit einer Geschicklichkeit, die bei einer Maschine dieser Größe fast unmöglich schien. Das Ding war *schnell.*

Charity wich einem der gewaltigen Krater aus, die die Beine des Läufers im Boden hinterlassen hatten, beschleunigte ihre

Schritte noch mehr und begriff gerade noch rechtzeitig genug den Grund für Skudders warnenden Schrei, um ihr Tempo wieder zu verlangsamen – um ein Haar wäre sie genau dorthin gelaufen, wo sich in diesem Moment einer der gewaltigen eisernen Käferfüße in den Boden grub. Sie schlug einen Haken nach links, duckte sich im Laufen, als ein Hagel aus Steinen und Erdreich auf sie herabpolterte, und stieß sich mit aller Kraft ab.

Der Sprung war perfekt berechnet. Sie prallte unsanft gegen den massiven Stahl des Beines, fand aber mit Händen und Füßen sicheren Halt und klammerte sich fest, als sich das riesige Käferbein wieder hob. Ehe es sich völlig vom Boden löste, kamen Skudder und Faller auf die gleiche Weise bei ihr an. Sie sah, wie Phillipsen und der dritte Soldat ein anderes Bein anvisieren wollten, und gestikulierte heftig mit den Armen.

»Nicht!« schrie sie. »Wir müssen zusammenbleiben!«

Es wurde knapp, denn der Läufer hatte seine Drehung fast vollendet, und er beschleunigte seine Schritte enorm, kaum daß sich sein stumpfes Maul wieder auf die Sturmfront im Norden ausgerichtet hatte. Sie zerrten Leßter und Phillipsen buchstäblich im letzten Moment zu sich herauf – und dann waren sie auch schon mitten drin in dem heulenden Chaos und hatten plötzlich alle Hände voll zu tun, um nicht von den eisigen Sturmböen von ihrem Halt wieder heruntergefegt zu werden.

Es wurde kalt, unglaublich kalt. Schon nach wenigen Augenblicken wich alles Gefühl aus Charitys Händen, und selbst das Luftholen tat weh. Der Läufer wurde immer schneller und drang jetzt mit der Geschwindigkeit eines D-Zuges in die Sturmfront ein. Die Temperaturen sanken mit jedem Schritt, den dieses stählerne Monstrum machte, um ein Grad. Das Schneetreiben wurde so dicht, daß sie die Gestalten der anderen nur noch als Umrisse erkennen konnte.

Skudder schrie ihr etwas zu. Der Sturm riß ihm die Worte von den Lippen und trug sie davon, ehe sie sie verstehen konnte, aber dann blickte sie in die Richtung, in die seine Hand deutete.

Nur wenige Meter über ihnen hatte sich eine ovale Klappe in der Flanke des Riesenbeines geöffnet, und der häßliche Schädel einer Moroni-*Ameise* schob sich ins Freie. Offensichtlich war ihre Annäherung doch bemerkt worden.

Skudder zog seine Waffe und schoß auf den Moroni. Er verfehlte ihn, aber die Insektenkreatur zog sich mit einer erschrockenen Bewegung wieder ins Innere des Beines zurück.

Für eine Sekunde.

Dann tauchte sie wieder auf, und diesmal waren ihre Hände nicht mehr leer. In ihren vier Klauen lagen gleich vier der winzigen, tödlichen Laserwaffen, mit denen sie schon öfter Bekanntschaft gemacht hatten.

Aber sie kam nicht dazu, auch nur eine davon abzufeuern.

Skudder hatte die winzige Zeitspanne genutzt, sich hastig zur Klappe hinaufzuhangeln und sich mit beiden Händen an ihren Rand zu klammern. Als sich die *Ameise* vorbeugte, löste er die linke Hand von ihrem Halt, packte den Hinterlauf des Moroni und zerrte mit aller Gewalt daran. Vielleicht hätte seine Kraft unter normalen Umständen nicht einmal gereicht, das Monstrum von den Füßen zu reißen, denn Charity wußte nur zu gut, wie entsetzlich stark diese zwei Meter großen Insekten waren, aber genau in diesem Moment machte der Läufer einen weiteren, stampfenden Schritt, und diese doppelte Erschütterung reichte aus. Die *Ameise* stieß einen schrillen Laut aus, ließ zwei ihrer vier Waffen fallen und kippte haltlos ins Innere der Maschine zurück. Mit einer blitzartigen Bewegung setzte Skudder ihr nach.

Auch Charity kletterte weiter, so schnell sie konnte. Skudder war ein kräftiger Mann, aber gegen eines dieser Insektenmonster hatte er nicht die Spur einer Chance. Wenn es der *Ameise* gelang, ihn zu packen, würde sie ihn einfach zerreißen, ohne sich dabei auch nur anzustrengen.

Es gelang ihr nicht. Charity hatte die Tür erreicht und setzte dazu an, sich mit einem Ruck hineinzuziehen, als Skudder und der Moroni über ihr erschienen. Die *Ameise* hatte auch ihre beiden restlichen Waffen fallengelassen und versuchte nun mit allen vier Armen gleichzeitig, ihren Gegner zu packen, aber Skudder wich ihr mit einer geschickten Bewegung aus, ergriff plötzlich seinerseits einen der dürren chitingepanzerten Arme – und hebelte die *Ameise* mit einem Judo-Griff wie aus dem Lehrbuch aus. Der Moroni kreischte vor Schrecken, als er wahrscheinlich zum ersten (und mit Sicherheit zum letzten) Mal im Leben die Feststellung machte, daß sich seine eigene Kraft durchaus gegen ihn selbst wenden konnte, verlor den Boden unter den Füßen und verschwand zappelnd in den Sturmböen unter ihnen. Charity zog sich ächzend vollends durch die Tür, erhob sich auf die Knie und sah sich hastig um, wobei sie die Hand zur Waffe senkte. Aber sie führte die Bewegung nicht zu Ende. Die Kammer, in der Skudder und sie sich befanden, war winzig; nichts als ein runder Zylinder aus rostrotem Eisen, der kaum Platz für sie und den Hopi bot. Die *Ameise* war allein gewesen.

Aus einem absurden Stolz heraus ignorierte sie Skudders hilfreich ausgestreckte Hand und stemmte sich aus eigener Kraft auf die Füße – um gleich darauf mit einem überraschten Schrei gegen Skudder zu prallen, als der Läufer einen weiteren Schritt machte und der Boden unter ihren Füßen sich plötzlich in eine schräg geneigte Rampe verwandelte. Skudder grinste so unverschämt, daß sie ihm am liebsten eine Ohrfeige verpaßt hätte, ließ ihre Schultern aber hastig los, als er das warnende Funkeln in ihren Augen gewahrte.

So gut es in der Enge der winzigen Kammer ging, traten sie von der Tür zurück, um Platz für die drei anderen zu machen.

»Und jetzt?« fragte Phillipsen überflüssigerweise, nachdem er sich als letzter zu ihnen hereingezogen hatte.

Skudder deutete nach oben. Die kleine Kammer hatte keine Decke, sondern verjüngte sich über ihnen zu einem knapp einen Meter durchmessenden, runden Schacht, an dessen Wand sich das in die Höhe zog, was eine sechsbeinige, gut zwei Meter große Kreatur wohl für eine Leiter halten mochte. Phillipsens Augen wurden rund vor Staunen. »Sie wollen ... *dort* hinauf?« murmelte er.

»Wir können auch hierbleiben und warten, bis sie herkommen und nachschauen, wo ihr Türsteher bleibt«, sagte Skudder spöttisch. »Wäre Ihnen das lieber?« Er streckte die Arme aus, federte kurz in den Knien ein und stieß sich mit einem kraftvollen Satz ab. Obwohl er von allen mit Abstand der größte war, erreichte er die unterste ›Sprosse‹ der Leiter erst beim dritten Versuch. Charity und die anderen halfen sich gegenseitig dabei, in die Höhe zu steigen, wobei Charity den Abschluß bildete – sie war die leichteste und mußte als letzte von Faller und Phillipsen in die Höhe gezogen werden, um die Leiter erreichen zu können.

Zumindest in einem Punkt hatten sie Glück – niemandem schien das Verschwinden der *Ameise* aufzufallen, die Skudder aus dem Läufer gestoßen hatte; zumindest kamen keine anderen Moroni, um sich nach dem Verbleib ihres Bruders zu erkundigen – was mit Sicherheit das Ende der kleinen Gruppe bedeutet hätte. In dem engen, völlig deckungslosen Schacht hätte ein einziger Schuß genügt, sie alle in die Tiefe zu reißen.

Dafür wurde der Aufstieg zu einem Alptraum. Die Schritte des Läufers wurden immer schneller, und sie wurden mit jedem krachenden Aufsetzen des Riesenbeines wuchtig gegen die Wand oder die Leiter geschleudert. Mehr als einmal hatte Charity das Gefühl, einfach nicht mehr weiter zu können, und als sie ungefähr die Hälfte der Strecke überwunden hatten, glitt Fallers Fuß über ihr von einer der Sprossen ab und verfehlte ihr Gesicht nur um Millimeter. Dazu kam, daß diese bizarre Leiter für Moroni gemacht war, nicht für Menschen. Die Sprossen waren zu dünn, um wirklich sicheren Halt daran zu finden, und der Abstand stimmte nicht, so daß das Klettern übermäßig viel Kraft erforderte. Charity versuchte sie zu zählen, um sich wenigstens notdürftig zu orientieren, gab es aber irgendwo weit jenseits der dreihundert schließlich wieder auf. Mehrmals mußten sie anhalten, wenn einen von ihnen die Kräfte verließen.

Keiner von ihnen sah auf die Uhr, aber Charity schätzte, daß sie länger als eine Stunde brauchten, bis sie das obere Ende der Leiter erreichten.

Ein Schwall eisiger, nach Metall und Staub riechender Luft schlug ihnen in die Gesichter, als sie sich hinter Skudder schwer atmend aus dem Schacht herauszogen. Charity kroch erschöpft ein paar Schritte von der Öffnung im Boden fort und versuchte sich aufzurichten, hatte aber ebensowenig noch die Kraft dazu wie einer der anderen. Selbst Skudder lehnte mit geschlossenen Augen an der Wand und tat sekundenlang nichts anders, als keuchend ein- und auszuatmen.

Unten im Schacht war es stockfinster gewesen. Hier oben herrschte ein trübes, graugefärbtes Zwielicht, das allerdings kaum ausreichte, weiter als ein paar Schritte zu sehen. Sie befanden sich in einer niedrigen, aber sehr weitläufigen Halle, deren Boden ganz sacht nach oben gekrümmt zu sein schien. So weit sie dies überhaupt sehen konnte, war sie leer.

Charity setzte sich mühsam weiter auf, fuhr sich mit dem Handrücken über die Stirn und registrierte mit einer Mischung aus Überraschung und Schrecken, daß der Schweiß auf ihrer Haut bereits zu gefrieren begann. Ihre Finger- und Zehenspitzen prickelten, und ihre Lippen fühlten sich taub an und waren gesprungen. Sie hatte das bisher auf die Anstrengung geschoben, aber sie begriff plötzlich, daß das nicht stimmte. Es war *kalt* hier drinnen. Viel kälter noch als draußen. Erschrocken blickte sie auf das Außenthermometer ihres Anzuges. Es zeigte neunzehn Grad unter Null an.

»Verdammt kalt hier drinnen, nicht wahr?« fragte Skudder. Er hatte ihren Blick bemerkt. »Irgendwas scheint mit der Heizung nicht zu stimmen.«

Charity lächelte pflichtschuldig und stand vorsichtig auf. Der Boden schwankte noch immer unter ihren Füßen, so daß sie im ersten Moment erschrocken die Hände ausstreckte, um ihre Balance zu halten.

Wahllos wandten sie sich nach rechts und marschierten los.

Ihre Schritte erzeugten unheimliche, lang widerhallende Echos in der Weite der vollkommen leeren, stählernen Halle, und das blasse graue Licht gab Charity das Gefühl, durch einen endlosen Nebel zu wandern. Sie konnte noch immer nichts erkennen, was weiter als acht oder zehn Schritte von ihnen entfernt war. Dafür begann sie um so deutlicher die bizarren Geräusche wahrzunehmen, die an ihr Ohr drangen: Da war noch immer das rhythmische Stampfen der gewaltigen Käferbeine, darüber aber auch ein dumpfes, dröhnendes Hämmern, das sie auf unheimliche Weise an das Schlagen eines gewaltigen metallenen Herzens erinnerte. Manchmal erzitterte die Halle wie unter schweren Schlägen, und einmal blieben sie alle stehen und blickten erschrocken auf, als ein hohes, wimmerndes Geräusch erscholl, das sich binnen Sekunden zu einem schrillen Jaulen steigerte und dann die Grenzen des Hörbaren überstieg, aber noch eine Weile in ihren Köpfen zu vibrieren schien.

Der Boden begann immer stärker anzusteigen, je weiter sie sich dem Ende der Halle näherten. Schließlich ging es nicht mehr weiter: Die Krümmung des Bodens war so stark geworden, daß das Gehen fast unmöglich war, und der Abstand zwischen ihm und der Decke schmolz zusehends.

Enttäuscht machten sie kehrt und gingen in die Richtung zurück, aus der sie gekommen waren. Zumindest glaubte Charity jetzt zu wissen, wo sie sich befanden. Bei einem Schiff hätte man diesen Teil der Konstruktion die Bilge genannt – die Decke über ihnen war waagerecht, und wahrscheinlich war es auch keine Decke, sondern der Boden der untersten Ebene dieser absurden Riesenmaschine. Worüber sie liefen, das war der gekrümmte Bauch des stählernen Riesentieres. Für einen Moment mußte sie sich gegen die bedrückende Vorstellung wehren, daß es keinen Ausgang aus dieser Falle gab und sie in diesem grauen Nebel herumirren konnten, bis sie vor Erschöpfung oder Kälte zusammenbrachen. Aber natürlich war das nur ein Streich, den ihr ihre überreizten Nerven spielten.

Die *Ameise*, die Skudder getötet hatte, war der lebende Beweis, daß es einen Weg hinauf in den eigentlichen Läufer gab.

Sie brauchten fast eine halbe Stunde, ehe sie ihn fanden: ein ungleichmäßig geformtes Loch in der Decke, das wie hineingesprengt (oder gebissen?) aussah und zu dem eine weitere dieser bizarren Leiterkonstruktionen hinaufführte. Das gleiche blasse Licht wie hier unten herrschte auch dort oben, und die unheimlichen Laute und das Stampfen und Klopfen nahmen an Intensität zu.

Skudder signalisierte den drei Soldaten mit stummen Gesten, ein Stück zurückzubleiben, nahm das Gewehr von der Schulter und kletterte lautlos die Leiter hinauf. Charity wartete, bis er in der Öffnung verschwunden war, zählte in Gedanken bis fünf und folgte ihm dann.

Sie war erstaunt, wie dick der Hallenboden war. Der rostige Stahl umgab sie wie ein Schacht, fast anderthalb Meter dick, und er schien vollkommen massiv zu sein. Wenn dieses ganze Käfermonstrum *so* massiv gebaut war, dachte sie ungläubig, dann mußte es etliche Millionen Tonnen wiegen!

Sie sah Skudder einen halben Meter neben dem Schacht knien, das Gewehr im Anschlag und einen angespannten Ausdruck auf dem Gesicht. Aber auch hier oben war von der Besatzung dieser absurden Maschine nichts zu sehen.

Skudder signalisierte ihr, leise zu sein und den rückwärtigen Teil des Ganges im Auge zu behalten. Rasch entfernte sie sich ein paar Schritte von ihm, ließ sich, seinem Beispiel folgend, auf ein Knie herabsinken und nahm den Gamma-Laser von der Schulter. Ehe sie die Waffe entsicherte, stellte sie die Leistungsabgabe auf das Minimum zurück; der Gang war zwar lang, aber niedrig und sehr eng. Sie hatte wenig Lust, sich selbst und vielleicht auch alle anderen umzubringen, wenn sie auf ein Ziel feuerte, das weniger als fünfzig Meter entfernt war.

Sie konnte hören, wie die drei Soldaten hinter ihr aus dem Schacht geklettert kamen, widerstand aber der Versuchung, sich zu ihnen herumzudrehen. Gebannt blickte sie den Korridor entlang. Ihre Augen hatten sich an das blasse Licht gewöhnt, so daß sie nun etwas besser sehen konnte. Eine Anzahl von Türen – und was bizarr genug war: Jede einzelne von ihnen schien eine andere Form und Größe zu haben! – zweigte zu beiden Seiten ab, und am Ende des Ganges glaubte sie die ersten Stufen einer Treppe zu erkennen, war aber nicht völlig sicher. Hier und da brannte ein trübes, dunkelrotes Licht an der Decke, das das unheimliche Zwielicht aber nicht wirklich aufzuhellen vermochte.

»Hast du irgend etwas auf dem Scanner?« fragte Skudder.

»Jede Menge«, antwortete Charity nach einem raschen Blick auf das Gerät an ihrem Handgelenk. »Aber nichts, was Sinn ergibt.« Die Anzeigen des winzigen Instruments spielten ebenso verrückt wie die des Flugzeugs vorhin. Offensichtlich gab es in dieser riesigen Maschine etwas, das nachhaltig jegliche Art von Elektronik störte.

»Irgendeine Idee, was wir jetzt tun?« fuhr Skudder fort. Seine Stimme kehrte als gebrochenes Echo nach einer Sekunde zurück, und das war sehr sonderbar, denn das hatte sie bei seiner ersten Frage nicht getan, ebensowenig wie die Charitys bei ihrer Antwort. Alarmiert sah sich sich nach allen Seiten um, konnte aber nichts Auffälliges erkennen. Offensichtlich war die Akustik dieses Ganges ebenso bizarr und undurchschaubar wie die Architektur.

Charity zuckte mit den Schultern, stand auf und deutete fast unentschlossen auf die Treppe am Ende des Stollens. Sie war nicht einmal dessen wirklich sicher, aber es *schien* zumindest die Richtung zu sein, in die der Läufer sich bewegte.

Rasch, aber sehr leise und jederzeit auf einen Angriff gefaßt, bewegten sie sich den Gang hinab. Der Boden unter ihren Füßen hob und senkte sich, hob und senkte sich, schwankte im Rhythmus der stampfenden Schritte des Maschinenungeheuers, und einmal wankte der ganze stählerne Koloß, wahrscheinlich, als er ein größeres Hindernis überstieg oder einfach niederwalzte. Die Treppe kam allmählich näher, und im gleichen

Maße wurden die unheimlichen Geräusche lauter. Charity hatte jetzt das Gefühl, daß sie sich einer riesigen Maschinenhalle näherten, einer Halle, in der gewaltige Konstruktionen aus riesenhaften Zahnrädern und stampfenden Kolben arbeiteten, zischende Dampfkessel und riesenhafte Kettenantriebe; es waren genau diese Bilder, die ihre Phantasie zu den immer bizarrer werdenden Lauten erschuf. Und das war kein Zufall. Was sie hörten, das *waren* die Geräusche arbeitender Maschinen – aber es war nicht das geisterhafte Wispern einer elektronischen Supertechnik von den Sternen, sondern etwas, das sich wie die akustische Umsetzung einer jener Zyklopenmaschinen anhörte, wie sie Jules Verne oder Hans Dominik erdacht und beschrieben hatten. Es war verwirrend. Und sehr beängstigend.

Als sie sich der Treppe bis auf wenige Schritte genähert hatten, öffnete sich eine der Türen vor ihnen, und eine Maschinenkonstruktion rollte heraus, die so bizarr war, daß Charity ihren Zweck nicht einmal zu erraten vermochte. Faller sog erschrocken die Luft ein und hob seine Waffe, aber Charity drückte rasch den Lauf des Gewehres herunter und schüttelte den Kopf. Die Maschine – ein vielleicht meterhohes, auf unmöglich in Worte zu beschreibende Art geformtes Etwas – rollte auf rasselnden Ketten auf den Gang hinaus, drehte sich wie ein altertümlicher Panzer auf der Stelle und rasselte dann direkt auf sie zu. Auf ihrer Oberseite blinkten eine Anzahl roter und gelber Lichter in undurchschaubarem Rhythmus, und etwas von der Form einer halb durchgebrochenen Parabolantenne drehte sich unentwegt auf ihrem Rücken.

Auch Charity richtete ihr Gewehr auf das rostzerfressene Etwas, aber sie hatte das bestimmte Gefühl, daß von dieser Maschine keine Gefahr ausging. Als sie sich ihr bis auf drei Schritte genähert hatte, trat sie ein Stück beiseite, und sie war nicht einmal sonderlich überrascht, als die Maschine einfach an ihr vorüberrasselte, ohne von ihr und den anderen auch nur Notiz zu nehmen. Trotzdem blieb sie stehen und blickte der bizarren

Konstruktion aufmerksam nach, bis sie im Halbdunkel des Ganges verschwunden war.

»Was war das?« fragte Faller fassungslos.

»Das weiß ich ebensowenig wie Sie«, antwortete Charity. Fallers unentwegte Fragerei ging ihr allmählich auf die Nerven; ebenso wie die scheinbare Überzeugung der beiden anderen, daß sie auf jede Frage die passende Antwort parat haben müßte. Sicher – verglichen mit den drei jungen Soldaten, die erst vor wenigen Wochen aus dem Kälteschlaf erwacht waren, waren Skudder und sie so etwas wie Spezialisten, was die Moroni und ganz besonders die *Ameisen* anging. Trotzdem änderte das nichts daran, daß sie im Grunde wenig mehr als gar nichts über dieses Insektenvolk wußten.

Genaugenommen war es auch für Skudder und sie das erste Mal, daß sie die *Ameisen* in einem Teil *ihrer* Welt erlebten. Sie hätte nicht zu sagen gewußt, *was* sie erwartet hatte – aber *das* nicht. Was sie bisher vom Inneren des Läufers gesehen hatte, erschütterte sie fast mehr, als wären sie durch ein chromblitzendes Labyrinth aus unverständlicher Supertechnologie geirrt. Alles hier war so primitiv und grob, daß es schon wieder fast genial sein mußte, um überhaupt zu funktionieren. Das einzige, was sie an dieser Maschine wirklich beeindruckte, war ihre unvorstellbare *Größe.*

Sie gingen weiter. Ganz automatisch wollte Skudder wieder die Spitze übernehmen, als sie die Treppe emporzusteigen begannen, aber diesmal vertrat ihm Charity mit einem raschen Schritt den Weg und ging so schnell weiter, daß er gar keine Gelegenheit bekam, sie aufzuhalten.

Die Treppe war wie alles hier – alt und von Rost zerfressen und aus fünfzehn Zentimeter dicken Eisenplatten zusammengeschweißt, und so grob, als hätte dies ein Kind getan, oder jemand, der zum ersten Mal im Leben einen Schweißapparat in der Hand hielt und nicht so recht wußte, was er damit anfangen sollte. Und wie die Leiter vorhin, so ermüdete auch diese Treppe ihre Beine schon nach wenigen Schritten, denn sie war für Wesen gebaut, die sich völlig anders bewegten als Menschen.

Der Schimmer von Rot in dem grauen Licht nahm allmählich an Intensität zu. Ein warmer Luftzug wehte ihnen in die Gesichter, aber es war eine unangenehme Art von Wärme, das Gefühl, ein Brennen direkt auf der Haut zu verspüren, ohne daß es die grausame Kälte im Inneren des Läufers wirklich vertrieb. Endlich erreichten sie das Ende der Treppe – und Charity blieb so abrupt stehen, daß Skudder mitten im Schritt gegen sie prallte.

Unter ihnen erstreckte sich eine gigantische Halle. Sie war von rotem Licht und flackernden blauen Blitzen und gewaltigen Funkenschauern erfüllt, und auf ihrem Boden – aber auch an den Wänden klebend und an gewaltigen stählernen Trägern von der Decke hängend – erhoben sich genau die bizarren Maschinen, die Charity erwartet hatte. Sie sah gewaltige Konstruktionen aus Zahnrädern und mahlenden stählernen Kiefern, riesige Kräne und lodernde Schmelzöfen, Hammerwerke und gewaltige, zischende Dampfmaschinen. Über ein ganzes Dutzend Förderbänder – jedes einzelne war so breit wie eine Straße – ergoß sich ein ununterbrochener Strom von Erz und Metallschrott in die Halle: verrostete Autowracks, verbogene Stahlträger, Teile von Gebäuden, Rohren, Pipelines, Hochspannungsmasten oder einfach nur noch große, bis zur Unkenntlichkeit zusammengedrückte und -gerostete Brocken ...

»Mein Gott!« murmelte Skudder. »Das ... das ist eine ganze *Fabrik!*«

Der Raum, der sich unter ihnen erstreckte, mußte fast das gesamte Innere des Läufers einnehmen. Hunderte, wenn nicht Tausende von *Ameisen* bewegten sich zwischen den gigantischen Maschinen hin und her, sortierten das hereinkommende Material, trugen es zu den Schmelzkesseln oder ließen es zwischen den schnappenden Metallkiefern der Pressen verschwinden, taten tausende Dinge gleichzeitig, von denen Charity nur einen

Bruchteil überhaupt erkennen oder einordnen konnte. Es war eine riesige Fabrik, die auf Beinen durch das Land lief und Metall und Erz sammelte, das sie auf der Stelle einschmolz und weiterverarbeitete. Es war unvorstellbar. Obwohl Charity es *sah*, weigerte sie sich für Augenblicke einfach, es zu glauben.

Skudder berührte sie plötzlich an der Schulter und deutete nach links, und als Charity in die angegebene Richtung sah, fuhr sie erschrocken zusammen und zog sich hastig wieder ein paar Schritte weit auf die Treppe zurück. Die Tür, durch die sie gekommen waren, war längst nicht die einzige. Es mußte Dutzende, wenn nicht Hunderte von Ein- und Ausgängen in die Hallen geben, und nur ein paar Schritte von ihnen entfernt arbeitete eine Anzahl *Ameisen* an einer riesigen Maschine, die halbgeschmolzene Eisenbarren verschlang und auf der anderen Seite als rotglühende, metergroße Würfel wieder ausstieß. Daß die Moroni sie nicht gesehen hatten, war pures Glück gewesen.

Es verging eine Weile, bis einer von ihnen überhaupt wieder in der Lage war, irgend etwas zu sagen. Dies alles hier war so … völlig *anders*, als sie erwartet hatten. Und auf eine subtile Art erschreckender als alles, was sie sich vorgestellt hatten.

»Wir müssen hier raus!« stieß Faller plötzlich hervor. Und als hätten seine eigenen Worte den Bann gebrochen, begann er am ganzen Leib zu zittern. Charity tauschte einen alarmierenden Blick mit Skudder, der sie verstand und wie zufällig hinter den jungen Soldaten trat. In der Halle unten herrschte ein solcher Lärm, daß kaum die Gefahr bestand, daß jemand sie hörte. Aber es gehörte nicht einmal mehr sehr viel Menschenkenntnis dazu, um zu sehen, daß Faller am Ende seiner Kraft angelangt war. Noch ein paar Augenblicke, und er würde einfach zusammenbrechen und irgend etwas Verrücktes tun.

»Beruhigen Sie sich«, sagte Charity, aber ihre Worte bewirkten eher das Gegenteil – Faller begann noch stärker zu zittern, und seine Augen waren weit und dunkel vor Angst. An seinem Hals pochte eine Ader.

»Wir werden alle sterben«, stammelte er. »Wir … kommen hier nie mehr raus! Es ist vorbei!«

»Nichts ist vorbei«, antwortet Charity, in nun schon etwas schärferem Tonfall. »Reißen Sie sich zusammen! Bisher haben sie uns nicht einmal bemerkt.«

»Ich … ich will raus hier«, flüsterte Faller. Er schien ihre Worte gar nicht gehört zu haben. »Sie werden uns alle umbringen.«

Charity versetzte ihm eine schallende Ohrfeige.

Faller taumelte zurück, hob die Hand an die brennende Wange und starrte sie aus Augen an, die weit und starr vor Panik waren. Er sagte nichts mehr, aber die Gefahr war keineswegs vorüber. Der Trick, einen hysterischen Anfall durch etwas so Simples wie eine Ohrfeige zu beenden, funktionierte wohl doch nur im Kino verläßlich, dachte Charity bedauernd. In der Wirklichkeit nur höchst selten.

Sie signalisierte Skudder mit einem Blick, weiter auf Faller zu achten, drehte sich herum und ging zur Tür zurück. Der Anblick hatte nichts von seiner unheimlichen Irrealität verloren.

Sie spürte, wie jemand neben sie trat und spannte sich leicht, aber es war nur Leßter, der, ebenso verblüfft und ungläubig wie sie, mit einer Art wissenschaftlichem Interesse in die Halle hinabblickte. »Das ist das Verrückteste, was ich jemals gesehen habe«, sagte er. »Und außerdem dürfte es überhaupt nicht funktionieren.«

Charity sah ihn fragend an.

Der junge Soldat deutete mit weit gespreizten Fingern auf die wandelnde Fabrikhalle hinab. »Verstehen Sie etwas von Physik?«

»Ich bin Astronautin«, antwortete sie, wobei sie sich selbst ein wenig über den leicht beleidigten Unterton wunderte, der sich dabei in ihre Stimme schlich.

»Ich nicht«, sagte Leßter achselzuckend. »Aber verrückte Ideen haben mich schon immer fasziniert. Und das hier ist eine verrückte Idee.«

»Wieso?«

»Weil es unmöglich ist.« Leßter zog eine Grimasse. »Ich weiß, was Sie sagen wollen. Ich sehe es selbst. Aber das ändert nichts daran, daß es unmöglich ist. Es dürfte gar nicht existieren.« In halb spöttischem, zum Teil aber auch fast dozierend klingendem Tonfall fuhr er fort: »Falls die Naturgesetze auch für unsere Freunde von den Sternen gelten, heißt das. Dieser Koloß müßte unter seinem eigenen Gewicht zusammenbrechen wie ein Walfisch auf dem Trockenen. Oder zumindest bis an die Schultergelenke in den Boden einsinken, wenn er auch nur einen Schritt macht.«

»Aber er tut es nicht.«

»Das ist es ja gerade, was ich nicht verstehe«, seufzte Leßter. »Glauben Sie, daß sie wissen, daß wir hier sind?«

Charity benötigte eine Sekunde, um dem plötzlichen Gedankensprung zu folgen. Zögernd schüttelte sie den Kopf. »Ich denke nicht. Unsere Begegnung unten war wahrscheinlich ein reiner Zufall.«

Leßters Blick glitt weiter durch die riesige Halle. Ein nachdenklicher Ausdruck machte sich auf seinem Gesicht breit. »Ich frage mich, ob dieses Ding so etwas wie eine Zentrale hat, von der aus es gelenkt wird.«

»Wahrscheinlich«, antwortete Charity. »Warum fragen Sie?«

»Weil wir sie dann erobern könnten«, antwortete Leßter ruhig.

»Sie sind verrückt!« murmelte Charity.

Leßter lachte. »Ich weiß. Das ist Bedingung, um diesen Job zu bekommen.«

Er lachte, und nach einer Sekunde stimmte Charity in sein Lachen ein, als ihr klar wurde, daß Leßter mit haargenau den gleichen Worten antwortete, die sie selbst benutzt hatte, als sie mit dem anderen Soldaten sprach.

»Ich meine es ernst«, fuhr Leßter fort. »Wir können nicht hierbleiben und abwarten, was passiert. Früher oder später werden sie uns entdecken – oder wir erfrieren.«

Leßter runzelte die Stirn. Er schien etwas entdeckt zu haben, denn er blickte einige Sekunden lang konzentriert auf einen Punkt auf der anderen Seite der Halle, dann hob er den Arm und deutete auf eine zerschrammte silberfarbene Halbkugel, die unter die Decke des Läufers geklebt war und an einer Seite mit der Wand verschmolz. Eine Anzahl ungleichmäßig verteilter, stecknadelkopfgroßer weißer Punkte übersäte die Kuppel; Fenster, durch die Licht aus ihrem Inneren drang. »Das da könnte passen«, sagte Leßter nachdenklich. »Wenn ich dieses Ding gebaut hätte, würde ich die Kommandoeinheit genau dorthin setzen.«

Seine Worte erschienen Charity logisch – und absurderweise war es genau dieser Umstand, der sie einen Moment zögern ließ. Nichts, aber auch absolut gar nichts hier war *logisch.* Nach allem, was sie bisher gesehen hatte, hätte es sie nicht einmal mehr überrascht, hätte sie herausgefunden, daß sich die Kommandozentrale dieses stählernen Ungetüms auf einem Hundeschlitten befand, der dem Läufer in fünf Meilen Entfernung folgte.

»Selbst wenn Sie recht haben«, sagte sie zögernd, »wie kommen wir dorthin? Ich glaube nicht, daß wir einfach durch die Halle marschieren und darauf hoffen können, daß sie zu beschäftigt sind, um uns zu bemerken.«

Leßter zuckte nur mit den Schultern. »Sind Sie hier der Kommandant, oder ich?« fragte er grinsend.

Charity warf ihm einen ärgerlichen Blick zu, aber dann entdeckte sie das spöttische Glitzern in seinen Augen und mußte gegen ihren Willen in sein Lächeln einstimmen. Sie hob ihr Gewehr, schaltete den Zielcomputer ein und richtete ihn auf die Kuppel unter der Decke. Aber auch durch die vergrößerte Optik betrachtet blieb dieser stählerne Auswuchs dort oben, was er war – eine zerschrammte Beule mit einem Dutzend wie hineingefressen wirkender Löcher, hinter denen blasses gelbes Licht schimmerte und sich Schatten bewegten. Nach ein paar Sekunden senkte sie die Waffe wieder und ging enttäuscht zu Skudder und den beiden anderen zurück.

Phillipsen hatte sich inzwischen wieder beruhigt, aber er wirkte noch immer blaß, seine Bewegungen und Blicke waren fahrig.

»Also?« begrüßte sie Skudder. »Habt ihr herausgefunden, was das hier ist?«

»Nein«, antwortete Charity. Und nach einem kurzen Zögern und einem Blick in Leßters Richtung fügte sie in fast beiläufigem Ton hinzu: »Aber ich weiß jetzt, was wir tun werden. Was immer es ist – wir werden es erobern.«

6

Lüge! Es war alles Lüge!

French hatte im Verlauf der letzten halben Stunde fünf Spinnen getötet, ohne daß die anderen auch nur Notiz von ihm genommen hatten.

Er hatte in dieser Zeit an die tausend Atemzüge getan, ohne daß die Luft seine Lungen verätzte und sein Blut zum Kochen brachte.

Er war in dieser Zeit tiefer in die Spinnenwelt vorgedrungen als jemals ein Mensch vor ihm, und er hatte nichts von all den tödlichen Fallen und Hinterhalten bemerkt, die es doch angeblich hier gab.

Er war mindestens eine Meile weit gelaufen, jeder Schritt eine Qual, die er nur unter Schmerzen bewerkstelligen konnte und das letzte bißchen Kraft von ihm verlangte, aber die Gewichtskrankheit hatte ihn nicht umgebracht, und er begann sich im Gegenteil jetzt wieder etwas besser zu fühlen.

Es war alles gelogen.

Diese Welt war bizarr und gefährlich, und sie schien nach Regeln zu funktionieren, die er weder verstehen konnte noch wollte. Er zweifelte nicht daran, daß sie ihn fast beiläufig töten konnte; bei der geringsten Unachtsamkeit. Sie war gefährlich und mörderisch, aber das war der Hort auf seine Weise auch. Sie war von Wesen bevölkert, die zum Teil so furchteinflößend aussahen, daß ihr bloßer Anblick ihn fast in den Wahnsinn trieb.

Aber sie *konnten* hier leben.

Es gab kein tödliches Luftgemisch. Es gab keine Schwere Zone, in der er mit jedem Schritt mehr an Gewicht zunahm, bis er unter der Last seines eigenen Körpers zusammenbrach und erstickte. Sie hatten ihn belogen. Ihn, die anderen, und die, die vor ihnen im Hort gelebt hatten.

French fühlte sich wie betäubt. Er hätte Zorn empfinden sollen, aber alles, was er wirklich spürte, war ein tiefes, lähmendes Entsetzen angesichts der Ungeheuerlichkeit dieser Lüge.

Er hatte sich so weit wieder erholt, daß er in der Lage war, weiterzugehen. Seine Umgebung hatte sich mit jedem Schritt verändert, den er tiefer in das Spinnennest eingedrungen war. Und es war eine unheimliche, angstmachende Veränderung, die weiter anhielt, als entfernte er sich mit jedem Schritt, den er tat, ein kleines Stück von der normalen, menschlichen Welt und bewegte sich tiefer in ein Universum hinein, dessen Grundpfeiler nicht Materie und Energie, sondern Furcht und Entsetzen waren.

Er war auf sehr wenige Spinnen gestoßen. Einige von ihnen hatte er getötet, mit der gleichen überraschenden Mühelosigkeit, mit der er das erste Insektenmonster überrumpelt hatte, aber den meisten war er ausgewichen, denn die angeblich tödliche Luft der Spinnenwelt war in Wirklichkeit viel dichter als die Atmosphäre des Hortes, und Geräusche trugen hier viel weiter, so daß er ihre Schritte meist lange hörte, ehe er sie sah.

Trotzdem wußte er, daß er bisher sehr viel Glück gehabt hatte. Er hatte nur wenige Spinnen gesehen. Wohl aber ihre Spuren. Und diese so oft und in solcher Menge, daß ihm allein bei dem Gedanken schwindelte, daß es Hunderte waren. Aber Tausende oder gar Zehntausende kam der Wahrheit wohl schon etwas näher. Die Schwere Zone war viel größer, als er geglaubt hatte. Natürlich war es beinahe unmöglich, unter diesen Bedingungen die Entfernung abzuschätzen, die er gegangen war – und schon gar nicht die Richtung, in der er sich bewegte. Aber es mußte eine Meile gewesen sein, wenn nicht mehr. Und es war noch kein Ende dieser bizarren Welt aus Stahl und Spinnengewebe abzusehen. Vor einer Weile war er durch einen Raum gekommen, der für sich allein größer als der ganze Hort sein mußte, und leer bis auf ein ungeheuerliches Gewebe aus klebrigen, grauschwarzen Fäden, das eine zweite Ebene auf halber Höhe des Raumes schuf, so dicht, daß man wahrscheinlich darauf gehen konnte, mit einem mißgestalteten, pulsierenden Herzen. French war nicht lange genug dortgeblieben, um herauszufinden, worum es sich bei dem unheimlichen Gebilde handelte, aber eigentlich wollte er das auch gar nicht wissen.

Wenn er ganz ehrlich war, dann wußte er gar nicht, was er eigentlich noch wollte. Was er hier tat. Im ersten Moment, als ihn die Erkenntnis mit ganzer Wucht getroffen hatte, da war er so zornig gewesen, daß er am liebsten auf der Stelle kehrtgemacht hätte und zu seinen Brüdern zurückgeeilt wäre, um ihnen die Wahrheit ins Gesicht zu schreien. Später dann, als der lähmende Schock wich, da hatte er beschlossen, gar nicht mehr zurückzukehren. Die Wahrscheinlichkeit, daß dies so oder so geschah, war ohnehin hoch – aber er hatte sich entschlossen, hierzubleiben und zu sterben. Er wußte, daß er in der Enge des Hortes nicht mehr würde leben können. Nicht mehr, nachdem er *das hier* gesehen hatte. Nachdem er begriffen hatte, daß es mehr gab als die fünfzig mal zwanzig Schritte messende Welt, in der er geboren war und die er sich mit einem Dutzend Männern und Frauen und zwei Kindern teilte.

Die Schwere Zone war schrecklich, mörderisch und furchteinflößend, aber sie war vor allem eines: *groß.* Unvorstellbar groß. Vielleicht so groß wie die Erde, vielleicht größer. Und es schien ganze Korridorfluchten und Etagen zu geben, die völlig verlassen waren. Obwohl hier, in dem Teil, in dem er sich jetzt befand, die Spuren der Spinnen unübersehbar waren, war er durch Räume gekommen, die seit einem Menschenleben oder länger völlig verlassen sein mußten. Eine dicke Staubschicht hatte auf dem Boden gelegen, und die Luft hatte so bitter geschmeckt wie die im Hort, wenn die Luftpatronen aufgebraucht waren.

Sie würden hier leben können. Sie würden wahrscheinlich sogar hier leben können, ohne von den Spinnen auch nur bemerkt zu werden, denn das war die zweite große Lüge: Die

Spinnen interessierten sich nicht einmal für sie. French hatte zwei der riesigen häßlichen Wesen einzig und allein aus dem Grund nicht getötet, daß sie einfach an ihm vorbeigegangen waren, ohne ihn auch nur eines Blickes zu würdigen. Und das konnte nicht an seiner Verkleidung liegen, denn die war so plump, daß nicht einmal ein zweijähriges Kind darauf hereingefallen wäre.

Er durchquerte einen weiteren Raum, stieg mit vorsichtigen, unendlich mühsamen kleinen Schritten und mit nach vorne gebeugten Schultern wie ein uralter Mann eine weitere Treppe hinab und fand sich unversehens in einer winzigen leeren Kammer wieder, von der drei Türen abzweigten. Zwei davon waren verschlossen und vor einer spannte sich zudem ein Netz aus dünnen, grauen Fäden. Die dritte stand einladend offen.

French schob einen weiteren Pfeil in seine Harpunenwaffe, blieb einen Moment stehen, um zu lauschen, und trat dann mit klopfendem Herzen durch die Tür.

Im ersten Moment war der Anblick so überraschend, daß er einfach mitten in der Bewegung erstarrte und sogar das Atmen vergaß. Der Raum war gewaltig, und außer ihm hielten sich ein gutes Dutzend Spinnen darin auf, allesamt Kreaturen der großen, sechsgliedrigen Art, die bisher als besonders gefährlich gegolten hatten. Aber keines dieser Wesen nahm auch nur Notiz von ihm. Und hätten sie es getan, so hätte French nicht darauf reagiert, denn was er sah, das lähmte ihn vollkommen.

Der Raum hatte die Form eines langgezogenen Dreiviertelkreises, und seine gegenüberliegende Wand war nicht da. Wo sie hätte sein sollen, erstreckte sich das gesamte Blauschwarz der Toten Zone, und inmitten dieser mit winzigen Lichtpunkten gesprenkelten Unendlichkeit schwebte eine riesige blaue Kugel mit weißen und braunen und grünen Farbtupfern.

Die Erde.

French hatte sie niemals wirklich gesehen, so wenig wie irgendein anderer Bewohner des Hortes, mit Ausnahme vielleicht des Alten, aber nicht einmal dessen war er jetzt sicher. Aber er wußte, daß sie es war. Sie mußte es sein. Und vielleicht hatte er sich doch getäuscht und war schon tot, und was er erlebte, das waren nur die Visionen, die den Rückweg zur Erde begleiteten.

Aber *daß* es die Erde war, das wußte er.

Er hatte niemals etwas Schöneres gesehen. Der Planet schwebte zum Greifen nahe vor ihm, scheinbar nur noch wenige Sprünge entfernt, und French konnte sich nicht an seiner Schönheit sattsehen, an dem milden Glanz, den er ausstrahlte, den perfekten Proportionen, dem natürlichen Harmonieren von Meeren und Kontinenten, seiner *Größe.*

French wußte, daß der Eindruck täuschte – die Erde schien zum Greifen nahe, aber sie mußte noch Meilen entfernt sein, so groß wie sie war. Aber er war ihr nahe. Er *sah* sie. Das allein zählte. Zumindest in diesem Punkt hatte der Alte die Wahrheit gesagt – es gab eine Erde, einen Ort, zu dem sie eines Tages gehen und die Belohnung für die Mühen ihres Lebens erhalten konnten.

Der Gedanke erschien ihm seltsam tröstlich. Obwohl er seit dem Moment, in dem er den Hort verlassen hatte, praktisch ununterbrochen auf der Flucht und in Lebensgefahr gewesen war, fühlte er sich mit einem Mal von einem tiefen inneren Frieden erfüllt, wie er ihn selten zuvor gespürt hatte. Es war der Anblick dieses Planeten, das *Wissen,* das den Glauben ersetzt hatte, daß es ein Leben nach dem Tode gab und eine Belohnung für alle erlittenen Mühen und Qualen.

Er ging weiter, ohne dem Dutzend Spinnen, das in der Halle herumlief und Dinge tat, die er nicht verstand, mehr als einen flüchtigen Blick zu schenken, und näherte sich mit gemessenen Schritten der offenen Seite der Wand, um das letzte Stück seines Weges zur Erde hinter sich zu bringen. Er empfand ein ganz leises Bedauern bei dem Gedanken, daß er nun nicht mehr zurückkehren und den anderen die Wahrheit sagen konnte, aber plötzlich erschien ihm alles, was sie erlebt hatten und noch erleben würden, so klein und nichtig. Welchen Unterschied machte es, ob man ein paar Jahre mehr oder weniger litt, wenn danach die Ewigkeit wartete?

Aber zwischen French und der Ewigkeit befand sich dann doch noch ein Hindernis. Es war unsichtbar, aber so massiv, daß er dagegenprallte und zurücktaumelte, als wäre er gegen eine Wand aus Stahl gelaufen. Bunte Sterne und Kreise tanzten vor seinen Augen, und für einen Moment drohten ihn die Sinne zu verlassen. Er wankte, verlor beinahe das Gleichgewicht und fing sich im letzten Moment wieder.

Eine der Spinnen sah desinteressiert von ihrer Arbeit auf und musterte ihn einen Moment lang aus ihren kalten, glitzernden Facettenaugen, wandte sich dann aber wieder ihrer Arbeit zu, während French dastand und verzweifelt versuchte, auf den Füßen zu bleiben.

Der Schmerz in seinem Kopf wurde immer schlimmer. Sein eigener Körper, der hier mindestens zehnmal soviel wog wie im Hort, schien ihn zu Boden zerren zu wollen, und er wußte, daß er nicht mehr die Kraft haben würde, wieder aufzustehen. Aber der hämmernde Schmerz zwischen seinen Schläfen bewirkte auch gleichzeitig noch etwas: Je schlimmer er wurde, desto mehr schien sich Frenchs Denken auf einer Ebene zu klären, die während der letzten Minuten einfach abgeschaltet gewesen war. Er wußte noch immer, daß es tatsächlich die Erde war, die er sah, aber er sah sie jetzt nicht mehr mit den Augen eines Gläubigen, der das Paradies erblickte, sondern mit denen eines Mannes, der begriffen hatte.

Die unsichtbare Wand zwischen ihm und der Erde war natürlich nichts anderes als ein Fenster, wie es sie auch im Hort gab, dort nur sehr viel kleiner und aus einem Glas, das nicht ganz so unsichtbar war wie dieses hier. Voller plötzlichem Schrecken begriff er, daß er in den letzten Minuten nicht mehr Herr seiner Sinne gewesen war. Und mit noch größerem Schrecken begriff er in der gleichen Sekunde, daß er noch immer in Gefahr schwebte.

Hastig drehte er sich herum, wobei die beiden Zusatzarme an seinem Anzug ziellose Schlenkerbewegungen ausführten, und diesmal *nahmen* die Spinnen Notiz von ihm. Drei oder vier ließen ihre Arbeit sinken und starrten ihn an, und eine wandte sich gar vollends zu ihm und machte einen Schritt in seine Richtung, blieb aber ebenfalls wieder stehen, als French vor Schrecken mitten in der Bewegung erstarrte und die Arme sinken ließ.

Frenchs Gedanken überschlugen sich. Seine Hand schloß sich fester um den Lauf der Harpunenwaffe, aber er unterdrückte den Impuls, sie abzufeuern. Für eine einzige, aber endlos scheinende Sekunde bohrten sich die Blicke der riesigen kalten Insektenaugen in die aus Glas gefertigten Augenattrappen seines Anzugs, und obwohl er wußte, daß es nicht so sein konnte, war er für die gleiche fürchterliche Zeitspanne felsenfest davon überzeugt, daß dieses Wesen direkt durch seine Tarnung hindurchblicken konnte. Aber dann wandte es sich mit einer ruckartigen Bewegung wieder um, als hätte es plötzlich das Interesse an ihm verloren, ja, als nähme es ihn gar nicht mehr wahr, und stakste mit eckigen, aber sehr schnellen Schritten an seine Arbeit zurück.

French atmete erleichtert auf. Er zitterte am ganzen Leib, und als er vorsichtig den Kopf drehte und sich umsah und sein Blick dabei den blauweiß gesprenkelten Ball der Erde hinter dem Fenster streifte, da hatte das Bild nichts mehr von einem verlockenden Paradies, sondern wirkte nur noch fremdartig und sonderbar unheimlich. Er ahnte, wie knapp er dem Tod diesmal entronnen war, und dieses Erlebnis hatte etwas Ernüchterndes, denn er wollte immer noch nicht sterben, obgleich er jetzt wußte, daß das versprochene Paradies tatsächlich existierte. Tatsächlich schien es, als hinge er jetzt noch mehr am Leben als zuvor. Langsam und darum bemüht, die eckigen, stolzierenden Bewegungen der Spinnen nachzuahmen, ging French wieder zurück zum Eingang und blieb erst wieder stehen, als er die Tür hinter sich hatte. Er versuchte erst gar nicht zu begreifen, warum er noch am Leben war.

Trotzdem blieb er noch einmal einige Sekunden stehen und sah den blauen Planeten jenseits des unsichtbaren Glases an. Plötzlich füllten sich seine Augen mit Tränen. Es war nicht das erste Mal in seinem Leben, daß er weinte. Aber es war das erste Mal, daß er sich nicht dafür schämte.

7

»Das ist völlig unmöglich!« sagte Stone. Und obwohl Charitys logisches Denken ihr sehr deutlich sagte, daß es nicht sein konnte, glaubte sie einen nervösen Unterton in seiner Stimme zu vernehmen und ein leichtes, fast ängstliches Flackern in seinen Augen zu sehen. Aber konnte eine Computersimulation *Angst* haben?

»Wenn Sie noch eine Weile am Leben bleiben wollen«, fuhr Stones Gesicht auf dem winzigen Monitor fort, »dann vergessen Sie diesen hirnrissigen Plan und verschwinden aus dem Läufer, so schnell Sie nur können.«

»Wir würden draußen erfrieren«, antwortete Charity, aber Stone schüttelte heftig den Kopf und schnitt ihr das Wort ab:

»Ihre Anzüge schützen Sie eine Weile; vor allem, wenn Sie in Bewegung bleiben. Die Läufer dringen nie sehr weit in die Sperrzone ein. Und draußen sind Sie auf jeden Fall sicherer als hier drinnen. Glauben Sie mir – daß Sie noch nicht entdeckt worden sind, ist ein pures Wunder.«

Charity antwortete nicht sofort, sondern senkte das Gerät und schaltete es nach einem kurzen Zögern ganz aus, damit das darin gespeicherte alter ego Daniel Stones nicht hörte, was sie den anderen zu sagen hatte. Ganz sicher war sie allerdings nicht, daß es dies nicht trotzdem tat. Sie war vom ersten Moment an nicht sicher gewesen, ob sie diesen Apparat überhaupt ausschalten *konnte.* So wenig, wie sie *wirklich* sicher war, daß es nur ein Computer war.

»Dein Freund kommt mir ein bißchen nervös vor«, sagte Skudder, der hinter ihr gestanden und ihre Unterhaltung mit dem Apparat verfolgt hatte. »Ich frage mich, warum.«

»Es ist nicht unbedingt in seinem Interesse, wenn wir umgebracht werden – oder gefangengenommen«, antwortete

Charity. Die Antwort vermochte nicht einmal sie selbst zu überzeugen.

Skudder nickte grimmig. »Ich beginne mich immer ernsthafter zu fragen, was überhaupt in seinem Interesse ist.«

»Sie sollten auf ihn hören«, sagte Phillipsen nervös. »Bis jetzt hat er uns noch nicht belogen.«

»Bis jetzt«, verbesserte ihn Leßter ruhig, »ist uns noch keine Lüge *aufgefallen.*«

Phillipsen wollte widersprechen, aber Charity beendete das Gespräch mit einer unwilligen Geste und schaltete den Minicomputer wieder ein. Als sich Stones Gesicht auf dem briefmarkengroßen Bildschirm wieder stabilisierte, glaubte sie einen vorwurfsvollen Ausdruck darauf zu erkennen.

»Es ist sehr unhöflich, seinen Gesprächspartner einfach abzuschalten«, sagte er.

»Es ist auch nicht höflich, wenn man versucht, ihn umzubringen«, antwortete Charity.

»Das war ich nicht«, sagte Stone gelassen. »Sie vergessen immer wieder, daß Sie nur mit einem Computer reden, Captain Laird.«

»Vielleicht sollte ich dich aufschrauben und nachsehen, ob das auch wirklich stimmt«, antwortete Charity. Abrupt kam sie wieder zum Thema zurück. »Wir haben über Ihren Vorschlag abgestimmt, Stone«, sagte sie. »Es tut mir leid, aber ich fürchte, es bleibt dabei. Wir werden versuchen, dieses Ding zu kapern.«

Stone wollte auffahren, aber Charity hob drohend den Daumen und senkte ihn dann auf den Knopf, der das Gerät deaktivierte, und Stone schluckte seine Antwort herunter.

»Also, Stone«, fuhr Charity fort. »Sie können uns helfen – oder ich schalte dieses verdammte Ding ab, und Sie lassen sich überraschen, was passiert. Ich muß allerdings zugeben, daß unsere Aussichten, es ganz allein zu schaffen, nicht besonders hoch sind. Und wenn man uns gefangennimmt und dieses Gerät bei uns findet ... «

»Das ist Erpressung«, sagte Stone.

Charity nickte. »Ja.«

Stone schwieg einen Moment, als müsse er überlegen. Dann nickte er zögernd, wenn auch mit sichtlichem Widerwillen. »Also gut. Ich liefere Ihnen einen Aufriß des Läufers. Allerdings kenne ich nur die prinzipielle Konstruktion. Jede Maschine ist anders. Es kann also durchaus sein, daß der Plan nicht ganz stimmt.«

»Dieses Risiko nehmen wir in Kauf«, sagte Charity lakonisch.

»Genau diese Antwort habe ich befürchtet«, sagte Stone. »Und – noch etwas, nur der Ordnung halber. Ich beuge mich nicht Ihrer Erpressung, Captain Laird. Im Fall, daß Sie getötet oder gefangengenommen werden, wird sich dieses Gerät selbst vernichten, und es wird nicht die mindeste Spur zurückbleiben, mein Wort darauf.«

Charity ersparte sich eine Antwort darauf. Es erschien ihr wenig sinnvoll, mit einer *Maschine* zu streiten. Statt dessen wartete sie, bis die versprochene Konstruktionszeichnung des Läufers auf dem Bildschirm erschien und hielt das Gerät am ausgestreckten Arm so weit von sich weg, daß sie alle den winzig kleinen Bauplan sehen konnten. Es war tatsächlich nur eine grobe Skizze, aber immerhin sah Charity, daß Leßters Vermutung richtig gewesen war – die Steuereinheit des Maschinenkolosses befand sich tatsächlich in jener silbernen Halbkugel auf der anderen Seite der Fabrikhalle.

»Wie kommen wir dorthin, ohne gesehen zu werden?«

Auf dem Bildschirm erschien wieder Stones Gesicht. »Es müßte einen Laufsteg geben, der unter der Decke der Halle entlangführt.«

Charity machte eine Geste zu Leßter. »Bitte sehen Sie nach.«

Der junge Soldat ging, und Charity wandte sich wieder an Stone. »Wie wird dieses Ding gesteuert?«

»Das weiß ich nicht«, antwortete Stone, und sie hörte am Ton seiner Stimme, daß es die Wahrheit war.

»Aber selbst wenn es Ihnen gelingen würde, ihn zu kapern,

wäre das völlig sinnlos«, fuhr er fort. »Sie glauben doch nicht, daß Sie mit dem Läufer unbemerkt auch nur in die Nähe der Stadt kämen?«

»Wer sagt, daß wir das wollen?« erwiderte Charity. »Vielleicht genügt es uns ja, ein bißchen Aufregung zu stiften.«

Sie schenkte sich selbst eine Sekunde, in der sie sich an dem verblüfften Gesicht Daniel Stones weidete, dann schaltete sie das Gerät ab und steckte es mit einer raschen Bewegung in die Tasche.

Als sie den Reißverschluß zuzog, kehrte Leßter zurück.

»Der Steg ist da«, antwortete er, als sie ihn fragend ansah. »Genau wie Stone gesagt hat. Er führt unter der Decke entlang.«

»Bis zur Kuppel?«

Leßter zuckte mit den Schultern. »Das konnte ich nicht erkennen. Die Halle ist voller Dampf und Rauch. Aber das wird uns auch schützen. Wenn Sie nicht direkt nach uns suchen, werden sie uns kaum sehen.«

Charity hoffte inständig, daß Leßter recht hatte und die *Ameisen* nicht zum Beispiel sehr viel besser sahen, als sie annahmen.

Vorsichtig und einer nach dem anderen traten sie wieder in die große Halle hinaus. Die Tatsache, daß fast jeder Fußbreit Boden und jeder nur irgendwie erreichbare Quadratmeter der Wände mit Maschinen und Apparaturen übersät war, erwies sich nun als sehr nützlich, denn sie mußten nur wenige Schritte deckungsloses Gelände überwinden, ehe sie sich wieder hinter eine der zyklopischen Apparaturen ducken konnten.

Charity blickte angestrengt nach oben und glaubte nach einigen Augenblicken tatsächlich ein dünnes, geländerloses Silberband hoch über sich zu erkennen. Bei dem bloßen Gedanken, darüber laufen zu sollen, schwindelte ihr schon.

»Und wie kommen wir hinauf?« fragte Skudder.

»Das ist kein Problem«, antwortete Leßter. Er hob den Arm und deutete auf einen Punkt ein Stück rechts von ihnen, vielleicht zwanzig Schritte entfernt. »Es gibt eine Leiter, sehen Sie?«

Skudders Augen wurden groß, und auch Charity zuckte unmerklich zusammen, als sie sah, was Leßter in einem Anfall von Größenwahn als *Leiter* bezeichnet hatte. Es waren die gleichen falsch angeordneten Sprossen wie die, die sie schon einmal in die Höhe gestiegen waren, aber *diese* Leiter führte gute hundertfünfzig Meter weit an der Wand hinauf, und sie führte nicht durch einen engen Schacht, an dessen Wänden sie immer wieder Halt finden und sich einen Moment ausruhen konnten.

»Du willst doch nicht im Ernst *da* hinauf?« keuchte Faller.

»Eigentlich nicht«, antwortete Leßter. »Wenn jemand eine bessere Idee hat …?«

Aber die hatte niemand.

8

Stone zog die Tür hinter sich zu, wartete, bis die Dienerkreatur die elektronische Sperre aktiviert hatte, und überzeugte sich danach noch einmal und pedantisch davon, daß der winzige Apparat auch wirklich funktionierte. Es war völlig überflüssig. Die Geräte funktionierten *immer,* und selbst wenn das Unmögliche geschehen und der Computer ausgefallen wäre, so gab es noch immer die beiden bewaffneten Posten hier draußen auf dem Gang.

Trotzdem. Er war nervös. Dieser Zwerg mit dem mißgestalteten Körper und den beunruhigenden Augen machte ihm angst. Nicht zum ersten Mal fragte er sich, ob es nicht ein Fehler gewesen war, ihn mitzubringen. Er hätte ihn töten sollen. Er hatte das Gefühl, daß ihm Gurks Hiersein noch eine Menge Probleme bereiten würde.

Aber den Zwerg mitzubringen, war nicht der erste Fehler, den er begangen hatte. Wenn er es recht bedachte, dann waren die letzten Wochen und Monate eigentlich eine fast ununterbrochene Kette von Fehlern gewesen. Irgend etwas geschah mit ihm. Etwas, das er nicht verstand, das ihn aber beunruhigte. Seine Position unter den Moroni und die Macht, die sie ihm bescherte, beruhte einzig und allein auf einer Fähigkeit, die Daniel Stone nicht allein für sich gepachtet hatte: der Fähigkeit, sein Gewissen auszuschalten und vielleicht nicht so schnell, aber so logisch wie ein Computer zu denken – und vor allem zu *entscheiden.*

Nichts von dem, was er Charity während ihres Gespräches im *Shai-Taan* erzählte hatte, war gelogen gewesen. Er *glaubte* daran, daß es die einzige Chance der Menschheit war, sich den Invasoren zu unterwerfen. Alles, was sie bei einem Kampf gegen die Insektenkrieger von Moron gewinnen konnten, war ein schneller Tod. Für diese ganze Welt.

Die Aufzugtüren auf der anderen Seite des Stollens öffneten sich, und Stone registrierte ein weißes Aufblitzen aus den Augenwinkeln, das ihn sofort in die Wirklichkeit zurückriß. Abrupt drehte er sich herum, und mit der gleichen Plötzlichkeit, mit der sich seine Gedanken wieder von Gurk und den Rebellen gelöst hatten, kehrte die Furcht zurück. Es war noch nicht einmal lange her, da hatte er geglaubt, mit den Herren der Schwarzen Festung Wesen kennengelernt zu haben, wie sie schlimmer nicht sein konnten. Aber das war gewesen, bevor er die Inspektoren getroffen hatte.

Stone hatte Mühe, das Zittern seiner Hände zu unterdrücken, während sich die zwei Meter große, weiße Albino-Ameise auf ihn zubewegte. Ihre ausdruckslosen Facettenaugen musterten ihn kalt, und Stone versuchte vergeblich, sich einzureden, daß diese Wesen keinerlei Mimik besaßen und somit auch nicht in der Lage waren, die eines anderen Geschöpfes zu deuten.

»Governor Stone?« Die Stimme des Inspektors klang so kalt und maschinenhaft wie sein strahlendweißes Exoskelett aussah. Sie ließ irgend etwas in Stone erschauern. Er fragte sich, warum er diese Geschöpfe so fürchtete. Sie waren Moroni, *Ameisen* wie die, die ihm selbst zu Tausenden und Abertausenden zur Verfügung standen, nur ein wenig spezialisierter und mit weitreichenden Machtbefugnissen ausgestattet.

Aber das war nicht alles.

Während die normalen Moroni häßlich oder bestenfalls fremdartig aussahen, umgab diese weißen Albino-Kreaturen etwas Unheimliches. Dabei entbehrten sie bei aller Fremdartigkeit nicht einer gewissen Ästhetik – ihre Glieder waren schlanker als die eines gewöhnlichen Moroni, und ihre weißen Hornpanzer waren glatt wie polierter Kunststoff, nicht mit den häßlichen Buckeln und Rissen und Warzen übersät wie die der Krieger und Arbeiterinnen. Sie waren nicht schön, aber wo die normalen Moroni einfach häßlich und bedrohlich aussahen, wirkten diese Kreaturen auf ihre Art elegant.

Vielleicht waren es ihre Augen, überlegte Stone. Etwas war darin, das denen der einfachen *Ameisen* fehlte. Es war keine Intelligenz. Trotz allem wußte Stone, daß die Insektengeschöpfe im Grunde nichts weiter als lebende Computer waren, Wesen, die zwar von der Natur erschaffen, trotzdem aber eher maschinenhaft als lebendig wirkten. Sie waren auf eine gewisse Art intelligent, aber ihr Denken war so anders als das eines Menschen, daß es Stone wahrscheinlich niemals gelingen würde, es zu begreifen. Und was er in den Augen des Inspektors las, das war auch keine überlegene Intelligenz, kein größeres Wissen als das der anderen. Es war etwas, das er nicht beschreiben konnte, das ihn aber fast krank machte vor Angst.

»Governor Stone?« fragte der Inspektor noch einmal, als Stone nicht antwortete, und Daniel zwang sich zu einem nervösen Lächeln.

»Ja?«

»Was tun Sie hier?« fragte der Inspektor. Seine Stimme war frei von jedem Vorwurf oder Mißtrauen, denn solcherlei Gefühl auszudrücken, war der winzige Übersetzungscomputer in seinem Kehlkopf, der die unverständlichen Pfeif- und Klicklaute der Moroni in für Menschen verständliche Töne umwandelte, gar nicht in der Lage. Trotzdem hatte Stone das unheimliche Gefühl, daß dieses Wesen ganz genau wußte, weshalb er hier war. Weshalb er *wirklich* hier war.

»Ich habe mit dem Gefangenen geredet«, sagte er und deutete auf die Tür hinter sich.

Der Blick des Inspektors glitt über die geschlossene Tür, ehe er sich wieder auf Stone konzentrierte. »Es ist nicht nötig, daß Sie Ihre Zeit mit Befragungen verschwenden«, sagte er. »Wenn Sie Informationen von dem Gefangenen wünschen, stehen uns Mittel zur Verfügung, diese zu erhalten.«

»Ich weiß«, sagte Stone hastig. *Und genau das war es ja, wovor er Angst hatte.* »Aber ich habe ihn nicht verhört.«

»Aus welchem Grund waren Sie dann bei ihm?«

Stone fuhr sich nervös mit der Zungenspitze über die Lippen. Es war ein Fehler gewesen, hierherzukommen, das sah er jetzt ein. Seit einigen Tagen herrschte Unruhe unter den Moroni. Er hatte niemals so viele Inspektoren auf einmal in der Stadt gesehen, und der Funkempfänger, der ihn mit den Herren der Schwarzen Festung am Nordpol verband, hatte sich niemals so oft gemeldet wie jetzt. Was immer auch geschehen war, er mußte damit rechnen, daß sie mißtrauischer geworden waren. Vielleicht ahnten sie, daß er sie betrogen hatte.

»Ich wollte nur ... nur mit ihm reden«, sagte er.

Der Inspektor sah ihn unverwandt an. »Wozu?«

»Ohne bestimmten Grund«, antwortete Stone. Er lächelte, machte eine vage Bewegung mit der rechten Hand und fügte hinzu: »Es ist eine menschliche Eigenart. Wir reden gern, und nicht nur zum Zweck des Informationsaustausches.«

»Das ergibt keinen Sinn«, sagte der Inspektor.

»Vieles von dem, was Menschen tun, ergibt keinen Sinn«, antwortete Stone. »Vielleicht ist das der Grund, aus dem Moron das Universum erobert hat und nicht wir.«

»Diese Erklärung klingt logisch«, sagte der Inspektor. Stone wollte etwas darauf erwidern, aber diesmal war es die *Ameise*, die ihn mit einer ungeduldigen Geste einer ihrer vier Hände unterbrach. »Ihre Anwesenheit wird auf der Kommandoebene benötigt, Governor Stone.«

»Warum?« fragte Stone.

Er bekam keine Antwort. Mit einem Ruck drehte sich der Inspektor wieder herum und trat in den Aufzug zurück, der mit offenstehenden Türen auf ihn gewartet hatte, und Stone beeilte sich, ihm zu folgen. Er wiederholte seine Fragen nicht. Von all den Heerscharen sechsgliedriger Insektenkrieger, die ihm zur Verfügung standen, waren die Inspektoren die einzigen, die seinem Befehl nicht gehorchten. So faßte er sich in Geduld, bis der Aufzug sein Ziel erreicht hatte und die Türen wieder aufglitten.

Helles Sonnenlicht erfüllte den Korridor und ließ Stone blinzeln, denn seine Augen hatten sich an das trübe Halbdunkel im Kellergeschoß des Hochhauses gewöhnt, in dem die Zelle des Zwerges untergebracht war. In den letzten Tagen hatte er viel Zeit dort verbracht, und er gestand sich ein, daß er seine Pflichten als Governor und Statthalter der Moroni vielleicht etwas zu sehr vernachlässigt hatte, um sich noch im Ernst einreden zu können, es fiele nicht auf.

Dann begriff er den Fehler in diesen Gedanken – die Moroni waren kein Volk, dem *etwas auffiel.* Vielleicht war der Vergleich mit einer Maschine, den er selbst in Gedanken gezogen hatte, gar nicht so falsch. All diese zahllosen einzelnen Wesen erschienen ihm manchmal wie Teile eines viel größeren, komplexeren Etwas, winzige Rädchen, von denen jedes einzelne nicht einmal genau wußte, was es tat, und deren Zusammenspiel doch einen Sinn ergab. Wenn er eines gelernt hatte in den Jahren, in denen er für sie und mit ihnen gearbeitet hatte, dann das, daß diese Geschöpfe weder das Wort Mißtrauen noch Verdacht kannten. Wenn sie zu dem Schluß kamen, daß er sie hintergangen hatte oder auch nicht mehr zuverlässig zu gebrauchen war, würden sie ihn eliminieren, und solange sie das nicht taten, war er sicher. So einfach war das.

Er folgte dem Inspektor zu einem riesigen Raum am Ende des Ganges. Vor einem halben Jahrhundert hatten sich in den zahllosen Stockwerken dieses Hochhauses Hunderte von Büros und Geschäftsräumen befunden, und auf den ersten Blick schien es fast, als hätte sich daran nicht einmal viel geändert: In dem ehemaligen Großraumbüro, das sich über die halbe Etage des Wolkenkratzers erstreckte, standen auch jetzt noch zahlreiche niedrige Tische, die mit flackernden Computermonitoren und elektronischen Geräten, mit Papieren und den endlosen Papierschlangen von Computerausdrucken, mit Telefonen und überquellenden Aktenkörben übersät waren. In der Luft hing noch immer die gleiche, nervöse Geschäftigkeit, wie sie auch damals geherrscht haben mochte – und trotzdem fehlte etwas.

Menschliche Stimmen.

Der Geruch nach Kaffee und Parfüm und Deo-Sprays, Lachen und Streiten, *Leben.*

Erneut und heftiger als je zuvor hatte Stone das Gefühl, ins Innere eines gigantischen Computers geraten zu sein. An den Monitoren der Computer saßen vierarmige Moroni, die mit raschen, präzisen Bewegungen ihre Arbeit ausführten und sich nur sehr selten und mit knappen Pfiffen und Klicklauten unterhielten. Alles funktionierte reibungslos und schnell, als wären auch sie nur Maschinen, die gar nicht in der Lage waren, irgend etwas anderes zu tun als das, wofür man sie geschaffen hatte.

Der Inspektor deutete auf einem Tisch, der sich vor einem der deckenhohen Fenster aus Panzerglas erhob, und Stone registrierte mit einem vagen Gefühl von Unbehagen, daß hinter dem unvermeidlichen Computerpult auf diesen Tisch nicht nur eine normale Arbeiterin saß, sondern sich auch die beiden weißen Gestalten zweier weiterer Inspektoren erhoben. Hinter seiner Stirn begann eine lautlose Alarmsirene zu schrillen. Irgend etwas war passiert, während er unten gewesen war und mit Gurk geredet hatte.

»Was ist passiert?« fragte er, als sie die beiden anderen Inspektoren erreicht hatten.

Eines der Wesen wandte den dreieckigen Schädel und starrte ihn aus seinen unheimlichen Kristallaugen an, während sich das andere weiter auf den Computermonitor konzentrierte, auf dem unverständliche Zahlen und Symbolreihen in der fremdartigen Schrift der Moroni vorüberflimmerten; so schnell, daß die einzelnen Buchstaben ineinanderzufließen schienen. Trotzdem schien der Inspektor keine Mühe zu haben, dem Text zu folgen.

»Jemand hat versucht, den Sperrgürtel zu durchdringen«, sagte der andere Inspektor. »Eine unserer Robot-Patrouillen stieß vor zwei Stunden auf zwei Humanoide.«

Er machte eine Handbewegung, und die flimmernden Zahlenreihen auf dem Bildschirm machten einer grobkörnigen, stark gerasterten Schwarzweißaufnahme des schneebedeckten Landes zwanzig Meilen südlich von New York Platz. Es handelte sich um eine Infrarotaufnahme, wie Stone an den falschen Farben und verschwommenen Umrissen erkannte. Trotzdem waren die beiden menschlichen Gestalten, die sich hakenschlagend und groteske Sprünge vollführend vor den Laserschüssen der Wachroboter in Sicherheit brachten, deutlich zu identifizieren.

»Was ist daran besonderes?« fragte er. »Irgendwelche Dummköpfe versuchen ständig, in den Sperrbezirk vorzudringen.«

»Das ist richtig«, antwortete der Inspektor. »Trotzdem ist diese Situation außergewöhnlich.«

»Wieso?«

»Kurze Zeit später orteten die Meßgeräte eines in der Nähe befindlichen Läufers eine große Metallmasse«, antwortete der Inspektor. »Wie es seiner Aufgabe entspricht, änderte er den Kurs, um sie zu bergen. Sehen sie selbst.«

Das Bild wechselte und war jetzt von deutlich besserer Qualität. Und als Stone sah, *was* der Läufer entdeckt hatte, da mußte er diesmal seine ganze Selbstbeherrschung aufbieten, um nicht erschrocken zusammenzufahren.

In einem gewaltigen Krater aus geschmolzenem und zu Eis wiedererstarrtem Schnee erhob sich der buckelige Kopf eines riesenhaften Flugzeuges. Die Umgebung bot keinerlei Vergleichsmöglichkeiten, so daß es Stone schwerfiel, seine Größe zu schätzen, aber es mußte gewaltig sein.

»Ein ... Wrack?« fragte er zweifelnd.

»Keineswegs«, antwortete der Inspektor.

Das Flugzeug wuchs langsam auf dem Bildschirm heran. Das Bild schwankte im Takt der Schritte, die die riesige Maschine gemacht hatte, und ein- oder zweimal geriet das Flugzeug ganz aus dem Aufnahmebereich der Kamera.

Dann begann die Maschine plötzlich zu erzittern, und Stone

sah, wie sich die vier riesigen Düsentriebwerke in den Tragflächen drehten, bis sie genau abwärts gerichtet waren, so daß die Maschine senkrecht abheben konnte. Ein helles, orangefarbenes Glühen brach plötzlich aus den Düsen.

Stone beobachtete mit angehaltenem Atem, wie der riesige Flugzeugleib zu zittern begann und sich dann langsam, fast widerwillig vom Boden hob, ein kurzes Stück weit durchsackte, abzustürzen drohte und sich dann abermals und schneller zu heben begann. Der Schnee unter seinem Rumpf schmolz und wurde zu brodelndem Dampf, der die Maschine erneut für Sekunden dem Blick der Kamera entzog. Für Augenblicke war sie nur noch als verschwommener Schatten inmitten einer kochenden, grauen Dampf- und Qualmwolke zu erkennen, dann sackte sie mit einem plötzlichen Ruck durch, stürzte aus zehn oder fünfzehn Metern Höhe zu Boden und zerbrach. Eine grelle Explosion zerriß ihre linke Tragfläche, und auch aus dem Heck schlugen Flammen.

Der Bildschirm wurde dunkel und zeigte nach einem Augenblick wieder die verwirrenden Buchstaben und Zahlen, und plötzlich fühlte sich Stone voller Unbehagen von allen drei Inspektoren angestarrt.

»Ich sehe nicht ein, was daran so aufregend sein soll«, sagte er. »Es ist abgestürzt.«

»Das ist richtig«, sagte der Inspektor. »Unglücklicherweise erreichten uns diese Aufnahmen zu spät, so daß wir die Besatzung des Läufers nicht mehr informieren konnten. Das Wrack wurde zerlegt und verarbeitet.«

»Gab es Überlebende?« fragte Stone. Seine Stimme zitterte, und er hoffte inständig, daß es den Inspektoren nicht auffiel.

»Nein«, antwortete die weiße Riesenameise. »Wir haben eine Suchmannschaft losgeschickt, aber niemanden gefunden.«

»Trotzdem ist die Situation besorgniserregend«, sagte einer der beiden anderen Inspektoren.

Das war sie in der Tat. Für Daniel Stone war sie sogar noch

sehr viel besorgniserregender, als die *Ameise* ahnen mochte, denn er hatte eine sehr bestimmte Vorstellung, *wer* in dieser Maschine gesessen hatte.

So beherrscht, wie er konnte, sagte er: »Es tut mir leid – aber das verstehe ich nicht.«

»Sie kennen diese Konstruktionen nicht?« Stone war sicher, daß der Inspektor die Augenbrauen hochgezogen hätte, hätte er so etwas wie Augenbrauen gehabt.

»Natürlich kenne ich sie«, antwortete er hastig. »Es war eine Superguppy II. Das größte Transportflugzeug, das je gebaut wurde. Irgendwelche Rebellen müssen es in einem vergessenen Winkel gefunden und flottgemacht haben.«

Er spürte selbst, wie dünn diese Erklärung klang, aber es war die beste, die ihm in der Eile einfiel.

»Das ist unwahrscheinlich«, antwortete der Inspektor. »Der Randbereich der Sperrzone wird regelmäßig kontrolliert. Wir wissen definitiv, daß dieses Flugzeug vor zwei Tagen noch nicht da war. Es muß sich der Zone genähert haben, ohne von unseren Radar- und Überwachungsgeräten erfaßt zu werden.«

»Und wir wissen nicht, woher es kam«, fügte ein anderer Inspektor hinzu. Stone sah ihn überrascht an. »Die Nummernkennung auf den Tragflächen beweist eindeutig, daß es aus jener vor drei Monaten entdeckten Basis in der Nähe des entarteten Nestes stammt.«

»Ich fürchte, ich versteh' noch immer nicht«, sagte Stone unsicher.

»Die Hinweise auf einen bevorstehenden Sprung verdichten sich, Governor Stone«, antwortete die *Ameise.* »Die Anwesenheit dieses Flugzeuges könnte ein Indiz auf einen bevorstehenden Angriff sein.«

»Aber das ist doch ... Unsinn«, murmelte Stone verstört. »Sie sind viel zu wenige. Ich meine ... selbst wenn sie ein paar Flugzeuge und ein paar alte Waffen ausgegraben haben ... «

»Es gibt noch mehr Indizien, Governor Stone«, unterbrach ihn der Inspektor, »die aber im Moment keine Rolle spielen.

Wir haben die Situation analysiert und sind zu dem Schluß gekommen, daß Gefahr besteht.«

Stone starrte den Inspektor an. Er hätte plötzlich seine rechte Hand dafür gegeben, einen Blick hinter die kalte, weiße Stirn aus Horn tun zu können. »Und ... was bedeutet das?« fragte er.

»Sämtliche Krieger und Militärbasen wurden in Alarmbereitschaft versetzt«, antwortete der Inspektor. »Ihre Aufgabe ist es, dafür zu sorgen, daß auch die menschlichen Hilfstruppen bereitstehen. Falls der Sprung zu früh stattfindet, müssen wir in der Lage sein, die Evakuierungsmaßnahmen ordnungsgemäß und reibungslos durchzuführen.«

Stone starrte ihn aus aufgerissenen Augen an, und diesmal gelang es ihm nicht mehr, das Entsetzen von seinem Gesicht zu verbannen. Vielleicht bemerkte es der Inspektor sogar, aber wenn, dann würde er kaum begreifen, *worüber* Daniel Stone bis ins Mark erschrak.

Es war nicht der Gedanke, daß auf diesem Planeten vielleicht bald ein Krieg ausbrechen würde, gegen den die beiden Weltkriege wie ein harmloses Sandkastenspiel wirken mußten. Es war nicht der Gedanke, daß er nun vielleicht das einzige kennenlernen würde, vor dem selbst die Moroni Angst hatten. All dies hatte er seit drei Monaten gewußt, und er hatte gewisse Vorkehrungen für den Tag getroffen, an dem es passieren würde, *wenn* es geschah.

Aber es konnte sein, dachte er, daß ihm diese Vorkehrungen nicht mehr viel nutzten.

Nein – Stones Entsetzen galt nicht dem Sprung und dem, was ihm folgen mochte. Er dachte an eine Speicherbank in dem gewaltigen Rechenzentrum, das die drei unteren Etagen dieses Gebäudes einnahm. An einen ganz bestimmten Teil dieser Datenbank, in der elektronisch chiffriert und erbarmungslos genau bis auf die letzte Zehntelsekunde seine Persönlichkeit, jeder einzelne Gedanke, den er jemals gedacht, sein ganzes Leben gespeichert war. Er dachte an den einzigen Beweis, den es für seinen Verrat gab, und den Plan, den er gefaßt hatte, um diesen Beweis aus der Welt zu schaffen. Und er dachte daran, daß in dieser Stadt nun so etwas wie das Moroni-Äquivalent eines Ausnahmezustandes herrschte.

Und das bedeutete nichts anderes, als daß der Schlüssel, den er Captain Laird und ihren Freunden zugespielt hatte, nicht mehr paßte.

9

Fast eine Stunde später war Charity nicht mehr davon überzeugt, daß es wirklich eine *so* gute Idee gewesen war, auf Leßter zu hören. Irgendwie hatten sie es geschafft, den Steg zu erreichen. Charity hatte bis jetzt nicht wirklich gewußt, was das Wort *Schwindel* überhaupt bedeutete. In ihrem früheren Leben, in jener längst vergangenen Zeit, als dieser Planet noch ihre Heimatwelt und keine Hölle gewesen war, in der die Menschen allerhöchstens noch geduldet wurden, war sie sogar zwei- oder dreimal auf einen Berg geklettert und hatte sich für eine vielleicht nicht begnadete, aber doch ganz passable Bergsteigerin gehalten. Aber sie hatte noch nie zuvor versucht, eine hundertfünfzig Meter hohe *Leiter* hinaufzuklettern!

Sie alle waren so erschöpft, daß sie sich für fast zehn Minuten reglos nebeneinander auf der winzigen Plattform am Ende der Leiter sinken ließen und warteten, bis das Gefühl wieder in ihre tauben Hände und Schultergelenke zurückkehrte.

Wie beinahe immer war es auch diesmal Skudder, der sich als erster erholte und wieder aufstand. Allerdings nur, um sich fast in der gleichen Bewegung sehr hastig wieder auf Hände und Knie herabsinken zu lassen.

Der Steg, der von unten betrachtet nicht viel mehr als ein silberfarbener Kratzer im Eisenhimmel der Halle gewesen war, war auch hier oben nicht sehr viel breiter; vielleicht einen Meter, und einen Luxus wie ein Geländer hatte er nie besessen.

Skudder wurde blaß, als er sich behutsam vorbeugte und in die Tiefe blickte. Der Hallenboden mit seinen bizarren Maschinen und seinen noch bizarreren Bewohnern schien unendlich tief unter ihnen zu liegen. Auch Charity schwindelte, als sie sich nach einer Weile ebenfalls aufrichtete und – wie Skudder auf Händen und Knien kriechend – ein Stück weit auf den Steg hinauskrabbelte, ehe sie sich sehr vorsichtig erhob. Alles in ihr krampfte sich zusammen, schon bei der Vorstellung, den Abgrund auf diesem kaum handtuchbreiten Metallstreifen überqueren zu sollen. Selbst wenn ein weiteres Wunder geschah und sie auch weiterhin unentdeckt blieben, würden sie irgendwo unterwegs einen Fehltritt tun und abstürzen oder von einem der mächtigen Stöße, die den Läufer immer wieder erschütterten, von dieser bizarren Brücke heruntergeschleudert werden.

Bevor sie Zeit fand, sich noch einige Dutzend weitere unerfreuliche Ausgänge ihres Unternehmens auszudenken – darin war sie schon immer sehr begabt gewesen –, standen auch Leßter und die beiden anderen Soldaten auf, und als Charity erneut das Flackern von Panik in Phillipsens Gesicht bemerkte, da tat sie das einzige, was ihr sinnvoll erschien – sie drehte sich ohne ein weiteres Wort herum und ging hoch aufgerichtet und mit Schritten, die sehr viel sicherer und selbstbewußter wirkten, als sie sich fühlte, den Steg entlang.

Es war nicht so schlimm, wie sie es sich vorgestellt hatte.

Es war schlimmer.

Seit sie diese bizarre Riesenmaschine betreten hatte, hatte der Boden ununterbrochen gebebt und sich geschüttelt, war manchmal wie das Deck eines Schiffes auf hoher See von rechts nach links gekippt oder hatte sich aufgebäumt, wenn der stählerne Koloß einen Schritt machte. Sie hatte sich fast daran gewöhnt, so daß es Charity am Schluß kaum noch aufgefallen war – aber jetzt wurde jede Sekunde zu einem lebensgefährlichen Abenteuer. Mehr als einmal verlor sie das Gleichgewicht und stürzte auf Hände und Knie herab, und den anderen erging es nicht besser. Daß keiner von ihnen von dem schmalen Metallband herunterfiel, glich tatsächlich einem Wunder.

Aber vielleicht auch nicht.

Das Unvermeidliche geschah, noch ehe sie das erste Drittel ihres Weges zurückgelegt hatten. Charity hörte hinter sich plötzlich einen spitzen Schrei, und als sie erschrocken herumfuhr, da sah sie, wie Faller in einer grotesk nach hinten geneigten Haltung und mit wild rudernden Armen dastand, und sie wußte, noch bevor Leßter und Skudder gleichzeitig aus verschiedenen Richtungen auf ihn zustürmten, daß sie beide zu spät kommen würden. Fallers Schreie wurden zu einem entsetzlichen Kreischen, während er weiter und weiter nach hinten kippte, bis er schließlich in einer unmöglich erscheinenden Neigung über dem Abgrund hing, noch immer mit wild wirbelnden Armen und vor Entsetzen verzerrtem Gesicht.

Und er blieb so.

Es war nicht der winzige Augenblick scheinbarer Schwerelosigkeit, in der ein Körper verharrte, ehe er zu stürzen begann. Eine halbe Sekunde verging, eine ganze, und plötzlich blieben sowohl Skudder als auch Fallers Kamerad stehen und starrten ihn an, und nach einer weiteren Sekunde hörte Faller auf, sich zu bewegen, und der Ausdruck von Todesangst auf seinem Gesicht wandelte sich in fassungsloses Staunen.

Er stürzte nicht. Schräg nach hinten, um mehr als fünfundvierzig Grad geneigt hing er über der Leere, aber irgendeine unsichtbare Kraft hielt ihn fest.

Eine weitere Sekunde verging, in der sie alle den jungen Soldaten einfach nur anstarrten, dann machte Leßter einen entschlossenen Schritt nach vorn, packte Faller und zerrte ihn mit einer kraftvollen Bewegung wieder ganz auf den Steg hinauf. Faller stolperte mit einer instinktiven Bewegung von seiner Kante fort – wobei er um ein Haar über den jenseitigen Rand gestürzt wäre –, drehte sich herum und starrte fassungslos nach unten.

Sekundenlang sagte niemand etwas, dann zog Skudder wortlos das Päckchen mit seiner Notration aus der Tasche, hielt es am ausgestreckten Arm über den Rand des Steges und ließ los.

Es fiel wie ein Stein einen halben Meter weit in die Tiefe, beschrieb dann einen eleganten Bogen und landete direkt vor Skudders Füßen.

Charity blickte das Lebensmittelpäckchen einen Moment

lang fast angsterfüllt an, beugte sich vor und streckte zögernd die Hand aus. Sie fühlte sich sehr unsicher. Der Abgrund, der plötzlich unter ihr klaffte, schien sie magisch anzuziehen, und für einen Herzschlag wurde ihr wieder schwindelig, aber sie überwand ihre Angst und bewegte die Hand weiter – und stieß plötzlich auf Widerstand. Sie sah nichts, sie fühlte eigentlich auch nichts, und doch war es, als würden ihre Finger in eine nachgiebige, aber trotzdem sehr feste Wand aus Watte oder weichem Gummi eindringen, die sie mit sanfter Gewalt zurükkstieß, ohne indes *wirklich* spürbar zu sein. Verblüfft richtete sie sich wieder auf.

Skudder sah sie ernst an. Er wirkte kein bißchen erleichtert, sondern eher erschrocken. »Überraschung, wie?« fragte er.

Charity nickte widerwillig. Ganz so primitiv schien diese Riesenmaschine doch nicht zu sein. Trotzdem war sie nicht sehr überrascht. Irgendwie paßte es ins Bild. Das Rätselhafteste an den Moroni überhaupt war vielleicht diese ständige Diskrepanz zwischen unvorstellbarer Übertechnologie und einfachen, ja, fast primitiven Gerätschaften.

»Zumindest wird der Rest des Weges jetzt einfacher«, sagte Leßter.

»Das stimmt«, murmelte Charity. Und fügte noch leiser hinzu: »Falls sie nicht eine genauso raffinierte Alarmanlage haben, heißt das.«

Sie gingen weiter und erreichten unbehelligt und ohne weitere Zwischenfälle das jenseitige Ende des Steges. Es kam Charity fast unheimlich vor, daß niemand sie entdeckt haben sollte. Sicher – sie befanden sich in mehr als hundert Metern Höhe über dem Boden der Halle, und der graugrün gemusterte Stoff ihrer Anzüge und noch viel mehr der beißende Qualm, der die Luft erfüllte, tarnte sie hervorragend. Trotzdem erschien es ihr unverständlich, daß die Kommandozentrale dieses Monstrums nicht besser bewacht sein sollte.

Auf der anderen Seite war dieses keine Kriegsmaschine, sondern eine wandelnde Fabrik, und schließlich hatten auch in den Fabriken der alten Erde keine bewaffneten Posten vor den Chefetagen gestanden.

Jedenfalls nicht vor allen.

Aber sie erreichten sein Ende, ohne entdeckt oder gleich abgeschossen zu werden – und damit hörte ihre Glückssträhne dann auch auf.

Der Steg endete in einer kleinen Plattform, ähnlich der, an der er auf der anderen Seite der Riesenhalle auch begonnen hatte, es gab sogar eine Treppe, eine wahrhaft atemberaubende Konstruktion aus dreieckigen Metallstufen, die ohne Verbindung zueinander an die Wand geschweißt worden waren und deren Abstand nicht stimmte. Aber sie führte nicht zur Halbkugel der Zentrale hinab, sondern dicht an ihr vorbei zu einer niedrigen dreieckigen Tür, die wieder ins Innere des Läufers hineinführte.

Charity stieß enttäuscht die Luft zwischen den Zähnen aus, als sie sah, wie knapp sie ihr Ziel verfehlt hatten. Aber sie ließ sich nichts von ihren wahren Gefühlen anmerken, sondern lächelte den drei Soldaten im Gegenteil aufmunternd zu und trat auf die erste Treppenstufe herab.

Obwohl sie jetzt wußte, daß die Gefahr abzustürzen nicht bestand, schwindelte ihr im ersten Moment. So massiv die eisernen Treppenstufen aussahen, vibrierten sie doch fühlbar unter ihrem Gewicht, und der Läufer schwankte und bebte noch immer ununterbrochen. Es war nur ein knappes Dutzend Stufen, aber Charity war in Schweiß gebadet, als sie endlich durch die Tür trat und wieder festen Boden unter den Füßen hatte.

Auch Skudder war deutlich blasser als sonst, und Faller und Phillipsen zitterten am ganzen Leib. Nur Leßter zeigte nicht die geringste Spur von Unsicherheit.

Zumindest nicht bis zu dem Moment, in dem er sich als letzter durch die Tür bückte und mit seinem Instrumentengürtel am Rahmen hängenblieb. Er fing sich sofort wieder, aber sein Kompaß löste sich, prallte klirrend auf der untersten Treppenstufe auf, hüpfte wieder in die Höhe – und verschwand lautlos in der Tiefe.

Charity fuhr sichtbar zusammen, und jetzt verlor selbst Leßter einen Teil seiner unerschütterlichen Selbstsicherheit, als er begriff, daß es das unsichtbare Geländer, das sie oben auf dem Steg geschützt hatte, hier nicht mehr gab.

Eine Sekunde lang starrte er aus weit aufgerissenen Augen in die Halle hinab, dann drehte er sich abrupt zu Charity herum und wollte eine entsprechende Bemerkung machen, aber sie signalisierte ihm mit Blicken, still zu sein, und er verstand. Die beiden anderen Soldaten hatten von dem kleinen Zwischenfall nichts bemerkt, und es war wahrscheinlich auch besser so. Vor allem Phillipsen hatte seine Selbstbeherrschung längst noch nicht wiedergefunden. Charity war sicher, daß er – vielleicht auch Faller – bei der ersten Belastungsprobe zusammenbrechen würde.

Sie hatte längst eingesehen, daß es ein Fehler gewesen war, auf Hartmann zu hören und die drei Soldaten mitzunehmen, statt mit Skudder und Net allein hierherzukommen, wie sie ursprünglich vorgehabt hatte.

Die drei Männer waren trotz ihrer relativen Jugend ausgebildete Elitesoldaten, die darauf trainiert waren, mit extremen Situationen fertig zu werden. Aber das hier war keine Extremsituation – es war Materie gewordener Wahnsinn. Nichts hier schien irgendwie logisch zu sein. Nichts war in irgendeiner Art voraussehbar. Und es war vor allem die Präsenz der Moroni, die an den Nerven der drei Soldaten zerrte. Skudder war in einer Welt geboren und aufgewachsen, die den Fremden gehörte. Sie selbst hatte von allen Menschen ihrer Generation vielleicht den intensivsten und längsten Kontakt zu den Invasoren der Sterne gehabt und sich in irgendeiner Form wohl an sie gewöhnt. Faller, Leßter und Phillipsen hatten diese Chance nie gehabt. Sie mußte sich immer wieder in Erinnerung rufen, daß die drei jungen Männer genau wie sie vor mehr als einem halben Jahrhundert in die Tiefschlafkammern der Bunkerfestung gestiegen und erst vor wenigen Wochen wieder erwacht waren. Obwohl es mehr als fünfzig Jahre her war, war der Schock über den Verlust und die furchtbare Veränderung ihrer Heimat für sie so frisch, als wäre es erst gestern geschehen.

Sie verscheuchte den Gedanken und wandte sich nach links; in die Richtung, in der die Zentrale des Läufers lag. Aber sie war erst ein paar Schritte gegangen, als sie ein Geräusch hörte und abrupt stehenblieb. Hastig hob sie die Hand, als Skudder etwas sagen wollte, und der Hopi verstummte und schloß die Augen, um ebenfalls zu lauschen.

Es waren Schritte. Nicht die Schritte von Menschen, sondern das harte, unrhythmische Klack-Klack horniger Insektenbeine, die in unmöglich zu schätzendem Tempo näher kamen. Und es mußt viele sein; mindestens ein Dutzend.

»In Deckung!« flüsterte sie erschrocken. »Versteckt euch irgendwo!«

Gleichzeitig fuhr sie selbst herum und zerrte Phillipsen, der vor Schrecken wie erstarrt hinter ihr stand, einfach mit sich. Aber sie blieb nach wenigen Schritten wieder stehen.

Der Gang erstreckte sich dreißig oder vierzig Schritte vor ihnen, bis er hinter der sanften Krümmung des riesigen Maschinenleibes verschwand, und es gab nirgendwo eine Tür oder auch nur eine Nische, die groß genug wäre, einen Menschen zu verbergen; geschweige denn fünf.

Charitys Gedanken überschlugen sich. Die Schritte der *Ameisen* waren bereits hörbar näher gekommen. In wenigen Augenblicken würden sie hinter ihnen um die Ecke biegen und sie sehen.

»Zurück auf die Treppe!« befahl sie.

Phillipsen wollte widersprechen, aber Charity versetzte ihm einen groben Stoß, der ihn haltlos auf die Tür zutaumeln ließ, und Skudder tat kurzerhand dasselbe mit Faller, während Leßter ohne zu zögern und als erster wieder auf die Irrsinnstreppe hinaustrat und ein paar Stufen nach oben lief, um Platz für sie zu machen.

»Ich gehe da nicht hinauf!« sagte Phillipsen und versuchte sich loszureißen.

Charity packte ohne ein Wort seinen Arm und verdrehte ihn mit einem Ruck. Phillipsen keuchte vor Schmerz, stellte aber seinen Widerstand ein und taumelte vor ihr her. Als sie aber die Tür erreichten, hielt er sich mit der freien Hand am Rahmen fest und stemmte sich mit aller Gewalt gegen Charity.

»Nein!« keuchte er. »Nicht! Wir werden abstürzen! Ich weiß es!«

»Verdammt, Mann – seien Sie doch vernünftig!« Charity wandte gehetzt den Blick und sah den Gang hinab. Die Schritte der *Ameisen* waren so nahe, daß höchstens noch Sekunden vergehen konnten, ehe sie erschienen. »Sie werden uns alle erwischen, wenn Sie sich nicht zusammenreißen!«

Phillipsen schien ihre Worte gar nicht zu hören. »Wir gehen sowieso drauf!« keuchte er. »Wir ...«

Und plötzlich erschien eine Gestalt in einem grau-grün gefleckten Tarnanzug hinter ihm, packte ihn mit beiden Händen am Gürtel und im Nacken – und schleuderte ihn im hohen Bogen durch die Tür und in die Leere jenseits der Treppe hinaus!

Charitys Entsetzen war so gewaltig, daß sie in der ersten Sekunde überhaupt nicht begriff, was eigentlich passiert war. Völlig fassungslos stand sie da, und wahrscheinlich wäre sie auch weiter einfach so stehengeblieben, hätte Leßter im nächsten Augenblick nicht auch sie am Arm ergriffen und mit einem groben Ruck zu sich heraus auf die Treppe und dann zwei Stufen weit in die Höhe gezerrt. Fast in der gleichen Sekunde hörte sie, wie die Schritte der Moroni hinter ihm um die Gangbiegung kamen und sich der Tür näherten.

Sie wollte etwas sagen, aber Leßter bedeutete ihr mit einem fast entsetzten Blick, still zu sein, und preßte sich mit dem Rücken eng gegen die Wand. Charity folgte seinem Beispiel, zumal der Läufer in diesem Moment besonders heftig erzitterte und bebte, so daß sie fast ihr Gleichgewicht verloren hätte, aber es gelang ihr nicht mehr, sich auf die Schritte der Moroni auf dem Gang zu konzentrieren. Aus weit aufgerissenen Augen starrte sie Leßter an, und es gelang ihr noch immer nicht, einen klaren Gedanken zu fassen. Auch Faller und Skudder standen wie erstarrt da und waren von dem, was sie beobachtet hatten, offenbar ebenso schockiert wie Charity.

Die Schritte der Moroni näherten sich der Tür, gingen an ihr vorbei und begannen wieder leiser zu werden. Als sie schließlich verklungen waren, schob sich Leßter vorsichtig an Charity vorbei, lugte in den Gang hinaus und trat dann mit einem erleichterten Aufatmen wieder von der Treppe herunter. »Ihr könnt kommen«, sagte er. »Sie sind fort.«

Charity folgte ihm. Der Gang war wieder so verlassen wie vorhin, und Leßter stand hoch aufgerichtet da und blickte in die Richtung, in die die Moroni verschwunden waren.

Als er sich herumdrehte, schlug Charity warnungslos und so hart die Faust unter das Kinn, daß er gegen die gegenüberliegende Wand taumelte und daran zu Boden sank.

Einem Moment lang blieb er benommen hocken, dann versuchte er, sich unsicher aufzurichten, und streckte die Hand aus.

Charity trat ihm entgegen, ergriff seine ausgestreckte Hand, zog ihn halb in die Höhe und verdrehte seinen Arm dann mit einem so plötzlichen Ruck auf den Rücken, daß er nicht die Spur einer Chance hatte, sich zu wehren. Gleichzeitig schlang sie den anderen Arm von hinten um seinen Hals und bog seinen Kopf zurück. »Skudder!« sagte sie. »Nimm seine Waffen!«

»Was soll das?« stöhnte Leßter. Er hatte Mühe, überhaupt zu sprechen. »Was tun Sie da?«

Charity bog seinen Kopf noch ein wenig weiter zurück, so daß Leßter sich das bißchen Luft, das er noch bekam, lieber dafür aufhob zu atmen, während Skudder ihn blitzschnell entwaffnete und dann wieder einen Schritt zurücktrat. Sein Gesicht war wie aus Stein, aber Charity sah den Ausdruck in seinen Augen und spürte, daß in dem Hopi dasselbe vorgehen mußte wie in ihr. Sie mußte sich beherrschen, um Leßter nicht auf der Stelle umzubringen. Und vielleicht war der einzige Grund, aus dem sie es nicht tat, der, daß sie einfach nicht *verstand*, warum er das getan hatte.

Sie ließ Leßter los und versetzte ihm gleichzeitig einen Stoß, der ihn abermals schwer gegen die Wand prallen ließ. Im letzten Moment fing er seinen Sturz ab und drehte sich schwerfällig herum.

Charity zog die Strahlenpistole und richtete sie drohend auf Leßters Brust. »Eine falsche Bewegung«, sagte sie leise, »und ich werde Sie mit größtem Vergnügen erschießen, Leßter.«

Der Soldat starrte sie mit einem Ausdruck vollkommener Fassungslosigkeit an. »Was ... was tun Sie da?« stammelte er. »Was soll das?« Langsam hob er den Arm, fuhr sich mit dem Handrücken über seine aufgeplatzte Unterlippe und blickte fast vorwurfsvoll auf das Blut auf seiner Hand herab. »Sie haben mich geschlagen.«

»Warum haben Sie das getan?« flüsterte Charity. Plötzlich bebte ihre Stimme. Die Waffe in ihrer Hand zitterte so heftig, daß sie die zweite Hand zu Hilfe nehmen mußte, um sie ruhigzuhalten, und wieder spürte sie für eine Sekunde jenen schrecklichen, kaum noch zu unterdrückenden Impuls, einfach abzudrücken. »Warum haben Sie das getan?« fragte sie noch einmal. »Warum haben Sie ihn umgebracht?«

Leßter sah sie mit einem Ausdruck an, als begriffe er den Sinn dieser Frage überhaupt nicht. Dann sagte er: »Er war eine Gefahr für uns. Er hätte uns alle verraten.«

»Du verdammter Mistkerl!« sagte Faller gepreßt. »Dafür bringe ich dich um! Ich schwöre dir, daß du hier nicht lebend rauskommst!«

Der Ausdruck von Verblüffung auf Leßters Gesicht wurde immer tiefer. »Aber ich mußte es tun!« sagte er. »Es gab keine andere Möglichkeit. Er hätte uns verraten.«

»Er war Ihr Kamerad, Leßter«, sagte Charity leise.

»Er ist zu einer Gefahr für uns geworden«, erwiderte Leßter abermals.

Charity hatte das Gefühl, daß etwas in ihr zu Eis erstarrte. Was sie am meisten entsetzte, war vielleicht die Tatsache, daß Leßter diese Worte ganz genau so meinte, wie er sie aussprach. Es war keine Ausrede.

»Erschießen Sie ihn!« sagte Faller. »Bringen Sie ihn um ... oder ich tue es!«

»Vielleicht sollte ich das wirklich tun«, murmelte Charity. »Und vielleicht werde ich es sogar tun. Später.«

Sie gab Leßter einen befehlenden Wink mit der Waffe. »Drehen Sie sich herum. Und nehmen Sie die Hände auf den Rücken.«

Leßter blickte sie nur eine Sekunde lang verwirrt an, aber dann gehorchte er, und ohne ein weiteres Wort trat Skudder hinter ihn und band seine Hände so fest zusammen, daß sich Leßters Gesicht für einen Moment vor Schmerz verzerrte. »Warum tun Sie das?« fragte er verwirrt. »Ich ... «

Skudder schlug ihm mit dem Handrücken über den Mund, und Leßter taumelte erneut gegen die Wand und brach mit einem schmerzhaften Keuchen ab.

»Wir müssen weiter«, sagte Charity. »Skudder ... du paßt auf ihn auf. Wenn er zu fliehen versucht, erschieße ihn.«

»Sie wollen diesen Kerl doch nicht mitnehmen!« fuhr Faller auf.

»Wir können ihn nicht hierlassen«, antwortete Charity. »Und wir können auch selbst nicht hierbleiben.« Sie deutete mit einer Kopfbewegung auf die Tür. »Wahrscheinlich haben sie die Leiche schon gefunden, falls sie ihnen nicht genau auf die Köpfe gefallen ist. In ein paar Minuten wird es hier von bewaffneten *Ameisen* nur so wimmeln.«

Faller wollte abermals auffahren, aber Charity brachte ihn mit einem eisigen Blick zum Verstummen und ging dann ohne ein weiteres Wort los.

Sie waren der Kommandozentrale des Läufers näher, als sie

zu hoffen gewagt hatte. Schon wenige Schritte hinter der Gangbiegung stießen sie auf eine massive Tür aus dem gleichen matt silbernen Metall, aus dem auch die Halbkugel drinnen in der Halle gefertigt war. Sie war nicht einmal verschlossen, sondern stand eine gute Handbreit offen, so daß sich Charity vorsichtig nähern und einen Blick in den dahinterliegenden Raum werfen konnte.

Es *war* die Zentrale. Der Raum hatte die Form einer im oberen Drittel abgeflachten Halbkugel, und der kleine Ausschnitt, den Charity davon erkennen konnte, ähnelte eher der Brücke eines altertümlichen Schlachtschiffes als der Kommandozentrale einer so bizarren Maschine wie dieser.

Charity beobachtete die *Ameisen*, die hinter fremdartig geformten Instrumentenpulten saßen oder aufrecht vor den Kontrollapparaten an der Wand standen und sie mit ihren vier Armen bedienten, einige Sekunden lang aufmerksam, dann schlich sie zu den anderen zurück. »Es sieht so aus, als hätten sie Phillipsen noch nicht gefunden«, sagte sie. »Dort drinnen ist jedenfalls alles ruhig.«

Skudder steckte wortlos die Pistole ein und nahm das Gewehr von den Schultern, aber Charity schüttelte den Kopf. »Du bleibst hier und paßt auf Leßter auf«, befahl sie. »Faller und ich gehen.«

Fast zu ihrer eigenen Überraschung widersprach Skudder nicht, und Charity gab auch Faller keine Gelegenheit zu irgendwelchen Einwänden, sondern nahm das Gewehr von der Schulter, schnippte mit dem Daumen den kleinen Schalter um, der die Waffe von tödlicher Energieabgabe auf Betäubung umschaltete, und befahl Faller mit einer Kopfbewegung, dasselbe zu tun.

Hintereinander und lautlos näherten sie sich ein zweites Mal der Tür. Charity blieb noch einmal stehen, sah sich sichernd nach rechts und links um – und stieß die Tür dann mit der Schulter auf.

Die Überraschung war vollkommen. Die Zentrale war weitaus größer, als Charity geglaubt hatte, und insgesamt mußten sich fast ein Dutzend Moroni darin aufhalten. Aber keiner von ihnen war bewaffnet, und Faller und sie gaben den Insektenkreaturen keine Chance, sich auf sie zu stürzen und ihre überlegenen Körperkräfte einzusetzen. Mit zwei, drei langanhaltenden Energiestößen aus ihren Waffen deckten sie den ganzen Raum ab, so daß die Moroni gelähmt über ihren Pulten zusammenbrachen und nicht einmal Zeit fanden, Alarm zu geben. Hier und da stoben Funken auf, und aus einigen Geräten quoll plötzlich Qualm, als die Hochfrequenzschwingungen Kurzschlüsse in den Stromkreisen verursachten. Aber es kam zu keinen größeren Beschädigungen, und die wenigen Brände, die aufflackerten, erloschen fast sofort wieder. Die ganze Aktion dauerte nur zwei oder drei Sekunden, dann war die Zentrale in ihrer Gewalt. Es war beinahe zu leicht.

»Holen Sie Skudder!« befahl sie, während sie selbst einen Schritt zur Seite trat und den Lauf ihres Gewehres von rechts nach links und zurück schwenkte. Sie hatte genug Erfahrung mit den *Ameisen*, um sich nicht unbedingt auf die Wirkung der Schockwaffe zu verlassen. Diese Wesen waren unglaublich zäh.

Faller ging, und Charity nutzte die wenigen Augenblicke, die sie allein war, sich noch einmal und aufmerksamer in der Zentrale umzusehen. Ihr eigener Vergleich von vorhin fiel ihr wieder ein, und er erschien ihr jetzt noch viel treffender als das erste Mal. Jeder Quadratzentimeter der Wände – mit Ausnahme eines gut drei Meter durchmessenden, sechseckigen Bildschirmes genau auf der anderen Seite des Raumes – war mit Kontroll- und Steuerinstrumenten übersät, und es war ein unglaubliches Durcheinander aus hypermodernen, verwirrenden Computeranlagen und grobschlächtigen, fast primitiven, aber nicht weniger verwirrenden Hebeln, Schaltern und Skalen, die einer vollkommen anderen, um Jahrtausende rückständigeren Technologie zu entspringen schienen. Etwas wie Verzweiflung begann sich in ihr breitzumachen, als sie begriff, wie gering ihre Chancen waren, diese fremdartige Technologie zu verstehen. Nicht in der kurzen Zeit, die ihnen blieb.

Faller und Skudder kamen zurück. Der Hopi schleifte den noch immer völlig fassungslos dreinblickenden Leßter einfach hinter sich her, sah sich mit einem raschen, zufriedenen Blick in der Zentrale um und versetzte Leßter dann einen groben Stoß, der ihn gegen eines der Instrumentenpulte prallen und zu Boden stürzen ließ.

»Faller!« sagte er. »Helfen Sie mir!« Gleichzeitig bückte er sich, lud sich eine der reglosen *Ameisen* auf die Arme, als hätte sie gar kein Gewicht, und trug sie hinaus auf den Gang. Faller sah ihn einen Moment lang verständnislos an, aber dann begriff er, bückte sich nach einer zweiten *Ameise* und versuchte, sie ebenso hochzuheben wie Skudder vor ihm. Seine Kräfte reichten nicht. Ächzend ergriff er zwei der vier dürren Arme des Insektenwesens und schleifte es hinter sich her zur Tür.

Charity wollte ihm helfen, aber in diesem Moment kam Skudder zurück und schüttelte den Kopf. »Kümmere dich um die Instrumente«, befahl er. »Wir müssen den Laden hier dicht machen.«

Charity wandte sich widerstrebend um und ging zu dem zurück, was sie für das Steuerpult des Läufers hielt: einem hufeisenförmigen Gestell mit ausgezackten Kanten, das sich direkt unter dem sechseckigen Bildschirm befand. Der riesige Monitor zeigte nichts als das grau-weiße Toben des ewigen Schneesturmes, durch den sich der Läufer bewegte. Darunter befand sich ein sinnverwirrendes Durcheinander aus Skalen und kleinen Bildschirmen, über die Buchstaben- und Zahlenreihen in einer unleserlichen Schrift huschten. Sie begriff *nichts.*

Und dabei blieb es, bis Faller und der Hopi den letzten Moroni aus dem Raum geschleift und die Tür geschlossen hatten. Charity versuchte mit aller Macht, ihre Erregung zu unterdrücken und sich zu logischem Denken zu zwingen, aber vielleicht funktionierte diese Maschine nicht nach logischen Gesichtspunkten; oder wenn, so nach denen einer Logik, die ihr völlig fremd war. Sie wagte es nicht, irgendeines der Geräte anzurühren. Daß ihr Überfall auf die Zentrale bisher nicht bemerkt worden war, erschien ihr ebenso unglaublich wie die Leichtigkeit, mit der sie sie hatten erobern können. Wenn sie jetzt anfing, sinnlos hier herumzuexperimentieren, dann konnte sie ebensogut gleich hinausgehen und die Krieger rufen, denen sie vorhin um ein Haar entkommen waren. Außerdem hatten sie einfach nicht genug Zeit, um die Funktion der Maschine auf diese Weise herauszufinden. Charity begann sich einzugestehen, daß es vielleicht doch ein Fehler gewesen war, auf Leßter zu hören. Und für einen Moment fragte sie sich allen Ernstes, warum sie es überhaupt getan hatte. Sie hätte sich an den Fingern einer Hand ausrechnen können, was sie erwartete.

»Wie weit bist du?« fragte Skudder ungeduldig.

Charity schüttelte enttäuscht den Kopf. »Das ist völlig sinnlos«, sagte sie. »Ich verstehe nichts von dem Kram hier. Absolut *nichts.*«

Skudder blickte sie mit einer Mischung aus Zweifel und allmählichem Erschrecken an. »Aber den Gleiter hast du doch auch geflogen«, sagte er.

»Das war etwas anderes«, antwortete Charity. »Außerdem hatte ich Hilfe. Ohne Kyle hätte ich nicht einmal die Triebwerke starten können.«

Skudders Blick irrte unstet zuerst über ihr Gesicht und dann über das verwirrende Durcheinander auf dem Pult vor ihr. »Aber du hast doch ... «

»Ich kann Ihnen helfen«, sagte Leßter.

Charity fuhr herum und starrte ihn an. Der junge Soldat hockte mit untergeschlagenen Beinen dort, wo Skudder ihn zu Boden gestoßen hatte. Aus seiner aufgeplatzten Lippe lief noch immer Blut an seinem Kinn herab und tropfte auf seinen Anzug, und der Ausdruck auf seinem Gesicht war noch immer der von Unverständnis und einem leichten Vorwurf.

»Wie bitte?« fragte Skudder mißtrauisch.

Leßter versuchte aufzustehen und sank mit einem Seufzen wieder zurück, als es ihm nicht gelang. »Ich kann Ihnen helfen«, sagte er noch einmal. »Nehmen Sie mir diese verdammten Fesseln ab, und ich sehe, was ich tun kann.«

»Wieso?« fragte Charity mißtrauisch. »Kennen Sie diese Maschine?«

Leßter schüttelte den Kopf. »Nein«, sagte er. »Aber ich komme mit jeder Art von Maschinen klar. Irgendwie kann ich das.«

Charity glaubte ihm kein Wort. Irgend etwas war plötzlich an Leßter, das eine ganze Batterie schriller Alarmsirenen hinter ihrer Stirn aufheulen ließ. Verwirrt fragte sie sich, wieso es ihr nicht früher aufgefallen war.

»Ich traue ihm nicht«, sagte Skudder.

Charity erging es nicht anders, und trotzdem nickte sie nach einer weiteren Sekunde und gab dem Hopi einen Wink, Leßters Fesseln zu lösen. Skudder sah sie überrascht an, ohne sich zu rühren.

»Binde ihn los«, sagte Charity. »Es ist immerhin eine Chance.«

Skudder zögerte noch einmal, trat dann aber doch hinter Leßter und band seine Hände los.

»Versuchen Sie Ihr Glück«, sagte Charity.

Leßter trat an das Instrumentenpult heran, blickte einen Moment lang konzentriert darauf hinab und sah dann zum Bildschirm hoch. Der Anblick darauf hatte sich nicht geändert. Dann und wann tauchte ein verschwommener Umriß aus dem Toben des Sturmes auf und verschwand sofort wieder, und manchmal schwankte das Bild von rechts nach links, wenn der Läufer auf seinen gewaltigen Beinen über ein Hindernis kletterte.

»Nun?« fragte Charity nach einer Weile.

Leßter zog nachdenklich die Unterlippe zwischen die Zähne und begann darauf herumzukauen, obwohl sie noch immer heftig blutete. Der Anblick ließ Charity schaudern.

»Ich brauche eine halbe Stunde«, sagte er. »Glauben Sie, daß Sie sie mir so lange vom Hals halten können?«

»Wen?« fragte Skudder.

Leßter antwortete nicht darauf. Aber kaum eine Sekunde später traf ein dumpfer Schlag die Tür der Zentrale, und eine weitere Sekunde danach begann in jedem einzelnen Raum des Läufers eine Alarmsirene zu heulen.

10

Jede Glückssträhne war einmal zu Ende, und die Frenchs war es jetzt.

Es begann mit dem Heulen – einem schrillen, in den Ohren schmerzenden Laut, der zuerst kaum wahrnehmbar war, aber rasch an Intensität gewann und dabei auf- und abschwoll, bis er jede einzelne Faser seines Körpers zum Vibrieren und seine Zähne schmerzhaft aufeinanderschlagen ließ. Das Geräusch schwoll an, brach ab, schwoll an, brach ab, in einem endlosen, monotonen Rhythmus, der immer hektischer und schneller wurde, bis er Frenchs Herzschlag in seinen Takt zu zwingen und sein bewußtes Denken auszuschalten schien. French taumelte stöhnend und blind durch den rostzerfressenen Gang, und er nahm kaum wahr, wie einige Spinnen mit raschen, eckigen Bewegungen an ihm vorüberhasteten, ohne ihn auch nur zu registrieren. Er stürzte, und die Tonnenschwere, mit denen dieser Teil der Spinnenwelt seine Glieder ausfüllte, machte es ihm unmöglich, sich wieder in die Höhe zu stemmen.

Endlich hörte es auf. Das Wimmern verstummte nach einem letzten, schrillen Kreischen, das diesmal so intensiv gewesen war, daß es French das Atmen unmöglich gemacht hatte, und er blieb minutenlang schwer atmend auf der Seite und mit geschlossenen Augen liegen. Sein Körper fühlte sich an, als wäre er mit Hämmern bearbeitet worden, und jede Bewegung war eine Qual. Aber er konnte nicht hierbleiben. Er glaubte, das Verhalten der Spinnen zumindest so weit durchschaut zu haben, daß sie ihn so lange für einen der ihren zu halten schienen, wie er sich so benahm; ungeachtet seines Aussehens. Aber die Kreaturen, die er gesehen hatte, waren unter dem gräßlichen Geräusch nicht zusammengebrochen, sondern im Gegenteil zu hektischer Aktivität erwacht. Wenn er hierblieb, dann würde früher oder später eines dieser Ungeheuer stehenbleiben und nach seinem vermeintlich kranken Bruder sehen. Und das wäre sein Ende.

Der Gedanke gab ihm noch einmal die Kraft, sich wenigstens auf Hände und Knie hochzustemmen. Einen Moment lang blieb er so hocken und schöpfte Atem, dann biß er die Zähne zusammen, suchte ungeschickt mit der plumpen Handattrappe des Tarnanzuges an der Wand Halt und zog sich in die Höhe.

Alles drehte sich um ihn. Der Boden unter seinen Füßen zitterte, und in der Luft waren plötzlich Geräusche, die er erst nach und nach wahrzunehmen begann, denn seine Ohren klingelten noch immer von dem schrillen Geheul und Gewimmer. Er hörte ein dumpfes Grollen, wie das Anlaufen schwerer Maschinen, tief unter seinen Füßen, und schrille, zwitschernde Pfeif- und Klicklaute, die ihn auf beunruhigende Weise an die Sprache der Spinnen erinnerten, aber so klangen, als würden sie von einem Wesen aus Metall erzeugt.

Zitternd sah er sich um. Im Moment waren keine anderen Spinnen zu entdecken, aber er befand sich nur wenige Schritte vom Eingang eines großen Raumes entfernt, in dem er hastige Bewegung wahrnahm. Beinahe ohne selbst genau zu wissen warum, wankte er gegen die Wand gelehnt auf diese Tür zu und sah hindurch.

Der Saal war fast so groß wie der, hinter dessen durchsichtiger Wand er die Erde gesehen hatte, aber in drei ineinandergeschachtelte Ebenen unterteilt, auf denen sich Dutzende der großen sechsarmigen Kreaturen bewegten. French vermochte keinen Sinn in dieser Bewegung zu erkennen, aber sie wirkte hektischer und nervöser als alles, was er zuvor gesehen hatte, und er vermutete, daß es etwas mit dem furchtbaren Lärm zu tun hatte; und mit der Veränderung, die anschließend mit der Spinnenwelt vor sich gegangen war.

Voller plötzlichem Schrecken fiel ihm die Möglichkeit ein, daß es vielleicht ein Alarm gewesen war, den er gehört hatte, und daß dieser Alarm vielleicht niemand anderem als *ihm* gegolten hatte – vielleicht hatten sie sein Eindringen endlich bemerkt und begannen, nach ihm zu suchen.

Er hörte ein Geräusch hinter sich, drehte mühsam den Kopf und fuhr entsetzt zusammen, als er sah, daß sich gleich ein halbes Dutzend der riesigen schwarz-glitzernden Kreaturen auf ihn zubewegte. Der allergrößte Teil davon schien ihn nicht einmal zu bemerken, aber French registrierte voller Unbehagen, wie sich die Blicke zweier der gewaltigen Ungeheuer direkt auf ihn richteten. Mit einer Anstrengung, zu der er sich noch vor einer Sekunde nicht in der Lage gefühlt hätte, stieß er sich von der Wand ab und richtete sich gerade auf, obgleich dabei ein Schmerz durch seinen Rücken schoß, als würden ihm sämtliche Knochen gebrochen. Aber irgendwie brachte er das Kunststück fertig, hoch aufgerichtet und reglos stehenzublieben, bis die Spinnen an ihm vorübergegangen waren. Dann machte er einen vorsichtigen Schritt, spürte, wie er das Gleichgewicht zu verlieren drohte, streckte erschrocken die Hand aus, um sich an der Wand abzustützen – und fiel beinahe durch die Tür. Im letzten Moment fand er seine Balance wieder und rettete sich durch einen ungeschickten Schritt nach vorn und ein Stück zur Seite.

Ein Prickeln eisigen Entsetzens durchfuhr French. Er war direkt in eine der hektisch arbeitenden Spinnengruppen hineingestolpert. Es war eine große, metallisch-silbern schimmernde Maschine voller sinnverwirrender Skalen und Hebel, an der sie sich zu schaffen machten. Nur um überhaupt etwas zu tun, hob French die Hände und täuschte ebenfalls eine gewisse Aktivität vor – was vielleicht ein Fehler war, denn die neben ihm stehende Spinne drehte sich mit einer schnellen Bewegung herum und pfiff ihm etwas zu. Natürlich verstand er nicht, was sie ihm sagte, aber er begriff, was sie meinte. Hastig zog er die Hand zurück, blickte das Wesen eine Sekunde lang an und drehte sich dann in eine Haltung herum, von der er zumindest hoffte, daß die Spinne es für Schuldbewußtsein und

Demut hielt, und schlurfte davon. Die Kreatur blickte ihm noch eine Sekunde nach, dann wandte sie sich wieder ihrer Tätigkeit zu und schien ihn auf der Stelle zu vergessen.

Frenchs Herz schlug zum Zerspringen. Er durfte sich keinen weiteren solchen Fehler leisten. Aber er konnte auch nicht einfach so stehenbleiben und *gar nichts* tun, denn inmitten all dieser nervösen Aktivität des Hin- und Herhastens und Pfeifens und Hantierens wäre er dadurch nur um so mehr aufgefallen. So ging er mit mühsamen kleinen Schritten weiter und sah sich dabei nach einem Versteck um.

Natürlich fand er keins, aber er entdeckte etwas anderes.

Im hinteren Drittel des Raumes, auf der höchsten der drei verschiedenen Ebenen, erhob sich eine Konstruktion, die selbst in dieser Welt aus Wunder und unverständlichen Dingen noch sonderbar wirkte: Es war ein Ring aus silberfarbenem Metall, kaum so dick wie zwei nebeneinandergelegte Finger und vielleicht drei oder vier Meter durchmessend. Und er schwebte ohne irgendeinen sichtbaren Halt einen halben Meter über dem Boden.

Irgend etwas ... ging von ihm aus. French spürte es, und obwohl er noch nicht einmal zu raten wagte, was es war, machte es ihm angst. Ja, mehr noch – es erfüllte ihn mit Entsetzen und Panik. Obwohl es, abgesehen von der Tatsache seines Schwebens, nichts anderes als ein simpler Ring aus Stahl zu sein schien, hatte er das Gefühl, etwas unsagbar Fremdem, vielleicht nicht Bösem, auf jeden Fall aber Gefährlichem gegenüberzustehen. Es war, als ginge ein eisiger Hauch von diesem Metallring aus, eine Kälte, die nicht seinen Körper, wohl aber seine Seele streifte und etwas darin zu Eis erstarren ließ.

Für einige Momente fiel es French sogar schwer, seinen Blick wieder von der unheimlichen Konstruktion loszureißen. Mühsam drehte er den Kopf und starrte sekundenlag eine der bizarren, in ein halb zerrissenes Netz aus klebrigen, grauen Fäden eingesponnenen Spinnenmaschinen an, die ihn noch vor Augenblicken bis ins Mark erschreckt hatten. Jetzt schien es ihm, als wäre ihr Anblick trotz allem hundertmal normaler als der dieses scheinbar so schlichten, harmlosen Metallreifens.

Ziellos ging er ein paar Schritte weiter, drehte sich wieder herum und wollte zurück zum Ausgang gehen, um den Saal wieder zu verlassen, als der Boden unter seinen Füßen plötzlich abermals zu vibrieren begann; gleichzeitig erscholl ein neuer, schriller Heulton, der sich aber auf diesen einen Raum zu beschränken schien. Er sah, wie sämtliche Spinnen von ihren Arbeiten aufblickten und sich auf einen Punkt hinter ihm konzentrierten, und ganz automatisch blieb auch French stehen und hob wieder den Kopf.

Was er sah, das paralysierte ihn im ersten Moment, und vermutlich rettete ihm diese Lähmung das Leben, denn hätte es sie nicht gegeben, dann hätte er vor Schreck laut aufgeschrien.

Der Ring, der noch vor einer Sekunde nichts als ein schmuckloser Kreis aus Metall gewesen war, hatte sich mit wabernder Schwärze gefüllt. Es war nichts Körperliches, nichts, das wirklich *da war*, sondern die Schwärze der Unendlichkeit, die Abwesenheit von Licht, von Materie, vielleicht von Raum. Etwas wie eine Bewegung wogte darin, und noch bevor Frenchs Verstand bei dem Versuch, es wirklich zu erkennen, endgültig zusammenbrechen konnte, schien sich die Dunkelheit zu einem Körper zusammenzuballen. Und plötzlich trat eine riesige, sechsgliedrige Spinne von strahlendweißer Farbe aus der Schwärze heraus.

French starrte das Geschöpf entsetzt an. Er spürte, daß diese Spinne etwas Besonderes war, und es lag nicht nur an ihrer Farbe. In ihren Augen glomm eine beunruhigende Intelligenz, und eine Aura von fast körperlich greifbarer Macht umgab sie.

Die Dunkelheit hinter dem weißen Riesengeschöpf verblaßte langsam, so daß wieder der dahinterliegende Teil des Raumes zum Vorschein kam, und gleichzeitig hörte das Zittern des Bodens unter seinen Füßen auf. Die weiße Kreatur begann mit langen, aber nicht hastigen Schritten die metallenen Stufen vor dem Ring herabzuschreiten, und French erwachte endlich aus seiner Erstarrung und wich so schnell wie er es gerade noch wagte, ohne daß er auffiel, hinter eine der klobigen grauen Maschinen zurück.

11

Leßter benötigte sehr viel weniger als eine halbe Stunde, um das der Steuerung des Läufers zugrundeliegende Prinzip zu begreifen. Aber er hätte diese halbe Stunde auch gar nicht gehabt. Die gepanzerte Tür der Zentrale war dreimal unter ungeheuer harten Stößen erzittert, und zweimal hatte der Stahl zu glühen begonnen, als die Moroni Strahlenwaffen oder spezielle Werkzeuge einsetzten, um die Tür aufzubrechen; unverständlicherweise hatten sie ihre Bemühungen jedesmal wieder eingestellt, kurz bevor das Metall wirklich schmelzen konnte.

Aber Charity und die anderen wußten auch, daß ihr Kredit bei der Glücksgöttin längst überzogen war. Früher oder später würden die Moroni eine Möglichkeit finden, hier hereinzukommen.

Charity blickte einen Moment lang Leßter an, der vornüber gebeugt und mit konzentriertem Gesichtsausdruck über dem Steuerpult stand und vorsichtig hier einen Hebel bewegte, oder etwas in eine Tastatur eintippte, und konzentrierte sich dann wieder auf den Monitor, der den Gang vor der Zentrale zeigte. Im Moment sah sie nur vier oder fünf Ameisen, die mit schußbereit erhobenen Waffen die Tür bewachten, aber vor einigen Minuten hatte es dort draußen von Moroni gewimmelt. Und warum immer sie gegangen waren, sie würden zurückkommen und wahrscheinlich etwas mitbringen, mit dem sie diese Tür endgültig aufbrechen konnten. Charity vermutete, daß der einzige Grund, aus dem sie es noch nicht getan hatten, der war, daß sie die Tür öffnen wollten, ohne den dahinterliegenden Raum völlig zu verwüsten.

»Wie lange noch?« fragte Skudder.

Die Frage galt Leßter, der sich nervös mit der Zungenspitze über die Lippen fuhr und dann die Hand nach einem der bizarr geformten Hebel ausstreckte. Ein spürbares Schütteln ging durch den Rumpf des Läufers, als er ihn ein Stück weit nach oben bewegte und dann hastig wieder in seine Ausgangsposition zurückschob.

»Ich glaube, ich weiß jetzt, wie es funktioniert«, sagte er. Er sah auf, aber anstelle von Zufriedenheit oder Erleichterung sah Charity in seinen Augen nur eine tiefe Verwirrung. »Das Ding ist so primitiv, daß es schon fast wieder genial ist«, murmelte er.

»Können Sie ihn steuern?« fragte Charity.

Leßter zögerte einen winzigen Moment, aber dann nickte er. »Ich glaube ja«, sagte er.

»Dann zeigen Sie mir, wie es funktioniert«, verlangte Skudder. »Ich übernehme die Steuerung ... Sie können sich inzwischen um den Rest hier kümmern.«

Leßter sah ihn fragend an, und Skudder fuhr mit einer Geste auf die brandgeschwärzte, verzogene Tür fort: »Die Wand wird nicht ewig halten. Wir müssen uns irgendwie verteidigen. Vielleicht gibt es irgendeinen Verteidigungsmechanismus. Einen Energieschirm oder Waffen.«

»Die gibt es sogar ganz bestimmt«, antwortete Leßter, »aber es hätte wenig Sinn, danach zu suchen.« Er deutete auf das Pult hinter sich. »Ich bin froh, daß ich das da verstehe. Für den Rest würde ich Stunden brauchen.«

»Sie sollten lieber versuchen, es in Minuten zu schaffen«, sagte Charity und blickte wieder auf den kleinen Monitor vor sich hinab.

Leßters Blick folgte dem ihren, dann drehte er sich herum und berührte mit einer fast routinierten Bewegung einen Schalter auf dem Pult. Auf dem großen Zentralmonitor verschwand das Bild des Schneesturmes und machte der gleichen Kameraeinstellung Platz, die auch Charity beobachtete: dem Korridor vor der Zentrale. Ein gutes Dutzend Moroni marschierte dort gerade auf und begann, ein Gerät auf einem großen, metallenen Dreibein zu montieren. Keiner von ihnen hatte einen Apparat wie diesen je zuvor gesehen, aber es gehörte auch nicht sehr viel Phantasie dazu, sich auszurechnen, wozu er diente.

Leßter fluchte halblaut, schaltete den Bildschirm wieder auf Außenbeobachtung um und begann hastig, an den Kontrollinstrumenten des Läufers zu hantieren. Eine Anzahl schwerer, krachender Stöße lief durch den Leib der Riesenmaschine, dann konnten sie fühlen, wie sich der gigantische stählerne Käfer zur Seite neigte und zitternd zu drehen begann.

»Was tun Sie da?« fragte Skudder alarmiert und hob seine Waffe.

Charity drückte seinen Arm herunter und schüttelte den Kopf. »Laß ihn«, sagte sie. »Ich glaube, er weiß, was er tut.« Dann blickte sie wieder auf den Bildschirm vor sich. Die *Ameisen* arbeiteten mit schon fast unheimlicher Schnelligkeit. Das Gerät – bei dem es sich nur um eine Waffe handeln konnte – war beinahe fertig montiert, und die *Ameisen*, die die Tür bewachten, begannen jetzt hastig zurückzuweichen.

Mühsam riß sie sich von dem Anblick los und trat an Leßters Seite. Das Gesicht des jungen Soldaten glänzte vor Schweiß, und sein Blick war starr. Seine Hände zitterten, aber sie bewegten sich trotzdem sehr schnell und präzise. Obwohl sie wußte, daß es unmöglich war, hatte sie das Gefühl, daß er etwas tat, worin er große Erfahrung hatte.

»Was haben Sie vor?« fragte sie.

Sie bekam keine Antwort, und der Ausdruck auf Leßters Zügen erklärte ihr, daß er ihre Frage nicht einmal gehört hatte. Eine weitere Sekunde lang starrte sie ihn an, dann hob sie den Blick und sah auf den großen sechseckigen Bildschirm.

Das Bild hatte sich nicht geändert: Vor dem Läufer tobte noch immer ein höllischer Orkan aus Schnee und Eiskristallen, und das Land schwankte noch immer wie betrunken von rechts nach links, hob und senkte sich. Aber sie hatte das Gefühl, daß die Maschine schneller geworden war. Und noch irgend etwas war nicht mehr so wie vor Augenblicken. Aber sie wußte nicht, was.

»Was tun Sie?« fragte sie.

Leßter antwortete auch jetzt nicht, aber seine Finger huschten schneller über die bizarren Tasten und Schalter. Das Stampfen der Schritte und das Rütteln des Bodens wurden heftiger, und dann mischte sich ein neues, fremdes Geräusch hinein: ein dumpfes, an- und abschwellendes Heulen, das immer lauter und lauter wurde, als wäre irgendwo ein gewaltiger Elektromotor angesprungen. Charity sah den jungen Soldaten mit immer größerer Beunruhigung an, aber Leßters Blick hing wie gebannt an den Skalen des Instrumentenpultes, und sie spürte, daß es besser war, ihn jetzt nicht anzusprechen.

»Charity!«

Mit einem Ruck fuhr sie herum und trat wieder neben Skudder, der auf den Monitor deutete, auf dem der Gang von der Zentrale zu sehen war. Die *Ameisen* hatten ihre Waffe fertig aufgebaut, und gerade als Charity neben den Hopi trat, begann auf der Oberseite des Instrumentes ein dunkelgrünes, unheimliches Licht zu glühen.

»Haltet sie auf!« sagte Leßter gepreßt. »Nur noch einen Moment!«

»Okay.« Skudder hob seine Waffe. »Machen Sie die Tür auf.«

Charity fuhr erschrocken zusammen und wollte etwas sagen, aber Leßter hatte bereits einen Schalter berührt, und aus dem Inneren der gepanzerten Tür klang das schrille Wimmern eines winzigen Servomotors.

Aber die Tür rührte sich nicht.

Leßter fluchte, drückte eine andere Taste, und das Geräusch des überdrehten Motors wurde schriller und ungesunder, ohne daß irgendeine andere Wirkung zu sehen gewesen wäre. Offensichtlich hatten die vorhergehenden Versuche der Moroni, die Tür aufzubrechen, den Mechanismus nachhaltig beschädigt.

Sie blickte wieder auf den Schirm – und zuckte zusammen. Aus dem Lauf der klobigen Waffe schoß ein grellgrüner Energieblitz, und den Bruchteil einer Sekunde später zeigte der Monitor nur noch das Flimmern von Störungen.

»Leßter!« sagte Charity gehetzt. »Tun Sie etwas!«

»Das habe ich schon«, antwortete Leßter. »Wir brauchen nur noch ein paar Minuten. Vielleicht schaffen wir es.«

Auch Charity nahm jetzt ihr Gewehr von der Schulter und entsicherte die Waffe, während sie den Lauf auf die Tür richtete. Sie suchte vergeblich nach glühendem Metall oder Rissen oder anderweitigen Beschädigungen. Aber irgend etwas geschah dort draußen. Sie spürte ein schwer zu beschreibendes, kribbelndes Gefühl, das ihren ganzen Körper durchflutete, als wäre die Luft plötzlich mit Elektrizität erfüllt, und aus den Augenwinkeln sah sie, wie sich Skudder und Faller unruhig bewegten. Offensichtlich erging es ihnen ebenso.

Charitys Blick wanderte immer nervöser zwischen der Tür und Leßters Gestalt hin und her. Aber sie wußte nicht einmal, was ihr mehr Sorgen machte – der Gedanke an das, was die Moroni dort draußen taten, oder die beinahe unheimliche Schnelligkeit, mit der Leßters Finger über das Instrumentenpult huschten und Dinge taten, deren Wirkung sie nicht einmal zu erahnen vermochte. Für einen Moment fragte sie sich ganz ernsthaft, wer dieser Mann war. Ganz bestimmt nicht das, was zu sein er ihnen bisher vorgespielt hatte.

Das Knistern elektrischer Spannung in der Luft wurde stärker und erreichte fast schmerzhafte Intensität. Gleichzeitig glaubte Charity, eine Anzahl haarfeiner Risse zu erkennen, die plötzlich die Tür und einen Teil der Wand daneben überzogen, war aber nicht ganz sicher.

»Geht von der Tür weg«, sagte Leßter. »Und schießt, sobald sie sich öffnet.«

Sie gehorchten hastig. Die Risse waren nun deutlicher zu sehen, und allmählich begannen sie ein mattes, grünes Glühen wahrzunehmen, das durch diese Risse hindurchschimmerte.

Und dann ging alles sehr schnell und mit unheimlicher Lautlosigkeit: Aus den winzigen Sprüngen wurden fingerbreite, gezackte Risse, die lautlos und rasend schnell zusammenwuchsen, während das Metall der Tür einfach zu verschwinden schien; wie Eis, das in der Sonne verdampfte. Eine Flut grünen kalten Lichtes strömte in die Zentrale und begann alles aufzulösen, auf was es traf – Charity sah mit einem hastigen Blick, daß sich ein Teil der Instrumente an der Rückwand des Steuerraumes in grauen Staub auflöste. Funken und Flammen stoben auf, und in der Luft lag ein Ozongestank, der ihr fast das Atmen unmöglich machte.

»Schießt!« schrie Leßter.

Charity und auch Faller waren viel zu verblüfft, um auf ihn zu hören, aber Skudder zögerte keine Sekunde mehr. Er hob seine Waffe, richtete den Lauf auf das Zentrum des unheimlichen grünen Leuchtens und drückte ab, drei-, vier-, fünfmal hintereinander. Die grellen Laserschüsse waren in der grünen Lichtflut kaum zu sehen, aber Charity hörte das dumpfe Echo krachender Explosionen draußen auf dem Korridor. Schließlich überwand auch sie ihre Lähmung und hob ihr Gewehr, aber sie mußte nicht mehr abdrücken. Einer von Skudders Schüssen schien die Waffe der Moroni getroffen zu haben, denn das grüne Licht erlosch plötzlich. Gleichzeitig wurde es fast unheimlich still. Alles, was noch zu hören war, war das leise Rieseln des grauen Staubes, in den der Energiestrahl das Metall verwandelt hatte.

Charity erhob sich vorsichtig hinter dem Pult, hinter dem sie Deckung gesucht hatte, und näherte sich geduckt der Tür. Draußen flackerten Flammen, und sie konnte nichts erkennen außer orangefarbenem Licht und tanzenden Schatten. Trotzdem bewegte sie sich mit äußerster Vorsicht. Skudders Schüsse hatten vielleicht die Waffe zerstört, aber dort draußen mußten Dutzende von *Ameisen* auf sie warten.

Mit klopfendem Herzen näherte sie sich der Tür, preßte sich eng mit dem Rücken gegen die Wand daneben und wartete, bis Skudder auf der anderen Seite dasselbe getan hatte.

Sie warteten noch eine halbe Sekunde, nach einem raschen

Blick, den sie tauschten und der alles war, was sie an Verständigung benötigten, dann warfen sie sich beide in einer fast synchronen Bewegung vor. Charity sprang mit einem Satz aus der Tür und rollte draußen über die Schulter ab, um mit schußbereit erhobener Waffe wieder auf die Füße zu kommen, während Skudder sich auf ein Knie herabfallen ließ und sein Gewehr hob.

Keiner von ihnen gab auch nur einen Schuß ab.

Einer von Skudders ungezielten Energiestößen hatte die Waffe der Moroni getroffen und in einen glühenden Schrotthaufen verwandelt, und daneben, dahinter und auch davor lagen reglose *Ameisen,* zum Teil verkrümmt und mit angezogenen Gliedern wie sterbende Spinnen, zum Teil ausgestreckt und sich noch mühsam bewegend.

Aber es war nicht die Explosion der Waffe gewesen, die sie niedergestreckt hatte.

Charity fühlte, was es gewesen war, ehe sie es begriff.

Sie fühlte es als schneidenden Schmerz in der Kehle, als sie zu atmen versuchte, und als fast unerträgliches Brennen auf der nackten Haut ihres Gesichtes. Und sie sah es als graue Dampfwolke, die im Rhythmus ihrer Atemzüge vor ihrem Gesicht erschien.

Es war unglaublich *kalt* hier draußen. Das Atmen war fast unmöglich. Sie spürte, wie die Kälte ihr die Tränen in die Augen trieb und sie fast im gleichen Moment zu Eis auf ihrem Gesicht erstarren ließ, und wie sie trotz des isolierenden Anzugs, den sie trug, beinahe augenblicklich in ihren Körper kroch, ihre Haut prickeln ließ und ihre Muskeln zu lähmen begann. Ihre Finger und Zehenspitzen wurden taub, und sie hatte plötzlich alle Mühe, das Gewehr in den Händen zu halten.

Mehr aus einem Reflex als aus logischem Denken heraus sprang sie in die Höhe und wich rückwärts gehend wieder zur Tür der Zentrale zurück. Sie atmete flach und durch die zusammengebissenen Zähne, und trotzdem hatte sie das Gefühl, flüssige Lava ihre Kehle herunterrinnen zu fühlen. Und auch Skudder erging es nicht anders. Sein Gesicht war verzerrt und sah aus wie mit Puderzucker bestäubt, und auch seine Hände waren taub und ungelenk, so daß er die Finger kaum noch bewegen konnte.

Es war diese grausame Kälte gewesen, die die Moroni getötet hatte. Und nicht nur die Besatzung der Kanone. Überall in dem langen, schmalen Korridor, dessen Wände sich jetzt mit glitzernden Eiskristallen überzogen hatten, lagen reglose Insektenkrieger. Die meisten tot, einige bewegten sich noch schwach, waren aber nicht mehr in der Lage, aufzustehen oder auch nur noch nach ihren Waffen zu greifen. Ein eisiger Wind fauchte durch den stählernen Gang.

Hastig wichen sie wieder in die Zentrale des Läufers zurück. Hier drinnen war es spürbar wärmer, aber sie sah an dem Ausdruck auf Fallers Gesicht, daß die Temperaturen jetzt auch hier merklich fielen. Die Schicht aus glitzernden Eiskristallen, die den Boden und die Wände draußen überzog, begann lautlos und rasch über die Schwelle zu kriechen und breitete sich wie weißer Schimmel auf dem Boden und den Wänden aus; nicht sehr schnell, aber unaufhaltsam.

»Was haben Sie getan?«

Leßter beantwortete Charitys Frage auch jetzt nicht, aber er hob für einen Moment den Blick und schenkte ihr ein Lächeln, das Charity frösteln ließ. Er sah noch immer aus wie ein großer Junge, der sich nur als Erwachsener verkleidet hatte, und in seinen Augen glitzerte noch immer diese kindliche Fröhlichkeit, aber Charity mußte plötzlich daran denken, wie kaltblütig er Phillipsen getötet hatte, so berechnend und logisch wie eine Maschine.

»Suchen Sie etwas, um die Tür zu verbarrikadieren«, sagte er. »Bevor wir hier drinnen erfrieren.«

Skudder setzte zu einer wütenden Entgegnung an, aber Charity brachte ihn mit einer Geste zum Schweigen. Leßter hatte wieder einmal recht – sie hatten einfach keine *Zeit*, um mit ihm zu reden. Die Temperaturen fielen rasend schnell. Draußen im Korridor herrschten Minusgrade, die die Insekten binnen Minuten kampfunfähig gemacht und vielleicht getötet hatten, und wenn sie zuließen, daß ihr letztes bißchen kostbarer Wärme hinausströmte, dann würden auch sie in einigen Minuten erfrieren. Während Faller und der Hopi begannen, eines der großen Instrumentenpulte auseinanderzunehmen, um die Platte als provisorische Tür vor den Ausgang zu schweißen, trat Charity noch einmal in den Gang hinaus und sah sich um. Obwohl kaum eine Minute vergangen war, hatte sich das Bild wieder verändert, auf furchtbare Weise verändert: Eine glitzernde Eissicht hatte die Körper der gestürzten Moroni mit einem weißen Panzer überzogen, und von der Decke und den Wänden wuchsen bizarre Gebilde aus Eis herab. Die Luft war voller staubfeinem, wirbelndem Schnee und so schneidend kalt, daß Charity schmerzvoll hustete, als sie einen Atemzug nahm. *Was war hier geschehen?*

Sie wich wieder ein Stück in die Zentrale zurück, überzeugte sich mit einem raschen Blick vom Fortgang von Skudders und Fallers Arbeit und drückte dann einige Knöpfe auf dem Instrumentengürtel ihres Anzuges. Anders als Skudder und die drei Soldaten hatte sie darauf verzichtet, sich einen der modernen Kampfanzüge aus Hartmanns unerschöpflichem Materiallager geben zu lassen, sondern ihre alte Spaceforce-Uniform anbehalten. Jetzt schaltete sie die Heizung des Anzuges auf Maximum, raffte mit der linken Hand das Haar zusammen und ließ dann den aufblasbaren Kunststoffhelm aus dem Kragen herausfahren. Auf der Oberfläche ihres Armbandgerätes begann eine rote Warnlampe zu blinken, und sie wußte, daß die sechzig Jahre alten Batterien des Anzuges der Belastung nur wenige Minuten standhalten würden. Aber in diesen wenigen Minuten war die Montur sogar in der Lage, der Kälte des Weltraums zu trotzen.

Sie wartete kaum, bis sich der Helm geschlossen und mit einem zischenden Laut völlig aufgeblasen hatte, sondern stürmte aus der Zentrale, wandte sich nach rechts und lief mit weit ausgreifenden Schritten auf die Tür zu, durch die sie diesen Gang betreten hatten.

Noch bevor sie sie erreichte, sah sie, daß etwas dahinter nicht stimmte. Wo zuvor das blasse, vom roten Glühen der Schmelzöfen durchdrungene Licht der Halle gewesen war, da blendete jetzt ein grell-weißer Schein ihre Augen. Eine heftige Windböe schlug ihr entgegen und ließ sie taumeln, und auf dem spiegelglatt gefrorenen Boden verlor sie um ein Haar den Halt. Sie fing sich mit der Hand an der Wand ab, ging langsamer und blieb schließlich stehen, als sie die Tür erreichte.

Der Anblick dahinter unterschied sich kaum von dem des Ganges. Die riesige Halle war zu einer bizarren Landschaft aus Eisskulpturen und wirbelndem Schnee geworden. Die Feuer, die sie vorhin gesehen hatten, waren zum größten Teil erloschen, der Rest hinter brodelnden Dampfwolken verschwunden. Ein Schneesturm tobte, der sich kaum von dem außerhalb des Läufers unterschied.

Und das konnte er auch nicht, denn er war ein Teil davon.

Charity blickte ungläubig dorthin, wo vor einer halben Stunde noch die Decke der riesigen Fabrikhalle gewesen war.

Sie hatte sich geöffnet. Die gewaltigen, gekrümmten Stahlplatten waren in vier Segmente unterteilt, genau wie die Flügelschale des Käfers, dem die gigantische Maschine glich, nach oben und zur Seite geklappt, so daß der Sturm und die grausamen Temperaturen des Sperrgürtels ungehindert ins Innere der Maschine hatten dringen können. Sie wußte jetzt, was Leßter getan hatte. Und obwohl er ihnen damit allen das Leben gerettet hatte, verspürte sie für einen Moment nichts als Entsetzen.

Charity versuchte vergeblich sich vorzustellen, wie es gewesen sein mußte. Ihre Phantasie kapitulierte vor dieser Aufgabe, und eigentlich war sie auch froh darum. Vielleicht hatten die Moroni nicht einmal Zeit gefunden, überhaupt zu begreifen, was sie umbrachte. Als sich die Hallendecke öffnete, da mußten die Temperaturen binnen weniger Sekundenbruchteile um mehr als hundert Grad Celsius gefallen sein.

Länger als eine Minute blieb Charity reglos so stehen und blickte in die Tiefe der Fabrikhalle herab, aber sie sah nirgendwo mehr ein Zeichen von Leben. Der Dampf begann auseinanderzutreiben, als auch die letzten Feuer erloschen, und die riesigen Zahnräder, Kolben und Transportmaschinen waren längst im unbarmherzigen Griff der Kälte erstarrt und hatten sich unter schimmernden, weißen Eispanzern verborgen.

Schließlich drehte sie sich herum und ging zur Zentrale zurück.

Sie warf einen flüchtigen Blick auf das Thermometer in ihrem Armbandgerät. Die rote Digitalanzeige zeigte minus einhundertvier Grad Celsius.

Skudder und der junge Soldat waren mit ihrer Arbeit fast fertig, als sie in die Steuerkanzel des Läufers zurücktrat. Sie hatten eine fingerdicke Metallplatte von der Oberfläche eines der Instrumentenpulte heruntergeschnitten und lehnten sie jetzt gegen die Türöffnung. Ihre Bewegungen waren eckig und mühsam, und Charity sah, daß Fallers Hände bluteten. Wahrscheinlich waren sie vor Kälte taub, daß er nicht einmal merkte, wenn er sich verletzte. Rasch ließ sie den Helm wieder zurückfahren und schaltete die Anzugheizung herunter. Sie spürte fast sofort wieder den Ansturm der grausamen Kälte und wünschte sich, es nicht getan zu haben. Aber sie wußte, daß sie binnen weniger Augenblicke vollends erfrieren mußte, wenn sie die altersschwachen Batterien überlastete und der Anzug ausfiel. Sie half den beiden so gut sie konnte. Mit Hilfe einer der beiden Strahlenpistolen der Moroni verschweißten sie die Metallplatte mit dem Türrahmen. Das Ergebnis sah nicht besonders professionell aus, und es wurde dadurch hier drinnen auch nicht wärmer, aber die Platte hinderte das bißchen warme Luft, das es hier noch gab, zumindest daran, in den Gang zu entweichen.

Wieder sah Charity auf ihr Thermometer. Die Zahlen zeigten jetzt minus zweiundsiebzig Grad Celsius. Direkt warm gegen das, was draußen herrschte, dachte sie sarkastisch. Trotzdem eine Temperatur, bei der sie nicht sehr lange überleben würden.

Sie erzählte Skudder und Faller mit wenigen Worten, was sie draußen gesehen hatte, dann wandte sie sich wieder an Leßter. Auch seine Gestalt war verkrampft vor Kälte, und seine Augenbrauen und der dünne Oberlippenbart, der auf seinem Kindergesicht völlig deplaziert wirkte, waren weiß gefroren. Trotzdem hantierten seine Hände weiter an den Kontrollen des Läufers, und sein Blick irrte unablässig zwischen dem Bildschirm und den Anzeigeinstrumenten vor ihm hin und her.

Charity trat mit einem raschen Schritt neben ihn und sprach ihn an. Er reagierte nicht, aber damit hatte sie auch kaum noch gerechnet. Mit einer entschlossenen Bewegung ergriff sie seine Schulter und zwang ihn mit einem groben Ruck, sie anzusehen.

»Sie werden mir jetzt ein paar Fragen beantworten, Leßter«, sagte sie.

Leßter blickte sie an und lächelte.

Charity hatte plötzlich das Bedürfnis, ihn anzuschreien. Aber der Ausdruck in seinen Augen hielt sie davon ab. Sie spürte nur Verwirrung.

»Wer sind Sie, Leßter?« fragte sie.

»Aber das wissen Sie doch, Captain Laird«, antwortete Leßter.

»Nein, das weiß ich nicht«, erwiderte Charity. »Ich weiß nicht, wer oder was Sie sind, aber ich weiß eines ganz genau: Sie sind keiner von Hartmanns Männern. Sie sehen vielleicht so aus wie er, aber das ist auch schon alles.«

»Sie täuschen sich, Captain Laird«, antwortete Leßter beinahe sanft. »Ich kann das erklären.«

»Dann tu es«, sagte Skudder düster. »Und ich schwöre dir,

daß ich dich eigenhändig umbringen werde, mein Junge, wenn mir deine Erklärung nicht gefällt.«

Leßter sah ihn beinahe vorwurfsvoll an, aber dann lächelte er wieder, schüttelte den Kopf und gab ein halblautes, fast resignierendes Seufzen von sich. »Ich weiß, ich hätte Phillipsen nicht töten dürfen«, sagte er. »Es war falsch. Ich habe einfach die Nerven verloren.«

Charity blickte in seine Augen und erkannte, daß er log. Leßter lächelte immer noch, aber in diesem Lächeln war kein Gefühl, keine Wärme, und es war auch kein unsicheres Lächeln, denn sie erkannte auch keine Angst darin. Im Grunde sah sie überhaupt nichts.

»Das meine ich nicht«, sagte sie. »Wenn wir das hier überleben, dann werden Sie sich vor Ihren Vorgesetzten dafür verantworten müssen. Und vor Ihrem eigenen Gewissen. Falls Sie so etwas haben.«

Sie deutete auf das Instrumentenpult. »Wieso wissen Sie, wie man damit umgeht?«

Leßter zuckte mit den Achseln. »Ich weiß es eben«, antwortete er mit einem neuerlichen, diesmal beinahe überzeugend geschauspielerten unsicheren Lächeln. »Ich habe einfach ein Talent dafür, Captain Laird. Ich konnte es immer schon. Fragen Sie Faller. Wenn ich eine Maschine sehe, dann weiß ich instinktiv, wie sie funktioniert. Fragen Sie mich nicht, wie ich das mache – ich weiß es nicht. Aber ich kann es.«

»Das stimmt«, antwortete Faller. »Er war schon immer ein Genie am Computer. Sie brauchen ihn nur vor so ein Ding zu setzen, und er kann in einer halben Stunde damit zaubern.«

Charity schüttelte entschieden den Kopf. »Das kann sein«, sagte sie. »Aber das ist keine Erklärung. Das hier ist eine völlig fremdartige Technologie.«

»Oh, so fremdartig ist sie gar nicht«, sagte Leßter. Er deutete nacheinander auf einige Geräte, die in den Wänden und den bizarr geformten Pulten eingebaut waren. »Sehen Sie, dies und das und das dort, das sind völlig normale Computer.

Sehr hochentwickelte Geräte, aber das Funktionsprinzip ist dasselbe wie bei uns. Und einiges von dem anderen Kram ist geradezu lächerlich primitiv, als hätte es ein Kind mit einem Technikbaukasten zusammengebaut. Was genial daran ist, ist, daß beides zusammenarbeitet, und daß es perfekt funktioniert.«

»Wir wollten keinen Vortrag über die Technik der Moroni, Leßter«, unterbrach ihn Skudder grob. »Wir wollen wissen, wieso Sie damit umgehen können.«

»Aber das habe ich doch gerade schon erklärt«, sagte Leßter. »Ich weiß es nicht. Ich kann es eben. Sie sollten froh sein, daß das so ist. Sonst wären wir jetzt nämlich schon tot.«

»Das sind wir wahrscheinlich sowieso«, sagte Skudder düster.

Charity sah ihn fragend an, und Skudder fuhr mit einer wütenden Geste fort:

»Du glaubst doch nicht, daß wir noch einmal hier herauskommen? Wahrscheinlich wissen sie längst, daß wir uns dieses Ding unter den Nagel gerissen haben, und sind bereits auf dem Weg hierher.«

»Das ist nicht gesagt«, sagte Leßter. »Soweit ich das erkennen kann, arbeitet diese Maschine völlig autark. Möglicherweise hat überhaupt niemand etwas gemerkt.«

»Möglicherweise«, murmelte Skudder. »Und wenn möglicherweise doch, dann wimmelt es in einer halben Stunde dort draußen von *Ameisen.*«

»Kaum.« Charity sah auf den Bildschirm und zog fröstelnd die Schultern zusammen. »Noch ein paar Grad kälter, und die Luft dort draußen gefriert. Niemand kann dort leben.«

»Hier drinnen ist es auch nicht gerade mollig«, sagte Skudder. Er sah Leßter an. »Gibt es so etwas wie eine Heizung hier?«

»Ich weiß es nicht«, antwortete Leßter. »Um ehrlich zu sein – *darum* habe ich mich bisher nicht gekümmert.«

Charity deutete auf den großen Monitor. »In welcher Richtung bewegen wir uns?«

Sie war nicht sehr überrascht, als Leßter antwortete: »Nach Norden.«

»Nach Norden?!« Skudder ächzte. »Aber das … bringt uns direkt in die Todeszone hinein!«

»Wir sind schon mittendrin«, antwortete Leßter ruhig. Er lächelte wieder. »Sie wollten nach New York, oder? Ich bringe Sie hin.«

12

Es hatte einmal eine Zeit gegeben, da war Abn El Gurk Ben Amar Ibn Lot Fuddel der Vierte, wie der volle Name des Außerirdischen lautete, Daniel Stone einfach lächerlich vorgekommen.

Aber das war lange her; Monate, die ihm jetzt wie Jahre, wenn nicht Jahrzehnte vorkamen. Jetzt machte er ihm angst. Dabei hatte er sich nicht im geringsten verändert. Er wirkte noch immer wie ein mißgestalteter Krüppel, eine nur eineinhalb Meter große, spindeldürre Gestalt mit Skeletthänden und zu kurzen, krummen Beinen, einem Buckel, den das schlammbraune Cape, das er trug, nur unzureichend zu verbergen imstande war, einem dürren, knotigen Hals mit einem übergroßen Adamsapfel, der bei jedem Wort, das er sprach, wie ein fetter Käfer unter seiner Haut auf- und abhüpfte, und einem viel zu groß geratenen, kahlen Schädel, in den das Gesicht eines ständig schlechtgelaunten, gehässigen Zwerges eingraviert war. Seine Haut hatte einen kränklichen Farbton, der unmöglich mit Worten zu beschreiben war.

Aber es war nicht das Äußere des Zwerges, das Daniel Stone erschauern ließ. Es waren seine Augen.

Augen, die wie die eines Tieres groß und dunkel und ohne sichtbare Pupille oder Iris waren, und in denen ein Wissen und eine Art von Weisheit geschrieben stand, die Daniel Stone bis ins Mark erschauern ließen. Manchmal hatte er das Gefühl, daß diese Augen direkt bis in sein Innerstes blicken konnten, daß ihnen kein Geheimnis verborgen, kein Gedanke verheimlicht blieb. Und obwohl der Zwerg seit drei Monaten sein Gefangener war, obwohl er ihm auf Gedeih und Verderb ausgeliefert und keine Sekunde unbewacht gewesen war, hatte Stone manchmal das Gefühl, daß der Zwerg mit ihm spielte und nicht umgekehrt.

»Wer bist du, Gurk?«

Er begriff erst, daß er den Gedanken laut ausgesprochen hatte, als der Gnom darauf antwortete.

»Ich glaube, das ist nicht der richtige Moment, um über mich zu sprechen«, sagte er mit seiner unangenehmen, hohen Fistelstimme. »Reden wir lieber über dich. Es sieht so aus, als stecktest du in Schwierigkeiten.« Er hob die Hand und fuhr sich mit dem Zeigefinger an der Oberlippe entlang. »Bis hierher.«

»So?« sagte Stone düster. Er stand auf, trat ans Fenster seines Penthouse-Apartments und blickte auf die Türme Manhattans hinab, die sich unter ihm wie eine bizarre, fremdartige Planetenlandschaft aus Glas und Chrom und Beton ausbreiteten. Sicherlich zwei oder drei Minuten lang blieb er so stehen und starrte ins Leere, dann drehte er sich mit einem Ruck wieder herum und ging zu dem kleinen Tisch neben der Tür, um sich einen Drink zu mixen.

»Mach mir auch einen«, verlangte Gurk.

Stone sah überrascht zu ihm auf. »Ich wußte gar nicht, daß du Alkohol trinkst.«

»Du weißt eine Menge nicht.« Gurk zog eine Grimasse, hüpfte von seinem Stuhl herunter und kam mit kleinen trippelnden Schritten auf ihn zu. Mit einem flüchtigen Grinsen nahm er Stone das Glas aus der Hand, das dieser für sich selbst gemixt hatte, prostete ihm zu und leerte es mit einem einzigen, gewaltigen Zug. Danach ließ er es einfach fallen, fuhr sich genießerisch mit dem Handrücken über die Lippen und rülpste hörbar.

Stone starrte ihn an. »Ich werde einfach nicht schlau aus dir, Zwerg«, sagte er.

»Aber ich aus dir, Großer«, antwortete Gurk im gleichen Tonfall. »Ich muß gestehen, daß es mir bis vor kurzem genauso erging wie dir, aber ich glaube, ich weiß jetzt, was mit dir los ist.«

»So?«

Gurk nickte heftig. »Du hast Angst«, behauptete er. »Ich weiß nicht, wovor, aber wenn ich jemals einen Menschen gesehen habe, der Angst hat, dann bist du das.«

»Vielleicht«, antwortete Stone ausweichend. »Vielleicht habe ich einen Grund dafür.« Er hob das Glas auf, das Gurk fallengelassen hatte, stellte es auf den Tisch zurück und wollte nach einem anderen greifen, führte die Bewegung dann aber nicht zu Ende, sondern zuckte nur mit den Schultern und ging wieder zum Fenster zurück. Er hörte, wie Gurk ihm folgte, und sah die verzerrte Spiegelung seiner Gestalt in der Fensterscheibe, drehte sich aber nicht zu ihm herum.

»Bis heute morgen war ich fest davon überzeugt, daß du Charity und den anderen eine Falle stellen willst«, sagte Gurk. »Aber das stimmt nicht, nicht wahr?«

Stone antwortete nicht darauf.

»Ich meine«, fuhr Gurk fort, »die Daten, die du ihnen zugespielt hast, sind echt. Sie können diese verdammte Bombe wirklich entschärfen.«

»Vielleicht«, antwortete Stone.

»Warum?« fragte Gurk.

Stone drehte sich nun doch zu ihm herum und sah auf ihn hinab. »Was – warum?«

Gurk machte eine erklärende Geste. »Ich meine: Warum tust du das? Du hast dein eigenes Volk verraten. Du hast dich zum Handlanger dieser Bestien gemacht, und sie haben dich fürstlich dafür belohnt. Und jetzt setzt du das alles aufs Spiel. Warum?«

»Das fragst ausgerechnet du?« gab Stone zurück. »Ich kenne die Geschichte deines Volkes, Gurk. Ich weiß, was mit deiner Heimatwelt passiert ist. Ich will nicht, daß hier dasselbe geschieht.«

Gurk zog eine Grimasse, deren Bedeutung Stone nicht erraten konnte. »Oh, du riskierst dein Leben, um deine Welt zu retten?« Er lachte böse. »Verzeihung, Governor Stone, aber es fällt mir schwer, das zu glauben.«

»Aber es ist die Wahrheit«, sagte Stone. »Ich weiß, daß du

mich verachtest. Ich weiß, daß die anderen mich hassen. Und vielleicht haben sie sogar recht damit. Ihr glaubt, ich hätte euch verraten, euch an die Außerirdischen verkauft.«

»Hast du das denn nicht?«

»Ich will jetzt nicht darüber reden«, sagte Stone. »Aber selbst wenn es so wäre – es ist ein Unterschied, ein Volk zu unterdrücken oder es auszulöschen.«

Gurk legte den Kopf schräg. »Was ist passiert, Stone?« fragte er. »Du weißt doch nicht erst seit ein paar Tagen, daß es diese Bombe gibt. Du kennst die Strategie der Moroni: Was sie nicht haben können, das zerstören sie.«

»Diese Welt wird sterben, kleiner Mann, wenn wir sie nicht aufhalten«, sagte Stone ernst. »Du hast recht – es *ist* etwas geschehen. Moron wird diesen Planeten verlieren – so oder so. Und du weißt, was dann passiert.«

Gurks Gesichtsausdruck verdüsterte sich.

O ja, er wußte, was dann geschah. Er hatte es mit angesehen, mit eigenen Augen. Es war so lange her, daß er manchmal glaubte, die Erinnerung verdrängt zu haben, aber das war nur eine Lüge, mit der er sich selbst täuschte.

Sein Volk war eines der wenigen, denen es jemals gelungen war, die Angriffe der Insektenkrieger aus dem Kosmos abzuwehren. Und er hatte miterlebt, was Moron mit einer Welt tat, die es nicht erobern konnte. Es zerstörte sie.

»Was ist passiert?« fragte er leise.

Und zu seiner Überraschung bekam er eine Antwort. »Der *Sprung*«, flüsterte Stone. »Es sieht so aus, als fände er jetzt bereits statt.«

Gurk wurde blaß. »*Jetzt*? Aber das ist … unmöglich. Nicht so früh!«

»Ich fürchte, es ist doch möglich«, murmelte Stone. »Du warst dabei, Gurk. Du hast sie gesehen.«

Gurks Augen wurden groß. »Die Jared?«

»Vielleicht«, sagte Stone leise. »Sie sind noch nicht ganz sicher. Aber ich fürchte, daß es so ist.«

»Aber das bedeutet doch nicht ...« begann Gurk verwirrt, wurde aber sofort von Stone unterbrochen:

»Du weißt verdammt genau, was es bedeutet, Gurk. Sie haben es noch nie geschafft, sie zurückzuschlagen. Sie können sie vielleicht aufhalten, vielleicht einige Jahre, vielleicht sogar ein paar Jahrzehnte, aber nicht länger. Sie werden niemals zulassen, daß der Transmitter in ihre Hände fällt. Eher zerstören sie den ganzen Planeten.«

Gurk widersprach nicht mehr. Er wußte nur zu gut, daß Stone recht hatte. Moron würde niemals zulassen, daß irgendeine andere Macht ihm das Geheimnis der Transmitter entriß.

»Deshalb hast du ihnen die Koordinaten des Bombensatelliten gegeben«, murmelte er.

»Und den Weg, auf dem sie dorthin kommen«, sagte Stone. »Vielleicht ist es die letzte Chance, die dieser Planet noch hat, Gurk.«

Der Zwerg sah ihn zweifelnd an. »Und du legst sie in Charitys Hände?«

»Captain Laird und ich sind Feinde«, sagte Stone ernst. »Aber das heißt nicht, daß ich sie unterschätze. Wenn es jemanden gibt, der diesen Satelliten zerstören kann, dann sie.«

»Du bist ja wahnsinnig«, murmelte Gurk. »Was würde das nützen? Wenn ... wenn es zu einem *Sprung* kommt, dann verwandelt sich dieser Planet in eine Hölle, gegen die die Invasion der Moroni ein Kinderspiel war!«

»Soll ich zusehen, wie sie die Erde einfach vernichten?« fragte Stone.

Gurk schien ihn gar nicht zu hören. »Sie werden Millionen von Kriegern schicken!« sagte er aufgeregt. »Milliarden, wenn es sein muß. Sie ...«

»... werden nichts dergleichen tun«, unterbrach ihn Stone. »Ich habe alles genau berechnet. Immerhin hatte ich Zeit genug, mich mit ihrer Technik vertraut zu machen. Die Schockwelle der Explosion wird die Transmitterverbindung nach Moron lahmlegen. Für Monate. Wenn wir Glück haben, für Jahre. Auf jeden Fall lange genug, um die Station am Nordpol zu zerstören.«

»Und wenn nicht, dann gehen wir eben alle drauf, nicht wahr?«

»Wenn du eine bessere Idee hast, höre ich dir gern zu«, antwortete Stone ärgerlich.

Gurk sah ihn zutiefst verwirrt an. »Ich verstehe dich nicht, Stone«, sagte er. »Was ist passiert? Wieso stehst du plötzlich auf unserer Seite?«

»Wer sagt dir, daß ich das tue?« gab Stone zurück. »Ich will nicht, daß dieser Planet stirbt, das ist alles.«

»Nein, das ist nicht alles«, behauptete Gurk.

Das Geräusch des Türsummers hielt Stone davon ab zu antworten. Fast erschrocken fuhr er herum und sah, wie die Tür aufglitt und Luzifer eintrat, sein persönlicher Adjutant.

»Sie werden auf der Kommandoebene erwartet, Governor Stone«, sagte Luzifer.

Stones Blick streifte rasch und nervös das Gesicht Abn El Gurks. Obwohl dieser Raum abhörsicher war, hatte er plötzlich das Gefühl, daß Luzifer jedes Wort gehört haben mußte. Und plötzlich fragte er sich, warum er den Zwerg überhaupt hier herauf hatte bringen lassen. Vielleicht war es einfach das Bedürfnis gewesen, mit jemandem zu reden.

Seiner Stimme war nichts von seinen wahren Gefühlen anzumerken, als er auf Luzifer zuging und gleichzeitig auf den Zwerg deutete. »Der Gefangene bleibt noch hier«, sagte er. »Was ist geschehen?«

»Ich weiß es nicht«, antwortete Luzifer. »Aber es ist sehr dringend.«

Stone verschwendete keine weitere Zeit mehr mit Fragen, sondern stürmte an dem Moroni vorbei zum Aufzug.

Die Atmosphäre hektischer Nervosität in der Kommandoebene hatte sich deutlich verstärkt, als er wenige Augenblicke später aus dem Lift trat und das zentrale Computerpult ansteuerte, hinter dem die drei Inspektoren standen. Nur eine der drei weißen Albino-Ameisen wandte ihm den Blick zu, als sie seine Schritte hörten, die beiden anderen konzentrierten sich völlig auf das, was das Dutzend flimmernder Monitore vor ihnen zeigte.

»Was ist geschehen?« fragte Stone.

Der Inspektor deutete mit einer dürren, hornigen Klaue auf einen der Bildschirme. »Einer unserer Läufer wurde angegriffen.«

Stone erschrak. »Die gleiche Maschine, die …«

»… das Transportflugzeug zerstört hat, ja«, führte der Inspektor den Satz zu Ende. »Die Verbindung brach vor wenigen Augenblicken ab. Aber die letzte Meldung besagte, daß Angreifer in die Zentrale eingedrungen wären und sie besetzt hätten.«

»Wo befindet er sich jetzt?« fragte Stone.

Der Inspektor wiederholte seine deutende Geste. »Fünfundvierzig Meilen südwestlich von hier. Er kommt näher.«

Stone starrte ihn ungläubig an. »Aber dann … dann bewegt er sich direkt auf den Kälteschirm zu.«

»Das ist richtig.«

»Kann er ihn durchdringen?«

Zum ersten Mal erlebte er, daß eines der weißen Riesengeschöpfe zögerte zu antworten. »Wir wissen es nicht«, sagte der Inspektor schließlich. »Aber die Gefahr besteht. Es wurden bereits Gegenmaßnahmen eingeleitet.«

»Und wenn wir ihn nicht aufhalten können?«

»Dann wird der Läufer in genau …« Der Inspektor unterbrach sich, um einen Blick auf eines der Instrumente vor sich zu werfen. »… siebenundvierzig Minuten Ihrer Zeitrechnung die Stadt erreichen.«

13

»Da kommen Sie!« Leßters ausgestreckte Hand deutete auf die drei Gleiter, die als blitzende Silberfunken am Himmel zu erkennen waren. Sie hatten sich sehr schnell genähert, verloren jetzt aber rasch an Geschwindigkeit und hielten schließlich in zwei oder drei Meilen Entfernung des Läufers an. Charity war nicht sicher, glaubte aber zu erkennen, daß es sich um die großen, buckeligen Kampfmaschinen handelte, mit denen sie und die anderen schon über Paris und später Köln Bekanntschaft gemacht hatten. Der Anblick trug nicht unbedingt dazu bei, ihre Nervosität zu lindern. Sie kannte die Feuerkraft dieser fünfzig Meter durchmessenden Flugscheiben. Die Maschinen waren schwer genug bewaffnet, selbst einem Koloß wie dem Läufer ernsthaften Schaden zuzufügen.

»Wieso greifen sie nicht an?« wunderte sich Faller.

»Keine Ahnung«, murmelte Leßter. »Vielleicht sind sie nicht sicher, was hier passiert ist.« Er zuckte mit den Schultern. »Eine Maschine wie diese muß unglaublich wertvoll sein. So etwas zerstört man nicht einfach so.«

Niemand antwortete darauf. Selbst wenn Leßter recht hatte, würde ihnen das allerhöchstens eine Gnadenfrist verschaffen. Die Moroni dort oben würden sehr rasch merken, daß hier irgend etwas nicht stimmte. Und spätestens wenn sie begriffen, daß diese Maschine ihren Kurs nicht ändern würde, dann würden sie etwas unternehmen.

Auf dem Pult vor Leßter begann eine Reihe verschiedenfarbiger Lichter hektisch zu blinken. Leßter blickte einen Moment lang konzentriert darauf, drückte dann rasch hintereinander drei Schalter, und bis auf eines erloschen die kleinen Lampen.

»Was tun Sie?« fragte Skudder.

»Vermutlich versuchen sie, Verbindung mit uns aufzunehmen«, antwortete Leßter. »Aber ich fürchte, es wird niemand antworten.«

»Dann werden sie herkommen und nachschauen.« Skudder trat heftig auf der Stelle, um die Kälte aus seinen Gliedern zu vertreiben. Trotz der Metallplatte vor der Tür waren die Temperaturen auch hier drinnen weiter gesunken. Es war so kalt, daß sie sich kaum noch bewegen konnten. Boden, Decke und Wände hatten sich mit einer dünnen Rauhreifschicht überzogen, und die Zentrale glich eher einer Eisgrotte als dem Kommandostand eines gewaltigen Roboters. Leßter fuhr manchmal mit dem Handschuh über die Instrumente vor sich, um das Eis wegzuwischen. Und es wurde immer noch kälter.

Eine der drei Maschinen löste sich aus der Formation und kam langsam näher. Das winzige grüne Licht auf dem Kontrollpult flackerte heftiger, und Leßters Finger begannen wieder, über Schalter und Tasten zu huschen. Der Gleiter verlor allmählich an Höhe und wuchs von einem formlosen, silbernen Funkeln zu einer buckeligen Scheibe mit zahllosen Auswüchsen und Beulen heran.

Plötzlich hörte Charity ein mahlendes Knirschen, und neben ihr löste sich eine Platte aus dem Eispanzer, der das Pult überzog. Darunter kam eine vieleckige Metallskulptur zum Vorschein, die sich knirschend in die Höhe hob und auf deren Oberseite verschiedenfarbige Lichter zu blinken begannen. Etwas wie ein Griff, der nicht für menschliche Hände geschaffen war, ragte aus seiner linken Seite heraus. Gleichzeitig erschien auf dem Hauptbildschirm ein dünnes Spinnennetz aus roten Linien, das eine Art Fadenkreuz über dem näher kommenden Gleiter bildete.

»Übernehmen Sie es, Captain Laird«, sagte Leßter. »Das System ist das gleiche wie das in dem Gleiter, den Sie in Paris erbeutet haben.«

Charity blickte ihn verblüfft an. Leßter hatte recht – *aber das konnte er unmöglich wissen! Sie hatte weder ihm noch den beiden ande-*

ren je erzählt, daß Kyle ihr gezeigt hatte, wie man die Bewaffnung der Gleiter bediente!

»Feuern Sie!« sagte Leßter. Seine Stimme klang plötzlich angespannt, aber auch so befehlend, daß Charity automatisch gehorchte. Obwohl das Metall so kalt war, daß eine Berührung selbst durch die dicken Handschuhe hindurch wie Feuer auf ihrer Haut brannte, packte sie den Griff, dirigierte das Fadenkreuz auf dem Bildschirm über den näher kommenden Gleiter – und drückte den Feuerknopf.

Ein grellweißer Blitz schoß aus dem oberen Drittel des Läufers, hüllte den Gleiter ein und ließ ihn in einer ungeheuren Explosion auseinanderbersten. Charity zog hastig den Arm zurück und preßte die schmerzende Handfläche gegen die Brust. Ihr Blick hing wie gebannt am Bildschirm.

Die beiden anderen Gleiter verharrten für eine Sekunde reglos auf ihrer Position, zwei oder drei Meilen vor und eine über dem Läufer, dann schossen sie mit einem jähen Ruck in die Höhe, beschrieben eine enge Schleife – und rasten mit irrsinniger Geschwindigkeit wieder heran!

Charity und die anderen schlossen geblendet die Augen, als dünne, grellweiße Laserblitze aus ihren Flanken brachen und krachend in den Metallkörper des Riesenroboters einschlugen. Der Boden zitterte, und für einen Moment glaubte Charity zu spüren, wie die ganze Maschine kippte. Aber dann fand der Läufer sein Gleichgewicht wieder. Die Strahlensalve hatte ihn erschüttert, aber nicht ernsthaft beschädigen können.

Sie erwachte endlich aus ihrer Erstarrung und wollte wieder nach dem Feuerhebel greifen, aber es war nicht mehr nötig. Die beiden Gleiter rasten nur wenige Dutzend Meter über den Läufer hinweg, schwenkten herum und versuchten, an Höhe zu gewinnen, um zu einem zweiten Angriff anzusetzen, aber sie kamen nicht mehr dazu. Plötzlich zuckte ein halbes Dutzend greller Blitze aus den Flanken des Läufers hervor, tasteten wie dürre Finger aus Licht nach den beiden Flugmaschinen und zerfetzten sie!

»Was ... was war das?« fragte Skudder verblüfft.

Leßter lächelte leicht. »Das, was ich gehofft habe«, sagte er. »Ich war nicht ganz sicher, wenn ich ehrlich sein soll. Aber dieses Ding hat einen Selbstverteidigungsmechanismus. Es schlägt zurück, wenn es angegriffen wird. Völlig egal, von wem.«

»Und das haben Sie nur vermutet?« fragte Skudder böse. »Verdammt, Leßter, für wie dumm halten Sie uns? Sie kennen sich mit diesem Ding ein bißchen zu gut aus, als daß ich Ihnen die Geschichte von einem Zufall noch glaube.«

»Ich sagte bereits, ich begreife seine grundlegenden Funktionen«, antwortete Leßter gleichmütig. »Aber wenn Sie mir nicht glauben ...« Er machte eine einladende Geste auf das Pult und trat zurück. »Sie können gern das Kommando übernehmen.«

Charity blickte immer noch ungläubig auf den Bildschirm, auf dem die Feuerbälle der explodierenden Gleiter nur allmählich auseinandertrieben.

Ein dumpfes Stöhnen und das Geräusch eines schweren Körpers, der zu Boden stürzte, ließ Charity herumfahren. Sie sah gerade noch, wie Faller mit schmerzverzerrtem Gesicht zu Boden stürzte und sich krümmte. Mit einem Satz war sie bei ihm und kniete neben ihm nieder. Der junge Soldat stöhnte. Seine Augen waren geschlossen, und sein Gesicht war wie eine weiße Maske aus Eis. Im ersten Moment glaubte sie schon, er wäre tot, denn seine Haut fühlte sich so kalt an wie der Stahl, auf dem er lag, aber dann verzog er unter ihrer Berührung schmerzlich die Lippen.

»Was ist mit ihm?« fragte Skudder, der hastig hinter sie getreten war.

»Er erfriert«, sagte Charity. Mit einem Gefühl von heftigem Schuldbewußtsein erinnerte sie sich daran, daß Faller anders als sie keinen Anzug trug, der für eine kurze Zeit sogar der Weltraumkälte standhalten konnte, sondern nur eine ganz normale Montur; zwar isoliert, aber nicht für *diese* Temperaturen gedacht.

»Wir müssen ihn wärmen«, sagte sie. »Irgendwie.«

»Aber wie?« Skudder sah sich fast gehetzt in der Zentrale um. Der Raum war riesig und vollgestopft mit Instrumenten und Geräten, aber es gab absolut nichts, was brennbar gewesen wäre.

»Leßter!« sagte sie. »Tun Sie etwas!«

»Das kann ich nicht«, antwortete Leßter. »Es tut mir leid.«

Skudder blickte auf den bewußtlosen Soldaten hinab. Charity konnte sehen, wie es hinter seiner Stirn arbeitete. Plötzlich streifte er das Gewehr von der Schulter, zielte auf den Teil der Rückwand, den der grüne Energiestrahl der Moroni bereits halb aufgelöst hatte, und drückte drei-, viermal hintereinander ab.

Charity schloß geblendet die Augen, als die grellweißen Energieblitze in das Metall fuhren und es kirschrot aufglühen ließen. Die Luft in der Zentrale füllte sich schlagartig mit Dampf.

»Hilf mir!« Skudder ging hinter Fallers Kopf in die Hocke und ergriff den Reglosen unter den Achselhöhlen, während Charity seine Beine nahm. Gemeinsam schleiften sie ihn durch die Zentrale und legten ihn behutsam dicht vor der rotglühenden hinteren Wand wieder zu Boden.

Nach der grausamen Kälte spürte Charity die Hitze, die das Metall ausstrahlte, doppelt schmerzhaft. Sie hatte das Gefühl, ihr Gesicht stünde in Flammen, und auch Skudder blinzelte heftig und drehte das Gesicht zur Seite.

»Eine etwas dramatische Art, die Heizung einzuschalten, finden Sie nicht?« fragte Leßter ruhig.

Charity zuckte mit den Schultern. »Aber es funktioniert.« An die radioaktive Strahlung, die sie alle drei in diesem Moment abbekamen, wagte sie vorsichtshalber gar nicht zu denken. Es spielte auch keine Rolle. Wenn die Gammastrahlung sie nicht umbrachte, dann würde es die Kälte tun. Der Läufer marschierte weiter nach Norden, weiter auf den Ring künstlich erzeugter Weltraumkälte zu, der New York zu einer uneinnehmbaren Festung machte. Es würde bald noch sehr viel kälter hier drinnen werden.

»Paß auf ihn auf«, sagte sie zu Skudder, während sie aufstand. Sie warf einen flüchtigen Blick auf den rotglühenden Teil der Wand. Skudders Schüsse hatten ungefähr einen Quadratmeter des Metalls zum Schmelzen gebracht, aber die Hitze ließ bereits nach. Und sie war nur auf einen kleinen Bereich vor der Wand beschränkt. Wenn es hier drinnen noch kälter wurde, dachte sie bitter, dann hatten sie die Wahl, gegrillt oder tiefgefroren zu werden. Wahrscheinlich beides. Gleichzeitig und von zwei verschiedenen Seiten.

Sie verscheuchte den Gedanken und trat wieder neben Leßter. Automatisch glitt ihr Blick über den Bildschirm, ehe sie sich an den Soldaten wandte. »Was haben Sie eigentlich vor?« fragte sie. »Uns umzubringen?«

Leßter schüttelte den Kopf, ohne sie anzusehen. »Wir sind hier sicher«, sagte er. »Diese Maschine kann ganz gut auf sich aufpassen. Sie müssen schon eine ganze Flotte aufbieten, um sie zu stoppen.«

»Ja«, entgegnete Charity, »oder eine einzelne Rakete mit einem großen Sprengkopf. Haben Sie schon einmal an diese Möglichkeit gedacht?«

Leßter lächelte, dann schüttelte er wieder den Kopf. »Natürlich«, sagte er. »Aber das werden sie nicht wagen.«

»Und wieso nicht?« erkundigte sich Charity. Leßter machte eine Handbewegung zum Bildschirm. »Wir befinden uns keine zwanzig Meilen mehr von der Stadt entfernt«, sagte er. »Dieser Läufer ist *groß*, Captain Laird. Verdammt groß. Um einen solchen Koloß zu stoppen, brauchen sie eine Wasserstoffbombe. Und eine solche Waffe so nah bei ihrem Hauptquartier zu zünden, das wagen sie nicht.«

Charity hoffte zumindest, daß er recht hatte. »Selbst wenn«, sagte sie. »Wir kommen niemals in die Stadt hinein, Leßter. Sie werden uns mit einer ganzen Armee erwarten.«

»Davon gehe ich aus«, sagte Leßter ruhig. »Keine Sorge,

Captain Laird – ich werde dafür sorgen, daß sie anderes zu tun haben als nach uns zu suchen.«

Sie sagte nichts mehr darauf – und sei es nur aus dem Grund, daß sie nicht mehr sicher war, sich wirklich noch beherrschen zu können, wenn sie weiter mit Leßter sprach. Wortlos wandte sie sich um und ging zu Skudder und dem bewußtlosen Faller zurück.

14

Stones Hände begannen zu zittern, kaum daß sich die Aufzugtüren hinter ihm geschlossen hatten. Es hatte all seine Kraft und Selbstbeherrschung aufgebraucht, weiterhin den Unbeteiligten zu spielen, während er neben den Inspektoren stand und dem Radarbild des näher kommenden Läufers zusah. Jetzt war von dieser Selbstbeherrschung nichts mehr zu sehen, sie war von ihm abgefallen wie eine Maske. Seine Hände und Knie zitterten, sein Atem ging schnell, und er war sicher, hätte er in einen Spiegel sehen können, dann wäre sein Gesicht bleich wie das eines Toten gewesen.

Es war alles verloren. Wenn kein Wunder geschah, dann war er so gut wie tot.

Während der Aufzug langsam nach oben glitt, beruhigte sich das Zittern seiner Hände ein wenig, und im gleichen Maße, in dem die Panik in seinen Gedanken nachließ, begann er, einen verzweifelten, aberwitzigen Plan zu entwickeln.

Als Daniel Stone wenige Augenblicke später wieder aus dem Aufzug und in sein Penthouse-Apartment hoch über den Dächern Manhattans trat, da war von dem Sturm von Gefühlen in seinem Inneren auf seinem Gesicht nichts mehr zu sehen. Ganz im Gegenteil wirkte er ruhig, ja fast gelassen. Nur in seinen Augen war ein leises, nervöses Glitzern, aber das versuchte er nicht zu bekämpfen. Ganz im Gegenteil; es gehörte zu seinem Plan.

Gurk saß auf einem Stuhl am Fenster, baumelte mit den Beinen und blickte auf die Stadt hinab, als er eintrat.

»Ich brauche deine Hilfe«, sagte Stone.

15

Charitys Gesicht war voller Brandblasen, und aus ihren Fingern und Zehen war längst jedes Gefühl gewichen. Das Digitalthermometer an ihrem Handgelenk hatte es aufgegeben, die richtige Temperatur anzeigen zu wollen, und die Luft, die sie atmete, schnitt abwechselnd eisig und scharf wie gemahlenes Glas und dann wieder so heiß wie Lava in ihre Kehle. Die rückwärtige Wand der Zentrale hatte sich längst in eine bizarre Skulptur aus großen geschwärzten Brandlöchern und Stahl, der wie weicher Wachs unter der Wüstensonne zu bizarren Formen zerlaufen war, verwandelt. Skudder gab in regelmäßigen Abständen Schüsse aus seiner Waffe auf das Metall ab, und im gleichen Rhythmus schlug eine neue, grausame Hitzewelle nach ihren Gesichtern und den ungeschützten Teilen ihres Körpers. Irgendwo hinter der zerfetzten Wand brannte es; rotorange Flammen, die Licht, aber keine Wärme in den verwüsteten Raum schickten, und in den letzten Minuten war der Läufer mehrmals aus dem Takt gekommen und einmal ganz stehengeblieben. Charity wußte nicht, ob es an den Beschädigungen lag, die Skudder mit seinem unablässigen Laserfeuer in den Kontrollinstrumenten hervorgerufen haben mußte, oder an den Außentemperaturen, die immer noch weiter sanken, obwohl sie den Grad des Vorstellbaren längst überschritten hatten.

Sie wußte auch nicht mehr, wie lange sie schon hier hockten und gegen jede Logik noch am Leben waren. Leßter hatte behauptet, daß der Läufer allerhöchstens zehn Minuten brauchte, um den Rand der Todeszone zu erreichen, aber wenn, dann mußte auch die Zeit in diesem Teil der Welt gefroren sein, so daß sie viel langsamer und träger verstrich als normal.

Sie waren noch zweimal angegriffen worden – einmal von

einer ganzen Flotte jener kleinen, buckeligen Kampfschiffe, die den Gleiter mit einem Hagel von Laserschüssen überschüttet hatten, ehe die automatischen Abwehreinrichtungen der Riesenmaschine sie vom Himmel fegten, ein anderes Mal von einem Dutzend bizarr geformter Kettenfahrzeuge, die plötzlich aus dem Schneesturm vor ihnen auftauchten und den stählernen Koloß einzukreisen versuchten. Der Läufer hatte zwei oder drei von ihnen einfach zermalmt, ehe sich der Rest wieder zurückgezogen hatte.

Charity wagte es nicht, auf den Bildschirm zu sehen. Es gab zwei Gründe dafür: Der eine war die Wand aus milchig-grauer, gefrorener Luft, die sich vor dem Läufer erhob und langsam näher kam – Leßter hatte behauptet, sie hätte nur eine Stärke von wenigen Dutzend Metern, und der Läufer könne sie durchbrechen, und sie hatten keine andere Wahl, als diese Behauptung zu glauben und ihr Leben darauf zu verpfänden, daß Leßter sich nicht irrte. Der andere Grund war Leßter selbst. In der Zentrale herrschten Temperaturen, die jedes Leben binnen Sekundenbruchteilen zum Erstarren bringen mußten.

Leßter nicht. Seine Gestalt hatte sich in eine bizarre Statue aus Eis verwandelt, und wenn er sich bewegte, dann knisterte und klirrte es, als spiele jemand mit einer gläsernen Marionette, aber er lebte noch.

»Wie … lange … noch?« stammelte Skudder. Die Worte waren kaum verständlich. Seine Zähne klapperten heftig, und als er wieder das Gewehr hob, um einen weiteren Schuß auf die Wand vor ihnen abzugeben, da gelang es ihm kaum, denn seine Hände waren erstarrt.

»Noch ein paar Minuten«, antwortete Leßter. »Halten Sie durch.«

Charity hätte gelacht, hätte sie es noch gekonnt. Aber sie wagte es nicht zu sprechen, denn sie hatte plötzlich die absurde Vorstellung, daß die Worte sich in kleine, scharfkantige Eisscherben verwandeln mußten, die ihr Zunge und Mund zerschnitten. Zitternd drängte sie sich enger an Skudder und

Faller heran. Sie hatten den noch immer Bewußtlosen in eine halb sitzende Position aufgerichtet und sich eng an ihn geschmiegt, um sich gegenseitig mit ihren Körpern zu wärmen. Aber sie war nicht einmal mehr sicher, daß Faller noch lebte. Sein Gesicht war zu einer weißen Maske geworden, und der Stoff seiner Jacke war so hart, daß er zerbrach, wenn sie zu heftig dagegen drückte.

Plötzlich änderte sich etwas im stampfenden Rhythmus der Schritte, mit denen der Läufer über das Land pflügte. Charitys Gedanken waren von einem Nebel aus Müdigkeit und Schwäche verwirrt, und sie spürte tief in sich eine verlockende Wärme, den immer stärker werdenden Wunsch, einfach die Augen zu schließen und sich fallenzulassen, keine Kälte, keinen Schmerz, kein Müdigkeit mehr zu verspüren, sondern nur noch einen dunklen, endlosen Schlaf. Sie hatte einmal gehört, daß Erfrieren ein leichter Tod sein sollte, aber wie so vieles, was sie gehört hatte, war das einfach nicht wahr. Es war entsetzlich. Die Kälte war längst auch durch ihren Anzug gekrochen und schien jede einzelne Zelle ihres Körpers in Brand zu setzen. Es war wie ein Verbrennen, nur sehr, sehr viel langsamer.

Wieder ließ ein dumpfer Stoß den Läufer erbeben, und diesmal spürte sie deutlich, wie sich die ganze gigantische Maschine zur Seite neigte und erst im letzten Moment ihre Balance wiederfand. Sie sah auf, blickte aus tränenverschleierten Augen zum Bildschirm hoch und sah nichts weiter als eine unendliche, graue Wand; erstarrter, farbloser Nebel, in dem helle und dunkle Schlieren eingefangen waren, und der das Universum von einem Ende zum anderen verhüllte.

»Achtung!« schrie Leßter. *»Jetzt!«*

Charity sprang mit einem Satz auf den Bildschirm zu, und dann erschütterte ein ungeheurer Schlag den Läufer. Das Universum auf dem Monitor kippte zur Seite, der Boden unter ihnen senkte sich, und ein Vibrieren, das Charitys Zähne abermals schmerzhaft aufeinanderschlagen ließ und sie um ein Haar völlig zu Boden schleuderte, lief durch die Riesenmaschine. Ein stöhnender Laut erklang, dann das furchtbare Splittern und Krachen von zerberstendem Metall – und plötzlich war der graue Nebel auf dem Bildschirm verschwunden und helles, in den Augen schmerzendes Sonnenlicht flutete über den Monitor in die Zentrale.

Das Schütteln des Bodens und das ungeheure Splittern und Krachen und Bersten hielten an. Der Lärm wurde so gewaltig, daß Charity mit einem Schrei die Hände vor die Ohren schlug, ohne das Geräusch dadurch aussperren zu können. Für einen Moment war es schlimmer als die Kälte. Schläge wie von gigantischen Hämmern erschütterten den Läufer, und die Welt auf dem Bildschirm tanzte immer noch wie betrunken hin und her. Irgendwo tief unter ihren Füßen zerbrach etwas, etwas gigantisch Großes, dann neigte sich der Boden des Läufers mit einem Schlag und so heftig, daß sie alle drei den Halt verloren und quer durch den Raum geschleudert wurden.

Eine stählerne Wand beendete ihren Sturz. Das Metall war so kalt, daß ihre Wange und ihre linke Hand, die es berührten, daran kleben blieben. Ihre Haut war taub vor Kälte, aber als sie sich mit einem Ruck in die Höhe stemmte, da blieben blutige Hautfetzen an dem Metall zurück, und sie spürte, wie Blut an ihrem Gesicht herablief. Alles drehte sich um sie. Sie versuchte, vollends in die Höhe zu kommen, aber ihre Kräfte reichten nicht mehr, und die Kälte sprang sie jetzt an wie ein Raubtier, das geduldig darauf gewartet hatte, daß sie in seine Nähe kam. Sie keuchte, fiel auf Hände und Knie herab und spürte, wie ihre Sinne zu schwinden begannen. Und es war keine normale Bewußtlosigkeit, die hinter dem sich immer schneller drehenden Wirbel in ihren Gedanken lauerte.

Vielleicht war sie in ihrem Leben dem Tod noch nie so nahe wie jetzt gewesen. Aber sie wurde ihm noch einmal entrissen, und das im wortwörtlichen Sinne. Eine Hand griff nach ihrer Schulter und zerrte sie in die Höhe, sie fühlte sich nach vorn gestoßen und abermals gepackt – und plötzlich pulsierte ein

Strom kribbelnder, fast schmerzhafter Wärme durch ihren Körper!

Verblüfft öffnete sie die Augen und blickte in Leßters Gesicht. Es war von einer Rauhreifschicht bedeckt, die sich wie eine Totenmaske aus Eis auf seinem Gesicht niedergelassen hatte und die Konturen nachzeichnete. Aber etwas darunter ... war anders geworden. Sie wußte nicht was. Es war keine körperliche Veränderung, auch nichts in seinem Blick, sondern ein fast unheimlicher Wandel, als hätte sich etwas dicht unter der Oberfläche des Sichtbaren verschoben, in eine Richtung, die sie ebensowenig bestimmen konnte wie die Art dieser Veränderung.

»Geht es besser?«

Charity hätte vermutlich nicht einmal geantwortet, hätte ihre Zunge ihr gehorcht – was sie in diesem Moment nicht tat. Mit einer Mischung aus Entsetzen und immer tiefer werdender Verwirrung starrte sie Leßter an. Der Strom unheimlicher Wärme war noch immer da, ein Gefühl, das aus Leßters Hand in ihren Körper strömte und eigentlich keine *wirkliche* Wärme war, sondern eher ein Strom prickelnder, pulsierender Kraft, der die Kälte in ihrem Körper nicht vertrieb, es Charity aber möglich machte, sie zu ertragen. Und mit dem noch etwas in sie hineinzufließen schien. Etwas Unheimliches, durch und durch Fremdes, das ihr trotzdem auch irgendwie bekannt vorkam.

Sie hörte ein Stöhnen neben sich und wandte mühsam den Kopf. Skudder stand neben ihr, halb gegen ein geborstenes Pult gelehnt und wie sie mit blutenden Händen und Gesicht. Leßter hatte die linke Hand auf seine Schulter gelegt, so wie seine rechte auf Charitys ruhte, und der Ausdruck in Skudders Augen sagte ihr, daß der gleiche Strom unheimlicher Kraft auch in seinen Körper floß und ihn am Leben erhielt.

»Glauben Sie, daß Sie es jetzt allein schaffen?« fragte Leßter. »Ich muß mich um die Kontrollen kümmern.«

Es war verrückt – aber Charity spürte, daß die Sorge in seiner Stimme echt war. Sie nickte schwach, und Leßter wandte sich um und eilte mit zwei schnellen Schritten zum Kontrollpult des Läufers zurück.

Sie wankte. Der Zustrom kräftigender Energie war im gleichen Moment abgebrochen, in dem Leßters Hand sie nicht mehr berührte, und von einem Sekundenbruchteil auf den anderen spürte sie die grausame Kälte wieder. Aber sie konnte sie jetzt ertragen. Sie war nur noch qualvoll, nicht mehr tödlich. Es war, als wäre etwas von der unheimlichen Kraft des jungen Soldaten in ihr zurückgeblieben, um sie zu beschützen.

Mühsam drehte sie sich halb herum, blickte erst Skudder und dann die verkrümmte Gestalt Fallers zu ihren Füßen an. Sie mußte sich nicht einmal zu ihm herunterbeugen, um zu wissen, daß er tot war. Niemand konnte diese fürchterlichen Temperaturen überleben.

»Faller ... « flüsterte sie. »Er ist ... «

»Ich konnte nichts für ihn tun«, sagte Leßter. »Es tut mir leid. Aber ich konnte nur Sie beide retten.«

Und auch diesmal war der bedauernde Ton in seiner Stimme nicht geschauspielert. Charitys Verwirrung wuchs. Es gelang ihr einfach nicht mehr, Leßter mit dem gleichen Mann zu identifizieren, der vor kaum einer Stunde einen seiner Kameraden getötet hatte, aus nichts anderem als dem gnadenlosen Kalkül einer Maschine heraus, die ihr Unternehmen gefährdet sah. Sie hatte sein Benehmen in den letzten Stunden mehrmals mit dem eines Roboters verglichen, aber sie wußte jetzt, daß dieser Vergleich falsch war. Was immer es war, das von Leßter Besitz ergriffen hatte, es war keine Maschine.

Sie riß ihren Blick vom Leichnam des Soldaten los und schleppte sich mit kleinen, mühsamen Schritten zum Steuerpult. Wie alles hier drinnen war es von einem dicken Eispanzer überzogen, und ihre Hände hinterließen blutige Spuren darauf, als sie sich abstützte. Es kostete all ihre Kraft, den Kopf zu heben und auf den sechseckigen Schirm zu blicken.

Was sie sah, das entlockte ihr trotz allem einen überraschten Laut.

Der Läufer bewegte sich weiter. Die Landschaft vor der gewaltigen Maschine schwankte sanft auf und ab und von rechts nach links, aber es war kein tobender Schneesturm mehr, keine von Schnee und Eis bedeckte Landschaft, sondern das sanft gewellte Hügelland südlich New Yorks, das von einer hellen August-Sonne beschienen wurde. Dabei war es erst Minuten her, daß sie eine Mauer aus gefrorener Luft *durchbrochen* hatten. Offensichtlich wirkte der Kälteschirm, der New York umgab, nur in eine Richtung. Charitys Phantasie kapitulierte vor der Aufgabe, sich die Technik vorzustellen, die *so etwas* zustande brachte.

»Sie werden wissen, daß wir kommen«, sagte sie.

»Selbstverständlich.« Leßter nickte und deutete auf einen Punkt in der oberen rechten Bildschirmecke. »Sehen Sie.«

Charity blinzelte ein paarmal, denn ihre Augen tränten noch immer vor Kälte, aber dann sah sie, was Leßter entdeckt hatte: Ein ganzer Schwarm winziger, silberfarbener Punkte schwebte dort oben am Himmel. Manchmal sah sie ein orangerotes Aufglühen, wenn einer der Gleiter seine Position veränderte, aber die Schiffe kamen nicht näher. Offensichtlich hatten ihre Besatzungen einen gesunden Respekt vor dem Selbstverteidigungsmechanismus des Läufers.

Oder sie warteten auf etwas anderes …

Ihr Blick löste sich von der kleinen Gleiterflotte am Himmel und suchte den Horizont ab.

Nach allem, was sie erlebt hatte, traf sie der Anblick mit unerwarteter Härte. Sie hatte erwartet, New York zerstört vorzufinden. Ebenso verheert wie all die anderen Großstädte, die sie gesehen hatte, seit sie aus ihrem ein halbes Jahrhundert dauernden Schlaf erwacht war. Aber das war es nicht. Die Türme Manhattans standen unverändert, die Skyline der Stadt bot den gleichen Anblick, den sie immer geboten hatte. Das Land, über das der Läufer schritt, gehörte schon zum ehemaligen

Stadtgebiet New Yorks, aber unmittelbar vor ihnen erstreckte sich nichts als eine wuchernde Wildnis aus Grün und den unheimlichen, blaßroten Pflanzen, die die Invasoren auch hierher mitgebracht hatten. Nur hier und da ragte ein Teil eines Hauses, ein Stück einer unkrautüberwucherten Ruine oder einige wenige Meter einer verfallenen Straße aus dem Dschungel. Aber vor Manhattan schien die Zerstörung haltgemacht zu haben. Trotzdem konnte Charity keinerlei Erleichterung empfinden.

16

Die blinkenden Lichter über den Lifttüren verrieten ihm, daß der Aufzug das Erdgeschoß des Wolkenkratzers passiert hatte und sich nun tiefer in die Kellergeschosse hineinbewegte. Gurk hatte sich den Weg hier herab sehr genau eingeprägt, als Stone ihn hergebracht hatte. Es war drei Monate her, und er war halb bewußtlos gewesen, aber neben vielen anderen Eigenschaften, die wohl kaum jemand dem häßlichen Gnom zugetraut hätte, verfügte Abn El Gurk auch über ein eidetisches Gedächtnis, das mit der Präzision eines Computers funktionierte und jede noch so winzige Kleinigkeit speicherte, um sie nie wieder zu vergessen. Mehrmals während dieser drei Monate hatte er seine Zelle verlassen und war in andere Teile des Gebäudes hinaufgebracht worden, und er hatte sich jedes noch so winzige Detail eingeprägt und sich den Rest – die Regeln der Architektur kennend, nach denen die Bewohner dieses Planeten ihre Häuser erbauten – mit einer an Sicherheit grenzenden Wahrscheinlichkeit dazugedacht. Er war sicher, daß er den Weg aus diesem Gebäude finden würde.

Sorgen bereiteten ihm allenfalls die beiden *Ameisen*, die ihn aus Stones Privatgemächern hier herab brachten. Gurk zweifelte nicht daran, daß er die beiden Insektenkreaturen überwältigen konnte. Nicht hier drinnen natürlich. Der Aufzug war einfach zu eng, um sich auf ein Duell mit diesen riesigen, entsetzlich starken Geschöpfe einzulassen. Und er mußte es *schnell* tun. Wenn auch nur eine von ihnen Gelegenheit bekam, Alarm auszulösen, dann war alles verloren.

Der Aufzug hielt an, die Türen glitten auf, und Gurk spannte sich innerlich, um sich auf die vor ihm gehende *Ameise* zu stürzen und ihr die Waffe zu entreißen, entschied sich dann aber im letzten Moment anders, als er sah, daß der Gang vor dem Aufzugschacht nicht leer war. Fast ein halbes Dutzend Moroni bevölkerten den kahlen Betonkorridor, und an seinem Ende konnte er das hochfrequente Zischen und Pfeifen der Stimmen weiterer Insektenkrieger vernehmen.

So verließ er gehorsam und ohne das geringste Zeichen von Widerstand den Lift und wandte sich nach rechts. Die beiden Moroni gingen schnell, so daß er gezwungen war, in einen leichten Trab zu verfallen, aber das war ihm nur recht. Auf diese Weise würde es ihm vielleicht noch eher gelingen, sie zu überraschen.

Gurks Gedanken wanderten zurück zu dem kurzen Gespräch mit Stone, und erneut spürte er diese tiefe, beunruhigende Verwirrung, die ihn bei den Worten des Governors überkommen hatte. Abn El Gurk hatte im Laufe der Jahrhunderte eine Menge von dem gehässigen Zwerg angenommen, den er so gern spielte, und so kam es, daß er nur äußerst selten bereit war, Fehler oder Unzulänglichkeiten zuzugeben, die ihm unterlaufen waren. Aber Governor Stone verwirrte ihn immer mehr. Vielleicht war es das erste Mal in seinem Leben, daß er sich in seinem Gegenüber getäuscht hatte. Bisher hatte er Stone für einen Verräter gehalten, allenfalls für einen Feigling, und seine plötzliche Bereitschaft, Charity und den anderen Rebellen zu helfen, auch nur für einen weiteren Akt der Feigheit; ein verzweifelter Ruck an seinem Mantel, den er im letzten Moment wieder in den Wind zu hängen versuchte, um ein Sprichwort der Menschen aufzugreifen. Aber jetzt war Gurk sich nicht mehr sicher. Was Stone nun getan hatte – wenn es nicht ein weiterer, raffinierter Schachzug war, aber etwas sagte Gurk, daß die Intelligenz dieses Mannes dazu einfach nicht mehr ausreichte –, das entsprach nicht der Logik eines Verräters, der nur seinen eigenen Vorteil im Auge hatte. Aber es gelang ihm auch nicht, Stone als einen Menschen zu sehen, der bereit war, sein eigenes Leben aufs Spiel zu setzen, um seinem Volk zu helfen. Nein – Gurk war zum ersten Mal in seinem Leben zutiefst verwirrt und unschlüssig.

Was seine Meinung über Daniel Stone anging. Was sein Tun anging, nicht.

Sie hatten den Korridor verlassen und näherten sich der Tür zu der kleinen Betonkammer, in der Gurk die letzten drei Monate verbracht hatte, und er registrierte, daß sie allein waren, bis auf den bewaffneten Posten, der vor der offenstehenden Tür seiner Zelle stand und ihnen entgegensah. Drei bewaffnete, aufmerksame Krieger gegen ihn allein – kein besonders gutes Verhältnis, aber wahrscheinlich das beste, das er bekommen konnte.

Gurk griff im Laufen mit einer wie zufällig wirkenden Bewegung unter das Cape, zog die winzige Waffe hervor, die Stone ihm gegeben hatte, und ließ sich der Länge nach nach vorn fallen. Die beiden Moroni mußten glauben, er wäre einfach gestolpert, denn sie griffen nicht nach ihren Waffen, sondern blieben stehen, und eines der riesigen vierarmigen Geschöpfe beugte sich vor, um ihn wieder in die Höhe zu ziehen.

Gurk erschoß es. Den Finger noch immer auf dem Feuerknopf der Waffe, rollte er herum, ließ die Strahlenpistole und das dünne, flimmernde Band aus blutrotem Licht, das sie ausstieß, eine halbkreisförmige, weit ausholende Bewegung machen, und löste Kopf, Schultern und das obere Armpaar des zweiten Wächters damit in grauen Staub auf, ehe er sich blitzschnell zur Seite warf, um dem zusammenbrechenden Insektenkörper auszuweichen.

Der dritte Krieger begriff die Gefahr und reagierte so schnell und kaltblütig, wie es Geschöpfe seines Volkes taten. Während er mit zwei Armen sein Gewehr in die Höhe riß und auf Gurk anlegte, senkte sich eine dritte Hand zu dem winzigen Kommunikator, der an seinem Gürtel hing.

Gurk schoß, ohne lange zu zielen. Der rote Energiestrahl verfehlte den Moroni und pulverisierte einen Teil der Wand hinter ihm, aber der Angriff lenkte die *Ameise* für einen winzigen Moment ab. Hastig machte sie einen halben Schritt zur Seite und versuchte, gleichzeitig auf ihn anzulegen und den

Alarmknopf auf dem Gerät an ihrem Gürtel zu drücken. Doch so schnell sie war – Gurk war schneller.

Die *Ameise* und er feuerten gleichzeitig. Der grellweiße Laserblitz aus dem Gewehr des Moroni verfehlte ihn nur um Zentimeter, doch Gurks Schuß traf. Der Kommunikator, die Hand, die sich danach ausgestreckt hatte, und ein Teil der horngepanzerten Hüfte der Insektenkreatur verwandelten sich in eine graue Staubwolke, und Gurk sprang auf die Füße und drückte ein zweites Mal ab, noch ehe die *Ameise* auch nur Gelegenheit fand, Schmerz zu empfinden oder einen Schrei auszustoßen. Der Energiestrahl brannte ein faustgroßes Loch in ihren Brust- und Rückenpanzer und durchschlug auch noch die Wand hinter ihr.

Blitzschnell fuhr Gurk herum und richtete die Waffe auf den Gang hinter sich, aber es gab kein Ziel. Alles war so schnell und beinahe lautlos gegangen, daß offensichtlich keines der anderen Insektengeschöpfe, die hinter der Gangbiegung standen, etwas von dem Kampf gehört oder gesehen hatte.

Gurk betrachtete eine halbe Sekunde lang schaudernd die rauchende Brandspur, die der Schuß des Moroni in die Wand gesengt hatte. Hätte die *Ameise* auch nur ein Stück weiter nach rechts gezielt, dann wäre der Laserblitz in die Wand des Querganges gefahren, und dann würde es jetzt hier von Kriegern nur so wimmeln. Er hätte kein Chance gehabt, mit dem Leben davonzukommen, geschweige denn hier heraus.

Er verscheuchte den Gedanken. Hätte und Wenn brachten ihn nicht weiter. Und es war gut möglich, daß seine Glückssträhne nur noch Sekunden vorhielt. Irgend etwas war in diesem Gebäude, vielleicht in der ganzen Stadt geschehen. In all den Wochen, die Gurk hier verbracht hatte, hatte er niemals so viele Krieger hier unten gesehen, und auch der Blick aus dem Fenster von Stones Penthouse-Apartment hatte ihm eine beunruhigende, nervöse Aktivität gezeigt, die von der ganzen Stadt Besitz ergriffen zu haben schien.

Er steckte die Waffe ein, stieg mit einem vorsichtigen Schritt über den Körper der zusammengebrochenen *Ameise* hinweg und rannte den Gang hinab. Vorbei an der Tür seiner Zelle erreichte er die nächste Abzweigung, wandte sich nach rechts und fand nach wenigen Schritten eine verschlossene Tür aus grüngestrichenem Eisen, ganz wie Stone gesagt hatte. Gurk blieb schwer atmend stehen, sah sich hastig nach beiden Seiten um und zog dann den winzigen Impulsgeber unter seinem Cape hervor, den er von Stone bekommen hatte. Seine Hände zitterten ganz leicht, als er ihn gegen das Schloß drückte. Eine halbe Sekunde lang geschah nichts, und er begann sich schon zu fragen, ob sein Mißtrauen Stone gegenüber vielleicht doch berechtigt gewesen war, dann hörte er ein helles Klicken, und die Tür sprang ein Stück weit auf.

Hastig schlüpfte Gurk durch den Spalt, zog die Tür hinter sich wieder zu und tastete blind über die Wand daneben. Er fühlte rauhen Beton, dann glattes Plastik, auf das er kurz und kräftig drückte, und einen Augenblick später erwachten eine Anzahl flackernder Neonröhren unter der Decke zum Leben.

Gurk sah sich um. Genau wie Stone ihm beschrieben hatte, erstreckte sich vor ihm eine schmale Treppe aus nacktem Beton ein halbes Dutzend Stufen weit in die Tiefe, ehe sie vor einer zweiten, gleichartigen Tür endete. Er verschwendete eine weitere Sekunde darauf, sich noch einmal umzudrehen und die Tür hinter sich wieder zu verriegeln – was eventuelle Verfolger zwar nicht aufhalten, vielleicht aber für einige Sekunden behindern mochte –, dann rannte er immer zwei Stufen auf einmal nehmend die Treppe hinunter und öffnete auch die nächste Tür auf die gleiche Weise.

Dahinter lag eine riesige Halle aus nacktem Beton, deren Decke von einem Gewirr aus meterdicken, runden Zementsäulen getragen wurde. Die Beleuchtung, die auch hier aus meterlangen, weißen Neonröhren bestand, war zum allergrößten Teil ausgefallen, so daß das, was sich vor Gurk erstreckte, eher wie eine bizarre, unheimliche Tropfsteinhöhle aussah, in der nur hier und da kleine Tümpel aus weißem Licht leuchteten. Aber es war, was Stone ihm gesagt hatte: eine Tiefgarage. Und er war erst wenige Schritte weit gegangen, als er zwischen den verrosteten, seit einem halben Jahrhundert vergessenen Autowracks das silberfarbene Luftkissenfahrzeug mit dem Emblem des Governors erblickte.

Gurk blieb abermals stehen. Sein Herz begann hart und laut zu schlagen, und alles in ihm schrie danach, einfach herumzufahren und Schutz in der Dunkelheit zu suchen. Die Falle war so offensichtlich, daß jedes Kind sie erkannt hätte. Mit der linken Hand zog er seine Waffe, drehte sich einmal im Kreis und sah sich aufmerksam um. Nichts rührte sich. Die verrosteten Autowracks lagen wie die versteinerten Skelette bizarrer Riesentiere rings um ihn in der Dunkelheit, und er spürte plötzlich, wie schlecht und verbraucht die Luft hier unten war. Mit aller Konzentration starrte er in die Dunkelheit, und mit der gleichen Konzentration lauschte er in sich hinein, aber weder sah er Moroni-Krieger, noch spürte er ihre Gegenwart.

Schließlich begann er vorsichtig auf das Fahrzeug zuzugehen. Es war ein riesiges, sechssitziges Gefährt, schwer bewaffnet und so dick gepanzert, daß es selbst dem Angriff eines Kampfgleiters standhalten konnte. Gurk betrachtete es fast eine Minute lang mißtrauisch, umkreiste es einmal und blieb dann noch einmal stehen, ehe er unsicher die Hand hob und den Impulsgeber gegen die Tür drückte.

Sie glitt lautlos auf. Gurk spannte sich und hob die Waffe, darauf gefaßt, in ein ausdrucksloses Insektengesicht und den Lauf eines Lasergewehrs zu starren, aber vor ihm lag nur der mit rotem Samt bezogene Fahrersitz des Wagens. Es sah so aus, als hätte Stone tatsächlich die Wahrheit gesagt.

Noch immer zitternd vor Nervosität kletterte Gurk in den Wagen, schloß die Tür hinter sich und plazierte den Impulsgeber in der winzigen dafür vorgesehenen Mulde unter dem Steuer. Ein helles Summen erklang, und plötzlich erwachte das komplizierte Durcheinander von Skalen und Meßgeräten auf dem Armaturenbrett zu grünleuchtendem Leben. Der Sitz unter ihm begann zu vibrieren, als die Maschinen des Fahrzeugs ansprangen und es nahezu lautlos eine Handbreit über den Boden hoben.

Vorsichtig und jederzeit darauf gefaßt, daß es ihn biß oder sonst etwas Unvorhergesehenes tat, streckte Gurk die Hand nach dem Steuer aus. Nichts geschah. Das Fahrzeug begann sich gehorsam auf der Stelle zu drehen, als Gurk das Rad ein wenig nach rechts bewegte, schwenkte in die entgegengesetzte Richtung und richtete die stumpfe Schnauze dann auf die geschlossenen Tore der Tiefgarage aus.

Es *mußte* eine Falle sein. Daniel Stone konnte nicht glauben, *damit* durchzukommen. Es war das Privatfahrzeug des Governors, das nur er allein bewegen konnte – oder jemand, der seinen persönlichen Codegeber in der Hand hatte. Bei aller Gutgläubigkeit der Moroni, die es Stone bisher ermöglicht hatte, sein Netz aus Verrat und Lüge zu spinnen, würden sie spätestens an diesem Punkt anfangen, sich gewisse Fragen zu stellen.

Vielleicht hatte er sich doch in Stone getäuscht. Entschlossen gab Gurk Gas. Die Gittertore der Tiefgarage glitten rasselnd vor dem Fahrzeug in die Höhe, und eine halbe Minute später raste das Luftkissenfahrzeug auf die Straße vor dem Wolkenkratzer hinaus und schoß immer schneller werdend in südliche Richtung los.

17

Die Gleiter hatten schließlich doch das Feuer auf den Läufer eröffnet. Obwohl der Selbstverteidigungsmechanismus der Maschine zurückschlug, wurde der Widerstand immer verbissener, der sich ihm entgegenstemmte. Hinzu kam eine ganze Armee kleiner bewaffneter Bodenfahrzeuge – und buchstäblich Tausende von *Ameisen,* die aus dem Dschungel und den Ruinen hervorbrachen und die riesige, dahinstampfende Maschine zu entern versuchten. Leßter hatte – mit Ausnahme der stählernen Käferflügel, die die Hallendecke bildeten – sämtliche Ein- und Ausgänge des Läufers versiegelt, aber Charity sah auf einigen der Außenkameras, daß die *Ameisen* geschickt und scheinbar mühelos an den riesigen stählernen Beinen des Ungetüms emporkletterten. Nicht wenige von ihnen wurden von den Strahlenschüssen ihrer eigenen Gleiter getroffen, die den riesigen Roboter noch immer beschossen, aber ihre Zahl wuchs unaufhörlich. Charity schätzte, daß nur noch Minuten vergehen konnten, bis die ersten von ihnen durch die offenstehende Decke der Fabrikhalle hereingeströmt kamen.

Der Läufer zitterte jetzt immer stärker. Manchmal erschütterten schwere Explosionen die riesige Konstruktion, und sein eigenes Abwehrfeuer wurde schwächer, denn die angreifenden Gleiter konzentrierten sich jetzt auf die Geschütztürme des Läufers. Und auch aus den Bodenfahrzeugen stießen immer wieder grelle, weiße Lichtblitze in die Höhe und brannten rauchende Löcher in die Flanke des stampfenden Riesenroboters. Offensichtlich waren die Moroni entschlossen, den Läufer lieber in Stücke zu schießen, ehe sie es zuließen, daß er die Stadt erreichte.

»Wir sollten allmählich hier verschwinden«, sagte Skudder. Er deutete mit einer Kopfbewegung auf einen der Schirme, auf dem eine Anzahl winziger schwarzer Gestalten zu erkennen war, die mit emsig wirbelnden Gliedern über die Flanke des Läufers krochen und sich seinem Rücken näherten. »Sie kommen garantiert als erstes hierher.«

»Sie haben recht«, sagte Leßter. »Öffnen Sie die Tür.«

»Und Sie?«

»Ich begleite Sie«, antwortete Leßter. »Aber vorher bereite ich eine kleine Überraschung für unsere Freunde vor.« Seine Finger huschten über die Schalter, drückten Tasten, legten Hebel um und hackten Zahlenkombinationen in die Tastatur fremdartig beschrifteter Computer. Dann trat er einen Schritt zurück, überzeugte sich mit einem langen, prüfenden Blick davon, daß er alles richtig gemacht hatte – und zog plötzlich die Strahlenpistole aus dem Gürtel, um rasch hintereinander zwei Schüsse auf das Pult abzugeben. In einem grellen Funkenschauer explodierten die meisten der empfindlichen Geräte. Geschmolzenes Metall lief zischend zu Boden, und kleine, orange-rote Flammen begannen aus dem Pult zu züngeln. Der sechseckige Riesenschirm an der Wand flackerte, wurde grau und erlosch dann ganz.

»Was haben Sie getan?« stieß Skudder erschrocken hervor.

Leßter drehte sich zu ihm herum und grinste. »Jetzt wird es ihnen eine Menge Kopfzerbrechen bereiten, dieses Ding aufzuhalten«, sagte er. »Ein Techniker könnte es wahrscheinlich – aber das da draußen sind Soldaten, und denen bereitet es schon Mühe, einen Schlüssel richtig herum ins Schloß zu stecken.« Er deutete auf die Tür. »Schweißen Sie sie auf.«

Skudder sah ihn noch einen Moment zweifelnd an, aber dann hob er seine Waffe und ließ einen bleistiftdünnen, weißen Energiestrahl über die Stelle gleiten, an der sie die Eisenplatte vor die Tür geschweißt hatten. Das zermürbte Metall gab schon nach Sekunden nach und fiel polternd nach draußen.

Hintereinander verließen sie die Steuerzentrale. Der Anblick draußen auf dem Gang hatte sich nicht verändert. Es war wärmer geworden, aber das graubraune Metall war noch immer unter einem dicken Panzer aus Eis verborgen. Es würde noch Stunden, wenn nicht Tage dauern, bis die grausame Kälte, die sie aus dem Sperrgürtel mitgebracht hatten, wich.

Charity wollte sich nach rechts wenden, in die Richtung, aus der sie gekommen waren, aber Leßter schüttelte hastig den Kopf und deutete zur anderen Seite. Wortlos folgten sie ihm.

Das dumpfe Krachen und Donnern der Explosionen hielt an, und rings um sie herum wankte die riesige Maschine immer stärker, während sie Leßter durch ein Labyrinth von Gängen und schmalen, gewendelten Eisentreppen folgten. Einmal glaubte Charity eine Bewegung zu sehen, aber sie waren zu schnell vorbei, als daß sie sicher sein konnte, und kurz bevor sie ihr Ziel erreichten, erschütterte eine gewaltige Explosion den Läufer und warf ihn fast um. Der Ruck, mit dem er wieder in die Waagerechte kippte und in den Rhythmus seiner stampfenden Beine zurückfand, riß sie allesamt von den Füßen und warf sie durcheinander.

»Ich glaube, sie machen allmählich ernst«, sagte Skudder, während er sich umständlich wieder in die Höhe stemmte.

»Noch ein paar solcher Treffer, und das ganze verdammte Ding fällt auseinander.«

»Es ist nicht mehr weit«, sagte Leßter. Er deutete auf eine Tür am Ende des Korridors, vor der ein formloses Etwas hockte, zum Teil aus Metall, zum Teil aus wildwuchernden Eisgewächsen bestehend, die sein mechanisches Leben erstickt hatten. »Schnell!«

Sie folgten ihm. Die Tür klemmte. Der Mechanismus war eingefroren, so daß Skudder mit einem kurzen Feuerstoß aus seiner Waffe nachhelfen mußte, aber danach war das Metall verzogen, so daß sie sich nur einen Spaltbreit öffnete, gerade weit genug, daß sie sich hindurchzwängen konnten.

Dahinter lag ein halbrunder, flacher Hangar, in dem ein gutes Dutzend bizarr geformter Fahrzeuge stand. Die meisten von ihnen waren zu klein, um mehr als einer Person Platz zu bieten, und wie das gesamte Innere des Läufers in einen Panzer aus gesprungenem milchigem Eis eingeschlossen. Leßter deutete auf einen der wenigen größeren Umrisse und lief los, ohne auf sie zu warten. Erst als sie sich ihm bis auf wenige Schritte genähert hatten, erkannte Charity die Form unter dem Gebirge aus Eis, das sich darüber aufgetürmt hatte. Das Fahrzeug ähnelte einem nach vorn flacher werdenden Keil und hatte drei kurze Stummelflügel, die einer total irrsinnigen Geometrie folgend an den Rumpf angeschweißt waren. Der Position des einzigen Fensters nach zu schließen mußte es so gut wie unmöglich sein, darin zu sitzen.

Leßter zerrte vergebens an der Tür. Sie war zugefroren, und sie rührte sich auch nicht, als Skudder die Eisschicht über dem Fahrzeug mit einem breitgefächerten Schuß aus seiner Waffe verdampfen ließ. Leßter fluchte, zerrte sich die Handschuhe herunter und fluchte erneut, als er sich die Finger an dem plötzlich glühendheißen Metall des Fahrzeuges verbrannte. Aber nach einigen Augenblicken erscholl ein wimmerndes Geräusch aus dem Inneren, und die Tür begann sich widerwillig und knirschend zu öffnen.

Der Raum dahinter war groß genug für vier oder fünf Personen, aber so flach, daß sie nebeneinander liegen mußten, und die Liegen waren nicht für menschliche, sondern für die Gestalten der riesigen Ameisenkrieger geschaffen. Charity blickte entgeistert auf das Durcheinander fremdartiger Kontrollinstrumente und -anzeigen herab. Aber Leßter gab ihr auch jetzt keine Gelegenheit, irgendeine Frage zu stellen, sondern drängte Skudder und sie vor sich her durch die niedrige Tür und kroch als letzter auf Händen und Knien in das Fahrzeug hinein. Noch bevor sich der Eingang zu schließen begann, flogen seine Finger über die Tasten und Schalter, und das Steuerpult des Flugzeuges begann zu blinkendem Leben zu erwachen. Gleichzeitig fauchte ein warmer Luftstrom aus den Schlitzen der Klimaanlage.

»Sie werden uns eine Menge Fragen beantworten müssen,

Leßter, wenn wir hier herauskommen«, knurrte Skudder drohend.

»Das werde ich«, antwortete Leßter. »*Wenn* wir hier herauskommen.«

Unter ihnen begann das Triebwerk des Flugzeuges mit einem Geräusch wie dem Pochen eines mechanischen Herzens anzulaufen, und gleichzeitig verschwand auch der letzte Rest von Eis von dem Fenster vor ihnen. Eine Anzahl starker Scheinwerfer flammte auf und schnitt Bahnen aus ungewohnt greller Helligkeit in den Hangar. Charity blinzelte, als Leßter eine weitere Taste auf seinem Pult drückte und sich das große Tor am entgegengesetzten Ende des Raumes knirschend zu öffnen begann.

Das Triebwerk stotterte ein paarmal, fand dann aber in seinen Rhythmus und lief gleichmäßig. Die Tore glitten weiter auf, und jetzt konnten sie sehen, daß der Himmel draußen noch immer voller Gleiter war. Ab und zu blitzte es grell zwischen ihnen auf, und der Läufer erbebte wieder unter einem Einschlag. Charity verstand allmählich nicht mehr, wieso sich die Maschine noch bewegte. Der Läufer war ein unvorstellbarer Koloß, aber die Moroni überschütteten ihn auch mit einem unvorstellbaren Feuer. Die Energien, die sie in den riesigen Stahlkörper pumpten, hätten ausgereicht, einen Flugzeugträger verdampfen zu lassen.

»Worauf warten Sie?« fragte sie nervös.

Leßter sah sie flüchtig an, machte aber keine Anstalten, das Fahrzeug zu starten. »Wollen Sie abgeschossen werden?« fragte er statt dessen.

Wieder tat er irgend etwas an den Kontrollen, das Charity nicht verstand, aber einen Augenblick später sah sie, wie plötzlich überall im Hangar Lichter im Inneren der Fahrzeuge aufglommen. In das Dröhnen des Triebwerkes mischten sich die Geräusche anderer anspringender Motoren.

Plötzlich sah Charity eine schwarze Gestalt unter den offenstehenden Toren. Ein zweiter, spinnengliedriger Schatten erschien neben der ersten *Ameise*, dann ein dritter und vierter, und schließlich strömten mehr und mehr der zwei Meter großen Insektenkrieger herein.

»Starten Sie!« rief Skudder erschrocken.

Leßter nickte, startete das Fahrzeug aber trotzdem nicht, sondern hämmerte verbissen weiter auf den Kontrollen vor sich herum. Und plötzlich brüllten die Triebwerke eines der anderen Flugzeuge vor ihnen auf. Mit einem Satz schoß das silberfarbene Dreieck los, schüttelte den Rest seines Eispanzers ab und raste aus dem Tor, wobei es eine Spur aus sterbenden und verletzten Moroni hinterließ. Die überlebenden *Ameisen* suchten hastig Schutz hinter den geparkten Fahrzeugen, aber das war vielleicht nicht besonders klug – eines nach dem anderen lösten sich die Flugzeuge aus ihren eisigen Fesseln und rasten mit aufheulenden Triebwerken aus dem Hangar heraus. Charity sah, wie es draußen am Himmel wieder grell aufblitzte, und eines der pfeilflügeligen Fahrzeuge explodierte in einer grellen Feuerwolke, kaum daß es den Hangar verlassen hatte.

»Jetzt!« schrie Leßter. *»Festhalten!«*

Es gab kein allmähliches Beschleunigen, nur einen plötzlichen ungeheuer harten Ruck, mit dem der Jäger wie aus einem Katapult geschnellt aus dem Hangar heraussprang und im Bruchteil von Sekunden auf zwei- oder dreihundert Meilen Geschwindigkeit beschleunigte.

Charity schrie auf und versuchte, sich irgendwo festzuklammern, aber sie wurde mit solcher Macht in die fremdartig geformten Polster gepreßt, daß ihr die Luft wegblieb. Ein greller Energiestrahl stach nach ihnen, verfehlte sie und ließ eines der anderen Fahrzeuge unmittelbar neben ihnen explodieren. Leßter riß den Jäger in einer engen Kurve herum, und ein weiteres Flugzeug explodierte in der Luft, als die Gleiter hoch über ihnen ihr Feuer auf die kleine Flotte konzentrierten, die aus dem Läufer herausgebrochen war. Der Boden schien ihnen regelrecht entgegenzuspringen, als

Leßter die Nase des Jägers senkte und noch stärker beschleunigte. Charity schrie abermals auf, aber der junge Soldat riß das Fahrzeug im allerletzten Moment wieder hoch, ließ es in einem irrsinnigen Zickzack von rechts nach links und wieder zurückspringen und stieg dann ein Stück weit fast senkrecht in die Höhe, um sofort wieder in den Sturzflug überzugehen. Er entging dem wütenden Laserfeuer der Gleiter auf diese Weise eine Weile. Aber nicht auf Dauer.

Die Türme Manhattans waren scheinbar zum Greifen nah gekommen, seit sie die Zentrale des Läufers verlassen hatten. Vor ihnen lagen nur noch zwei oder drei Meilen von Unkraut und Dschungel überwucherten Trümmergeländes, das an den Hudson River grenzte. Die Stadt dahinter schien völlig unbeschädigt zu sein.

Sie wurden getroffen, als sie sich dem Fluß näherten. Leßter hatte stark abgebremst und suchte offensichtlich nach einem Landeplatz am Ufer. Das Fahrzeug tanzte noch immer in irrsinnigen, völlig willkürlichen Sprüngen hin und her, aber offensichtlich reichten diese Bewegungen nicht mehr, die Zielcomputer der Moronigleiter zu irritieren. Charity schloß stöhnend die Augen, als eine Flut unerträglich grellen weißen Lichtes durch das Fenster hereinbrach, und im gleichen Sekundenbruchteil spürte sie einen Hauch mörderischer Hitze, und irgend etwas im Heck des Fahrzeuges explodierte. Der Jäger bäumte sich auf, schoß sich ununterbrochen überschlagend und drehend noch einmal ein Stück weit in die Höhe und begann dann zu stürzen.

Alles ging so schnell, daß keiner von ihnen wirklich begriff, was wirklich geschah, oder die Dinge hinterher in der richtigen Reihenfolge hätte benennen können. Ein blutrotes, ungeheuer heißes Licht überflutete das Innere des Jägers. Leßters Faust hämmerte auf eine dreieckige gelbe Taste auf dem Pult vor ihm, und plötzlich flog das gesamte Oberteil des Jägers in Stücke gesprengt in alle Richtungen davon, und Charity, Skudder und Leßter wurden aus der abstürzenden Maschine herausgeschleudert.

Sie begann wie ein Stein in die Tiefe zu stürzen, aber der tödliche Aufprall, auf den sie mit angehaltenem Atem wartete, kam nicht. Im letzten Moment schien etwas wie eine unsichtbare Hand nach ihr zu greifen und machte ein fast sanftes Gleiten aus ihrem Sturz. Unweit des nördlichen Ufers des Hudson fiel sie ins Wasser, tauchte für einen Moment unter und kam keuchend und heftig mit Armen und Beinen paddelnd wieder in die Höhe. Leßter und der Hopi fielen nur wenige Meter entfernt von ihr vom Himmel, ebenso sanft wie sie, von der gleichen, unsichtbaren Kraft beschützt, die wohl das Moroni-Äquivalent eines Schleudersitzes gewesen war.

Nach der tödlichen Kälte, die sie aus dem Inneren des Läufers mitgebracht hatte, kam ihr das Wasser beinahe heiß vor. Für einige Sekunden tat sie nichts anderes, als das Gefühl der Wärme auf der Haut zu genießen, aber dann erinnerte sie sich wieder daran, daß sie keineswegs außer Gefahr waren. Ihr Flugzeug war irgendwo weit entfernt in den Fluß gestürzt und explodiert, aber sie mußten damit rechnen, daß die Moroni ihren Absprung beobachtet hatten und kamen, um nachzuholen, was ihnen im ersten Anlauf mißlungen war.

Sie verständigte sich mit knappen Gesten mit Skudder und begann mit kräftigen Kraulbewegungen auf das Ufer loszuschwimmen.

Der Weg war weiter, als sie im ersten Moment geglaubt hatte. Es waren nur einige hundert Meter, aber sie war völlig erschöpft, und in ihrem gemarterten Körper waren einfach keine Kraftreserven mehr, die sie noch anzapfen konnte. Vielleicht hätte sie es gar nicht geschafft, wäre nicht plötzlich (was sonst?) Leßter neben ihr erschienen und hätte sie gestützt. Trotzdem war sie so erschöpft, daß sie sich am Rande einer Bewußtlosigkeit bewegte, als sie endlich das Ufer erreichten und unter ihren Füßen wieder fester Boden war. Keuchend richtete sie sich auf, watete die letzten Meter durch das Wasser und fiel zu Boden, noch ehe sie das Ufer völlig erreicht hatte. Leßter griff unter ihre Schultern und zerrte sie ganz auf die gemauerte Uferbefestigung hinauf, und sie registrierte nur noch wie durch einen immer dichter werdenden grauen Nebel, wie Skudder dicht neben ihnen auf Händen und Knien ans Ufer kroch und dann ebenfalls zusammenbrach.

Aber sie konnten sich keine Bewußtlosigkeit leisten; nicht einmal die allerkleinste Atempause.

»Wir müssen weg hier«, sagte Leßter. Seine Stimme klang gehetzt, und zum allerersten Mal glaube Charity so etwas wie Angst darin zu hören. »Sie haben uns gesehen. Sie werden garantiert nach uns suchen!«

Mühsam wälzte sie sich herum und versuchte, sich in die Höhe zu stemmen, aber ihre Kräfte reichten nicht mehr. Sie fiel zurück und schlug sich abermals das Gesicht auf.

Eine Hand berührte sie an der Schulter, und plötzlich spürte sie wieder jenen Strom prickelnder, unsichtbarer Energie, der ihren Körper durchflutete und ihr neue Kraft gab. Er war längst nicht mehr so mächtig wie vorhin in der Zentrale des Läufers, aber immer noch stark genug, die Wand der Bewußtlosigkeit zu durchbrechen und ihr die Energie zu geben, sich in die Höhe zu stemmen und aus eigener Kraft stehenzubleiben.

Als sie sich zu Leßter herumdrehte, sah sie, wie er sich zu Skudder herabbeugte und dasselbe mit ihm tat. Aber er zitterte, und sein Gesicht war grau vor Erschöpfung.

Es war absurd – aber der Gedanke, daß sich selbst die Kräfte dieses unheimlichen Mannes allmählich dem Ende zuneigten, erleichterte sie in diesem Moment beinahe. Und plötzlich wußte sie auch, woran Leßter sie erinnerte – oder glaubte zumindest, es zu wissen. Aber der Gedanke war einfach zu absurd, um ihn weiterzuverfolgen. Sie schob ihn von sich, sah sich sichernd nach allen Seiten um und wandte sich nach Süden, um zu dem Läufer hinüberzusehen.

Der Anblick ließ sie schaudern. Die riesige Maschine brannte. Aus Dutzenden von großen, ausgezackten Löchern schlugen Flammen oder ergossen sich Ströme von geschmolzenem Metall wie Lava. Schwarze, fettige Qualmwolken stiegen aus seinem offenstehenden Rückenpanzer, und eine Spur brennender, rotglühender Trümmerstücke markierte den Weg, den er gekommen war. Eines seiner riesigen Beine war abgebrochen, so daß sein Gehen zu einem torkelnden Hin und Her geworden war, und noch immer überschütteten die Gleiter und die Bodenfahrzeuge die gigantische Maschine mit Lasersalven und ganzen Schwärmen kleiner Raketengeschosse, die beim Aufprall explodierten und weitere Löcher in seine Panzerhaut rissen.

Aber er marschierte weiter. Jeder Schritt brachte ihn hundert Meter weiter an den Hudson River heran, jede taumelnde Bewegung der Stadt und ihren verwundbaren Wolkenkratzer näher. Charity fragte sich entsetzt, was geschehen würde, wenn dieser Maschinenkoloß in die Häuserfront hineinrannte.

Die Moroni fragten sich offensichtlich dasselbe, denn sie konzentrierten ihr Feuer jetzt ganz auf die riesigen Stahlbeine des Läufers. Ein zweites Bein glühte auf und zerbrach unter dem Gewicht von hunderttausend Tonnen Stahl, und eine weitere Folge schwerer Explosionen erschütterte die wandernde Fabrik. Flammen und Rauch hüllten den Koloß ein, und rotglühendes Metall lief wie brennendes Blut an seinem Leib herab. Aber er stampfte weiter, wie eine bizarre Karikatur eines Apokalyptischen Reiters, selbst schon tot, aber unentwegt Tod und Vernichtung verbreitend und unaufhaltsam. Noch zwei oder drei Schritte, und er mußte die Brücke und den Fluß erreicht haben, der für ihn kein nennenswertes Hindernis darstellte.

Eine Berührung an der Schulter riß Charity in die Wirklichkeit zurück. Es war Leßter. Er deutete heftig gestikulierend auf einen Punkt hinter ihr. »Sie kommen!« rief er.

Charity fuhr herum und gewahrte tatsächlich eine Anzahl schwarzer, spinnengliedriger Gestalten, die mit abgehackten, eckigen Bewegungen auf sie zurannten. Sie wollte nach ihrer Waffe greifen, aber Leßter schüttelte den Kopf und versetzte ihr einen sanften Stoß, der sie vorwärtstaumeln ließ.

Hinter ihnen erscholl ein schriller Pfiff, dann stieß ein Lichtblitz in ihre Richtung, verfehlte sie aber und explodierte harmlos weit entfernt am Boden. Ein zweiter Energiestrahl verfehlte sie noch weiter, und bevor die Moroni Gelegenheit fanden, sich einzuschießen, hatten sie eines der heruntergekommenen Gebäude am Flußufer erreicht und waren für Sekunden in Sicherheit.

Charity sah sich wild um. Sie befanden sich in einer alten Lagerhalle, deren Dach zum Teil eingestürzt war, so daß das rostige Metallgerippe und darüber der strahlendblaue Sommerhimmel sichtbar wurden. Die linke Seite der Halle war leer und nur von einer zentimeterdicken Staubschicht bedeckt, in der rechten stapelten sich seit fünfzig Jahren vergessene Kisten und Ballen. Es roch nach Fäulnis und Alter.

Instinktiv wollte sie auf diesen Teil der Halle zulaufen, um in dem Durcheinander aus Kisten und Packstücken Deckung zu suchen, aber wieder riß sie Leßter herum und lief mit weit ausgreifenden Schritten auf die gegenüberliegende Wand zu.

Als sie sie erreichten, stürmten die ersten Moroni durch das Tor und eröffneten das Feuer, und eine halbe Sekunde später war Charity sehr froh, nicht ihrem ersten Impuls gefolgt zu sein, denn die uralten Holzkisten fingen mit einem einzigen gewaltigen Schlag Feuer; binnen weniger Sekunden verwandelte sich die rechte Seite der riesigen Halle in einen lodernden Scheiterhaufen, als die Flammen rasend schnell um sich griffen.

Sie rannten durch eine kleine Tür an der Rückseite des Gebäudes, waren für einen Moment wieder unter freiem Himmel und stürmten dann in eine weitere Lagerhalle hinein. Auch sie war alt und zum Teil zerstört, aber völlig ausgeräumt. Offensichtlich hatten die Waren, die sie enthielt, das Interesse der Invasoren gefunden.

Hinter ihnen erscholl ein Chor schriller Pfiffe und Klicklaute, und plötzlich glühte ein Teil der Wand hinter Skudder dunkelrot auf, und eine intensive Hitzewelle streifte ihre Gesichter, als die *Ameisen* das Feuer auf das Gebäude eröffneten.

Sie liefen weiter, und sie fanden auch eine weitere Tür, durch die sie die Halle wieder verlassen konnten, aber die Moroni konnten einfach *schneller* laufen als ein Mensch. Die ersten *Ameisen*krieger stürmten in die Halle, als sie noch zwanzig oder dreißig Schritte von der Tür entfernt waren, und plötzlich schossen rechts und links von ihnen weiß-glühende Geysire aus geschmolzenem Beton in die Höhe, als die Moroni das Feuer auf sie eröffneten.

Charity warf sich in einer verzweifelten Bewegung nach links, rollte über die Schulter ab und schoß, ohne lange zu zielen. Der Laserstrahl verfehlte die *Ameise*, auf die sie angelegt hatte, aber er traf die Tür hinter ihr, und die Insektenkreatur ging mit einem Schmerzlaut zu Boden, als ein Hagel geschmolzener Metalltropfen sie überschüttete. Auch Skudder und Leßter erwiderten das Feuer der Angreifer, und zumindest einer von ihnen schoß mit der Präzision einer Maschine – die grellen Lichtblitze zuckten genau im Abstand einer halben Sekunde nacheinander auf, und jeder einzelne traf sein Ziel. Von dem halben Dutzend Ameisen, das ihnen gefolgt war, überlebte keine einzige.

Charity stemmte sich in die Höhe und war nicht sonderlich überrascht, als sie sah, daß es Leßter gewesen war, der die Moroni fast ganz allein erledigt hatte. Auch Skudder starrte den Soldaten an, und der Ausdruck auf seinem Gesicht schwankte zwischen Verblüffung und Schrecken. Aber wieder bekam keiner von ihnen eine Gelegenheit, auch nur eine Frage zu stellen, denn Leßter gestikulierte ungeduldig mit der freien Hand und sagte: »Schnell! Ich bin sicher, es kommen noch mehr.«

Und damit hatte er nur *zu* recht. Es gelang ihnen, die Halle und auch den größten Teil des Hafenviertels unbehelligt hinter sich zu bringen, aber es war nur eine winzige Atempause, die ihnen gegönnt wurde. Auf der anderen Seite des Hudson River schlugen noch immer turmhohe Flammen in den Himmel, und fettiger, schwarzer Qualm verdunkelte ein Drittel des Horizonts. Eine ununterbrochene Folge schwerer, krachender Explosionen rollte über die Stadt, und ganze Schwärme von Gleitern schossen über den Himmel und spieen grellweißes Feuer über ein Ziel, das Charity nicht mehr sehen konnte. Aber sie wußte, daß es ihnen irgendwie gelungen war, den Läufer aufzuhalten. Das Ziel, auf das die Gleiter schossen, bewegte sich nicht mehr.

Aus einem Grund, den sie im ersten Moment selbst nicht wirklich verstand, war sie erleichtert. Zwar hätten sie sich im Grunde nichts besseres wünschen können, als daß es der gigantischen Maschine gelang, den Fluß zu überwinden und in die Stadt einzudringen, denn das hätte die Insektenkrieger nachhaltig davon abgehalten, Jagd auf sie zu machen. Und trotzdem wäre ihr die Vorstellung unerträglich gewesen.

Diese Stadt mochte jetzt zu einer Festung der Außerirdischen geworden sein. Sie hatten sie erobert, bis auf den letzten Winkel, und zweifellos jedes menschliche Wesen daraus vertrieben. Aber es *blieb* eine menschliche Stadt. New York – und vor allem Manhattan – war stets mehr als eine *Stadt* gewesen. Es hatte eine Zeit gegeben, da hatte dieser Name allein für alles gestanden, wofür Menschen je gekämpft hatten: Freiheit, Frieden und Gleichheit. Und auch wenn diese Ideale hier vielleicht weniger als an vielen anderen Orten auf der Welt verwirklicht worden waren, wäre es Charity unerträglich gewesen, die Skyline Manhattans von einem fünfhundert Meter großen Käfer aus Metall verwüstet zu sehen.

Die Kehrseite der Medaille war, daß nun auch über dem Hafenviertel mehr und mehr Gleiter auftauchten. Sie flogen sehr tief und zu langsam, als das Charity sich überzeugend einreden konnte, daß sie irgend etwas anderes taten als nach ihnen zu suchen. Und durch das unablässige Donnern der

Explosionen und das Heulen der Gleiter hindurch hörte sie jetzt immer öfter die charakteristischen Pfiffe und schrillen Schreie, mit denen sich die Insektenkrieger von den Sternen verständigten. Zwar sahen sie keine der schwarzen Ameisengestalten, aber Charity spürte einfach, daß sich der Ring um sie herum enger zusammenzog.

Leßter blieb plötzlich stehen und hob die Hand. »Da ist etwas!« sagte er.

Auch Charity und Skudder erstarrten mitten im Schritt und lauschten, hörten aber nichts. Aber Leßter ging nicht weiter, sondern begann plötzlich heftiger mit dem Arm zu gestikulieren und deutete auf die Tür eines halbverfallenen Gebäudes zur Rechten. »Dort hinein! Schnell!«

Sie gehorchten. Davon abgesehen, daß dies wirklich nicht der Zeitpunkt für Diskussionen war, hatte Leßter seit ihrer Flucht aus dem brennenden Läufer so selbstverständlich das Kommando übernommen, daß Charity bisher nicht einmal auf den Gedanken gekommen war, ihm zu widersprechen.

Und es war auch gut, daß sie es nicht tat, denn sie hatte kaum als letzte das Gebäude erreicht und sich durch die Tür geworfen, als eine ganze Abteilung schwerbewaffneter Moroni am Ende der Straße auftauchte. Skudder hob sein Gewehr, stützte den Lauf auf dem angezogenen Knie ab und zielte sorgfältig, schoß aber noch nicht. Und auch Charity zögerte, das Feuer zu eröffnen, obwohl die Moroni sie sichtlich nicht entdeckt und sie somit den Vorteil der Überraschung auf ihrer Seite hatten.

Aber die Ameisenkrieger machten keine Anstalten, sich ihnen zu nähern. Ein gutes Dutzend von ihnen marschierte zu einer langen Kette auf, die die Straße auf voller Breite absperrte, und noch einmal so viele drangen in die Gebäude rechts und links der Straßenkreuzung ein.

»Was geht da vor?« flüsterte Skudder erstaunt.

Charity zuckte mit den Achseln, aber sie antwortete trotzdem. »Ich fürchte, sie sperren das ganze Viertel ab. Sie suchen uns.«

»Damit war zu rechnen«, sagte Leßter, aber Charity unterbrach ihn in sehr ernstem Tonfall.

»Sie verstehen nicht, Leßter. Sie suchen *uns.* Mich und Skudder, und alle, die bei uns sind.«

Leßter sah sie zweifelnd an. »Sie können unmöglich wissen, wer wir sind.«

»Ich habe mir abgewöhnt, das Wort *unmöglich* in den Mund zu nehmen, wenn ich über die Moroni rede«, sagte Charity ernst. »Außerdem gibt es zumindest einen Menschen hier in der Stadt, der ziemlich genau weiß, wen er zu erwarten hat.«

»Stone?« Skudders Zweifel war nicht zu überhören.

Charity zuckte abermals mit den Schultern, zog sich vorsichtig einige Schritte weiter in den staubigen Hausflur zurück und lehnte das Gewehr griffbereit neben sich an die Wand. Dann griff sie in die Tasche, zog den Kommunikator heraus und schaltete ihn ein. Auf dem winzigen Bildschirm erschien Daniel Stones Gesicht, und es hatte sich kaum stabilisiert, da machte sich ein vorwurfsvoller Ausdruck darauf breit.

»Captain Laird!« sagte er. »Ich sehe, Sie haben nicht auf meinen Rat gehört und sind ... «

»Halten Sie den Mund, Stone«, unterbrach ihn Charity grob. Albern oder nicht – sie empfand dieser winzigen Holographie gegenüber den gleichen Zorn, wie sie ihn dem echten Daniel Stone entgegengebracht hätte. »Wir sitzen in der Falle. Ihre Freunde wissen ganz genau, wer wir sind. Und sie fangen gerade an, ein Kesseltreiben auf uns zu veranstalten.«

Stone wirkte bestürzt. »Was ist passiert?« fragte er knapp.

Charity erklärte es ihm mit wenigen gehetzten Worten, und Stones Gesicht nahm einen immer besorgteren Ausdruck an. »Und was erwarten Sie jetzt von mir?« fragte er, nachdem sie mit ihrem Bericht zum Ende gekommen war. »Wenn ich Sie daran erinnern darf, habe ich Ihnen davon abgeraten, den Läufer zu kapern. Daß es Ihnen gelungen ist und daß Sie noch leben, ist schon ein Wunder. Aber lassen wir das. Sie beginnen die Straßen abzusperren, sagen Sie?«

Charity nickte.

»Das kann zweierlei bedeuten«, fuhr Stone nachdenklich fort. »Entweder sie machen das gesamte Viertel dem Erdboden gleich – was ich nicht glaube –, oder sie setzen einen Sucher ein.«

Charity glaubte aus den Augenwinkeln zu sehen, wie Leßter erschrocken zusammenfuhr, war sich aber nicht sicher. »Ein Sucher?« wiederholte sie. »Was ist das?«

»Sie werden ihn erkennen, wenn Sie ihn sehen«, antwortete Stone geheimnisvoll. »Wenn das geschieht, Captain Laird, dann schalten Sie dieses Gerät ein und *lassen Sie es liegen, wo es ist, und laufen Sie, so schnell Sie können.*«

»Das klingt richtig beruhigend«, murrte Skudder. »Sie haben eine herzerfrischende Art, einem Mut zu machen. Was zum Teufel ist ein Sucher?«

Stone seufzte. »Also gut«, sagte er. »Sie erinnern sich an das Wesen, auf das Sie in den Ruinen von Köln gestoßen sind?«

Skudder nickte. Er war ein bißchen blaß geworden.

»Und jetzt stellen Sie sich ein Geschöpf vor, das *Jagd* auf solche Wesen macht«, fuhr Stone seelenruhig fort.

Skudder wurde noch blasser und zog es vor, keine Fragen mehr zu stellen.

»Wo befinden Sie sich jetzt?« fragte Stone, wieder an Charity gewandt.

Es fiel ihr nicht leicht, zu antworten. Ihr Mißtrauen Daniel Stone gegenüber war noch immer nicht völlig ausgeräumt. Aber dann sagte ihr ihr logisches Überlegen, daß sie ohnehin verloren waren, wenn Stone sie wirklich verriet. Sie beantwortete seine Frage.

»Das heißt, Sie sind nur noch ein paar Straßenzüge vom World Trade Center entfernt«, sagte Stone. »Wenn es Ihnen gelingt, dem Suchtrupp zu entfliehen, haben Sie eine reelle Chance.«

»Das Trade Center?«

Stone lächelte. »Die Rechenzentrale, von der ich Ihnen erzählt habe, befindet sich in seinen unteren acht Stockwerken. Und meine eigenen bescheidenen Räume im Penthouse.«

»Das paßt irgendwie«, murmelte Charity.

»Ich war schon immer ein Mann von gutem Geschmack«, sagte Stone lächelnd.

»Man könnte es auch Größenwahn nennen«, erwiderte Charity, machte aber eine hastige Handbewegung, als Stone darauf antworten wollte. »Es gibt noch ein Problem«, sagte sie.

Stone blickte sie fragend an.

»Wir können den Computer nicht mehr zerstören«, fuhr sie fort. »Unsere gesamte Ausrüstung wurde zerstört, als wir das Flugzeug verloren.«

»Das ist bedauerlich«, antwortete Stone gelassen, »aber nicht zu ändern. Sie hätten der Computeranlage mit einer Bombe sowieso keinen nennenswerten Schaden zufügen können. Die Moroni sind zwar manchmal erschreckend naiv, aber nicht dumm. Sie müßten schon das gesamte Gebäude sprengen, um den ganzen Rechner zu zerstören.«

»Aber dann ... «

»Es reicht vollkommen aus, wenn Sie eine bestimmte Speicherbank zerstören«, fuhr Stone fort. »Sie finden sie in einem Raum auf der dritten Etage. Freundlicherweise waren die Moroni zuvorkommend genug, die alte Zimmernumerierung beizubehalten. Das Apartment trägt die Nummer 3211.«

»Und Sie glauben, wir könnten dort einfach hereinspazieren und wild um uns schießen?«

»Niemand hat behauptet, daß es einfach sein wird«, antwortete Stone unwillig. »Aber es ist auch nicht unmöglich. Ich bin nicht das einzige menschliche Wesen in New York, Captain Laird. Wenn Sie sich unauffällig verhalten und den Impulsgeber verwenden, den ich Ihnen gegeben habe, wird niemand Ihre Berechtigung anzweifeln, das Gebäude zu betreten. Das ist der Vorteil einer Militärdiktatur.«

»Und dann?« schnappte Skudder. »Was dann, Stone? Sie können mir nicht erzählen, daß der gesamte Militärapparat

Ihrer Freunde zusammenbricht, nur weil wir irgendeinen Computer zerstören.«

»Natürlich nicht«, antwortete Stone in leicht genervtem Tonfall. »Die entsprechenden Daten sind noch in drei oder vier weiteren Orten gespeichert, von denen ich weiß, und wahrscheinlich einem Dutzend, von denen ich nicht weiß. Aber mit ein wenig Glück verlieren sie für Stunden die Kontrolle über den größten Teil ihrer Flotte, vielleicht für Tage. Wenn Ihre Freunde in Köln ihr Handwerk verstehen, dann sollte diese Zeit ausreichen, die Transmitterstation am Nordpol in die Luft zu jagen.«

Etwas sagte Charity, daß es nicht so einfach sein würde. Sie hatte den Plan ein dutzendmal mit Hartmann besprochen, und der neue Kommandant des Eifel-Bunkers hatte ihr versichert, daß es kein Problem war, eine seiner Nuklear-Raketen so präzise auf den Nordpol abzufeuern, daß von dem dort gelandeten Riesenschiff der Moroni und dem Materietransmitter nichts als ein radioaktiver Krater zurückbleiben würde. Aber das war die Theorie. In der Praxis hatte dieser Plan so viele Wenns und Abers, daß sie es irgendwann aufgegeben hatte, darüber nachzudenken, was alles schiefgehen konnte. Davon ganz abgesehen, war dies erst der zweite Schritt ihres wahnwitzigen Unternehmens. Der erste bestand in der Kleinigkeit, an einen Ort zu gehen, von dem sie nicht wußten, wo er war, dort etwas zu finden, von dem keiner von ihnen eine Ahnung hatte, wie es aussah, und etwas zu tun, von dem ihnen nicht einmal Stone hatte sagen können, was. Ganz abgesehen von dem Detail, dieses Irrsinnsunternehmen auch noch zu überleben und mit heiler Haut zurückzukommen.

»Irgend etwas geht hier vor«, sagte Skudder von der Tür her.

Charity warf ihm einen hastigen Blick zu und wandte sich dann wieder an Stone.

»Gehen Sie jetzt, Captain Laird«, sagte Stone. »Tun Sie genau, was ich Ihnen gesagt habe. Hier im Trade Center gibt es einen Transmitter auf jeder Etage. Ich werde sämtliche Geräte so programmieren, daß sie zur Relais-Station am Nordpol gebracht und von dort sofort zum Sonnensatelliten weitergeleitet werden, und zwar genau für eine Minute.«

»Ab wann?«

»Ab dem Moment, in dem Sie den Computer zerstört haben.«

»Und wenn es uns nicht gelingt?«

»Gibt es auch keine Freifahrt zur Sonne«, sagte Stone fröhlich.

»Irgendwann unterhalten wir uns noch einmal über dieses Gespräch«, drohte Charity, aber das Grinsen des elektronischen Ebenbildes Daniel Stones' auf dem Bildschirm wurde nur noch breiter.

»Das hätte wenig Sinn, Captain Laird«, sagte er. »Sie vergessen anscheinend immer wieder, daß Sie nur mit einem Computer reden. Der wirkliche Daniel Stone hat keine Ahnung von dem, was wir besprechen.«

»Vielleicht könntest du endlich aufhören, dich mit diesem Transistorradio zu streiten und hierherkommen!« sagte Skudder scharf. Charity sah ihn fast erschrocken an, bewegte sich aber gehorsam auf ihn zu und warf einen Blick auf die Straße hinaus.

Die Zahl der Moroni, die die Straße absperrten, war auf das gut dreifache angewachsen. Sie standen nicht mehr reglos da, sondern bewegten sich nervös durcheinander; viele hatten die Blicke gehoben und sahen in den Himmel, als suchten sie etwas.

Das Wort weckte eine unangenehme Assoziation in Charity, so daß sie beschloß, den Gedanken nicht weiter zu verfolgen, und sich mit einem Ruck umwandte. »Verschwinden wir von hier«, sagte sie.

Sie gingen weiter durch den Hausflur und traten nach einigen Augenblicken durch die Hintertür auf einen kleinen, an allen Seiten von Mauern umschlossenen Hinterhof hinaus. Charity zögerte einen Moment. Ihr Blick glitt sichernd über die leeren Fensterhöhlen, aber nirgends war das Glitzern von Horn oder das Schimmern ausdrucksloser Insektenaugen zu sehen, so daß sie schließlich im Laufschritt das kleine gemauerte Viereck überquerten und in das nächste Haus eindrangen.

Sie legten auf diese Weise eine Entfernung von sicher zwei oder drei Meilen zurück; sieben oder acht Häuserblocks, an deren Ende sie jedesmal derselbe Anblick empfing: eine Kette reglos dastehender, bewaffneter Moroni, die die Straße absperrte. Es war so, wie Charity vermutet hatte: die Moroni hatten das gesamte Viertel abgeriegelt.

»Dort!« sagte Skudder plötzlich und deutete in den Himmel hinauf. Charitys Blick folgte seinem ausgestreckten Arm. Sie erwartete, einen Gleiter zu sehen, oder irgendein anderes Fahrzeug, aber statt dessen entdeckte sie etwas, das ihr auf den ersten Blick wie ein riesiges Stück schwarzes Leder erschien, ein flatternder Lappen mit ausgefransten Rändern, der scheinbar gewichtslos auf dem Wind dahintrieb.

»Was ist das?« flüsterte Skudder.

»Der Sucher«, sagte Leßter.

Charity warf ihm einen fragenden Blick zu, konzentrierte sich dann aber wieder auf das sonderbare Etwas am Himmel. Irgendwie kam es ihr bekannt vor, und nach einigen Augenblicken erinnerte sie sich auch: Es war lange her, endlos lange, wie es schien. Sie hatte ein Wesen wie dieses schon einmal gesehen, vor fünfzig Jahren. Auch damals war es ihr auf den ersten Blick harmlos und allenfalls bizarr vorgekommen, wie ein Stück geronnener Dunkelheit, das den Himmel entlangglitt. Aber sie hatte auch gesehen, wie dieses scheinbar harmlose Etwas einen schwerbewaffneten Kampfhubschrauber umschlungen und einfach zermalmt hatte.

Sie dachte an das, was ihr Stone gesagt hatte, und zog den Kommunikator wieder aus der Tasche, überlegte es sich dann aber anders. Zumindest im Moment schien dieses Ding ihre Spur noch nicht aufgenommen zu haben.

Sie wichen wieder in das leerstehende Gebäude zurück und

arbeiteten sich zur anderen Seite des Häuserblocks vor, ehe sie es wagten, wieder auf die Straße hinauszutreten. Aber sie waren erst wenige Schritte gelaufen, als Leßter abermals stehenblieb und nach oben deutete.

Das formlose, schwarze Etwas glitt – merklich tiefer als vorhin – über die Dächer der Häuser dahin, taumelte scheinbar ziellos hin und her und verlor dabei immer mehr an Höhe. Hastig wichen sie wieder in Deckung zurück und blieben stehen. Charity beobachtete den Sucher aufmerksam aus dem Schutz der Toreinfahrt heraus, in der sie Deckung gesucht hatten. Dieses formlose Etwas machte immer noch keinen besonders gefährlichen Eindruck, und sie hatte immer noch das Gefühl, daß es nicht genau wußte, wonach es suchte. Aber es *kam* näher, und es war diese fast maschinenhafte Beharrlichkeit, die Charity trotz alledem erschreckte.

»Wenn wir in den Häusern bleiben, kann es uns nicht gefährlich werden«, sagte Skudder. Charity sah ihn zweifelnd an, und der Hopi fügte mit einem Ton, als spreche er diese Worte nur, um sich selbst zu beruhigen, hinzu: »Es ist viel zu groß.«

Leßters Mimik verriet, daß er etwas sagen wollte, doch dann überlegte er es sich im letzten Moment anders und schüttelte nur stumm den Kopf.

Der Sucher glitt in kleiner werdenden Kreisen über die Häuserblocks dahin, entschwand manchmal ihren Blicken, tauchte aber immer sofort wieder auf und sank dabei unaufhörlich tiefer. Obwohl er ihnen jetzt nahe war, konnte Charity seine Struktur noch immer nicht genau erkennen. Er schien eine riesige, formlose Masse mit einer lichtschluckenden Oberfläche zu bleiben, unter der ein körperloses Brodeln und Gleiten zu erahnen war.

Sie wichen weiter in das Haus zurück und beobachteten, wie das bizarre Geschöpf wenige hundert Schritte von ihnen entfernt auf der anderen Seite der Straße den Boden berührte. Charity war ein wenig verwirrt. Das Wesen kam ihr plötzlich kleiner vor – vorhin, als sie es das erste Mal am Himmel gesehen hatte, hatte sie seine Größe auf hundert, wenn nicht mehr Meter geschätzt, jetzt hatte es kaum mehr die Abmessungen eines kleinen Lastwagens; noch immer gigantisch, aber nicht mehr so monströs wie bisher.

Dann zerfiel es in zwei Teile. Es geschah lautlos und sehr schnell. Die riesige, formlose Masse schnürte sich in der Mitte zusammen wie eine absurd große Zelle, die sich teilte, gerann zu zwei brodelnden Klumpen, zwischen denen sich für Momente noch dünne glitzernde Fäden spannten, ehe sie lautlos rissen und wie peitschende Arme in die Hauptmasse des nunmehr geteilten Körpers zurückschnellten. Der eine Teil dieses riesigen Etwas bewegte sich mit gleitenden Bewegungen die Straße hinab, der andere blieb reglos dort, wo er war.

Für einige Sekunden. Dann teilte er sich wieder. Und wieder. Und wieder.

Nach kaum einer Minute bedeckte ein Teppich aus sicherlich zwanzig oder dreißig großen, zitternden Klumpen formloser Schwärze die Straße, von denen sich einige unentwegt weiter teilten, andere mit pumpenden, mühsamen Bewegungen davonzukriechen begannen. Einige bewegten sich weiter die Straße hinab, andere drangen in die Häuser rechts und links des Weges ein.

»Ich glaube, ich verstehe allmählich, was Stone gemeint hat«, flüsterte Charity.

Skudder nahm sein Gewehr von der Schulter, aber Leßter machte eine abwehrende Bewegung. »Das ist völlig sinnlos«, sagt er. »Die einzelnen Teile stehen miteinander in telepathischer Verbindung. Wenn uns eines dieser Dinger entdeckt, dann weiß der Rest sofort, wo wir sind.«

Skudders Gesicht verlor noch ein bißchen mehr von seiner ohnehin blassen Farbe, und auch Charity fuhr unmerklich zusammen. Gebannt beobachtete sie die Invasion immer kleiner – aber auch immer zahlreicher – werdender schwarzer Plasmaklumpen, die die Straße bedeckten und sich dabei immer weiter ausbreiteten. Wenn sich dieses bizarre Etwas weiter im gleichen Tempo teilte –, dann würden es bald Millionen winziger, einzelner Einheiten sein, die das Viertel überfluteten. Der Moment, in dem sie einem davon über den Weg laufen mußten, war an den Fingern einer Hand abzuzählen.

»Wenn Sie so gut darüber Bescheid wissen, dann haben Sie vielleicht auch eine Idee, wie wir es überlisten können.«

Leßter schüttelte wortlos den Kopf.

Charity zögerte noch einige Sekunden, dann zog sie endgültig den Kommunikator aus der Tasche, schaltete ihn ein und legte ihn, mit der Bildschirmseite nach unten, auf den Boden. Sie wartete darauf, daß irgend etwas geschah, zuckte schließlich mit den Achseln und trat ein paar Schritte zurück.

Erst dann begriff sie, daß *doch* etwas geschehen war. Etwas im Muster der kriechenden, gleitenden Bewegung draußen auf der Straße hatte sich geändert – es war nicht bewußt wahrzunehmen, denn die Zahl der einzelnen Körperteile des Suchers war einfach zu groß, um sie nicht mit einem Blick zu erfassen, aber das Kriechen und Krabbeln dort draußen schien ihr nicht mehr ganz so ziellos wie noch vor Augenblicken.

»Sie kommen hierher«, sagte Skudder leise.

Tatsächlich bewegten sich die ersten winzigen Teile des aufgespaltenen Kolosses nicht sehr zielgerichtet, aber doch stetig, auf das Gebäude und die Toreinfahrt zu. Und auch in den Fenstern und Türen der gegenüberliegenden Häuser, die sie aus ihrem Versteck heraus erkennen konnte, erschienen plötzlich wieder schwarze, formlose Körper, die den Weg zurückkrochen, den sie gerade erst gegangen waren. Irgendwie schien der Kommunikator das Wesen anzulocken.

Sie warteten nicht mehr länger, sondern liefen los und kletterten über die niedrige Mauer, die den Hinterhof abschloß. Dahinter erstreckte sich ein weiterer, mit Trümmern und Unrat übersäter freier Raum, der an drei Seiten von den brandgeschwärzten Mauern zerstörter Gebäude flankiert wurde. Charity rannte mit weit ausgreifenden Schritten auf den einzig sichtbaren Ausgang zu – und blieb wie erstarrt stehen.

Auf der Schwelle erschien ein zitternder, schwarzer Plasmaklumpen. Selbst aus allernächster Nähe blieb sein Körper formlos, ohne irgendwelche sichtbaren Sinnesorgane oder Glieder, und er war kaum größer als eine junge Katze. Trotzdem spürte Charity die entsetzliche Gefahr, die von diesem *Ding* ausging.

»Nicht bewegen!« rief Leßter entsetzt.

Charity gehorchte, aber Skudder hob seine Waffe und zielte auf das formlose Etwas. Leßter fuhr mit einem halb unterdrückten Fluch herum und schlug den Lauf des Gewehrs herunter. »Sind Sie wahnsinnig?!« schnappte er. »Ein einziger Schuß, und wir sind tot.«

Für einen Moment verzerrte sich Skudders Gesicht zu einer wütenden Grimasse, aber er sagte nichts und er rührte sich auch nicht, sondern starrte abwechselnd Leßter und den Sucher an. Für weitere endlose Sekunden blieb das formlose Etwas zitternd auf der Schwelle des Hauses hocken, dann setzte es sich langsam, mit mühsamen, grotesken Bewegungen wie eine übergroße schwarze Schnecke in Bewegung und glitt die Stufen hinab.

Charitys Herz schlug, als wolle es jeden Moment zerspringen, und etwas in ihr krümmte sich vor Angst und Ekel zusammen, als das *Ding* auf sie zu und kaum eine Handbreit neben ihr vorbeiglitt. Sie wagte es nicht, sich zu rühren, sondern folgte seiner Bewegung aus den Augenwinkeln, bis es einen guten Meter hinter ihr war. Erst dann drehte sie sich herum und starrte ihm nach.

Das Ding kroch weiter, erreichte die Mauer, die sie gerade überstiegen hatten und begann, daran hinaufzugleiten.

»Stone!« flüsterte sie. »Irgendwie zieht er es an.«

Leßter nickte, bedeutete ihnen aber mit Gesten, weiter ruhig stehenzubleiben. Erst als das ekelerregende Etwas die Mauerkrone erreicht und sich darüber hinweggeschoben hatte, erwachte er aus seiner Erstarrung und deutete hastig auf die Tür, aus der der Sucher hervorgekrochen war. »Schnell!« rief er. »Wir haben nicht viel Zeit!«

Sie rannten los. Das Innere des Gebäudes war genauso heruntergekommen und verfallen wie die anderen, durch die sie bisher gekommen waren, aber sie trafen noch dreimal auf Teile des riesigen, aufgespalteten Wesens, die langsam, jetzt aber sehr zielsicher an ihnen vorbeiglitten, wie Motten, die magisch von einem unsichtbaren Licht angezogen wurden.

Schließlich erreichten sie eine weitere Straßensperre. Es war nur eine schmale Gasse zwischen zwei Häusern, keine Straße, sondern einfach ein vier oder fünf Meter breiter Streifen, der niemals bebaut worden war, und an seinem Ende standen nicht Dutzende, sondern nur drei *Ameisen*krieger. Wenn sie eine Chance hatten, den Sperrgütel zu durchbrechen, dann hier.

Skudder wollte seine Waffe heben, aber wieder hielt ihn Leßter zurück. »Noch nicht«, sagte er. »Warte.«

»Worauf?« fragte Skudder schlechtgelaunt. »Daß sie uns entdecken?«

»Warte«, sagte Leßter einfach.

Und sie warteten. Eine Minute verging, dann zwei, drei, fünf – und plötzlich erschütterte eine ungeheure Explosion das Stadtviertel. Die Gebäude rings um sie herum wankten. Ein grellrotes Licht löschte den Sonnenschein aus, und in das Krachen der Explosion, das noch gar nicht ganz verklungen war, mischte sich das Poltern und Bersten zusammenbrechender Häuser. Staub und Steintrümmer regneten von der Decke herab, und draußen auf der Straße schlugen zerbrochene Dachziegel und Steine auf, die sich aus den mürben Wänden gelöst hatten. Die drei Moroni zogen sich hastig ein Stück weit zurück, um nicht von den herabstürzenden Trümmerstücken erschlagen zu werden.

»Jetzt!« befahl Leßter und sprang als erster auf die Straße hinaus. Charity und Skudder folgten ihm fast im gleichen Sekundenbruchteil, aber wie vorhin in der Lagerhalle war Leßter einfach schneller als sie. Sein Gewehr stieß drei kurze, grellweiße Lichtblitze aus, und die drei *Ameisen* sanken nebeneinander getroffen zu Boden, ehe sie auch nur einen Warnruf ausstoßen konnten.

»Was war das?« schrie Charity, während sie neben Leßter die Straße hinunterrannte.

»Der Sucher«, antwortete Leßter. »Das Gerät hat ihn angelockt und sich dann selbst gesprengt. Es sieht so aus, als hätte Ihr Freund die Wahrheit gesagt.«

»Er ist nicht mein Freund«, antwortete Charity automatisch. Aber das hörte Leßter wahrscheinlich gar nicht mehr, denn er lief plötzlich schneller und entfernte sich so rasch von ihnen, daß Skudder und Charity keine Chance hatten, zu ihm aufzuholen.

Einen Moment später stürmte er auf die Straße hinauf, vor der die drei *Ameisen* Wache gestanden hatten, warf sich mitten in der Bewegung nach links, rollte über die Schulter ab und begann zu schießen, noch ehe er wieder vollends in die Höhe gekommen war. Charity konnte nicht erkennen, worauf er feuerte, hörte aber einen schrillen Pfiff, und fast im gleichen Moment wurde der Laserbeschuß erwidert: Vor und neben Leßter explodierten grelle Lichtblitze im Boden. Auch Skudder und sie erreichten das Ende der Gasse und stürmten auf die Straße hinaus. Es war ein knappes Dutzend Moroni, das von dem plötzlichen Angriff offensichtlich vollkommen überrascht worden war, denn drei oder vier der schwarzen Gestalten lagen bereits reglos am Boden, in Haltungen, die verrieten, daß sie nicht einmal dazu gekommen waren, ihre Waffen zu ziehen.

Aber sie überwanden ihre Überraschung sehr schnell. Leßter tötete mit der Präzision einer Maschine einen Krieger nach dem anderen, und auch Charity und Skudder begannen, vielleicht nicht ganz so zielsicher wie er, dafür aber mit um so verbissenerer Wut, auf die Moroni zu schießen. Ihre Zahl schmolz rasend schnell, aber sie wehrten sich mit erbitterter Kraft. Skudder fiel mit einem Schmerzlaut auf die Knie, als einer der dünnen, weißen Lichtblitze seinen Oberschenkel streifte und eine rauchende Spur im Stoff seiner Hose hinterließ, und plötzlich schrie Leßter auf und kippte rücklings auf die Straße. Kleine Flammen züngelten aus Brust und Rücken seiner Jacke und erloschen sofort wieder.

Charity schaltete mit einem Fluch ihre Waffe auf Dauerfeuer um und schwenkte den Lauf langsam von recht nach links. Der grellweiße Strahl mähte wie eine Sense aus Licht über die Straße und streckte die letzten verbliebenen *Ameisen* nieder, aber die Waffe wurde in ihrer Hand glühend heiß, und auf ihrer Oberseite begann ein kleines, rotes Licht warnend zu blinken.

Es war wie ein Wettlauf mit der Zeit, und sie gewann ihn nur ganz knapp. Das Gewehr versagte ihr den Dienst, fast im gleichen Sekundenbruchteil, in dem der Laserstrahl den letzten Moroni traf und tötete. Das Metall war so heiß geworden, daß sie trotz der dicken Handschuhe einen heftigen Schmerz verspürte.

Hastig warf sie die Waffe zu Boden, überzeugte sich mit einem Blick davon, daß Skudder nicht ernsthaft verletzt war, und rannte dann auf Leßter zu. In der Brust seiner gefleckten Uniformjacke, nur ein kleines Stück unter dem Herzen, war ein winziges, rauchendes Loch. Aber zu Charitys Verblüffung öffnete Leßter die Augen, als er ihre Schritte hörte, und lächelte ihr mit schmerzverzerrtem Gesicht zu.

»Sieht so aus, als hätte ich den Mund ein bißchen zu voll genommen«, sagte er gepreßt.

Charity kniete neben ihm nieder. »Nicht reden«, sagte sie. »Bewegen Sie sich nicht. Wir bringen Sie hier weg.«

»Ob Sie es glauben oder nicht, Captain Laird«, stöhnte Leßter mit zusammengebissenen Zähnen, »Ich hatte nicht vor, davonzulaufen.«

Charity öffnete mit fliehenden Fingern seine Jacke, riß das dünne Hemd darunter einfach entzwei und sog erschrocken die Luft zwischen den Zähnen ein, als sie die schreckliche Wunde sah, die der Laserstrahl in seinen Körper geschlagen hatte. Daß Leßter überhaupt noch am Leben war, grenzte an ein Wunder.

»Wie sieht es aus?« stöhnte Leßter.

Sie versuchte zumindest, sich zu einem Lächeln zu zwingen. »Ich habe schon Schlimmeres gesehen«, sagte sie.

Leßter nickte. »Ja. Vermutlich im Kino.«

»Halten Sie den Mund«, sagte Charity streng. »Wir bringen Sie irgendwie hier weg. Keine Angst.«

Skudder langte humpelnd neben ihnen an, warf einen nur flüchtigen Blick auf Leßters Brust und schüttelte fast unmerklich den Kopf. So sachte die Bewegung gewesen war, Leßter hatte sie gesehen.

»Freu dich nicht zu früh, Rothaut«, sagte er. »So schnell bin ich nicht kleinzukriegen.«

Und wie um seine Worte unter Beweis zu stellen, versuchte er, sich in die Höhe zu stemmen. Aber seine Kraft reichte nicht. Mit einem halblauten Schmerzensschrei fiel er zurück und schloß die Augen.

»Hilf mir!« verlangte Charity. »Wir müssen ihn hier wegschaffen.«

Sie wollte Leßter unter den Achseln ergreifen, aber Skudder schob sie einfach zur Seite, hob den Verletzten auf und warf ihn sich über die Schulter. Leßter stöhnte, öffnete aber nicht die Augen, und Skudder drehte sich herum und begann mit gewaltigen Sätzen die Straße zu überqueren.

Sie erreichten die nächste Abzweigung nie. Plötzlich zuckte ein greller Lichtblitz auf und schnitt kaum einen Meter vor Skudder durch die Luft, und als Charity herumfuhr, sah sie sich einem weiteren halben Dutzend zwei Meter großer Insektenkrieger gegenüber, die urplötzlich am Ende der Straße aufgetaucht waren. Automatisch hob sie ihre Waffe, aber das rote Licht auf dem Gewehr hatte nicht aufgehört zu flackern. Der Laser war überhitzt. Und es hätte ihr auch nicht viel genutzt, denn plötzlich stieß Skudder einen überraschten Ruf aus, und Charity drehte sich herum und blickte in die entgegengesetzte Richtung.

Am andern Ende der Straße war ein buckeliges, silberfarbenes Fahrzeug mit dem roten Flammen-M Morons auf dem Bug erschienen. Rechts und links des asymmetrisch geformten Fensters ragten die stumpfen Läufe schwerer Laserkanonen aus dem Rumpf.

Skudder schrie abermals auf, ließ sich auf ein Knie herabfallen und versuchte, seine Waffe zu heben, und im gleichen Sekundenbruchteil eröffnete das Fahrzeug das Feuer …

»Der Gefangene ist entkommen.«

Stones Logik und seine dreijährige Erfahrung im Umgang mit den *Ameisen* sagten ihm sehr deutlich, daß es unmöglich war – und trotzdem war er für einen Moment sicher, in den kalten Kristallaugen des Inspektors so etwas wie Wut aufblitzen zu sehen.

So ruhig wie es ihm möglich war antwortete er: »Ich weiß.«

Der Inspektor schwieg eine Sekunde. Auch die beiden anderen riesigen Albinoameisen wandten sich um und starrten Stone an, und er begann sich unter den Blicken ihrer kalten, schimmernden Facettenaugen immer unwohler zu fühlen.

»Erklären Sie das, Governor Stone«, fuhr der Inspektor fort. »Wir haben die Situation analysiert. Die Auswertung der Daten ergibt, daß eine Flucht des Gefangenen nur mit fremder Hilfe möglich war. Der Zwerg verfügte über einen Impulsgeber, der Ihrem persönlichen Sicherheitscode entsprach.«

»Das ist kein Wunder«, antwortete Stone lächelnd. »Es war mein eigener.«

»Sie haben dem Zwerg die Flucht ermöglicht? Warum?«

Täuschte er sich, oder lag plötzlich etwas Drohendes in der ansonsten so ausdruckslosen Computerstimme des Inspektors?

Statt direkt zu antworten, trat Stone einen Schritt beiseite und machte eine weit ausholende Handbewegung nach Süden. Über der Skyline der Stadt stiegen schwarze Qualmwolken in die Höhe, manchmal zuckten Flammen durch diesen Qualm, und selbst jetzt war dann und wann noch das Krachen einer Explosion zu hören. »Auch ich habe die Situation analysiert«, sagte er, wobei er sich bemühte, den Tonfall des Inspektors spöttisch nachzuäffen. »Und ich bin zu dem Schluß gekommen, daß niemand anderes als Captain Laird und ihre Verbündeten diesen Läufer gekapert haben.«

»Das ist richtig«, antwortete der Inspektor. »Ihre Spur wurde bereits aufgenommen. Das Gebiet, in dem sie vermutet werden, wurde weitläufig abgeriegelt. Es ist nur eine Frage der Zeit bis zu ihrer Festnahme.«

»Oder ihrem Entkommen«, fügte Stone hinzu. Keiner der Inspektoren hatte es ihm gesagt, aber er war lange genug hier, um auch das zu hören, was sie nicht aussprachen. Er wußte, daß es Charity und ihren Freunden irgendwie gelungen sein mußte, den Sucher auszuschalten. »Es tut mir leid«, fuhr er in perfekt geschauspielertem, leicht aggressivem Ton fort, »aber ich kenne Captain Laird zu gut. Es wäre nicht das erste Mal, daß sie unseren Kriegern entkommt – ganz egal, wie aussichtslos es scheint.«

Der Inspektor schwieg einige Sekunden. Dann sagte er: »Ich sehe den Zusammenhang zwischen der Jagd auf die Rebellen und der Tatsache, daß Sie den Gefangenen entkommen ließen, nicht.«

Stone seufzte. »Ich sagte bereits, ich glaube nicht, daß Ihre Krieger Captain Laird stellen. Deshalb habe ich meine eigenen Maßnahmen in die Wege geleitet.«

»Erklären Sie das«, verlangte der Inspektor. Stone tat es.

...auf die *Ameisen*krieger. Es ging viel zu schnell, als daß Charity wirklich begriff, was geschah: Ein halbes Dutzend grellweißer, unterarmstarker Laserblitze zuckte aus den Geschützläufen des Fahrzeuges, raste an Charity und Skudder vorbei und verwandelte die Straße hinter ihnen in ein Inferno aus Flammen und Hitze. Die *Ameisen* verbrannten in der höllischen Glut zu Asche, ohne auch nur zu begreifen, was sie tötete.

Die Druckwelle schleuderte sowohl Charity als auch Skudder von den Füßen. Sie stürzte, riß schützend die Arme über das Gesicht, als ein höllischer Gluthauch ihre Haut streifte, und sah aus tränenden Augen, wie sich Skudder schützend über den verletzten Leßter warf. Für eine halbe Sekunde hatte sie das Gefühl, Feuer zu atmen. Sie schrie vor Schmerz, krümmte sich und roch den Gestank ihres eigenen, verkohlenden Haares, dann war die Druckwelle über sie hinweg und zertrümmerte beiderseits der Straße die wenigen Fensterscheiben, die noch in den Ruinen verblieben waren.

Mühsam stemmte sich Charity hoch, hob den Kopf und blickte aus ungläubig aufgerissenen Augen auf das Fahrzeug, das langsam und lautlos näher zu gleiten begann. Die Geschützläufe bewegten sich, verharrten für einen Moment direkt auf ihr und Skudder und richteten sich dann wieder auf das hintere Ende der Straße aus, obwohl es dort nichts mehr gab, worauf zu schießen sich gelohnt hätte.

»Was ... « murmelte Skudder und brach verblüfft mitten im Satz ab, als an der rechten Seite des Fahrzeugs eine Tür aufschwang. Ein dürrer, in zerfetzten braunen Stoff gehüllter Arm streckte sich heraus und winkte, und eine Sekunde später erschien hinter diesem ein grinsendes Zwergengesicht unter einem gewaltigen Kahlkopf.

»Gurk!« rief Charity überrascht.

»In voller Größe«, antwortete Gurk und hüpfte auf die Straße herab. Mit kleinen trippelnden Schritten kam er näher, deutete eine spöttische Verbeugung an und streckte die Hand aus, um Charity auf die Füße zu helfen.

Sie ignorierte seinen ausgestreckten Arm und stand aus eigener Kraft auf. Gurk zog eine Grimasse, dann wandte er sich zu Skudder um, der sich ebenfalls wieder auf die Knie hochgestemmt hatte und sich um Leßter bemühte.

»Was ist mit ihm?« fragte Gurk. »Ist er tot?«

Skudder schüttelte den Kopf. »Noch nicht. Aber ich fürchte, er hat keine große Chance.«

»Wo kommst du her?« fragte Charity fassungslos.

Gurk legte den Kopf schräg und blickte zu ihr hoch. Dann hob er die Hand und deutete mit dem Daumen über die Schulter zurück. »Von dort«, sagte er. »Und wie es aussieht, wieder einmal gerade im richtigen Moment, um eure Hintern zu retten.«

Charitys Blick tastete verwirrt über das buckelige Fahrzeug mit dem feuerroten Emblem der Invasoren, das reglos einen halben Meter über der Straße in der Luft schwebte. Sie hörte das kaum wahrnehmbare Zischen eines Luftkissens, das das Fahrzeug in der Schwebe hielt. »Hast du die Seiten gewechselt, oder ist das wieder einer deiner Taschenspielertricks?« fragte sie. Sie versuchte zu lächeln, aber die Reaktion auf Gurks Gesicht verriet ihr, daß ihm der leise Unterton von Mißtrauen in ihrer Stimme keineswegs entgangen war.

»Weder – noch«, antwortete er plötzlich sehr ernst. »Aber das ist eine komplizierte Geschichte, und ich schlage vor, wir besprechen sie weder hier noch jetzt. Falls es euch entgangen sein sollte – es wimmelt hier von *Ameisen*, die ganz wild darauf sind, euch guten Tag zu sagen.«

»Wer ist da drinnen?« fragte Skudder und deutete auf das Luftkissenfahrzeug.

»Niemand«, antwortete Gurk. »Ich war schon immer ein Autonarr, wußtest du das nicht?«

Charity beendete dieses fruchtlose Gespräch, indem sie Skudder ein Zeichen gab. »Leg ihn in den Wagen«, sagte sie mit einer Geste auf Leßter. »Aber sei vorsichtig.«

»Und paß auf, daß du mir die Polster nicht versaust«, fügte Gurk hinzu. »Die Karre ist nagelneu. Die Garantie ist nicht mal abgelaufen.«

Gegen ihren Willen mußte Charity lächeln. Aber sie wurde sofort wieder ernst und behielt voller Ungeduld die Straße im Auge, während Skudder den verletzten Soldaten vorsichtig in das Fahrzeug hineinbugsierte und quer über die rückwärtigen Sitze legte.

Danach kletterte sie hastig selbst in das Fahrzeug hinein, blickte eine Sekunde lang mit wachsender Verwirrung auf die komplizierten Steuer- und Kontrollinstrumente hinab und entschied dann, daß es klüger war, weiterhin dem Zwerg das Fahrzeug anzuvertrauen.

Gurk schloß die Tür, startete das Fahrzeug und ließ es rückwärts die Straße wieder hinuntergleiten. Er wendete, richtete den Bug des Fahrzeuges auf das Stadtzentrum aus und beschleunigte. Charitys Herz machte einen erschrockenen Sprung, als sie auf der nächsten Querstraße eine ganze Abteilung bewaffneter *Ameisen* erkannte, die dem Fahrzeug mißtrauisch entgegenblickten, aber Gurk grinste nur und beschleunigte noch mehr, und zu Charitys großer Überraschung wichen die Insektenkreaturen respektvoll vor dem Fahrzeug zurück.

»Keine Sorge«, sagte Gurk, der ihre Gedanken erraten zu haben schien – wahrscheinlich war es auch nicht allzu schwer, sie auf ihrem Gesicht abzulesen. »Falls sie nicht *gesehen* haben, wie ich eure Freunde gerade gegrillt habe, kann uns nichts passieren.« Er schlug grinsend mit der Handfläche auf das Steuer. »Das hier ist Stones Privatwagen. Niemand würde es wagen, ihn aufzuhalten.«

»Wie kommst du dazu?« fragte Charity mißtrauisch.

Gurk seufzte tief. »Geklaut«, sagte er. »Habe ich dir noch nicht erzählt, daß ich auf vierunddreißig Planeten der Milchstraße als Autodieb gesucht werde?«

»Hör mit dem Blödsinn auf«, sagte Charity verärgert. »Was in Dreiteufelsnamen geht hier vor?«

Gurk lenkte das Fahrzeug in eine Seitenstraße und beschleunigte noch mehr. Die Fassaden der halb zerstörten Häuser huschten so schnell an ihnen vorüber, daß Charity nur noch ein Durcheinander aus verschwommenen Farben wahrnehmen konnte. »Ich schlage vor, wir suchen uns irgendwo ein ruhiges Plätzchen und warten, bis die ganze Aufregung vorbei ist«, sagte er. »Wir haben eine Menge zu besprechen.«

18

French saß seit drei oder vier Stunden in seinem Versteck, und er wußte, daß er hier nicht mehr herauskommen würde.

Er hatte drauf gewartet, daß die riesige weiße Spinne wieder ging und die übrigen Kreaturen wieder ihre normale Arbeit aufnahmen, aber keines von beidem war geschehen. Statt dessen hatte sich in der gewaltigen Halle eine Atmosphäre hektischer, angespannter Nervosität ausgebreitet, und während der letzten Minuten waren mehr und mehr Spinnen hereingekommen – eine Armee großer, sechsgliedriger Kreaturen, die sich in einem Punkt von denen unterschieden, die French kannte. Sie waren bewaffnet.

Er zweifelte nicht daran, daß er der Grund dieser Aufregung war. In der Nische, in der er sich verkrochen hatte, war er sicher – selbst ein zufälliger Blick in seine Richtung hätte den Spinnen nur einen schwarzen Schatten gezeigt –, und solange er die Nerven behielt und nicht versuchte, aus seinem Versteck zu entkommen, würde ihm nichts geschehen. Aber er konnte nicht ewig hierbleiben.

Er fragte sich, was geschehen war. Er war stundenlang durch die Spinnenwelt gelaufen, und er war mehr als einer dieser furchtbaren Kreaturen begegnet, ohne daß sie ihn auch nur erkannt hätten. Und plötzlich marschierte eine ganze Armee auf, zweifellos aus keinem anderen Grund als dem, ihn zu suchen und zu töten.

Möglicherweise hatte es etwas mit dieser neuen, weißen Kreatur zu tun, die aus dem Metallring getreten war. Der kurze Blick ihrer Augen, den French aufgefangen hatte, hatte ihn davon überzeugt, daß sie wesentlich intelligenter und somit gefährlicher war als die anderen Bestien. Er hatte auch überlegt, sie zu töten – im Laufe der letzten Stunde war sie mehr als einmal nahe genug an seinem Versteck vorübergegangen, um sie mit einem gut gezielten Schuß aus seiner Harpunenwaffe niederzustrecken. Aber er war nicht sicher, ob es dazu nicht schon zu spät war.

French bewegte sich unruhig. Seine Beine und sein Rücken schmerzten unerträglich von der verkrampften, hockenden Haltung, zu der ihn die Enge des Raumes zwang, in dem er Zuflucht gesucht hattte. Sein Blick irrte durch die riesige Halle, blieb für einen Moment an der strahlendweißen Gestalt des Monstrums hängen, das die bewaffneten Spinnen ganz offensichtlich befehligte, und suchte dann wieder den schwebenden, eisernen Ring.

Irgend etwas geschah. French spürte es, eine halbe Sekunde, bevor das Bild der Rückwand der Halle im Inneren des Eisenringes zu verblassen begann und wieder jener wesenlosen, wabernden Schwärze Platz machte, die er schon einmal gesehen hatte.

19

»Also«, begann Gurk, nachdem er den Wagen in eine schmale Seitenstraße und mit erstaunlichem Geschick in den Schutz einer Toreinfahrt bugsiert hatte. »Was um alles in der Welt tut ihr hier? Und wo habt ihr den aufgelesen?« Er deutete mit einer Kopfbewegung auf Leßter, der lang ausgestreckt und fiebernd auf der Rückbank des Wagens lag. Charity hatte versucht, ihm eine schmerzstillende Tablette aus dem Erste-Hilfe-Päckchen ihres Anzuges einzuflößen, aber keinen Erfolg damit gehabt. Sie war sehr sicher, daß Leßter sterben würde. Sein Zustand verschlechterte sich von Minute zu Minute. Es war kaum verständlich, daß er überhaupt noch lebte.

»Die Frage könnten wir auch stellen«, sagte Skudder. Mit finsterem Gesichtsausdruck fügte er hinzu: »Wenn man bedenkt, daß du angeblich nicht einmal weißt, warum wir hier sind, dann hast du uns ziemlich schnell und präzise geholfen.«

Gurk zog eine Grimasse und streckte dem Hopi die Zunge heraus. »Der große rote Medizinmann glaubt, der kleine weiße Mann hätte ihn verraten, wie?« fragte er spöttisch.

Skudder blieb völlig ernst. Er sagte nichts, aber sein Blick sprach Bände. Und nach einer Weile wandte sich Gurk seufzend von ihm ab und sah zu Charity hoch. »Stone hat mir eine wilde Geschichte erzählt. Ich muß gestehen, ich habe sie bis zuletzt nicht so recht geglaubt. Aber jetzt seid ihr hier.«

Charity warf einen nervösen Blick aus dem Fenster auf die Straße hinaus. Sie hatten sich dem gigantischen Doppelturm des World Trade Center bis auf zwei Blocks genähert und sie waren auf immer mehr Moroni gestoßen; aber auch auf Menschen, wie Stone behauptet hatte. Niemand hatte sie aufgehalten. Die einzige Notiz, die man von dem Luftkissenfahrzeug genommen hatte, hatte darin bestanden, daß Menschen und Insektenkreaturen ihnen respektvoll Platz machten.

»Wie kommst du zu diesem Fahrzeug?« fragte Charity.

»Das ist eine lange Geschichte«, sagte Gurk.

»Dann erzähl sie«, forderte ihn Skudder auf.

Gurk schüttelte heftig den Kopf. »Zuerst ihr«, sagte er. »Vielleicht weiß ich danach, ob ich Stone glauben kann oder nicht.«

Charity ließ sich in die weichen Polster des Sitzes zurücksinken und genoß für volle Sekunden das Gefühl, einmal nicht in Lebensgefahr zu sein und fliehen zu müssen. Es war eine trügerische Sicherheit, die nicht lange anhalten würde, das war ihr klar – obwohl sie sich seit Stunden in einer Situation befanden, die einfach nicht schlimmer werden konnte, stand ihnen der wirklich *schwierige* Teil ihrer Aufgabe noch bevor.

»Es ist eine Menge passiert, seit wir uns das letzte Mal gesehen haben«, begann sie mit erschöpfter, leiser Stimme.

»Das weiß ich«, antwortete Gurk. »Was ist mit Kyle und dem Mädchen? Haben sie es überlebt?«

»Überlebt ...?« Charity zuckte mit den Schultern. Dann deutete sie fast widerwillig ein Nicken an. Sie hatte weder von Kyle noch von dem Mädchen wieder etwas gehört, seit sie den Megamann das letzte Mal in der Ruine des Kölner Doms gesehen hatte. Aber irgendwie spürte sie, daß er noch lebte. Manchmal hatte sie sogar das absurde Gefühl, daß er ganz in ihrer Nähe war.

»Ich glaube, ja«, antwortete sie. »Du weißt, daß Stone mit mir gesprochen hat, nachdem er dich eingefangen hatte?«

Gurk nickte und schwieg.

»Mir geht es so ähnlich wie dir«, fuhr Charity fort. »Ich bin bis jetzt nicht sicher, ob ich ihm wirklich glauben kann. Aber bisher war alles wahr, was er erzählt hat.«

»Ich weiß«, knurrte Gurk. Er sprach plötzlich auf eine Art, als bereite ihm das, was er sagte, Unbehagen. »Es sieht so aus, als hätte dein alter Freund plötzlich sein Gewissen entdeckt.«

»Kaum«, antwortete Charity überzeugt. »Er hat schlicht und einfach Angst. Irgend etwas muß passiert sein, um ihn davon zu überzeugen, daß er doch auf der falschen Seite steht.«

»Ich glaube, ich kann dir auch sagen, was«, sagte Gurk. Er machte eine rasche Handbewegung. »Aber zuerst du.«

»Er hat mir gesagt, wie wir diese verdammte Nova-Bombe vernichten können«, sagte Charity.

Gurk schien kein bißchen überrascht. Er sah sie nur sehr aufmerksam an.

»Ich weiß nicht, warum«, fuhr Charity fort. Sie war ein wenig enttäuscht, daß Gurk sich weiterhin in Schweigen hüllte, denn sie spürte genau, daß der Gnom etwas wußte. Etwas von großer Wichtigkeit. Sie lachte bitter. »Es wäre fast komisch, wenn es nicht so grausam wäre – wir waren nahe daran, aufzugeben.«

»Du und aufgeben?« Gurk grinste. »Entschuldige, aber diese beiden Worte passen irgendwie nicht zueinander.«

»Man sollte keinen Kampf kämpfen, den man nicht gewinnen kann«, antwortete Charity ernst. »Waren das nicht deine eigenen Worte? Ich bin nicht sicher, ob wir sie schlagen können, aber wir haben zumindest eine gute Chance, es zu versuchen. Aber wozu, wenn alles, was wir damit erreichen können, die Vernichtung dieses ganzen Sonnensystems ist?«

»Hat er dir das gesagt?« fragte Gurk lauernd.

»Das hast *du* mir gesagt«, sagte Charity betont. »Es sei denn, du hättest gelogen, als du mir die Geschichte deines Volkes erzählt hast.«

»Das habe ich nicht«, antwortete Gurk. »Aber es gab ein paar Dinge, die ich damals noch nicht wußte.«

»Es gibt diese Bombe«, fuhr Charity fort. »Und es gibt die eiserne Regel Morons, das, was es nicht haben kann, zu zerstören. Aber Stone hat uns gesagt, wie wir sie entschärfen können.«

»Und gleichzeitig den Transmitter am Nordpol ausschalten, so daß sie keinen Nachschub mehr bekommen«, vermutete Gurk.

»Ja. Das ist das kleinste Problem. In Hartmanns Basis liegen noch ein paar Spielzeuge aus unserer großen Vergangenheit herum, weißt du?« fügte sie sarkastisch hinzu. »Nicht sehr viel, verglichen mit dem, was es einmal war, aber mehr als genug, um dieses Sternenschiff mitsamt dem Transmitter zurück in die Galaxis zu sprengen.«

»Das klingt beinahe zu einfach«, sagte Gurk.

»Genau dasselbe habe ich auch gedacht«, antwortete Charity. »Aber manchmal sind gerade die großen Dinge einfach. Davon abgesehen – es war *nicht* besonders leicht, hierherzukommen.«

»Und wir sind noch nicht am Ziel«, fügte Skudder hinzu. »Ich bin auch nicht sehr sicher, daß wir es jemals erreichen.«

»Ich kann mich ja täuschen«, sagte Gurk, »aber ich finde, daß das hier nicht der richtige Weg zum Nordpol ist. Und auch nicht zur Sonne.«

»Es ist der Weg, den Stone mir beschrieben hat«, antwortete Charity. Sie deutete auf die beiden goldschimmernden Türme des World Trade Centers, die die Dächer der gegenüberliegenden Häuser überragten wie künstlich gemauerte Berge. »Dort drinnen befindet sich das Rechenzentrum der Moroni. Sozusagen ihr elektronisches Gehirn. Und ein Transmitter, der uns zum Satelliten bringt.«

»Humbug!« antwortete Gurk überzeugt. »Es gibt nur einen einzigen Transmitter, dessen Reichweite groß genug ist – und der steht in der Schwarzen Festung am Nordpol.«

»Stone hat versprochen, die Geräte so zu programmieren, daß wir direkt zu unserem Ziel gelangen«, antwortete Charity. »Du glaubst, er hätte uns belogen?«

Gurk druckste einige Sekunden lang herum. »Ich weiß es nicht«, sagte er dann. »Wie ich Stone kenne, würde ich eigentlich automatisch ja sagen. Aber wenn ich daran denke, wieviel Porzellan ihr auf dem Weg hierher zerschlagen habt, dann ergibt das keinen Sinn. Um euch in eine Falle zu locken, gäbe es einfachere Wege.«

»Vielleicht macht es ihm Spaß?« vermutete Skudder.

Gurk warf ihm einen schrägen Blick zu. »Was? Zuzusehen, wie ihr die halbe Stadt in Schutt und Asche legt, und seinen eigenen Hals zu riskieren, indem er mir zur Flucht verhilft?« Er schüttelte entschieden den Kopf. »Nein. Er *hat* euch belogen, aber nur in einem Punkt.«

»Welchem?«

»Über den Grund eures Hierseins«, sagte Gurk. »Er hat nämlich nicht ganz plötzlich sein Gewissen entdeckt. Ich glaube nicht, daß er so etwas hat. Er hat schlicht und einfach Angst. Und mit Grund.«

Sowohl Charity als auch Skudder sahen den Zwerg plötzlich alarmiert an. Und Gurk konnte der Versuchung nicht widerstehen, eine übertrieben lange, dramatische Pause einzulegen und mit leicht erhobener Stimme fortzufahren.

»Ich hab' eine Menge gelernt in den letzten drei Monaten. Ich habe viel mit Stone gesprochen, und ich habe das eine oder andere aufgeschnappt. Was ich euch über das Schicksal meiner Heimatwelt erzählt habe, ist wahr. Aber in einem Punkt habe ich mich getäuscht – die Moroni installieren diese Sonnenbomben nicht, weil sie Angst vor Rebellen und Aufständen haben. Jedenfalls nicht so, wie ich bisher dachte.«

»Was soll das heißen?« fragte Skudder ungeduldig. »Mach es nicht so spannend!«

»Tu ich ja gar nicht«, antwortete Gurk beleidigt. »Du unterbrichst mich doch dauernd, oder?«

Skudder beugte sich vor und schüttelte drohend eine Faust vor Gurks Gesicht, die nicht sehr viel kleiner als dessen Kopf war. Gurk hob abwehrend die Hände und rutschte ein Stück weit tiefer in seinen Sitz hinein. »Schon gut, schon gut«, sagte er. »Dann eben die Kurzfassung. Sie *haben* Angst vor einem Aufstand, aber es sind ihre eigenen Kinder, die sie fürchten. Nicht ihr.«

Skudders Gesichtsausdruck nach zu schließen, verstand er nun überhaupt nichts mehr. Aber Charity warf einen langen, nachdenklichen Blick auf den reglosen Leßter auf der Rückbank, und plötzlich mußte sie wieder an das denken, was sie in den Ruinen Kölns erlebt hatten. Da war etwas, ein Gefühl, fast schon so etwas wie Wissen, das die ganze Zeit über in ihr gewesen war, das sie aber noch nicht richtig greifen konnte.

»Die Armee Morons geht immer gleich vor«, begann Gurk. »Sie überrennen den Widerstand eines Planeten, indem sie einfach mehr und mehr Truppen heranschaffen, ganz egal, wie hoch ihre Verluste sind. Sie scheinen es sich leisten zu können – wenn Stone nicht schamlos übertrieben hat, dann müssen sie mittlerweile Zehntausende von Welten unterworfen haben. Was geschieht, ist immer dasselbe – dasselbe, was auch hier geschehen ist. Sie unterwerfen einen Planeten und versklaven die Überlebenden ihres Angriffs. Aber ich war bisher der Meinung, sie täten es nur aus bloßer Habgier. Um die eroberten Welten auszubeuten.«

»Und das ist nicht so?« fragte Skudder.

Gurk machte eine Bewegung, die wie eine komplizierte Mischung aus einem Nicken, einem Kopfschütteln und einem Achselzucken war. »Ja und nein«, antwortete er. »Einerseits natürlich schon. Sie beuten die Planeten aus, bis absolut nichts mehr zu holen ist. Moron hat einen ungeheuren Bedarf an Rohstoffen, Erz, Mineralien, spaltbarem Material, Edelmetallen ... Aber das ist nicht alles. Wahrscheinlich könnten sie das bequemer und vor allem mit sehr viel weniger Aufwand haben, wenn sie unbewohnte Planeten suchen und ausbeuten würden. Was sie brauchen, ist Lebensraum.«

Seine Worte überraschten Charity nicht besonders. Sie alle hatten gesehen, was die Invasoren mit der City des ehemaligen Paris getan hatten. Sie hatten nicht nur sich selbst und ihre Krieger und Waffen, sondern einen Teil ihrer gesamten Ökologie herbeigeschafft und begonnen, aus der Erde einen fremden, für Menschen fast unbewohnbaren Planeten zu machen. Und dies geschah nicht nur in Paris, sondern an Hunderten, vielleicht Tausenden von Orten überall auf der Welt. Es war ein mühsamer, langwieriger Prozeß, der sicher noch Jahrhunderte währen mochte, aber die Moroni waren ein Volk, das nicht in

Meilen, sondern in Lichtjahren rechnete, nicht in Jahren, sondern in Jahrtausenden.

»Sie besiedeln die Planeten, die sie erobert haben«, fuhr Gurk fort. »Das Nest in Paris und das in Köln sind nicht die einzigen. Überall sind *Ameisen*-Königinnen dabei, die Kolonien zu vergrößern. Sie sind ein ungeheuer fruchtbares Volk. Und sie können nicht aufhören, sich zu vermehren. Das ist der wahre Grund für ihren Eroberungsfeldzug. Sie brauchen Lebensraum.«

»Das ist alles nicht besonders neu«, sagte Skudder, obwohl sein Gesichtsausdruck verriet, daß ihn das Gehörte bis ins Innerste erschütterte.

»Ich weiß«, antwortete Gurk. »Aber manchmal kommt es zu einer kleinen Panne. Manchmal gehen die Königinnen mit den Ureinwohnern einer eroberten Welt eine Art Symbiose ein. Meistens sind diese Verbindungen von vornherein zum Scheitern verurteilt. Aber es kommt vor, daß sie doch funktionieren, und dann entsteht eine völlig neue Spezies.«

»Die Jared«, murmelte Charity. »Das Nest in Köln ...«

»Ein *Sprung*«, sagte Gurk nickend. »Sie nennen es so. Die Jared sind nichts anderes als die Verbindung zwischen einer *Ameisen*-Königin und menschlichem Erbgut.«

»Aber das ist völlig ausgeschlossen«, protestierte Charity.

»Warum sagst du das nicht ihnen statt mir?« gab Gurk knurrig zurück. »Irgendwie scheinen sie es nicht gemerkt zu haben.« Er wurde sofort wieder ernst. »Es ist nicht das erste Mal. daß so etwas geschieht. Es kommt selten vor, aber es *kommt* vor – ich glaube, es handelt sich wirklich um eine Art Evolutionssprung. Die Moroni fürchten diesen Moment wie den Teufel. Sie haben bisher noch jeden Planeten verloren, auf dem es dazu gekommen ist.«

»Aber wieso?« fragte Skudder verwirrt. »Die Jared sind ... unheimlich. Aber es sind nicht sehr viele. Es muß Milliarden von Moroni auf der Erde geben.«

»Stone hat mir nicht alle seine Geheimnisse verraten«, antwortete Gurk ungeduldig. »Aber immerhin genug. Was immer dieser Sprung wirklich bedeutet, es entsteht eine vollkommen neue Spezies, die weder mit den Moroni noch mit den Ureinwohnern des jeweiligen Planeten viel gemein hat. Sie sind ihnen überlegen, Skudder. Grenzenlos überlegen. Die längste Zeit, die jemals vom Augenblick eines Sprunges bis zur völligen Niederlage der *Ameisen* vergangen ist, ist zehn Jahre. Und *das* ist der wirkliche Grund für die Existenz der Nova-Bombe. Sie fürchten ihre eigenen Nachkommen wie nichts anderes im Universum, denn sie sind die einzigen, die ihnen überlegen sind. Der Moment, in dem es den Jared gelingt, einen Transmitter zu erobern und damit das Tor in die Galaxis aufzustoßen, bedeutet das Ende Morons. Sie versuchen, den Transmitter mitzunehmen oder zumindest zu zerstören, wenn ihnen das nicht mehr gelingt, aber als letztes Mittel verwandeln sie die Sonne des Planeten in eine Nova und zerstören damit alles.«

»Und was hat das alles mit Stones plötzlichem Sinneswandel zu tun?« wollte Skudder wissen.

Gurk blies die Backen auf. »Bist du so blöd – oder tust du nur so, Langer? Euer Freund hat ebensowenig Lust, gegrillt zu werden wie du oder ich. Was glaubst du, ist in Köln passiert?«

»Ich glaube, ich beginne zu begreifen«, flüsterte Charity entsetzt. »Die Moroni ... «

»... bereiten alles zur Evakuierung dieses gastlichen Planeten vor«, beendete Gurk grimmig den Satz. »Und wahrscheinlich tickt der Zeitzünder in ihrer kleinen Bombe bereits; nur für den Fall, daß es ihnen nicht gelingen sollte, ihren Transmitter mitzunehmen oder zu zerstören.«

Charity war im ersten Moment viel zu entsetzt, um den logischen Fehler in dieser Argumentation zu sehen. Aber er war einfach zu groß, um lange Zeit unentdeckt zu bleiben. »Aber das ist ... völliger Unsinn«, sagte sie plötzlich. »Es gibt Tausende von Transmittersystemen auf dieser Welt. Wir selbst sind durch einen gegangen. In jeder Basis der Invasoren steht mindestens eines dieser Geräte.«

»Das ist etwas anderes«, antwortete Gurk. »Ich bin kein Spezialist für intergalaktische Schnellzugverbindungen, aber ich glaube, es ist eine vollkommen andere Technologie. Das eine hat mit dem anderen soviel zu tun wie ein Dreirad mit diesem Luftkissenfahrzeug. Man kommt mit beidem von einem Punkt zum anderen, aber das ist auch schon alles.« Er grinste. »Wenigstens könnt ihr sicher sein, daß Daniels *Ameisen* euch nicht mehr lange auf die Nerven gehen. In spätestens zehn Jahren seid ihr sie los.«

Charity dachte wieder an das, was sie in den Kellern des Kölner Doms gesehen hatte – und vor allem an das, was sie in den Augen des Jared erblickt hatte, als sie mit ihm sprach. Sie schauderte. Sie antwortete nicht auf Gurks Worte, aber sie war plötzlich nicht mehr sehr sicher, ob sie sich wirklich darüber freuen sollte. Es war gut möglich, daß sie im wahrsten Sinne des Wortes den Teufel mit dem Belzebub austrieben.

»Hat Stone dir das alles erzählt?« fragte sie nach einer Weile.

»Das meiste«, bestätigte Gurk. »Den Rest wußte ich schon – ich wußte nur nicht, was er bedeutet.« Plötzlich veränderte sich seine Stimme und wurde wieder zu dem gewohnten schrillen Altmännerkeifen: »Und ich weiß zum Teufel noch mal immer noch nicht, was ihr hier tut.«

»Wir müssen einen bestimmten Teil dieses Rechenzentrums zerstören«, sagte Charity. »Wenn nicht, haben wir die halbe Flotte der Moroni auf dem Hals, wenn wir uns der Schwarzen Festung auch nur nähern.«

»Mumpitz!« sagte Gurk überzeugt. »Mumpitz hoch drei! Es gibt keine zentrale Leitstelle für ihre Raumflotte – die im übrigen überhaupt nicht existiert. Sie haben keine Raumschiffe. Wozu auch? Und wenn sie sie hätten, dann wären sie kaum so dämlich, ihr Funktionieren von einem einzigen Computer abhängig zu machen.«

»Ich glaube das so wenig wie du«, antwortete Charity ruhig. »Aber der Anschlag auf den Rechner ist die Bedingung, die Stone gestellt hat. Frag micht nicht, warum.«

Gurk runzelte die Stirn und überlegte einen Moment. »Vielleicht gibt es in diesem Datenspeicher etwas, von dem er gern hätte, daß es es nicht mehr gäbe«, sagte er dann. »Das sähe Daniel ähnlich, das Angenehme mit dem Nützlichen zu verbinden. Ich hätte gute Lust, ihm einen Strich durch die Rechnung zu machen.«

»Er sitzt aber leider am längeren Hebel«, antwortete Charity. »Die Transmitterverbindung wird erst aktiviert, nachdem der Computer zerstört ist.«

Gurk grunzte eine Antwort, die sie nicht verstand und auch nicht verstehen wollte. »Das gefällt mir nicht«, knurrte er. »Ich traue Stone immer noch nicht. Ich bin sicher, daß er uns reinlegen will.«

»Das hätte er einfacher haben können«, sagte Charity. »Waren das nicht deine eigene Worte?«

Gurk schenkte ihr einen giftigen Blick, zog es aber vor, nichts mehr zu sagen, sondern trommelte nervös mit den dürren Fingern auf dem Steuer des Luftkissenfahrzeugs. »Wir sollten allmählich von hier verschwinden«, sagte Skudder. »Worauf warten wir überhaupt noch?«

»Es ist noch zu früh«, antwortete Gurk, ohne ihn anzusehen. »Stone wird mir Bescheid geben, wenn die Luft rein ist. Aber es gefällt mir nicht.«

»Was?«

»Daß dieser Kerl irgendwo dort oben sitzt und ganz genau weiß, was wir tun und wann«, sagte Gurk grimmig. »Ich spüre einfach, daß er uns hereinlegt.«

Aus dem hinteren Teil des Fahrzeuges drang ein leises Stöhnen, und Charity drehte sich im Sitz herum und beugte sich besorgt über Leßter. Zu ihrer Überraschung hatte der junge Soldat die Augen geöffnet und war bei Bewußtsein. Seine Stirn glänzte fiebrig, kalter Schweiß bedeckte in winzigen Tröpfchen sein Gesicht, und seine Fingernägel fuhren über die Polster der Sitzbank und verursachten scharrende Geräusche, die Charity einen Schauder über den Rücken laufen ließen. Aber er war eindeutig bei Bewußtsein, und mehr noch – als sie sich über ihn beugte, drehte er den Kopf und sah sie an, und er zwang sich sogar zu einem gequälten Lächeln. »Wie … sieht es … aus?« fragte er stockend.

»Gut«, log Charity. »Wir sind schon so gut wie hier heraus.«

»Sie lügen, Captain Laird«, behauptete Leßter. Er lächelte wieder, und diesmal wirkte es schon nicht mehr ganz so verkrampft und mühsam wie das erste Mal. Sein Atem begann sich zu beruhigen.

Aber Charity ließ sich davon nicht täuschen. Sie hatte zu viele Männer sterben sehen, um nicht zu wissen, daß die scheinbare Besserung, die sie beobachtete, vielleicht nichts anderes als das letzte Aufbäumen des erlöschenden Lebens in seinem Körper war. Und da war noch etwas. Etwas, das ihr so schwerfiel wie vielleicht nichts zuvor in ihrem Leben. Aber sie wußte keinen anderen Ausweg.

»Hören Sie zu, Leßter«, begann sie unsicher. »Wir … können nicht hierbleiben. Aber es ist möglich, daß wir …« Sie stockte. Es fiel ihr ungeheuer schwer, weiterzusprechen. Sie kam sich vor, als hätte sie plötzlich eine Waffe in der Hand, um Leßter damit zu töten. Und in gewissem Sinne war es ja auch so. »Es kann sein, daß wir Sie nicht mitnehmen können«, stieß sie schließlich hervor.

»Machen Sie sich keine Sorgen um mich, Captain Laird«, antwortete Leßter. »Ich … komme schon in Ordnung. Ich brauche nur noch einige Minuten Ruhe.«

Charity blickte auf das so harmlos aussehende, kleine Loch in seiner Brust hinab und schwieg. Die Verletzung kam ihr jetzt viel kleiner und ungefährlicher vor als noch vorhin, aber das mußte eine Täuschung sein. Leßter würde nirgendwo mehr hingehen, und er mußte das so gut wissen wie sie. Vermutlich versuchte er nur, es ihr leichter zu machen.

»Hören Sie zu, Leßter«, begann sie von neuem. »Wir …«

»Wir können keinen sterbenden Mann mitnehmen dorthin, wo wir hingehen«, unterbrach Skudder sie hart. »Es tut mir leid, aber Sie kannten das Risiko. Es hätte jeden von uns erwischen können.«

Charity wandte mit einem Ruck den Kopf und starrte Skudder so böse an, daß er betroffen zusammenfuhr und ihrem Blick auswich, aber Leßter lachte nur und sagte noch einmal: »Ich komme schon wieder auf die Beine. Geben Sie mir nur ein paar Minuten.«

Charity schwieg. Plötzlich ertappte sie sich bei dem Gedanken, daß sie sich beinahe wünschte, Leßter würde sterben, hier und sofort, um ihr damit die entsetzliche Entscheidung zu ersparen, ihn zurückzulassen – oder einen sterbenden Mann mitzunehmen und damit vielleicht ihr aller Ende zu riskieren. Sie verdrängte den Gedanken, drehte sich wieder im Sitz herum und sah, wie auf dem verwirrenden Durcheinander von Instrumenten auf dem Pult vor Gurk eine gelbe Lampe zu blinken begann. Der Zwerg sagte nichts, beugte sich aber vor und startete mit einem Knopfdruck die Motoren des Fahrzeuges.

20

Stone hatte die beiden Sprengsätze so plaziert, daß er selbst Mühe hatte, sie zwischen den bizarr geformten Kanten und Linien des Speicherblocks wiederzufinden. Seine Hände zitterten leicht vor Aufregung, und er zögerte einen unmerklichen Moment, ehe er sich herumdrehte und mit gemessenen Schritten auf die Tür zuging. Aber er wußte, daß er sich gut genug in der Gewalt hatte, um nicht aufzufallen. Einem menschlichen Beobachter wäre vielleicht seine unnatürliche Blässe ebensowenig entgangen wie das Zittern seiner Hände und der wilde Blick seiner Augen, aber die Inspektoren *waren* keine menschlichen Beobachter, und was immer sie auch sein mochten – sie waren miserable Menschenkenner. Die Mimik eines Menschen zu deuten war für sie ebenso unmöglich wie umgekehrt für Stone, den Ausdruck auf den starren Horngesichtern dieser bizarren Wesen zu interpretieren.

In Gedanken ging er noch einmal alle Punkte seines Vorgehens durch, fand aber keinen Fehler mehr. Die beiden Sprengsätze würden im Bruchteil einer Sekunde, nachdem der Zwerg und seine Begleiter durch den Transmitter gegangen waren, explodieren und nicht nur diesen Raum, sondern die gesamte Etage und wahrscheinlich noch eines oder mehrere der darüberliegenden Stockwerke in Schutt und Asche legen. Bei allem Schaden, den Charity Laird und ihre Möchtegern-Revolutionäre bisher angerichtet hatten, würde es ihm leichtfallen, ihnen auch die Schuld an dieser Explosion zuzuschieben. Außerdem war es logisch, daß sie den Transmitter hinter sich sprengten, um eventuelle Verfolger aufzuhalten.

Trotzdem war es riskant.

Aber er hatte keine Wahl mehr. Die Geschichte, die er den Inspektoren erzählt hatte, ging so dicht an der Wahrheit vorbei, wie es gerade noch möglich gewesen war. Wenn Charity

Laird und die anderen in dieses Gebäude eindrangen, dann würden sie von einer ganzen Hundertschaft ausgesuchter Elitekrieger erwartet werden. Stone hoffte inständig, daß es ihnen trotzdem gelang, den Transmitter zu erreichen und zu fliehen – aber er war sehr sicher, daß weder Gurk noch Captain Laird jemals vorgehabt hatten, in diesen Computerraum einzudringen und ihren Teil der Abmachung einzuhalten.

Er an ihrer Stelle hätte es jedenfalls nicht getan. Es war das alte Spiel des betrogenen Betrügers, und Stone amüsierte sich eine Weile bei dem Gedanken, daß er die Schraube nun um eine Drehung weiter angezogen hatte. Ganz egal, ob Charity Laird zu ihrem Wort stand oder nicht, die Speicherbänke mit den verräterischen Daten, die zwar überhaupt nichts mit der Koordination einer nicht vorhandenen Raumflotte zu tun hatten, wohl aber mit der nicht unwesentlichen Frage, ob er weiter lebte und Governor dieses Planeten blieb oder einen höchstwahrscheinlich weder besonders schnellen noch besonders angenehmen Tod starb, würden zerstört werden.

Stone hatte die Tür halb erreicht, als er noch einmal stehenblieb und sich herumdrehte. Sein Blick glitt über die schimmernden Fronten der Speicherbank, blieb einen Moment auf den mit verwirrenden, fremdartigen Symbolen beschrifteten Kontrollinstrumenten haften. Es war ein unheimliches Gefühl. Dieser Computer war mehr als eine Datenbank. Es war mehr als ein Rechner, in dem Informationen gespeichert waren. Für ihn – und für wie viele sonst noch? – war es etwas wie ein Grab. Ein Teil seiner Persönlichkeit war dort drinnen, digitalisiert und eingesperrt in elektronische Gefängnisse, und er fühlte sich nackt und verwundbar bei dem Gedanken, daß jeder, der diese Maschine zu bedienen imstande war, sie abrufen und die geheimsten Geheimnisse seines Lebens lesen konnte.

Fast gegen seinen eigenen Willen ging er zu den Computern zurück und streckte die Hand aus. Er zögerte noch einmal. Eine lautlose Stimme flüsterte ihm zu, daß es besser war, wenn er es nicht tat. Aber die Verlockung war zu groß. Er mußte wissen, was in diesem Rechner gespeichert war. Er mußte wissen, was *sie* über ihn wußten – und er mußte wissen, wer er selbst war. Vielleicht würde er nach einem Blick in die Geheimnisse dieses Computers der einzige Mensch auf diesem Planeten sein, der sich selbst wirklich kannte.

Es war ein prickelndes, erregendes Gefühl. Seine eigenen Gedanken zu lesen. Dinge zu sehen, die sein eigenes Bewußtsein vor ihm selbst bisher geheimgehalten hatte, sein ganzes Leben von der ersten Sekunde an wie ein aufgeschlagenes Buch vor sich zu haben …

Stone schaltete den Computer ein, wartete, bis auf dem Monitor die grünen Leuchtbuchstaben aufglommen, und tippte mit zitternden Fingern seinen eigenen Namen in die Tastatur.

Er war sehr überrascht, als etwas wie ein kompliziertes, aber durchschaubares Schaltbild auf dem Monitor erschien. Er hatte damit gerechnet, daß die Daten verschlüsselt waren, zumindest gesichert, so daß nicht jeder sie abrufen konnte – aber nichts davon war der Fall.

Er konzentrierte sich einen Moment lang auf das Schema auf dem Bildschirm, bis er es begriffen hatte, dann begannen seine Finger wieder über die Tasten zu huschen, und der Monitor füllte sich mit Zahlen und Buchstaben.

Fast fünf Minuten lang stand Stone reglos da und blickte mit immer größer werdender Verwirrung auf was, was sich vor ihm auf dem Monitor darbot. Es war eine Unmenge an Informationen – sein Name, sein Rang, Alter, Größe, eine akribische Beschreibung seines Körpers, seine Art zu gehen, sich zu bewegen, zu sprechen und zu reagieren. Es war sicherlich die umfangreichste und detaillierteste Akte über einen Menschen, die Stone jemals gesehen hatte.

Aber mehr auch nicht.

Wo waren all die verborgenen Geheimnisse seines Lebens? Wo waren all seine Erinnerungen, die Summe von Informationen, die erst den wirklichen Menschen ausmachte? Was in diesem Computer gespeichert war, das war die detaillierteste Personalakte, die jemals angelegt worden war, aber da war nichts von seinen verborgenen Wünschen und Gedanken, nichts von seinen Geheimnissen – und nichts von dem Verrat, den er begangen hatte.

Es dauerte lange, bis Stone bereit war, die Wahrheit zuzugeben.

Er hatte sich getäuscht. Er war getäuscht *worden*. Was man ihm über diese Datenbank und die Möglichkeiten dieses phantastischen Computers erzählt hatte, war nicht wahr.

Es war alles gelogen!

Und der letzte, schlimmste Verrat, mit dem er Captain Laird und deren Freunden die Geheimnisse dieser Basis offenbart und ihr vielleicht eine Waffe gegeben hatte, mit der sie die Herrschaft der Moroni auf dieser Welt brechen konnten, war völlig umsonst gewesen. Die Gefahr, vor der er sich gefürchtet hatte, hatte niemals existiert.

Er hörte, wie die Tür aufglitt, drehte sich herum und erkannte Luzifer, seinen persönlichen Adjutanten. Hinter ihm schimmerte die weiße Gestalt eines Inspektors.

Stone machte sich nicht einmal die Mühe, den Computer auszuschalten. Er wußte, daß er verloren hatte. Vermutlich hatten sie es schon vorher gewußt, und wahrscheinlich hatten sie draußen gewartet und ihn über einen Bildschirm beobachtet, um zu sehen, wie weit er gehen würde.

Luzifer trat auf ihn und und an ihm vorbei, beugte sich vor und entfernte mit einer geschickten Bewegung die beiden Sprengsätze, die Stone an den Computer angebracht hatte. Dann trat er beiseite, um dem Inspektor Platz zu machen, der ihm gefolgt war.

»Governor Stone«, sagte der Inspektor und streckte fordernd die Hand aus. »Bitte übergeben Sie mir Ihre Waffe. Und versuchen Sie nicht, Widerstand zu leisten. Es wäre sinnlos.«

Sehr langsam zog Stone die Strahlenpistole aus dem Gürtel und reichte sie dem Inspektor.

21

Nach allem, was sie auf dem Weg hierher erlebt – und vor allem erwartet! – hatte, war es beinahe zu leicht. Das Luftkissenfahrzeug legte die restliche Distanz zu den Doppeltürmen des World Trade Centers mit der gleichen Selbstverständlichkeit zurück wie bisher, umkreiste das Gebäude zur Hälfte und glitt dann in eine Tiefgarage, deren Tore sich selbsttätig vor ihm öffneten, als es näher kam.

Das Fahrzeug glitt in die riesige unterirdische Halle, und Gurk schaltete die Scheinwerfer ein. Das bleiche Licht riß verrostete Autowracks aus der Dunkelheit, fünfzig Jahre alten Unrat und den Staub eines halben Jahrhunderts, hier und da auch ein menschliches Skelett, das fortzuschaffen sich niemand die Mühe gemacht hatte.

»Ich glaube kein Wort«, sagte Skudder. »Das ist eine Falle! Ich spüre es einfach!«

Er begann unruhig auf seinem Sitz hin- und herzurutschen und fingerte immer nervöser am Abzug seines Gewehres herum, so daß sich Charity mit einem verstohlenen Blick davon überzeugte, daß die Waffe gesichert war. Aber sie sagte nichts. Ihr selbst erging es kaum anders – etwas in ihr *wußte* einfach, daß sie Stone nicht trauen konnten. Gurks Geschichte paßte einfach ein wenig *zu gut* zu der, die Stone ihr selbst erzählt hatte. Auch sie selbst spürte eine immer stärker werdende Nervosität, die es ihr fast unmöglich machte, weiter stillzusitzen.

Sie wandte sich mit einem Blick an Gurk. »Und jetzt?«

Der Zwerg löste die linke Hand vom Steuer und deutete auf die geschlossenen, rostzerfressenen Türen eines Liftes am anderen Ende der Halle. Das Luftkissenfahrzeug bewegte sich langsam darauf zu. »Dieser Aufzug dort hinten wartet auf uns«, sagte er, drehte am Steuer und wich fast im rechten Winkel von ihrem bisherigen Kurs ab. »Aber wir werden ihn nicht nehmen.«

»Wieso?«

Gurk machte ein abfälliges Geräusch. »Weil ich dieser Ratte ebensowenig traue wie du, Schätzchen«, sagte er. »Es gibt noch einen anderen Weg nach oben. Und den werden wir nehmen.«

Er steuerte das Fahrzeug nahezu ans andere Ende der Halle und hielt an, löschte aber weder die Scheinwerfer, noch schaltete er den Motor aus.

Charity drehte sich mit einer erzwungen langsamen Bewegung zu Leßter auf dem Rücksitz herum – und riß erstaunt die Augen auf.

Leßter hatte sich aufgesetzt. Er hockte vornübergebeugt und in verkrampfter Haltung da, und sein Gesicht war noch immer blaß und seine Mundwinkel zuckten vor Schmerz. Aber er sah sie an, und das Lächeln auf seinem Gesicht war nicht nur echt, sondern beinahe triumphierend. »Ich habe Ihnen doch gesagt, ich brauche nur ein paar Minuten«, sagte er. »Ich will nicht unbedingt behaupten, daß ich mich in der Verfassung fühle, einen Marathon-Lauf zu bewältigen. Aber ich denke, ich kann aus eigener Kraft gehen.«

»Das ist doch … unmöglich!« flüsterte Charity.

»Ich werde Ihnen nicht zu Last fallen, Captain Laird«, fuhr Leßter fort.

Charity starrte ihn an. Für einen Augenblick weigerte sie sich einfach zu glauben, was sie sah. Aber gleichzeitig war es wieder da – dieses Gefühl, im Grunde ganz genau zu wissen, was hier vorging, kein bißchen überrascht, sondern eigentlich nur erstaunt und allerhöchstens erschrocken zu sein. Aber wie beim ersten Mal entglitt ihr der Gedanke, als sie danach greifen wollte, und zurück blieb nichts als eine tiefe, mit Fassungslosigkeit gepaarte Verwirrung.

»Wie haben Sie das gemacht?« flüsterte sie.

»Ein altes Hausrezept meiner Mutter«, antwortete Leßter grinsend. »Vielleicht verrate ich es Ihnen bei Gelegenheit.«

Charity schluckte die Antwort herunter, die ihr auf der Zunge lag. Jetzt war nicht der Moment, mit Leßter zu streiten.

Aber sie fügte der langen Liste von Fragen, die sie diesem Mann stellen wollte, einige weitere Punkte hinzu.

Nacheinander stiegen sie aus dem Fahrzeug. Leßter bewegte sich mühsam und mit verkrampften Rucken, aber sie konnte beinahe sehen, wie sich sein Zustand besserte. Für einen Mann, der noch vor zehn Minuten mit dem Tod gerungen hatte, fand sie, war er sogar in Topform.

Sie wartete darauf, daß Gurk die Maschinen des Wagens abstellte, aber statt dessen kletterte der Zwerg plötzlich zurück hinter das Steuer, fuchtelte wild mit den Händen, damit sie einige Schritte beiseite traten, und ließ das Luftkissenfahrzeug dann auf der Stelle herumschwenken. Charity konnte nicht mehr erkennen, was er tat, aber plötzlich heulten die Turbinen des Wagens auf, und Gurk fand gerade noch Zeit, sich mit einem fast grotesken Hüpfer aus der Tür zu werfen, als der Wagen losschoß und immer schneller werdend in der Dunkelheit der Tiefgarage verschwand.

»Los jetzt!« befahl Gurk. »Weg hier!«

Sie stürmten los, wobei Charity und Skudder Leßter kurzerhand unter den Armen ergriffen und zwischen sich herzerrten, denn er war zwar in der Lage, aus eigener Kraft zu gehen, aber nicht zu *rennen.* In der fast vollkommenen Dunkelheit hier unten fiel es Charity schwer, irgend etwas zu erkennen, das weiter als drei oder vier Meter von ihnen entfernt war, aber Gurk schien seinen Weg mit schon fast unheimlicher Sicherheit zu finden. Haken schlagend wich er rostigen Trümmerstücken und Betonpfeilern aus und näherte sich mit weit ausgreifenden Schritten einer schräg in den Angeln hängenden Metalltür.

Einen Augenblick, bevor sie sie erreichten, hörte Charity ein ungeheures Krachen und Bersten, und im gleichen Sekundenbruchteil wurde die Tiefgarage ins blutrote Licht einer gewaltigen Explosion getaucht. Sie nahm sich nicht die Zeit, einen Blick zurückzuwerfen, sondern griff im Gegenteil noch schneller aus, um zu Gurk aufzuholen, der die Tür mittlerweile erreicht hatte und sich vergeblich bemühte, sie weit genug aufzustoßen, um hindurchschlüpfen zu können. Eine zweite Explosion ließ den Boden unter ihren Füßen zittern, und hinter ihnen schossen Flammen in die Höhe.

»Das wird sie eine Weile aufhalten«, sagte Gurk, während er weiter mit aller Kraft, aber vergeblich an der festgerosteten Tür zerrte. »Bis sie merken, daß der Wagen leer war, sind wir vielleicht schon auf dem Mars.«

Skudder und sie halfen dem Zwerg, und mit vereinten Kräften gelang es ihnen, die Tür so weit zu öffnen, daß sie sich mühsam durch den schmalen entstandenen Spalt zwängen konnten.

Der Raum dahinter lag in vollständiger Dunkelheit da, aber Charitys Füße ertasteten die unterste Stufe einer steil in die Höhe führenden Treppe aus rissigem Beton. Sie machte einen Schritt, blieb stehen und suchte im Dunkeln nach Leßters Arm, aber der Soldat schob ihre Hand zur Seite.

»Es geht schon«, sagte er. »Ich komme allein zurecht. Danke.«

Charity konnte ihn nicht sehen, obwohl er kaum einen halben Meter neben ihr stand – aber seine Stimme klang deutlich kräftiger als zuvor. Erneut schauderte sie. *Wer war dieser Mann?*

Dem trappelnden Geräusch von Gurks Schritten folgend liefen sie die Treppe hinauf. Gurk öffnete eine Tür an ihrem oberen Ende und schloß sie so hastig wieder, daß Charity nur das flüchtige Aufblitzen eines schmalen Lichtstrahles sah.

»Was ist los?« fragte sie.

»Ameisen!« antwortete Gurk alarmiert. »Hunderte. Hier oben ist der Teufel los.«

»Was hast du nach dem Feuerwerk erwartet, das du veranstaltet hast?« fragte Skudder.

Sie konnte Gurks Kopfschütteln nicht sehen, aber deutlich hören. »Es sind *Krieger*«, sagte er. »Entweder es ist wirklich eine Falle, oder ... «

»Oder?« hakte Charity nach, als Gurk nicht weitersprach.

»Oder irgend etwas ist schiefgelaufen«, sagte der Zwerg. »Hier kommen wir jedenfalls nicht durch.«

Sie stiegen zum nächsten Stockwerk hinauf, und wieder öffnete Gurk vorsichtig eine Tür und spähte durch den Spalt. Diesmal schloß er sie nicht ganz so hastig wieder.

»Nun?« fragte Skudder.

»Nichts«, antwortete Gurk. »Alles ruhig.« Er überlegte einen Moment, dann: »In welchem Raum steht dieser ominöse Computer, den ihr in die Luft sprengen sollt?«

Charity nannte ihm die Nummer des Apartments, und wieder vergingen Sekunden, in denen Gurk schweigend in der Dunkelheit hockte.

»Das sind noch zwei Stockwerke«, sagte er schließlich. »Das gefällt mir nicht.«

Skudder deutete in der Dunkelheit nach oben. »Was ist mit dieser Treppe?« fragte er. »Wird sie überwacht?«

»Das nicht«, antwortete Gurk auf eine Art, die Charity aufhorchen ließ. »Aber wir können sie nicht nehmen. Es ist schon gefährlich genug, hier zu sein.«

»Wieso?«

»Sperr doch einfach mal deine Ohren auf«, rief ihr Gurk.

Im ersten Moment konnte Charity mit dieser Antwort herzlich wenig anfangen – aber dann tat sie, was Gurk vorgeschlagen hatte, und lauschte angestrengt. Einige Sekunden vergingen, ohne daß sie mehr registrierte als das Geräusch ihres eigenen Herzschlages und die schnellen Atemzüge der anderen; aber dann hörte sie doch etwas. Es war ein Geräusch dicht an der Grenze des überhaupt noch Wahrnehmbaren, ein Schaben und Kratzen, als bewege sich ein schwerfälliger gepanzerter Körper auf Hunderten und Aberhunderten von Beinen langsam über Beton oder Metall, und darunter etwas wie die Atemzüge eines asthmatischen Darth Vader. Eine Sekunde lang versuchte sie, in ihrer Phantasie das Bild des zu diesen Geräuschen passenden Körpers heraufzubeschwören. Aber es gelang ihr nicht, und eigentlich war sie auch ganz froh darüber.

Gurk öffnete abermals die Tür und spähte auf den Gang hinaus. In dem blassen Licht, das durch den Spalt hereinfiel, wirkte sein Gesicht grau und um Jahrhunderte gealtert. Für einen Moment glaubte sie wieder diesen Ausdruck uralten, verborgenen Wissens in seinen Augen zu erkennen; das wirkliche Gesicht dieses sonderbaren Wesens, das sich sonst stets hinter der Maske des Clowns verbarg. Aber auch jetzt war sie nicht ganz sicher. Es war, als wäre Gurks wirkliches Ich etwas, das man stets nur am Rande des Sichtbaren erkennen konnte, wie etwas, das man aus den Augenwinkeln sah und das immer verschwunden war, wenn man versuchte, genauer hinzusehen.

»Also gut«, sagte Gurk schließlich schweren Herzens. »Riskieren wir es.«

Vorsichtig stieß er die Tür ganz auf und trat auf den dahinterliegenen Korridor hinaus, und Charity, Skudder und Leßter folgten ihm.

Ein unheimliches Gefühl des *déjà vu* überkam Charity, als sie hinter dem Zwerg in den breiten, sonnendurchfluteten Korridor trat. Die Luft hier oben roch frisch, nicht abgestanden und nach fünfzig Jahre altem Staub wie die unten in der Garage oder im Treppenhaus. Auf dem Boden lag ein flauschiger Teppich, der so aussah, als wäre er erst gestern frisch verlegt worden, und an den Wänden hingen die gleichen farbigen Kunstdrucke und Bilder wie vor fünfzig Jahren.

Nirgendwo war das mindeste Anzeichen von Verfall oder gar Zerstörung zu sehen. Die gleichförmigen Türen mit den polierten Messingnummern, hinter denen sich früher Büroräume und Apartments befunden hatten, wirkten so, als müßten sie jeden Moment aufgehen und eine Sekräterin auf dem Weg in die Mittagspause, einen Botenjungen, ein Manager in Maßanzug und Krawatte entlassen, und für einen winzigen Moment bildete Charity sich sogar ein, die dazu passenden Geräusche zu hören. Der Moment verging so schnell, wie er gekommen war, aber er hinterließ einen bitteren Nachgeschmack in Charity. Es waren Situationen wie diese, der Anblick vollkommener

Unversehrtheit inmitten einer Zerstörung, die einen ganzen Planeten befallen hatte, die ihr immer wieder vor Augen führten, was *wirklich* hier geschehen war. Selbst wenn es ihnen gelang, die Insektenkrieger von Moron zu vertreiben, und vielleicht sogar die möglicherweise noch größere Gefahr, die sie mit ihrer Invasion heraufbeschworen hatten, dieser Planet würde nie wieder sein, was er gewesen war.

Sie vertrieb den Gedanken und konzentrierte sich wieder auf den Zwerg, der mit langsamen, aber trotzdem zielsicheren Schritten auf einen Aufzugschacht zuging. Jeden Moment rechnete sie damit, eine der Türen aufspringen und Scharen bewaffneter *Ameisen* herausquellen zu sehen, aber nichts dergleichen geschah. Unbehelligt erreichten sie den Lift, dessen Türen offenstanden und nichts als eine leere Kabine zeigten.

Sie traten ein, und Charity streckte die Hand aus, um den Knopf für die dritte Etage zu drücken, aber Gurk schlug ihren Arm mit einer erschrockenen Bewegung herunter und schüttelte den Kopf. Gleichzeitig deutete er mit der anderen Hand zur Kabinendecke hinauf. »Dort hinauf«, sagte er.

Charity sah ihn fragend an.

»Wie bitte?« fragte Skudder überrascht.

»Sicher ist sicher«, antwortete Gurk. »Außerdem ist die Luft dort oben sowieso gesünder. Beeilt euch.«

Skudder starrte den Zwerg an, richtete sich aber dann zu seiner vollen Größe auf und streckte die Arme aus. Seine Hände glitten über das Dach der Kabine und fanden den Notausstieg. Mühelos schob er die Klappe auf, half zuerst Charity und dann Gurk, auf das Kabinendach hinaufzusteigen, und streckte schließlich die Hand nach Leßter aus. Aber der junge Soldat schüttelte den Kopf.

»Was soll das?« fragte Skudder ungeduldig.

»Irgend jemand muß dieses Ding bedienen, oder?« sagte Leßter ruhig. Er stand jetzt ganz aufrecht da. Die Blässe war aus seinem Gesicht gewichen, und seine Hände hatten aufgehört zu zittern. »Sie werden mir nichts tun. Sie suchen Sie und Captain Laird und allenfalls noch diesen komischen Zwerg.«

»Wen meinst du mit komischer Zwerg?« keifte Gurk vom Dach herab.

Leßter überging die Frage und streckte die Hand aus. »Gib mir diesen Ausweis, den Stone dir gegeben hat«, verlangte er.

»Fällt mir nicht ein!« sagte Gurk aufgebracht.

»Nun, dann ist es vielleicht besser, wenn ich hinaufsteige und du hier herunterkommst, um den Lift zu bedienen«, antwortete Leßter ruhig. »Und den Kriegern erklärst du, was du hier tust, falls du recht hast und sie wirklich dort oben auf uns warten.«

Gurk riß verblüfft die Augen auf, griff aber dann gehorsam unter sein Cape und förderte den kleinen Impulsgeber zutage, den er Leßter mit einer lässigen Bewegung in die Kabine hinabwarf. Der Soldat fing ihn auf und steckte ihn in die Tasche, dann half er Skudder, sich selbst als letzten auf das Kabinendach hinaufzuziehen. Charity wollte noch etwas sagen, aber Gurk warf mit einem Knall die Klappe zu und stellte sich demonstrativ darauf. »Wer ist dieser Kerl?« fragte er zornig.

»Das würde ich auch gern wissen«, antwortete Charity. Skudders Beitrag zu der kurzen Unterhaltung beschränkte sich auf einen finsteren Blick.

Sie hörten, wie Leßter unter ihnen die Türen zugleiten ließ. dann setzte sich die Kabine ruckend, aber nahezu lautlos in Bewegung. Charity machte einen halben Schritt zur Seite, um dem rauhen Beton auszuweichen, der plötzlich neben ihr in die Tiefe glitt, und achtete gleichzeitig darauf, den schwirrenden Kabeln nicht zu nahe zu kommen. Die Kabine näherte sich den geschlossenen Türen des zweiten Stockwerkes, passierte sie – und hielt mit einem so plötzlichen Ruck an, daß Charity um ein Haar von den Füßen gerissen worden wäre.

»Was ...« begann Gurk erschrocken, brach mit einem keuchenden Laut wieder ab, als Skudder ihm kurzerhand seine riesige Pranke auf den Mund legte. Auch Charity erstarrte für einen Moment. Sie konnte hören, wie die Lifttüren unter ihnen quietschend aufglitten, dann drang das harte klackende Geräusch nichtmenschlicher, horniger Füße zu ihnen herauf.

Charity und Skudder tauschten einen erschrockenen Blick. Der Hopi ließ Gurk vorsichtig los, während Charity sich behutsam auf ein Knie herabsinken ließ und die Klappe in der Kabinendecke um eine Winzigkeit anhob; gerade weit genug, um hindurchblicken zu können.

Was sie sah, ließ ihr vor Schrecken fast das Blut in den Adern gefrieren. Die Kabine hatte angehalten, und die Gestalten zweier riesiger Insektenkrieger waren durch die Tür auf Leßter zugetreten. Einer von ihnen stand in eindeutig drohender Haltung da und richtete gleich zwei Waffen auf ihn, der andere redete mit schriller, pfeifender Stimme auf ihn ein – und Charity riß erstaunt die Augen auf, als sie hörte, wie Leßter in der gleichen Art *antwortete.* Auch er gestikulierte heftig mit den Armen, und etwas an seinen Gesten war *falsch.* Charity konnte das Gefühl nicht in Worte kleiden, aber es schien irgendwie nicht die Gestik eines Menschen zu sein; die Bewegungen waren kompliziert und abgehackt und wirkten manchmal fast grotesk, aber sie spürte, daß sie eine ebenso gewichtige Bedeutung hatten wie die unverständlichen Pfeif- und Zischlaute, die er ausstieß; Laute überdies, wie sie ein menschlicher Stimmapparat im Grunde gar nicht hervorbringen konnte.

»Was geht da vor?« flüsterte Skudder.

Charity machte eine hastige Geste, still zu sein. Gebannt beobachtete sie, was weiter geschah. Es war ihr ebensowenig möglich wie irgendeinem anderen Menschen, die Körpersprache und Gestik der *Ameisen* zu interpretieren, aber sie spürte die Spannung, die zwischen den ungleichen Wesen herrschte. Und dann geschah etwas Unheimliches: Etwas im Klang von Leßters Stimme änderte sich. Selbst Charity spürte die zwingende, suggestive Macht, die plötzlich in seinen Worten lag – und sie konnte regelrecht sehen, wie der Wille der beiden Krieger erlosch. Ihre Arme sanken schlaff nach unten, und für Augenblicke standen sie einfach reglos das, wie groteske, riesige Statuen. Dann wandten sie sich ohne einen Laut um, verließen die Kabine, und Leßter streckte die Hand nach der Schalttafel aus und ließ die Tür hinter ihnen wieder zugleiten. Dann drehte er sich auf der Stelle herum, hob den Kopf und lächelte zu Charity hoch.

Sie hielt seinem Blick nur eine halbe Sekunde stand, ehe sie die Klappe mit einem fast erschrockenen Ruck wieder zufallen ließ und sich verwirrt aufrichtete.

»Was war da los?« fragte Skudder noch einmal.

»Ich gäbe meine linke Hand dafür, es zu wissen«, flüsterte Charity. Die Worte galten nur ihr selbst, und als sie Skudders irritierten Blick bemerkte, beeilte sie sich, in verändertem Tonfall hinzuzufügen: »Er hat mit zwei von ihnen gesprochen.«

»Gesprochen?« wiederholte Skudder ungläubig.

»In ihrer Sprache«, bestätigte Charity.

Skudder blickte sie einen Moment lang aus weit aufgerissenen Augen an, dann verdüsterte sich sein Gesicht. »Vielleicht gehört er zu ihnen«, sagte er. »So wie Raoul damals.«

Charity fuhr unmerklich zusammen, als Skudder den Namen seines ehemaligen Stellvertreters und Vertrauten erwähnte, aber dann schüttelte sie den Kopf. Auch Raoul war äußerlich ein Mensch geblieben, obgleich in seinem Inneren ein Parasitenwesen genistet hatte, das ihn nicht nur langsam von innen heraus aufgefressen, sondern auch zu einer Marionette der Moroni gemacht hatte. Aber das war bei Leßter nicht der Fall. Sie hätten es gespürt, so wie sie es alle in Raouls Nähe gespürt hatten. Selbst Skudder war das fast körperliche Unbehagen aufgefallen, das ihn immer überkam, wenn Raoul in seiner Nähe war. Er hatte nur nicht gewußt, was es bedeutete.

»Nein«, sagte sie entschieden. »Ich glaube, er ist ... «

»... ein Jared«, sagte Gurk.

Skudder starrte ihn ungläubig an, während Charity nur nickte. Gurk hatte in Worte gekleidet, was sie schon seit einer Weile gefühlt hatte.

»Er hat recht«, sagte sie leise.

»Aber das ist unmöglich«, protestierte Skudder. »Ich war selbst dabei, als er aus dem Tiefschlaf geweckt wurde!«

»So wie alle anderen, die sie im Schlaf übernommen haben!«

Skudder schwieg. Ein bestürzter Ausdruck breitete sich auf seinem Gesicht aus. »Aber wieso?« flüsterte Charity. »Wieso ... hat er uns geholfen, hierherzukommen?«

»Vielleicht hat er das gar nicht«, murmelte Gurk. Charity sah ihn fragend an, und der Zwerg fuhr mit einer grimmigen Grimasse fort: »Vielleicht habt *ihr* ihm geholfen, hierherzukommen.«

Der Aufzug kam abermals zum Halten, und Leßters Stimme drang gedämpft durch das Dach. »Ich könnt herunterkommen. Es ist alles in Ordnung.«

Charity öffnete die Klappe, sprang mit einer kraftvollen Bewegung in die Kabine hinab und trat beiseite, um Skudder und dem Zwerg Platz zu machen. »Finden Sie?« fragte sie. »Ich glaube nicht, daß hier irgend etwas in Ordnung ist, Leßter.«

Leßter sah sie fragend an.

»Wer sind Sie?« fragte Charity scharf. »*Was* sind Sie, Leßter? Und warum sind Sie hier?«

Für einen winzigen Augenblick spürte sie genau, daß Leßter nach einer Ausrede suchte, alles ableugnen wollte. Aber dann schien er einzusehen, wie wenig Sinn das noch hatte. Er zuckte mit den Schultern, lächelte ein fröhliches Kinderlächeln und breitete die Hände aus. »Ich kann verstehen, daß Sie das alles sehr verwirren muß, Captain Laird«, sagte er. »Aber bitte glauben Sie mir, daß ich auf Ihrer Seite stehe. Ihr und wir kämpfen gegen den gleichen Feind.«

»Für dieses Geständnis ist es ein bißchen spät, finden Sie nicht?« fragte Charity.

»Das stimmt«, gestand Leßter. »Aber der Zeitpunkt für dieses Gespräch ist auch nicht besonders günstig. Ich schlage vor, wir besprechen alles später. Vertrauen Sie mir.«

Er deutete durch die offenstehenden Aufzugtüren auf den Gang hinaus. »Ich kann sie für eine kurze Weile täuschen. Aber nicht sehr lange. Wir müssen gehen.«

Charity hielt ihn am Arm zurück, als er die Kabine verlassen wollte. »Wohin?« fragte sie scharf.

Leßter wollte sich losreißen, aber Charity hielt seinen Arm mit eiserner Kraft fest, so daß er schon Gewalt hätte anwenden müssen, um ihren Griff zu sprengen. Eine Sekunde lang blickte er fast vorwurfsvoll auf ihre Hand herab. »Der Transmitter befindet sich nur wenige Schritte entfernt«, sagte er dann. »Wir können ihn erreichen – wenn wir nicht noch mehr Zeit verlieren.«

Sie verließen die Kabine. Wie Leßter gesagt hatte, war der Korridor zu beiden Seiten verlassen. Nirgends rührte sich etwas. Nicht der mindeste Laut war zu hören. Der Gedanke, daß sie sich praktisch im Zentrum der Macht der Moronikolonie auf diesem Planeten befanden, kam Charity fast absurd vor. Es konnte nicht so einfach sein.

Und das war es auch nicht.

Sie gingen bis zum Ende des Korridors, bogen nach rechts ab – und Charity riß erschrocken ihre Waffe in die Höhe, als sie sah, daß der Gang vor ihnen voller Krieger war. Sie führte die Bewegung nicht zu Ende. Es war aussichtslos. Vor ihnen standen gut dreißig oder vierzig Insektenkrieger, und die meisten von ihnen zielten mit gleich zwei oder drei Waffen auf sie und die anderen. Und noch bevor sie herumfuhr, wußte sie, welcher Anblick sie erwarten würde – hinter ihnen hatten sich lautlos die Türen rechts und links des Korridors geöffnet, und eine zweite, ebenso große Anzahl von *Ameisen* rührten sich nicht, aber Charitys Bewegung schien eine jener Geste von universeller Bedeutung zu sein, denn sie eröffneten auch nicht das Feuer. Statt dessen teilte sich die stumm dastehende Reihe nach einigen Sekunden und gab den Weg zu einer Tür am anderen Ende des Korridors frei. Auch die Bedeutung dieser Bewegung war eindeutig.

Charitys Gedanken drehten sich wild im Kreis. Trotz allem weigerte sich etwas in ihr zu glauben, daß Gurk recht hatte. Es ergab einfach keinen Sinn, sie so weit kommen – und so viel Schaden anrichten! – zu lassen, nur um eines billiges Triumphes wegen. Hätte Stone ihnen eine Falle stellen wollen, hätte er das auf dem Weg hierher zehnmal bequemer und ungefährdeter tun können.

Die Tür am Ende des Korridors öffnete sich, und sie traten hindurch, begleitet von vier schweigenden Insektenkriegern, deren Waffen drohend auf ihre Rücken gerichtet waren.

Der Raum war sehr groß und vollkommen leer bis auf einen drei Meter durchmessenden, silberfarbenen Metallring, der schwerelos einen halben Meter über dem Boden schwebte. Und Daniel Stone und drei weitere Moroni.

Eines der Insektenwesen war eine ganz normale *Ameise,* wie sie sie alle kannten, die beiden anderen unterschieden sich sowohl in Größe als auch in ihrer Farbe von diesen. Sie wirkten schlanker, irgendwie zerbrechlich, und sie waren ein gutes Stück größer als die normalen Krieger und Arbeiterinnen. Ihr Hornpanzer war von strahlend weißer, beinahe leuchtender Farbe, und in den Augen der beiden Albinoriesen glomm eine beunruhigende Intelligenz.

Charity trat mit noch immer erhobenen Händen auf Stone zu und blieb stehen, als der Moroni neben ihm eine drohende Handbewegung machte. Sie versuchte vergeblich, Zorn zu empfinden. Alles, was sie spürte, war ein Gefühl tiefer Niedergeschlagenheit; das Wissen, endgültig verloren zu haben. Es tat weh, aber sie fühlte keinen Zorn.

»Schade, Stone«, sagte sie traurig. »Und ich hatte gerade angefangen, Ihnen zu trauen.«

Stone sah sie und die anderen auf eine schwer zu deutende Art an. Sein Gesicht war starr, fast verkrampft, und sie suchte vergebens nach Triumph oder Befriedigung in seinem Blick. Ganz im Gegenteil sah er aus wie ein Mann, der Angst hatte.

»Sie haben Ihr Wort gebrochen, Captain Laird«, sagte er leise. »Wir hatten eine Abmachung.«

»Hatten Sie jemals vor, sie zu halten?« fragte Charity.

»Das hatte ich«, antwortete Stone leise und sehr traurig. »Aber das spielt jetzt keine Rolle mehr.«

Eines der beiden riesigen Albinowesen neben ihm stieß einen mißtönenden Pfiff aus, und eine Sekunde später hörten sie eine monotone Computerstimme, die die Laute in für Menschen verständliche Worte übersetzte: »Schweigen Sie, Governor Stone.«

Stone fuhr wie unter einem Hieb zusammen und warf der *Ameise* einen nervösen Blick zu, sagte aber nichts mehr, und das Albinowesen wandte sich an Charity.

»Sie haben uns großen Schaden zugefügt, Captain Laird.«

»Leider nicht genug, wie ich sehe«, sagte Charity, aber der Moroni ignorierte ihre Worte.

»Sie und Ihre Begleiter werden sich dafür verantworten müssen«, fuhr er ungerührt fort.

Charity blickte ihn fast haßerfüllt an und wandte sich dann wieder an Stone, und erneut fiel ihr seine Nervosität auf, und die verkrampfte Haltung, in der er dastand. Der Mann, der vor ihnen stand, war kein Sieger.

»Sie haben recht, Captain Laird«, sagte Stone bitter, als er ihren Blick auffing. »Sie sind nicht die einzige, die verloren hat.«

»Ist das wieder eins deiner Spielchen?« fragte Gurk böse.

Stones Lächeln wurde noch bitterer und geriet fast zur Grimasse. »Ich wollte, es wäre so«, sagte er. »Aber das Spiel vom betrogenen Betrüger klappt leider nicht immer. Sie haben es gemerkt.«

»Pech für dich«, sagte Gurk. »Aber ich werde nicht behaupten, daß es mir leid tut. Ich mag einen alten Freund nicht belügen, weißt du?«

»Schweigen Sie!« befahl die Albino*ameise* wieder. Dann drehte sie sich herum, hob den Arm und berührte eine winzige

Schalttafel, die auf halber Höhe in das silberne Metall des Transmitterringes eingelassen war. Das Bild der Rückwand des Zimmers, das bisher durch das Innere des metallenen Kreises sichtbar gewesen war, begann zu verschwimmen und machte dem wesenlosen Wallen und Wogen des zeitlosen Weges durch das Nichts Platz.

»Wohin bringen Sie uns?« fragte Charity.

»An einen Ort, den normalerweise kein lebender Mensch betritt«, sagte Stone. »Sie wollten doch immer wissen, wer die wirklichen Herren Morons sind, nicht wahr, Captain Laird?« Er lachte hart und ohne die mindeste Spur von Humor und deutete auf den Transmitter. »Sie werden sie kennenlernen.«

Neben so vielen anderen Irrtümern hatte Charity auch diesen längst eingesehen: daß nämlich der Weg durch das Nichts keineswegs zeitlos war. Der Bruchteil eines Atemzuges, in dem sie in New York in den Transmitter hinein und Tausende von Meilen entfernt am Nordpol aus einem gleichartigen Gerät wieder heraustrat, war vollkommen identisch, und doch verging dazwischen Zeit; genug Zeit, sie ihre Umgebung fühlen, sie begreifen zu lassen, daß sie sich in einem völlig anderen Kosmos aufhielt, einem Universum, in dem die Naturgesetze ihrer Schöpfung aufgehoben und vielleicht auf den Kopf gestellt waren, Zeit, die nach Gesetzen ablief, die die Grenzen ihres menschlichen Begreifens sprengten. Wie beim ersten Mal, als sie diese unheimliche Art des Reisens erlebt hatte, fühlte sie, wie *etwas* mit ihr geschah, ihr Körper vernichtet, bis hinab auf eine subatomare Ebene aufgelöst und zu bloßer Information gemacht wurde, keine Materie, sondern nur noch *Wissen,* aus dem die gleiche unbegreifliche Kraft, die ihn zerstört hatte, etwas Neues, Identisches erschuf. Es war, als wären sie und die anderen für einen unendlich kurzen und doch endlosen Augenblick Teil eines gewaltigen, die gesamte Schöpfung umspannenden Etwas, der Urkraft des Seins, die jedem noch so winzigen Partikel des Universums innewohnte und jedes einzelne Teil so bedeutungslos und gleichzeitig wichtig machte wie die Gesamtheit seiner Summen. Dann spürte sie, wie ihr Körper wieder materialisierte und …

…stolperte ungeschickt einen halben Schritt aus dem Transmitterring heraus, ehe unmenschlich starke Arme sie packten und auffingen. Hinter ihr wankten Skudder, Gurk, Leßter und schließlich Stone und auch die beiden Albinowesen aus dem Empfangsgerät, und die Blässe auf ihren Gesichtern verriet Charity, daß sie das gleiche erschütternde Erlebnis gehabt hatten wie sie selbst.

Selbst Stone, der wahrscheinlich schon Tausende solcher Sprünge hinter sich hatte, wirkte verunsichert und ängstlich. Vielleicht war der Schritt durch das Nichts etwas, woran man sich nicht gewöhnen konnte, ganz egal, wie oft man es tat.

Charity löste ihren Blick von Stone und sah sich in der gewaltigen, von grauem Halbdunkel erfüllten Halle um, in der sie angekommen waren.

Sie erkannte sie sofort wieder, obwohl sich vieles hier verändert hatte. Aber das Grundmuster war gleichgeblieben: ein riesiger, kuppelartig gewölbter Dom aus porösem grauem Eisen, der zum allergrößten Teil nichts anderes als Leere enthielt. Weit entfernt, in dem unheimlichen, düsteren Licht nichts anderes als formlose graue Schatten, die Maschinen sein konnten, ebensosehr aber auch lauernde Ungeheuer, die sprungbereit dahockten und sie anstarrten, erkannte sie Umrisse wieder, die sie vor mehr als einem halben Jahrhundert das letzte Mal gesehen hatte.

Es war nicht der große Transmitter, aus dem sie herausgetreten waren, sondern eines von zahllosen kleineren Geräten, die im Laufe der letzten Jahrzehnte dazugekommen waren – aber es war das Sternenschiff. Sie befanden sich am Nordpol. Im Inneren des riesigen Raumschiffes, das vor einem halben

Jahrhundert hier gelandet war und das Tor zu den Sternen aufstieß, aus dem sich soviel Schrecken und Leid über die Erde ergießen sollte.

Sie waren nicht allein. Ein sechs- oder siebenfach gestaffelter, dichter Ring aus Kriegern umgab die meterhohe Plattform, über der der Empfangstransmitter schwebte, und etwas Großes, Formloses bewegte sich aus der Dunkelheit heraus auf sie zu, schien dabei aber auf sonderbare Weise keine Substanz zu gewinnen, sondern blieb ein verschwommener Schatten mit vage erkennbaren, unangenehmen Umrissen.

»Was ist das?« flüsterte Charity.

»Sie«, antwortete Stone. Seine Stimme zitterte. »Die Herren der Schwarzen Festung.«

Charity hatte Angst. Wie oft hatte sie sich gefragt, wie sie aussehen mochten, welche Wesen *wirklich* hinter diesem Angriff aus dem Weltall steckten, wer sie waren und warum sie taten, was sie taten. Aber plötzlich wollte sie es nicht mehr wissen. Plötzlich hatte sie nur noch Angst, Angst wie niemals zuvor in ihrem Leben, und sie wurde stärker mit jedem Meter, den das körperlose, graue Etwas näher glitt.

Sie begriff plötzlich einen weiteren grundlegenden Irrtum, der ihr und wahrscheinlich allen anderen Menschen auch unterlaufen war: das Unbehagen, das sie und ihre Begleiter damals beim ersten Mal, als sie dieses Schiff betraten, empfunden hatten, das Gefühl eigentlich nicht zu begründender Nervosität, das jeden Bewohner dieses Planeten in der Nähe eines Moroni oder ihrer Technik überkam, es hatte nichts mit den *Ameisen* zu tun. Die Wesen, die sich selbst Moroni nannten und doch in Wahrheit auch nichts anderes als Sklaven jener gesichtslosen Macht aus den dunklen Regionen des Kosmos waren, waren trotz allem Geschöpfe wie sie; Kinder der gleichen, vielleicht das gesamte Universum umspannenden Evolution, fremd, aber trotzdem *lebendig.*

Dieser zitternde Schatten war es nicht. Charity und auch alle anderen spürten plötzlich, daß dieses formlose Etwas aus einem anderen Universum kam. Nicht von einem anderen Planeten. Nicht aus dem Licht einer anderen Sonne. Nicht einmal aus einer anderen Milchstraße – seine Heimat waren die Dimensionen des Wahnsinns, ein Kosmos aus Schrecken und Furcht, der nichts, aber auch rein gar nichts mit dem Universum zu tun hatte, wie sie alle es kannten. Es war eine ungeheuerliche, unsagbar *fremde* Macht, und plötzlich begriff Charity auch, wie sinnlos es war, nach dem Warum seines Handelns zu fragen. Es gab keinen Grund. Dieses Wesen war dazu geschaffen, zu erobern, zu herrschen und zu zerstören, zu nichts anderem sonst.

Instinktiv wich sie einen Schritt zurück und blieb wieder stehen, als eine der beiden Albino*ameisen* drohend den Arm hob. Sie registrierte die Bewegung nur aus den Augenwinkeln. Es war ihr unmöglich, den Blick von diesem kriechenden, dunklen Etwas loszureißen, das sich dem Ring der Krieger näherte, größer und drohender wurde, aber noch immer keine wirkliche Substanz zu haben schien. Charity fragte sich, ob es etwas wie das absolut Böse an sich gab, und ob man es *sehen* konnte. Wenn die Antwort auf diese beiden Fragen ja lautete, dann war es das, was sich auf sie zubewegte. Etwas in ihr krümmte sich wie ein getretener Wurm, durch die bloße Nähe dieses finsteren Dinges.

Die Reihen der Krieger teilten sich, das körperlose Etwas kam näher – und hielt plötzlich an.

Irgend etwas geschah. Charity wußte nicht was oder weshalb, aber sie spürte es deutlich. Es war wie ein Erbeben in der Wirklichkeit. Und plötzlich *sah* sie etwas – sie *sah* es nicht wirklich. Es war, als balle sich die Dunkelheit zu einem zitternden Etwas zusammen, zu einem schwarzen, peitschenden Schlauch, mit zahllosen Mündern und Augen und gräßlichen Auswüchsen übersät, der sich wie unter Schmerzen wand und den sie mit Sinnen wahrzunehmen schien, von denen sie bisher nicht einmal gewußt hatte, daß sie über sie verfügte. Das Etwas bäumte sich auf wie unter Schmerzen, und ein lautloser, gellender Schrei hallte zwischen Charitys Schläfen wider.

Und plötzlich ging alles unglaublich schnell. Die Armee aus Insektenkriegern, die die Plattform bisher reglos bewacht hatte, schien zu explodieren. Dutzende der schwarzen Kreaturen hetzten gleichzeitig und mit gewaltigen Sprüngen auf sie zu, und Charity sah aus den Augenwinkeln, wie die beiden Albino*ameisen* in einer synchronen Bewegung herumfuhren und sich auf Leßter warfen.

Den Bruchteil einer Sekunde später waren sie tot, getroffen von Hieben, die so schnell waren, daß Charity sie nicht einmal sah, und die ihre schimmernden weißen Panzer zertrümmerten. Und Leßter bewegte sich weiter mit dieser unfaßbaren Schnelligkeit. Seine Hand fuhr herum, berührte die winzige Schalttafel des Transmitterringes und wurde zu einem rasenden Schemen. Das körperlose Etwas unter ihnen tobte noch immer. Die ersten Krieger erreichten die Plattform und sprangen mit gewaltigen Sätzen hinauf, und dürre, messerscharfe Klauen aus Horn streckten sich nach Charity und den anderen aus. Doch im gleichen Augenblick füllte sich der Kreis hinter ihnen wieder mit kochender Schwärze, und plötzlich fühlte sich Charity von einer unvorstellbaren Kraft gepackt und zurückgerissen.

Diesmal war es anders. Es war das gleiche Gefühl, zerstört und neu geschaffen zu werden, aber es geschah zweimal hintereinander; für den Bruchteil einer Sekunde glaubte Charity, die gigantische Halle plötzlich aus einem anderen Blickwinkel zu sehen, fühlte sie Eisen unter ihren Stiefeln, das nicht das der Plattform war, auf der sie gestanden hatten, und sah einen anderen, viel größeren Ring aus schimmerndem Stahl, in dem sich die Schwärze des Nichts zu unbeschreiblichen Formen zusammenballte und sie aufsog. Für einen winzigen Moment glaubte sie, die Gestalten der anderen zu sehen. Skudder, der entsetzt die Arme in die Höhe gerissen hatte. Gurk, auf dessen Gesicht der gleiche Schrecken wie auf denen der anderen zu lesen war, aber auch etwas wie ein wilder Triumph. Und Leßter, der eine vierte menschliche Gestalt gepackt hatte und mit sich zerrte. Aber der Augenblick verging zu schnell, als daß sie sicher sein konnte, und wieder wurden sie und die anderen in das Nichts zwischen den Wirklichkeiten hinausgeschleudert.

22

French hatte nicht geschossen. Seine Harpunenwaffe war geladen, die Feder gespannt und der letzte der halbmeterlangen, rasiermesserscharfen Stahlpfeile auf die Schiene aufgelegt. Aber er hatte ihn nicht auf die Spinne abgeschossen, obwohl sie mehrmals so dicht an seinem Versteck vorübergegangen war, daß er sie gar nicht hätte verfehlen können. Es gab ein besseres Ziel für seinen letzten Pfeil.

Er war sehr müde. Seit Stunden hockte er in der winzigen Nische zwischen den beiden Maschinen, und Durst und später Hunger hatten begonnen, ihn zu plagen. Am schlimmsten aber war die Schwäche. Das Gewicht seines eigenen Körpers, das in dieser furchtbaren Welt aus unverständlichen Maschinen und alptraumhaften Ungeheuern zum zehnfachen des normalen angewachsen war, zerrte ihn zu Boden und zehrte an seinen Kräften. Zwei- oder dreimal im Verlauf der letzten Stunden hatte er das Bewußtsein verloren, und das letzte Mal hatte er an einem schlechten Geschmack in seinem Mund und dem Gefühl verklebter Augenwimpern und pelziger Trockenheit auf den Lippen gemerkt, daß er sehr lange ohnmächtig dagelegen hatte.

Er würde sterben. Es waren nicht die Spinnen, die ihn umbringen würden. Es war auch nicht die angeblich tödliche Luft dieser Welt, es war sein eigener Körper. Sein Herz schlug nur noch sehr langsam, und seine Lungen hatten immer mehr Mühe, sich mit Sauerstoff zu füllen. Es war, als läge er unter einer Zentnerlast begraben, die allmählich, aber unerbittlich wuchs.

Er hatte sich diesen letzten Pfeil aufgespart, um seinem Leben selbst ein Ende zu bereiten. Er hatte Angst davor, jetzt, absurderweise jetzt, wo er wußte, daß das Versprechen von einem zweiten, besseren Leben wahr war, mehr Angst als jemals zuvor, und vielleicht war es nicht die Angst vor dem Tod, die er spürte, sondern die Angst vor dem Sterben. Dem Schmerz. Und dem Ungewissen, das ihm folgen mochte.

Aber noch größer war seine Angst davor, hier zu liegen und vielleicht zu schwach zu sein, die Waffe noch einmal zu heben und den Abzug zu drücken. Schon jetzt schien die Harpunenwaffe Zentner zu wiegen; es verlangte das letzte bißchen Energie von ihm, sie zu heben und so herumzudrehen, daß die Spitze des Pfeiles auf seine Brust deutete.

Er fragte sich, ob es weh tun würde. Er hoffte es nicht. Er versuchte sich einzureden, daß es nicht so war. Die Spannung der Stahlfeder war hoch genug, den Pfeil selbst den Knochenpanzer einer Spinne durchschlagen zu lassen. Sein eigener, verwundbarer Körper würde ihm kaum Widerstand entgegensetzen.

Und trotzdem hatte er Angst. Solche Angst, daß er die Hand noch einmal zurückzog und mit dem letzten bißchen Kraft den Kopf hob, um zu dem riesigen Silberring hinüberzublicken, der auf der anderen Seite der Halle über dem Boden schwebte.

Seine Sinne begannen sich zu verwirren. Die Umrisse des Ringes verschwammen vor seinen Augen, und er sah die dunkle Bewußtlosigkeit, die seine Gedanken zu verschlingen begann, wie ein schwarzes Wogen und Zittern im Zentrum des silberfarbenen Kreises.

Es wurde Zeit. In wenigen Augenblicken würde er das Bewußtsein verlieren, und vielleicht würden sie ihn dann finden und noch einmal zum Leben erwecken und Dinge mit ihm tun, die schlimmer waren als der flüchtige Schmerz des Pfeiles, der sein Herz durchbohrte.

Er hob die Hand, faßte nach dem Abzug der Waffe und blickte noch einmal zu dem riesigen, schwebenden Reif aus Metall empor.

Und begriff, daß das schwarze Wogen und Wallen darin Wirklichkeit war.

In der zweiten Hälfte der Bewegung, mit der sie in den Transmitter im Herzen der Schwarzen Festung am Nordpol gestürzt war, taumelte Charity aus dem Empfangsgerät heraus und fiel bei dem vergeblichen Versuch, ihren Sturz aufzufangen, gegen Leßter und Stone, die noch immer verbissen miteinander rangen. Der Anprall ließ sie alle drei vollends das Gleichgewicht verlieren. Aneinandergeklammert rollten Leßter und Stone das halbe Dutzend Stufen hinab, das zu der Plattform mit dem Transmitterring heraufführte, und Charity stürzte mit haltlos rudernden Armen und Beinen hinterher. Die riesige Halle, in der sie herausgekommen waren, schien einen Salto vor ihren Augen aufzuführen, aber sie erkannte trotzdem, daß sie voller bizarrer Maschinen und Strängen eines grauen, klebrigen Gespinstes war, das Wände und Decke überzog, wie das Gewebe einer gigantischen Spinne. Und Kriegern. Dutzenden von Kriegern, wenn nicht Hunderten.

Ein schrilles, fast erschrocken klingendes Pfeifen marterte ihr Gehör. Sie warf sich herum, kam, den Schwung ihres eigenen Sturzes nutzend, auf die Füße und zog instinktiv ihre Waffe, als sie sich plötzlich einer riesigen, strahlendweißen Insektengestalt gegenübersah.

Sie bewegte sich so schnell wie vielleicht niemals zuvor im Leben, und trotzdem kam ihre Reaktion zu spät. Charity hatte die Waffe noch nicht halb gehoben, als sie ein fürchterlicher Schlag eines der dünnen, so täuschend zerbrechlich aussehenden Gliedmaßen der *Ameise* traf und meterweit zurückschleuderte. Sie stürzte wieder, sah, wie Skudder und Gurk über ihr aus dem schwarzen Nichts des Transmitters herausstolperten, und mußte plötzlich all ihre Kraft aufwenden, um wenigstens ihre Waffe nicht fallenzulassen. Einige Meter von ihr entfernt befreite sich Stone aus Leßters Griff, sprang auf die Füße und begann heftig gestikulierend auf die Albino*ameise* einzureden.

Der Moroni tötete ihn. Einer seiner Arme machte eine blitzartige, schnappende Bewegung, und plötzlich färbten sich

Stones Kehle und die Brust seiner Jacke hellrot. Stone taumelte zurück, schlug beide Hände gegen den Hals, fiel auf die Knie herab und erstickte an seinem eigenen Blut.

Mehrere Moroni eröffneten gleichzeitig das Feuer auf sie. Ihr Auftauchen schien die Insektenkrieger ebenso überrascht zu haben wie deren Anblick umgekehrt Charity und die anderen, aber sie reagierten mit der Schnelligkeit und Präzision von Geschöpfen, die zum Kämpfen geschaffen waren und kaum dachten, sondern nur reagierten. Die erste Salve war kaum gezielt, doch einer der dünnen, gleißenden Lichtblitze traf Skudder in die Schulter und ließ ihn mit einem Schmerzensschrei rückwärts gegen den Transmitterring taumeln. Charity spürte einen kurzen, aber grausamen Schmerz im Bein, als ein zweiter Laserstrahl ihren Oberschenkel durchbohrte. Trotzdem stemmte sie sich in die Höhe, riß ihre Waffe empor und gab kurz hintereinander zwei Schüsse ab. Beide trafen das riesige weiße Geschöpf, das Stone getötet hatte.

Die *Ameise* brach mit einem schrillen Kreischen zusammen, und fast im gleichen Sekundenbruchteil wurde auch Charity wieder getroffen.

Diesmal tat es nicht einmal wirklich weh. Sie spürte einen harten Schlag gegen die Brust, und plötzlich wich jedes bißchen Gefühl und Kraft aus der rechten Hälfte ihres Körpers. Sie sank auf ein Knie herab, brachte irgendwie das Kunststück fertig, noch eine Sekunde wankend, aber aufrecht in dieser Stellung zu verharren, und sah, wie Leßter auf sie zustürmte und auf halbem Wege von drei oder vier Strahlenschüssen gleichzeitig getroffen und zu Boden geschleudert wurde. Über ihr schrie Skudder auf, als ein grellweißer Blitz seine Brust durchbohrte, und kippte mit weit aufgerissenen, starren Augen und ausgestreckten Armen nach vorn, und das letzte, was Charity bewußt wahrnahm, war Gurk, der mit einem verzweifelten Satz einem Laserschuß auswich und in einen anderen hineinlief, der ihn auf der Stelle tötete.

Dann trafen sie fünf oder sechs Strahlenschüsse aus den

Waffen der Moroni gleichzeitig, durchbohrten sie und entluden dabei ihre gesamte Energie schlagartig in jede einzelne Zelle ihres Körpers. Sie spürte einen kurzen, unerträglichen Schmerz.

Dann nichts mehr.

French hatte den Kampf mit angehaltenem Atem aus seinem Versteck heraus verfolgt. Als sich das schwarze Wogen im Inneren des Eisenringes zu Körpern zusammenballte, da hatte er sofort erkannt, daß es sich dabei um Menschen wie ihn und die anderen handelte, und er hatte die erschrockene Reaktion der Spinnen vielleicht sogar rascher gedeutet als sie, denn noch während die Frau und die drei Männer und die fünfte Gestalt – es mußte ein Kind sein oder ein Krüppel – aus dem Ring heraustaumelten, hatte er seine Waffe gehoben und aus seinem Versteck heraus auf die gewaltige weiße Gestalt dicht vor sich angelegt, die er zweifelsfrei als den Anführer der Spinnenarmee identifiziert hatte.

Aber er hatte nicht abgedrückt. Hinterher versuchte er vergeblich sich einzureden, daß alles viel zu schnell gegangen war und daß er sowieso nichts hatte tun können. Aber die Wahrheit war, daß er einfach erstarrt vor Schrecken gewesen war, es nicht gewagt hatte, in den Kampf einzugreifen, weil dies seinen eigenen Tod bedeutet hätte.

Und es war schnell gegangen. French revidierte sein vielleicht etwas vorschnell gefaßtes Urteil über die Spinnen, als er sah, wie entsetzlich schnell und präzise die scheinbar so plumpen Wesen sich plötzlich bewegten und reagierten. Die Frau hatte den Anführer der Bestien und noch eine oder zwei weitere Ungeheuer niedergeschossen, mit einer Waffe, die kleine weiße Blitze spie. Aber danach war sie selbst getötet worden, wie auch alle anderen. Es *war* so schnell gegangen, daß French nichts mehr hätte tun können. Von dem Augenblick an, in dem die Gestalten aus dem Nichts erschienen und die Treppe hinunterstürzten, bis zum Tod der jungen Frau, vergingen allerhöchstens fünf Sekunden.

Und trotzdem blieb die Tatsache, daß er nicht einmal versucht hatte ihnen zu helfen. Er hatte Angst gehabt. Angst um ein Leben, das ohnehin verwirkt war.

Und er hatte auch jetzt noch Angst. Als der Kampf vorüber gewesen war, hatte sich French zitternd enger in die Schatten seines Verstecks geduckt und an nichts anderes denken können als daran, daß die Reihe nun wahrscheinlich an ihm war, daß sie hierherkommen und ihn entdecken mußten, um ihn mit ihren furchtbaren Lichtwaffen ebenso zu töten wie diese fünf anderen.

Aber es schien, als wäre sein Vorrat an Glück immer noch nicht aufgebraucht. Tatsächlich war eine der Spinnen seinem Versteck so nahe gekommen, daß French sie mühelos hätte berühren können, hätte er nur die Hand gehoben, aber die Aufmerksamkeit der sechsgliedrigen Geschöpfe konzentrierte sich ganz auf die Leichen der fünf Gestalten, die aus dem Ring gekommen waren. Sie hatten sie nicht fortgeschafft, wohl aber sehr sorgfältig untersucht, wahrscheinlich um sicherzugehen, daß sie auch wirklich tot waren. Diese Vorsicht verwirrte French, denn er hatte die entsetzliche Wirkung der Lichtwaffen gesehen, und jede der fünf Gestalten war mehrmals getroffen worden. Trotzdem untersuchten die Spinnen die reglosen Körper sehr sorgfältig.

Sie machten auch keine Anstalten, die Toten fortzuschaffen, doch dafür geschah etwas anderes – wieder verdunkelte sich das Innere des Silberringes, und wieder ballte sich die Schwärze darin zu einem Körper zusammen; diesmal jedoch nicht dem eines Menschen, sondern der schlanken, sechsgliedrigen Gestalt einer weiteren, strahlend weißen Spinne, die der glich, die die Frau getötet hatte. Sie hielt eine klobige Waffe in zwei ihrer vier Arme und bewegte sich rasend schnell und ruckhaft, als rechne sie damit, angegriffen zu werden, kaum daß sie aus dem Ring getreten war. Doch dann sah sie die reglos daliegenden, verbrannten Körper und blieb abrupt stehen. Sekundenlang rührte sie sich nicht, dann hob sie einen ihrer beiden noch freien Arme und begann in ein winziges Gerät zu sprechen, das sie in der Hand trug. Das Wogen und Zittern im Inneren des Ringes verstärkte sich abermals, und ein halbes Dutzend weiterer Spinnen, mit den gleichen, beunruhigend aussehenden Waffen ausgerüstet, trat heraus und nahm zu beiden Seiten der weißen Kreatur Aufstellung.

Einige der anderen Spinnen kamen herbei, und für Minuten war der Saal vom pfeifenden, klickenden Zischeln ihrer Stimmen erfüllt. Offensichtlich ließ sich die neu angekommene Albinokreatur berichten, was hier vorgefallen war. Dann begann sie – begleitet von ihren Kriegern, die sich nicht von denen in der Halle unterschieden, sich aber trotzdem knapper, präziser bewegten – die Metallstufen der Treppe hinunterzugehen.

Als sie an der Leiche des Mannes mit dem dunklen Haar und dem schmalen Oberlippenbart vorbeigingen, begann sich diese zu bewegen.

French riß ungläubig die Augen auf. Es war völlig unmöglich – er hatte gesehen, wie der Mann von mehreren Schüssen gleichzeitig getroffen und bei lebendigem Leib verbrannt worden war. Aber er bewegte sich. Sacht zuerst, kaum wahrnehmbar, nur ein Zittern verkohlter Finger, ein kaum wahrnehmbares Flattern der Lider in einem zerstörten Gesicht, das flüchtige Aufblitzen eines Blickes. Der Mann ... *lebte*!

Frenchs Herz begann schneller zu schlagen. Obwohl er nicht einmal zu ahnen vermochte, was hier vorging, spürte er doch, daß er Zeuge von etwas Großem, ungeheuer Wichtigem wurde. Für einen Moment vergaß er sogar seine eigene Furcht und schob sich ein Stück weit aus seinem Versteck heraus, um zu den Spinnen hinüberzublicken.

Sie waren an dem vermeintlichen Toten vorbeigegangen, ohne ihn eines Blickes zu würdigen, und auch die anderen Kreaturen schienen nichts von dem unheimlichen Geschehen bemerkt zu haben.

Die Gestalt bewegte sich stärker. Vorsichtig drehte sie den Kopf, hob die Lider um eine Winzigkeit und sah sich um, so gut sie es konnte. Eine Hand bewegte sich, erstarrte wieder, und glitt weiter über den Boden, wobei sie eine Spur von Blut und verkohlten Hautfetzen auf dem schimmernden Metall zurückließ.

Als die riesige weiße Spinne mit ihren Begleitern den Ausgang des Raumes fast erreicht hatte, sprang der Mann auf die Füße, fuhr herum und rannte mit gewaltigen Sätzen auf den Metallring zu.

Ein erstauntes Pfeifen erscholl. Eine Spinne versuchte sich dem Mann in den Weg zu stellen und wurde einfach beiseite geschleudert, und ein greller Lichtblitz stach nach ihm, verfehlte ihn aber und hinterließ einen rotglühenden Fleck auf der Wand hinter ihm.

Die Albinokreatur fuhr herum und deutete mit allen vier Armen gleichzeitig auf den rennenden Mann, und einige ihrer Begleiter rissen ihre Waffen hoch und begannen auf ihn zu schießen. Mindestens zwei, vielleicht auch mehr der dünnen weißen Lichtblitze trafen die Gestalt und ließen ihre verkohlten Kleider und das Haar aufflammen, aber der Mann taumelte trotzdem weiter, überwand den letzten Meter mit einem Satz und klammerte sich an dem dünnen Metallring fest. Wieder wurde er getroffen. Sein Körper brannte lichterloh und war nur noch als schwarzer, zuckender Schatten hinter orangeroten Flammen zu erkennen, und trotzdem sah French, wie er eine verbrannte Hand hob und nach einer bestimmten Stelle in dem schwebenden Silberring griff. Dann hatten ihn zwei der Spinnen erreicht, packten die hell lodernde Gestalt und schleuderten sie in die Halle zurück.

Sie stürzte die Treppe hinab und blieb brennend und reglos an ihrem Fuß liegen.

Im gleichen Moment verdunkelte sich das Innere des eisernen Ringes erneut, und wieder begannen Schatten und gestaltlose Dinge darin zu Körpern zusammenzufließen.

Und diesmal schrie French gellend auf, als er sah, was aus dem brodelnden Nichts heraustrat.

In der zweiten Hälfte der Bewegung, mit der sie in den Transmitter im Herzen der Schwarzen Festung am Nordpol gestürzt war, taumelte Charity aus dem Empfangsgerät heraus und fiel bei dem vergeblichen Versuch, ihren Sturz aufzufangen, gegen Leßter und Stone, die noch immer verbissen miteinander rangen. Der Anprall ließ sie alle drei vollends das Gleichgewicht verlieren. Aneinandergeklammert rollten Leßter und Stone das halbe Dutzend Stufen hinab, das zu der Plattform mit dem Transmitterring heraufführte, und Charity stürzte mit haltlos rudernden Armen und Beinen hinterher. Die riesige Halle, in der sie herausgekommen waren, schien einen Salto vor ihren Augen aufzuführen, aber sie erkannte trotzdem, daß sie voller bizarrer Maschinen und Strängen eines grauen, klebrigen Gespinstes war, das Wände und Decke überzog wie das Gewebe einer gigantischen Spinne. Irgendwo brannte etwas. Greller Feuerschein erfüllte die Luft mit zitternden Pfeilen aus Rot und Orange, und der beißende Gestank verschmorten Fleisches und heißen Metalls schlug ihr entgegen. Sie hörte einen schrillen, eindeutig überraschten Pfiff und sah etwas Weißes aus den Augenwinkeln aufblitzen.

Sie warf sich herum, kam, den Schwung ihres eigenen Sturzes ausnutzend, auf die Füße und zog ihre Waffe. Fast beiläufig registrierte sie, wie Stone sich unter Leßters Körper hervorzuarbeiten versuchte, der plötzlich schlaff und wie tot über ihm lag, aber ihre ganze Aufmerksamkeit galt in diesem Moment der weißen Albino*ameise*, die ein Dutzend Schritte von ihr entfernt stand und sie starr vor Schrecken anstarrte.

Und erst jetzt registrierte sie, daß dieser Moroni keineswegs der einzige war. Die Halle wimmelte von Kriegern, Dutzende, wenn nicht Hunderte bewaffneter Ameisen, und an den Wänden glühten rote Flecke zwischen den charakteristischen

Brandspuren von Laserschüssen. Wie es schien, waren sie mitten in eine Schlacht hineingeplatzt.

Sie verschwendete keinen Gedanken an die Frage, gegen wen die Insekten kämpften. Auf der Treppe vor dem Transmitter lag ein halbes Dutzend bis zur Unkenntlichkeit verkohlter Körper, und die Moroni schienen entschlossen, diese Zahl um weitere fünf zu erhöhen, denn sie eröffneten plötzlich das Feuer auf sie.

Charity bewegte sich so schnell wie noch niemals zuvor im Leben, und trotzdem kam ihre Reaktion zu spät. Sie hatte ihre Waffe noch nicht halb gehoben, als ein greller Laserblitz an ihr vorüberzuckte und Stone traf und zurückschleuderte. Sterbend brach er über einer der reglos daliegenden Gestalten zusammen, und Charity warf sich mit einer verzweifelten Bewegung herum, entging mit einem Hechtsprung einem weiteren Schuß und sah, wie Skudder und Gurk über ihr aus dem schwarzen Nichts des Transmitters herausstolperten.

Trotz allem schien ihr Auftauchen die *Ameisen* völlig überrascht zu haben. Die Krieger reagierten nicht mit der gewohnten Präzision von Wesen, die nur zum Kämpfen und Töten geschaffen waren, sondern wirkten wie paralysiert. Nur einige wenige Schüsse zuckten in ihre Richtung, und zumindest Skudder war geistesgegenwärtig genug, sich blitzschnell zur Seite zu werfen und gleichzeitig das Feuer zu erwidern.

Charity und er schossen fast im gleichen Moment, und sie trafen beide. Der Körper der Albino*ameise* wurde zurückgeschleudert und verwandelte sich in eine lodernde Fackel, und Skudders zweiter Feuerstoß fegte gleich drei weitere Moroni von den Füßen.

Dann wurde auch er getroffen.

Die *Ameisen* hatten ihre Überraschung überwunden, und es war eine dutzendfache Übermacht, der sich Charity und die anderen gegenübersahen. Ein dünner Lichtblitz durchbohrte Skudders Leib und ließ ihn mit einem keuchenden Laut auf die Knie sinken. Er krümmte sich, stürzte auf die Seite und riß sein Gewehr noch im Fallen herum. Eine dünne, unerträglich helle Linie aus weißem Licht fuhr in die Armee der *Ameisen* und streckte fast ein Dutzend der noch immer wie versteinert dastehenden Krieger nieder, ehe ein zweiter Strahl den Hopi traf und tötete.

Charity schrie entsetzt auf, sprang auf die Füße und wollte auf Skudder zulaufen, wurde aber im gleichen Moment selbst getroffen. Ein grausamer Schmerz zuckte durch ihre linke Schulter. Sie stolperte, stürzte ein zweites Mal und rollte sich instinktiv über die unverletzte Schulter ab. Ebenso instinktiv schoß sie zurück, feuerte auf die schwarzen, vielarmigen Gestalten, die plötzlich aus allen Richtungen auf sie zustürmten, versuchte wieder in die Höhe zu kommen und wurde abermals getroffen. Rote Schleier begannen vor ihrem Blick zu wallen. Der Schmerz wurde für einen Moment übermächtig, schien dann zu verblassen und irgendwie unwirklich zu werden; er war noch da, aber er bedeutete nichts mehr. Sie spürte, wie irgend etwas in ihr erlosch.

Mit dem Gefühl der gleichen, fast gelassenen Unwirklichkeit, mit der sie die Tatsache ihres eigenen Sterbens akzeptierte, registrierte sie, wie Gurk hakenschlagend auf sie zugerannt kam und auf halber Strecke von einem Strahlenschuß durchbohrt wurde. Sie starb, und ihr letztes bewußtes Empfinden war das einer tiefen Trauer, daß nun alles umsonst gewesen sein sollte und es nichts mehr gab, was noch zwischen ihrer Welt und deren Tod in den Flammen einer explodierenden Sonne stand.

Während sie nach vorn sank, hielt sie den Finger auf dem Auslöser der Waffe, und vielleicht traf sie sogar noch einen oder mehrere der Insektenkrieger, die sich ihr näherten.

Aber das spürte sie schon nicht mehr.

In der großen Halle war Chaos ausgebrochen. Der Widerstand der fünf Eindringlinge, der diesmal viel erbitterter als das erste

Mal gewesen war, hatte einem Drittel der vollkommen überraschten Spinnenarmee das Leben gekostet und überall lodernde Brände aufflammen lassen, wo die grellen Blitze aus ihren Waffen in Maschinen oder das graue Spinnengewebe gefahren waren. Und die Ungeheuer, die den Überfall überlebt hatten, schienen völlig kopflos. Die meisten rannten einfach ziellos durcheinander, einige standen auch wie erstarrt da, und die Luft hallte wider von durcheinanderrufenden, schrillen Stimmen.

French hockte wie gelähmt in seinem Versteck. Was er gesehen hatte, war völlig unmöglich, aber er war nicht einmal in der Lage, dieses Gefühl in einen Gedanken zu kleiden.

Er mußte tot sein. Was er zu erleben glaubte, mußten die Visionen sein, die das Sterben begleiteten, oder vielleicht schon ein Teil jener Welt auf der anderen Seite, in der die Gesetze von Logik aufgehoben waren.

Selbst als der Kampf vorüber war, saß French fast eine Minute lang reglos und ohne auch nur zu atmen da und starrte die leblos daliegenden Körper auf der Treppe an. Es *mußte* eine Täuschung gewesen sein. Vielleicht waren sie nur ähnlich gekleidet gewesen. Vielleicht waren sie Brüder, Mitglieder des gleichen Stammes, die miteinander verwandt waren und sich ähnlich sahen, so wie Pearl und ihre Zwillingsschwester im Hort. Vielleicht spielte ihm seine Phantasie auch nur einen bösen Streich, weil alles einfach zuviel war, um es noch zu verarbeiten.

Als French an diesem Punkt seiner Überlegungen angelangt war und zum ersten Mal wieder atmete, begann sich der schwebende Metallring mit brodelnder Schwärze zu füllen …

In der zweiten Hälfte der Bewegung, mit der sie in den Transmitter im Herzen der Schwarzen Festung am Nordpol gestürzt war, taumelte Charity aus dem Empfangsgerät heraus und fiel bei dem vergeblichen Versuch, ihren Sturz aufzufangen, gegen Leßter und Stone, die neben ihr aus dem Transmitter getorkelt waren und noch immer verbissen miteinander zu ringen schienen. Der Anprall ließ sie alle drei das Gleichgewicht verlieren. Charity stürzte nach hinten und fand im letzten Moment irgendwo Halt, aber Leßter und Stone kippten rücklings die Stufen der metallenen Treppe hinab, die zu der Plattform mit dem Transmitterring führte. Stone schrie auf und versuchte sich herumzuwerfen, aber Leßter zerrte ihn mit sich zu Boden. Irgend etwas an der Art, in der er fiel, war nicht richtig. Er stürzte nicht wie ein Mann, der das Gleichgewicht verloren hatte; er fiel einfach schlaff zu Boden, ohne auch nur den Versuch zu machen, seinen Sturz aufzufangen.

Aber das nahm Charity nur mit einem flüchtigen Blick wahr. Ihre ganze Aufmerksamkeit galt der gewaltigen Halle, in der sie herausgekommen waren. Sie war riesig, voller bizarr geformter Maschinen und Strängen eines grauen, klebrigen Gespinstes, das die Wände und die Decke überzog wie das Gewebe einer gigantischen Spinne, und erfüllt von Flammen und Rauch. Dutzende von reglosen Gestalten, viele davon brennend und bis zur Unkenntlichkeit verkohlt, lagen auf dem Boden, und dazwischen bewegten sich Krieger.

Es waren Charitys antrainierte Reflexe, nicht ihr bewußtes Denken, die ihr Leben in diesem Moment retteten. Sie ahnte die Bewegung mehr als sie sie wirklich sah, warf sich herum und zog gleichzeitig ihre Waffe.

Der Moroni und sie schossen im selben Sekundenbruchteil. Ein greller Lichtstrahl verwandelte den Boden dort, wo Charity vor einer Sekunde noch gelegen hatte, in glutflüssiges Metall, aber der Laserschuß aus Charitys eigener Waffe traf die *Ameise* und schleuderte sie meterweit zurück. Ebenso instinktiv und schnell und noch immer, ohne daß sie bewußt wirklich begriffen hatte, was überhaupt geschah, sprang sie auf die Füße, feuerte auf einen zweiten Moroni und rannte hakenschlagend die Treppe hinunter, um zu Stone und Leßter zu kommen.

Über ihr stolperten Skudder und Gurk aus dem schwarzen Nichts des Transmitters heraus, und zumindest der Hopi reagierte genauso schnell und kaltblütig wie sie. Mit einem blitzschnellen Blick erfaßte er die Situation, versetzte dem Gnom einen Stoß, der ihn zur Seite torkeln ließ, und sank gleichzeitig auf ein Knie herab. Sein Gewehr stieß eine Reihe kurzer, blendendweißer Blitze aus, die unter die angreifenden *Ameisen* fuhren und drei oder vier von ihnen töteten.

Charity überwand die letzten Stufen mit einem Satz, erschoß eine *Ameise,* die sich auf sie werfen wollte, und kniete neben Stone nieder. Er lag reglos da, halb unter Leßters zusammengebrochenem Körper begraben, und Charity wußte, daß er tot war, noch ehe sie ihn an der Schulter ergriff und herumdrehte.

Mit einem Fluch fuhr sie herum, gab zwei, drei ungezielte Schüsse auf die näher kommenden *Ameisen* ab – und erstarrte.

Stone stand neben ihr. Sein Gesicht war kreideweiß und seine Augen starr und dunkel vor Angst.

Sie sah zu Boden, blickte auf Stones Leichnam hinab, hob dann wieder den Kopf und sah Stone an, der neben ihr stand.

Und erst jetzt registrierte sie, daß es nicht nur die Leichen erschossener *Ameisen* waren, die die Treppe und den Boden bedeckten. Einige der Körper waren bis zur Unkenntlichkeit verbrannt, andere aber eindeutig menschlich – und *sie kannte sie!*

Sie fand keine Zeit, das, was sie sah, wirklich bewußt zu verarbeiten, und sie hätte es wahrscheinlich auch nicht gekonnt. Auf der Treppe über ihr schrie Gurk gellend auf, als ein Laserstrahl seine Brust durchbohrte und ihn mit brennendem Cape neben einer verkrümmten Gestalt niedersinken ließ, die seiner eigenen glich wie ein Ei dem anderen, und fast im gleichen Augenblick schrie auch Skudder auf, ließ seine Waffe fallen und schlug beide Hände gegen das Gesicht, ehe er reglos nach hinten kippte.

»Nein!« schrie Charity entsetzt. Sie sprang mit einem Satz über Stones Leichnam hinweg und rannte, immer zwei, drei Stufen auf einmal nehmend, auf Skudder zu. Hinter sich hörte sie einen gellenden Schrei und danach den Aufprall eines schweren Körpers, und mit einem winzigen, noch klar gebliebenen Teil ihres Denkens registrierte sie, daß die überlebenden *Ameisen* plötzlich aus ihrer Erstarrung erwachten und auf sie zugestürmt kamen. Sie gab im Laufen einen Schuß nach hinten ab, wich mit einem verzweifelten Satz einer Lasersalve aus und spürte ein heftiges Brennen an der Hüfte, rannte aber trotzdem weiter.

Skudder war tot, als sie ihn erreichte. Er lag auf dem Rücken, und zwischen seinen Fingern, die er noch immer vor das Gesicht geschlagen hatte, quoll hellrotes Blut hervor. Ein entsetzlicher, fast körperlicher Schmerz breitete sich in Charity aus, als sie neben ihm auf die Knie fiel. Aber sie wagte es nicht, seine Hände herunterzuziehen. Plötzlich wußte sie mit unerschütterlicher Sicherheit, daß auch sie sterben würde.

Seltsam – sie hatte überhaupt keine Angst. Sie spürte nichts außer einer tiefen, saugenden Leere, nicht einmal Bedauern bei dem Gedanken, daß ihr Kampf nun umsonst gewesen sein sollte.

Auf den Knien hinter Skudder liegend, hob sie ihre Waffe und feuerte mit der Präzision eines Computers auf die heranstürmenden Moroni.

Sie erschoß noch drei der Insektenkrieger, ehe ein greller Laserblitz auch ihr Bewußtsein für alle Zeiten auslöschte.

French wimmerte wie unter Schmerzen in seinem Versteck. Er hatte sich aufgerichtet, so daß er nun deutlich sichtbar war, aber das merkte er nicht einmal mehr. Die Luft in der Halle war so heiß geworden, daß er kaum noch atmen konnte, und so voller Qualm und Gestank, daß ihn schwindelte. Aber auch das registrierte er kaum. Der Blick seiner weit aufgerissenen Augen hing wie gebannt an dem schimmernden Metallring, der sich plötzlich wieder mit lebendiger Dunkelheit zu füllen begann.

In der zweiten Hälfte der Bewegung, mit der sie in den Transmitter im Herzen der Schwarzen Festung am Nordpol gestürzt war, taumelte Charity aus dem Empfangsgerät heraus und fiel bei dem vergeblichen Versuch, ihren Sturz aufzufangen, gegen Leßter und Stone, die den Bruchteil einer Sekunde nach ihr aus dem Transmitter stolperten. Der Anprall brachte sie alle drei vollends aus dem Gleichgewicht. Stone schrie auf und kippte rücklings die Treppe hinunter, die zu der Plattform führte, und Leßter sank mit einer schlaffen Bewegung in sich zusammen, die Charity sagte, daß er tot war, ohne daß es eines Beweises bedurft hätte.

Blitzschnell stemmte sie sich wieder in die Höhe und zog ihre Waffe, nicht, weil sie ihre Situation wirklich *begriff*, sondern instinktiv *wußte*, daß der Sprung vom Nordpol herauf sie mitten in eine Schlacht geführt hatte.

Unter ihnen breitete sich eine gewaltige Halle voller bizarrer, aber größtenteils zerstörter und brennender Maschinen aus. Zahllose reglose Körper und Dutzende von Bränden bewiesen die Härte, mit der der Kampf geführt worden war, und hier und da gewahrte sie die spinnengliedrige Gestalt einer *Ameise*.

Hinter ihr stolperten Skudder und Gurk aus dem schwarzen Nichts der Transmitterverbindung, und im gleichen Moment gewahrte Charity aus den Augenwinkeln eine Bewegung und sah das grelle Aufblitzen eines Lasers. Blitzschnell warf sie sich zur Seite, entging dem Schuß um Haaresbreite und stolperte über den reglosen Körper, der verkrümmt auf der Treppe lag. Sie fiel, überschlug sich drei- oder viermal und feuerte auf einen Moroni, noch während sie die Treppe hinunterrollte. Sie traf, und über ihr eröffnete auch Skudder aus seinem Gewehr das Feuer auf die Insektenkrieger, deren Gestalten zwischen den lodernden Bränden und schwarzem Qualm nur wie flackernde Schemen zu erkennen waren.

Charity rollte hilflos weiter die Treppe hinunter, bis ein weiterer reglos daliegender Körper ihren Sturz bremste. Automatisch stemmte sie sich hoch, suchte in dem brodelnden Qualm nach einem Ziel, auf das sie ihre Waffe abfeuern konnte – und erstarrte.

Was ihren Sturz die Treppe herab gebremst hatte, war ihr eigener Leichnam. Für zwei, drei Sekunden hockte sie einfach reglos und wie paralysiert da, und für die gleiche Zeit wäre sie ein leichtes Ziel für jede *Ameise* gewesen, die sie angriff. Aber diese Gefahr registrierte sie nicht einmal. Fassungslos blickte sie auf das bleiche Gesicht vor sich hinab, die starren, im Tod gebrochenen Augen, den für alle Zeiten in die Züge gegrabenen Ausdruck unbeschreiblichen Schmerzes – *in ihren eigenen Zügen!*

Sie hörte, wie Skudder über ihr irgend etwas schrie, registrierte instinktiv die Gefahr und warf sich zur Seite. Eine Sekunde später brannte ein Laserstrahl eine grellweiße Lichtbahn in die Luft und ein kopfgroßes Loch in die Treppe hinter ihr. Charity feuerte auf den Insektenkrieger und verfehlte ihn, traf aber das klobige Gewehr, das er in zwei seiner vier Arme trug. Die Waffe explodierte und zerriß die *Ameise*, und die Druckwelle schleuderte Charity abermals nach hinten.

Sie stürzte auf etwas Weiches, Nachgiebiges, und ihr Herz machte einen entsetzten Sprung, als sie daran dachte, was es vielleicht war.

Aber diesmal war es nicht ihr eigener Leichnam, über den sie gefallen war. Es war der Daniel Stones.

Stone lag mit aufgerissenen Augen, Mund und Kehle über einem zweiten toten Daniel Stone, und ein dritter, lebendiger Stone rappelte sich in diesem Moment am Fuße der Treppe auf und starrte das unglaubliche Bild ebenso fassungslos an wie sie.

»Paßt auf!« schrie Skudder plötzlich.

Charity warf sich abermals herum, aber für Stone kam die Warnung zu spät. Aus dem Rauch tauchten die Gestalten dreier riesiger Insektenkrieger auf. Charity feuerte noch in der Bewegung auf eines der Ungeheuer und traf, und fast im gleichen Sekundenbruchteil tötete Skudder den zweiten Moroni.

Der dritte riß seine Waffe hoch und erschoß Stone, ehe Charity ein zweites Mal abdrücken und auch ihn niederstrecken konnte.

Und es war noch nicht vorbei. Die Halle brannte lichterloh, und es mußten weit über fünfzig tote *Ameisen* sein, die ihren Boden bedeckten. Aber dazwischen bewegten sich noch immer schwarze, huschende Schatten, und immer wieder zuckten grelle Blitze aus dem Qualm hervor.

Charity rannte im Zickzack los und suchte hinter einer der bizarren Maschinen Deckung. Ein Laserstrahl verfehlte sie und ließ einen Teil ihrer improvisierten Schutzmauer explodieren. Sie schoß zurück, verfehlte die *Ameise* und sprang mit einem Fluch hinter der Maschine hervor, als ein zweiter Schuß den Metallblock traf und aufglühen ließ. Auch Skudder löste sich endlich von seinem Platz vor dem Transmitter – Charity registrierte mit einem Gefühl, das nur noch mit Hysterie zu beschreiben war, daß er hinter seinem eigenen Leichnam niedergekniet war, und dem ihren, der quer darüber lag und von den Hüften abwärts brannte – rannte mit gewaltigen Sätzen die Treppe herab und kniete hinter einem anderen Maschinenblock nieder.

»Die Tür!« schrie Skudder.

Und Charity verstand. Sie gab einen ungezielten Schuß in den brodelnden Qualm vor sich ab, rannte im Zickzack durch die Halle und hämmerte die Faust gegen die kleine Schalttafel neben der Tür. Zischend senkte sich eine halbstarke Panzerplatte vor dem Eingang. Charity registrierte mit einem leisen Gefühl von Verwirrung, daß sie den Mechanismus dieser Tür nicht zum ersten Mal sah, aber sie hatte keine Zeit, sich darüber zu wundern. Mit einer fast automatischen Bewegung verriegelte sie den Eingang, so daß er nun auch von außen nicht mehr zu öffnen war, hastete hinter ihre Deckung zurück und verständigte sich mit einem stummen Blick mit Skudder. Überall in der Halle loderten Brände, aber unter der Decke waren jetzt große Ventilatoren angesprungen, die den schwarzen Qualm absaugten, so daß sie ihre Umgebung wieder besser erkennen konnte.

Sie *kannte* diesen Raum. Sie wußte nicht mehr woher, aber sie hatte das sichere Gefühl, ihn nicht nur schon einmal gesehen zu haben, sondern schon einmal hiergewesen zu sein.

»Dort drüben!« drang Skudders Stimme in ihre Gedanken. »Rechts von dir. Ich glaube, es ist nur noch einer!«

Charity spähte vorsichtig über den Rand ihrer Deckung hinweg, und nach einigen Augenblicken entdeckte sie den Moroni. Wie Skudder und sie hatte auch er hinter einem Maschinenblock Deckung gesucht, aber sein Versteck lag in einem ungünstigen Winkel. Es schützte ihn vor Skudder, nicht aber vor ihr.

Trotzdem bewegte sich Charity mit äußerster Vorsicht weiter. Sie wußte, wie entsetzlich schnell diese Insektenkrieger reagieren konnten.

Irgend etwas prallte wuchtig von außen gegen die Tür. Charity fuhr erschrocken zusammen, und auch der Moroni wandte für einen Sekundenbruchteil den Blick und war abgelenkt.

Charity richtete sich hinter ihrer Deckung auf, zielte, drückte dreimal hintereinander ab, und die fremdartige Maschine vor ihr verwandelte sich in einen Vulkan aus weißglühendem Metall, in dem der Moroni verbrannte. Sie wartete, lauschte mit angehaltenem Atem und klopfendem Herzen. Sekunden vergingen, reihten sich zu einer Minute, dann zu einer zweiten. Nichts geschah.

Vorsichtig, jeden Nerv zum Zerreißen angespannt, richtete sich Charity wieder hinter ihrer Deckung auf und sah sich um.

Der Rauch hatte sich verzogen. Überall flackerten noch kleinere Brände, und in der Luft lag ein Gestank, der ihr das Atmen schwer machte. Aber es schien, als wäre der Kampf vorbei.

Auch Skudder tauchte jetzt hinter seiner Deckung auf und schwenkte den Lauf seines Gewehres im Halbkreis durch die Halle. Doch auch er senkte schließlich seine Waffe und entspannte sich; wenn auch nicht wirklich. Der verbissene Ausdruck auf seinem Gesicht blieb, und obwohl er sich alle Mühe gab, sie zu überspielen, sah ihm Charity seine Nervosität und Angst deutlich an, als er sich zu ihr herumdrehte, sie einen Moment lang aus großen Augen anblickte und dann zum Transmitterring zurücksah. Und zu den Toten, die davor lagen.

Leßter. Stone. Gurk. Charity und er selbst. Zweimal, dreimal, viermal.

»Was … ist … das?« stammelte er.

Charity ließ zitternd ihre Waffe sinken und machte einen Schritt auf einen der reglosen Körper mit ihrem eigenen Gesicht zu, aber sie ging nicht weiter. Sie konnte es nicht. »Ich weiß es nicht«, flüsterte sie. »Entweder träumen wir alle den gleichen Alptraum, oder … oder hier geht etwas Unvorstellbares vor.«

Skudder warf ihr einen nervösen Blick zu und trat vollends hinter seiner Deckung hervor.

Und im gleichen Moment bewegte sich eine der vermeintlich toten Insektengestalten. Charity schrie auf und versuchte, ihre Waffe hochzureißen, und auch Skudder registrierte die Gefahr im allerletzten Moment und warf sich herum.

Er hatte keine Chance.

Charity und der Moroni feuerten im gleichen Sekundenbruchteil. Der Schuß aus Charitys Waffe traf den Insektenkrieger und tötete ihn. Und die grellweiße Lichtnadel aus der Waffe der *Ameise* durchbohrte Skudders Brust.

Der Hopi taumelte. Eine halbe Sekunde lang stand er reglos und wie erstarrt da. Dann machte er einen einzelnen, mühsamen Schritt, öffnete die Hände, so daß seine Waffe zu Boden polterte, und drehte sich zitternd zu Charity. Ein fassungsloser Ausdruck erschien auf seinem Gesicht, kein Schmerz, kein Schrecken oder Angst, sondern nur ein ungläubiges Staunen, dann brach er ganz langsam in die Knie, fing seinen Sturz noch einmal mit beiden Händen auf und kippte dann wie im Zeitlupentempo zur Seite.

Charity ließ ihre Waffe fallen und war mit einem Satz bei

ihm, um ihn aufzufangen. Skudder stürzte schwer gegen sie, aber sie spürte sein Gewicht kaum, sondern riß ihn hoch und versuchte ihn herumzudrehen.

Die hünenhafte Gestalt des Indianers erschlaffte in ihren Armen. Charity schrie verzweifelt immer wieder seinen Namen, packte ihn an den Schultern und schüttelte ihn. Aber Skudder reagierte nicht mehr. Sein Kopf pendelte haltlos hin und her, und plötzlich wußte Charity, daß er tot war.

Tot. Das Wort hallte ein paarmal hinter ihrer Stirn wider, als drehe sich in ihrem Kopf eine höllische Bandschleife, und es verlor dabei nichts von seinem grausamen Klang.

Es war nicht so, wie sie es sich vorgestellt hatte. Es war nicht so wie damals bei Mike, oder in dem Moment, in dem sie ihre Eltern verloren hatte. Es war grausam, und es tat *körperlich weh.* Sie spürte keine Verzweiflung, keine Trauer, sondern nur einen fürchterlichen Schmerz und einen rasenden Zorn, der kein Ziel hatte und darum doppelt quälend war. Es war schlimmer als alles, was sie je erlebt hatte. Sie hatte Hunderte, Tausende von Menschen sterben sehen. Sie hatte den Untergang einer ganzen Welt miterlebt, aber nichts davon hatte sie so getroffen wie das hier.

Alles schien unwichtig zu werden. Ihr Aufstand gegen die Invasoren, ihr verzweifelter Kampf ums Überleben, alles, was sie je getan und gefühlt hatte, verblaßte angesichts des grausamen Schmerzes, den sie jetzt verspürte. Sie saß da, preßte Skudders leblosen Körper an sich und wünschte sich verzweifelt, ihr eigenes Leben geben zu können, um ihn zu retten, eine zweite Chance zu haben, oder wenigstens weinen zu können. Sie konnte nichts von alledem.

Sie wußte nicht, wieviel Zeit verging. Wahrscheinlich nur Sekunden, denn als sie aufsah, da richtete sich Gurk gerade hinter dem Maschinenblock auf, hinter den er sich in Deckung geworfen hatte, als die *Ameise* auf Skudder schoß, und machte einen Schritt in ihre Richtung, blieb aber stehen, als er in ihr Gesicht sah.

»Er ist tot«, flüsterte Charity.

Der Zwerg sah sie auf eine Art an, die sie noch nie zuvor an ihm beobachtete hatte. Plötzlich war nichts Lächerliches mehr an ihm. Er wirkte traurig, auf eine Art, die Charity verwirrte. »Hast du ihn geliebt?« fragte er.

»Er ist tot«, antwortete Charity nur. Sie wußte nicht einmal die Antwort auf diese Frage. Sie hatte sie sich nie gestellt, obwohl sie so lange zusammengewesen waren und soviel miteinander erlebt hatten. Hatte sie ihn geliebt? Wenn es stimmte, daß man das wahre Ausmaß der Liebe zu einem anderen Menschen erst dann wirklich begriff, wenn man ihn verloren hatte, dann ja. Aber sie war nicht sicher. Sie wollte sich selbst belügen und einfach ja sagen, aber es wäre ihr wie ein Verrat an Skudder und dem, was sie für ihn empfunden hatte, vorgekommen. Ihr Blick glitt über die reglos daliegenden Körper auf der Treppe vor dem Transmitter, über ihre eigenen und Stones und Leßters und Gurks und auch Skudders Doppelgänger, und sie fragte sich bei jedem einzelnen, ob er dasselbe empfunden haben mochte wie sie in diesem Moment. Fragte sich, ob die Frau mit ihrem Gesicht den Tod des Mannes, der wie Skudder aussah, ebenfalls miterlebt hatte und ob sie dasselbe empfunden hatte wie sie in diesem Augenblick, und sie fragte sich für eine Sekunde ganz ernsthaft, ob das, was sie jetzt erlebte, vielleicht die Hölle war.

Gurk setzte dazu an, etwas zu sagen, doch in diesem Moment hörten sie ein tiefes, auf unangenehme Weise bekannt klingendes Summen, und eine Sekunde später füllte sich der schimmernde Metallring des Transmitters mit wogender Schwärze. Gurk fuhr erschrocken herum, und Charity ließ Skudder behutsam zu Boden gleiten, hob das Gewehr auf, das er fallengelassen hatte und richtete die Waffe auf den Empfänger. Sie wollte nicht mehr kämpfen. Es ging ihr nicht mehr darum, ihr eigenes Leben zu verteidigen oder etwas, das so sinnlos geworden war wie das Weiterbestehen ihrer Heimat. Sie wollte nur noch töten. Sie wollte, daß irgend jemand für das bezahlte, was ihr angetan worden war, und es war ganz egal, wer.

Im Inneren des Transmitters ballten sich Schatten zu Formen zusammen und vergingen wieder, dann kondensierte die Schwärze zu Körpern, und Charity hob das Gewehr und krümmte den Finger um den Abzug.

Aber sie schoß nicht.

Es waren keine *Ameisen*, die aus dem Transmitter stolperten.

Es waren sie selbst, Leßter und Daniel Stone, die in einer perfekten Imitation der Bewegung, in der sie selbst aus dem Empfänger herausgetreten war, in die Wirklichkcit zurücktaumelten und auf der Stelle zusammenbrachen.

Für einen winzigen, zeitlosen Moment spürte Charity etwas wie ein Ziehen; ein Gefühl, als versuche etwas aus ihr herauszubrechen und schnelle im letzten Moment wieder zurück, dann brach die Gestalt, die ihr selbst ähnelte, wie eine bis ins letzte Detail perfekte Kopie, auf den Stufen von dem Transmitter zusammen, und das Gefühl erlosch. Gleichzeitig stürzten auch Leßter und Stone, und sie hörte einen halblauten Schmerzensschrei und begriff, daß zumindest einer der beiden noch am Leben war.

Das Wogen und Zittern im Inneren des Transmitters wurde wieder stärker, und wieder ballte sich die Dunkelheit zu zwei ungleichen Körpern zusammen. Vor Charitys ungläubig aufgerissenen Augen traten Skudder und Gurk aus dem Transmitter. Skudder machte einen ungeschickten Schritt und hob seine Waffe, ehe er die Situation erfaßte und mit einem überraschenden Laut stehenblieb, während Gurk wie vom Blitz getroffen zur Seite kippte und reglos liegenblieb.

»Großer Gott!« flüsterte Charity. *»Was ist das?«*

»Der Transmitter!« kreischte Gurk plötzlich. Er sprang in die Höhe und begann wild mit beiden Armen zu fuchteln. »Skudder! Schalt ihn ab! Schalt das verdammte Ding ab!«

Skudder starrte ihn an, dann die reglose kleine Gestalt mit dem viel zu großen Kopf neben sich, dann wieder ihn. Er rührte sich nicht, aber aus seinem Gesicht wich alle Farbe und seine Hände begannen zu zittern.

»Schalt ihn ab!« kreischte Gurk mit schriller, sich beinahe überschlagender Stimme. Aber Skudder rührte sich noch immer nicht, sondern starrte nur Charity an und die reglose Gestalt zu ihren Füßen, die sein eigenes Gesicht trug.

Gurk begann mit fast komisch aussehenden, hüpfenden Sprüngen die Treppe hinaufzurennen, wobei er um ein Haar über Stone gefallen wäre, der entgegen Charitys erstem Eindruck noch am Leben war, sich aber vergeblich bemühte, sich unter dem reglosen Körper Leßters hervorzuarbeiten. Außerdem irritierte ihn möglicherweise die Tatsache, daß er sich nur einen halben Meter neben seinem eigenen Leichnam wiedergefunden hatte.

Gurk rannte an ihm vorbei, stieß Skudder, der noch immer mit fassungslosem Gesichtsausdruck dastand, einfach zur Seite und schlug die Faust mit aller Kraft auf die Bedienungselemente des Transmitters. Es knirschte hörbar, und Gurk stieß einen Schmerzensschrei aus und prallte zurück, aber das kleine gelbe Licht auf dem Schaltpult, das bisher die Betriebsbereitschaft des Gerätes angezeigt hatte, erlosch, und einen Herzschlag später auch das dunkle Brummen, das Charity gehört hatte.

»Was ... was geht hier vor?« flüsterte Skudder. Er drehte sich halb im Kreis, erstarrte wieder und blickte auf die beiden Gestalten hinab, die unmittelbar vor ihm lagen: Das Gesicht des Mannes war nicht mehr zu erkennen, und außerdem hatte er im Tode die Hände davorgeschlagen, doch als Skudder die schlanke Frauengestalt erblickte, die über ihm zusammengebrochen war, da fuhr er abermals zusammen und prallte instinktiv einen Schritt zurück. Seine Lippen bewegten sich, aber Charity hörte kein Wort.

Langsam stand sie auf, trat mit einem großen Schritt über die Gestalt hinweg, die vor einer Minute in ihren Armen gestorben war, und näherte sich zitternd und unsicher der

Treppe. Vor ihr hatte es Stone endlich geschafft, sich unter der Last des reglosen Körpers hervorzuarbeiten, der ihn zu Boden gerissen hatte, aber auch er erstarrte mitten in der Bewegung, als er sich hochstemmte und das Bild sah, das sich ihm bot.

»Was ist das?« flüsterte Skudder. Seine Stimme war fast ein Wimmern. »Wo ... wo sind wir?«

»Ich weiß es nicht«, antwortete Charity. »Aber vielleicht solltest du lieber fragen, *wer* sind wir?«

Skudder schluckte ein paarmal. Er suchte nach Worten, fand aber keine, und schließlich drehte er sich mit einer ruckhaften Bewegung zu Gurk herum, der noch immer neben dem Transmitterring stand und die Hand gegen den Körper preßte. Seine Knöchel waren aufgeplatzt und bluteten, so heftig hatte er auf den Schalter geschlagen.

»Gurk!« keuchte Skudder. »Was geht hier vor?«

»Ich weiß es nicht«, antwortete Gurk. »Ich ... «

Der Rest seiner Worte ging in einem erschrockenen Kreischen unter, als Skudder mit einem Satz auf ihn zusprang, ihn am Kragen packte und in die Höhe riß. Gurk begann zu schreien und mit den Beinen zu strampeln, aber Skudder achtete gar nicht darauf, sondern schüttelte ihn wild und schrie ihn an: »Sag uns endlich die Wahrheit, du verdammter Zwerg. Oder ich prügele sie aus dir heraus!«

Gurk schlug wild nach seinen Händen und seinem Gesicht. »Ich sage die Wahrheit!« kreischte er in einem Tonfall, der jede Lüge unmöglich machte. »Ich weiß es nicht!«

Skudder hielt ihn plötzlich nur noch mit einer Hand fest und ballte die andere zur Faust, aber Charity hielt ihn zurück.

»Laß ihn, Skudder«, sagte sie. »Er sagt die Wahrheit.«

Für eine Sekunde starrte Skudder sie fast haßerfüllt an, aber dann verging sein Zorn ebenso schnell wie er gekommen war. Hastig setzte er den Zwerg zu Boden und drehte sich hilflos im Kreis. »Aber das ... das ist ... «

»Es muß irgend etwas mit dem Transmitter zu tun haben«, sagte Charity. Schaudernd blickte sie den drei Meter durchmessenden nun wieder völlig leeren Ring aus silberfarbenem Metall an. Dann wandte sie sich an Gurk. »Das ist doch so, nicht?«

Gurk zuckte mit den Schultern und machte hastig einen Schritt zurück, als Skudder wieder auf ihn herabsah. »Ich glaube ja«, antwortete er ausweichend. »Aber ich bin nicht sicher. Ich habe so etwas auch noch nie erlebt.«

»Du weißt also doch etwas«, knurrte Skudder wütend.

»Ich weiß eine Menge«, antwortete Gurk patzig. »Ist das etwa verboten?« Er hielt Skudders Blick trotzig eine Sekunde lang stand, dann drehte er sich herum und sah ebenfalls den Transmitter an. »Ich dachte immer, ich kenne mich mit diesen Dingern aus«, murmelte er. »Aber ich glaube, ich habe mich geirrt.«

»Das ist Wahnsinn«, flüsterte Skudder. »Das ... das kann nicht sein.« Er deutete mit zitternden Händen auf die Gestalten auf der Treppe und unten in der Halle. »Das, das bin ich. Und du, Charity. Und Gurk und ... «

»Nein«, unterbrach ihn Charity hastig. »Das sind nicht wir, Skudder. Sie sehen nur so aus wie wir. Es sind Kopien; Doppelgänger.« Aber das stimmte nicht. Es waren nur Worte, Worte, die sie hervorsprudelte, um nicht völlig den Verstand zu verlieren. Der Mann, der vor ihr stand und sie mit schreckensbleichem Gesicht anblickte, war vor einer Minute in ihren eigenen Armen gestorben, und es war *Skudder* gewesen, keine Kopie, kein Doppelgänger, keine Täuschung. Aber ihr Verstand kapitulierte vor der Aufgabe, zu verstehen, was hier passiert war.

»Sagt mal«, sagte Gurk plötzlich, »fällt euch etwas auf?«

Charity sah ihn an. Der Blick aus Gurks eng zusammengekniffenen, dunklen Augen huschte aufmerksam durch die Halle.

»Was?« fragte Charity.

Gurk deutete nacheinander auf einige der reglosen Körper. »Vier Charitys. Viermal Stone und vier übriggebliebene

Indianerhäuptlinge, und vier ... « er zog eine Grimasse und schüttelte sich, »Abn el Gurks. Aber nur drei Leßters.«

Charity drehte sich herum und zwang sich, die reglosen Gestalten eine nach der anderen anzusehen. Tatsächlich gab es sie alle in vierfacher (und toter) Ausführung. Alle, bis auf Leßter. Sie entdeckte nur drei Leichen mit seinem Aussehen.

»Und?«

Gurk zuckte mit den Achseln. »Nichts. Ich frage mich nur, ob es etwas zu bedeuten hat.«

»Vielleicht ist er ... dort drinnen geblieben«, sagte Skudder. Schaudernd deutete er mit einer Kopfbewegung auf den Transmitter. Gurk schüttelte heftig den Kopf. »Nein. Er ist direkt hinter Charity rausgekommen und hat Stone mit sich gerissen. Nicht wahr, Dannilein?« Er grinste in Stones schreckensbleiches Gesicht und wandte sich dann wieder zu Skudder um. »Das Ding hat ihn genauso oft kopiert wie uns. Aber einer fehlt.«

»Du glaubst doch nicht, daß *er* dafür verantwortlich ist?« entfuhr es Charity.

»Ich glaube überhaupt nichts«, sagte Gurk. »Aber irgend jemand hat irgend etwas getan. Und wenn ich es nicht war und keiner von euch ... «

Auf dem Schaltkasten des Transmitters hinter ihm begann eine gelbe Lampe zu flackern, und Gurk fing Charitys erschrockenen Blick auf und drehte sich herum. »Oh«, sagte er, »da klopft jemand.«

»Können sie den Transmitter von unten aus einschalten?« fragte Skudder besorgt.

Gurk zuckte abermals mit den Schultern. »Keine Ahnung«, sagte er. Er sah sich suchend um, bückte sich und nahm die Waffe aus der Hand einer toten Charity. Fast gelassen zielte er auf das winzige Kästchen, drückte ab, und die Schalttafel verwandelte sich in einen rot glühenden Metallklumpen. »Jetzt jedenfalls nicht mehr«, sagte er grinsend, während er sich wieder zu Skudder herumdrehte. »Trotzdem schlage ich vor, daß wir diesen ungastlichen Ort verlassen und uns ein Versteck suchen, in dem wir uns in Ruhe gruseln können.«

»Hast du eine Ahnung, wo wir sind?« fragte Skudder.

Gurk schüttelte den Kopf. »Nein.«

»Aber ich«, sagte Charity.

Sowohl Skudder als auch der Zwerg sahen sie überrascht an.

»Ich … bin nicht ganz sicher«, fuhr Charity fort. Sie drehte sich einmal im Kreis und ließ ihren Blick durch die riesige, verwüstete Halle schweifen. »Aber ich bin schon einmal hier gewesen.«

»Wo sind wir?« fragte Skudder.

Charity antwortete nicht gleich, sondern sah sich weiter unschlüssig um. »Gib mir noch ein paar Minuten«, sagte sie. »Damit ich sicher sein kann.«

»Gern«, sagte Gurk. »Aber nicht hier. Ich weiß zwar so wenig wie ihr, was hier passiert ist, aber ich bin sicher, daß hier gleich eine Putzkolonne auftaucht, um die Schweinerei wegzuwischen. Eigentlich habe ich keine Lust, dann noch da zu sein.«

Charity fand seinen Tonfall im Augenblick nicht besonders passend, aber das, was er sagte, stimmte. Im Grunde war es schon ein kleines Wunder, daß es hier nicht schon wieder von Kriegern wimmelte. Aber das würde nicht mehr lange so bleiben.

Sie wandte sich zu Stone um, gab ihm mit einer befehlenden Geste zu verstehen, zwischen Skudder und ihr zu bleiben, und drehte sich dann zum Ausgang.

Als sie die Bewegung halb vollendet hatte, registrierte sie einen Schatten aus den Augenwinkeln, fuhr herum und riß ihre Waffe hoch, als sie den Moronikrieger erkannte, der sich zwischen zwei der buckeligen Maschinenblocks aufrichtete.

Der Krieger stieß einen erschrockenen Ruf aus und riß die beiden oberen Arme in die Höhe, und plötzlich schrie auch Gurk: *»Nicht schießen! Das ist keiner von ihnen!«*

Charity drückte nicht ab, aber sie hielt die Waffe weiter auf die bizarre Gestalt gerichtet, während sie sich ihr vorsichtig näherte. Gurk hatte recht, es war kein Moroni, zumindest keiner, wie sie ihn je gesehen hätte. Auf einen allerersten und auch dann nur sehr flüchtigen Blick mochte er einem solchen ähneln, aber er war zu klein, seine Glieder waren zu dick und zu kurz, und die Proportionen stimmten nicht.

Das bizarre Geschöpf wandte langsam den Kopf und sah ihr entgegen, während Charity sich ihm näherte. Der Anblick kam ihr immer absurder vor. Sie sah jetzt, daß seine Haut nicht aus schwarzem Horn bestand, sondern einer gummiähnlichen, faltigen Masse, die nicht die mindeste Ähnlichkeit mit dem Exoskelett einer der riesigen Insektenkreaturen hatte. Die beiden mittleren der sechs Glieder hingen schlaff wie leere Schläuche von seinem Körper herunter, und mehr waren sie vermutlich auch nicht. Sein Schädel hatte die typische dreieckige Form eines *Ameisen*kopfes, bestand aber aus ungeschickt zusammengeklebten Kunststoffteilen, und die großen, starrenden Augen waren Halbkugeln aus Glas. Die Gestalt sah aus, als hätte ein Kind mit unzulänglichen Möglichkeiten und wenig Geschick versucht, sich ein Karnevalskostüm in der Form eines Moroni zusammenzubasteln.

»Wer zum Teufel sind Sie?« fragte Charity.

Die Gestalt fuhr beim Klang ihrer Stimme sichtbar zusammen. Sie versuchte zurückzuweichen, blieb aber sofort wieder stehen, als Charity eine drohende Bewegung mit dem Gewehr machte.

»Was soll das?« fragte Charity. »Wer sind Sie?«

Sie hörte etwas wie eine Antwort, aber die Stimme – obwohl eindeutig menschlich – wurde von der plumpen Maske so verzerrt, daß sie sie nicht verstand. Charity machte eine auffordernde Geste mit der Hand, den Helm herunterzunehmen. Der sonderbare Fremde zögerte, senkte dann ganz langsam, als hätte er Angst, sie durch eine zu hastige Bewegung zu erschrecken, die Hände, legte sie an die Schläfen des imitierten *Ameisen*schädels und hob ihn wie den Helm einer archaischen Ritterrüstung herunter.

Darunter kam ein bleiches, von langem, verfilztem schwarzem Haar eingerahmtes Gesicht zum Vorschein. Es war eindeutig menschlich – und trotzdem fuhr Charity erschrocken zusammen, als sie es sah.

Der junge Mann – sein Alter war unmöglich zu schätzen, er konnte ebensogut fünfzehn wie fünfundzwanzig sein – hatte ein schmales, scharf geschnittenes Gesicht von makellos weißer Farbe. Nicht weiß in der Art, in der man das Wort normalerweise benutzte, um die verschiedenen Völker auseinanderzuhalten, sondern im wortwörtlichen Sinne. Seine Augen waren riesengroß und von einem Netz dünner, geplatzter Äderchen durchzogen, und in seinen Mundwinkeln klebte getrocknetes Blut. Alles in seinem Gesicht war irgendwie falsch, als wäre es zwar nach dem richtigen Plan entworfen, aber nicht ganz korrekt zusammengesetzt worden. Die Wangenknochen waren zu hoch angesetzt, der Mund eine Spur zu breit, die Nase etwas zu scharf, die Augen zu groß …

»Wer sind Sie?« wiederholte Charity ihre Frage. »Verstehen Sie mich?«

Ihr Gegenüber nickte abgehackt. »French«, sagte er. »Ich bin … French.«

Auch seine Stimme klang sonderbar. Gepreßt und verzerrt und schrill, als stieße er die wenigen Worte mit letzter Kraft hervor.

»Was tust du hier?« fragte Gurk, der mittlerweile herangekommen war und die Gestalt mit unverhohlener Verblüffung anstarrte.

French blickte auf den Zwerg hinab und begann noch heftiger zu zittern. »Ich … ich habe mich versteckt«, sagte er. »Ich hätte euch geholfen, aber … sie … sie waren zu viele. Ich wollte euch helfen, wirklich, aber … «

Charity unterbrach ihn. »Das glauben wir dir. Aber wer bist du? Was tust du hier?«

»Ich lebe im Hort«, stieß French atemlos hervor. »Ich wollte Luft holen, aber ich habe mich verirrt, und dann, dann bin ich hier hereingekommen, und dann, dann … «

»Schon gut«, sagte Charity, als der Junge immer heftiger zu stammeln begann. »Vielleicht reden wir später über alles. Kennst du den Weg hier heraus?«

French nickte. »Ja. Aber dort draußen sind überall Spinnen. Sie werden euch töten.«

»Spinnen? Ich glaube, er meint die *Ameisen.* Die Moroni«, verbesserte sich Gurk rasch und deutete auf eines der toten Rieseninsekten.

French nickte nervös.

»Warst du die ganze Zeit über hier?« erkundigte sich Gurk.

Wieder nickte French. »Ich konnte nicht hinaus«, sagte er. »Sie hätten mich getötet, wenn ich versucht hätte, euch zu warnen.«

»Du hast alles beobachtet?« vergewisserte sich Gurk. »Von Anfang an? Auch als wir ... Ich meine, als die anderen das erste Mal aufgetaucht sind?«

»Ja, aber ich ... «

»... konnte euch nicht helfen, ich weiß«, unterbrach ihn Gurk ungeduldig. Dann deutete er nacheinander auf sich und die anderen. »Einer von uns fehlt. Hast du gesehen, was mit ihm passiert ist?«

»Der ... der Mann, der gebrannt hat?«

»Wenn du damit Leßter meinst, ja«, sagte Gurk. Er legte den Kopf schräg und runzelte die Stirn. »Er hat gebrannt?«

»Sie haben auf ihn geschossen«, sagte French nervös. »Er war tot, aber dann ist er wieder aufgestanden und, und zu dem Ring gelaufen, und er hat irgendwas getan und sie haben wieder auf ihn geschossen, und er hat wieder gebrannt. Und dann sind die anderen gekommen. Die, die ausgesehen haben wie ihr.«

»Und Leßter?«

French deutete auf einen Punkt ein Stück rechts des Transmitters. »Er ist ... «

Verblüfft brach er ab, und auch Charity blickte stirnrunzelnd in die Richtung, in die seine nachgeahmte Klauenhand deutete. Der Boden war verbrannt, und sie glaubte eine schwarze, schmierige Spur zu erkennen, als wäre etwas Verkohltes dort entlanggeschleift worden. Aber keine Leiche.

»Ja«, murmelte Gurk düster. »So ungefähr habe ich mir das gedacht.«

»Was?« fragte Skudder scharf.

»Das weiß ich selbst noch nicht so genau«, antwortete der Zwerg. »Aber ich glaube, ich beginne allmählich zu begreifen, was hier passiert.«

Zum ersten Mal ergriff French von sich aus das Wort. »Wer seid ihr?« fragte er. »Ich meine, ihr ... ihr und die anderen. Wer seid ihr? Und wo kommt ihr her?«

»Mein Name ist Charity«, antwortete Charity. Sie deutete nacheinander auf die anderen. »Das sind Skudder, Stone und Gurk. Wir kommen aus New York.«

French sah sie auf eine Art an, die ihr klarmachte, daß ihm dieses Wort nichts sagte. »Von der Erde«, fügte sie hinzu.

Sie hörte, wie French erschrocken die Luft einsog, und sah, wie sich seine Augen noch mehr weiteten. Plötzlich begann er am ganzen Körper zu zittern. Und dann fiel er auf die Knie, schlug die Hände über dem Kopf zusammen und begann zu wimmern. »Ich wußte es«, stammelte er. »Er hat recht gehabt. Er hat uns nicht belogen.«

»Was?« machte Gurk.

»Götter!« flüsterte French. »Ihr seid Götter! Ihr seid gekommen! Es ist doch wahr!«

Für einen Moment fühlte sich Charity sehr hilflos. Dann ließ sie sich langsam in die Hocke sinken, ergriff die Schultern des Jungen und zog ihn mit sanfter Gewalt wieder in die Höhe. Sie konnte durch den Anzug hindurch spüren, daß French am ganzen Leib zitterte.

»Wir sind keine Götter«, sagte sie so sanft sie konnte. »Wir sind Menschen wie du. Wir kommen nur von einem anderen Ort.«

French antwortete nicht, und sie bezweifelte auch, daß er

ihre Worte überhaupt gehört, geschweige denn verstanden hatte. »Du kannst uns vertrauen«, fügte sie hinzu. »Wir werden dir nichts tun. Im Gegenteil.«

Gurk räusperte sich gekünstelt. »Warum hebst du dir das nicht für später auf?« sagte er. »Wir müssen hier verschwinden. Wenn wir hier heraus und in Sicherheit sind, dann könnt ihr euch ja in Ruhe verehren lassen.«

Charity brachte ihn mit einem ärgerlichen Blick zum Verstummen. Aber sie sah auch ein, daß der Zwerg recht hatte. Sie ließ Frenchs Schultern los, steckte ihre Waffe endgültig ein und deutete mit einer Kopfbewegung zur Tür. »Gut«, sagte sie. »Ich denke, ich weiß, wie wir hier herauskommen. Kannst du uns zu dem Ort bringen, an dem deine Leute leben?«

Die Frage galt French. Der junge Mann schluckte ein paarmal nervös und deutete dann eine Bewegung an, die Charity mit einiger Phantasie als Nicken interpretierte. »Ja«, sagte er. »Ich kenne den Weg. Aber ihr könnt ihn nicht gehen. Die Spinnen werden euch erkennen und töten, und ihr habt keine Anzüge. Ihr würdet in der Toten Zone ersticken.«

»Es reicht, wenn du uns den Weg zeigst«, sagte Charity. »Um alles andere kümmern wir uns. Bring uns zu deinen Leuten.«

»Ja«, fügte Gurk düster hinzu und wandte sich noch einmal um, um zu dem zerstörten Transmitterring zurückzublicken. »Und danach suchen wir Leßter, oder wie immer er heißen mag. Ich brenne darauf, ihm eine ganze Menge Fragen zu stellen.«